KB069147

中國戲曲(彈詞·鼓詞)의
유입과 수용

* 이 책은 2010년 정부의 재원으로 한국연구재단의 지원을 받아 연구되었음.
(NRF-2010-322-A00128)

경희대학교 비교문화연구소 비교문화총서 13

中國戲曲(彈詞·鼓詞)의
유입과 수용

閔寬東·劉承炫 共著

學古房

연구제목	한국에 소장된 중국 고전소설 및 희곡판본의 수집정리와 해제
연구기간	2010년 09월 01일 – 2013년 08월 31일

프로젝트 전반기 연구진(2010. 09. 01-2012. 02. 29)
책임연구원 ： 민관동
공동연구원 ： 정영호 / 이영월 / 정선경 / 박계화
전임연구원 ： 김명신 / 장수연 / 유희준 / 유승현
연구보조원 ： 이숙화 / 심지연 / 김보근 / 유형래 / 홍민정

프로젝트 후반기 연구진(2012. 03. 01-2013. 08. 31)
책임연구원 ： 민관동
공동연구원 ： 정영호 / 이영월 / 박계화
전임연구원 ： 김명신 / 장수연 / 유희준 / 유승현
연구보조원 ： 배우정 / 옥주 / 최정윤 / 윤소라 / 최미선

머 리 말

本書는 한국연구재단 토대연구 과제인 ≪한국에 소장된 중국 고전소설 및 희곡판본의 수집정리와 해제≫(2010년 9월-2013년 8월 / 3년 과제)의 일환으로 나온 책이다. 본 연구팀에서는 이미 국내 소장된 중국 고전 희곡류(탄사와 고사 포함)의 판본목록을 수집 정리하여 해제를 하였고 후속으로 本書를 준비하게 되었다. 본서에서는 국내 소장된 판본 가운데 희곡(탄사와 고사 포함)을 위주로 그 유입과 수용문제를 중점적으로 연구하고 관련 자료들을 소개하고자 한다.

이미 출판된 ≪韓國 所藏 中國古典戲曲(彈詞·鼓詞) 版本과 解題≫에서 국내에 유입된 판본들을 수집하여 목록화하였고 개별 작품들을 대상으로 해제를 달았다. 보완해야할 부분도 적지 않겠지만 국내 최초로 中國古典戲曲(彈詞·鼓詞)의 판본들을 소개함으로써 연구자들에게 기초적 편의를 제공하였다고 할 수 있다. 이전 작업을 토대로 본서는 판본들의 유입과 수용에 대해 우선 종합적인 시야를 적용하고자 하였다. 일반적으로 외국 문학작품의 유입과 수용은 자국의 문화적 환경에 따르기 마련이다. 그러기에 본서에서는 조선의 문화적 환경의 틀 속에서 전체적인 작품들의 유입과 수용의 양상을 살펴보고자 하였다. 그 다음으로는 구체적인 작품을 대상으로 종합적인 시야를 적용하고자 하였다. 中國古典戲曲·彈詞·鼓詞는 중국소설에 비해 유입된 작품과 판본이 많지 않다. 오직 ≪西廂記≫만 많은 판본이 유입되어 전해지고 있다. 原版本 ≪西廂記≫ 외에도 전사본과 주해본이 있고, 또 번역·번안본으로는 곡문 번역본, 완역본, 소설체 개역본 등의 다양한 필사본이 상당수 남아 있다.

작품론에서는 우선 ≪西廂記≫를 중심으로 다 방면에서 고찰하였다. 그리고 彈詞와 鼓詞 방면에서는 우리 문화와 관련이 많은 작품을 대상으로 삼았다. 彈詞로는 번역본이 남아 있는 ≪珍珠塔≫을 대상으로 유입과 번역 양상을 살펴보았다. 다음으로는 고려시대에서부터 조선시대까지 상당히 유행한 양축이야기 전반을 대상으로 삼았다. 또한 조선에서 출판된 ≪양산백전≫은 彈詞나 鼓詞와 같은 중국강창의 영향을 받아 번안되었을 가능성을 제기하였다. 본서의 글들은 대부분이 각종 학술지에 발표되었던 연구 성과를 토대로 수정·보완하였음을 밝혀둔다.

本書는 총 3부로 구성하였다.

제1부 : 제1부는 총론으로 중국희곡의 유입과 수용 문제와 중국탄사 및 고사의 유입과 수용 문제를 총괄적으로 정리하여 소개하였다. 또한 국내 번역된 작품을 중심으로 중국희곡류 작품의 국내유입과 번역양상에 대하여 고찰하였다.

제2부 : 제2부는 작품론으로 희곡과 탄사 및 고사의 대표적 작품을 위주로 작품을 분석하였다. 특히 희곡의 대표작으로 서상기와 기타 탄사·고사의 작품의 유입과 번역 양상을 연구하였다.

제3부 : 제3부는 부록으로 발굴자료를 영인하여 소개하였다. 대표작으로 서상기를 읽기 위해 만들어진 서상기어록과 서상기의 곡문번역본인 안동대본을 위주로 소개하였다.

本書는 나름의 노력과 정성을 다하여 만들었지만 아직도 미흡한 부분이나 혹 누락된 부분이 있을 것이라 사료된다. 이에 대해서는 지속적으로 보완 작업을 해나갈 예정이며 독자들의 많은 질정을 부탁드린다.

이번에도 흔쾌히 출간에 응해주신 학고방 하운근 사장님을 비롯한 전 직원 여러분께 감사를 드리고, 원고정리 및 교정에 도움을 준 일반대학원 배우정 학생과 교육대학원 최정윤·옥주·윤소라·최미선 학생에게도 감사의 뜻을 전한다.

2014년 09월 09일

민관동·유승현

目　次

8

第一部

總論

1. 韓國에 流入된 中國戲曲(彈詞·鼓詞)의 目錄

※ 밑줄 친 부분은 국내 고전문헌에 유입된 기록은 있으나 현재 존재하지 않는 작품임

• 戲曲:

《荊釵記》·《拜月亭記》·《琵琶記》·《西廂記》·《薩眞人夜斷碧桃花雜劇》·《伍倫全備記》·《四聲猿》·《牡丹亭》·《長生殿》·《笠翁傳奇十種》·《桃花扇》·《蔣園九種曲》·《紅樓夢曲譜》·《傳奇六種》·<u>《嬌紅記》</u>·<u>《南柯夢記》</u>·<u>《邯鄲夢記》</u>·《續情燈》·《四夢記》·《西樓記》·《玉合記》

• 彈詞:

《義妖傳》·《玉鴛鴦》·《玉堂春》·《玉釧緣》·《再生緣》·《玉連環》·《珍珠塔》·《一箭緣》·《雙珠鳳》·《錦上花》·《三笑新編》·《八美圖》·《碧玉獅》·《水晶球》·《芙蓉洞》·《麒麟豹》·《八仙緣》·《天寶圖》·《筆生花》·《雙珠球》·《十粒金丹》·《金如意》·<u>《燈月緣》</u>

• 鼓詞:

《巧合奇冤》·《九巧傳》·《四海棠》·《三公案鼓詞》·《西羌國鼓詞》·《燕王掃北》·《英雄大八義》·《英雄淚·國事悲》·《英雄小八義》·《五龍傳》·《五雷陣》·《吳越春秋》·《于公案》·《李翠蓮施釵記》·《紫金鐲鼓詞》·《戰北原擊祁山》·《征東傳》·《千里駒》·《快活林》·《平西涼》·《包公案鼓詞》·《汗衫記鼓詞》·《混元盒》·《綠牡丹鼓詞》·《唐書秦英征西》·《賣油郎獨占

花魁≫·≪三國志鼓詞≫·≪三全鎭≫·≪西遊記鼓詞≫·≪薛剛反唐鼓詞≫·≪雙
釵記≫·≪楊金花爭帥≫·≪五鋒會≫·≪瓦崗寨≫·≪李方巧得妻≫·≪淸官斷≫·
≪打黃狼≫·≪韓湘子上壽≫·≪香蓮帕≫·≪蝴蝶盃≫·≪紅旗溝≫·≪紅梅記≫·
≪花本蘭征北≫·≪回盃記≫·≪金陵府≫·≪金陵府歸西寧≫·≪金鐲玉環記≫·
≪金鞭記≫·≪滿漢鬪≫·≪蜜蜂記≫·≪北平府向響馬傳≫·≪三省莊≫·≪西廂
記鼓詞≫·≪繡鞋記≫·≪十二寡婦征西≫·≪雙鑣記≫·≪鸚哥記≫·≪楊文廣征
西≫·≪楊州府≫·≪玉盃記≫·≪王奇賣豆腐≫·≪六月雪≫·≪銀合走國≫·≪二度
梅鼓詞≫·≪定唐全傳≫·≪綵雲球≫·≪打登州≫·≪太原府≫·≪通州霸≫(≪道
光私訪≫·≪嘉慶私訪≫)≪呼延慶征南≫·≪呼延慶打擂雙鐧記≫·≪紅燈記≫·≪回
龍傳≫·<u>≪鳳儀亭≫</u>

　* 위의 鼓詞의 유입본 중에 ≪綠牡丹鼓詞≫ 이하의 작품들 50여종이 박재연 소장본
이다. 이 소장본들은 대부분 근래 중국 등지에서 구입해 들어온 것으로 조선시대 유입
본이 아님을 밝혀둔다.

2. 朝鮮時代 中國戲曲의 受容 樣相
-≪西廂記≫를 제외한 작품들을 중심으로*

　　조선시대에 중국희곡은 중국소설처럼 많은 작품과 판본이 유입되지는 않았다. 오직 ≪西廂記≫만이 비교적 많은 판본이 유입되어 유통되었고 또는 원문을 그대로 옮겨 적거나 한글로 번역한 筆寫本이 상당수 남아 있을 뿐이다. 朝鮮의 문인들은 ≪西廂記≫에 열광했지만, 戲曲이라는 장르 자체는 그들에게 매우 생소한 것이었다. 그들에게 희곡 장르의 특수한 형식은 읽기에도 또 창작하기에도 힘든 장르였을 것이다.

　　朝鮮의 문인이 창작한 희곡으로는 李鈺이 ≪西廂記≫를 모방해서 지었다고 하나 아직도 지은이가 불명확한 ≪東床記≫만 알려져 있을 뿐이었다. 최근 2007년에 들어와서 '19세기의 東皐漁樵라는 몰락한 사대부 작가에 의해 白話文으로 창작된'1) ≪北床記≫와 '승문원 서리를 지낸 여항인 鄭尙玄이 1792년 이후 창작한'2) ≪百祥樓記≫가 발굴 보고되었다. ≪北床記≫는 '金聖嘆 批評本 ≪西廂記≫의 영향을 받아'3) 창작되었고, ≪百祥樓記≫는 評批本의 형태로 되어 있는데 金聖嘆本 ≪西廂記≫의 체재와 구성을 따르고 있어4) 연구자의 관심을 끌고 있다.

　　18세기 이후 조선의 독서계에는 ≪西廂記≫ 열풍이라고 할 현상들이 목격된다. 조선의 희곡 창작은 ≪西廂記≫의 수용으로 가능했으며, 조선의 중국희곡 수용은 ≪西廂記≫ 評點本을 중심으로 이루어졌다고 보아도 큰 무리는 없다. 그러나 조선의 희곡 수

---

　　* 이 글은 ≪中國語文學誌≫제43집(중국어문학회 2013. 6)에 발표한 논문을 일부 수정 · 보완하였다. 이 논문은 2010년도 정부의 재원으로 한국연구재단의 지원을 받아 연구되었음.(NRF-2010-322-A00128)
　　** 주저자: 劉承炫(慶熙大學校 比較文化硏究所 學術硏究敎授).
　　교신저자: 閔寬東(慶熙大學校 中國語學科 敎授)
　1) 安大會, 〈19세기 희곡 北床記 연구〉, ≪古典文學硏究≫第33輯, 2008, 408쪽.
　2) 정우봉, 〈미발굴 한문희곡 百祥樓記 연구〉, ≪韓國漢文學硏究≫第41輯, 2008, 311~312쪽.
　3) 安大會, 〈19세기 희곡 北床記 연구〉, ≪古典文學硏究≫第33輯, 2008, 407쪽.
　4) 정우봉, 〈미발굴 한문희곡 百祥樓記 연구〉, ≪韓國漢文學硏究≫第41輯, 2008, 309쪽.

용을 ≪西廂記≫만으로 한정할 수는 없다. 이에 필자는 조선시대의 희곡 전반에 대한 수용 양상을 고찰하고자 하며, 또한 텍스트 수용 이외에도 공연 수용까지 전반적으로 고찰해 보고자 한다.

필자는 한국연구재단의 '한국에 소장된 중국 고전소설 및 희곡 판본의 수집정리와 해제'라는 과제를 수행하면서 국내 소장된 중국희곡 판본들을 전면조사하였다. 조사대상은 中華民國元年(1912) 이전에 간행된 판본과 간행연도 미상의 판본을 대상으로 삼았는데, 모두 20여종이 유입되었음을 확인할 수 있었다. 이중 현존하는 판본이 있는 작품들로는 ≪荊釵記≫·≪拜月亭記≫·≪琵琶記≫·≪西廂記≫·≪薩眞人夜斷碧桃花雜劇≫·≪伍倫全備記≫·≪四聲猿≫·≪牡丹亭≫·≪長生殿≫·≪笠翁傳奇十種≫·≪桃花扇≫·≪蔣園九種曲≫·≪紅樓夢曲譜≫·≪傳奇六種≫ 등이 있다. 이 작품들 중에 ≪西廂記≫를 제외하면 다른 작품들은 유입된 판본의 수량도 적으며, 심지어는 단 1종의 판본밖에 없는 작품들도 많다. 또한 판본이 남아 있지는 않지만, 유입기록이 남아 있는 작품으로 ≪南柯記≫·≪續情燈≫·≪四夢記≫·≪西樓記≫·≪玉合記≫·≪嬌紅記≫[5] 등이 있다. 이미 ≪西廂記≫의 유입과 수용에 대한 논문들은 다수가 있으므로, 본 논문에서는 ≪西廂記≫를 제외하고 나머지 작품들을 중심으로 논의를 진행하고자 한다.

1. 朝鮮의 中國戲曲 공연 수용

1) 국내의 공연 수용

조선인들이 중국연극을 볼 수 있는 경우는 국내에서 공연되는 것을 보거나 혹은 중국을 방문해서 보는 것이 전부였다고 할 수 있다. 우선 언어의 장벽을 제쳐두면, 국내에서 공연되는 경우는 한국 연기자들이 공연하는 것과 중국 연기자들이 공연하는 것 두 가지

---

5) 이 중 ≪嬌紅記≫는 같은 이름으로 소설과 희곡이 있는데, 실물은 없이 유입기록만이 남아 있다. 그래서 이 논문을 쓸 당시에는 유입기록이 희곡을 가리키는 것인지에 대해 판단을 유보하고 있었다. 나중에 확인한 바에 따르면 아마도 희곡일 가능성이 매우 높기 때문에 본서에서는 이 작품을 첨가했다. 이에 대한 내용은 본서에 실린 〈西廂記 곡문 번역본 고찰과 각종 필사본 출현의 문화적 배경 연구〉라는 글에서 구체적으로 다루었다.

경우를 상정할 수 있다. 그러나 1910년 이전에 한국극단이 중국연극을 공연하였다는 공식적인 기록은 없다. 그런데 중국 연기자들이 국내에 들어와 공연하였다는 기록을 찾을 수 있다. 이런 공연은 청나라 사람들이 자국민을 관객으로 삼아 상연되었는데, 이들이 조선에 대량 거주하게 된 이후에 시작되었다.

조선정부는 일본에 의해 강제적으로 불평등 조약인 강화도조약(1876)을 체결하고 개항하였으며, 이때 '서구의 제국주의 세력은 끊임없이 시장 개방을 요구해오고 있었다. 그 결과 당시 조선에는 일본뿐만 아니라, 청나라와 러시아 등 세계 각국의 사람들이 거주하기에 이르렀다. 특히 日人들과 淸人은 대량 거주로 인하여 집단촌이 형성되었다.'[6] 청인들은 1882년 8월 23일 韓淸水陸貿易章程[7]이 체결되고 나서 본격적으로 서울에 거주하게 되었고, 이후에 그들이 경영하는 극장 中華劇園과 麗華社도 생겨났다. 〈대한매일신보〉의 1908년 10월 22일 기사를 보면 '麗華社에 70여명의 청국인 배우를 데려와서 각종 연극을 연습 중'이라고 하였다. 당시 조선 매체의 기사들을 보면 청나라 연극이 국내에 유입되어 공연되고 있었음을 확인할 수 있다.[8]

그 구체적인 내용은 신극운동가이며 영화감독이었던 安鍾和(1902~1966)의 기록에서 확인할 수 있다. 그는 ≪新劇史 이야기≫에서 자신이 수집한 자료를 바탕으로 신극의 역사를 이야기 형식으로 서술하였는데, 신극 초창기의 선구자였던 林聖九(1887~1921)의 일화를 소개하고 있다.

성구는 치경과 회석할 하루전 날, 창렬·순한·운서를 데리고 초전골 중국인 극장으로 창시를 보러갔다. … 초전골은 수표교(水標橋)에 인접한 곳이고 수표교를 건느면 이궁안 장국인(中國人) 거류가(居留街)가 된다. 한성 안에 있는 중국인들이 북경(北京)서 몇 사람 창인(唱人)을 초청하여 재경(在京) 화교들과 합류시켜 조직된 창극으로서 그들의 유일한 오락장이었다. 내용은 三國志演義의 일관이었고, 관객이라야 한 백여 명 내외이었다. … 막(幕)도 아무 것도 없이 등장자들이 들락날락하며 창(唱)연기를 한다. 성구의 일행은

6) 尹日受, 〈中國劇의 韓國 受容樣相에 관한 硏究〉, 영남대 박사학위논문, 2001, 1~2쪽.
7) 馬建忠(1845~1899)은 1882년(고종 19년) 군함에 군인 4천 5백 명을 데리고 조선에 들어와 임오군란을 조장한다는 구실을 내세워 大院君을 잡아 天津으로 압송하였다. 또한 병권을 좌우하는 훈련대장인 대원군의 아들 李載冕을 유인하여 淸나라 진영에 연금함으로써 親淸派에게 병권이 넘어가게 하였다. 이어 韓淸水陸貿易章程을 만들어 조선 측에 조인하도록 하였다. 네이버 지식백과.
8) 尹日受, 〈中國劇의 韓國 受容樣相에 관한 硏究〉, 영남대 박사학위논문, 2001, 11~12쪽.

비록 말을 통치 못해 들을 줄 몰랐지만 대략 유·관·장(劉·關·張) 삼인의 桃園結義의 장면쯤은 짐작해 알았다.[9]

安鍾和는 '초전골 중국인 극장'에 대해 '이 중국 창극관은 어느 때 세워진 건지 필자 조사할 길이 없어 미상함이 유감이다.'라고 논평하였다. 어쨌든 중국인 극장에서는 북경에서 온 藝人들과 재경 화교들이 함께 공연했음을 알 수 있다. 그리고 연기자들은 노래로 연기를 하였다고 했는데 이는 唱劇이며, 또한 북경 연기자들이 幕이 없이 공연하였다는 것을 보면 京劇일 가능성이 높다. 그리고 공연은 중국어로 이루어졌으며, 그들이 겨냥한 관객은 조선인이 아니라 중국인이었음도 알 수 있다. 우리나라 사람으로는 처음으로 일본식 신파극을 공연한 林聖九(1887~1921)[10]는 극단을 조직하고 연극을 공연하기 위해 동료들과 함께 중국연극을 관람한 것으로 보인다.

中華劇園과 麗華社의 주된 관객은 재경 중국인이었으며, 이들뿐만 아니라 조선의 일반인들도 자유롭게 이용할 수 있도록 개방적이었다. 그러나 중국극단은 재경 중국인을 관객으로 삼아 중국어로 공연을 했기 때문에 조선인들은 언어적 한계를 절감해야 했다. 이런 이유로 중국연극은 조선에서 공연되었지만 조선의 관객층은 넓지 않았을 것으로 보인다. 이후 중국연극의 수용은 공연이 아니라 1910년 말에서 1920년대 말에 이르는 시기에 白華 梁建植(1889~1938)에 의해 번역됨으로써 번역 작품의 수용이 이루어지게 된다.[11] 조선인들이 조선 땅에서 중국연극의 관람할 수 있게 된 것은 구한말이 되어서야 가능하였으나, 그 수용 범위는 그다지 넓지 않았을 것이다.

---

9) 安鍾和, ≪新劇史 이야기≫, 進文社, 4288, 63쪽. 인용문은 원문을 그대로 옮겼으며, 필자가 맞춤법에 맞게 고치지 않았다. 그리고 출판년인 4288년은 檀紀인데 서기로는 1955년이다.
10) 林聖九는 서울 출생으로 20세 때에 일본공사관이 있던 남산의 鐘峴聖堂 뒷문 근처에 살면서 때마침 그곳의 일본인 극장에서 공연되던 신파극이나 가부키(歌舞伎)를 관람하고 외국의 새로운 연극에 눈을 떴던 인물이다. 나중에 신파극을 공연하기 위하여 동지들을 규합했으며 그들이 훗날의 革新團을 일으킨 사람들이었다. 그후 1911년 초겨울에 그가 조직한 혁신단은 남대문 밖 御成座에서 창립공연을 가졌다. 그는 우리나라 사람으로서는 처음으로 일본식의 신파극을 공연한 인물이다.
11) 尹日受, 〈中國劇의 韓國 受容樣相에 관한 研究〉, 영남대 박사학위논문, 2001, 9~17쪽.

2) 청나라에서의 공연 수용

두 번째로 조선인이 중국연극을 볼 수 있는 기회는 중국에 갔을 때에야 생기게 되는데, 이런 기회가 일반인들에게는 많지 않았다. 조선인은 외교사절과 그 수행원이 아니면 아무나 중국을 방문할 수 없었기 때문이다. 명대에도 조선은 외교사절을 파견하였으나, 이때 조선의 기록 중에서 연극과 관련된 기록은 찾기 힘들다. 조선의 중국 연극 관련 기록들은 청대의 연행록에서 찾을 수 있다.

병자호란 이듬해인 인조 15년(1637)부터 조선의 개항(1876)까지 청나라로 간 사행은 총 673회에 이른다. 병자호란 직후 조선과 청나라 정부는 사행의 정식 관원을 30명으로 제한하였으나 그 인원수는 증가해 갔고, 이 때문에 청은 그 인원을 제한하도록 요구하였다.[12] 그런데, 정식 사절 이외에도 공식적 혹은 비공식적으로 많은 수행원들이 연행에 참가하였고, 숙종 38년(1712) 冬至史 金昌業 일행은 총인원이 541명이나 되었다[13]고 한다. '연행 사절은 공식적으로 매년 두 차례 이상 북경을 여행했고, 그 여행길에 오르는 여행자 수는 한 번에 5백여 명까지 이르렀다.'[14] 정식 사절과 수행원들은 연행과 관련된 기록을 남겼는데, 일반적으로 명나라를 다녀온 사행기를 '朝天錄'이라고 하였고, 청나라를 다녀온 사행기를 '燕行錄'이라고 하였다. 위의 연행 횟수와 인원을 보면, 상당히 많은 조선인들이 청나라를 방문하였음을 짐작할 수 있다. 그리고 연행록을 보면, 청나라에서의 연극 관람은 관람료를 지불하면 누구에게나 개방적이었음을 알 수 있다. 그러나 조천록에는 연극을 보았다는 기록이 거의 없으며, 연행록에도 실제로 연극을 보았다는 기록이 많지는 않지만 몇 종에는 그런 기록들이 남아 있다. 그러므로 연행록에서 연극과 관련된 기록들을 살펴보고, 그 수용 양상을 개괄하고자 한다.

극장은 연극 상연과 관람을 위해 지은 건축물로 연행 노정의 도처에 산재해 있었다. 연행록의 저자들은 이것들을 연행 노정에서 볼 수 있었으며 이에 대한 기록들을 남겼다. 그러나 이런 건축물들은 조선에 없던 것이었기 때문에 다양한 명칭으로 기록되어 있다. 극장에 대한 내용은 궁정극장, 도시의 상업극장, 향촌과 사원의 연극무대(戱臺),

12) 유승주·이철성, ≪조선 후기 중국과의 무역사≫, 경인문화사, 2002, 16~29쪽.
13) 李昌淑, 〈燕行錄의 中國戱曲史料的 價値 探索〉, ≪中國文學≫제33집, 2000, 254쪽.
14) 홍대용 지음, 김태준·박성순 옮김, ≪산해관 잠긴 문을 한 손으로 밀치도다 - 홍대용의 북경 여행기 을병연행록≫, 돌베개, 2008, 4쪽.

막을 설치한 일종의 가설극장이 있다. '명청대 남방에서 활발히 건축된 개인 저택의 희대를 제외하면, 연행록에는 당시 중국에 존재한 거의 모든 형태의 희대와 극장 건축에 대한 견문이 들어 있다.'[15] 상설 극장이나 무대는 공연이 없더라도 구경할 수 있기 때문에, 극장에 대한 기록은 연극 공연을 직접 관람하였다는 것에 대한 기록이 아니므로 더 이상 자세히 논술하지 않는다.

연행록 중에 저자들이 직접 공연을 관람하고 그 작품을 기록한 것은 많지 않다. 저자들이 직접 관람한 공연 가운데 제목을 밝힌 이들은 金昌業(1658~1721) · 徐浩修(1736~1799) · 洪大容(1731~1783) · 金景善(1788~?) 등이 있다. 이외에 희본의 목록을 옮겨 적거나 남의 견문을 전해 듣고 기록을 남긴 이들은 朴趾源(1737~1805) · 朴思浩(1784~1854) · 金景善(1788~?) · 徐慶淳(1804~?) 등과 이름을 알 수 없는 ≪赴燕日記≫의 저자이다.[16] 조선 사절단이 연극을 포함한 演戱를 접했던 방식은 크게 네 가지로 나뉜다. 첫째가 궁전의전이고, 둘째가 중국 衙門의 접대이며, 셋째는 사절단이 직접 예인을 초청하는 것이고, 넷째는 사절단 소속의 개인인 사적으로 관람하는 것이다.[17] 이런 관람의 내용은 '기예'까지 포함하고 있는데, 이중 연극과 관련된 내용만을 살펴보고자 한다.

청나라 황제들은 연극을 매우 좋아하여 자금성뿐만 아니라 각종 행궁에도 연극무대를 건립하였으며 그 건축 규모도 상당하다. 또한 內庭에도 연극을 전문적으로 관장하는 기구인 南府와 昇平府를 설립하였다.[18] 乾隆은 특히 연극을 좋아하여, 張照와 莊格親王에게 명해서 희곡을 만들도록 하였다. 이런 작품들 중 ≪勸善金科≫는 乾隆內府에서 精刻했고, 나머지들은 內府의 필사본으로 청 궁정의 상연용 대본이다. 이 작품들은 모두 장편으로 하루에 다 상연할 수 없어 며칠을 두고 상연되었다. 이런 궁정연극들은 각종 명절, 국가의 경축일, 황제의 생일 때에 공연되었다.[19] 궁정연극은 극단의 운영과 대본의 관리도 궁중에서만 폐쇄적으로 이루어진 듯하다. 궁정연극의 엄청난 규모를 보면, 민간에서는 그 대본이 있더라도 공연할 엄두조차 내지 못 했을 것이다. 어쨌든 이

---

15) 李昌淑, 〈燕行錄 중 中國戱曲 관련 記事의 내용과 가치〉, ≪中國學報≫제50집, 2004, 74~84쪽.
16) 李昌淑, 〈燕行錄 중 中國戱曲 관련 記事의 내용과 가치〉, ≪中國學報≫제50집, 2004, 84~85쪽.
17) 李昌淑, 〈燕行錄에 실린 중국 演戱와 그에 대한 조선인의 인식〉, ≪韓國實學硏究≫제20집, 2010, 136~137쪽.
18) 廖奔 · 劉彦君, ≪中國戱曲發展史(第四卷)≫, 太原 : 陝西敎育出版社, 2003, 167쪽.
19) 岩城秀夫 · 姜始妹 옮김, ≪中國古典劇 硏究≫, 새문사, 1996, 140~142쪽.

런 폐쇄적인 궁정연극은 조선 사절단의 정식 관원 중에서도 정사·부사·서장관인 연행의 三使에게만 제한적으로 관람을 허용했던 것으로 보인다.

> 사신은 대궐로 들어가서 연극 구경을 하는데 … 사신이 반열에 참석하러 들어간 지가 오래되었고 역관들과 여러 비장들은 모두들 대궐 문 밖에 있는 조그마한 둔덕 위에 남아 있었다. 통관도 역시 들어가지 못하고 여기 앉아 있었다. 풍악 소리는 대궐 담장 안 바로 지척에서 들려왔다. 작은 대문 틈으로 들여다보니 잘 보이지 않아 다시 담장을 여남은 자국 돌아가니 소각문이 하나 섰고 대문이 한 짝은 닫히고 한 짝은 열렸기에 조금 들어서고자 한즉 군졸 몇 명이 있다가 못 들어오도록 막고 그저 문 밖에서 구경을 하라고 하였다.[20]

이 인용문은 박지원의 ≪열하일기≫에 기록된 내용이다. 박지원은 1780년 황제탄생 축하 겸 사은사로 연행하는 박명원의 자제군관 자격으로 중국에 들어갔다. 이 사행에서 그는 건륭의 70세 생일축하사절의 일원으로 열하를 방문하여 피서산장에서 벌어진 공연을 보았다. 그러나 박지원의 말처럼 사람들을 피해 '간신히 본다는 것'이라고는 별개 없었다. '사신은 대궐로 들어가서 연극 구경을 하는데'라고 했는데, 이때 사신은 정사와 부사 단 둘이었다. '황제가 정사, 부사를 오른편 반열에 참석토록 분부하였기 때문에' 이때는 연행 三使인 서장관도 궁정연극을 볼 수 없었다. 이처럼 궁정연극은 매우 제한된 인원만이 참석할 수 있었다.

박지원이 제대로 보지 못했던 궁정연극을 10년 후 徐浩修가 보고 기록을 남긴다. 徐浩修는 1790년에 두 번째로 청나라에 使行하였는데, 이는 乾隆帝의 팔순을 기념하는 萬壽節을 축하하는 것이었다.[21] 서호수는 이때 '피서산장과 원명원, 황궁의 삼층 대희대에서 7월 16일부터 8월 20일까지 각종 연회를 관람하였으며' 8월 19일까지는 모두 연

---

20) 박지원·리상호 옮김, ≪열하일기(중)≫, 보리, 2004, 64쪽.

21) 徐浩修는 1776년 정조가 즉위하자 都承旨에 임명되어 왕의 측근이 되었다. 이 해에 進賀 兼 謝恩副使로 正使 李澂, 書狀官 吳大益과 함께 청나라에 다녀왔다. 그 뒤 대사성·대사헌 등을 거쳐 당대 문화사업의 핵심 기관이었던 규장각의 直提學이 되었다. 이후 규장각의 여러 편찬사업에 주도적 역할을 다하였으며, 또한 이조·형조·병조·예조 등의 판서를 두루 역임하였다. 南人으로 우의정의 자리에 있던 蔡濟恭과 少論의 명문이었던 그의 집안과의 갈등으로 일시 휴직하였다가 1790년(정조 14)에 다시 진하 겸 사은부사로 두 번째 청나라에 使行하였다. 이 사행은 청나라 乾隆帝의 팔순을 기념하는 萬壽節을 축하하는 것이었다. 이때의 여행일기가 ≪燕行紀≫ 4권 2책이다. 더욱이 두 차례의 燕行을 통해 서적 수입 등 청문화의 도입이라는 정조의 임무 부여를 충실히 수행하였다. ≪한국민족문화대백과≫.

극이었다.[22] 이 당시 서호수의 신분은 예조판서였으며 사절단에서는 進賀 兼 謝恩副使였다. 이때 그는 세 사람이 공연을 관람하였다고 썼는데,[23] 나머지 두 사람은 정사와 서장관이었을 것이다. 여기에서 다시 확인할 수 있는 것은 궁정연극은 조선의 사절단 중에서 정사·부사·서장관밖에 관람할 수 없었다는 것이다. 또한 이들의 궁정연극 관람은 청나라의 공식행사에 참여하는 것이었으므로 비자발적이었다고 할 수 있다. 그러므로 조선인들에게 청나라 궁정연극의 수용 범위는 매우 제한적이었으며 비자발적이었음을 알 수 있다.

조선인들이 비교적 보편적으로 수용한 중국연극은 민간의 연극이었는데, 그 수용은 대체로 자발적인 관람이었던 것으로 보인다. '사행이 북경에 머무는 기간은 명나라 때에는 40일이었던데 비해 청나라 때에는 정해진 기한이 없었다.'[24] 청대에는 체류기간도 기한이 없었으며 개인 활동도 비교적 자유로웠던 것 같다. 그래서 청대 사절단에 속한 개인들은 사적으로 그리고 자발적으로 연극을 관람했고 노정 중에 이것에 관한 기록들을 남겼다. 이 기록들을 시대 순으로 몇 살펴보고자 하는데, 먼저 金昌業(1648~1722)의 ≪老稼齋燕行日記≫를 보고자 한다. 이때 김창업은 정식 관원이 아니라 사절단의 정사였던 형 金昌集의 수행원으로 북경을 방문하였다.[25] 김창업은 귀국길에 올라 永平府에서 희곡을 관람하고 이에 대한 자세한 기록을 남긴다.

> 永平府에 도착하였다. … 거리에는 簞屋 하나가 있었는데, 연극을 하는 곳이었다. … 연극을 보다가 잠시 寓舍로 돌아와 저녁을 먹었다. … 선흥이 지금 연극이 더욱 볼만해져 간다고 알려오므로 다시 나가 구경을 하였다. 얼마 안 되어 연극은 끝이 났는데 공연한 연극은 전후 다섯 가지나 되었다. … 그 사이에는 여러 가지 절차가 많았는데 모두 기록할 수는

---

22) 李昌淑, 〈燕行錄에 실린 중국 演戲와 그에 대한 조선인의 인식〉, ≪韓國實學研究≫제20집, 2010, 138~146쪽.

23) 徐浩修, ≪燕行紀≫第2卷〈起熱河至圓明園〉, 한국고전종합DB.

24) 유승주·이철성, ≪조선 후기 중국과의 무역사≫, 경인문화사, 2002, 16~29쪽.

25) 金昌業은 1681년 진사시에 합격했으나, 벼슬길에 나아가지 않고 한양의 東郊松溪(지금의 성북구 장위동)에 은거하였다. 1694년 정국이 노론에게 유리하게 되자 다시 한양으로 돌아왔다. 이때 나라에서 內侍教官이라는 벼슬자리를 주려고 하였으나, 응하지 아니하고 스스로 老稼齋라 부르며 세상일을 멀리하였다. 그러나 중국 산천을 보지 못한 것을 늘 아쉽게 여기다가 1712년 燕行正使인 형인 金昌集을 따라 北京에 다녀왔다. 이 때 보고 들은 것을 모아 ≪老稼齋燕行日記≫을 썼다. ≪한국민족문화대백과≫.

없다. 역관을 시켜 무슨 연극을 공연하는 것이냐고 물었더니, 어떤 사람이 '班超萬里封侯'라고 대답하였는데 그 말을 알 수가 없었다.

　다음번은 … 이 연극은 秦檜가 岳飛를 살해하는 내용의 '秦檜上本構殺岳武穆'이라는 것이었다. … 그 다음번은 … 마치 '姜女望夫'의 이야기와 같은 것이었다. … 또 한 가지 연극은 … 우리나라 배우들이 하는 '先輩戲('선배 놀이'의 漢譯이며, 이는 함경도 방언으로 '얼음지치기'다)'와 같은 종류의 것이다. … 그리고 마지막 연극은 … 이 세 가지 연극도 반드시 題目이 있을 텐데 무슨 연극인지는 알 수가 없다. … 그 唱曲 소리는 매우 청아하여 들을 만하였으나, 부르는 가곡의 가사는 의미를 알아들을 수가 없어 별 맛이 없었다.

　대개 배우들이 부르는 辭曲은 이곳 사람들도 그 의미를 알아듣지 못한다. 통관 吳玉桂도 왔기에 내가 묻기를, "저 배우들의 말을 당신은 알아들을 수 있소?" 하니 오옥계도 모른다고 말하였다. …그런데, 그 연극 공연은 모두 역사나 소설의 이야기로서 내용이 善과 惡을 주제로 공연하여 보는 사람에게 勸善懲惡의 마음을 갖게 한다.[26]

　인용문에서 상당히 많은 부분을 생략하였는데, 그 부분들은 대체로 공연무대, 배우들의 의상과 분장 그리고 그들이 실제로 공연하는 장면을 묘사한 내용들이다. 김창업은 중국어를 몰라 대사와 노래는 알아들을 수 없었으나, 자신이 직접 본 것들에 대해서는 세부사항까지도 구체적으로 묘사하였다. 그는 모두 5편의 연극을 관람했는데, 사절단 일행에게 연극 관람은 자유로웠고 보고자 하면 볼 기회는 많았을 것이다. 그런데, 중국어란 언어의 한계는 극복할 수 없어서, 역관을 시켜 중국 관객에게 물어보고 나서야 ≪班超萬里封侯≫란 제목을 알 수 있었다. 또한 通官인 오옥계도 노래는 잘 알아듣지 못한다고 하였다. 通官은 청나라 정부의 통역 담당 관료인데, '예부에 소속된 通官들은 호란 중에 포로가 된 조선인 역관들로서 大通官이 6명, 次通官이 8명이었다. 이들 중 차통관 2명은 부연사행을 봉황성에서부터 북경까지 호위하여 갔고, 북경에서의 각종 사행 업무나 회동관 무역에도 참여하여 사행원역이나 상고들의 무역을 주선하였다.'[27] 오옥계는 次通官으로 조선의 사절단이 入境할 때부터 호송을 책임지고 있었다. 김창업은 역관과 통관을 통하여 관람한 연극에 대한 정보를 입수할 수밖에 없었는데, 이렇게 얻은 정보조차도 부실했음을 알 수 있다.

　김창업은 이곳에서 연극을 본 후 북경에서 공연하는 연극에 대한 정보를 얻게 된다.

---

26) 金昌業, ≪老稼齋燕行日記≫卷之七〈癸巳二月〉, 한국고전종합DB.
27) 유승주·이철성, ≪조선 후기 중국과의 무역사≫, 경인문화사, 2002, 35~36쪽.

'역관의 말을 들으니, 북경의 배우들은 正陽門 밖 큰 거리에 무대를 설치해 놓고 이달 13일부터 연극을 시작했는데, 그들이 입은 복색들은 더욱 화려하다고 하였다.' 홍대용은 바로 이곳 극장가에서 1766년 1월 4일에 각종 연희와 연극을 관람하고 〈場戲〉라는 기록을 남겼다. 그는 이 글에서 자발적으로 연극 관람을 하였음을 밝히고, 극장의 구조와 영업 방식 그리고 배우들의 연기 등에 대해 구체적으로 서술하였다. 그가 본 공연은 '正德皇帝의 ≪翡翠園≫ 고적을 딴 것'이었는데, '내용사실을 알지 못하니 그야말로 바보 앞에서 꿈 이야기 하는 격이었다. 장내가 모두 기뻐하여 웃음을 터뜨리면 다만 남들을 따라 덩달아 할 뿐이다.'²⁸⁾라고 하였다. 홍대용 역시 언어의 한계 때문에 연극을 보고도 무슨 내용인지 알 수 없었다. 그러나 그는 이렇게 북경에서 연극을 보고 나서 귀국길에 또 다른 연극을 관람하는데, 이는 뒤에 인용한다.

이후 金景善은 1832년 동지사 겸 사은사의 서장관으로 사행하였는데,²⁹⁾ 연행록인 ≪燕轅直指≫의 〈場戲記〉에서 북경의 연극에 대한 기록을 남겼다. 그는 또한 당시 인가에 보존된 희곡 대본들을 여러 곳에서 보았는데, 그중 30종의 제목을 〈諸戲本記〉라는 글에서 소개하였다. 그는 〈場戲記〉에서 극장과 무대의 구조, 건축 비용과 영업 방법, 관람료와 객석의 풍경 등을 개괄하여 상세히 기록하였다. 그리고 상연의 실황을 구체적으로 기록했는데, 일행이 본 것을 옮겨 적은 것이라고 하였다.

> 正陽門으로부터 나와 서점으로 향해 가는데, 가는 길이 廣德堂 戲臺를 지나게 되었다. 성신과 비장 역관이 들어가 보고 한참 뒤에 돌아왔다. 그들이 말한 내용은 다음과 같다. "……그 회극 대본에 대해 물었더니, 처음에는 地理圖, 다음에는 金橋, 다음에는 殺犬, 다음에는 跪臚, 다음에는 英雄義라고 한다. 그러나 그 詞曲이 어떠한 것인지 모르고 또한 말을 알아듣지 못하니, 마치 소경이 단청 보는 것 같다. 취미가 전연 없으므로 연극 무대가 끝나지 않아서 돌아왔다."³⁰⁾

28) 洪大容, ≪湛軒書外集≫卷十〈燕記〉, 한국고전종합DB.
29) 金景善은 1830년 庭試文科에 丙科로 급제하였다. 1832년 司憲府執義로 冬至 兼 謝恩使 徐耕輔의 書狀官이 되어 청나라에 다녀왔다. 1839년 吏曹參議를, 1843년 全羅道觀察使를 지냈다. 1851년 右參贊으로 陳奏使가 되어 청나라에 다녀왔다. 첫 번째 사행에서 남긴 연행록이 ≪燕轅直指≫이다. 권영민 撰, ≪한국현대문학대사전≫.
30) 金景善, ≪燕轅直指≫卷之四〈留館錄(中)〉, 한국고전종합DB.

인용문에서 공연 실황을 묘사한 부분을 생략했는데, 배우들의 의상과 분장 그리고 연기에 대해 상당히 구체적으로 묘사하였다. 그 내용을 보면, 남의 말을 듣고 묘사한 것이 아니라 자신이 직접 관람한 것 같다. 어쨌든 다섯 편의 연극이 상연되었는데, 필자는 위의 제목과 일치하는 희곡은 찾을 수가 없었다. 그 중 ≪殺犬≫은 元代 雜劇 ≪殺狗勸夫≫ 혹은 南戲 ≪殺狗記≫로 보인다. 두 작품은 '줄거리가 대체로 비슷하고, 曲詞도 비슷한 것이 있다.'31) 또한 '≪殺狗記≫의 詞曲은 소박하고 통속적이며 알기 쉬운 민간문학의 색채를 지니고 있다.'32) 이러므로 ≪殺狗記≫는 청대에 들어서도 민간에서 공연되었을 것이며, 확정할 수는 없지만 ≪殺犬≫은 ≪殺狗記≫이야기를 민간에서 공연한 것으로 보인다.

徐慶淳도 ≪夢經堂日史≫33)라는 연행록에서 자신이 직접 관람한 연극의 구체적인 제목을 제시하였다.

> 中和堂에 갔는데, 그곳은 바로 戱樓였다. … 차례로 앉아 있으려니 해가 이미 申時가 되어 가고 연극도 반이 지났다. 배우(戱者)가 칼과 창을 잡고 전투하는 모양을 하기에 그 이름을 물어보니, 徐中山의 '擊鐵木'이라 하고, 또 미인이 짙은 화장과 화려한 차림으로 남자와 함께 調戲를 하기에 그 이름을 물으니, 唐伯虎의 '賺秋香'이라 한다.34)

서경순은 ≪夢經堂日史≫의 〈紫禁瑣述〉에서 청나라의 자금성에 대해 갖가지 기술을 했는데, 위의 인용문은 그 중 북경에서 연극을 본 기록이다. 인용문에서 제목을 밝힌 희곡 중 하나는 '徐中山의 ≪擊鐵木≫'이다. '徐中山'은 작가가 아니라 주인공인데, 명나라의 개국공신인 中山王 徐達(1332~1385)을 가리키는 것 같다. 서달은 朱元璋을 도아 여러 전투에 참가하여 공을 세웠으므로, 위에 묘사한 '칼과 창을 잡고 전투하는 모양'과 일치한다. 하지만 ≪擊鐵木≫이라는 동일한 제목의 희곡을 찾을 수 없기 때문에 이를 확정할 수는 없다. 그 두 번째 희곡은 '唐伯虎의 ≪賺秋香≫'인데, 唐寅

31) 李修生 主編, ≪古本戲曲劇目提要≫, 北京：文化藝術出版社, 1997, 231쪽.
32) 金正奎, ≪中國戲曲總論≫, 명지대출판부, 2000, 113쪽.
33) ≪夢經堂日史≫는 徐慶淳(1804~?)이 철종6년(1855)에 청나라 宣宗의 妃 孝靜成皇后의 죽음에 대한 陳慰進香使를 따라 正使 徐憙淳의 從事로서 副使 趙秉恒과 書狀官 申左模와 함께 청나라에 다녀온 기록이다. ≪한국민족문화대백과≫.
34) 徐慶淳, ≪夢經堂日史≫編四〈紫禁瑣述〉, 한국고전종합DB.

(1470~1523)이 주인공으로 등장한 희곡으로는 ≪花前一笑≫와 이 작품을 개편한 ≪花航緣≫이 있다. ≪花前一笑≫는 孟稱舜의 작품인데, 그 여주인공의 이름은 '秋香'이 아닌 '素香'으로 되어 있다.[35] 그런데 중국 彈詞에는 ≪點秋香≫이란 작품이 있으므로,[36] 서경순이 본 ≪賺秋香≫은 문자텍스트인 ≪花前一笑≫나 ≪花航緣≫과 관계가 깊다기보다는 오히려 彈詞와 같은 민간 공연과 관계가 깊은 것으로 보인다.

연행록에 보이는 희곡 제목 중 지금 문자텍스트로 남아있는 희곡과 똑같은 제목을 지닌 작품은 거의 없다. 오직 홍대용이 보았다는 ≪翡翠園≫ 단 한 작품만이 문자텍스트와 동일한 제목을 지녔을 뿐이다. 청나라에서 실제로 공연된 작품들은 문자텍스트를 바탕으로 한 것이 아니라 민간 연극의 전통을 이어받은 듯하다. 그러니 조선인이 청나라에 가기 전에 이미 조선에서 문자텍스트로 희곡을 수용하였더라도 실제 공연을 보는 것과는 많은 차이가 있었을 것이다.

연행록의 저자들은 대부분 중국말을 할 수 없는 문인들이었다. 그렇다면 중국어에 능한 조선인들 특히 역관의 공연 수용이 무리가 없었을까? 金昌業의 ≪老稼齋燕行日記≫에서 보았듯이 역관이나 통관들도 연극을 보고 알아듣기 힘들었음을 알 수 있다. 朴思浩의 ≪心田稿≫[37]에서도 그런 상황이 발생한 것을 기록하였다.

　　연희의 묘처는 오로지 달리고 쫓고 돌고 할 즈음과, 말을 주고받고 하는 사이에 있는데 연극을 구경하는 사람들이 가끔 우레같이 소리를 지르며 웃건마는 우리나라 사람들은 말이 통하지 않아서 마치 진흙으로 빚어 놓은 사람같이 앉아 영문을 모른다. 내 마음속에 한 꾀가 생겨 그동안 친해 놓은 이웃 상인 張靑雲을 시켜 일일이 그 말을 대신하여 전하게 하고, 또한 역관을 시켜 장청운의 말을 번역하게 하여 듣는 한편, 그 연극 이름을 쓴 패를 보고 그 사적을 상상하면서 보니, 조금은 짐작하여 알 만하나 의심스러운 것은 빼버려가면서 밤새도록 구경하다가 파하였다.[38]

35) 李修生 主編, ≪古本戲曲劇目提要≫, 北京 : 文化藝術出版社, 1997, 231쪽.
36) 민관동·유승현, ≪韓國 所藏 中國古典戲曲 版本과 解題≫, 학고방, 2012, 187~188쪽.
37) ≪心田稿≫는 조선 순조 때 朴思浩가 청나라에 다녀오면서 쓴 使行日記로 4권 4책의 필사본이다. 저자는 당시 강원감영의 幕裨(裨將)로 1828년(순조 28) 謝恩 兼 冬至使의 正使 洪起燮의 부름으로 副使 柳正養, 書狀官 朴宗吉과 함께 청나라에 다녀오면서 같은 해 10월말부터 이듬해 4월초까지 약 5개월간의 일기를 기록하였다. ≪한국민족문화대백과≫.
38) 朴思浩, ≪心田稿≫第2卷〈留館雜錄〉, 한국고전종합DB.

이 인용문에서는 연극을 보면서 이중 통역이란 상황이 등장한다. 먼저 중국 상인이 역관에게 이야기를 하고 나서 역관이 박사호에게 그걸 번역해준다. 만약 역관이 그 연극을 보고 이해할 수 있었다면 이런 상황은 발생하지 않았을 것이다. 지금에도 중국어에 능통한 사람이라도 京劇을 보고 알아듣기는 쉽지 않다. 청대에도 이런 상황은 어느 정도 일반적이었던 것 같다.

위의 인용문들에서 공연 실황을 묘사한 부분은 모두 생략했는데, 그들이 관람했던 공연은 대체로 京劇인 듯하다. 그들이 묘사한 것은 특별한 무대장치가 없는 무대, 배우들의 분장과 의상, 과장된 동작이나 곡예에 가까운 연기 등이다. 그것들을 읽어 보면, 고도로 상징화된 경극의 특징으로 보인다. 경극은 무대, 소품, 분장, 의상, 동작 등에 모두 약속이 있어서, 이를 알지 못 하면 경극을 제대로 감상할 수 없다.[39] '경극의 내용은 관중들에게 잘 알려진 이야기에서 비롯된 것이다. 사람들이 즐겼던 것은 친숙한 이야기가 뛰어난 동작·노래·대화로, 군사극에서는 곡예로 공연되는 것을 보는 것이었다.'[40] 청나라의 관중들은 연극의 스토리에 관심이 있었던 것이 아니라 공연 자체에 관심이 있었음을 알 수 있다. 청나라에 가서 처음 고도로 상징화된 연극을 본 조선인들은 그걸 이해하기란 쉽지 않았다. 언어의 장벽뿐만 아니라 중국 연극이 지닌 이런 상징성은 문화적 이해 없이는 연극의 이해도 어렵게 하였다. 자발적인 연극 관람이라고 하더라도 이것은 장르의 이해로부터 생겨난 관심이 아니라 이국적인 공연예술에 대한 호기심으로 보인다. 장르에 대한 이해는 경험을 바탕으로 하는데, 조선인들은 조선에서 이런 장르를 접할 기회가 아예 없었기 때문에 중국 연극은 낯선 장르일 수밖에 없었다. 연행록에 보이는 공연 관람 기록들은 모두 이를 증명한다.

연행록의 지은이들이 한문에 능통하였다고 하더라도 중국어를 듣고 알아들을 수 있는 사람들은 드물었기 때문에, 이들에게 공연 수용은 이국적 호기심이 바탕이었던 것 같다. 또한 중국어를 할 줄 아는 역관들도 중국희곡에 대한 장르적 이해가 없었고 또한 창을 위주로 한 연극에서 노래를 잘 알아들을 수 없었기 때문에, 이들의 공연 수용도 장르와 언어의 한계를 극복하지 못한 것으로 보인다. 이렇게 모든 조선인에게 대체로 중국희곡의 공연 수용에는 한계가 있었는데, 텍스트 수용은 이와 다른 양상으로 이루어진

---

39) 金正奎, ≪中國戲曲總論≫, 명지대출판부, 2000, 514~520쪽.
40) 콜린 맥커라스, 김장환·하경심·김성동 옮김, ≪중국연극사≫, 학고방, 2001, 123쪽.

다. 홍대용은 텍스트 수용의 이해에 단초를 제공하는 기록을 남기는데, 이것은 윗글에서 언급한 귀국길의 연극 관람이다.

우리나라로 돌아오는 길에 玉田縣에 이르렀을 때 거리 위를 보니 삿자리집을 가설해 놓고 연극을 하고 있었다. 은전 몇 냥을 주고 연극 종목 중에 쾌활한 것을 골라 구경을 하였는데 내용은 바로 ≪水滸傳≫으로, 武松이 술이 취해 蔣門神을 치는 대목인데 원본과는 조금 달랐다. 어떤 이가 말하기를, '戱場用(무대용)으로 따로 演本(연출 각본)이 있다.'고 하였다. 기물과 규모는 북경의 그것에 비하면 형편없었지만 내용이 이미 아는 것이어서 말과 생각을 대략 알아차릴 수가 있었으므로, 한 마디 한 마디에 감탄하였고 대목이 재미가 있어 돌아가는 것 마저도 잊게 되었다. 그제야 온 세상이 이에 미쳐 홀리는 까닭을 알았다.

≪水滸傳≫은 소설이지만 원대 이미 몇 편의 잡극이 있었는데, 둘은 '내용과 인물에 있어 많은 부분이 유사하기는 하지만, 완전히 일치되는 내용을 찾아볼 수는 없다.'[41] 이는 소설 ≪水滸傳≫과 '水滸戱'의 차이를 말하고 있으나, 중국희곡도 역시 읽는 텍스트와 공연 텍스트가 대체로 달랐다. 홍대용은 ≪水滸傳≫을 읽고 내용을 알고 있었기 때문에 말은 알아듣지 못 했지만 재미가 있었다고 하였다. 비록 장르가 다르기는 하지만, 소설 장르에 대한 경험이 연극을 관람하는데 도움이 되었던 것이다. 연행록에 나온 중국희곡의 제목들을 보면 우리가 일반적으로 알고 있는 희곡이 거의 없다. 이것은 공연 텍스트가 읽는 텍스트와는 많이 달랐음을 증명하는데, 조선인들이 수용한 희곡은 공연 텍스트가 아니라 읽는 텍스트였다. 한문을 아는 조선인들에게는 공연 관람보다 읽는 텍스트의 수용이 일반적이었으며, 이는 공연 수용과는 달리 작품에 대한 이해가 가능한 방식이었다.

2. 朝鮮의 中國戱曲 版本의 수용

조선인들에게 중국희곡은 외국문학이다. 그러나 조선 문인들에게 중국문학은 이해 불가한 외국문학은 아니었다. 조선 문인들은 어려서부터 한자를 익히고 중국경전들을 공

---

41) 신지영, 〈元雜劇 水滸戱와 小說 水滸傳 비교 연구〉, ≪中國文學≫제30집, 1998, 367쪽.

부했으며, 관료가 되어서도 공식 문서를 한문으로 작성하였기 때문에 중국인들과의 筆
談이 가능하였다. 연행록을 보면 조선 문인들은 중국 입말은 알아듣지 못 했으나 중국
인들과 필담으로 소통했음을 확인할 수 있다. 그러므로 조선 문인들이 중국문학의 가독
성은 상당한 수준이었을 것이다. 그런데 그들이 한문만을 익혔을 경우 해독이 가능한
문학의 범주는 시나 산문 그리고 문언소설에 한정된다. 이에 비해 입말로 써진 백화소
설이나 희곡의 가독성은 낮아질 수밖에 없다. 이들은 다음과 같은 경로를 통해 백화를
익히고 실제로 백화문학을 감상하면서 백화에 대한 해독 수준을 높였을 것이다.

조선정부에서는 또 ≪朱子語類≫를 해독하는데 도움이 되도록 ≪語錄解≫라는 일
종의 사전을 발행한다. 宋浚吉의 跋文을 보면, 현종 10년(1669)년에 임금이 南二星에
게 舊本을 고치고 송준길에게 발문을 써서 출간하게 하였다. 그 발문을 보면 이 책의
용도와 출간하게 된 동기를 알 수 있다.

> 어록해라는 것은 중국의 속된 말이다. 옛날에 송나라의 諸賢이 후학들을 가르치며 편지
> 를 주고받는 데에 많이 이용하였다. 대개 사람들이 쉽게 알 수 있게 하려는 것이지만, 우리
> 나라를 보면 소리와 말의 풍속이 같지 않아서 도리어 알기 어렵다. 이것이 (어록)해를 만든
> 까닭이다.(語錄解者는 即中國之俚語라 昔에 有宋諸賢이 訓誨後學ᄒ며 與書尺往復에 率多
> 用之ᄒ니 蓋欲人之易曉而顧我東이 聲音語言가 謠俗이 不同ᄒ야 反有難曉者ᄒ니 此解之
> 所以作也라)[42]

≪語錄解≫는 당시 조선의 지식인들이 중국의 주자학 서적에 나오는 '白話'를 이해
하는 데에 도움이 되도록 만든 사전이라고 할 수 있다. 본래 이 책을 출간한 목적은 주
자학에 대한 이해를 돕기 위한 것이지만, 중국소설을 읽는 데도 쓰일 수 있었다. 그리고
나중에는 특정 중국소설과 희곡의 어록도 만들어지는데, 20세기 초에 출판된 ≪註解語
錄總覽≫에는 〈水滸誌語錄〉·〈西遊記語錄〉·〈西廂記語錄〉·〈三國誌語錄〉·〈吏
文語錄〉이 합본되어 있다. 이들 각 어록의 편찬 연대를 정확히 알 수 없지만, '17세기
이후 다량의 중국소설이 유입되는 시기에 그 과정에서 소설어록해도 만들어졌을 것이

---

42) 白斗鏞 編纂, 尹昌鉉 增訂, ≪註解語錄總覽≫(翰南書林, 1919). 국립중앙도서관 홈페이지에
   서는 '콘텐츠뷰어'로 고서들을 열람하고 인쇄할 수 있다. 이 책도 그중의 하나이며 청구기호는
   '古朝41~51'이다. 원문은 이것을 인용했고, 번역은 필자가 하였다.

다.'[43] 이전의 어록들은 대부분 작품의 章回 순서에 의거해 어휘를 나열하였지만, ≪주해어록총람≫은 글자 수에 따라 즉 한 글자, 두 글자, 세 글자 등의 순서에 따라 분류하고 배열해서 사전처럼 찾아 볼 수 있게 하였다. 이중 〈이문어록〉은 중국과의 외교에서 역관들이 필요한 문서 보거나 작성할 때 필요하였다. 나머지 어록들은 백화문학 작품들로 소설이 대부분이고, 희곡으로는 〈西廂記語錄〉이 보인다. 이 어록들은 특정 작품을 볼 때뿐만 아니라 거의 모든 중국 백화문학을 볼 때 사전 역할을 하였을 것이다. 조선의 문인들과 역관들은 이런 어록을 참고하여 중국의 백화문학을 보았으며, 백화문학을 보면서 백화에 대한 이해를 더욱 높였을 것이다.

실물로 남아 있는 번역소설 중에 ≪第一奇言≫은 거의 유일하게 번역자 및 번역 연도를 확인할 수 있는 책이다. 이 책은 洪羲福(1794~1859)이 중국소설 ≪鏡花緣≫을 번역한 수고본이다. '홍희복은 서류출신으로 벼슬에 나갈 수 없어, 자주 중국을 내왕하면서 중국소설을 구하여 읽었다.'[44]고 한다. 홍희복은 서문에서 중국소설 번역에 대해 다양한 정보를 제공한다.

> 일 업슨 선비와 쥐조 잇ᄂ 녀지 고금쇼셜에 일흠ᄂ 브를 낫ᄎᆞ치 번역ᄒ고 그 밧 허언(虛言)을 창셜(唱說)ᄒ고 긱담(客談)을 번연(繁衍)ᄒ야 신긔코 ᄌᆞ미 잇기를 위쥬ᄒ야 거의 누쳔권에 지ᄂ지라. ᄂᆡ 일즉 실학ᄒ야 과업을 닐우지 못ᄒ고 흰당을 뫼셔 한가흔 쎡 만흐므로 셰간의 젼파ᄒᄂ 바 언문쇼셜을 거의 다 열남ᄒ니 대져 삼국지(三國志) 셔유긔(西遊記) 슈호지(水滸志) 녈국지(列國志) 셔주연의(西周演義)로부터 녁대연의(歷代演義)에 뉴ᄂ 임의 진셔로 번역흔 비니 말숨을 고쳐 보기의 쉽기를 취할 ᄯᅮᆫ이요.[45]

인용문을 통해 조선에서는 일없는 선비들이나 재주 있는 여자들도 고금소설들을 번역하였음을 알 수 있다. 홍희복은 ≪경화연≫을 우리말로 번역했을 뿐만 아니라 백화소설들을 한문(진서)으로 번역하기도 했으나 현재 전해지지는 않는다. ≪제일기언≫의 번역은 '직역을 원칙으로 하였으나, 이국풍속을 우리 풍속에 적응시키기 위해 때로는 보태고, 때로는 빼기도 하며, 또는 고치기도 하여 자유롭게 번역해 놓았다.'[46] 홍희복이 직

---

43) 오오타니 모리시게(大谷森繁), ≪韓國 古小說 硏究≫, 경인문화사, 2010, 186쪽.

44) 정규복, 〈제일기언에 대하여〉, ≪한국문학과 중국문학≫, 보고사, 2010, 419~420쪽.

45) 정규복·박재연 교주, ≪第一奇言≫, 국학자료원, 2001, 21~22쪽.

46) 정규복, 〈제일기언에 대하여〉, ≪한국문학과 중국문학≫, 보고사, 2010, 425쪽.

역 위주의 번역을 하였다는 것은 그가 중국어에 능통했음을 뜻한다. 뜻을 이루지 못한 지식인들이 어떤 경로로 중국어를 배웠는지는 모르지만, 그들도 중국소설의 번역에 참여하였으며, 중국소설 수용의 주체로서 활약하였다.[47] 조선의 관료, 역관, 벼슬에 나가지 못한 사대부, 재주 있는 여자들까지 중국 백화소설을 수용했는데, 이들이 중국 희곡의 텍스트의 수용도 담당하였을 것이다.

국내에 유입되어 지금 남아 있는 판본은 서론에 소개한 것처럼 모두 14종이다. 이중 어떤 판본에는 印記가 있어서 그 작품이 유입된 시기의 하한선을 결정지을 수 있다. 그리고 현전하는 판본이 조선시대 필사본이거나 번역본 혹은 조선의 출판본이라면, 그 대상 텍스트인 중국희곡 작품이 유입되었음을 확정할 수 있다. 그러나 이런 판본이 아니거나 판본 자체에 소장과 관련된 기록이 남아 있지 않으면, 그 판본이 언제 유입되었는지는 확정할 수 없다. 청나라가 멸망하기 이전에 출판된 판본이라고 하더라도 조선시대 이후에 국내에 유입되었을 수도 있기 때문이다. 그래서 현전하는 판본을 고찰하는 것도 필요하지만, 어떤 작품이 언제 유입되고 어떻게 수용되었는지는 조선인들이 남긴 유입기록이나 독서기록을 살펴보아야 할 것이다. 현전하는 판본 중에는 유입기록이 있는 작품들도 있고, 그렇지 않은 것들도 있다. 현전 판본이 남아 있는 작품들을 먼저 살펴보고 나서, 유입기록만 남아 있고 판본이 없는 작품들을 살펴보기로 한다.

1) 현전하는 판본이 있는 작품

서론에서 밝혔듯이, 현전하는 작품 중에 中華民國元年 이전에 간행된 판본과 간행연도 미상의 판본은 모두 14종이 유입되었음을 확인할 수 있었다. 이 작품들은 ≪荊釵記≫·≪拜月亭記≫·≪琵琶記≫·≪西廂記≫·≪薩眞人夜斷碧桃花雜劇≫·≪伍倫全備記≫·≪四聲猿≫·≪牡丹亭≫·≪長生殿≫·≪笠翁傳奇十種≫·≪桃花扇≫·≪蔣園九種曲≫·≪紅樓夢曲譜≫·≪傳奇六種≫이다. 이중 ≪西廂記≫를[48] 제외한 목록은 다음과 같다.

---

47) 유승현·민관동, 〈朝鮮의 中國古典小說 수용과 전파의 주체들〉, ≪中國小說論叢≫제33집, 2011.

48) ≪西廂記≫의 목록은 너무 많아 여기서는 생략하였다. ≪서상기≫ 판본에 대한 자료는 필자가 쓴 ≪韓國所藏中國古典戲曲(彈詞·鼓詞) 版本과 解題≫ (학고방. 2012년 12월)를 참고하기 바란다.

書名	出版事項	版式狀況	一般事項	所藏處
荊釵記	著者未詳, 刊寫地未詳, 刊寫者未詳, 刊寫年未詳	2卷1冊(上·下卷)		東亞大
幽閨怨佳人拜月亭記	著者未詳, 刊寫地未詳, 刊寫者未詳, 刊寫年未詳	4卷2冊	包匣題：幽閨記, 標題：幽閨記	東亞大
琵琶記	高明(元)著, 陳繼儒(明)評, 刊寫地未詳, 刊寫者未詳, 宣統2年(1910)	2卷2冊, 中國木版本	版心書名：陳眉公批評琵琶記, 跋：宣統庚戌(1910)…劉世珩	國立中央圖書館
芥子園繪像第七才子書	高明(中國)撰, 蘇州, 光華堂, 雍正13年(1735)	6卷6冊, 中國木版本	表題：繡像第七才子書, 目錄題：芥子園繪像第七才子書琵琶記, 匣題：七才子書琵琶記, 原評：聲山先生, 序：康熙乙卯年(1665)…吳?悔菴, 序：康熙丙午年(1666)…笥溪浮雲客子, 序：雍正乙卯年(1735)…程自華	서울大 중앙도서관
成裕堂繪像第七才子書琵琶記	高明(元)原評, 程士任(清)校刊, 清雍正13年(1735)刊	6卷6冊, 中國木版本	序：雍正乙卯(1735)元旦日耕野士任自華甫題於成裕堂, 一卷末：雍正乙卯(1735)春日七旬灌叟程自華氏校刊于吳門之課花書屋, 備考：袖珍本	成均館大
繪像第七才子琵琶記	高東嘉(元)評, 中華圖書館, 清朝末~中華初刊	不分卷1冊, 中國石印本	序：康熙丙午(1666)孟秋望日笥溪浮雲客子題於衣言堂之南軒	成均館大
琵琶記	高明(元)撰, 中國, 刊寫者未詳, 刊寫年未詳	6卷6冊, 中國木活字本	版心題：第七才子書, 別書名：繪風亭評第七才子書	全南大
陳眉公批評琵琶記	高明(元)撰, 中國, 刊寫者未詳, 宣統2年(1910)跋	2冊, 中國木活字本	跋：宣統庚戌(1910)夏五貴池劉世珩記於三唐琴?, 刊記：夢鳳樓暖紅室刊校	全南大
繪像第七才子琵琶記	刊寫地未詳, 刊寫者未詳, 1906	6冊, 石印本	標題：七才子琵琶記	嶺南大
薩眞人夜斷碧桃花雜劇		1冊, 中國木版本		金奎璇先生所藏本
新編勸化風俗南北雅曲五倫全備記	赤玉峯道人著, 刊寫地未詳, 刊寫者未詳, 刊寫年未詳	2卷2冊, 朝鮮木版本	序：歲在上章敦歲在上章敦牂[庚午(?)]…高岦, 印：教誨廳	서울大 奎章閣

書名	出版事項	版式狀況	一般事項	所藏處
	刊寫地未詳, 刊寫者未詳, 刊寫年未詳	東裝3冊 (零本：卷1~2, 卷4), 朝鮮木版本	序：迂愚叟	啓明大
伍倫全備諺解	著者未詳, 刊寫地未詳, 刊寫者未詳, 景宗元年(1721)	8卷5冊, 朝鮮木版本	表紙書名：五倫全備, 卷首…序…歲舍辛丑(1721) …高時彦, 引用書目	서울大 奎章閣
伍倫全備諺解	編者未詳, 刊寫地未詳, 刊寫者未詳, 英祖 17年(1741)	8卷4冊, 朝鮮木版本	1721년판은 埋木 수정하여 인출한 것. 印出記：壬戌(1741?) 印置	서울大 奎章閣
徐文長全集	徐渭(明)著, 袁宏道(明) 評點, 刊寫地未詳, 讀書坊, 淸(1616~1911)	30卷(附錄)合10冊, 中國木版本	讀書坊藏板, 附錄：四聲猿, 序：黃汝亨	서울大 奎章閣
徐文長全集	徐渭(明)著, 袁宏道(明) 編, 刊寫者未詳, 刊寫年未詳	30卷7冊, 目錄1冊, 共8冊, 中國木版本	序：萬曆甲寅(1614), 序：黃汝亨	서울大 중앙도서관
徐文長全集	徐渭(明)撰, 閔德美(明) 校訂, 黃汝亨(明) 序, 刊寫年未詳	29卷6冊, 中國木版本	本衙藏板	高麗大
四聲猿	徐渭(明)著	1冊, 中國木版本	刊記：本衙藏板	雅丹文庫
玉茗堂還魂記	湯顯祖(明), 淸暉閣 原本, 氷絲館重刊, 乾隆乙巳年(1785)	55齣2冊1函, 中國木版本(重梓)	氷絲館重刻還魂記敍：快雨堂敍, 批點玉茗堂牡丹亭敍：天啓癸亥(1623) 陽生前六日譫菴居士題於淸暉閣中	서울大 중앙도서관
牡丹亭還魂記	湯顯祖(明)編, 玉茗堂, 淸朝後期刊	8卷6冊, 中國木版本	裏題：牡丹亭, 版心題：還魂記, 刊記：玉茗堂藏板	成均館大
牡丹亭還魂記	湯顯祖(明)編, 同人堂, 淸朝後期刊	8卷6冊, 中國木版本	裏題：繡像牡丹亭, 版心題：還魂記, 序：萬曆戊子(1588)秋臨以淸達道人 湯顯祖題, 刊記：同人堂藏板	成均館大
牡丹亭還魂記	湯顯祖(明)編, 同文書局, 1886年刊	2卷2冊, 中國木版本		雅丹文庫
長生殿	洪昇 著, 夢鳳樓· 暖紅室共校, 刊年未詳	2冊, 中國木版本	原序：康熙己未(1679)…洪昇	國立中央圖 書館
長生殿	洪昇(淸)塡詞, 夢鳳樓· 暖紅室刊校, 刊寫年未詳	50齣2卷2冊(上·下) 1函, 中國木版本	原序：…康熙己未(1679)仲秋稗畦洪 昇題於孤嶼草堂, 靜深書屋原本	서울大 중앙도서관
增圖長生殿傳	洪昇(淸)塡詞, 吳人舒(淸)論文, 上海, 蜚英館, 光緖13年(1887)	2冊, 中國石印本	版心題：長生殿, 序：康熙己未(1679)…洪昇, 印：集玉齋, 帝室圖書之章	서울大 奎章閣
笠翁傳奇十種	笠翁(明)編, 康熙18年(1679)	20卷20冊, 中國木版本	裏題：笠翁傳奇十種, 序末：帝堯巳未(1679)仁神父題, 印：李王家圖書之章	韓國學中央 研究院

書名	出版事項	版式狀況	一般事項	所藏處
憐香伴傳奇	笠翁 編次, 逸叟 批評, 步月樓, 淸 刊寫年未詳	2卷2冊, 中國木版本	憐香伴序：…勾吳社弟虞巍玄洲氏題, 총서사항：笠翁傳奇十種1~2	서울大 중앙도서관
風箏誤傳奇	笠翁編次, 樸齋主人 批評, 步月樓, 淸 刊寫年未詳	2卷2冊, 中國木版本	風箏誤敍：…勾吳社小弟虞鏤以嗣氏題, 총서사항：笠翁傳奇十種3~4	서울大 중앙도서관
意中緣傳奇	笠翁編次, 禾中女史 批評, 步月樓, 淸 刊寫年未詳	2卷2冊, 中國木版本	跋：…東海弟徐林鴻謹跋, 총서사항：笠翁傳奇十種5~6	서울大 중앙도서관
蜃中樓傳奇	笠翁編次, 疊菴居士 批評, 步月樓, 淸 刊寫年未詳	2卷2冊, 中國木版本	序：…西次社弟孫治[?]台氏拜題, 총서사항：笠翁傳奇十種7~8	서울大 중앙도서관
凰求鳳傳奇	笠翁編次, 冷西梅客 批評, 步月樓, 淸 刊寫年未詳	2卷2冊, 中國木版本	別題：鴛鴦簪, 序：楚弟濬于皇氏題笠, 총서사항：翁傳奇十種9~10	서울大 중앙도서관
奈何天傳奇	笠翁編次, 紫珍道人 批評, 步月樓, 淸 刊寫年未詳	2卷2冊, 中國木版本	別題：奇福記, 序：錢塘弟胡介題于旅堂之夆水閣, 총서사항：笠翁傳奇十種11~12	서울大 중앙도서관
比目魚傳奇	笠翁編次, 醉矦批評, 步月樓, 淸 刊寫年未詳	2卷2冊, 中國木版本	敍：辛丑閏秋山陰映然女子王端淑題, 총서사항：笠翁傳奇十種13~14	서울大 중앙도서관
玉搔頭傳奇	笠翁編次, 睡鄕祭酒 批評, 步月樓, 淸 刊寫年未詳	2卷2冊, 中國木版本	序：戊戌仲春黃鶴山農題於綠梅深處, 총서사항：笠翁傳奇十種15~16	서울大 중앙도서관
巧團圓傳奇	笠翁編次, 莫愁釣客· 睡鄕祭酒合評, 步月樓, 淸 刊寫年未詳	2卷2冊, 中國木版本	別題：夢中樓, 序：康熙戊申(1668) 之上巳日樗道人書於珝湖僧舍, 총서사항：笠翁傳奇十種17~18	서울大 중앙도서관
愼鸞交傳奇	笠翁編次, 匡廬居士· 雲間木叟合評, 步月樓, 淸 刊寫年未詳	2卷2冊, 中國木版本	序：…匡廬居士雲中郭傳芳抄手撰, 총서사항：笠翁傳奇十種19~20	서울大 중앙도서관
桃花扇	雲亭山人(淸)編, 西園, 淸版本	4卷4冊, 中國木版本	序：夢鶴居士, 印：集玉齋, 帝室圖書之章	서울大 奎章閣
	孔尙任(淸)著, 蘭雪堂, 淸光緖21年(1895)	4卷11冊2匣, 中國木版本	序：梁溪夢鶴居士, 小引：康熙己卯年(1699)…雲亭山人, 後序：吳穆鏡庵, 내용：小引, 小識, 木末, 凡例, 考據, 綱領, 砌末, 題辭	서울大 중앙도서관
	孔尙任(淸)著, 雲亭山人(淸)編, 暖紅室·夢鳳樓刊校, 刊寫年未詳	40齣2冊, 中國木版本	序：梁溪夢鶴居士撰, 後序：北平吳穆菴識, 原跋：桃源逸士黃元治, 料錯道人劉中柱, 淮南李相, 關中陳四如, 穎上劉凡, 廔東葉?, 海陵沈默, 海陵沈成垣, 跋：上元甲寅月當頭夕枕雷道士識於 海上楚園	서울大 중앙도서관

書名	出版事項	版式狀況	一般事項	所藏處
	孔尙任(淸)編, 西園, 淸朝末期刊	4卷4冊, 中國木版本	書名：裏題에 의함, 序：梁溪夢鶴居士撰, 刊記：西園梓行	成均館大
桃花扇傳奇 後序詳註	吳穆(淸)詳註, 花庭聞客(淸)編輯, 刊寫者未詳, 嘉慶21年(1816)	4卷4冊, 中國木版本	花庭聞客은 '陳宸書'임, 標題：吳鏡菴桃花扇傳奇後序詳註, 花口題：桃花扇傳奇, 版心題：後序詳註, 原著者：孔尙任, 序：嘉慶己卯(1819)…吉惕園, 弁言：嘉慶丙子(1816), 桃花扇傳奇後序：吳穆, 孔稼部桃花扇傳奇後序：康熙23(1684)…吳穆, 刊記：嘉慶丙子(1816)閏夏刊	서울大 중앙도서관
藏園九種曲	蔣士銓(淸)塡詞, 羅聘(淸)等評文, 刊地未詳, 煥乎堂, 乾隆39年(1774)序	12冊, 中國木版本	序：乾隆甲午(1774)…陳守詒, 印：集玉齋, 帝室圖書之章	서울大 奎章閣
蔣士銓著九 種曲	癸亥七月 上海朝記書局印行	8冊, 中國木版本	卷冊未詳의 殘存本, 目次：卷1, 2：冬靑樹, 册3：第二碑, 册4：一片石, 册5：雪中人, 册6：四絃秋, 册7, 8：桂林霜	延世大
冬靑樹	蔣士銓(淸)塡詞, 紅雪樓, 乾隆辛丑(1781)	38齣2卷1冊, 中國木版本	卷末題：冬靑樹傳奇, 序：乾隆辛丑(1781)中秋後二日丁亥 吳郡張塡石公序 自序：辛丑(1781)8月離垢居士書	서울大 중앙도서관
桂林霜	蔣士銓(淸)塡詞, 張三禮(淸)評文, 楊迎鶴(淸)正譜, 紅雪樓, 乾隆辛丑(1781)	24齣2卷2冊, 中國木版本	序題：桂林霜傳奇, 別題：賜衣記, 序：乾隆辛卯(1771) 九秋燕臺張三禮書于越州郡齋, 桂林霜傳奇自序：乾隆辛卯(1771) 仲夏鉛山蔣士銓書于吾山之館	서울大 중앙도서관
一片石 / 第二碑	蔣士銓(淸)塡詞, 王興吾(淸)評定, 吳承緖(淸)正譜/ 藏園居士(淸)塡詞, 見亭外士(淸)正譜, 倉厓老人(淸)評校, 紅雪樓, 乾隆辛丑(1781)	一片石 4齣1卷 / 第二碑 6齣1卷, 共2卷1冊, 中國木版本	一片石의 卷末題：一片石傳奇, 一片石自序：穀雨日鉛山蔣士銓苕生 自識, 第二碑의 別題：後一片石, 第二碑의 卷末題：第二碑傳奇, 第二碑敍：丙申?月上浣上谷王均矩平 氏書於古江州分樓, 第二碑序：漢陽阮龍光拜題於洪都官署 齋, 第二碑自序：藏園居士藏士銓書	서울大 중앙도서관
雪中人 / 四絃秋	蔣士銓(淸)塡詞, 李士珠(淸)正譜, 錢世錫(淸)評點 /	一片石 16齣1卷 / 四絃秋4齣1卷, 共2卷1冊,	雪中人의 序題：雪中人傳奇, 雪中人塡詞自序：淸容居士書, 四絃秋의 目錄題：四絃秋雜劇,	서울大 중앙도서관

書名	出版事項	版式狀況	一般事項	所藏處
	清容主人(淸)塡詞, 鶴亭居士(淸)正拍, 夢樓居士(淸)題評, 紅雪樓, 乾隆辛丑(1781)	中國木版本	四絃秋의 別題：靑衫淚, 四絃秋의 卷末題：四絃秋雜劇, 四絃秋序：蔣士銓淸容氏書, 乾隆癸巳(1773)…張景宗拜題…, 秋聲館主人鶴亭江春識	
空谷香	蔣士銓(淸)塡詞, 高文照(淸)題評, 紅雪樓, 乾隆辛丑(1781)	30齣2卷2冊, 中國木版本	版心題：空谷香, 序：辛卯(1771) 2月燕臺張三禮椿山氏書, 空谷香傳奇自序：小雪日濟寓舟次鉛 山偃客自序	서울大 중앙도서관
香祖樓	藏園居士(淸)塡詞, 峯外士(淸)評文, 種木山人(淸)訂譜, 紅雪樓, 乾隆辛丑(1781)	32齣2卷2冊, 中國木版本	標題：淸容外集, 別題：轉情關, 卷末題：香祖樓傳奇, 自序：乾隆甲午(1774)寒食日藏園居 士自書, 後序：乾隆甲午(1774) 九秋種木居士陳守詒題撰	서울大 중앙도서관
臨川夢	蔣士銓(淸)塡詞, 明新(淸)正譜, 錢世錫(淸)評校, 紅雪樓, 乾隆辛丑(1781)	20齣2卷1冊, 中國木版本	卷末題：臨川夢傳奇, 自序：…甲午上巳鉛山蔣士銓書于芳 潤堂	서울大 중앙도서관
紅樓夢曲譜	黃兆魁(淸)撰, 蟾波閣, 光緒 8年(1882)	4冊, 中國木版本	卷頭書名：紅樓夢散套, 序：乙亥聽濤居士. 印：集玉齋, 帝室圖書之章	서울大 奎章閣
傳奇六種	楊恩壽(淸)撰, 序, 光緒1年(1875)	5冊, 中國木版本	內容：桃花源, 姽嫿封, 桂枝香, 理靈坡, 再來人, 麻灘渡驛, 蓮子居詞話, 印：集玉齋, 帝室圖書之章	서울大 奎章閣

　위에 제시한 작품들 중에 유입에 대한 기록이나 '印記'가 없거나, 조선에서 번역되거나 출판된 적이 없는 것으로는 ≪拜月亭記≫와 ≪薩眞人夜斷碧桃花雜劇≫이란 두 작품이 있다. ≪拜月亭記≫는 동아대에 단 하나의 판본이 남아 있는데 필자가 올해 1월에 직접 확인한 바로는 중화민국원년 이후의 판본일 가능성도 있다. ≪薩眞人夜斷碧桃花雜劇≫ 또한 단 하나의 판본을 개인 소장자 金奎璇가 소장하고 있는데, 실물을 확인할 수 없었다. 이 두 작품은 언제 어떻게 유입되었는지 확인할 수가 없다.

　그 다음으로는 印記가 남아 있는 판본들이 있는데, ≪長生殿≫·≪笠翁傳奇十種≫·≪桃花扇≫·≪蔣園九種曲≫·≪紅樓夢曲譜≫·≪傳奇六種≫ 여섯 작품이다. 이 중 ≪笠翁傳奇十種≫만 한국학중앙연구원에 소장되어 있으며, '李王家圖書之章'이 찍혀 있다. 나머지 판본들은 모두 서울대 규장각에 소장되어 있으며, '集玉齋, 帝室圖書之章'이 찍혀 있다. 이중 ≪桃花扇≫ 단 한 작품만이 유입 기록이 남아 있는데 이는 나중에 살펴보기로 한다. 이 장서들에 찍힌 '印記'로 그 판본의 대략적인 유입 시기를 추정할 수 있는데 먼저 규장각의 판본들을 살펴보면 다음과 같다.

集玉齋는 高宗의 서재인데, 그가 1907년에 일본에게 강제로 퇴위된 후에 일본은 奎章閣의 조직을 개편하여, 1908년에 奎章閣에서 弘文館·侍講院·集玉齋·史庫의 문헌들을 모두 관리하게 한다. 이 때문에 여러 기관에 나뉘어 소장되어 있던 문헌들이 奎章閣으로 옮겨오게 되고, 이를 '帝室圖書'라고 칭하게 된다.[49] 그래서 위의 판본들은 적어도 1907년 이전에는 集玉齋에 소장되어 있었으며, 이보다 이른 시기에 이미 조선에 들어왔다고 할 수 있다. 이중 ≪長生殿≫은 1887년 그리고 ≪桃花扇≫은 康熙年間(1662~1722)에 출판된 판본이고, ≪蔣園九種曲≫은 1774년에 '序'가 써진 판본이며, ≪紅樓夢曲譜≫의 최초 출판은 1815년에 그리고 ≪傳奇六種≫의 최초 출판은 光緒(1875~1908) 초년에 이루어졌다.

또한 규장각에는 '集玉齋, 帝室圖書之章'이란 인기가 있는 탄사 4종이 있다. ≪義妖傳≫은 1869년에, ≪玉鴛鴦≫은 1868년에, ≪十粒金丹≫은 1888년에 출판된 판본이고, ≪天寶圖≫의 최초 출판은 1830년에 이루어졌다. 이를 보면, 集玉齋에 소장되어 있던 판본들은 대체로 시기가 늦은 19세기 후반의 것들임을 알 수 있다. 그래서 비교적 늦은 시기의 희곡과 탄사 판본들이 고종(1852~1919)의 재위 시절(1863~1907) 후반에 유입된 것으로 보인다.

≪笠翁傳奇十種≫은 한국학중앙연구원의 '藏書閣'에 소장되어 있는데, 印記가 '李王家圖書之章'으로 되어 있다. 藏書閣은 변천 과정이 복잡해서 이 판본이 소장된 과정을 추정하기 힘들지만, ≪笠翁傳奇十種≫은 원래 왕실에서 소장하고 있던 것은 확실하며 1910년 이전에 유입된 것으로 보인다. 이 판본들은 왕실의 구성원들이나 정부 관료들에게게만 한정적으로 수용되었을 것이다.

다음으로는 유입기록이 있는 작품들을 시대순으로 살펴본다. 먼저 李圭景(1788~1856)의 ≪五洲衍文長箋散稿≫의 〈小說辨證說〉에는 ≪琵琶記≫에 대한 언급이 있

---

49) 김태웅·연갑수·김문식·신병주·강문식, ≪奎章閣(그 역사와 문화의 재발견)≫, 서울대 출판문화원, 2009, 73~74쪽.

다. '≪續文獻通考≫에서는 ≪琵琶記≫와 ≪水滸傳≫을 경적지에 넣었다. 비록 패관
소설이라도 옛사람들이 내버리지 않았다.(≪續文獻通考≫以≪琵琶記≫·≪水滸傳≫
列之經藉誌中。雖稗官小說。古人不廢。)'50) 이 기록을 보면 李圭景은 ≪琵琶記≫
를 '稗官小說'의 범주에 넣었으며, ≪琵琶記≫의 장르를 희곡으로 보고 있지 않다. 그
렇기 때문에 그가 ≪琵琶記≫의 실물을 보았는지 혹은 서명만 알고 있었는지는 판단하
기 어렵다. 그래서 이 기록을 ≪琵琶記≫작품 자체에 대한 유입 기록으로 보기는 힘들
다. 그러나 시인들의 詩句에는 ≪琵琶記≫에 나온 내용을 인용한 것들이 있다.

* 金宗直(1431~1492)≪佔畢齋集≫第13권〈和元參奉槪李生員承彦諸子韻〉：선아가
  응당 녹운의를 만들어 놓았으리(仙娥應剪綠雲衣)
* 張維(1587~1638) ≪谿谷集≫제25권〈次韻答朴大觀學士夢見鄭員外勸我讀書 覺來
  仍成古詩却寄之作〉：책 벌레도 본시 싫어할 일 아닌 것이, 기막힌 향기 나는 잎사귀
  가 있는 것을(蠹魚自不惡, 芸葉有奇芬)
* 丁若鏞(1762~1836) ≪茶山詩文集≫제4권〈得新瓜書懷〉：취부 타갱 그야말로 색다
  른 별미로되(翠釜駝羹本殊美)51)

   이상의 시구는 모두 ≪琵琶記≫에서 나온 것이라고 하는데, 이들은 모두 ≪琵琶記≫
를 보았을 것이라고 추정할 수 있다. 金宗直은 朝鮮 前期의 사람이므로, ≪琵琶記≫
의 어떤 판본이 유입되었는지는 알 수 없으나, 그 유입 시기의 하한선은 朝鮮 前期로
볼 수 있다. 그러나 아래의 국내 소장본들이 언제 어떤 경로로 유입되었는지는 확정할
수 없다.
   ≪四聲猿≫은 ≪徐文長集≫에 실려 있으므로 이 책의 유입기록은 ≪四聲猿≫의
유입기록으로 볼 수 있다. 李宜顯(1669~1745)의 ≪陶谷集≫卷之三十〈庚子燕行雜
識〉에는 역관을 시켜 구입한 책의 목록에 ≪徐文長集≫가 들어있다. 李宜顯은 1720
년 중국에 사신으로 갔으므로, 늦어도 그가 귀국한 후에는 ≪徐文長集≫을 통해 ≪四
聲猿≫이 유입되었음이 확실하다. 또한 正祖(1752~1800)의 시문·윤음·교지 및 기타
편저를 모은 전집인 ≪弘齋全書≫ 제50권의 〈策問3〉에는 '徐渭의 ≪文長集≫'이라는

---

50) 李圭景, ≪五洲衍文長箋散稿≫〈小說辨證說〉, 한국고전종합DB.
51) 이상 내용은 한국고전종합DB의 검색을 통해 이루어졌으며, 번역문도 이를 따랐다.

기록이 보인다. 그리고 李德懋(1741~1793)는 ≪靑莊館全書≫에서 '내가 일찍이 徐文長 문집의 〈土豆詩〉를 보니'라고 했으니 국내에 유입된 徐渭의 문집을 읽었음을 알수 있다. 이상의 기록을 보면, 늦어도 18세기 초부터 ≪四聲猿≫은 ≪徐文長集≫을통해 국내에 유입되었다고 할 수 있다.

≪牡丹亭≫이 朝鮮에 유입되었음을 확인할 수 있는 기록은 申緯(1769~1847)의 유고시집인 ≪警修堂全藁≫冊二十六〈覆瓿集一〉에서 찾을 수 있다. 이 시집에 실린〈新收明無名氏古畫二幀〉의 두 편의 7언 절구에 하나인 〈仕女讀書圖〉의 마지막 구절에 '抛書一卷牡丹亭'이라는 시구가 있다. 그리고 이 구절에는 '牡丹亭, 還魂記。湯若士爲杜麗娘作也。'[52]라는 注가 있는데, 이는 시집을 편찬한 申緯의 둘째아들 申命衍의 단 注로 보인다. 시인은 그림을 보고 ≪牡丹亭≫이란 책을 언급했으므로 이 책의읽었던 것으로 보인다. 또한 ≪牡丹亭≫은 一名 ≪還魂記≫라고도 하며, '若士'는 湯顯祖의 號이고 '杜麗娘'은 ≪牡丹亭≫의 주인공이므로, 注를 단 사람도 역시 ≪牡丹亭≫에 대해 정확히 알고 있었음을 확인할 수 있다. 위의 시구와 그 주석으로 볼 때,≪牡丹亭≫은 늦어도 申緯의 생존 당시인 19세기 중반 이전에는 朝鮮에 유입되었다고볼 수 있다.

≪笠翁傳奇十種≫의 지은이 '李漁'에 대한 기록은 朴趾源의 ≪熱河日記≫와 李德懋의 ≪靑莊館全書≫에 보이지만, ≪笠翁傳奇十種≫에 대한 구체적인 유입 기록은찾을 수 없다. 그래서 ≪笠翁傳奇十種≫은 '李王家圖書之章'이란 인기가 있으므로 조선 왕실에서 유입한 것이 확실하지만, 그 구체적인 유입 시기는 확정할 수 없다.

≪桃花扇≫도 朝鮮時代에 유입되었음을 확정할 수 있는 기록들이 있다. 먼저 朝鮮의 화가 李麟祥(1710~1760)의 시문집인 ≪凌壺集≫卷之四에는 〈桃花扇識〉이란 글이 있는데,[53] 여기서 ≪桃花扇≫에 대한 朝鮮時代 문인의 감상을 자세히 볼 수 있다. 그리고 黃景源(1709~1787)의 시문집인 ≪江漢集≫卷之十七〈墓誌銘〉에서 '또 일찍이 〈桃花扇識〉을 지었다.(又嘗作桃花扇識)'[54]라는 하였다. 이를 보면 黃景源 또한생전에 ≪桃花扇≫을 보고 기록을 남겼음이 틀림없다. 또한 李圭景(1788~1856)이 쓴

---

52) 申緯, ≪警修堂全藁≫冊二十六〈覆瓿集一〉, 한국고전종합DB.
53) 李麟祥, ≪凌壺集≫卷之四〈桃花扇識〉, 한국고전종합DB.
54) 黃景源, ≪江漢集≫卷之十七〈墓誌銘〉, 한국고전종합DB.

백과사전 형식의 ≪五洲衍文長箋散稿≫에서도 ≪桃花扇≫이란 서명이 보인다. 池圭植은 ≪荷齋日記≫의 임진년(1892) 9월 2일에 '박 판서 대감이 ≪桃花扇≫ 6권을 주면서 "이것은 傳奇 중에 기이한 글이니 보고서 도로 가져오라."고 분부하셨으므로 받아가지고 와서 세소(稅所)에 나와서 보았다.'[55] 池圭植은 또한 같은 달 3일과 13일에도 ≪桃花扇≫을 보았다고 일기에 적고 있다. 李麟祥의 ≪凌壺集≫은 4권 2책의 활자본인데, 1779년에 아들 李英章이 유문을 정리하여 편집·간행하였다. 黃景源의 ≪江漢集≫은 32권 18책의 활자본으로 1790년에 간행되었다. 이 둘은 모두 유고집이므로 〈桃花扇識〉을 썼던 李麟祥과 黃景源이 생존했던 시대에 ≪桃花扇≫이 朝鮮에 유입되었음을 확인할 수 있고, 이 시기는 대략 18세기 중반 정도로 추정할 수 있다. 또한 池圭植(1851~?)은 경기도 陽根의 分院貢所의 貢人이었고, ≪荷齋日記≫는 그가 1891년부터 1911년까지 약 20년 7개월 동안 쓴 일기이다. 朝鮮末期에도 책 주인인 박 판서 같은 문인들에게 ≪桃花扇≫이 수용되었고, 더구나 池圭植 같은 중인들도 ≪桃花扇≫을 빌려 봄으로써 수용에 동참했음을 확인할 수 있다.

그 다음으로는 印記나 유입 기록이 없으나 개작본이나 번역본 혹은 출판본이 남아 있는 작품들이 있다. 조선시대의 번역본이나 개작본이 혹은 출판본이 남아 있으면 그 작품이 조선에 유입된 것이 확실하며 대략적인 유입 시기를 추정할 수 있다. ≪荊釵記≫는 한문 개작본과 번역본이 남아 있으며, ≪伍倫全備記≫는 조선 출판본과 번역출판본이 남아 있는데, 우선 창작 시기가 이른 ≪荊釵記≫부터 살펴보고자 한다.

≪荊釵記≫는 朝鮮時代에 한문소설 형식의 〈王十朋奇遇記〉로 개작되기도 했으며, 또한 한글소설 형식의 〈왕시봉뎐〉으로 개작·번역되기도 하였다. 먼저 〈王十朋奇遇記〉를 살펴보면, 愼獨齋가 교열한 '傳奇集'에 실려 있는 작품들 중의 하나이다. 이 傳奇集은 정병욱이 발굴하여 ≪愼獨齋手澤本傳奇集≫이라고 이름 붙였고, 愼獨齋는 金集(1574~1656)이라고 추정하였다.[56] 만약 愼獨齋가 金集이라면 이 책은 17세기 중반 이전에 교열되었고, 이 작품들은 그 이전에 필사되었을 것이다. 그러므로 개작의 대상텍스트가 된 중국희곡 ≪荊釵記≫의 국내 유입도 17세기 중반 이전으로 추정할 수 있다.

55) 池圭植, ≪荷齋日記≫(한글 번역본), 한국고전종합DB.
56) 정학성, 〈신독재 수택본 전기집에 대하여〉, ≪역주 17세기 한문소설집≫, 삼경문화사, 2000, 261쪽.

다음으로 〈왕시봉뎐〉을 살펴보면, ≪黙齋日記≫제3책의 일기 뒷면에 모두 한글로 적혀 있는 5종의 소설 중의 한 편이다.57) ≪黙齋日記≫는 黙齋 李文楗(1494∼1567)이 한문으로 쓴 생활일기인데, 뒷면의 소설들의 필체는 李文楗의 필체와 다르고 〈주생뎐〉은 그의 사후에 창작된 소설이기 때문에, 필사자가 李文楗이 아님이 확실하며 한 명의 필사자가 나중에 필사한 것으로 보인다.58) 5종의 소설은 이복규가 발굴하여 학계에 소개했으며, 발굴 당시에 그는 〈왕시봉뎐〉을 창작국문소설로, 필사 연대는 필사기의 '乙丑'을 통해 1625년으로 추정하였다. 그러나 朴在淵은 〈왕시봉뎐〉이 중국희곡 ≪荊釵記≫를 번안하였음을 밝히고, 필사기의 '乙丑'을 1685년으로 추정하였다.59) 이후 이복규는 〈왕시봉뎐〉이 창작국문소설이란 추정을 수정하고 이와 관련된 논문들을 발표하였다. 그는 〈왕시봉뎐〉의 한글 표기의 양상을 분석해서 필사 연대를 1685년을 전후한 17세기말로 수정하였다.60) 엄청나게 축약된 〈왕시봉뎐〉은 모두 24쪽 7천여 자의 분량으로 되어 있는 중국희곡 ≪荊釵記≫의 한글번안 소설이다. 〈왕시봉뎐〉은 원작의 내용에서 변개된 부분이 드물지만 여러가지 차이점들이 있다. 이 번역의 대상이 된 텍스트 ≪荊釵記≫는 17세기 후반 이전에는 국내에 유입되었음을 확인할 수 있다.

≪五倫全備記≫의 판본은 희곡선집이나 曲譜에 뽑혀 실린 것을 제외하면, 전체 내용이 실린 판본은 현재까지 중국에서 단 1종만이 남아 있다. 이 판본은 金陵의 世德堂에서 간행한 刻本이며, 4권 29齣으로 되어 있다.

서울대 규장각에서는 ≪新編勤化風俗南北雅曲五倫全備記≫가 소장되어 있는데, 이는 ≪五倫全備記≫ 전체 내용이 실린 판본이다. 표지와 첫 장 및 본문 곳곳에 '教誨廳'이라는 藏書印이 찍혀 있기에, 司譯院에 속하는 관청인 教誨廳의 舊藏本임을 알 수 있다. 그리고 각 책의 마지막 장에 써진 '壬戌印置'라는 墨書로 보아 중국이 아닌 朝鮮에서 간행한 후에 教誨廳으로 보내진 것으로 보인다.61) 또한 이와 같은 판본으로

---

57) 나머지 4종은 〈설공찬전〉·〈왕시전〉·〈비군전〉·〈주생전〉이다.

58) 이복규 편저, ≪초기 국문·국문본소설≫(박이정, 1998), 1∼7쪽. 이 책에서 ≪黙齋日記≫는 충북 괴산에 있는 성주 이씨 문중에서 소장하고 있다고 하였다.

59) 朴在淵, 〈왕시봉뎐, 중국희곡 荊釵記의 번역〉, ≪中國學論叢≫제7집, 1998, 323∼342쪽.

60) 이복규, 〈왕시봉전의 필사 연대〉, ≪형차기·왕시봉전·왕시붕기우기의 비교 연구≫(박이정, 2003), 141∼153쪽.

61) 이상의 내용은 서울대 규장각한국학연구원의 ≪新編勤化風俗南北雅曲五倫全備記≫에 대한 해제에서 인용하였다. 그런데 서지정보의 판식사항에서는 이 판본을 목활자본이 아니라 木版本

보이는 ≪新編勸化風俗南北雅曲五倫全備記≫가 계명대에 소장되어 있는데, 필자가 확인한 바로는 위와 같은 印記가 없다.

　≪五倫全備記≫는 ≪老乞大≫·≪朴通事≫와 더불어 朝鮮後期 司譯院 漢學3書의 하나 꼽힌다. 1696년(숙종22)에 敎誨廳에서 언해가 시작되어 1720년(숙종46)에 ≪五倫全備諺解≫ 8권으로 간행되었으며, 또 영조 때 반포된 ≪續大典≫에는 譯科 漢學 初試의 背誦 書冊으로 ≪直解小學≫대신 ≪五倫全備記≫가 지정되었다. 그리고 이 책은 한글로 번역되어 ≪伍倫全備諺解≫라는 서명의 木版本으로 간행되었다.

　이 한글 번역본은 본문의 노래(曲)부분은 생략하고 대화부분만을 번역하여 중국어회화 학습교재로 사용하였다. 漢學3書 중에 ≪老乞大≫와 ≪朴通事≫는 이미 번역되어 유용하게 쓰이는 데 반해서 이 책만은 원문만으로 전해짐에 따라 가르치는 이마다 차질을 빚고 잘못된 것이 그대로 전수되는 폐단이 지적되었다. 산만하고 그릇된 교설들을 통일하기 위해 司譯院에서 번역에 착수하였다가 중단한 이후 24년 만에야 완성하게 된 것은, 원작자의 해박한 인용이 포함된 원문을 정밀히 고증해서 번역하고 주석하기가 워낙 어려운 일인데다가 중국어에 익숙한 人材가 충분치 못했기 때문이다. 세상에서는 중국어가 중요하다고 해서 권장할 줄만 알았지, 스스로 숙달한 이가 손꼽을 정도라는 것이다.

　凡例에서는 12 조목에 걸쳐서 번역의 목적, 주서의 필요성과 방법, 중국말의 음운 체계, 이 책의 한자음 표기법, 원문의 부분적인 수정, 난해한 부분의 해석, 등장인물의 명명법 등이 간략하게 설명되어 있다.[62] 여기서 보듯이 ≪五倫全備諺解≫는 일차적으로 朝鮮의 역과제도와 관련하여 유통된 책임을 알 수 있다. 이 번역본의 대상텍스트는 1696년 司譯院에서 번역에 착수한 것보다 이른 시기임은 확정할 수 있다.

　한편 희곡의 일종인 ≪五倫全備記≫를 소설독본으로 축약, 윤색한 책이 전하는데, 안동 의성 김씨 川上宗家本 ≪五倫全傳≫이 그것이다. 이는 1531년(중종26)에 洛西居士가 윤색하여 한글로 번역한 것을 1665년(현종6)에 載寧의 孫廷俊이 다시 한문으로 번역한 작품이다. 이 ≪오륜전전≫에는 처음 한글로 번역한 洛西居士의 서문이 함께 실려 있는데, 그 서문에 의하면 ≪五倫全備記≫가 당시에 "다투어 전해 집집마다

─────────────

　이라고 하였다.

62) 서울대 규장각한국학연구원, ≪新編勸化風俗南北雅曲五倫全備記≫ 해제.

두고 너나없이 읽고 있었다(是書時方爭相傳習, 家藏而人誦)"고 한다. 이는 곧 中宗
年間에 이 책이 널리 읽히고 있었음을 의미하는 것으로, 역과제도와의 관련 뿐 아니라
소설·희곡의 관심으로 ≪五倫全備記≫가 유행하였다는 사실을 보여주는 것이다. 이를
통해 보면 ≪五倫全備記≫는 1531년(중종 26)에 洛西居士가 윤색하여 한글로 번역하
였다고 하니, 1531년 이전에 朝鮮에 유입되었음은 분명하다.[63]

　조선시대에 중국소설은 24종이 출판되었는데, 희곡은 ≪伍倫全備記≫를 제외하면
출판된 작품이 없다. '조선에서 중국서적을 번각하여 재생산했던 것은 교육용 텍스트로
활용하기 위한 경우에 국한되어 있었고, 중국서적을 독서하거나 소장하는 것에는 중국
본을 위주로 삼았다.'[64] 그래서 역관의 중국어 교육을 위해 국가에서 ≪伍倫全備記≫
를 출판한 것인데, 희곡이란 문학 자체로 수용하기 위한 목적은 거의 없었다고 할 수 있
다. 조선의 사대부들이 중국서적을 소장할 때 번각서보다는 중국 판본 자체에 가치를
두었기 때문에 희곡 텍스트는 모두 수입에 의존할 수밖에 없었을 가능성이 높다.

　위에서 살펴본 문학의 어록들은 모두 4종인데, 〈西廂記語錄〉이 〈水滸誌語錄〉·〈西
遊記語錄〉·〈三國誌語錄〉과 어깨를 나란히 하고 있다. 이를 보면 ≪西廂記≫가 조선
시대 얼마나 유행했는지 알 수 있다. 실제로 현전하는 ≪西廂記≫의 중국 판본은 80여
종이 넘고, 필사본은 90여 종이 넘으며, 어록 또한 20여 종에 이른다.[65] 이렇게 조선에
서 유행한 ≪西廂記≫는 방각본이 없는데, 상업출판이 이루어지지 않은 이유는 ≪西
廂記≫의 중국 판본 자체가 너무 많아[66] 출판의 대상텍스트를 선정하기 어려웠을 것이
며, 이보다도 조선인들이 중국 판본 자체를 중시했기 때문인 것으로 보인다. 혹은 ≪西
廂記≫가 희곡이기 때문에 소설처럼 읽기가 불편해서 출판업자들이 상업성이 없었다고
판단하였을 수도 있다.

---

63) 이 절의 내용은 필자가 다음 책에서 이미 개별적으로 논의했던 것을 종합하여 논술한 것이다. 민
　　관동·유승현, ≪韓國 所藏 中國古典戲曲(彈詞·鼓詞) 版本과 解題≫, 학고방, 2012.

64) 황지영, ≪명청출판과 조선전파≫, 시간의물레, 2012, 224쪽.

65) 민관동·유승현, ≪韓國 所藏 中國古典戲曲(彈詞·鼓詞) 版本과 解題≫, 학고방, 2012, 69〜
　　101쪽. 이 책이 출판된 후에 필자는 충청권 출장을 통해서 4종의 ≪西廂記≫ 판본을 더 발견하
　　였다. 충북대 중원문화연구소·서원대 박물관·개인소장자 전재구가 필사본을 소장하고 있으며,
　　개인소장자 전재하는 석인본을 소장하고 있다.

66) 명대와 청대를 합쳐 130여종이 넘는데, 그 구체적인 판본들은 다음 책을 참고. 민관동·유승현,
　　≪韓國 所藏 中國古典戲曲(彈詞·鼓詞) 版本과 解題≫, 학고방, 2012, 69〜101쪽.

2) 유입 기록만 있는 작품

조선의 문헌들에서 희곡 관련 기록이 보이는 작품들은 ≪琵琶記≫·≪西廂記≫·
≪四聲猿≫·≪牡丹亭≫·≪桃花扇≫·≪玉合記≫·≪南柯夢記≫·≪嬌紅記≫
등이 있으며, ≪盛世新聲≫이란 희곡 선집도 보인다. 또한 목록이 기재된 작품들로는
≪子學歲月≫에 ≪西廂記≫·≪續情燈≫·≪四夢記≫가 있고, 또한 ≪小說經覽者≫
에 ≪西廂記≫·≪續情燈≫·≪四夢記≫·≪西樓記≫가 보이며, ≪中國小說繪模
本≫에는 ≪西廂記≫ 단 하나만이 보인다. 그 외 ≪欽英≫에도 ≪西廂記≫·≪桃
花扇≫·≪玉合記≫의 목록이 언급되어 있다. 이중 현전하는 판본이 있는 작품들은
앞에서 살펴보았으므로 여기에서는 판본이 없이 작품들을 대상으로 논의를 진행한다.
먼저 중국희곡 선집은 85종이 있는데, 필자가 조사한 바로는 유일하게 黃景源(1709~
1787)이 ≪盛世新聲≫ 을 보았다는 기록이 있다.[67]

> ≪盛世新聲≫은 … 崇禎 末에 이르러 책이 모두 일실되어 세상에 전하지 않았다. 나는
> 사신으로 북경에 가서 그것을 구하려고 했으나 얻지 못하였다. 다음해 봄에 薊州에 이르러
> 어린아이가 〈玉娥辭〉를 노래하는 것을 들었는데, 또한 ≪盛世新聲≫도 아주 상세히 읊을
> 수 있었다. 그래서 사람을 시켜 그 어린아이를 찾아가 그 책을 얻었다.[68]

≪盛世新聲≫은 명나라의 戴賢이 편집하였으며, 正德12年(1517)·嘉靖年間·萬曆
24年(1596)의 목판본 등이 있다. 이 책은 散曲과 劇曲의 合選이며, 이 노래들은 宮調
와 曲牌에 따라 배열되어 있다.[69] 黃景源이 이 책을 실제로 보았음이 확실한데, 그는
이것을 '樂府'라고 칭한 것을 보면 노래로 이해한 듯하다. 그리고 그는 사신으로 파견되
어 돌아오는 길에 중국의 薊州에서 이 책을 보았는데, 그곳에서 보기만 했는지 사서 국
내로 가지고 들어왔는지는 확실하지 않다. 위에서 살펴본 것처럼 黃景源은 〈桃花扇

---

67) 이는 필자가 85종의 중국희곡 선집을 모두 '한국고전종합DB'에서 검색한 결과이며, 그 85종은 다
　 음 책에 근거하였다. 朱崇志, ≪中國古代戲曲選本研究≫, 上海 : 上海古籍出版社, 2004,
　 149~262쪽.
68) 黃景源, ≪江漢集≫卷之八〈盛世新聲目錄序〉, 한국고전종합DB.
　 盛世新聲…及崇禎末。書皆亡。不傳於世。景源奉使入燕都。求之未得也。明年春。還至
　 薊州。聞童子歌玉娥辭。又能誦盛世新聲甚詳。乃使人。訪其童子得其書。
69) 朱崇志, ≪中國古代戲曲選本研究≫, 上海 : 上海古籍出版社, 2004, 150쪽.

識)도 지었는데, 그는 직접 ≪盛世新聲≫을 찾아가서 볼 정도로 중국희곡에 관심이 많았던 것 같다. 어쨌든 희곡선집은 국내에 거의 유입되지 않아서 그에 관한 기록조차 찾기 힘든 것으로 보인다.

李相璜(1763~1841)도 패설을 좋아하여 중국패설을 대량 소장하였으며, 중국희곡에도 관심이 많았던 인물이다.

> 桐漁 李公은 평일에 손에서 놓지 않고 항상 보는 책이 곧 패설이었는데, 어느 종류인지를 따지지 않고 新本을 즐겨 보았다. 그 당시 譯院의 도제조를 兼帶하고 있었는데, 燕京에 가는 象譯들이 앞 다투어 서로 사다가 그에게 바쳐 수천 권이나 쌓였다.[70]

'桐漁'는 李相璜의 號이고, 그는 1829년 문안사로 淸나라에 다시 다녀왔고, 1833년 영의정에 올랐던 인물이다. 李相璜은 司譯院의 도제조였기 때문에, 중국 패설의 수집에 있어서 그의 '눈에 들기 위한 역관들의 자발적 진상도 있었을 것은 분명하다.'[71] 그는 패설이면 장르를 가리지 않고 새로운 판본을 즐겨 보았다고 했는데, 희곡인 ≪西廂記≫도 아주 좋아하였다고 한다. 그가 좋아했던 중국의 패설은 대체로 소설인 것 같지만 희곡도 포함되어 있던 것으로 보인다. 이상황은 문체반정 때문에 정조에게 自訟文까지 바치는데, 〈詰稗〉에서 패관에 빠졌던 과거를 반성한다. 여기에서 〈斥稗詩〉(패설을 물리치는 시) 30수를 지었는데, 13번째와 14번째 시가 희곡과 관련이 있다.

> * 기이한 문장을 다투어 지은 것이 ≪西廂記≫라네. 小品 작가들은 董解元과 王實甫를 숭상하여. 浮華하고 경박한 사람들을 끌어들여서, 모두 방탕하게 노는 데로 돌아가게 하였네.
> * 부질없이 문자로 광대를 배워, ≪南柯記≫·≪紫釵記≫를 꾸며내고, 玉茗堂에서 새로 책을 판각하니, 후대의 聲韻은 이것을 모범으로 하는구나.[72]

조선시대에는 김성탄의 평점본 ≪西廂記≫가 크게 유행하여 작가를 김성탄으로 오

---

70) 이유원, ≪林下筆記≫ 제27권 〈春明逸史〉 한국고전종합DB.

71) 신상필, 〈서리·역관 계층 소설 관련 양상의 현실적 근거와 그 실제〉, ≪韓國漢文學研究≫제38집, 2006, 194쪽.

72) 무악고소설자료연구회 편, ≪한국고서설관련자료집Ⅱ-18세기≫, 이회문화사, 2005, 326~327쪽.

인하는 경우도 있었다. 그런데 13번째 시를 살펴보면, 이상황은 ≪西廂記≫가 본래는 董解元과 王實甫의 작품임을 명확히 알고 있었음을 알 수 있다. 그는 많은 중국 패설을 소장하고 읽으면서 희곡에 대해서도 어느 정도의 지식을 가지고 있던 것 같다. 14번째 시를 살펴보면, ≪南柯記≫와 ≪紫釵記≫란 작품이 등장하는데 이 둘은 모두 湯顯祖의 작품이고, '玉茗堂'은 그가 말년에 기거하던 서재의 이름이다. 시를 문자 그대로 해석하면, 두 작품이 玉茗堂에서 판각한 것으로 오해할 수도 있는데, 필자가 조사한 바로는 玉茗堂에서는 탕현조의 작품을 출판한 적이 없다. 이는 시이기 때문에 탕현조가 玉茗堂에서 창작한 것으로 이해할 수 있을 것이다. 위의 시만 보고 단정할 수는 없지만, 아마도 이상황은 ≪南柯記≫와 ≪紫釵記≫를 소장하고 읽은 듯하다.

그리고 ≪子學歲月≫과 ≪小說經覽者≫의 목록에는 ≪四夢記≫가 있는데, ≪四夢記≫라는 희곡 작품은 없다. 그런데 湯顯祖가 평생 동안 창작한 희곡은 모두 5편으로 ≪紫簫記≫·≪紫釵記≫·≪牡丹亭≫(一名 ≪還魂記≫)·≪南柯記≫·≪邯鄲記≫이다. 그중 처녀작이자 미완성작인 ≪紫簫記≫는 후에 ≪紫釵記≫로 개작되었는데, 이 ≪紫簫記≫를 제외한 나머지 4편을 '玉茗堂四夢' 혹은 '臨川(湯顯祖의 고향)四夢'이라고 부른다. 후에 이 네 작품들은 한데 묶여 ≪玉茗堂四夢≫과 ≪玉茗堂四種傳奇≫로 출판되었다. 네 작품 모두 '記'자로 끝나는 것을 고려한다면, ≪四夢記≫가 네 작품의 합본인 ≪玉茗堂四夢≫인 듯하다. 이상황이 ≪南柯記≫와 ≪紫釵記≫를 단행본으로 보았는지 합본인 ≪玉茗堂四夢≫에서 두 작품을 보았는지 알 수 없지만, '玉茗堂에서 새로 책을 판각'하였다는 것을 보면 아마도 후자인 것 같다. 어쨌든 湯顯祖의 대표작인 ≪牡丹亭還魂記≫는 유입기록이 있으므로, 이 단행본뿐만 아니라 ≪玉茗堂四夢≫도 조선시대 유입되어 수용한 텍스트일 가능성이 높다.

兪晩柱(1755~1788)[73]는 ≪欽英≫이라는 일기에서 희곡 작품으로는 ≪西廂記≫·≪桃花扇≫·≪玉合記≫를 언급하였다. 이 중 ≪西廂記≫는 논외로 하면, ≪桃花扇≫은 제목만 보일 뿐 특별한 언급이 없으며, ≪玉合記≫에 대해서는 조금 구체적으로 언급하고 있다.

---

73) 通園 兪晩柱는 경화 노론계의 명문거족인 杞溪 兪씨이다. 집안 형편은 넉넉한 편이었으나, 과거에 급제하지 못 하였고 독서와 저술로 평생을 보냈다. 최자경, 〈유만주의 소설관 연구〉, 연세대학교 석사논문, 2001, 12~21쪽.

* ≪玉合記≫1책을 보았다. 상하 40齣으로 명나라 때의 演戲本이다.≪欽英≫5책, 1778년 5월 25일.
* ≪玉合記≫ 上책을 보았다. 모두 20齣이다. 그 제목은 다음과 같다. 李王孫이 어지러운 세상을 유람하다. 許中丞이 의리로 좋은 인연을 맺다. 柳夫人이 장대에서 이름을 떨치다. 韓君平의 금원시가 전해지다. ≪欽英≫6책 1778년 8월 22일.
* ≪玉合記≫2책을 또 보았다. 상하 각각 20齣이고, 어떤 장의 제목은 '柳夫人章垆名擅, 韓君平禁苑詩傳'이라 하였는데, 韓君平은 곧 韓翊이다. ≪欽英≫8책, 1779년 7월 2일.[74]

이 기록을 보면, 유만주는 일년이 넘는 기간에 걸쳐 ≪玉合記≫ 상하권을 모두 읽었음을 알 수 있다. ≪玉合記≫는 梅鼎祚(1549~1615)가 은거하기 시작한 萬曆20年(1592) 이후에 창작되었다. 내용은 唐代 許堯佐의 소설 ≪柳氏傳≫을 바탕으로 한 시인 韓翊과 그의 처 柳氏의 이야기이다.[75] 조선 문인들이 일반적으로 희곡을 연희에 포함시켜 말하고 있으므로, ≪玉合記≫를 연희본이라고 한 것은 희곡 텍스트를 가리키는데 그가 희곡 장르에 대해 어느 정도 이해가 있었던 것으로 보인다. 또한 주인공의 이름을 정확히 밝히고 있는 것으로 보아 ≪玉合記≫를 통독한 것으로 보인다. 서울에 거주하던 양반 사대부들은 누대로 쌓아온 경제력을 바탕으로 중국소설을 수입하여 읽을 수 있었다. 그들은 중국소설을 수용하면서 간간히 희곡 텍스트도 수용한 것으로 보인다. 하지만 ≪西廂記≫를 제외하고는 희곡의 텍스트 수용은 소설처럼 광범위하고 적극적이지는 않았던 것으로 보인다.

이상의 논의를 요약하면 다음과 같다. 국내에서의 중국연극은 구한말이 되어서야 처음으로 공연되었는데, 그 주된 관객이 재경 중국인이었으며, 이들뿐만 아니라 조선의 일반인들도 자유롭게 이용할 수 있도록 개방적이었다. 그러나 중국극단은 재경 중국인을 관객으로 삼아 중국어로 공연을 했기 때문에 조선인들은 언어적 한계를 절감해야 하였다. 이런 이유로 중국연극은 조선에서 공연되었지만 조선의 관객층은 넓지 않았다.

두 번째로 조선인이 중국연극을 볼 수 있는 기회는 중국에 갔을 때에야 생기게 되는데, 이런 기회가 일반인들에게는 많지 않았다. 조선인은 외교 사절과 그 수행원이 아니

---

74) 최자경, 〈유만주의 소설관 연구〉, 연세대학교 석사논문, 2001, 96~98쪽.
75) 李修生 主編, ≪古本戲曲劇目提要≫, 北京 : 文化藝術出版社, 1997, 282쪽.

면 아무나 중국을 방문할 수 없었기 때문이다. 조선의 외교 사절은 연행록을 지어 중국에서 연극을 관람한 기록을 남겼다. 그런데 연행록의 지은이들이 한문에 능통하였다고 하더라도 중국어를 듣고 알아들을 수 있는 사람들은 드물었기 때문에, 이들에게 공연 수용은 이국적 호기심이 바탕이었던 것 같다. 또한 중국어를 할 줄 아는 역관들도 중국 이해 문화에 대한 장르적 이해가 없었고 또한 창을 위주로 한 연극에서 노래를 잘 알아들을 수 없었기 때문에, 이들의 공연 수용도 장르와 언어의 한계를 극복하지 못한 것으로 보인다. 연행록에 나온 중국희곡의 제목들을 보면 우리가 일반적으로 알고 있는 희곡이 거의 없다. 이것은 공연 텍스트가 읽는 텍스트와는 많이 달랐음을 증명하며, 조선인이 수용한 희곡은 공연용이 아니라 대체로 읽기용 텍스트가 확실해 보인다.

현전하는 판본이 있는 작품들은 ≪荊釵記≫·≪拜月亭記≫·≪琵琶記≫·≪西廂記≫·≪薩眞人夜斷碧桃花雜劇≫·≪伍倫全備記≫·≪四聲猿≫·≪牡丹亭≫·≪長生殿≫·≪笠翁傳奇十種≫·≪桃花扇≫·≪蔣園九種曲≫·≪紅樓夢曲譜≫·≪傳奇六種≫ 등이 있다. 조선의 문헌들에서 희곡 관련 기록이 보이는 작품들은 ≪琵琶記≫·≪西廂記≫·≪四聲猿≫·≪牡丹亭≫·≪桃花扇≫·≪玉合記≫·≪南柯夢記≫ 등이 있으며, ≪盛世新聲≫이란 희곡 선집도 보인다.

조선의 관료, 역관, 벼슬에 나가지 못한 사대부, 재주 있는 여자들까지 중국 백화소설을 수용했는데, 이런 인물들이 중국 희곡의 수용도 담당하였을 것이다. 서울에 거주하던 양반 사대부들은 누대로 쌓아온 경제력을 바탕으로 중국소설을 수입하여 읽을 수 있었다. 또한 중국소설은 우리말로 번역됨으로써 일반 민중들까지 그 텍스트를 읽거나 이야기꾼에게 듣는 방식으로 광범위하게 향유되었다. 그러나 희곡의 텍스트는 ≪西廂記≫를 제외하고는 실제로 유입된 작품도 많지 않으며, 유입 기록이 남아 있는 작품도 많지 않다. 중국희곡의 문자텍스트의 수용은 대체로 문인이나 중인 그리고 상류층 여성들에 한정된 것으로 보인다.

3. 국내 소장된 중국 彈詞·鼓詞와
그 번역·번안본*

　우리나라에 유입된 중국 고전소설은 약 440여 종인데, 그중 문언소설이 200여 종이고 백화소설이 240여 종이다.[1] 이에 비해 彈詞와 鼓詞는 국내에 유입된 작품과 판본이 적은 편이다. 필자는 한국연구재단의 '한국에 소장된 중국 고전소설 및 희곡 판본의 수집 정리와 해제'라는 과제를 수행하면서 彈詞와 鼓詞의 판본들을 조사하였다. 中華民國 元年(1912) 이전에 간행된 판본과 간행연도 미상의 판본을 대상으로 삼았는데, 彈詞 22종[2]과 鼓詞 73종[3]이 유입되었음을 확인할 수 있었다. 이중 박재연이 50여 종의 鼓

　＊ 이 글은 ≪中國學報≫제66집(한국중국학회 2012. 12)에 발표한 논문을 일부 수정·보완하였다.
　　이 논문은 2010년 한국연구재단의 정부재원(교육과학기술부 인문사회연구 역량강화사업비)의 지원을 받은 연구이다(NRF-2010-322-A00128).

＊＊ 주저자 : 劉承炫(慶熙大 비교문화연구소 전임연구원) 교신저자 : 閔寬東(慶熙大 중국어과 교수)

1) 민관동·정영호, ≪中國古典小說의 國內 出版本 整理 및 解題≫, 학고방, 2012, 160~165쪽.
2) 우선 그 작품들을 소개하자면 다음과 같으며, 이하 본문에서 다시 이 판본들의 구체적인 내용을 표로 제시할 것이다. ≪義妖傳≫·≪玉鴛鴦≫·≪玉堂春≫·≪玉釧緣≫·≪再生緣≫·≪玉連環≫·≪珍珠塔≫·≪一箭緣≫·≪雙珠鳳≫·≪錦上花≫·≪三笑新編≫·≪八美圖≫·≪碧玉獅≫·≪水晶球≫·≪芙蓉洞≫·≪麒麟豹≫·≪八仙緣≫·≪天寶圖≫·≪筆生花≫·≪雙珠球≫·≪十粒金丹≫·≪金如意≫.
3) ≪巧合奇寃≫·≪九巧傳≫·≪四海棠≫·≪三公案鼓詞≫·≪西羌國鼓詞≫·≪燕王掃北≫·≪英雄大八義≫·≪英雄淚·國事悲≫·≪英雄小八義≫·≪五龍傳≫·≪五雷陣≫·≪吳越春秋≫·≪于公案≫·≪李翠蓮施釵記≫·≪紫金鐲鼓詞≫·≪戰北原擊祁山≫·≪征東傳≫·≪千里駒≫·≪快活林≫·≪平西涼≫·≪包公案鼓詞≫·≪汗衫記鼓詞≫·≪混元盒≫. 이하의 작품들은 박재연 소장본이다. ≪綠牡丹鼓詞≫·≪唐書秦英征西≫·≪賣油郎獨占花魁≫·≪三國志鼓詞≫·≪三全鎭≫·≪西遊記鼓詞≫·≪薛剛反唐鼓詞≫·≪雙釵記≫·≪楊金花爭帥≫·≪五鋒會≫·≪瓦崗寨≫·≪李方巧得妻≫·≪淸官斷≫·≪打黃狼≫·≪韓湘子上壽≫·≪香蓮帕≫·≪蝴蝶盃≫·≪紅旗溝≫·≪紅梅記≫·≪花本蘭征北≫·≪回盃記≫·≪金陵府≫·≪金陵府歸西寧≫·≪金鐲玉環記≫·≪金鞭記≫·≪滿漢鬪≫·≪蜜蜂記≫·≪北平府向響馬傳≫·≪三省莊≫·≪西廂記鼓詞≫·≪繡鞋記≫·≪十二寡婦征西≫·≪雙鑣記≫·≪鸚哥記≫·≪楊文廣征西≫·≪楊州府≫·≪玉盃記≫·≪王奇賣豆腐≫·≪六月雪≫·≪銀合走國≫·≪二度梅鼓詞≫·≪定唐全傳≫·≪綵雲球≫·

詞를 소장하고 있는데, 대부분이 중국에서 직접 구입한 것으로 확인되었다. 그래서 본문에서는 박재연 소장본을 제외하고 논의를 진행하고자 한다.

彈詞와 鼓詞는 중국의 예인들이 민간에서 공연하던 강창이었는데, 개편을 거쳐 문자 텍스트로 간행된 후에 조선에 유입되었다. 이것은 조선인들에게 상당히 새롭고 낯선 장르였을 것이고, 직접 수용하기도 쉽지 않았을 것이다. 조선에서는 중국문학의 직접적인 수용이 가능한 문인들을 제외하면, 우리말로 번역된 후에야 비로소 그 전파 범위를 확대할 수 있었다. 조선에 유입된 중국 고전소설은 우리말로 번역되어 중국어를 모르는 사람들에게도 수용과 전파가 가능하였다. 그런데 彈詞와 鼓詞도 수량은 적지만 번역된 작품들이 남아 있다. 彈詞로는 ≪再生緣≫과 ≪珍珠塔≫이 있고, 鼓詞로는 ≪千里駒≫가 있다. 또한 넓은 의미에서 彈詞 혹은 鼓詞를 번안한 것으로 보이는 ≪양산백전≫이 있다.

우리나라나 중국을 막론하고 중국문학계에서 彈詞와 鼓詞의 연구는 활발하지 않으며, 국내에서 이 방면의 연구역사도 매우 짧다. 국내 연구 중에 단행본으로 출판된 저서는 한 권도 없으며, 학위논문이 3편이고[4] 단편논문이 30여 편 정도가 있다. 이중에 위의 한글 번역·번안본에 대한 국문학자들의 논문이 몇 편 있고, 또한 음악 관련 논문이 2편 있는데, 이를 제외하면 중문학자들의 연구는 활발하다고 할 수 없다.[5] 또 박재연이 국내에 유입된 彈詞와 鼓詞의 목록을 작성한 적이 있지만,[6] 이에 대한 구체적인 논의는 진행하지 않았고 목록에는 누락된 판본들도 있다. 아직까지 彈詞와 鼓詞의 국내 유입과 관련된 논문은 학계에 발표된 적이 없다. 본 논문은 참고할 선행 논문이 없어서 논의가 미흡할 수밖에 없겠으나 후속 연구의 디딤돌이 될 것을 기대해본다.

필자는 먼저 국내 유입된 판본들을 소개하고 분석한 다음에, 한글 번역·번안본도 소

≪打登州≫·≪太原府≫·≪通州霸≫(≪道光私訪≫·≪嘉慶私訪≫)≪呼延慶征南≫·≪呼延慶打擂雙鐗記≫·≪紅燈記≫·≪回龍傳≫

4) 鄭大雄, 〈彈詞·鼓詞 比較硏究〉, 한국외대 석사논문, 1989. 이정재, 〈鼓詞系講唱 硏究〉, 서울대 박사논문, 1998. 민수진, 〈中國 蘇州의 彈詞 音樂 硏究〉, 중앙대 석사논문, 2009. 세 번째 논문은 문학연구가 아니라 음악연구이다.
5) 필자는 '중국 彈詞와 鼓詞의 연구 개황'을 소개하고 분석한 적이 있는데, 자세한 내용은 다음 책을 참고할 수 있다. 민관동·정선경·유승현 공저, ≪中國古典小說 및 戲曲 硏究資料 總集≫, 학고방, 2011, 73~99쪽.
6) 박재연, 〈조선시대 중국통속소설 번역본 연구〉, 한국외대 박사논문, 1992, 571~572쪽.

개하고 분석하고자 한다. 조선의 문인들은 소설과 관련하여 유입에 관한 목록이나 기록 등을 남겼으며, 이것이 아니더라도 작품에 대해 언급한 기록들도 다수 남아 있다. 그러나 彈詞와 鼓詞는 이런 기록들이 아예 없기 때문에 구체적인 유입과 수용 양상에 대해서 논하는 데는 한계가 있다. 그러나 판본들을 구체적으로 분석해보고, 또한 한글 번역·번안본과의 관계를 분석해보면, 대략적인 유입과 수용에 대해 추정할 수 있을 것으로 예상된다.

1. 국내에 유입된 彈詞

彈詞는 明·淸代 중국 남방에서 예인들에 의해 유행한 강창 장르의 하나이다. 明代의 기록에는 彈詞 작품이 적지 않게 남아있지만, 지금 실물을 확인할 수 있는 작품은 ≪雷峰塔≫과 ≪劉二姐≫뿐이다. 明代 중국문헌에 의하면 맹인들이 밥벌이를 위해 어려서부터 전문적인 훈련을 받고 나서, 비파를 타면서 彈詞 공연을 하였다는 기록이 있다.[7] 彈詞는 대체로 이야기하기(講)와 노래하기(唱)의 혼합형식으로 구성되어 있으며, 淸代에 들어와서 본격적으로 유행하였다. 먼저 필자가 수집한 彈詞의 목록을 제시하고 나서, 구체적인 논의를 진행하고자 한다. 아래 목록은 기본적으로 작품이 창작된 시대 순서에 따랐다.

書名	出版事項	版式狀況	一般事項	所藏處
繡像義妖傳	陳遇乾(淸)著, 陳士奇(淸) 等 評定, 刊年未詳	28卷8册, 木版本	序:嘉慶十四(1809)…碩光祖, 印:集玉齋, 帝室圖書之章	奎章閣
玉鴛鴦	編者未詳, 刊地未詳, 刊行者:星沙, 同治7年(1868)	20卷4册, 木版本	印記:集玉齋, 帝室圖書之章	奎章閣
繡像說唱玉堂春	鑄記書局, (19??)	4卷4册, 石印本		梨花女大
新刻玉釧緣全傳	西湖居士(淸)著, 道光22年(1842)	32卷64册, 木版本	裏題:玉釧緣, 序:道光二十二年(1842) 歲次壬寅西湖居士偶書, 印:李王家圖書之章	韓國學中央研究院

7) 姜昆·倪鐘之 主編, ≪中國曲藝通史≫, 北京 : 人民文學出版社, 2005, 325~329쪽.

書 名	出 版 事 項	版 式 狀 況	一 般 事 項	所藏處
新刻玉釧緣全傳	刊寫者未詳, 刊寫年未詳	32卷23冊, 木版本	版心題:新輯繡像玉釧緣, 表題:繡像玉釧緣全傳, 序: 道光二十二年(1842)西湖居士	圓光大
繪圖龍鳳配再生緣全傳	著者未詳, 廣益書局, 刊年未詳	8卷8冊(缺本, 冊1~5, 7~8)	版心題:龍鳳配再生緣	梨花女大
繡像全圖再生緣全傳	編著者未詳, 上海, 錦章圖書局, 清朝末~民國初	20卷10冊, 石印本	版心題:繪圖再生緣全傳, 序: 道光元年(1821) 仲秋上澣日書香葉閣主人稿	全南大
錦上花	修月閣主人序, 寶樹堂, 同治1年(1862)	48回8冊, 木版本	標題:繡像錦上花, 序:…嘉慶…修月閣主人 序, 繡像(前圖後贊)8葉	서울大
繡像珍珠塔	編著者未詳, 刊寫地未詳, 刊寫者未詳, 刊寫年未詳	1冊(缺帙, 61張), 木活字本	板心書名:珍珠塔	韓國學中央研究院
繡像珍珠塔	編者未詳, 清朝年間	4卷5冊(卷1~4), 木版本	表題:珍珠塔, 內容:8回~48回, 連續本落秩未詳, 唱劇小說	韓國學中央研究院
繡像孝義眞蹟珍珠塔	無錫, 方來堂, 己巳(1869?)	24回6卷6冊1函, 木版本	標題:繡像珍珠塔, 版心題:繡像九松亭, 目錄題: 繡像孝義眞蹟珍珠塔全傳, 引:…世云山陰周殊士作 毘陵靑霄居程鵬程校閱 己巳孟夏無錫方來堂重刊	서울大
繡像一箭緣全傳	著者未詳, 刊地未詳, 環秀閣, 嘉慶23年~道光1年(1818~1821)	8卷8冊, 木版本	表題(卷1):時調秘本彈詞一箭緣傳, 表題(卷5):時調秘本彈詞一箭緣後傳, 卷1~4는 嘉慶戊寅年(1818) 新鑴한 것이고, 卷5~8은 道光元年(1821) 新鑴한 것임, 序:嘉慶二十三年(1818)…環秀閣主人	서울大
繡像雙珠鳳全傳	撰者未詳, 清同治2年(1863)序	11卷11冊(卷3 1冊缺), 木版本	裏題:繡像雙珠鳳, 版心題: 雙珠鳳, 序:同治癸亥(1863) 冬日海上一葉道人題	成均館大
繡像雙珠鳳全傳	著者未詳, 刊寫地未詳, 刊寫者未詳, 刊寫年未詳	12卷6冊		慶熙大
繡像玉連環	朱素仙(清)著, 藝芸書屋, 清嘉慶10年(1805)刻 後刷	8卷8冊, 木版本	裏題:玉連環傳, 序:龍飛嘉慶十年歲次乙丑(1805)… 雨亭主人, 刊記:嘉慶乙丑年(1805) 新鑴藝芸書屋藏板	成均館大
三笑新編	著者未詳, 刊寫地未詳, 刊寫者未詳, 刊寫年未詳	6冊(缺帙:7~12 冊 所藏), 木版本		釜山大
繡像八美圖	編者未詳, 刊寫地未詳, 刊寫者未詳, 刊寫年未詳	初集20卷4冊(後 集29卷4冊, 共8冊)	書名:標題임, 目錄題:八美圖, 序:光緒己卯(1879)桃月抱眞子書於瓢 城之蕉葉庵	東亞大

書 名	出 版 事 項	版式狀況	一 般 事 項	所藏處
繡像碧玉獅傳	撰者未詳, 淸嘉慶24年(1819)序 後刷	20卷6冊, 木版本	序:嘉慶二十四年歲次己卯(1819) 桃月望日題秋澄居士書	成均館大
繡像水晶球	鴛湖悅成閣, 淸嘉慶25年(1820)刊	38卷6冊, 木版本	表題:水晶球, 版心題:水晶球, 標題:繡像水晶球傳, 序:嘉慶乙丑(1805)孟秋月…悅成主人識, 刊記:嘉慶庚辰年(1820) 新鐫 鴛湖悅成閣發行	釜山大
繡像芙蓉洞全傳	楊秋亭著, 刊寫者未詳, 淸道光1年(1821)序	10卷10冊, 木版本	表題:芙蓉洞, 序:道光元年(1821)杏月…楊秋亭識	釜山大
繡像說唱麒麟豹全傳	淸朝年間刊	6卷6冊, 木版本	表題: 麒麟豹, 版心題:繡像麒麟豹	釜山大
繡像說唱麒麟豹全傳	陸士珍(?)著, 刊寫地未詳, 飛春閣, 道光4年(1824)	60卷10冊	版心題:繡像麒麟豹, 標題:繡像麒麟豹, 表題: 繡像麒麟豹, 刊記:道光甲申年(1824)秋鐫陸士珍先生原稿珍珠塔續集飛春閣梓	東亞大
新增全圖珍珠塔後傳麒麟豹	刊寫事項 不明	4卷4冊, 石印本	題簽題:繪圖珍珠塔後傳, 珍珠塔, 版心題:全圖珍珠塔後傳	慶北大
繡像八仙緣	朱梅庭編輯, 淸道光9年(1829)刊	4卷4冊, 木版本	書名:裏題에 의함, 序:上海靜觀道人拜撰, 刊記:道光己丑(1829)新鐫, 寅春居士藏板	成均館大
繡像天寶圖	著者未詳, 刊寫地未詳, 刊寫者未詳, 同治4年(1865)	10卷6冊, 木版本	版心書名:天寶圖, 序:同治乙丑(1865)…隨安散人, 印:集玉齋, 帝室圖書之章	奎章閣
繪圖筆生花	心如女史(淸)著, 上海書局, 民國元年壬子(1912)	16卷1匣16冊, 石印本	序: 陳同勛(1857), 雲腴女士(1872), 印: 樂善齋, 閔丙承印	高麗大
筆生花	淮陰心如女史編, 上海, 申報館, 同治11年(1872)	32卷16冊, 新鉛活字本	序:同治壬申(1872) 中秋五日棠湖雲腴女士敍, 原序:咸豊(1857)七年七月旣望愚表姪 陳同勛頓首拜題	全南大
繪圖筆生花	淮陰心如女史(淸)著, 刊寫地未詳, 刊寫者未詳, 同治11年(1872)	16卷16冊, 石印本	原序:咸豊七年(1857)七月旣望愚表姪 陳同勛頓首拜題, 同治壬申(1872) 秋五月棠湖雲腴女士敍	全南大
新刻秘本唱口雙珠球全傳	刊寫地未詳, 觀志閣梓, 刊寫年未詳	4卷4冊(全49卷12冊), 石印本	表紙書名:雙珠球	漢陽大
十粒金丹	著者未詳, 京都, 泰山堂, 光緖14年(1888) 序	12卷12冊, 木版本	序:光緖戊子(1888)…漱蘭居士序, 印記:集玉齋, 帝室圖書之章	奎章閣
十粒金丹	著者未詳, 刊寫者未詳, 光緖14年(1888)序	66回12冊, 新鉛活字本	序:光緖戊子(1888)仲秋漱蘭居士書	高麗大

書名	出版事項	版式狀況	一般事項	所藏處
宋史奇書	著者未詳, 上海, 廣益書局	12卷6冊, 石印本	別書名:繪圖十粒金丹	梨花女大
繪圖前笑中緣金如意	著者未詳, 上海, 刊年未詳	4卷4冊, 石印本		梨花女大
繪圖笑中緣前金如意全傳	編者未詳, 刊寫地未詳, 刊寫者未詳, 刊寫年未詳	4卷4冊	包匣題 및 題簽題 및 標題: 繪圖前笑中緣金如意	東亞大

위의 목록을 보면, 국내에 소장된 彈詞는 모두 22종의 작품이 있으며, 한 작품에 둘 이상의 판본이 있는 것도 있어서 판본은 모두 33종이다. 이 판본들을 인쇄 방식에 따라 분류하면, 목판본이 19종이고, 석인본이 8종이며, 연활자본이 2종이며, 인쇄 방식을 알 수 없는 판본이 5종이다. 이를 보면, 彈詞의 절반 이상이 목판본으로 되어 있어서 대부분이 석인본인 鼓詞와는 차이가 있다. 일반적으로 목판인쇄가 석판인쇄보다 이른 시대의 인쇄 방식이므로, 彈詞가 鼓詞보다는 먼저 유입되었다고 추정할 수 있다. 그러나 실제로 이를 증명할 만한 문헌 기록들이 남아 있지 않아서 그 구체적인 유입 시기와 방식을 확정하기는 어렵다.

필자는 몇 가지 단서를 통해 彈詞의 국내 유입 시기와 방식들에 대해 추론해보고자 한다. 먼저, 장서들에 찍힌 '印記'로 몇 작품과 그 판본의 대략적인 유입 시기를 추정할 수 있다. 위의 목록을 보면, 서울대 奎章閣에 소장된 ≪義妖傳≫·≪玉連環≫·≪天寶圖≫·≪十粒金丹≫에는 印記가 '集玉齋, 帝室圖書之章'이라고 되어 있어서, 이 판본들이 원래 '集玉齋'에 소장되어 있던 것들임을 알 수 있다. 集玉齋는 高宗의 서재인데, 그가 1907년에 일본에게 강제로 퇴위된 후에 일본은 奎章閣의 조직을 개편하여, 1908년에 奎章閣에서 弘文館·侍講院·集玉齋·史庫의 문헌들을 모두 관리하게 한다. 이 때문에 여러 기관에 나뉘어 소장되어 있던 문헌들이 奎章閣으로 옮겨오게 되고, 이를 '帝室圖書'라고 칭하게 된다.[8] 그래서 위의 4종 彈詞들은 적어도 1907년 이전에는 集玉齋에 소장되어 있었으며, 이보다 이른 시기에 이미 조선에 들어왔다고 할 수 있다. ≪玉釧緣≫은 한국학중앙연구원의 '藏書閣'에 소장되어 있는데, 印記가 '李王家圖書之章'으로 되어 있다. 藏書閣은 변천 과정이 복잡해서 이 판본이 소장된 과정을 추정하기 힘들지만, ≪玉釧緣≫은 원래 왕실에서 소장하고 있던 것은 확실하며 1910년 이전

---

8) 김태웅·연갑수·김문식·신병주·강문식, ≪奎章閣(그 역사와 문화의 재발견)≫, 서울대학 출판문화원, 2009, 73~74쪽.

에 유입된 것으로 보인다.

고려대 소장본 ≪筆生花≫에는 印記가 '樂善齋, 閔丙承印'로 되어 있다. 그런데 이 판본은 위의 왕실도서들이 목판본인 것과는 달리 民國元年(1912)에 上海書局에서 출판된 석인본이다. 이 판본은 1912년에 간행되었으므로 그 이전에 유입되었을 수는 없으며, 1912년 이후에 유입되었음이 확실하다. 樂善齋는 昌德宮에 있는 왕실 건축물인데, 純宗이 1907년 황제의 지위를 물려받고 昌德宮으로 이주하여 거주했으며, 일본에 국권을 빼앗긴 이후인 1912년 6월부터는 주로 樂善齋에서 거주하였다고 한다. 그러므로 고려대 소장본 ≪筆生花≫는 純宗이 樂善齋에 거주할 때 유입되었으며, 왕실에 소장되어 있던 판본이라고 할 수 있다. 그리고 印記에 이름이 보이는 閔丙承(1866~미상)은 高宗 집권기의 대표적인 척신 閔應植의 아들이며, 1884년부터 줄곧 정부 관료로 일하였다.[9] 그러므로 그는 정부 관료로서 樂善齋에 있던 왕실 소장도서들을 관리했던 것으로 보이는데, 왕실에서는 中華民國 이후에 간행된 판본도 수입하여 소장하고 있었음을 알 수 있다.

위에 印記가 확실한 목판본들 이외에 또 다른 2종인 ≪再生緣≫과 ≪珍珠塔≫의 목판본이 궁중에 소장되어 있었을 가능성이 높다. 이 두 작품은 한글 번역본이 남아 있는데, 1884년 高宗의 명으로 역관들이 번역한 彈詞이다. 이 두 작품은 한글 번역본이 실물로 존재하기 때문에 번역의 대상텍스트 즉 원전이 반드시 존재했을 것이다. 두 작품은 중국에서 1884년 이전에 석인본으로 간행된 적이 없으므로,[10] 그 대상텍스트는 1884년 이전에 간행된 목판본이었을 것이다. 이 두 작품에 대해서는 뒤에서 구체적으로 논술할 것이고, 여기서는 둘 다 중국에서 유입된 목판본이 궁중에 소장되어 있었을 것만 확인한다. 이 둘을 포함하면, 궁중에 소장되어 있던 목판본들은 7종의 작품이 있으며, 이는 목판본 彈詞의 대략 절반 정도에 해당된다. 그러므로 목판본 彈詞의 주요 수용자 중 하나는 조선의 궁중이었다고 할 수 있다.

---

9) 閔丙承은 1884년(高宗 21) 1월 외국어학교 副敎官, 1885년(高宗 22) 탁지부주사를 지냈으며, 당시 실시된 과거에 兵科로 문과 급제하였다. 1886년(高宗 23) 吏曹正郎·시강원 겸문학·시강원 겸필선·승정원동부승지 등을 역임하였다. 1887년(高宗 24) 이후 內務部參議·이조참판·奎章閣직제학 등을 지냈다. 1897년(광무 1) 이후 중추원1등의관·궁내부특진관 칙임3등관 등을 역임하였다. 한국역대인물 종합정보시스템. htt://eole.aks.ac.kr/

10) 盛志梅, ≪淸代彈詞硏究≫(濟南: 齊魯書社, 2008), 455~459쪽과 461~467쪽을 참조.

서울지역에 소장된 印記가 없는 목판본은 한국학중앙연구원에 2종,[11] 서울대 중앙도서관에 3종, 성균관대에 4종이 있다. 서울지역 이외에 목판본은 원광대 1종, 부산대 4종이 있는데, 주로 부산지역에 여러 종이 소장되어 있음을 알 수 있다. 중국소설이 조선에 유입된 경로를 보면, 蘇州나 杭州 등지에서 간행된 책들이 먼저 北京의 琉璃廠에 모이고, 조선의 사신이나 역관들이 北京을 방문하여 이를 구입하여 서울로 들여오게 된다. 그러므로 목판본 彈詞는 중국에서 서울로 유입되고 나서, 그런 후에 타 지역으로 흘러들어간 것으로 보인다. 이 판본들이 왕실의 소장본이었음을 확인할 수 없는데, 조선의 관료들이 소장하고 있었을 가능성이 있다.

> 桐漁 李公은 평일에 손에서 놓지 않고 항상 보는 책이 곧 패설이었는데, 어느 종류인지를 따지지 않고 新本을 즐겨 보았다. 그 당시 譯院의 도제조를 兼帶하고 있었는데, 燕京에 가는 象譯들이 앞 다투어 서로 사다가 그에게 바쳐 수천 권이나 쌓였다.[12]

'桐漁'는 李相璜(1763~1841)의 號이고, 그는 1829년 문안사로 淸나라에 다시 다녀왔고, 1833년 영의정에 올랐던 인물이다. 李相璜은 司譯院의 도제조였기 때문에, 중국 패설의 수집에 있어서 그의 '눈에 들기 위한 역관들의 자발적 진상도 있었을 것은 분명하다.'[13] 그는 패설이면 장르를 가리지 않고 새로운 판본을 즐겨 보았다고 했는데, 희곡인 ≪西廂記≫도 아주 좋아하였다고 한다. 그가 좋아했던 패설의 구체적인 장르를 알수 없지만 彈詞나 鼓詞 장르가 포함되었을 수도 있다. 그는 司譯院의 책임자였고 또한 정부 최고위관료 영의정까지 지냈기 때문에 중국의 패설들을 많이 소장할 수 있었다. 역관들은 정부의 명령에 따라 혹은 지인의 부탁에 따라 중국서적과 소설 등을 수입했는데, 조선시대 고위관료들 중에 중국 소설을 좋아하는 사람이었다면, 그것들을 중국으로

---

11) 이것은 ≪珍珠塔≫을 가리키는데, 이 논문을 쓸 당시에는 목록만을 참고했을 뿐 실물을 확인하지 못했었다. 나중에 실물을 조사한 바로는 2종이 아니라 실제로 1종임을 확인할 수 있었다. 중간 부분이 결질이었는데 앞부분과 뒷부분을 따로 목록화를 시켜놓은 것이었다. 이에 대한 내용은 본서의 〈≪珍珠塔≫의 서지·서사와 번역양상 - 한국학중앙연구원 소장 56회본을 중심으로〉라는 글에서 구체적으로 다루었다.

12) 이유원, ≪林下筆記≫ 제27권 〈春明逸史〉, 한국 고전 종합 DB.

13) 신상필, 〈서리·역관 계층 소설 관련 양상의 현실적 근거와 그 실제〉, ≪韓國漢文學硏究≫제38집, 2006, 194쪽.

부터 수입하여 소장할 기회가 충분히 있었다. 그래서 궁중과 더불어 정부 고위관료들이 彈詞 수용의 한 축을 담당했을 것으로 보인다.

그런데 彈詞라는 강창 장르가 문자로 정착되어 간행된 것은 淸代에 들어와서이다. 조선인들이 이 장르의 공연을 보고 직접 수용했을 가능성은 거의 없다. 첫째, 조선인들이 이것을 직접 수용을 하기 위해서는 먼저 중국에 가야 하는데, 사신이나 역관 그리고 수행원들을 제외하면 아무나 중국을 방문할 수 없었기 때문이다. 둘째, 이 장르는 杭州 등지의 중국 남방에서 유행했는데, 사신이나 역관들은 淸나라의 수도 北京에서 공무를 수행했기 때문에 남방 지역의 彈詞 공연을 볼 기회는 거의 없었다고 할 수 있다. 셋째, 역관들이 중국어에 능통하였다고 하더라도 방언이라는 언어의 장벽은 쉽게 극복할 수 없었을 것이다. 彈詞는 남방 각 지역의 방언으로 공연되었는데, 역관들이 학습한 중국어는 官話였기 때문에 공연을 볼 수는 있어도 내용을 이해하기는 어려웠을 것이다. 그런데 이런 구전 장르가 문자로 정착되면, 방언의 장벽은 어느 정도 극복된다. 방언에서만 쓰이는 독특한 어휘나 표현을 제외하면, 문자텍스트의 가독성은 공연텍스트의 가청성보다 훨씬 높아지기 때문이다. 그래서 조선이 彈詞를 수용한 양상은 문자텍스트만으로 한정할 수 있을 것이다.

조선에 유입된 彈詞를 제재별로 살펴보면, 민간 전설로는 ≪義妖傳≫이 있고, ≪天寶圖≫와 ≪十粒金丹≫은 전쟁을 제재로 삼았으며, ≪麒麟豹≫는 의협을 제재로 삼았고, ≪八仙緣≫은 神魔 유형의 彈詞로 분류할 수 있다. 그리고 나머지는 대부분이 남녀 간의 사랑이야기인데, 남장 여자가 주인공으로 등장하는 것으로는 ≪玉釧緣≫·≪再生緣≫·≪筆生花≫ 등이며, ≪芙蓉洞≫은 특이한 사랑이야기로 남자주인공이 비구니를 사랑하여 아들을 낳고 이 아들이 겪는 일을 서술하였다. 이 외의 작품들은 대부분이 才子佳人의 사랑이야기이고, 이것은 조선의 여성들이 좋아하는 고소설의 제재였다. 그런데 彈詞 수입을 직접 담당했던 역관들은 수용자의 주요 대상을 상층 여성으로 삼았을 것이기 때문에 그녀들이 좋아하던 사랑이야기들이 많이 수입된 듯 하다. 궁중에 소장되어 있던 彈詞들이 이를 증명하는데, 그녀들이 수용하는 데 있어 언어의 장벽은 여전히 문제로 남는다. 여기서는 이에 대한 논의를 접어 두고 아래 글에서 다루기로 한다. 또한 석인본 彈詞들은 그 유입 시기나 과정이 석인본 鼓詞들과 유사하므로, 여기에 더 이상 중복해서 다루지 않는다.

2. 국내에 유입된 鼓詞

鼓詞는 淸代 북방의 강창문학을 대표하는 장르인데, 공연에는 반드시 북의 반주가 포함되고, 문학적으로는 7언 또는 10언의 노래를 기본 요소로 하고 산문이 결합되어 있는 서사양식이다.[14] 여기에서도 먼저 필자가 수집한 鼓詞의 목록을 제시하고 나서, 구체적인 논의를 진행하고자 한다. 鼓詞는 淸代에 강창으로 공연되었지만 출판된 것은 대부분이 淸代 말기이기 때문에 창작된 시기를 확정하기 어렵다. 그래서 아래의 목록은 작품명을 기준으로 우리말 가나다 순서에 따랐다.

書 名	出 版 事 項	版 式 狀 況	一 般 事 項	所藏處
繪圖鼓詞巧合奇寃		10卷6冊, 石印本		建國大
繪圖寄巧寃全傳	著者未詳, 上海書局, 1910	10卷6冊, 石印本	表題:圖巧合寄寃全傳, 刊記: 宣統庚戌(1910)仲秋上海書局石印	東亞大
(綜合)巧合奇寃全傳	上海書局, 1906	石印本		嶺南大
繡像九巧傳	上海, 江東書局, 刊寫年未詳	6卷6冊1匣, 石印本		國民大
四海棠全傳	京都, 文和堂, 光緒17年(1891)	4卷8冊, 木版本		奎章閣
繡像三公案鼓詞全傳	著者未詳, 上海, 校經山房, (19??)	6卷6冊, 石印本		梨花女大
繪圖西羌國鼓詞	著者未詳, 上海, 茂記書局, 民國元年(1911)	4卷4冊, 石印本	圖記:中華民國紀元上海江東茂記書局重校發行	梨花女大
燕王掃北全傳	上海, (191?)	4卷4冊, 石印本	版心題:繡像燕王掃北, 標題:繪圖燕王掃北全傳/	梨花女大
足本大字繡像大八義	上海, 廣益書局, 1900年代刊	4卷4冊, 石印本	表題:足本全圖英雄大八義, 裏題:繡像英雄大八義, 序:時宣統二年庚戌(1910)仲春白門外史識於上海幷書	忠南大
繡像英雄大八義	上海, 錦章圖書局, 刊寫年不明	4卷8冊, 石印本	題簽題:繡像正續英雄大八義, 版心題:繡像英雄大八義	慶北大

14) 이정재, 〈鼓詞系講唱 硏究〉, 서울대 박사논문, 1998, 56쪽.

書 名	出 版 事 項	版 式 狀 況	一 般 事 項	所藏處
繡像英雄淚國事悲全集	鷄林冷血生著, 上海書局編, 民國元年(1912) 仲春上海書局石印	7卷7冊, 石印本	表題紙書名:冊1~4 醒世小說英雄淚, 5~7 醒世小說國事悲, 叙冷血生	國立中央圖書館
英雄淚	編著者未詳, 刊年未詳	1冊(缺本), 石印本	版心書名:醒世英雄淚	韓國學中央研究院
繡像英雄淚	冷血生(匿名)著, 191?年刊	1冊, 石印本		高麗大
繡像英雄淚	冷血生著	4卷 4冊, 石印本	叙:冷血生自序	延世大
新刻醒世奇文國事悲·英雄淚小說	冷血生著	8卷8冊(殘本7冊), 石印本	缺本:國事悲 卷1, 英雄淚 序:冷血生	龍仁大
繡像英雄淚	冷血生著, 上海, 上海書局, 民國1年(1912)	4卷4冊, 石印本	目錄題:新刻醒世奇文英雄淚小說, 題簽題:繡像英雄淚國事悲全集, 標題:醒世小說英雄淚, 敍:冷血生自序	東亞大
醒世國事悲	冷血生著, 上海, 上海書局, 民國1年(1912)	4卷4冊, 石印本	目錄題:新刻醒世奇文國事悲小說, 包匣題, 題簽題:繡像英雄淚國事悲全集, 標題:醒世小說國事悲	東亞大
繪圖英雄淚國事悲全集	冷血世著, 上海, 校經山房, 刊寫年不明	8卷8冊, 石印本	題簽題:繪圖英雄淚國事悲全集, 版心題:醒世國事悲, 醒世英雄淚	慶北大
繡像小八義	刊寫地未詳, 刊寫者未詳, 刊寫年未詳	4冊(卷5~6, 9, 12), 石印本		京畿大
繡像小八義	撰者未詳, 上海, 章福記書局, 中華年間 刊	12卷12冊 (卷1~12), 石印本	題簽:繡像說唱小八義, 版心題: 繪像小八義, 裏題: 繪圖說唱小八義全傳	江陵市船橋莊
繡像續五龍傳	編者未詳, 上海書局, 光緒 32年(1906)	4卷1冊(缺帙), 石印本		高麗大
繡像五龍傳	著者未詳, 上海書局, 光緒 32年(1906)	4卷1冊(續集4卷 1冊, 共2冊), 石印本	包匣題:繡像三公寄案鼓詞, 標題:繡像五龍傳, 表題:繡像五龍傳	東亞大
繡像五雷陣全傳		4卷4冊, 石印本		梨花女大
繡像新刻吳越春秋	著者未詳, 上海, 茂記書莊, 光緒34年(1908)	4卷4冊, 石印本	表紙書名:繡像吳越春秋, 標題紙書名:繡像吳越春秋鼓詞全傳	韓國學中央研究院
新刻于公案	編者未詳, 上海書局, 19??	2卷1冊(缺帙: 卷3~4), 石印本		高麗大

書　名	出　版　事　項	版　式　狀　況	一　般　事　項	所藏處
新刻于公案	著者未詳, 上海書局, 光緒32年(1906)	4卷2冊, 石印本	包匣題:繡像三公寄案鼓詞, 標題:繡像于公案, 表題:繡像于公案	東亞大
繡像李翠蓮施釵	著者未詳, 上海, 茂記書莊, 宣統1年(1909)	6卷4冊, 石印本		梨花女大
繪圖正續紫金鐲鼓詞	著者未詳, 上海, 大成書局, 淸朝末期~中華初 刊	6卷6冊(正四卷, 續2卷), 石印本	版心題:繡像紫金鐲, 刊記:上海大成書局發行, 備考:第1~63回	成均館大
戰北原擊祁山		1冊, 木版本		金奎璇
繡像征東傳鼓詞全部	刊寫地未詳, 刊寫者未詳, 刊寫年未詳	1卷1冊(缺帙)	表題:繡像征東傳鼓詞全部, 版心題:繡像征東傳	京畿大
新刻千里駒	著者未詳, 上海, 錦章圖書局, 刊寫年未詳	4卷4冊, 石印本	標題紙書名:連環圖畵千里駒鼓詞, 表紙書名:大字足本連環圖畵千里駒鼓詞	韓國學中央硏究院
新刻繡像快活林	上海, 華文齋, 光緒32年(1906)	8卷8冊(缺本, 第5~8冊, 卷5~8), 石印本	表題:繡像快活林	梨花女大
繪圖平西涼全傳	著者未詳, 上海, 茂記書莊, 宣統2年(1910)	4卷4冊, 石印本		梨花女大
新刻包公案鼓詞	編者未詳, 上海, 上海書局, (19??)	2卷2冊, 石印本	表題紙:繪圖包公案鼓詞	高麗大
繡像包公案鼓詞全傳	上海, 校經山房, (19??)	2卷2冊, 石印本	標題:繡像包公案鼓詞全傳, 版心題:繡像包公案鼓詞	梨花女大
新刻包公案鼓詞	著者未詳, 刊寫地未詳, 刊寫者未詳, 光緒32年(1906)	2卷2冊	包匣題:繡像三公寄案鼓詞, 標題:繪圖鼓詞包公全傳, 表題:繪圖包公案鼓詞	東亞大
新出繪圖說唱白玉蘭汗衫記鼓詞全傳	上海, 校經山房, (19??)	4卷4冊, 石印本	表題:繡像說唱汗衫記鼓詞, 標題:繡像汗衫記鼓詞全傳, 版心題:繡像汗衫記鼓詞	梨花女大
混元盒全傳	著者未詳, 刊地未詳, 泰山堂, (1616~1911)年	12卷12冊, 木版本	版心書名:五毒傳, 印:集玉齋, 帝室圖書之章	奎章閣

　　위의 목록을 보면, 국내에 유입된 鼓詞는 23종의 작품이 있고, 판본은 모두 37종이 있다. 이 판본들을 인쇄 방식에 따라 분류하면, 목판본이 3종이고, 석인본이 32종이며, 인쇄방식을 알 수 없는 판본이 2종이다. 목판본 2종은 서울대 奎章閣에 소장되어 있고, 나머지 1종은 개인소장자 金奎璇이 소장하고 있다. 奎章閣에 소장된 鼓詞는 ≪四海

棠≫과 ≪混元盒≫인데, 印記가 '集玉齋, 帝室圖書之章'으로 되어 있다. 이 두 판본은 비록 彈詞와 장르가 다르지만, 그 수용 양상은 위에 논의한 奎章閣 소장본인 4종의 彈詞와 같다고 볼 수 있다. 그렇다면 鼓詞는 彈詞와 달리 석인본이 압도적인 다수를 차지하고 있는데, 彈詞와는 그 유입과 수용 방식이 다름을 짐작할 수 있다.

鼓詞는 淸代에 지속적으로 공연되어왔지만, 문자로 정착되어 간행된 것은 대부분이 淸代 말기이다. 鼓詞는 간행연도 자체가 늦기 때문에 彈詞에 비해 조선에 유입된 시기도 늦을 수밖에 없다. 중국 최초의 석판인쇄는 淸代 光緖2年(1876)에 영국인 메이저에 의해 上海의 點石齋에서 이루어졌다. 이후에 석판인쇄는 주로 과거시험의 수험서를 간행하는 데 이용되었고,[15] '1905년 과거제가 폐지된 후에 석판인쇄는 시장을 잃게 되자, 각종 소설이나 鼓詞 등의 석판인쇄가 점점 성행하게 되었다.'[16] 국내에 유입된 鼓詞들이처럼 대부분이 淸代 말기에 上海에서 간행된 석인본이다.

그런데 석인본 鼓詞의 국내 유입에 대한 단서는 거의 찾을 수 없는데, 이 판본들을 수입한 주체는 역관이 아닐 가능성도 높다. 조선 말기에는 '수많은 외국어학교가 문을 열면서 사역원을 통해 배출되던 전통적인 역관은 더 이상 나오지 않았다. …… 1891년에는 역과도 폐지되었다. …… 제국 말기인 1907년(高宗 44)에는 각 항구 시장 재판소에 통역관과 통역관보를 두게 함으로써 사역원의 자취는 완전히 사라졌다.'[17] 이전에 역관이었던 사람들이 여전히 鼓詞의 수입을 담당했을 수도 있으나, 이미 주체로서의 지위는 상실했을 것이다. 그렇다면 무역상들이 그 주체로 나섰을 가능성이 높은데, 그러나 이를 증명할 자료는 찾을 수 없었다. 그리고 조선왕실도 정치·사회적으로 혼란스러운 시기에 鼓詞 수입에 적극적으로 나설 수도 없었을 것이다. 그러나 彈詞에서 논의한 것처럼 印記가 '樂善齋, 閔丙承印'으로 되어 있는 ≪筆生花≫가 民國元年(1912)에 上海書局에 석인본인 것을 보면, 그래도 조선의 왕실은 여전히 어느 정도는 수용자의 위치를 점하고 있었음을 알 수 있다.

국내 유입된 鼓詞의 제재는 才子佳人의 사랑이야기가 주를 이룬 彈詞와는 달리, 다

---

15) 賀聖儔, 〈中國印刷術沿革略〉, ≪圖書印刷發展史論文集≫, 台北 : 文史哲出版社, 1982, 241쪽.

16) 孫英芳, 〈淸末民初石印術的傳入與上海石印鼓詞小說的出版〉, ≪滄桑≫, 2010, 102쪽.

17) 이상각, ≪조선역관열전≫, 서해문집, 2011, 325쪽.

양한 제제의 작품들이 유입되었다. 역사연의 계통으로는 ≪西羌國鼓詞≫·≪燕王掃北≫·≪吳越春秋≫·≪征東傳≫·≪平西涼≫ 등이 있고, 공안·의협 계통으로는 ≪巧合奇冤≫·≪三公案鼓詞≫·≪于公案≫·≪包公案鼓詞≫·≪五龍傳≫ 등이 있고, 신마 계통으로는 ≪英雄大八義≫·≪五雷陣≫·≪混元盒≫ 등이 있으며, 재자가인 계통으로는 ≪九巧傳≫·≪四海棠≫ 등이 있다. 그리고 ≪紫金鐲鼓詞≫ 관료들의 부정부패를 제재로 삼았으며, ≪汗衫記鼓詞≫는 불륜과 이혼 그리고 재가 등을 제재로 삼았고, ≪英雄淚·國事悲≫는 제국주의 침략과 이를 반대하는 활동을 제재로 삼았다.

또한 이미 유행하던 소설을 제재로 삼아 개작하여 강창 공연되던 것이 문자로 정착된 것도 있는데, ≪戰北原擊祁山≫은 ≪三國演義≫의 '六出祁山' 이야기이고, ≪李翠蓮施釵記≫는 ≪西遊記≫의 唐 太宗이 저승을 여행한 이야기이고, ≪快活林≫은 ≪水滸傳≫의 武松 이야기이며, ≪英雄小八義≫는 ≪水滸傳≫의 후예들과 새로운 인물이 의협을 행하는 내용이다. 이를 보면 鼓詞의 제재는 매우 광범위함을 알 수 있는데, 조선의 여성들이 전통적으로 즐기던 사랑이야기와는 거리가 있기 때문에 여성들이 수용의 주체였을 가능성은 낮은 것으로 보인다. 그러나 鼓詞의 수입 주체를 논의하기에는 자료가 너무 적기 때문에, 그들이 어떤 수용자계층을 대상으로 수입했는지도 추정하기 힘들다.

위의 목록을 보면, 鼓詞들은 대부분 하나의 작품에 하나의 판본만이 있는데, ≪英雄淚≫는 판본이 7종이나 된다. 民國元年(1912) 이후에 간행된 것들은 위의 목록에서 제외했는데,[18] 그것들까지 합하면 이 작품의 판본은 모두 9종이다. ≪英雄淚≫는 '鷄林冷血生'으로 서명되어 있으며, 安重根이 伊藤博文을 암살하는 내용을 중심 줄거리로 삼아 일제에 맞서는 우국지사들의 활동을 그렸다. ≪國事悲≫는 ≪英雄淚≫를 이어서 썼으며, 약소국가인 폴란드가 러시아에 의해 멸망당하는 이야기이다. 이 작품의 최초의 판본은 둘의 합본인 ≪國事悲·英雄淚≫(일명 ≪繡像國事悲英雄淚全集≫)인데 上海書局에서 宣統2年(1910)에 8권 8책의 석인본으로 간행되었고, 이후로도 여러 차례 간행되었다.[19] ≪英雄淚≫는 安重根을 주인공으로 삼아 朝鮮 망국의 역사를 허구적

---

18) 이 판본들은 국민대 ≪繡像英雄淚國事悲全集≫, 上海, 廣益書局, 民國3年(1914)의 石印本과 이화여대 ≪醒世小說中華新國事悲英雄血≫, 上海, 江東書局, 民國5年(1916)의 石印本이다.
19) 이 판본은 ≪新刻醒世奇文國事悲小說≫ 20回 4책과 ≪新刻醒世奇文英雄淚小說≫ 26回 4

으로 구성했기 때문에 다른 鼓詞들보다 많은 판본들이 국내에 유입된 것으로 보인다. ≪英雄淚≫는 중국 上海에서 간행되고 얼마 지나지 않아 유입된 것으로 보이는데, 이는 조선의 우국지사들이 의식적으로 수입하여 수용했을 것이다.

3. 한글 번역본과 번안본

　조선시대 번역된 彈詞로는 ≪再生緣≫과 ≪珍珠塔≫이 있고, 鼓詞로는 ≪千里駒≫가 있으며, 번안된 것으로는 ≪양산백전≫이 있다. 먼저 번역본 彈詞와 鼓詞의 목록을 제시한 후에 논의를 진행하기로 한다.

書名	出版事項	版式狀況	一般事項	所藏處
지싱연전 (再生緣傳)	刊寫地未詳, 刊寫者未詳, 刊寫年未詳	52卷52冊, 한글筆寫本	表題:再生緣傳, 印:藏書閣印	韓國學中央研究院
진쥬탑 (珍珠塔)	作者未詳, 寫年未詳	10卷10冊, 筆寫本	表題:珍珠塔, 印:藏書閣印	韓國學中央研究院
珍珠塔	編者未詳, 刊地未詳, 刊者未詳, 19世紀末	13卷5冊, 宮體筆寫本	한글本	奎章閣
천리구	刊寫地未詳, 刊寫者未詳, 刊寫年未詳	3卷2冊, 한글筆寫本	表題:千里駒	國立中央圖書館

　≪再生緣≫은 陳端生(1751~1796)이 제1권에서 제17권까지 쓰다가 끝마치지 못하고 죽자, 梁德繩(1771~1847)이 나머지 3권을 써서 전체 20권으로 완성하였다. ≪再生緣≫은 모두 20권 80회이고, 매 1권은 4회로 구성되어 있으며, 回目은 7언으로 되어 있다. 거의 60만자에 달하는 작품으로 기본적으로는 7언 排律로 되어 있고, 平仄이 엄격하고 轉韻과 對句 또한 자연스럽다. 또 중간 중간의 서술부분과 대화 역시 속되지 않고 간

　책으로 구성되어 있다. 이듬해인 宣統3年(1911)에 같은 출판사인 上海書局에서 ≪國事悲≫의 단행본이 간행된다. 그리고 民國元年(1912)에는 역시 같은 출판사인 上海書局에서 최초의 刊本을 重刊하였다. 民國元年(1912) 이후에는 上海의 校經山房(1917·1921·民國年間)·大成書局(1921·1931)·江東茂記書局(1929)·昌明書局(民國年間) 등에서 石印本으로도 출판되었다. 李豫 等 編著, ≪中國鼓詞總目≫, 太原 : 山西古籍出版社, 2006, 119~120쪽.

결하다. 하지만 梁德繩의 후반부 3권은 詩體가 달라지며, 平仄이 일정하지 않고 산만하다. 또한 서술부분의 문체도 장황하게 늘어진다.[20]

≪再生緣≫의 최초의 刊本은 道光元年(1821)에 香葉閣主人이 序를 쓴 ≪再生緣全傳≫이다. 香葉閣主人은 侯芝(1768전후~1830)[21]이며, 그녀는 彈詞 출판에 참여하여 ≪錦上花≫를 개정했고, 또 ≪再生緣≫을 개정하고 서문을 집필하였다.

그 외 ≪金閨傑≫(≪再生緣≫의 개작)을 집필했으며, 또한 ≪再造天≫도 창작하였다.[22] ≪再生緣≫은 여성 작가가 창작한 작품으로, '여성에 의해 출판된' 최초의 작품이다. 彈詞는 실제 공연을 바탕으로 출간한 것과 작가들이 彈詞의 형식을 모방해서 창작한 독서용으로 구분된다. 후자는 '彈詞小說' 혹은 '擬彈詞'라고 부르는데, 이는 대부분 여성들이 창작했기 때문에 '女性 彈詞'라고도 부르며, ≪再生緣≫이 바로 이것에 해당한다.

≪再生緣≫은 우리나라에서 ≪지싱연전≫이란 이름으로 朝鮮 시대에 번역되었다. 모두 52권 52책으로 되어 있고, 매 권 90~100매, 매 면 10행, 매 행은 17~20자이며, 총 매수가 대략 5,600면에 이르는 한글 번역 필사본이다. ≪지싱연전≫은 1884년에 高宗의 명에 의해 李鍾泰가 문사들을 동원해서 번역하여 樂善齋로 들어간 다수 중국소설 중의 하나일 가능성이 높고, 현재 유일본이 한국학중앙연구원 장서각도서에 소장되어 있다. 樂善齋 필사본 ≪지생연전≫은 원문이 거의 모두 번역되어 있는데, 줄거리 전개에 있어서 축약이 많은 편이다[23]. 그런데 서두와 끝부분에 언급된 작가 자신의 이야기는 거의 모두 번역에서 제외되어 있다. 원제목인 '再生緣'에 '傳' 자를 첨가한 것은 한국 고전소설의 표제를 본뜬 것으로 볼 수 있다.

≪珍珠塔≫은 一名 ≪九松亭≫이라고도 하는데, 淸代에 매우 유행했던 공연 彈詞이며, 판본 또한 50여종에 이를 정도로 많다. ≪珍珠塔≫은 明代에 이미 唱本이 있었다고 하지만, 현재 실물은 남아 있지 않다. 그런데 대개 연행하던 彈詞는 예인 스스로

---

20) 朴在淵, 〈樂善齋本 再生緣傳에 대하여〉, ≪中國學硏究≫ 第7輯, 1992.10, 162쪽.

21) 侯芝의 생졸년은 학자들 간에 약간의 차이가 있는데, 본 해제에서는 다음 책을 따랐다. 鮑震培, ≪淸代女作家彈詞硏究≫, 天津 : 南開大學出版社, 2008, 226쪽.

22) 侯芝의 彈詞 출판과 관련된 내용은 다음 글을 참고하였다. 최수경, 〈19世紀 前期 侯芝의 彈詞 출판과 그 의미〉, ≪中國小說論叢≫ 第33輯, 2011.4.

23) 이재홍·김영·박재연 교주, ≪지생연전(상)≫, 이회문화사, 2005, 1~40쪽 참조.

엮은 저본이며 여기에는 자신의 이름을 기록하지 않았다. 출판업자들이 이런 저본들을 근거로 坊刻本을 찍어낼 때는 대체로 유명한 예인들의 이름을 빌려 간행하였다.[24] ≪珍珠塔≫도 이런 전승과정을 거쳤는데, 민간에서 유행한 공연 彈詞로 여러 차례 강창예인들에 의해 개편이 이루어졌다. ≪珍珠塔≫의 원작자는 알 수 없으나, 馬春帆이 개편하여 연출하였다고 전해지기도 한다.[25]

≪珍珠塔≫은 여러 가지 판본이 있는데, 주로 세 계통으로 나뉜다. 최초의 판본인 ≪孝義眞蹟珍珠塔全傳≫이 그중 하나이고, 24회본으로 乾隆46年(1781)에 周殊士가 개편한 것이다. 그는 서문에서 方元音이 18회까지 개정하다가 완성하지 못하고 죽자 자신이 24회로 증보하였다고 썼다. 이 판본은 '周殊士補本'이라고 불린다. 둘째는 서명이 ≪新刻東調珍珠塔≫으로 되어 있고, 20회본으로 兪正峰이 편찬했으며, 嘉慶14年(1808)에는 吟餘珏에서 간행하였다. 이 판본에는 嘉慶元年(1796)에 玉泉老人이 쓴 발문이 있는데, 여기서 兪正峰이 근래 彈詞 네 편을 편찬했으며 그중 ≪珍珠塔≫이 가장 주옥같다고 하였다. 셋째는 道光2年(1822) 蘇州 經義堂에서 ≪珍珠塔彈詞≫라는 서명으로 간행되었으며, 4권 56회로 되어 있다. 여기에는 周殊士와 陸士珍 두 사람의 編評과 鴛水主人이 嘉慶19年(1814)에 쓴 서문이 있는데, 이 판본을 周·陸編評本이라고 부른다. 이상의 세 가지 판본은 回目이 각기 다르고 주요 등장인물의 이름도 약간씩 다르며, 또한 내용에도 차이가 있다.

≪珍珠塔≫은 奎章閣과 韓國學中央研究院에 각각 번역본이 있는데, 후자를 樂善齋本이라 한다. '奎章閣本은 군데군데 먹칠로 지운 부분과 수정한 부분이 있어 번역 초고본임을 알 수 있으며 樂善齋本은 이 奎章閣本을 다시 깨끗하게 정사한 것이다.… 고어나 고문체가 거의 보이지 않는 것으로 미루어 高宗21年(1884) 경에 李鍾泰 등 문사 수십 인을 동원하여 번역할 때 이루어진 것으로 추정된다.' 한글 번역본의 대상텍스트는 바로 위에 소개한 세 번째 周·陸編評本의 번역이다.[26]

≪再生緣≫은 여성 彈詞 중에 최고 명작으로 꼽히고 있는데, 淸代에 꾸준히 유행하였으며 현대에 들어와서도 TV연속극으로 제작될 정도로 아직까지 인기를 누리고 있다.

---

24) 朴在淵, 〈진쥬탑해제〉, ≪진쥬탑≫, 학고방, 1995, 4쪽.

25) 車錫倫·周良, ≪寶卷·彈詞≫, 審陽 : 春風文藝出版社, 1999, 63쪽.

26) 朴在淵, 〈진쥬탑해제〉, ≪진쥬탑≫, 학고방, 1995, 1쪽과 5쪽.

≪珍珠塔≫은 공연 彈詞 중에 최고의 명작으로 꼽히고 있으며, 淸代에 출판된 판본만
도 40여종에 이를 정도로[27) 상당히 유행하였다. 그러므로 ≪再生緣≫과 ≪珍珠塔≫
의 번역자들이 무작위로 작품을 선정하고 번역에 임한 것이 아니라 의식적으로 명작을
선택하여 번역에 임한 것으로 보인다. 역관들이 高宗의 명을 받아 이 두 작품의 번역에
임했지만, 高宗이 직접 작품까지 지정하였을 가능성은 낮다. 역관들이 대상 작품을 선
택하고 제가를 받아 번역을 진행했을 가능성이 높다. 역관들은 신분이 비록 중인이었지
만, 치열한 국가고시의 경쟁에서 선택된 전문 지식인이었고, 문학에 대한 이해가 있었기
때문에 이와 같은 선택이 가능했을 것으로 추정된다.

≪再生緣≫은 장편 거작으로 번역된 분량 또한 상당하며, ≪珍珠塔≫은 이에 미치
지 못하지만 편폭이 긴 편이다. 이 두 번역본은 기본적으로 전문을 직역하였다고 할 수
있는데, 적지 않은 인력과 재력 그리고 시간이 투여되었을 것이다. 전혀 예측할 수 없는
상업적 이익을 목적으로 개인이 이런 번역 사업을 벌이기는 쉽지 않았을 것이고, 왕실
의 뒷받침이 있었기 때문에 비로소 이 번역 사업을 완성할 수 있었을 것이다.

≪再生緣≫과 ≪珍珠塔≫은 한글 번역본이 남아 있으므로, 그 대상이 되는 중국 판
본이 있었음은 확실하다. 그렇다면 그것들은 번역에 착수하기 이전에 국내에 유입되었
을 것이므로, 유입 시기는 1884년 이전으로 볼 수 있다. 그런데 지금 남아 있는 ≪再生
緣≫의 중국 판본은 이화여대와 전남대에 소장되어 있으며 둘 다 간행연도 미상의 석
인본이다. 이화여대 소장본인 ≪繪圖龍鳳配再生緣全傳≫은 廣益書局에서 간행되었
고, 전남대 소장본인 ≪繡像全圖再生緣全傳≫은 錦章圖書局에서 간행되었다. 이 두
출판사는 모두 上海에 소재를 두고 淸末에서 民國年間에 걸쳐 출판 활동을 벌였다.
이 두 판본들은 淸末에서 民國年間에 간행된 것들인데, ≪再生緣≫은 1884년경에 한
글로 번역되었으므로 이 둘은 모두 번역의 대상텍스트가 아닌 것으로 보인다. 이보다
이른 시기에 간행된 목판본이 그 대상텍스트가 되었을 것인데, 지금까지 실물을 찾을
수 없다.

국내에 유입된 ≪珍珠塔≫의 중국 판본은 한국학중앙연구원에 2종이 있고, 서울대
중앙도서관에 1종이 있다. 서울대 소장본 ≪繡像孝義眞蹟珍珠塔≫은 無錫의 方來堂

---

27) 盛志梅, ≪淸代彈詞硏究≫, 濟南 : 齊魯書社, 2008, 461~467쪽.

에서 己巳年(1869)에 6권 6책 24회로 구성된 목판본으로 간행되었다. 그런데 이 판본은 한글 번역본의 대상텍스트가 된 56회로 구성된 周·陸編評本이 아니다. 한국학중앙연구원 소장본 1종은 서명이 《繡像珍珠塔》으로 되어 있는데, 1책의 낙질본으로 63장만 남아 있다. 이 판본의 출판사항은 모두 미상이고 목판본으로 간행되었으며, 版心名은 《珍珠塔》으로 되어 있다. 다른 1종도 서명은 《繡像珍珠塔》으로 되어 있으며, 4권 5책으로 되어 있다. 이 판본은 낙질본으로 제1책이 빠져 있어서 출판사항이 모두 미상이지만, 목판본인 것으로 보아 淸代에 간행되었을 것이다. 그런데 필자가 한국학중앙연구원 장서각에 접속하여 이 판본의 원문을 열람해 본 결과[28] 56회로 구성된 周·陸編評本임을 확인할 수 있었으므로, 이것을 한글 번역본 《진쥬탑》의 대상텍스트로 지정할 수 있다. 이 판본에는 비록 藏書閣에 소장된 《玉釧緣》처럼 印記가 '李王家圖書之章'로 되어 있지는 않지만, 장서각의 소장 자료이므로 그 직접적인 대상텍스트로 보인다.

鼓詞 중에는 《千里駒》 단 한 편만이 한글로 번역되었는데, 그 필사본 《천리구》가 국립중앙도서관에 소장되어 있다. 《천리구》는 학자들에게 주목받지 못하다가, 2001년이 되어서야 장효현에 의해 중국 鼓詞의 번역임이 밝혀졌다.[29] 《천리구》는 낙질본으로 현재 일부인 4권 2책의 분량만 남아 있으며, 章回小說 형식으로 구성되어 있다. 현존하는 분량까지는 총 31회로 이루어져 있다. 장회 시작 부분에는 回題로서 4행 또는 8행의 '西江月' 곡조의 詞가 적혀 있어 그 회의 내용을 총괄한다.

번역 양상은 조금씩 생략된 곳도 있고 또는 원문에는 없는 표현을 상세하게 묘사한 부분도 있다. 또한 국역본의 장회형식과 원문의 회목이 일치하지 않으며 석인본의 18회 일부분까지만 번안되어 있다.[30] 김영이 교주한 《천리구》에는 박재연이 소장한 낙질본인 목판본과 光緒戊申年(1908)에 上海書局에서 간행한 석인본이 부록으로 실려 있다. 김영은 이를 근거로 《천리구》가 석인본을 번역한 것이라고 했는데, 그 번역 시기에 대해서는 언급하지 않았다. 《천리구》는 《직싱연젼》이나 《진쥬탑》과는 달리 樂善齋 소장본이 아니며 그 대상텍스트가 석인본이므로, 1884년경에 高宗의 명에 의해

---

28) http://lib.aks.ac.kr/DLIWEB20/comonents/searchir/detail/detail.asx?cid=185090

29) 張孝鉉, 《韓國古典小說史研究》, 고려대학출판부, 2009, 624쪽.

30) 金瑛, 《천리구(千里駒)》, 鮮文大 中韓翻譯文獻硏究所, 2003, 1~2쪽.

번역된 것은 아닌 것으로 보인다. 또한 《천리구》는 대략 절반 정도의 분량만이 번역되어 남아 있는데, 전체가 번역되었으나 뒷부분이 일실된 것인지 아니면 아예 절반만 번역하고 뒷부분은 번역을 완성하지 못한 것인지 판단하기 힘들다. 만약 후자의 경우라면, 이것도 완역된 《직싱연견》이나 《진쥬탑》과는 다르기 때문에 《천리구》는 왕실의 후원으로 번역이 이루어지지 않았을 가능성이 높다.

《第一奇諺》은 洪羲福(1794~1859)이 중국소설 《鏡花緣》을 번역한 필사본인데, 실물로 남아 있는 번역소설 중에 거의 유일하게 번역자 및 번역 연도를 확인할 수 있는 책이다. '홍희복은 서류출신으로 벼슬에 나갈 수 없어, 자주 중국을 내왕하면서 중국소설을 구하여 읽었다'[31]고 한다. 홍희복은 《第一奇諺》의 서문에서 중국소설 번역에 대해 다양한 정보를 제공한다.

> 일 업슨 선비와 직조 잇는 녀직 고금쇼설에 일흠는 바를 낫ᄎ치 번역ᄒ고 그 밧 허언(虛言)을 창셜(唱說)ᄒ고 긱담(客談)을 번연(繁衍)ᄒ야 신긔코 ᄌ미 잇기를 위쥬ᄒ야 거의 누쳔권에 지는지라. 닉 일즉 실학ᄒ야 과업을 닐우지 못ᄒ고 훤당을 뫼셔 한가ᄒ 썩 만흐므로 셰간의 전파ᄒ는 바 언문쇼설을 거의 다 열남ᄒ니 대겨 삼국지(三國志) 셔유긔(西遊記) 슈호지(水滸志) 녈국지(列國志) 셔주연의(西周演義)로부터 녁대연의(歷代演義)에 뉴는 임의 진셔로 번역ᄒ 빈니 말슴을 고쳐 보기의 쉽기를 취할 뿐이요.[32]

인용문을 보면, 조선에서는 일 없는 선비들이나 재주 있는 여자들도 고금소설들을 번역했음과 소설이 재미를 위주로 하고 있음을 알 수 있다. 《第一奇諺》의 번역은 '직역을 원칙으로 하였으나, 이국풍속을 우리 풍속에 적용시키기 위해 때로는 보태고, 때로는 빼기도 하며, 또는 고치기도 하여 자유롭게 번역해 놓았다.'[33] 洪羲福이 직역 위주의 번역을 하였다는 것은 그가 중국어에 능통했음을 뜻한다. 뜻을 이루지 못한 지식인들이 어떤 경로로 중국어를 배웠는지는 모르지만, 그들도 중국소설의 번역에 참여했음을 알 수 있다. 이런 상황을 고려해 보면, 《천리구》도 왕실과는 관계없는 일반인이 번역했을 가능성도 있다. 이런 가능성은 《천리구》가 왕실이 후원하여 번역한 《직싱

---

31) 정규복, 〈《제일기언》에 대하여〉, 《한국문학과 중국문학》, 보고사, 2010, 419~420쪽.

32) 정규복·박재연 교주, 《第一奇諺》, 국학자료원, 2001, 21~22쪽.

33) 정규복, 〈《제일기언》에 대하여〉, 《한국문학과 중국문학》, 보고사, 2010, 425쪽.

연젼≫이나 ≪진쥬탑≫과 다른 양상을 보이기 때문에 더 높다고 할 수 있다.

≪양산백젼≫은 1850년 이전에 조선에 이미 방각본이 있었다고 하며,[34] 1910년대부터 여러 종의 연활자본이 간행되었다. 이 활자본은 漢城書館(1915년·1916년), 博文書館(1917년), 德興書林(1925년·1928년), 韓興書林(德興書林과 동일한 판본), 世昌書館(간행년도 미상)에서 간행되었다. 조선시대에 梁祝이야기가 국내에서 유행했음을 논의하기 위해, 먼저 그것의 유입과 수용에 대해 간략하게 소개한다.

고려시대 승려가 편찬해 출판한 ≪夾注名賢十抄詩≫의 羅鄴이 쓴 〈蛺蝶〉[35]이란 시에 달린 주석을 보면, 어떤 문헌을 통해서인지는 알 수 없지만 梁祝이야기가 국내에 유입되었음은 확실하다. 또한 이 책에서는 唐代 지리지인 ≪十道志≫에 梁祝이야기가 실려 있음을 언급하고 있기 때문에 이를 통해 梁祝이야기가 고려에 유입되었음을 알 수 있다. 또한 '梁祝 전설의 발원지 寧波는 고대에 明州라고 하였는데, 역사적으로 행상 실크로드를 이루는데 큰 공헌을 하였다. 唐宋 이래, 明州를 출발한 선박들은 차례로 대량의 화물을 한국, 일본, 동남아 등지로 운반하였다. 당시 한반도의 사람들은 이렇게 빈번하고 밀접한 교류 속에서 여러 가지 구비 서사도 오가게 되었을 것이며, 梁祝 전설도 구두 방식으로 직접 한반도에 전해졌음은 필연적인 일이었을 것이다.'[36] ≪夾注名賢十抄詩≫는 고려에 이어 조선에서도 출판되어 梁祝이야기 전파의 범위를 확대한다. 또한 조선에서는 梁祝이야기가 실린 ≪留青日札≫이나 ≪情史≫가 유입되었으므로, 이 두 문헌은 조선시대의 梁祝이야기 전파에 한 축을 담당했을 것이다. 우리나라에서 梁祝이야기는 고려와 조선에 걸쳐 유행하였으며, 이것을 바탕으로 한 설화·서사민요·서사무가 등이 채록되어 남아 있다. 이를 보면 민간에서도 구전으로 梁祝이야기가 널리 유행하였음을 알 수 있다.

설화나 전설 수준의 梁祝이야기가 둘의 죽음으로 끝나는 반면, 明·淸代 성행한 梁祝講唱은 환생이란 화소가 첨가되고 또한 그에 따른 후속편이 존재한다. 강창의 갈래

---

34) 李昶憲, ≪경판방각소설 판본 연구≫, 太學社, 2004, 588쪽.

35) 扈承喜, 〈≪十抄詩≫一考 ― ≪全唐詩≫ 미수록 작품을 중심으로〉, ≪季刊書誌學報≫제15호, 1995, 33쪽. 姜晳中, 〈≪十抄詩≫의 中國詩 選詩 樣相 一考〉, ≪韓國漢詩硏究≫제11집, 2003, 17쪽.

36) 顧希佳, 〈한·중 ≪양산백(梁山伯)과 축영대(祝英臺)≫ 전설 비교 연구〉, ≪한·중 민간설화 비교 연구≫, 보고사, 2006, 449쪽.

의 彈詞·鼓詞·木魚書 등은 대체로 민간의 예인들이 실제로 연행하다가 글을 아는 예
인들이 남긴 필사본을 바탕으로 출판업자들이 문인들을 고용해 수정하여 출판해냈다.
강창 예인들은 전문 이야기꾼으로 연행을 생계의 수단으로 삼았기 때문에, 청중들을 끌
어 모으기 위해 오락성을 살리고자 한다. 조선의 방각업자들이 ≪양산백전≫을 찍어내
면서 고려한 것은 상업성이고, 또한 그 상업적 성공을 예상하게 한 것은 주인공의 환생
과 후속편의 존재일 것이다. 이미 梁祝이야기를 들었던 조선인들에게 梁山伯과 祝英
臺가 환생하여 펼치는 이야기는 관심을 끌기에 부족함이 없었을 것이다. ≪양산백전≫
과 중국의 梁祝講唱과의 영향 관계는 주인공 환생 이후 후속편의 존재에서 찾아볼 수
있다. 이 둘의 공통된 목표는 직업 강창과 상업 소설이 추구하는 상업성에 근거를 두고
있다. ≪양산백전≫을 출판한 방각업자들이 후속편에서 상업적 수익성을 확인할 수 있
었으며, 그래서 환생 이후 후속편이 존재하는 중국 梁祝講唱의 구조를 취한 듯하다. 그
래서 번안이란 개념을 조금 넓게 사용하면 ≪양산백전≫은 중국 梁祝講唱의 번안의
범주에 들어간다고 볼 수 있다.[37]

   이상의 논의를 요약하면 다음과 같다. 중국 彈詞와 鼓詞는 淸代에 들어와서 본격적
으로 유행하기 시작하였다. 원래 예인들이 입말로 연행하던 장르였으나 후에 출판업자
들에 의해 문자텍스트로 간행되었다. 이 두 장르를 중국소설과 비교하면, 그 문자텍스
트가 출현한 시기가 매우 늦기 때문에 조선에 유입된 시기도 그것에 비해 늦다. 국내에
소장된 彈詞는 22종의 작품이 있으며, 판본은 34종이 있다. 鼓詞는 23종의 작품이 있
으며, 판본은 37종이 있다. 이 둘을 인쇄 방식에 따라 분류하면, 彈詞는 목판본이 많은
비중을 차지하고 있으며, 鼓詞는 석인본이 압도적인 우위를 점하고 있다. 목판본 彈詞
의 절반 정도와 2종의 鼓詞가 궁중에서 소장하고 있었음을 확인할 수 있는데, 이는 역
관들에 의해 수입되어 궁중의 여러 성원들에 의해 수용되었을 것이다. 목판본 彈詞의
나머지 절반은 대체로 정부 관료들이 소장하고 있었을 것이다. 석인본 彈詞와 鼓詞는
간행연도를 보면, 목판본에 비해 그 유입 시기가 늦음을 확인할 수 있다. 그런데 석인본
彈詞와 鼓詞의 수용 주체는 자료의 부족으로 추정하기가 어렵지만, 왕실이 더 이상 그

37) 유승현·민관동, 〈梁祝이야기의 국내 수용과 ≪양산백전≫의 번안 가능성〉, ≪中語中文學≫
    제51집, 2012, 59~88쪽.

주체의 한 축으로서 중심 역할을 하지는 못했을 것이다.

彈詞나 鼓詞는 조선인들에게 매우 낯선 장르였고 그 유입 시기가 소설에 비해 상당히 늦다. 저명한 중국소설들이 조선 전기부터 번역되어 민중들에게 유행한 것과는 달리 彈詞와 鼓詞는 수용자계층이 궁중여성들이나 정부 관료들로 한정되어 있었던 것 같다. 궁중여성들이 외국어라는 언어적 장애를 극복하고 수용하기 위해 彈詞 ≪再生緣≫과 ≪珍珠塔≫은 왕실의 후원으로 1884년경에 한글로 번역되었다. 이 둘은 모두 목판본으로 간행된 장편 彈詞인데, 중국어의 전문 인력인 역관들이 대체로 全文을 직역한 번역이다. 鼓詞로는 ≪千里駒≫가 한글로 번역되었는데, 대상텍스트는 석인본이고 樂善齋 소장본이 아니며 절반만 번역되어 있다. ≪천리구≫는 이렇게 왕실에서 후원한 번역본과는 다르므로 필자는 일반인이 번역했을 가능성을 제기하였다. 또한 梁祝이야기는 조선에서 이미 상당히 유행했으며, 많은 조선인들은 이미 이 이야기를 알고 있었다. 그래서 출판업자들이 상업적 이익을 얻을 수 있다고 보고, 중국의 彈詞나 鼓詞의 후속편의 구조를 번안하여 ≪양산백전≫을 간행했을 것으로 추정된다.

第二部 作品論

1. 西廂記의 국내 유입과 판본 연구*

　필자는 지금까지 국내에 소장된 중국 고전소설의 판본정리 작업을 하면서 간혹 중국 고대희곡의 판본과 문헌기록들을 접하게 되었다. 처음에는 필자의 연구 분야가 아니라서 제외시켰으나 최근에 ≪水滸誌語錄≫과 ≪西遊記語錄≫에 대한 연구를 하던 중 ≪西廂記語錄≫이 국내에 존재했음을 발견하고 중국희곡에 대한 관심과 궁금증이 생기게 되었다.[1] 所謂 "어록집"이란 조선시대 문인들이 명말청초에 들어와 크게 변화된 중국 통속소설을 읽는데 보조 역할을 하는 어휘해설집으로 당시 文言文에만 익숙했던 조선문인들에게 백화통속류 작품에 나오는 어휘의 해석은 한학공부에 있어서 필연적인 과정이기도 하였다.

　≪西廂記語錄≫이 조선시대에 존재하였다는 사실은 서상기가 이미 국내에 들어와 유행하고 있음을 증명하는 것으로 중국고대희곡 연구와 중국희곡의 국내 流入史에 상당한 의미를 지닌다. 또 국내에 소장되어 있는 중국고대 희곡작품 가운데 ≪西廂記≫는 판본도 여러 종이 현존하고 있으며 문헌기록에도 여러 곳에 언급된 것으로 보아 비교적 일찍이 국내에 유입된 것으로 보인다.

　필자는 ≪西廂記≫의 판본과 문헌기록에 주목하여, 과연 ≪西廂記≫가 언제부터 국내에 유입되었으며 이들 판본이 어떻게 활용되었는지? 또 판본과 문헌기록의 양상과 번역본의 번역 및 출판양상이 어떠한지를 중점적으로 연구해 볼 필요성을 느끼게 되었다.

　먼저 ≪서상기≫에 대한 기존의 연구 개황을 살펴보면 대개 雜劇 ≪西廂記≫에 대한 문체와 내용에 대한 연구와 ≪서상기≫의 변천과정에 대한 연구가 주류를 이루고 있다. 필자가 연구하고자 하는 ≪서상기≫의 국내 유입과 판본에 대한 연구를 살펴보면 :

---

　* 본 논문은 2009년도 慶熙大學校 교비연구과제로 연구된 결과(KHU-20090676)로 ≪중국소설논총≫제31집(2010년)에 수록한 것을 일부 수정 및 보완하였다.
　** 閔寬東 : 慶熙大學校 中國語學科 敎授.
　1) 閔寬東, 〈水滸誌語錄과 西遊記語錄 연구〉, ≪中國小說論叢≫제29집, 2009.3.

* 李錫浩, 〈서상기의 문체와 번역〉, 《중국학보》10호, 1969.8.
* 성호경, 〈한국문학의 중국희곡 수용양상 연구〉, 《성곡논총》31집 3권, 2000.
* 河炅心, 〈국내 중국고전희곡의 번역현황과 실제〉, 《중국어문학논집》28호, 2004.8
* 정선희, 〈조선후기 문인들의 김성탄 비평본에 대한 독서담론 연구〉, 《동방학지》129 집, 2005.3.
* 이기현, 〈舊活字本 西廂記 硏究〉, 《우리문학연구》제26집, 2009.2.

이석호와 하경심은 《서상기》의 국내 번역문제에 대하여 부분적으로 몇 판본만 분석하였고, 성호경, 정선희는 국내의 수용에 대하여 일부분만 언급하였으며, 이기현은 출판의 문제에 대하여 1900년대 구활자본 위주로 연구를 하여, 전반적인 《서상기》의 유입과 판본문제에 대한 연구는 다소 미흡한 상황이다.

필자는 이러한 부분을 보완하여 《서상기》의 국내 유입시기와 중국희곡인 《서상기》가 국내에서 어떻게 수용을 하여 사용하였는지의 문제를 집중적으로 분석하고, 국내에 所藏된 판본을 조사하여 판본양상을 일목요연하게 정리하고자 한다. 또 수집과 정리의 과정에서 발견된 《서상기어록》과 《서상기》의 국내 번역 및 출판본에 대한 번역 및 출판양상 등을 중점적으로 고찰해 이 작품들의 가치와 의의를 재평가해 보고자 한다.

1. 西廂記의 국내 유입과 수용

1) 서상기의 국내 유입

《서상기》는 본래 唐代 元稹이 지은 傳奇小說 《鶯鶯傳》(一名 《會眞記》)을 金나라 때 董解元이 說唱本 故事인 《西廂記諸宮調》로[2] 만들었고, 또 원나라 때에는 王實甫가 다시 諸宮調인 《董西廂》을 저본으로 하여 雜劇인 《崔鶯鶯待月西廂記》로 개작한 작품이라는 것은 이미 널리 알려진 사실이다.

대략 12세기 말에 董解元에 의하여 완성된 것으로 보이는 《西廂記諸宮調》는 원대(13세기 후반에서 14세기 초기)에 이르러 왕실보가 다시 이를 토대로 하여, 총 5本

---

2) 諸宮調는 한 사람이 노래하며 이야기하는 講唱의 한 형식이며, 《西廂記諸宮調》는 일명 《董西廂》이라고도 한다.

21折의 장편 잡극으로 각색하여 원곡의 대표작 중의 하나가 되었다.

그 후 明代에 이르러서는 유행의 중심이 北曲(雜劇)에서 南曲(南戲)으로 바뀌었음에도 불구하고 南戲作品과 함께 계속 공연되면서 인기를 유지하였고, 明代 후기에는 민간출판의 번창과 함께 앞을 다투어 간행되어 異版의 종류가 수십 종이나 된다.

또 淸代에는 "六才子書"(≪水滸傳≫·≪西廂記≫·≪離騷≫·≪莊子≫·≪史記≫·≪杜詩≫)를 들고 나와 세상을 깜짝 놀라게 한 김성탄이 직접 批注한 ≪第六才子書≫가 나오면서 이 批注本 ≪西廂記≫가 주류를 이루며 애독되었다.

이러한 ≪서상기≫가 언제쯤 국내에 유입되었을까? 물론 ≪西廂記≫의 원전이라 할 수 있는 小說≪鶯鶯傳≫은 이미 고려시대에 유입된 것으로 보여 진다. 즉 ≪太平廣記≫ 가운데 ≪앵앵전≫이 수록되어 있기 때문에 ≪태평광기≫가 유입된 고려중기 쯤 ≪앵앵전≫도 국내에 유입된 것으로 추정할 수 있다. ≪서상기≫의 유입에 대한 최초의 기록은 ≪조선왕조실록≫(燕山君, 제62조)에 처음 보이는데 그 기록을 살펴보면 :

「傳曰 : ≪전등신화≫·≪전등여화≫·≪효빈집≫·≪교홍기≫·≪서상기≫ 등의 책들을 謝恩使를 시켜 사들여 오게 하고… (燕山君12年[1506年4月壬辰])…傳曰 : ≪전등신화≫와 ≪전등여화≫는 印刷하여 進上하라.」
(傳曰, 剪燈新話 剪燈餘話 效顰集 嬌紅記 西廂記等, 令謝恩使貿來…[中略] … (燕山君12年[1506年4月壬辰]) … 傳曰, 剪燈新話 餘話等書, 印進.)
〈朝鮮王朝實錄, 燕山君, 卷62條〉

이상의 자료에서 확인 되듯이 적어도 1506년경에는 이미 ≪서상기≫가 유입되었음이 확인된다. 국왕이 서명을 직접 거론하며 중국에서 사오라고 할 정도이면 市中에는 어느 정도 유포되었거나 일부 부유층에서는 이미 이 책을 보았다는 것을 의미하기 때문이다.

그 외에도 ≪서상기≫의 서명이나 저자명을 언급한 기록이나 논평한 기록을 살펴보면 다음과 같다.

* 許筠(1569~1618)의 ≪閑情錄≫第18卷, 〈十掌之故〉:
樂府則董解元 王實甫 馬東籬 高則誠, 傳奇則≪水滸傳≫·≪金甁梅≫爲逸典.[3]

---
3) 樂府則董解元 王實甫 馬東籬 高則誠, 傳奇則水滸傳 金甁梅 爲逸傳, 不熟此傳者, 保而甕

* 尹德熙의 《子學歲月》(46종) : 1744年
  戲曲 : 《西廂記》·《四夢記》·《續情燈》
* 尹德熙의 《小說經覽者》(128종) : 1762年
  戲曲 : 《西廂記》·《西樓記》·《四夢記》·《續情燈》
* 朝鮮 英祖38年(1762) 完山李氏作 《中國小說繪模本》 序文 :
  曰《聘聘傳》·曰《西廂記》也.
* 李德懋(1741~1793)[《青莊館全書》4 卷二十, 朴在先齊家書一, 刊本雅亭遺稿] :
  足下知病之崇乎? 金人瑞災人也 《西廂記》災書也.
* 朴趾源(1737~1805)[《熱河日記》(上), 渡江錄 關帝廟記] :
  有坐讀《水滸傳》者, 衆人環坐聽之. 擺頭掀鼻, 旁若無人. 看其讀處則火燒瓦官
  寺, 而所誦者乃《西廂記》也..
* 阮堂金正喜(1786~1856)諺解本序 :
  《西廂記》世所謂 才子奇書也…辛未(1811)孟春
* 李圭景(1788~1856)《五洲衍文長箋散稿》 第7卷, 〈小說辨證說〉 :
  《西廂記》·《桃花扇》·《紅樓夢》·《續紅樓夢》·《續水滸傳》·《列國
  志》·《封神演義》·《東遊記》
* 洪翰周(1798~1868)《智水拈筆》 卷一 :
  《西廂記》則因元微之《會眞記》, 演而爲之, 是王實甫 關漢卿, 兩共作.
* 李遇駿(1801~1867)《夢遊野談》下 :
  又著《西廂記》一部. 卽張君瑞會崔鶯鶯之事.
* 趙在三(1808~1866)의 《松南雜識》卷7 :
  〈稽古類 《西廂記》〉
* 李裕元(1814~1888)[《林下筆記》6, 卷二十七, 喜看稗說] :
  李展翁晚秀, 平生不知稗說爲何書, 一日有人贈金聖嘆所批《西廂記》·《水滸傳》
  兩種
* 韓栗山, 丙子(1876)冬下瀚上黨後學韓栗山序 《壬辰錄序文》(韓國學中央研究院
  所藏本) :
  竹史主人, 頗好集史《水滸》·《漢演》·《三國志》·《西廂記》, 無不味翫……
  光緒二年 丙子(1876)冬下瀚 上黨後學, 韓栗山序
* 廣寒樓記後叙(朝鮮末期)[(釜山大學校 圖書館 所藏本)] :
  余讀《西廂記》以爲天下後世, 更無如此才子矣[4]

腸, 非飲徒也. 이 문장은 袁宏道(1568~1610)의 《袁中郎全集》권3에서 허균이 재인용한 것
이다.
4) 유탁일, 《韓國古小說批評資料集成》, 아세아문화사, 1994. 민관동, 《中國古典小說批評資
   料叢考》, 학고방, 2003. 수집 재정리.

이처럼 ≪서상기≫에 대해 언급된 기록이 10여 군데 이상 나오고 있다. 이는 이미 ≪서상기≫가 국내에 유입되어 널리 유통되어 지고 있었다는 것을 확인 시켜준다. 그러면 어떤 판본이 국내에서 유통되었나? 하는 문제이다.

위의 자료에서 뚜렷하게 나타나듯이 1500년대 초 광해군 시기에 나타난 최초 유입기록과 1500년 후기에서 1600년 초기로 추정되는 許筠(1569~1618)의 ≪閑情錄≫에 나타난 기록으로 살펴보면 판본이 명확해진다. 즉 이때까지의 판본은 왕실보의 잡극계통이 국내에 주로 유통되어졌음을 알 수 있다. 또 허균의 기록에 "樂府則董解元 王實甫"라고 ≪서상기≫의 저자를 언급한 기록은 이러한 사실을 더 명확하게 해준다.

그 후 국내의 기록은 뜸해지다가 1700년대 중기부터 다시 ≪서상기≫에 대한 기록이 주로 나타나는데 이것은 김성탄 批注本≪第六才子書(西廂記)≫임이 확실시 된다. 이 것을 고증하는 기록으로는 李圭景의 ≪五洲衍文長箋散稿≫第7卷, 〈小說辨證說〉에 이르길 :

> 「내 ≪점귀부≫를 보니 왕실보 작이라 되어있지 한경(관한경)은 아니었다. 왕실보는 원나라 대도(지금의 북경)사람이다. 편찬한 전기로는 ≪부용정≫·≪쌍거원≫·≪서상기≫ 등 10여종이 있었으나 ≪서상기≫만 지금 성행하고 있다. 우리나라에 전하기는 이 책의 저자를 김성탄이라 하나 잘못된 것이다. 김성탄은 이것을 이었을 뿐이다.」
> (予閱點鬼簿, 乃王實甫作, 非漢卿也. 實甫元大都人也. 所編傳奇有芙蓉亭·雙蕖怨等與西廂記, 凡十種 然唯西廂盛行於時. 東人俗傳, 以此書爲聖歎所著者, 誤也, 聖歎續之耳。)

이상의 자료에서 확인되듯 1700년대 중기 이후에는 이미 김성탄 批注本이 크게 성행하였음을 알 수 있다. 이러한 사실은 阮堂 金正喜(1786~1856)의 ≪西廂記諺解≫序文에서 秋史가 김성탄본을 가지고 諺解하였다는 기록이 있는데 이 또한 이러한 근거를 뒷받침 해준다.

2) 서상기의 국내 수용

국내에 유입된 ≪서상기≫는 많은 독자층을 형성하면서 유통되어진 듯하다. 앞부분에서 연산군이 ≪서상기≫를 사들여 오라고 한 것이나, 허균이 동해원과 왕실보를 언급한 기록 외에도 朝貢으로 중국에 자주 다닌 朴趾源(1737~1805) 역시 ≪서상기≫의 독자층임이 확인된다.

「앉아서 ≪수호전≫을 읽는 사람이 있는데, 많은 사람들이 빙 둘러앉아서 듣고 있었다. 그는 머리를 흔들고 코를 벌름거리는 꼴이 눈에 사람이 보이지 않는 듯 하였다. 그가 읽는 것을 보니 火燒瓦官寺(水滸傳중 章回의 이름) 대목인데, 외는 것은 ≪서상기≫였다.」
(有坐讀水滸傳者, 衆人環坐聽之. 擺頭掀鼻, 旁若無人. 看其讀處則火燒瓦官寺, 而所誦者, 乃西廂記也.)[5] ≪熱河日記≫(上)

라고 기술한 부분으로 보아 박지원은 ≪수호전≫뿐만 아니라 ≪서상기≫까지 상당한 조예가 있었음이 드러난다.

또 ≪壬辰錄序文≫에 언급된 韓栗山序에 이르길 :

「竹史主人은 자못 ≪水滸傳≫·≪漢演≫·≪三國演義≫·≪西廂記≫등과 같은 역사류(소설)의 수집을 좋아하여 그것을 吟味하지 않은 것이 없었다. 諺文(飜譯小說)의 冊中에서 가히 볼만한 것이 있어, 비록 규방에서 은밀히 돌아다녀 빌릴 수가 없으면, 다른 사람을 통해 빌려다 순식간에 읽고 홀연 깨우친 바가 있어 이 책을 짓기로 결심을 하게 되었다. 처음에 竹下之史라는 호칭을 하사 받았기에 그의 號도 이렇게 연유된 것이다…光緖二年 丙子(1876年)冬下瀚 上黨後學 韓栗山序」
(竹史主人頗好集史水滸 漢演 三國志 西廂記, 無不味翫. 而以至諺冊中, 有可觀文, 則雖閨門之秘, 而不借者, 因緣貫來, 然會一通, 然後以爲決心. 肇錫竹下之史, 號因其宜矣…光緖二年 丙子(1876)冬下瀚 上黨後學 韓栗山序)〈壬辰錄序文, 韓國學中央研究院所藏本〉[6]

이처럼 ≪서상기≫에 대한 애호는 중국 통속소설과 더불어 상당한 인기와 함께 두터운 독자층이 형성되었음을 추측할 수 있다. 그 외에도 앞에서 유입기록에 언급한 尹德熙, 完山李氏, 金正喜, 李圭景, 李遇駿, 趙在三, 李裕元, 韓栗山 등과 같은 인사들도 또한 ≪서상기≫를 애독하고 즐겼던 독자층으로 사료된다. 특히 秋史 金正喜와 後

---

5) 朴趾源, ≪熱河日記≫(上), 渡江錄 關帝廟記.
6) 민관동, ≪中國古典小說批評資料叢考≫, (학고방, 2003년), 156~157쪽 再引用.

歎 文漢命같은 인사는 직접 ≪西廂記諺解≫와 ≪西廂記註解≫를 지었으니, 이들은 단순한 독자의 수준을 뛰어 넘어 거의 전문가의 경지에 이른 인사라고 해도 과언이 아닐 것이다.

조선시대 ≪서상기≫의 독자층 가운데는 ≪서상기≫를 긍정적으로 바라보는 독자가 있는가 하면 부정적인 자세를 취하는 독자들도 있다. 먼저 긍정론을 펼치는 독자로는 :

「展翁 李晩秀는 平生동안 稗說이 무엇인가 몰랐는데, 하루는 어떤 사람이 金聖嘆이 批評한 ≪西廂記≫‧≪水滸傳≫두 종류를 贈送했는데, 문득 그 것을 보고 깜짝 놀라서 말하기를 "이 책을 보지 않고서 어찌 文字의 變幻을 갖출 수 있을까?" 라고 하였다. 이로 부터 文體가 크게 변하였다.」

(李展翁晩秀, 平生不知稗說爲何書, 一日有人贈金聖嘆所批西廂記 水滸傳兩種. 公一覽大驚曰: 不圖此書, 能具文字之變幻也? 由是大變文體.)[7] ≪林下筆記≫

「또 ≪西廂記≫한 권을 지었는데 張君瑞가 崔鶯鶯을 만난 이야기이다. 그 정경을 묘사한 곳이 곡절하고 핍진하여 더 이상 비길 데가 없다. 普天下萬萬世 錦繡才子醉心記이라 題하고 있는데, 古今의 문장으로 세상에 이름난 것 가운데 많은 것이 이 ≪서상기≫에 힘입고 있다. 이것을 雜書라고 여기고 비방하는 자는 冬烘先生[8]의 부류가 될 따름이다.」

(又著西廂記一部. 卽張君瑞會崔鶯鶯之事. 而寫情景處, 曲盡逼切, 更無可比. 有題曰 : 普天下萬萬世, 錦繡才子醉心記, 近古以文章名世者亦多, 得力於此. 以爲雜書而詆之者, 不過爲冬烘先生之流歟.)[9] ≪夢遊野談(小說)≫

「나는 ≪西廂記≫를 읽고, 천하 후세에 이와 같은 才子가 다시없고, 이와 같은 佳人이 다시없고, 이와 같은 기이한 문장이 다시없다고 생각하였다.」

(余讀西廂記, 以爲天下後世, 更無如此才子矣, 更無如此佳人矣, 更無如此奇文矣.)[10]
≪廣寒樓記後敍≫

---

7) 李裕元, ≪林下筆記≫, 卷27.
8) 시골 훈장선생을 놀리는 말로 사상이 진부하고 고루한 사람을 일컫는다.
9) 李遇駿 (1801~1867) 조선 순조~고종 초기때 문인으로 작품으로는 ≪夢遊野談≫이 있다.
   ≪夢遊野談≫下 (韓國學中央研究院所藏本)
10) 성현경‧조융희‧허용호, ≪광한루기 역주‧연구≫, 박이정, 14~15쪽.
   ≪廣寒樓記後叙≫, (釜山大學校 圖書館 所藏本)

특히 정조 때 이만수라는 사람은 우연히 ≪西廂記≫와 ≪水滸傳≫을 읽고 그 문체의 수려함과 웅장함에 크게 놀라 그의 문체까지도 크게 바뀌었다는 기록을 보면 더욱 흥미롭다. 또 ≪서상기≫가 천하제일의 문장이라 극찬을 하고 있다. 대부분이 ≪서상기≫에 대한 긍정론자들이다. 그러나 ≪서상기≫에 대하여 부정론을 펼치는 인사들도 적지 않다. 조선시대 문인 李德懋(1741~1793)는 ≪靑莊館全書≫에서 :

「足下는 足下의 病의 根源을 아십니까? 金人瑞는 나쁜 사람이고, ≪西廂記≫는 나쁜 冊입니다. 足下의 臥病 生活 中에 마음의 氣運이 安定되지 못한 것 같은데, 淡泊하고 고요한 것이 근심을 덜고 병을 다스리는 基本입니다. 筆로서 어지럽히고, 눈을 불타오르게 하고, 마음을 힘들게 하는 것은 金人瑞만한 자가 없습니다. 어찌 足下는 醫藥만 講究하면서, 그 根本을 깨닫지 못합니까? 願하노니 足下는 筆로써 金人瑞를 욕하고, 책은 불사르고, 나 같은 사람을 매일 불러다가 ≪論語≫를 이야기하게 되면 病은 自然히 나을 것입니다.」

(足下知病之崇乎? 金人瑞災人也. 西廂記災書也. 足下臥病, 不恬心精氣 澹泊蕭閑 爲弭憂銷疾之地. 而筆之所淋, 眸之所燭, 心之所役, 無之而非金人瑞. 而然猶欲延醫議藥, 足下何不曉之深也. 願足下筆誅金人瑞, 手火其書, 更邀如僕者, 日講論語 然後 病良已矣..)[11]

이렇게 김성탄과 ≪西廂記≫를 사악한 것으로 폄하하고 持病의 근원이 여기에서 연유되었으니 ≪논어≫같은 경서를 읽으라는 말이 자못 荒唐無稽까지하다. 그런가 하면 그 후대의 학자 洪翰周(1798~1868)는 ≪智水拈筆≫에서 소설과 희곡에 대하여 부정론을 펼치며 焚書論까지 주장하고 있다.

「대저 演義라는 책은 난세의 요물이다. ≪列國志≫ · ≪三國志演義≫는 누가 지었는지 알 수 없으나 그러나 ≪西遊記≫는 邱長春이 지은 것이다. ≪西廂記≫는 元微之의 ≪會眞記≫에 근거하여 부연해서 지은 것으로 王實甫, 關漢卿 두 사람이 함께 지은 것이다. 원대 문단에는 사곡이 대단히 홍성하여 또한 이러한 문자가 있었다. 모두 마땅히 불살라야 하는 것이다.」

(大抵演義之書, 是皆亂世之文妖也. 列國志 三國志演義, 未知誰作, 而西遊記, 則邱長春所作. 西廂記則因元微之會眞記, 演而爲之, 是王實甫 關漢卿, 兩共作. 元代詩文,

11) 이덕무, ≪靑莊館全書≫4, 卷二十, 朴在先齊家書一, 刊本雅亭遺稿, 205쪽.

詞曲極盛, 故亦有此等文字. 皆當付之焚如者也.)[12]

    이처럼 ≪서상기≫에 대한 평가는 긍정론과 부정론으로 나누어진다. 이러한 평론은 이상의 기록에서와 같이 ≪서상기≫를 따로 희곡으로 분류하지 않고 일반통속소설과 함께 취급하였다는 점이다. 즉 당시에는 소설과 희곡을 따로 구별하지 않고 수용을 하였던 것이다. 또 일부 인사들은 비록 ≪서상기≫와 일반소설이 다소 차이가 있음을 인식하고 있었지만 크게 의미를 두지는 않았다. 즉 명·청대에 출판문화의 흥성과 함께 독서용 희곡이 나타난 것처럼 ≪서상기≫도 공연용이 아니라 독서용으로 수용되어 졌기 때문이다. 조선시대에 나타난 ≪서상기≫의 번역본조차도 공연용 시나리오가 아니라 독서용으로 번역되어진 사실이 이를 뒷받침해준다. 번역본 문제에 대해서는 뒤에서 다시 상세히 고찰하기로 한다.

2. 국내 所藏된 판본과 西廂記語錄

1) 서상기 판본 목록

    국내 각 도서관에 所藏된 ≪서상기≫에 대한 판본은 의외로 많았다. 필자는 국립중앙도서관과 한국학중앙연구원 및 각 주요대학 도서관을 중심으로 ≪서상기≫의 판본목록을 조사하여 정리하였다. 조사범위는 중국원판본의 경우 1910년 이후의 것은 판본적 가치가 크지 않기 때문에 제외시켰고, 국내 번역 출판본일 경우는 1910년대까지를 포함하여 정리하였다.[13]

(1) 中國 原版本

    增像第六才子書 : 王實甫(元)著. 石版本. 上海書局, 光緒16(1890)刊. 2卷1冊(全5卷2
       冊). 四周單邊, 10.5×6.2cm, 無界, 13行28字, 註雙行. 表題:西廂記. 序:康熙
       庚子(1720)仲冬上澣豊溪吳世鏞(淸)題. 刊記:光緒庚寅(1890)仲春上澣上海書

---

12) 洪翰周, ≪智水拈筆≫卷一, 影印本(亞細亞文化社), 40~42쪽

13) 판본에 대한 자세한 자료는(이하의 판본들 이외에 새롭게 발견한 판본에 대해서는) 필자가 2012
    년 12월에 출간한 ≪한국 소장 중국고전희곡 판본과 해제≫(학고방)를 참고하기 바란다.

局石印 ··· 동국대

* 光緖27(1901), 4卷4冊 ·································· 고려대, 한양대 등

增像第六才子書 : 金聖歎外書. 新鉛活字本. 上海仿泰鹵, 光緖20(1894). 6卷6冊1函.
挿圖, 四周單邊 12.5x8cm, 無界, 14行32字, 上下向黑魚尾 ········· 경희대 등

增像第六才子書 : 王實甫, 關漢卿共撰, 金聖嘆輯註. 新鉛活字本. 上海賞奇軒. 光緖
22(1896). 卷首, 5卷, 共 6冊. 四周單邊, 12.7x8cm, 14行34字, 上下向黑魚尾,
刊記:光緖丙申年(1896)春月上海賞奇軒影印. 序:康熙庚子(1720)仲冬上瀚豊
溪呂世鏞題 ··· 연세대 등

增像第六才子書:王實甫原著. 金聖歎外書. 中國石版本(淸). 光緖25年(1899)序. 卷首
1卷1冊本, 書5卷5冊, 共6卷6冊, 挿圖, 13.3x8.5cm, 16行36字, 註雙行, 上下向
黑魚尾. 標題:繪圖第六才子書. 序:康熙庚子(1720)仲冬上瀚豊溪昌世鏞題. 表
題:六才子書. 光緖25年(1899)歲次己亥仲春下瀚吳縣朱父 進書 ······· 서울대

增像第六才子書:王實甫(元), 關漢卿(元)共撰, 金聖嘆(淸)輯註. 中國石版本. 上海錦
章圖書局. 6卷1冊. 挿圖, 四周雙邊, 17.4x11.6cm, 無界, 18行38字, 註雙行,
上下內向黑魚尾. 表題:繪圖第六才子西廂記. 標題:繡像全圖第六才子. 刊記:
上海錦章圖書局. 序:光緖三十一年(1905)仲秋上瀚 鎭江王浩題
·· 연세대, 고려대 등

增像第六才子書:毛奇齡(淸)編. 中國石印本. 上海振餘書莊(1900년대초). 零本1冊(全
6冊). 20.5x13.5cm. 表紙書名:西廂記首卷. 標紙書名:改良五彩繪圖第六才子
書. 版心書名:改良第六才子書. 刊記:上海漢口普新書局發兌振餘書莊發行
··· 고려대 등

增像第六才子書:王實甫(元), 關漢卿(元)共撰, 金聖嘆(淸)輯註. 中國石版本. 上海寶
華書局. 首卷1冊, 5卷5冊, 共6冊, 挿圖, 四周雙邊, 13.6x8.6cm, 15行36字, 註
雙行, 上下內向黑魚尾, 標題:增像繪圖西廂記第六才子書, 序:康熙庚子(1720)
仲冬上瀚呂世鏞題. 刊記:上海寶華書局石印 ······················· 연세대 등

(增像)第六才子書 : 上海普新書局(刊行年未詳). 6卷6冊1函, 挿圖, 四周雙邊. 17.3x
11.7cm, 17行35字, 上內向黑魚尾 ································· 경희대, 한양대 등

* 上海章福記書局(刊行年未詳). 6卷6冊1函, 17x11.5cm., 20行40字 ···· 경희대

西廂記(附錄. 1~10):卽空觀主人鑒定本, 暖紅室, 夢鳳樓刊校. 中國木版本(宣統2[1910]
跋). 5卷4冊(1~4), 挿圖, 四周單邊, 19.5x12cm, 有界, 9行20字, 上下向黑魚尾,
30.2x17.8cm. 彙刻傳奇. 第二種. 題簽題(函): 西廂十則曲. 上欄外에 小字頭
註. 跋:宣統2年(1910)庚戌端五夢鳳樓主識於京師雙鐵如意館. 附錄(1~4) / 附
錄(5) / 附錄(6) / 附錄(7~8) / 附錄(9~10) ······················ 서울대

貫華堂第六才子書西廂記:金聖歎評點. 中國木版本(淸:世德堂). 8卷8冊1匣. 挿圖, 四
周單邊, 18x12.6cm, 有界, 9行19字, 註雙行, 上下向黑魚尾. 書名은 元代의
西廂記인데, 內容은 唐代의 會眞記임. 表題:繡像第六才子書

·· 서울대, 경북대(필사본, 8권6책) 등

合訂西廂記文機活趣全解第六才子書釋解 : 金人瑞(淸)批. 中國木版本. 維經堂(刊行
年未詳). 6冊. 揷圖, 上下單邊 左右雙邊, 14x9.2cm, 有界, 10行字數不定, 註
雙行, 上下向黑魚尾. 頭註. 刊記:維經堂藏版. 表題:西廂記. 標題:增註第六
才子書釋解. 目錄題:吳山三婦評箋註聖歎第六才子書. 花口題:第六才子西廂
書釋解. 序題:題聖歎批第六才子西廂. 第二卷首題:增補箋註繪像第六才子西
廂釋解. 第六卷首題:箋註繪像第六才子西廂釋解. 卷末題:續增聖歎第六才子
西廂. 原序:康熙己酉(1669). 汪溥勳廣囷氏 ·························· 서울대, 고려대 등
  * 增像箋註第六才子西廂釋解(3卷1冊, 13.3x8.8cm, 10行26字) ········· 동국대
  * 增註第六才子書釋解(善美堂. 9卷6冊. 10行26字, 表題:西廂記釋解. 目錄題:
吳山三婦坪箋增註第六才子書釋解. 序:康熙己酉年(1669)

·································· 서울대, 경희대, 전남대, 한국학중앙연구원 등

增補箋註繪像第六才子西廂釋解 : 金人瑞. 中國木版本(淸). 致和堂(刊行年未詳). 8
卷6冊. 揷圖, 四周單邊 19.2x12.7cm, 無界, 11行25字, 註雙行, 上下向黑魚尾,
版心題:第六才子西釋解. 目錄題:吳山三婦評箋註聖歎第六才子書

························· 건국대, 동국대(필사본, 3권1책/1권1책), 계명대, 부산대 등

雲林別墅繡像妥註第六才子書 : 王實甫, 關漢卿共撰, 金聖歎編, 鄒聖脈妥註. 中國木
版本. 一也軒(乾隆50年 [1785])刊行. 零本5冊, 17x10.8cm. 標題:聖歎外書繡
像妥註六才子書一也軒梓行. 妥註第六才子 書序:乾隆乙巳年(1785)題於雲林
別墅 ·· 고려대, 한양대 등

妥註第六才子書釋解:王實甫(元)著, 金聖歎(淸)批点. 全8卷6冊中5冊(第2冊缺). 中國
木版本. 圖像, 四周單邊, 上黑魚尾, 版心書名:第六才子書釋解

·· 한국학중앙연구원 등

增批繪像第六才子書:王實補, 關漢卿共撰. 中國石印本(刊行年未詳). 零本3冊. 四
周雙邊. 15.7x11cm, 16行字數不定, 表題:繪圖西廂記. 版心題:第六才子書

·· 경북대, 전남대 등

(艶情小說)西廂記, 卷3~5 : 王實甫撰, 金聖嘆批點. 中國石印本. 上海書局(刊行年未
詳). 1冊(缺本), 揷圖, 20x13.5cm ·· 국회도서관

(繡像)第六才子書 : 金聖嘆評點. 中國木版本, 文盛堂(刊行年不明). 8卷6冊1函. 四周
單邊, 18x12.3cm, 11行24字, 上內向 黑魚尾, 23.7x16cm ·············· 경희대 등
  * 敦化堂(刊行年不明), 8卷6冊. 異書名:西廂記, 刊記:戊申年(?)鐫 … 고려대

(第六才子書)西廂記 : 金聖歎評點. 味蘭軒(光緖己丑[1889]). 8卷6冊1函, 揷圖, 四周雙
邊, 11.5x7.5cm, 9行23字, 上內向黑魚尾 ······························· 경희대, 전북대 등

西廂記 : 王實甫(元), 關漢卿(元)共撰. 新鉛活字本. 光武10年(1906). 1冊. 四周雙邊,
16.6x11.2cm, 無界, 15行27字, 無魚尾, 22.5×15cm. 表題:增解西廂記

·· 경북대

新刊合倂陸天池西廂記 : 屠隆(明)校正, 周居易(明)校梓. 中國木版本. 2卷1冊. 四周雙
  邊, 22x13.8cm, 有界, 10行24字, 註雙行, 上下向白魚尾, 25.2x16.8cm. 表題/
  版心題:陸天池西廂記. 序:萬曆庚子(1600)十有六日…張鳳翼伯起撰嚴村伯梁
  書. 紙質:竹紙. 印:元臭如[?] ··· 연세대
如是山房增訂金批西廂 : 王實甫, 關漢卿共撰. 中國木版本(刊行地/刊行年未詳). 4卷4
  冊. 19.8x12.7cm. 版心/表題:西廂記, 卷二~四卷首題:此宜閣增訂金批西廂
  ·· 고려대
西廂記.(上/下) : 王實甫著, 金聖嘆批點. 中國石印本. 上海廣益書局(刊行年未詳).
  5卷2冊. 揷圖, 20.2x13.7cm. 版心題:繪圖第六才子書 ··············· 국회도서관

* 朝鮮筆寫本(中國原文)
會眞演義,(天/地/人) : 金聖歎批評. 筆寫本(筆寫者/筆寫年未詳). 8卷3冊. 30.5x19.3cm.
  書名:表題에 依함. 別書名:合訂西廂記文機活趣全解. 序:康熙己酉(1669)汪溥
  勳廣淵氏題於燕臺之旅次 ·· 국회도서관
第六才子西廂記評論 : 筆寫本(筆寫地/筆寫者/筆寫年未詳). 21張. 無界, 10行字數不
  定, 無魚尾, 28cm. 表題:錦繡評 ··· 연세대
懷永堂繪像第六才子書 : 金聖歎評. 筆寫本(筆寫地/筆寫者/筆寫年未詳). 8卷6冊. 四
  周雙邊, 13.7x11.4cm, 有界, 8行18字, 19x15.3cm. 表題:西廂記. 筆寫記:戊申
  (?)臘月日始己酉(?)五月日終 膽蘇營家中偸間 ··························· 고려대 등
西廂記 : 金聖歎編著. 筆寫本(筆寫地/筆寫者/筆寫年未詳). 3卷3冊. 11行字數不同,
  31.5x20.7cm. 表題:懷永堂繪像第六才子書 ···················· 국립중앙도서관 등
西廂記 : 王實甫原著. 筆寫本(筆寫地/筆寫者/筆寫年未詳). 1冊(86張). 四周單邊, 21x
  16.8cm, 12行字數不定, 頭註. 序:慟哭古人. 表紙裏面墨書:丙戌
  ·· 서울대, 경북대

　이상에서 확인되듯이 국내 所藏된 ≪서상기≫의 판본들은 대부분 金聖嘆(淸)이 輯
註한 ≪第六才子書西廂記≫가 주류를 이루며 출판시기도 淸代 末期의 판본들이다.
書名으로는 ≪增像第六才子書≫·≪貫華堂第六才子書西廂記≫·≪增註第六才子
書釋解≫·≪新刊合倂陸天池西廂記≫·≪如是山房增訂金批西廂≫ 등이 현존한다.
그 중 ≪增像第六才子書≫가 가장 많이 보이는데 모두가 한 출판사에서 나온 것이 아
니라 각기 다른 시기에 각기 다른 출판사에서 출판된 것으로 版式이 모두 다르다. 그
외 필사본도 여러 종이 존재하지만 대부분이 김성탄본을 저본으로 다시 필사한 것으로
확인된다.

(2) 叢書合本

　　六十種曲(卯集) : 毛晉(明, 1599~1659)編. 木版本. [明]:汲古閣. 20卷10冊1函, 左右雙
　　　　　邊, 半郭 20x12.4cm. 9行19字, 24.2x15.7cm. 演劇首套弁語…登高日闕[?]道人
　　　　　題. 31~32:還魂記(2卷), 33~34:紫釵記(2卷53齣), 35~36:邯鄲記(2卷30齣), 37~
　　　　　38:南柯記(2卷44齣), 39~40:西廂記(北西廂)(2卷20齣) ……………… 서울대
　　六十種曲(寅集) : 毛晉(明) 編. 木版本. [明]汲古閣. 書誌狀況은 上同. 21~22:西廂記
　　　　　(南西廂), (2卷36齣), 23~24:幽閨記(2卷40齣), 25~26:明珠記(2卷43齣), 27~28:
　　　　　玉簪記(2卷33齣), 29~30:紅拂記(2卷34齣) ………………………… 서울대

　　叢書合本으로는 ≪六十種曲≫이 주목되는데 이 책은 明代 毛晉이 60종의 희곡을
종합하여 출판한 책으로 ≪六十種曲≫中 〈寅集〉과 〈卯集〉에 ≪서상기≫가 수록되어
있다. 이 책은 현재 서울대 규장각에 소장되어 있으며 중국희곡연구에 상당히 좋은 자
료이다.

(3) 日本語 및 滿洲語 版本

　　西廂記 : 王實甫, 關漢卿共撰. 夢鳳樓, 暖紅室共刊校. 新鉛活字本(日本), 東京文求堂
　　　　　書店. 5本3冊, 附錄3卷1冊, 共4冊. 揷圖, 四周單邊, 半郭 15x9.2cm. 9行20字,
　　　　　上黑魚尾, 上欄外에 小字註. 標題:北西廂. 刊記:卽空觀主人鑑定本, 跋:時宣
　　　　　統二年庚戌(1910)端五夢鳳樓主識 ……………………………………… 연세대
　　西廂記(卷1~2) : 王實甫著, 岡島獻太郎(日本)譯. 木版本[東京岡島長英藏板, 明治
　　　　　27(1894)]. 2卷2冊, 四周雙邊, 半郭 17.6x12.5cm. 10行20字, 註雙行, 花口上下
　　　　　向黑魚尾, 22.6x14.2cm, 上欄에 小字註. 岡島長英發行. 團團社書店出版
　　　　　…………………………………………………………………………… 서울대
　　西廂記 : 木版本. [刊行地/刊行者/刊行年未詳]. 六冊, 21x15cm.(和裝), 滿洲文
　　　　　…………………………………………………………………………… 서울대

　　국내 소장된 판본 가운데 특이하게 일본어 판본과 만주어 판본이 보이는데, 일본어
판본은 1800년대 말기에 일본에서 출판된 것이 日帝時代에 자연스럽게 유입된 것으로
보여 지며, 만주어 판본은 간행기록이 없어 확인하기 어려우나 대략 1700년대 초기에
중국에서 간행되어진 것으로 추정된다.

(4) 國內 飜譯本

註解西廂記：王實甫, 吳台煥著, 新鉛活字本, 京城博文社, 光武10(1906), 1冊. 四周雙
邊, 半郭 16.5x11.3cm, 14行26字, 註雙行, 無魚尾, 表題/版心題:西廂記
‥‥‥‥‥‥‥‥‥‥‥‥‥‥‥‥‥‥ 서울대, 동아대, 국립중앙도서관 등
* 京城大東書市, 光武10[1906]. 216쪽, 23cm ‥‥‥‥‥‥‥‥‥ 국회도서관
西廂記：王實甫, 吳台煥編, 木版本[刊地未詳], 金谷園, [刊年未詳], 零本5冊. 四周單
邊, 半郭 21.3x14cm. 11行22字, 上黑魚尾 ‥‥‥‥‥‥‥‥‥‥ 건국대
待月西廂記：朴健會發行. 漢城書館·惟一書館. 1913年 ‥‥‥‥‥‥ 연세대 등
(鮮漢雙文)西廂記：王實甫撰, 金聖嘆註. 高裕相譯述·發行. 鉛印本, 京城匯東書館,
1914年. 1冊. 21.4x14.5cm. 刊記:大正3年(1914)一月十七日發行
‥‥‥‥‥‥‥‥‥‥‥‥ 국회도서관/이화여대/고려대(筆寫本) 등
(懸吐註解)西廂記, 全：王實甫著, 李敬菴註解. 京城朝鮮圖書, 大正5[1916]
‥‥‥‥‥‥‥‥‥‥‥‥‥‥‥‥‥‥‥‥‥‥‥‥ 이화여대 등
* 王實甫著, 李敬菴註譯. 京城唯一書館, 大正5(1916). 1冊(157쪽)
‥‥‥‥‥‥‥‥‥‥‥‥‥‥‥‥‥‥‥‥‥‥‥‥ 이화여대 등
* 李敬菴註譯. 京城唯一書館, 大正8(1919). 2卷1冊1函, 22cm ‥‥‥ 경희대
* 李敬庵註譯. 新鉛活字本, 京城朝鮮圖書株式會社, (1922). 1冊(85張). 四
周雙邊, 17.3x11.5cm, 16行35字 ‥‥‥‥‥‥‥‥ 영남대, 국립중앙도서관 등
** 단국대(線裝3卷1冊, 22.6x15.3cm). ** 성균관대(1冊, 23cm).

* 朝鮮筆寫本(飜譯文)
西床記：王實甫(元)撰, 金聖歎(清)註. 筆寫本. 卷首:西廂記序…白羊孟春(1811年). 阮
堂 金正喜(1786~1856) 諺解本. 紙質:韓紙 ‥‥‥‥‥ 李家源發掘本
西廂記：王實甫(元)撰, 金聖歎(清)註. 4卷, 續編1卷, 合5冊. 29×18cm. 高宗22年(1885)
序. 卷頭書名:後歎先生訂正註解西廂記. 序:先緒十一年乙酉(1885)文漢命
‥‥‥‥‥‥‥‥‥‥‥‥‥‥‥‥‥‥‥‥‥‥ 서울대(규장각)
서상긔：王實甫(元)著.刊地未詳. 隆熙3年(1909)寫本. 2卷2冊. 29.3×20.5cm ‥ 서울대
第六才子書西廂記：筆寫本, [筆寫地/筆寫者/筆寫年未詳]. 1冊, 四周雙邊, 19.2x14.5cm,
10行24字 註雙行, 無魚尾, 口訣略號懸吐, 待月記(表題) ‥‥‥‥‥ 연세대
聖嘆先生批評第六才子書科白詞煞解 : 筆寫本, [筆寫地/筆寫者/筆寫年未詳]. 5卷3冊.
8行19字, 無魚尾, 22.2x17cm. 頭註. 口訣略號懸吐, 表題:西廂記, 目錄題:聖
嘆先生西相記. 藏書記:庚辰(?)四月日 冊主盧[手決] ‥‥‥‥‥‥ 연세대
西廂記大全解(卷5)：王實甫, 筆寫本, [筆寫地/筆寫者/筆寫年未詳]. 1卷1冊(缺), 11行
22字, 註雙行, 無魚尾, 25.5x19.5cm, 漢韓對譯本. 表題:西廂記全解 ‥ 서울대
* 西廂記解(金聖嘆, 한글筆寫本, 1冊, 28x21.8cm. 表紙書名:西廂記)

·· 고려대, 단국대
西廂記 : 筆寫本, [筆寫地/筆寫者/筆寫年未詳]. 83張, 四周單邊 半郭 21.2x17.2cm, 12
行25字, 口訣略號懸吐本 ·································· 연세대
* 1冊(全4冊). 10行27字內外, 註雙行, 無魚尾, 34.7x22.3cm, 漢韓對譯本
·· 연세대
* 線裝2卷2冊(缺帙), 行字數不定 註雙行, 22.8x19.7cm, 한글對譯本 ··· 단국대
* 線裝4卷4冊1匣, 四周單邊, 半郭 17.4x12.2cm, 10行22字, 註雙行, 國漢文混
用, 匣題: 箋註第六才子書 ································· 단국대
* 5卷1冊, 無界, 行字數不定, 無魚尾, 18.7x28.1cm, 漢韓對譯本 ······· 건국대
* 1冊(缺帙), 四周單邊, 半郭 18x12.7cm, 半葉 10行20字, 註雙行, 上下向黑魚
尾, 頭註, 漢韓對譯本, 表題:第六才子書 ····················· 서울대
待月詞 : 筆寫本,(筆寫地/筆寫者/筆寫年未詳). 1冊. 四周雙邊 16.8x11.3cm, 無界, 8行
21字, 註雙行, 朱墨口訣略號. 表題:妙樹奇花鈔 書題:西廂記 ·········· 건국대

≪서상기≫의 국내 번역본으로는 1811년 번역한 것으로 추정되는 阮堂 金正喜
(1786~1856)先生 諺解本(李家源發掘本)과 주해본으로는 1885년 後歉 文漢命의 ≪後
歉先生訂正註解西廂記≫가 비교적 주목되는 판본으로 모두 필사본이며, 그 외의 필
사본들은 刊記가 없어 筆寫年度와 筆寫者를 추정하기가 매우 어렵다.
또 국내 飜譯出版本으로는 1906년 博文社에서 나온 吳台煥의 ≪註解西廂記≫가
가장 빠른 판본으로 보여 지며, 그 후 1913년 漢城書館·惟一書館에서 발행한 ≪待
月西廂記≫와 1914년 匯東書館에서 출판한 ≪(鮮漢雙文)西廂記≫, 그리고 1916년
朝鮮圖書에서 출판한 ≪(懸吐註解)西廂記≫(1919년 唯一書館, 1922년 朝鮮圖書)
등이 있다.
가장 먼저 飜譯出版된 ≪註解西廂記≫는 한학교육을 받은 정구섭에 의하여 註解
되었고, 출판전문업자인 오태환에 의하여 1906년에 博文社에서 출판되었다. 1910년대
에 간행된 ≪待月西廂記≫·≪(鮮漢雙文)西廂記≫·≪(懸吐註解)西廂記≫는 간행
양상도 비슷하다. 먼저 박건회 譯註의 ≪待月西廂記≫는 1913년부터 1923년까지 4차
례에 걸쳐 간행되었고(1913년, 1916년, 19[?]년:미확인, 1923년), 高裕相이 저작 겸 발행
한 ≪(鮮漢雙文)西廂記≫도 1914년부터 1930년까지 4차례에 걸쳐(1914년, 1916년,
19[?]년:미확인, 1930년) 발행하였다. 또 李敬菴 註解, 남궁준 발행의 ≪(懸吐註解)西
廂記≫는 1916년부터 1922년까지 3판이(1916년, 1919년, 1922년) 간행되었다.[14]

2) 西廂記語錄

"어록"이란 앞에서 언급한 것과 같이 조선 중기이후 문인들이 명말청초에 들어와 크게 변화된 중국문장체를 읽는 데 보조 역할을 하는 어휘해설집이다. 이 책은 중국서적을 읽는 데 필수적인 책으로 국내 도서관에서 발견되는 어록만도 ≪朱子語錄≫·≪水滸誌語錄≫·≪西遊記語錄≫·≪西廂記語錄≫·≪三國志語錄≫·≪吏文語錄≫ 등 여러 종이 보인다. 그중 희곡인 ≪西廂記語錄≫도 국내 도서관에 여러 종이 확인된다. 그러나 이러한 어록들은 거의 모두가 단행본으로 된 것은 하나도 없고, 다른 어록과 함께 合綴된 합본으로 되어있다.15)

樂山心談 : 筆寫本, [刊行地/刊行者/刊行年未詳]. 39張, 8行字數不定, 無魚尾. 西廂記語錄, 朱子語錄抄 ·· 연세대

語錄 : 筆寫本, [刊行地/刊行者/刊行年未詳]. 1冊, 四周單邊, 24.3x17.4cm, 10行字數不定, 註雙行, 上下向 2葉花紋魚尾, 國漢文混用本. 跋: 歲在壬戌(?)春梅隱[朴鳳瑞]書, 西廂記語錄鮮.~同春堂語錄鮮.~梁山泊語.~吏語 ·········· 연세대

語錄解 : 李滉著, 柳希春訓, 鄭瀁編, 南二星, 宋浚吉增補. 筆寫本(國漢文混用本). 1冊(100張). 8行字數不定, 註雙行. 附:道家語錄. 附:西廂記語錄解. 附:水滸誌語錄解. 附:西遊記語錄解. 跋:龍集己酉(1669)... 宋浚吉 ················ 서울대 등
　　* 41張(1冊) : 行字數不定, 27cm ································ 연세대

四奇語錄 : 朝鮮筆寫本. 筆寫者·筆寫年未詳(朝鮮後期로 추정). 1冊(48張). 26x20.8cm, 10行20字, 註雙行. 西廂記語錄·水滸誌語錄·西遊記語錄, 附錄:道家語錄 ·· 成均館大 등

水滸誌語錄 : 筆寫本(筆寫者未詳). 1冊35張. 卷頭書名:翻施耐菴錄. 附錄≪西廂記語錄≫添附. 刊記:卷末에는 辛巳(1881年[고종18년])仲夏小晦潭雲膽書(M/F85~16~326~H) ····························· 규장각
　　* 水滸傳語錄(부록 : 西廂記語錄) : 1冊 ························ 충남대

西廂記語錄 : 筆寫本, [筆寫地/筆寫者/筆寫年未詳]. 50張, 19.8×12.9cm, 8行字數不同. 註雙行, 表題:艷夢漫釋, 西廂句讀, 語錄註解 ······················ 이화여대

西遊記語錄 : 白斗鏞編. 木板版本, 京城翰南書林(1918). 1冊, 25×18cm. 西廂記語錄.~三國志語錄.~吏文語錄 ······························ 단국대, 영남대 등

---

14) 이기현, 〈구활자본 서상기 연구〉, ≪우리문학연구≫제26집, 경인문화사, 2009년, 68쪽.
15) ≪서상기어록≫에 대한 최근의 연구로는 김효민의 논문이 있다, 〈조선후기 ≪西廂記≫감상사전 ≪艷夢漫釋≫의 이본 현황 및 자료적 특징〉, ≪中國學論叢≫제42집, 2013. 11)

* 1冊: 四周單邊, 21.2x15cm, 12行28字. 合綴西廂記語錄 … 한국학중앙연구원

註解語錄總覽 : 木版本, 1券 2冊(19.2x28.8㎝)으로 어록과 이두를 모아 한문과 한
글로 주해를 한 책이다. 이 책은 白斗鏞이 편찬하고 尹昌鉉이 增訂하여 1919년 서울
翰南書林 에서 간행하였다. 南二星의 ≪語錄解≫(1669년)를 重刊한 ≪朱子語錄≫
과, 소설 어록인 ≪水滸誌語錄≫·≪西遊記語錄≫·≪西廂記語錄≫·≪三國志語
錄≫, 그리고 이두를 수록한 ≪吏文語錄≫이 순서대로 함께 실려 있다. 총 1권 2책으
로 제1책에는 ≪朱子語錄≫과 ≪水滸誌語錄≫이, 제2책에는 ≪西遊記語錄≫·≪西
廂記語錄≫·≪三國志語錄≫·≪吏文語錄≫ 등이 실려 있다. 이 책에 수록된 어록
의 항목들은 모두 字類別로 구분되어 수록되어 ≪語錄解≫와 동일한 항목배열과 설명
방식을 보인다. 다만 ≪三國志語錄≫만은 예외적으로 항목배열이 자류에 의한 구분에
의하지 않으며 수록된 어록의 수요도 매우 적은 편이다.[16) 또 1978년에는 태학사에서
영인본이 간행된 바 있다.[17) 이 책은 현재 규장각·국립중앙도서관·한국학중앙연구
원·고려대·연세대·경희대·서강대·건국대·단국대·영남대·부산대·동아대에 두
루 소장되어 있다.

1900년대 이후 출판된 ≪서상기어록≫은 刊記가 비교적 명확하지만 1900년대 이전
의 필사본은 刊記가 없어 筆寫者와 筆寫年度를 추정하기가 매우 어렵다. 현존하는 자
료 가운데 그나마 筆寫年이 언급되어 있는 가장 빠른 자료가 바로 奎章閣 所藏本 ≪水
滸誌語錄≫(M/F85~16~326~H)이다. 이 책에는 卷末에 辛巳(1881年[고종18년])仲夏小
晦潭雲膽書라는 刊記가 나와 있어 대략 1881년에 필사되었다는 것을 알 수 있다.
  이 책은 첫 장 맨 앞에 "翻施耐菴錄"이라 되어 있으며 전체적인 구조와 내용은 크게
3부분으로 나뉘어져 있다. 첫째는 回目別 어록해설, 둘째는 字類別 어록해설, 셋째는
≪西廂記語錄≫으로 구성되어 있다. 첫째와 둘째는 ≪수호전≫에 대한 回目別, 字類
別 어록해설이고 셋째부분에 ≪西廂記語錄≫이 나온다. 예문을 살펴보면:

---

16) 디지털 한글 박물관, ≪주해어록총람≫, 석주연 해석 참고.
    http://www.hangeulmuseum.org/sub/information/bookData/detail.js?d_code=00162&kind
17) 拙稿, 〈수호지어록과 서유기어록 연구〉, ≪중국소설논총≫제29집, 2009.3. 112~113쪽.

第一折驚艷 : 撒和了馬~~말며기다. 隨喜~~구경ㅎ다 등 총 45개.
第二折借廂 : 演撒上~~속마음의먹다. 干休~~그만ㅎ면말이라 등 총 35개.
第三折酬韻 : 沒端的~~無心中. 등 총 21개.
第四折鬧齋 : 呆傍~~어리단말. 등 총 20개.
第五折寺警 : 折了氣分~~시부다. 등 총 15개.

이처럼 ≪서상기어록≫에는 도합 136개의 어휘가 수록되어 있다.[18]

당시에 희곡인 ≪西廂記≫를 읽기위해 ≪西廂記語錄≫까지 만들어 졌다는 사실은 우리에게 시사하는 바가 매우 크다. 중국에서도 명·청대에 희곡의 대본이 단순히 공연 되기 위한 역할을 한 것이 아니라 읽기위한 출판이 크게 흥성하였던 사실에 비추어 조선 후기 때에도 이러한 풍토가 있었음이 증명되는 것이기도 하다.[19]

3. 西廂記의 국내 번역, 주해와 출판 양상

≪서상기≫의 국내 번역본은 대부분 刊記가 없어 飜譯者와 飜譯年度를 알기가 어렵다. 또 1900년대 이전에 나온 번역본 가운데 출판된 것은 아직 찾아 볼 수 없다. 가장 빠른 飜譯出版本으로는 1906년 博文社에서 나온 ≪註解西廂記≫로 보여 진다.

1900년대 이전 번역본은 대부분이 필사본인데 그중에서 刊記가 확인되는 것이 1종이 있다. 그것은 1811년 번역한 것으로 추정되는 阮堂 金正喜(1786~1856)先生 ≪西廂記諺解本≫이다.[20]

주해본으로는 1885년 後歎 文漢命의 ≪後歎先生訂正註解西廂記≫가 있다.

---

18) ≪水滸誌語錄≫, 서울대 奎章閣 所藏本(M/F85~16~326~H)
19) 拙稿, 〈수호지어록과 서유기어록 연구〉, ≪중국소설논총≫제29집, 2009.3, 116~117쪽 보충.
20) 본 논문 이후에 김효민은 최근 서상기 번역본에 대해 일련의 연구를 진행하였으므로 참고할 수 있다. 김효민, 〈朝鮮讀本 ≪西廂記≫의 異本 실태 및 유통 양상〉, ≪中國語文論叢≫제46집, 2010. 〈구한말 ≪西廂記≫ 국문 改譯本의 개역 양상 및 특징 - "존경각본"과 "규장각본"을 중심으로〉, ≪인문학연구≫통권84호, 2011. 〈고려대 소장 ≪西廂記諺抄≫의 번역 양상과 특징〉, ≪中國語文論叢≫제54집, 2012. 〈'이가원본'을 통해 본 조선후기 ≪西廂記≫한글번역의 수용과 변용〉, ≪中國語文學誌≫제54집, 2012.

본고에서는 번역본 가운데 비교적 주목되는 上記 2종의 번역본과 1900년 초기에 翻譯出版된 ≪註解西廂記≫·≪待月西廂記≫·≪(鮮漢雙文)西廂記≫·≪(懸吐註解)西廂記≫를 중심으로 번역양상을 검토해 보기로 한다.

1) 완당 김정희 언해본

조선의 명필 金正喜가 과연 이런 통속류 작품을 번역하였을까? 번역하였다면 왜 번역을 하였을까? 하는 의문이 남는다. 그러나 이러한 의문은 언해본 서문을 읽어 보면 그 궁금증이 다 풀려버린다. 먼저 諺解本序를 살펴보면 :

阮堂 金正喜 諺解本序

「옛말에 이르길 : "거리가 백리가 되는 곳이면 속(俗)이 다르고, 천리가 되는 곳이면 풍(風)이 같지 않다"고 한다. 하물며 다른 나라와의 격차와 옛날과 지금이 어찌 다르지 않겠는가? 우리 장헌대왕(세종대왕)께서 일찍이 훈민정음을 창제하여 만국의 같지 않은 언어를 통하게 하였으니, 아아, 이 어른은 실로 우리 동방의 伏羲와 蒼頡로서 천 억년 문명의 발전에 도움이 크시었다. 이 ≪서상기≫는 세속에서 이른바 才子의 奇書이다. 그러나 科白과 牌詞를 해득하는 이가 적어 그 말을 모르고 보니 어찌 그 뜻을 안다고 하겠는가? 내 일찍부터 이를 딱하게 여겨 널리 註釋된 여러 책을 수집하여 그 번거로운 것을 잘라내고, 중요한 것을 뽑아 正音으로써 풀이를 하고 나니 조리가 분명하게 잘 드러나 한번 낭독하면 그 자리에 앉았던 뭇사람의 입에서 절묘하다고 감탄하지 않는 자가 없었으며 저 시골 지아비와 장사아치에 이르기까지도 그 소리를 듣고 뜻을 알지 못하는 자가 없었다. 이에 사람마다 ≪서상기≫가 絶世의 묘한 문장임을 알게 되었다. 어떤 친구가 나에게 묻길 : "聖賢의 글이 아니라면 君子는 읽지 말아야 하며, 이러한 稗官哀曲이란 눈에 한번 스치는 것도 옳지 못한 것이거늘 하물며 번역을 한단 말인가? 이글이 잘되기는 했지만 사람마음을 흔들어 놓는 걸 어쩌려는고?" 나는 허리를 굽혀 사과를 하였다. "맞네. 하지만 저 하늘에는 日月과 風雨가 있고, 땅에는 五穀과 草木이 있으며, 사람에게는 公卿과 農工이 있고, 글에는 經史子集이 있으니 이들은 실로 사람들이 날마다 살아가는 데 빠질 수 없는 것이네. 가령 저 하늘의 기이한 구름이나 환상적인 안개, 땅에서의 이름난 꽃이나 이상한 풀, 사람 중에서 逸士나 漫客, 글 중에서 奇事나 艷曲 등은 비록 아무런 쓸 곳이 없는 것이라 해도 역시 천지사이에 이 한 가지라도 없애기는 어려운 것이네. 나는 ≪서상기≫를 한편으로는 기이한 구름이나 환상적인 안개로 보기도 하고, 또 한편으로는 이름난 꽃이나 이상한 풀로 본다고 해서 나쁠 것이 있겠는가?" 그제서야 둘이 서로 바라보고 빙그레 웃었다. 이내 그 이야기 한 것을 순서로 정리하여 이 책머리에 씌운다. 白羊(辛未年)孟春, 巽雲齋에서 쓰다. 梅花 한 그루가 亭亭히 玉人과 같았다. 墨香과 더불어 서로 새암해 피는 듯싶었다.

옛날의 聖嘆이나 지금의 聖嘆은 같은 하나의 聖嘆이라! 鷄林後人 金正喜 識」

(語云 : 百里不同俗, 千里不同風. 矧殊邦之隔, 古今之異乎? 惟我莊憲大王, 制訓民正音, 以通萬國不齊之言, 猗歟! 東方之義蒼, 而允助千億年文明之治. 盛矣哉, 西廂記, 世所謂: 才子奇書也. 然科白牌詞, 人爲未曉, 不得其辭, 焉得其意? 余嘗病之, 廣援註釋諸本, 刪其繁, 而撮其要, 乃以訓民正音及解, 然後解理條暢, 一遍朗讀, 座上人, 無不嘖嘖稱奇, 雖村夫賈竪, 亦可聽其辭, 而解其意. 於是乎西廂記, 人皆知其爲絶世妙文也. 客有謂余曰: 非聖賢書, 君子不讀, 稗官哀曲, 見猶不可, 況譯之乎? 工則工矣, 其於蕩心何? 余罄折辭謝曰: 唯唯, 夫天有日月風雨, 天有五穀草木, 人有公卿農工, 文有經史子集, 固民生日用, 不可闕者, 而若夫天之奇雲幻霧, 地之名花異卉, 人之逸士漫客, 文之綺詞艷曲, 雖舞補於用, 而天地間, 不可少此一物也. 余以西廂一書, 一以作奇雲幻霧, 一以作名花異卉, 不亦可乎? 遂相視而笑, 因次其說辨首, 時白羊孟春, 書于巽雲齋中, 梅花一樹, 亭亭如玉人, 與墨香相鬪發, 前聖嘆後聖嘆, 同一聖嘆! 鷄林後人金正喜識)[21]

이상의 글에서 나타나듯 그 번역 의도와 동기가 뚜렷하다. 특히 위에서 언급하였듯이 "科白과 牌詞를 아는 이가 적어 이를 잘라내고 중요한 것만 번역하여 한번 낭독하면 그 뜻을 알지 못하는 이가 없었다"라고 부분은 이것이 읽기용 번역이지 공연용이 아니라는 것을 증명해주는 것이다. 또 김정희는 그의 친구와 번역문제에 대한 質疑應答을 통하여 자신의 번역의도를 명확히 밝히고 있다.

일반적으로 金正喜는 중국문인 소동파와 김성탄을 매우 흠모했던 인물로 알려지고 있다. 그러기에 六才子書를 主唱한 김성탄을 닮아보려는 의도는 그의 서문에서도 여실히 드러나고 있다. 즉 "옛날의 聖嘆이나 지금의 聖嘆은 같은 하나의 聖嘆이라!"고 한 것은 자신이 김성탄의 대를 이은 後聖嘆이라고 자처하고 나선 것이기에 매우 흥미롭다.

그리고 서예의 대가이며 金石學의 大家인 김정희가 이런 패관통속문학에 흥미를 느낀 것도 쉽지 않은 일인데, 거기다가 번역까지 하였다는 사실 매우 주목할 만한 일로 평가된다. 또 "뭇사람의 입에서 절묘하다고 감탄하지 않는 자가 없었으며 저 시골 지아비와 장사아치에 이르기까지도 그 소리를 듣고 뜻을 알지 못하는 자가 없었다." 라고 언급한 사실로 보아 그의 번역은 일반 대중까지 널리 퍼져있었음을 추측할 수 있고, 아울러 조선 후기(1800년대) 독자층의 대중화에 상당한 기여가 있었음을 알 수 있다.

---

21) 이가원, ≪이가원전집≫22권, 정음사. 1986. 5~8쪽과 하경심, 〈국내 중국 고전희곡의 번역현황과 실제〉, ≪중국어문학논집≫28호, 2004.8. 515~516쪽 참고

이 책의 서지적인 측면을 살펴보면 "阮堂 金正喜(1786~1856)의 國譯本 표지에 ≪西廂記≫라고 되었고 韓紙에 手寫한 말책이다. 卷首에는 역자의 ≪西廂記序≫가 붙여져 있다. 序의 끝에 "白羊孟春"이란 기록을 보아서 阮堂의 26세(1811)때에 쓴 것이 확인되었다. 그 끝에 阮堂의 印이 찍혀져 있으나, 이는 追踏이었고, 또 글씨자체도 완당의 친필이 아닌 貳寫本이다."22)라고 이가원은 밝히고 있다. 즉 최초 번역은 1811년에 이루어진 것이 확실시 되나 글자체가 김정희의 친필이 아닌 貳寫本이라고 한 점으로 보아 이 판본은 뒤에 다른 사람에 의해 다시 필사된 판본으로 추정된다. 번역문의 문체를 살펴보면 :

> 「화셜 당나라 덕종황졔시졀에 일위명공이 닛스되 셩은최요 명은옥이요 ᄌᆞ는시라, 일즉 쇼년등과ᄒᆞ여 벼슬이 상공의니르고 부인뎡시로 더부러 히로 흔지 오십년에 일졈혀류이 업셔 미양 스러ᄒᆞ다가 늦게야 일ᄀᆡ녀아를 나흐니 일홈은 잉잉이요 년광은 십구셔라. 비록 녀ᄌᆡ나 연틱묘질이 남ᄌᆞ의지나고 어려서부터 녀ᄒᆡᆼ지치와 시셔빅가를 무불통지ᄒᆞ므로.…〈省略〉…」
>
> (夫人引鶯鶯紅娘歡郎上云, 老身姓鄭, 夫主姓崔, 官拜當朝相國, 不幸病薨, 只生這個女兒, 小字鶯鶯, 年方一十九歲, 針黹女工, 詩詞書算, 無有不能.…〈省略〉…)23)

이처럼 번역문의 문체에 나타난 고어의 활용으로 보아도 후대에 다시 필사된 것임을 짐작할 수 있다. 그러나 원전 번역문을 충실히 필사한 것으로 보여 지고 있어, 최초의 ≪서상기≫번역본으로서의 가치와 의미는 충분하다고 평가된다.

또 번역의 양상을 살펴보면 원문과 번역문의 차이가 상당히 거리가 있음이 발견된다. 이는 그가 서문에서 "科白과 牌詞를 아는 이가 적어 이를 잘라내고 중요한 것만 번역하였다"라고 밝혔듯이 희곡용어를 과감하게 생략하고 또 이해를 필요로 하는 부분은 부연설명하여 하나의 소설작품으로 번역한 작품인 것이다. 즉 희곡작품을 소설화하였다는데 그 의미를 찾을 수 있을 것이며 번역 또한 우아하고 기품이 있어 다른 번역본과는 차별화되고 있다.

---

22) 이가원, ≪李家源全集≫22권, 정음사, 1986. 3~4쪽
　완당 김정희의 ≪서상기 언해본≫은 이가원이 발굴하여 ≪西廂記≫를 譯註한 후 일지사(1972)에서 출판하였다. 본인은 판본을 열람하지 못하여 이가원의 책 내용을 근거로 하였다.

23) 이가원, ≪李家源全集≫22권, 정음사, 1986. 10~11쪽

2) 후탄선생 정정 주해본

추사 김정희에 이어 김성탄의 제자를 자처하고 나선 또 하나의 문인이 있었으니 그가 바로 後歎 文漢命(1839~1894)이다. 그는 조선 말기 소설작가로 ≪금산사몽유기≫를 개작한 ≪금산사기≫의 저자이기도 하다. 먼저 그가 주해한 ≪後歎先生訂正註解西廂記≫序文을 살펴보면 다음과 같다.

「내 오늘 ≪서상기≫를 보고 이 점을 느꼈으니, 왜겠는가? 쓴 내용이 만만세 동안 記事의 일대 보물이다. 복희가 결승문자를 대신하여 한자를 만들고 창힐과 黃帝가 새의 발자취를 보고 그것을 묘사한 뒤로, 사람이 능히 다 말하지 못하는 것을 말했고, 능히 다 형용할 수 있는 것은 모두 글자로 그려냈기 때문이다…〈中略〉…이것은 진실로 古文에도 없고 今文에도 없다. 마치 賴簡編중에 撑達指頭(남녀가 교합할 때 삽입하여 사정함)나, 酬簡編중의 蘸着麻上(남녀가 교합하는 모양)이나, 拷艷編중에 啞聲廝褥(남녀가 교합할 때 지르는 소리)처럼 前後 數萬年의 문장 재자라도 능히 말하지 못할 것인데도 오늘 붓 하나로 슬쩍 끄집어내어 사람들로 하여금 볼수록 더욱 애절하고 생각할수록 더욱 간절하게 하니, 이것은 진실로 사람이 태어난 이래로 아직까지 이보다 성한 적이 없었다. 그런데도 그 일을 말하면 사람마다 가르치지 않았는데도 능히 할 수 있지만, 그 문장을 보면 사람마다 가르친 바인데도 자세히 알지 못하는 것은 그 까닭이 어디에 있는가? 혹시 행할 때는 아주 쉽지만 이해할 때는 지극히 어려워서 그런 것은 아닌가? 비로소 이 책의 조화가 하늘만큼 커서 온 천하 만세에 이르도록 없앨 수도 없고 폐할 수도 없는 것임을 알았다. 그 身力으로는 아무리 어리석은 지아비나 지어미처럼 배우지 않아도 능히 할 수 있는 것이나, 그 문자로는 늙은 선비나 시골 서생이 배우기를 원한다 해도 능히 알지 못할 것이다. 혹시 천지 운세에 관한 것이 아니면 얻을 수도 없고 깰 수도 없는 일대 造化文字가 아니겠는가? 기이하다. 이 일이여! 기이하다. 이 일이여! 이것이 이 책을 지은 이유이며 언문 주석을 단 이유이기도 하다.…〈中略〉…대청 광서11년(1882년 조선 고종22) 을유 저문 봄날에 남평 문한명이 삼가 서문을 쓰다.」

(余今觀西廂而感焉, 何也? 書者萬萬世記事之一大寶物也. 庖犧造之以代結繩, 蒼黃描之以倣鳥迹, 夫然後, 人之所不能盡言, 言之, 所不能盡形者, 一從文字而寫出………〈中略〉………此眞所謂古文無, 今文無者也. 如賴簡編中, 撑達指頭等語, 酬簡編中, 蘸着麻上等語, 拷艷編中, 啞聲廝褥等語, 前萬古後萬古, 文章才子之所不能說來者, 而今且以一筆頭公然說出來, 令人, 看看益愛, 想想尤緊, 此眞所謂自生民以來, 未有盛焉者也. 然而語其事則人人所不敎而能爲者, 而觀其文則人人之所指敎而不能詳知者, 其故何也. 毋或行之至易而解之至難耶. 始知此書之造化, 與天地同其大而窮天下互萬世, 不可無而不可廢者也. 以其身力則愚夫愚婦之不學而能爲者, 而以其文字則老生宿士之所願學而不能解者, 倘非參天地關氣數, 隆殺不得攊撲不破之一大造化文字乎. 異哉

此事也. 異哉此事也. 此是書之所由作而諺註之所由起也. …〈中略〉…時大淸光緖十一
年乙酉之暮春者, 南平人文漢命謹序.)24)

이처럼 문한명은 서문에서 이 책을 지은 이유와 주석을(전체적으로는 한문 주석이고
일부분만 한글 주석) 단 이유를 명확히 하고 있다. 그리고 그는 그의 문장 중 "令讀者,
不勝欽嘆之至, 令後嘆弟子"라고 하여 자신을 김성탄의 제자라고 자처하며 호를 後嘆
이라 하였다.

또 문한명의 서문을 자세히 살펴보면 김정희의 서문과 유사한 부분이 발견된다. 즉
복희씨와 창힐을 예로 삼은 것하며, 자신을 後聖嘆이라 칭한 것 등등, 모두가 우연의
일치로 보기는 어려워 보인다. 필경 문한명도 김정희의 서문을 보았을 가능성이 농후해
보인다. 먼저 ≪後嘆先生訂正註解西廂記≫ 번역문(사실 번역이 아니라 원문에 현토
만 해놓은 것)의 문체를 살펴보면 다음과 같다.

> 「夫人引鶯鶯紅娘歡郎上云 老身의 姓鄭이오 夫主의 姓崔라 官拜當朝相國이러니 不
> 幸病薨ᄒ고 祇生這個女兒ᄒ야 小字鶯鶯이라 年方一十九歲오 針指女工과 詩詞書算을
> 無有不能이라 相公在日이 曾許下老身侄女鄭尙書 長子鄭桓爲妻러니 因喪服未滿ᄒ야
> 不曾成合ᄒ고 這小妮子는 是自幼伏侍女兒的니 喚做紅娘이오 這小廝兒는 喚做歡郎이
> 니 是俺相公討來壓子息的라.」25)

이처럼 古語가 섞여 있으나 그리 오래된 古語는 발견되지 않는 것으로 보아 1800년
대 말기나 1900년대 초기에 필사되었을 가능성이 농후하다. 또 번역이라기보다는 漢字
語를 그대로 둔 채 懸吐를 다는 형식에 가깝다.

그리고 정용수의 譯註書에서 밝힌바와 같이 문한명은 그의 책 주석에 경상도 사투리
가 여러 곳에서 발견되고 있는 점으로 보아 영남지방을 중심으로 활동한 사람이며, ≪後
嘆先生訂正註解西廂記≫가 후대의 사람에 의하여 필사된 필사본으로 추정하고 있
다.26) 필자도 이 책의 筆寫狀況과 註解狀況을 면밀히 검토해보니 정용수의 견해가 타

---

24) 文漢命 註解, 정용수 譯註, ≪後嘆先生訂正註解西廂記≫, 국학자료원, 2006. 8. 12~15쪽 참고.
25) 文漢命 註解, 정용수 譯註, ≪後嘆先生訂正註解西廂記≫, 국학자료원, 2006. 8. 35~38쪽 참고.
26) 文漢命 註解, 정용수 譯註, ≪後嘆先生訂正註解西廂記≫, 국학자료원, 2006. 8. 795~796쪽
참고.

당한 것으로 보인다. 사실 문한명 자신이 후탄이라는 別號를 쓸 수는 있으나 자신을 후탄선생이라 스스로 존칭하기는 어려워 보인다. 이는 그의 首弟子나 후대의 사람에 의하여 筆寫되었다고 보는 것이 타당해 보인다.

3) 1900년대 初期 飜譯出版本

1900년대 초에 구활자본으로 번역출판된 것으로는 대략 4종이 보인다.

* ≪註解西廂記≫(1906년) : 설명부분과 唱部分은 원문에 懸吐를 하였고, 상당한 지식 수준을 요하는 唱部分은 순 한글로 번역을 하였다. 註解部分은 모두 한문으로 표기 하였고 간혹 한자를 한글로 풀이한 부분도 간혹 보인다.
* ≪待月西廂記≫(1913년) : 원문을 빼고 번역문만 수록하였다. 한글번역 위주에다가 주요어휘는 한자를 병기하는 방식을 취하고 있다. 대부분의 곡조표시는 생략하여 마치 소설처럼 쉽고 또 자연스럽게 읽어나갈 수 있게 노력한 흔적이 보인다. 즉 희곡의 소설화를 시도한 작품이라 할 수 있다.
* ≪(鮮漢雙文)西廂記≫(1914년) : 설명부분은 한글로 번역하면서 人名과 地名 등 주요 단어들은 한자를 병기하였다. 또 唱부분은 원문도 함께 병기하며 한글로 충실한 번역을 하고자 노력하였다.
* ≪(懸吐註解)西廂記≫(1919년) : 原文에 懸吐를 붙이는 방식을 취하고 있어 한문에 상당한 수준이 있어야만 해독할 수 있다. 懸吐는 주로 ≪註解西廂記≫와 상당히 유사하다. 모종의 영향관계가 있었음이 확실해 보인다.

上記의 舊活字本≪西廂記≫ 4종은 모두가 김성탄이 평점을 사용한 ≪서상기≫판본의 原文과 김성탄의 序文을 충실히 따르고 있다. ≪(懸吐註解)西廂記≫를 제외한 3종의 ≪서상기≫는 한글 번역의 형태를 취하고 있다. 이는 기존의 ≪서상기≫가 한문지식층만 읽을 수 있었던 것에서 나아가, 한글을 읽을 수 있는 다수의 독자층을 겨냥한 것임을 알 수 있다.[27] 그 후 ≪서상기≫에 대한 번역은 최근에 이르기까지 중국고전소설에 비하여 부진한 상태이다. 이는 ≪서상기≫가 가지고 있는 생태적 한계, 즉 비록 ≪서상기≫를 소설화 하려는 試圖도 있었지만 희곡이라는 한계를 뛰어넘지는 못한 것으로 평가된다.

---

27) 이기현, 〈구활자본 서상기 연구〉, ≪우리문학연구≫제26집, 경인문화사, 2009, 70쪽 참고.

이상의 논점을 정리하여 요약하면 다음과 같다.

≪서상기≫의 국내 유입에 대한 최초의 기록은 ≪조선왕조실록≫(燕山君, 제62조)에 처음 보이는데, 대략 1506년경에는 이미 유입된 것으로 보인다. 당시의 판본은 왕실보의 잡극계통이 국내에 주로 유통되어졌고 1700년대 중기 이후에는 김성탄 批注本≪第六才子書(西廂記)≫가 주로 유통되었다.

또 ≪서상기≫에 대한 愛好는 중국 통속소설과 더불어 상당한 관심과 함께 다양한 독자층이 형성된 것으로 보이고 독자층 가운데는 ≪서상기≫를 긍정적으로 바라보는 독자와 부정적인 자세를 취하는 독자들도 있었다. 당시 독자들은 ≪서상기≫를 따로 희곡으로 분류하지 않고 일반통속소설과 함께 취급하여 수용을 하였다.

국내 所藏된 ≪서상기≫의 판본들은 대부분 金聖嘆(淸)이 輯註한 ≪第六才子書西廂記≫가 주류를 이루고 있으며 출판시기도 淸代 末期의 판본들이다. 叢書合本으로 明代 毛晉이 60종의 희곡류를 종합한 ≪六十種曲≫中 〈寅集〉과 〈卯集〉에 ≪서상기≫가 수록되어 있어 중국 희곡연구에 상당히 좋은 자료로 평가된다(奎章閣). 그 외 일본어판과 만주어판도 보여 주목된다.

그리고 ≪서상기≫의 난해한 어휘를 뽑아 만든 ≪西廂記語錄≫이 있는데, 刊記가 확인되는 가장 빠른 자료는 奎章閣 所藏本 ≪水滸誌語錄≫(1881年[고종18년])이다. 이 책은 ≪水滸誌≫의 어휘를 뽑아 만든 후 부록에 ≪西廂記語錄≫을 첨부하였다. 그 외에도 간행년도를 알 수 없는 많은 어록집이 현존하고 있다.

≪서상기≫의 국내 번역본으로는 1811년 阮堂 金正喜先生 諺解本이 주해본으로는 1885년 後歎 文漢命의 ≪後歎先生訂正註解西廂記≫가 비교적 주목되는 판본이다. 특히 이들은 단순한 독자의 수준을 뛰어 넘어 거의 전문가 수준에 이른 문인으로 평가된다. 김정희의 번역문 문체에 나타난 고어의 활용으로 보아 후대에 다시 필사된 것임을 짐작할 수 있다. 그러나 최초의 ≪서상기≫번역본으로서의 가치와 의미는 충분하다고 평가된다. 그리고 문한명의 주해본은 그의 책 주석에 경상도 사투리가 여러 곳에서 발견되고 있는 점으로 보아 영남지방을 중심으로 활동한 사람이며, 후대의 사람에 의하여 필사된 필사본으로 추정된다.

국내 飜譯出版本으로는 1906년 博文社에서 나온 吳台煥著 ≪註解西廂記≫가 가장 빠른 판본이며, 그 후 1913년 漢城書館·惟一書館에서 발행한 ≪待月西廂記≫와

1914년 匯東書館에서 출판한 ≪(鮮漢雙文)西廂記≫, 그리고 1916년 朝鮮圖書에서 출판한 ≪(懸吐註解)西廂記≫(1919년 唯一書館, 1922년 朝鮮圖書) 등이 번역출판 되었다.

1900년대 초에 舊活字本으로 출판된 ≪西廂記≫ 4종은 모두가 김성탄이 평점을 사용한 판본으로 原文과 김성탄의 序文을 충실히 따르고 있었다. 또 ≪(懸吐註解)西廂記≫를 제외한 3종의 ≪서상기≫는 한글 번역의 형태를 취하고 있다.

조선시대에서 1900년대 초기까지 왕성한 流入·飜譯·出版이 이루어진 ≪서상기≫는 1920년대 이후부터 최근에 이르기까지 다른 중국 통속소설에 비하여 매우 소외된 상태이다. 이는 ≪서상기≫가 가지고 있는 생태적 한계, 즉 어려운 본문과 唱 그리고 科白이 있는 희곡의 한계를 뛰어넘기는 어려웠던 것으로 보여 진다.

2. ≪西廂記≫ 곡문 번역본 고찰과 각종 필사본 출현의 문화적 배경 연구*

    희곡 ≪西廂記≫는 조선시대에 소설 5대기서 중에 ≪金瓶梅≫나 ≪紅樓夢≫보다 더 많은 중국 판본이 유입되었다.[1] 조선정부에서는 ≪朱子語類≫를 해독하는데 도움이 되도록 ≪語錄解≫를 발행하였는데, 당시의 지식인들이 중국의 주자학 서적에 나오는 '白話'를 이해하는 데에 도움이 되도록 만든 일종의 사전이라고 할 수 있다. 나중에는 희곡으로는 유일하게 〈西廂記語錄〉이 만들어지는데, 이는 소설 〈水滸誌語錄〉·〈西遊記語錄〉·〈三國誌語錄〉과 어깨를 나란히 하는 것이다. 필자가 조사한 바로는 국내에 소장되어 있는 ≪西廂記≫의 중국 판본(1912년 이전)은 80여 종이 넘고, 필사본은 90여 종이 넘으며, 어록 또한 20여 종에 이른다.[2] 이를 보면 ≪西廂記≫가 조선시대에 얼마나 유행하였으며 관심의 대상이 되었는지를 알 수 있다.

    ≪西廂記≫의 조선 유입에 관련해서는, 판본 위주의 연구가 민관동에 의해 체계적으로 이루어져 있고,[3] 이창숙은 조선의 문화적인 측면에서 이를 다루었다.[4] 이외에도 희곡 전반의 유입에 대한 연구 중 하나의 항목으로 다룬 연구들도 있다. ≪西廂記≫ '번

---

  * 이 글은 ≪中國學論叢≫제42집(고려대 중국학연구소, 2013. 11)에 발표한 논문을 일부 수정 · 보완하였다.

  ** 이 논문은 2010년도 정부의 재원으로 한국연구재단의 지원을 받아 연구되었음.(NRF-2010-322-A00128).

    주저자: 慶熙大學校 比較文化研究所 研究員. 교신저자: 慶熙大學校 中國語學科 敎授.

1) 다음 책의 목록을 확인한 결과 이와 같은 결과를 얻을 수 있었다. 민관동·장수연·김명신, ≪韓國 所藏 中國通俗小說의 版本目錄과 解題≫, 학고방, 2013.

2) 민관동·유승현, ≪韓國 所藏 中國古典戱曲(彈詞·鼓詞) 版本과 解題≫, 학고방, 2012, 69~101쪽. 이 책이 출판된 후에 필자는 충청권 출장을 통해서 4종의 ≪西廂記≫ 판본을 더 발견하였다. 충북대 중원문화연구소·서원대 박물관·개인소장자 전재구가 필사본을 소장하고 있으며, 개인소장자 전재하는 석인본을 소장하고 있다.

3) 민관동, 〈≪西廂記≫의 국내 유입과 판본 연구〉, ≪中國小說論叢≫제31집, 2010.

4) 이창숙, 〈≪西廂記≫의 조선 유입에 관한 소고〉, ≪大東文化研究≫제73집, 2011.

역 수용'에 대해서는 김학주의 선구적인 연구가 있었고,[5] 근래 들어 김효민과 일부 국문학자들에 의해 연구가 이루어지고 있다. 김효민은 번역본 전반에 대한 연구를 시작으로 최근까지 개별적인 판본들에 대해서 연속적인 연구를 진행하고 있다.[6] 국문학자들의 연구로는, 20세기 초에 활자본으로 출판된 4종에 대한 연구가 있고,[7] 연민 이가원이 소장하였던 소설체 개역본에 대한 연구가 있다.[8]

조선시대 번역 혹은 개역된 중국희곡으로는 ≪荊釵記≫·≪伍倫全備記≫·≪西廂記≫ 3종이 남아 있다. ≪荊釵記≫는 한문소설 형식의 〈王十朋奇遇記〉로 개작되기도 하였으며, 또한 한글소설 형식의 〈왕시봉뎐〉으로 번안되기도 하였는데 둘 다 필사본으로 남아 있다. ≪五倫全備記≫는 희곡으로서는 유일하게 한글 번역본이 조선 정부에 의해 출판되었다. ≪五倫全備記≫는 1696년(숙종22년)에 敎誨廳에서 언해가 시작되어 1720년(숙종46년)에 ≪五倫全備諺解≫ 8권으로 간행되었다. 이 번역본은 본문의 노래(曲)부분은 생략하고 대화부분만을 번역하여 중국어회화 학습교재로 사용하였다. 이에 비해 ≪西廂記≫는 국가적 필요 때문이 아니라 독자들의 애호에 의해 유행하였으며, 여러 형태의 번역본들이 다수 남아 있다. 위에서 밝혔듯이 현재에도 이에 대한 연구가 지속적으로 이루어지고 있다. 필자는 먼저 기존의 연구에서 다루지 않은 ≪西廂記≫의 곡문 번역본에 대해 고찰하고 나서, 여러 형태의 필사본들이 생산된 문화적 배경과 그 의의를 살펴보고자 한다.

---

5) 김학주, 〈조선 간 ≪西廂記≫의 주석과 언해〉, ≪조선시대 간행 중국문학 관계서 연구≫, 서울대학교출판부, 2002.
6) 김효민, 〈朝鮮讀本 ≪西廂記≫의 異本 실태 및 유통 양상〉, ≪中國語文論叢≫제46집, 2010. 〈구한말 ≪西廂記≫ 국문 改譯本의 개역 양상 및 특징 - "존경각본"과 "규장각본"을 중심으로〉, ≪인문학연구≫통권84호, 2011. 〈고려대 소장 ≪西廂記諺抄≫의 번역 양상과 특징〉, ≪中國語文論叢≫제54집, 2012. 〈'이가원본'을 통해 본 조선후기 ≪西廂記≫한글번역의 수용과 변용〉, ≪中國語文學誌≫제54집, 2012.
7) 이기현, 〈舊活字本 ≪西廂記≫ 研究〉, ≪우리文學研究≫제26집, 2009.
8) 강동엽, 〈이가원 역주 ≪서상기≫에 대하여〉, ≪淵民學志≫제13집, 2010.

1. 곡문 번역본의 판본들

역대로 중국 희곡은 노래인 曲이 위주였고, 극작가의 창작에 있어서 曲은 작품의 문학성을 결정하는 중요한 요소로 작용하였으며, 배우도 노래를 잘해야 훌륭한 배우로 인정받았다.[9] ≪西廂記≫는 元代 王實甫가 읽는 희곡으로 창작한 잡극인데, 잡극은 科·白·曲의 3요소로 구성되어 있다. 科는 지문에 해당하며 동작을 지시하고, 白은 대화 위주의 대사이며, 曲은 노래이다. ≪西廂記≫ 역시 이렇게 구성되어 있으며, 노래인 曲이 중심이 되며 스토리를 전개하는 중요한 역할을 한다. ≪西廂記≫의 여러 형태의 번역본 중에서 노래가사인 曲文만을 번역한 것들이 있는데, 전체를 세 계열로 분류할 수 있다. 먼저 필사본은 두 가지 계열로 나눌 수 있는데, 첫째 한글로만 번역된 것이 있고, 둘째 한글과 한문을 혼용하여 번역한 것이 있다. 셋째는 활자본으로 1906년 이전의 필사본을 토대로 하여 출판된 ≪註解西廂記≫가 있다. 먼저 이 세 가지 형태의 곡문 번역본들의 목록과 판본의 특징을 제시하고 나서 그 구체적인 번역 양상에 대해서는 다음 절에서 살펴보고자 한다.

1) 순 한글 번역

書 名	出 版 事 項	版 式 狀 況	一 般 事 項	所藏處/所藏番號
西廂記	王實甫(元) 著, 刊寫地, 刊寫者, 刊寫年未詳	3册, 筆寫本, 24×15.5㎝		國立中央圖書館 d1092-25
西廂記	王實甫(元) 原著, 刊寫地, 刊寫者, 刊寫年未詳	1册(缺帙), 筆寫本, 22.7×15.5㎝, 四周單邊, 半郭: 18.1×12.7㎝, 有界, 10行20字 註雙行, 頭註, 上下向黑魚尾	漢韓對譯本, 表題: 第六才子書	서울大學校 中央圖書館 일사 895.12 Se66
西廂記	王實甫(元) 著, 發行事項 不明	全4卷2册(零本1册), 筆寫本, 24.2×17㎝	卷首題: 花月琴夢記, 所藏本中 卷之3, 4의 1册 以外 缺	安東大學校(明谷文庫) 古明 822.4

국립중앙도서관 소장본 ≪西廂記≫는 春·夏·秋·冬 4책 중에서 제2책인 '夏'가 결

---

9) 고려대 중국학연구소, ≪중국문학의 즐거움≫, 차이나하우스, 2009. 138쪽.

질이다. 겉표지 좌측상단에는 서명을 '西廂記'라고 쓰고 작은 글자로 각각 '春'·'秋'·'冬'이라고 써서 몇 책인지 표기하였다. 또한 겉표지 우측상단에 '彝敍堂藏'이라고 써져 있는데, '彝敍堂'은 堂號인 것 같지만 그 구체적인 소장자는 아직 찾지 못하였다.

첫째 쪽은 '西廂記卷之一'로 시작하고, 다음 행에는 '聖嘆外書' 그 다음 행에는 '序一 慟哭古人'이라고 쓰고 이 序의 원문을 옮겨 적었다. 〈慟哭古人〉이 끝난 후에는 이어 쓰지 않고 나머지 장을 여백으로 처리하였다. 이어서 '序二 留贈後人'이 앞의 序와 같은 형식으로 되어 있다. 그 다음으로는 〈會眞記〉가 있는데 제목 아래 작은 글씨로 '唐元稹'이라고 써져 있으며, 그 필사의 형식은 앞의 序와 같다. 세 편의 글 모두 현토 없이 원문을 그대로 옮겨 적었다. 본문의 맨 처음에는 서명을 쓰지 않고, '元人王實甫著'라고 시작된다.

이어서 '題目總名'이 나오고 다음에는 '題目正名'이 나오며, 본문은 '一之一驚艶'으로 시작된다. 본문도 현토가 없이 그대로 옮겨 적었으며, 곡문은 구절구절 끊어 원문을 적고 이어서 한글 번역을 적었다. 번역은 원문에 비해 작은 글씨로 써져 있으나 2행이 아닌 1행로 되어 있다. 번역문은 한자를 혼용하지 않고 모두 한글로만 번역하였다. 이 필사본은 계선이 있는 용지를 사용하였는데, 이 계선 위의 공간에 단어의 뜻풀이를 달아 놓았다. 해당 단어는 큰 글자로 되어 있으며, 뜻풀이는 2행의 작은 글자로 되어 있다. 단어의 뜻풀이는 주로 한문으로 되어 있는데, 간간이 한글로 되어 있는 것도 있다.

이와 같은 계열의 곡문 번역 필사본으로는 표제가 ≪西廂記≫인 안동대 소장본이 있다. 모두 4권 2책으로 되어 있는데, 하권 1책인 제3·4권만 남아 있다. 상권이 결질이어서 '序'와 관련된 내용은 전혀 알 수 없지만, 하권의 체제는 국립중앙도서관 소장본의 '秋'·'冬'과 거의 유사하다. 특이한 점은 內題가 ≪花月琴夢記≫로 되어 있다는 것인데, 국립중앙도서관에 이와 똑같은 서명의 ≪西廂記≫ 필사본이 있다.

이 판본은 前·後 2책으로 되어 있는데, 번역본이 아니라 김성탄 평점본의 본문만을 그대로 옮겨 쓴 원문 전사본이다. 필자는 안동대를 방문하여 위의 목록에 제시한 ≪西廂記≫ 판본을 복사할 수 있었다. 처음에는 內題가 ≪花月琴夢記≫로 되어 있어서 이것이 ≪西廂記≫와 어떤 관계가 있었는지 의아해하였다. 중국의 자료를 조사해 본 결과 아직까지 이런 서명의 책도 찾을 수 없었으며, 또한 ≪西廂記≫를 이렇게 부른다는 기록조차도 찾을 수가 없었다. 그런데 ≪花月琴夢記≫란 서명의 ≪西廂記≫ 원문 전사본을 발견하고 나서는 흔하지는 않지만 조선에서 그것을 ≪西廂記≫의 이명으로 사용하였음을 확인할 수 있었다.

위에서 국립중앙도서관과 안동대 판본 간의 차이점을 제시하였는데, 한눈에 알아보기 쉽도록 다음과 같이 원문을 비교해보고자 한다.

仙呂賞花時紅娘唱針線無心침션에마음이업셔不待拈슈노키를슬희여하고脂粉香消연지분이어룩더룩ᄒ 여도懶去添다시단장허긔를계을니허며春恨봄한이壓眉尖누셥ᄉ히눌니엿스니靈犀一點일졈령헌마음이醫可病懨〃병드러파리허플뉘곳칠고(국립도서관 소장본)

仙呂　　賞花時　紅娘唱針線無心不待拈脂粉香消懶去添春恨壓眉尖靈犀一點醫可病懨〃침션의마음이업셔수놋키를슬허ᄒ고연지분이어룽더룽ᄒ 여도다시단장허기를기얼니ᄒ며봄한이눈셥ᄉ히눌니여시니일졈령헌마음이병더러ᄑ리허플뉘뉘곳칠고(안동대 소장본)

안동대 소장본은 낙질본이라서 제3본이 시작되는 〈前候〉 맨 처음 곡문을 제시하였다. 그런데 이 두 판본 사이의 번역의 내용은 대체로 일치한다. 형식상 다른 점은 국립중앙도서관 소장본은 곡패를 따로 구분해서 표시하지 않은 데 비해 안동대 소장본은 테두리선으로 곡패를 표시하였으며, 또한 대역 방식도 서로 다르다. 국립도서관 소장본은 구절이나 의미 단위마다 원문을 적고 그에 해당하는 번역을 하였다. 이에 비해 안동대 소장본은 곡문 전체의 원문을 적고 나서 그 곡문을 번역을 하였다.

안동대 소장본은 소장자를 알 수 있는 판본인데, 가장 마지막 쪽에 '白南壽 藏'이라고 써져 있다. 白南壽(1875~1950)는 경북 출신으로 궁내부 주사를 지냈으며, 1906년부터 경북 지역에서 항일 의병활동을 벌였던 인물이다.[10] 궁내부는 왕실과 관계된 일을 하였으므로 그는 서울에서 관료 생활을 하다가 나중에 서울에서 고향으로 돌아가서 의병 투쟁에 참여하였을 것이다. 필자가 경상도 지방의 여러 대학의 필사본 판본들을 확인한 결과, 대부분 모두가 원문 전사본이었고 번역본으로는 이 안동대 소장본이 거의

---

10) 본관은 大興이다. 경상북도 영덕군 영해면 원구리에서 출생하였으며, 궁내부 주사를 지냈다. 1906년 의병장 申乭石(1878~1908)의 의병진에 가담하여 中軍將 및 後軍將으로서 경상북도 영덕·영양·청송·진보 등지를 무대로 항일의병활동을 전개하였다. 1906년 11월 日月山·白岩山·東大山 등지에서 유격전을 벌였다. 1907년 9월 영양 주곡에서 일본군 1종대와 격전을 치렀고, 10월 영덕 영해면의 경무서를 공격하여 일본경찰을 추방하였다. 1908년 신돌석이 순국하고 의병진이 해산되었을 때 일본경찰에 체포되어 징역 10년형을 받고 옥고를 치렀다. 1999년 건국훈장 애국장이 추서되었다. ≪네이버 두산백과≫.

유일하다. 그래서 白南壽 소장본은 서울에서 자신이 직접 필사하거나 혹은 남이 필사한 책을 나중에 고향 지역으로 가져갔을 가능성이 높다. 그의 이 소장본은 일실되지 않고 남아서 지금은 안동대에 소장되어 있다.

2) 국한문혼용 번역

書 名	出 版 事 項	版 式 狀 況	一 般 事 項	所藏處/所藏番號
聖嘆外書第六才子書	王實甫(元)原著, 金聖嘆(淸)編, 年紀未詳	2卷2冊(第2冊缺), 筆寫本, 29×18.5㎝	表紙書名: 第六才子書	韓國學中央研究院 D7C-8
西廂記大全解	王實甫(元)原著, 刊寫地未詳, 刊寫者未詳, 刊寫年未詳	1卷1冊(缺帙), 筆寫本, 25.5×19.5㎝, 無界, 11行22字 註雙行, 無魚尾	表題: 西廂記全解, 漢韓對譯本, 用紙裏面에 官文書있음	서울大學校 中央圖書館 895.12-W1847se
聖嘆外書第六才子書	王實甫·關漢卿(元) 共撰, 金聖嘆(淸)輯註	2卷2冊, 筆寫本, 30×19.8㎝, 四周單邊, 半郭: 22×14.5㎝, 有界, 10行25字 註雙行, 無魚尾	國漢文混用本, 表題: 才子書解	西江大學校 [중앙고서]성831 v.1,2
聖歎外書 第六才子 書(註解)	王實甫(元)著, 刊寫地未詳, 刊寫者未詳, 刊寫年未詳	2卷2冊, 筆寫本, 23×21.7㎝, 無界, 12行字數不定	表題: 西廂記	檀國大學校 栗谷紀念圖書館 고872.4-왕982사

서강대 소장본 《聖嘆外書第六才子書》는 표제가 《才子書解》로 되어 있으며, 上·下 2책으로 이루어져 있다. 체제는 먼저 서명을 《聖嘆外書第六才子書》로 쓴 후 〈會眞記〉가 실려 있고, 글이 끝난 후에는 이어 쓰지 않고 나머지 장을 여백으로 처리하였다. 그 다음으로는 〈西廂辨〉·〈西廂序〉가 차례로 있는데, 앞과 같은 형식으로 되어 있다. 이 세 편의 원문에는 작은 글자로 두 줄의 현토가 붙어 있다.

본문은 《聖嘆外書第六才子書註解》라는 제명으로 시작하고, 그 다음에는 '題目總名'이 있으며 김성탄의 평어가 두 줄의 작은 글자로 붙어 있다. 그 다음에는 '驚艶第一 老夫人開春院'으로 되어 있고, 그리고 〈楔子〉에 평어를 덧붙였다. 그러고 나서 본문이 시작되는데, 원문을 전사하고 작은 글자로 두 줄의 현토가 붙어 있다. 이렇게 첫 단락이 끝나고는 글자의 뜻풀이를 첨가하였는데, 본문의 단어는 큰 글자로 되어 있고, 뜻풀이는 한문으로 하였으며 두 줄의 작은 글자로 되어 있다. 그 다음에는 첫 번째 曲文【仙呂】【賞花時】의 원문을 전사하고 작은 글자로 두 줄의 현토를 달았다. 그리고 곡문의 단어 뜻풀이가 있고, 이어서 곡문의 번역이 있는데 이 번역은 한자와 한글을 섞어 썼다. 이하의 체제는 대체로 이와 같으며 곡문의 번역은 한자와 한글을 섞어 쓴 것도 있고, 순 한글로만 된 것도 있다. 특이한 점은 제16회는 원문만을 옮겨 적고 현토를 달았으며 단어 뜻풀이만 해놓고 곡문을 번역하지 않았다는 것이다. 또한 이전 15회까지는 계선이 있는 용지를 사용하였으나, 제16회는 계선이 없는 용지를 사용하였다. 필사자는 15회까지 정성 들여 필사하다가 마지막 16회는 번역 없이 급하게 원문과 단어풀이만 옮겨 적은 것으로 보인다.

이와 같은 계열의 번역본 중 하나는 장서각 소장본인 ≪聖嘆外書第六才子書≫인데, 乾·坤 2책 중에 제1책인 乾책만 남아 있다. 맨 처음에는 ≪聖嘆外書第六才子書≫라는 서명을 쓰고, 〈會眞記〉·〈西廂辨〉·〈西廂序〉·〈慟哭古人〉·〈留贈後人〉·〈西廂記續書〉를 여백을 두지 않고 차례대로 원문을 옮겨 적었다. 서강대본과 달리 〈慟哭古人〉·〈留贈後人〉·〈西廂記續書〉가 첨가되어 있으며, 또 다른 점은 원문에 현토를 달지 않았다.[11] 본문의 체제도 서강대본과 같은 형식으로 되어 있는데, 여기에도 원문에 현토를 달지 않았다.

이 계열 중 또 다른 하나는 단국대 소장본인 ≪聖嘆外書第六才子書≫인데, 모두 乾·坤 2책으로 되어 있다. 그런데 서강대본과는 달리 표제는 ≪西廂記≫로 되어 있는데, 이는 위에 덧칠이 되어 있는 것으로 보아 나중에 바뀌었을 가능성도 있는 것으로 보인다. 이 필사본의 체재는 서강대본과 완전히 동일한데, 다른 점은 〈會眞記〉·〈西廂辨〉·〈西廂序〉는 제1책의 앞부분에 전사하였고, 〈慟哭古人〉·〈留贈後人〉·〈西廂記續書〉는 제2책의 뒷부분에 전사하였다는 것이다.

3) 활자본

書 名	出版事項	版式狀況	一般事項	所藏處/所藏番號
註解 西廂記	王實甫(元) 原著, 丁九變 國譯, 吳台煥 發行, 京城	不分卷 1冊, 216쪽, 新鉛活字本, 22.4×15.2㎝	本文에 諺吐, 國漢文混用, 曲文 漢韓對譯本, 小序: 大韓光武八年(1904)歲	國立中央圖書館 a13736-4
				韓國學中央研究院 D7A-1
				國會圖書館 812.4 ○338ㅈ
				서울大學校 中央圖書館 가람 895.12

---

11) 김효민, 〈朝鮮讀本 ≪西廂記≫의 異本 실태 및 유통 양상〉, ≪中國語文論叢≫제46집, 2010, 442~443쪽.

書名	出版事項	版式狀況	一般事項	所藏處/所藏番號
(서울) 博文社 印刷, 光武10년 (1906)	四周雙邊, 半郭: 16.4×11.2㎝, 14行26字, 紙質: 洋紙	甲辰冬至日小圃丁九燮 書于楊洲直溪柏栗園小 閣中荳燈下, 刊記: 光武十年(1906)一月發 行 京城 博文社 發行	W1847s
				成均館大學校 D07A-0006
				東國大學校 819.24 - 왕59ㅅ성
				東國大學校 慶州캠퍼스 D813.508-서51
				國民大學校 [고]822.4 왕01-3
				仁荷大學校 H812.35-제66
				圓光大學校 AN823.5-○488
				東亞大學校 漢林圖書館 (3): 12: 2-89
				蔚山大學校 812.2 -김성탄
				慶尙大學校 古(춘추)D7 서51

≪註解西廂記≫는 光武10年(1906)에 博文社에서 인쇄·발행하였는데, '1906년도에는 출판업의 규모가 영세하여, 한두 서관으로는 간행비용을 부담하기 어려웠기에 7개의 서관이 참여하여'[12) 발행하였다. 이 책은 丁九燮이 역주를 하였고, 판권지를 보면 吳台煥이 인쇄자 겸 발행자로 되어 있다.[13)

책의 끝머리에는 한문으로 쓰인 〈西廂記小序〉가 붙어 있는데, '大韓光武八年歲甲辰冬至日小圃丁九燮書于楊州直溪柏栗園小閣中荳燈下'라고 하였다. 이 '小序'는 활자본이 발행되기 2년 전인 1904년에 쓰였음을 알 수 있다.

이 책은 1책으로 되어 있으며, 모두 216쪽인데 한자로 쪽수를 써놓았다. 책의 첫머리에는 〈慟哭古人〉·〈留贈後人〉·〈聖嘆外書〉가 연이어 실려 있는데, 모두 한글로 토를 달았다. 이어서 '題目總名'이 나오고 다음에는 '題目正名'이 나오고 나서 본문이 바로 시작된다. 본문의 科白은 원문을 모두 옮기고 현토를 달았으며, 곡문은 원문에 현토하여 쓰고 나서 칸을 나누고 한글로 번역하였다. 그리고 곡문의 곡패는 괄호로 묶어놓았는데, 예를 들면 '(仙呂)(賞花時)(夫人昌)'과 같이 되어 있다. 상란에는 작은 글자로 주를 달았는데, 곡문에 해당하는 것뿐만 아니라 과백에 해당하는 것에도 주를 달았다. 또한 이 주석들은 한문 위주로 되어 있으나, 한글로 간단히 낱말풀이를 해놓은 것도 있다. 이 판본은 광범위하게 전국 각처의 도서관과 개인들이 소장하고 있다.

---

12) 이기현, 〈舊活字本 ≪西廂記≫ 硏究〉, ≪우리文學硏究≫제26집, 2009, 43~44쪽.
13) 필자가 이용한 판본은 국회도서관 소장본인데, 국회도서관 사이트에서는 이 판본의 원문을 볼 수 있도록 해놓았다.

위의 세 계열의 곡문 번역본은 모두 김성탄이 평점을 가한 ≪第六才子書西廂記≫를 번역의 대상텍스트로 삼았다. 그런데 대략 18세기 이후 조선에 유입된 ≪西廂記≫는 대부분이 바로 이 김성탄의 ≪第六才子書西廂記≫이다. 현재 국내에 남아 있는 ≪西廂記≫의 판본들은 거의 모두 김성탄 평점본 계열이며, 조선의 문인들이 남긴 관련 기록들도 대부분 이것을 대상으로 삼았다.[14]

이 텍스트는 第5本을 ≪續西廂記≫라고 이름 붙이고 수록하였지만, 김성탄은 본래 이 부분을 삭제하려고 하였다. '이 ≪續西廂記≫의 네 편은 어떤 사람의 손에서 나왔는지 모르지만, 성탄은 본래 다시 실으려고 하지 않았다.(此≪續西廂記≫四篇, 不知出何人之手, 聖嘆本不欲更錄。)' 김성탄은 이렇게 속편을 사족으로 보았는데, '김성탄본 ≪서상기≫의 절대적인 영향으로 인해 조선 독본 중 속편까지 수록한 이본은 소수에 불과하다.'[15] 세 계열의 곡문 번역본은 이런 영향 때문인지 모두 속편을 수록하지 않았다. 이것을 제외한 공통점은 세 계열 모두 과백을 포함한 모든 원문을 옮겨 적고 곡문만을 번역한 대역본이라는 것이다. 또한 모두가 곡문과 과백을 포함한 원문에 주석이 달린 주석본이기도 하다. 물론 주석을 단 부분과 주석의 내용은 다소간 차이가 있기는 하다.

2. 각 계열의 번역 양상

윗글에서 곡문 번역본을 세 가지 계열로 나누고 각 계열의 해당 판본들의 특징을 전반적으로 개괄하였다. 필사본의 경우, 같은 계열에 속한 판본이라도 본문 이외 서문이나 부가된 글들이 다른 판본들이 있다. 그러나 같은 계열일 경우 본문의 주석이나 곡문의 번역은 대체로 일치한다. 먼저 실제로 번역된 내용을 살펴보고 나서 그 특징에 대해 논술하기로 한다.

---

14) 민관동, 〈≪西廂記≫의 국내 유입과 판본 연구〉, ≪中國小說論叢≫제31집, 2010, 137~162쪽. 민관동·유승현, ≪韓國 所藏 中國古典戲曲(彈詞·鼓詞) 版本과 解題≫, 학고방, 2012, 53~101쪽 참조.

15) 김효민, 〈朝鮮讀本 ≪西廂記≫의 異本 實態 및 유통 양상〉, ≪中國語文論叢≫제46집, 2010, 437쪽.

[1] 순 한글 번역

仙呂賞花時夫人昌夫主京師祿命終서방님이경스의셔록과명이마ᄎ스니子母孤孀ᄌ식과 어미외롭고홀노되여途路窮갈발이이운지라旅櫬나그네닐이在梵王宮범왕궁의잇셔盼不到博 陵舊塚박능옛뫼를바라보고가지못ᄒ니血淚灑杜鵑紅피눈믈이뿌려두견쳐로북도다 ……

後鶯鶯唱可正是人値殘春蒲郡東허믈며졍히이스람이졈은봄을포군동의나마스니門掩重 關蕭寺中문을겹관소조헌졀가온ᄃᆡ닷은지라花落水流紅꼿치써러져믈의홀너블그니閑愁萬種 한가헌시름일만가지로無語怨東風말이업시동풍을원망허는도다.(국립중앙도서관 소장본)

[2] 국한문 혼용 번역

仙呂 | 賞花時 | 夫人昌夫主 | 京師에祿命終ᄒ니子母孤孀途路窮이라旅櫬이在梵王 宮ᄒ야盼不到博陵舊塚ᄒ니血淚 | 灑杜鵑紅이로다

夫主 | 京師에祿命이ᄆᆞ치니子와母 | 孤ᄒ고孀ᄒ야途路 | 窮ᄒ지라旅櫬이梵王宮의잇 씨博陵舊塚을바라이르지못ᄒ니피눈믈이뿌리여杜鵑의紅닷ᄒ도다 ……

後 | 鶯鶯唱可正是人値殘春蒲郡東ᄒ야門掩重關蕭寺中ᄒ고花落水流紅ᄒ니閑愁 | 萬種이라無語怨東風이로다

마춤正히사람이殘ᄒ春을蒲郡東에만나셔門을거듭關蕭寺中의가뤼고꼿치써러져믈의불근 게흐르니閑가흔금심이萬種인지라말읍시東風만怨ᄒ난도다(서강대 소장본)

[3] 활자본

(仙呂)(賞花時)(夫人昌)夫主京師의祿命終ᄒ니子母孤孀이途路窮이로다旅櫬이在梵 王宮ᄒ야盼不到博陵舊塚ᄒ니血淚灑杜鵑紅이로구다

난편이、경스의、록명으로、죵ᄒ니、ᄌ모고샹、이도로궁이로다、여친이、범왕궁의잇 셔、보건ᄃᆡ박능구총을니르지못ᄒ니、혈루를쌔리넌죡죡、두견화가홍이로다 ……

(後)(鶯鶯唱)可正是人値殘春蒲郡東ᄒ니門掩重關蕭寺中이라花落水流紅ᄒᄃᆡ閒愁萬 種으로無語怨東風이로다

가졍시인치잔츈포군동의、문엄즁관소사즁이로다、화락수록홍ᄒ데、한수만종으로、말 읍시동풍만원망ᄒ도다(국회도서관 소장본)

이 세 가지 계열 번역본의 공통점은 모두 원문을 명기하고 나서 우리말로 번역한 대 역본이라는 것이다. 서로 다른 점은 순 한글 번역본(이하 '한글본'으로 약칭)은 곡패를 따로 표시하지 않았으나, 국한문혼용 번역본(이하 '국한문혼용본'으로 약칭)은 테두리선 으로 활자본은 괄호로 곡패를 구분하였다는 것이다. 그러나 또 다른 한글본인 안동대 소장본은 이 부분이 낙질이지만, 남아 있는 下책을 보면 테두리선으로 곡패를 구분하였

으로 위의 차이는 한글본만의 특징이라고 할 수는 없다. 또 다른 점은 한글본이 원문에 현토하지 않았으며 국한문혼용본과 활자본은 모두 원문에 현토를 하였다는 것이다. 그리고 한글본은 곡문 전체의 원문을 적고 따로 번역한 것이 아니라 구절이나 의미 단위마다 원문을 적고 바로 번역한 형태를 취하고 있다. 이에 비해 국한문혼용본과 활자본은 모두 곡문 전체의 원문을 현토하여 적고 나서 이에 해당하는 번역을 하였다. 그런데 한글본인 안동대 소장본은 곡문 전체의 원문을 적고 번역하였으므로, 국한문혼용본과 활자본과 같은 형식으로 되어 있다. 그러므로 원문 전체의 번역이나 구절 단위의 번역이란 차이도 역시 세 가지 계열을 구분하는 절대적인 특징이라고 볼 수 없다. 그리고 한글본과 국한문혼용본은 모두 띄어쓰기를 하지 않았는데, 활자본은 단어나 구절을 표점부호를 사용하여 끊어놓았는데 원칙도 없고 적절하지도 않아 보인다.

번역의 구체적인 특징을 살펴보면, 먼저 한글본은 경수(京師)·범왕궁(梵王宮)·박능(博陵)·포군(蒲郡) 등의 명사를 제외하고는 거의 모두 우리말로 번역하였다. 이에 비해 국한문혼용본은 원문의 한자를 그대로 쓰고 거기에 조사와 어미 등을 다는 수준에서 번역이 이루어졌으며, 거의 동사 정도만 우리말로 번역하였을 뿐이다. '夫主ㅣ京師에 祿命이뭇치니子와母ㅣ孤ㅎ고孀ㅎ야途路ㅣ窮흔지라' 예를 들면 이와 같은데, 실제로 번역한 것은 '終'의 번역에 해당하는 '뭇치니'밖에 없다. 활자본의 번역문은 한자를 섞어 쓰지 않고 한글로 되어 있지만, 국한문혼용본과 비슷한 방식으로 번역이 이루어졌으며 단지 한자어에 한글 발음을 달아놓는 식이다. '난편이, 경수의, 록명으로, 죵ㅎ니, 주모고상, 이도로궁이로다' 이 번역은 '夫主'에 해당하는 '난편(남편)'만을 번역하였을 뿐이고 나머지는 한자어에 조사와 어미를 붙였을 뿐이다. 또한 '주모고상, 이도로궁이로다'라고 하였는데, 이 부분은 표점부호가 잘못 사용되었으며 '주모고상이、도로궁이로다'로 표기하는 것이 맞다. 활자본의 두 번째 번역 역시 원문의 한자어를 한글로 옮기고 현토한 정도인데, 명사가 아닌 '可正是'조차 '가정시'로 그대로 쓰고 있다. 세 계열을 비교해보면 한글본에 비해 국한문혼용본이나 활자본 모두 가독성이 떨어진다.

세 계열의 번역 특징에 대해 〈前候〉의 맨 처음 곡문을 서로 비교하면서 논의를 더 진행해보자. 이하의 두 번째 예문부터는 원문에 현토하지 않고 표점을 단 것을 제시하고, 각 계열의 그에 해당하는 번역만을 보도록 한다.

【仙呂·賞花時】(紅娘唱) 針線無心不待拈, 脂粉香消懶去添, 春恨壓眉尖。靈犀一點, 醫可病懨懨。16)

침션의마음이업셔수놋키를슬허ᄒ고연지분이어룽더룽ᄒ여도다시단장허기를기얼니ᄒ며봄한이눈셥삿희눌니여시니니일졈령헌마음이병더러픠리허믈뉘곳칠고(안동대본)

鍼과線은마음이업셔집고져아니ᄒ고脂와粉이香이살아져도가셔덧렴ᄒ기를게얼니ᄒ야春恨이눈셥부리의덥쳐시니灵犀한點이라야病의곳알푼거슬醫ᄒ여可ᄒ리로다(서강대본)

침션은무심ᄒ야、 잡기가슬코、 연지분이、 다져도、 더ᄒ기를게으리ᄒ니、 츈한이、 미쳠을덥혼지라、 영셔일졈이라야、 병이염염ᄒ물、 낫게홀가부다(활자본)

위의 예문들에서 세 계열 번역 역시 윗글에 제시한 각각의 특징들을 가지고 있다. 첫 부분을 보면, 한글본은 '침션의마음이업셔'로 되어 있는데 이 행위의 주체는 鶯鶯이기 때문에 조사의 사용이 비교적 적절하다. 이에 비해 국한문혼용본은 '鍼과線은마음이업셔'로 활자본은 '침션은무심ᄒ야'로 번역하였는데, 모두 주격조사를 사용하여 침선을 주어로 삼았다. 중간 부분은 세 계열 간의 어휘상의 차이가 있지만, 대체로 가독성이 높은 편이다.

마지막 부분은 서로 다르게 번역이 되어 있는데, 한글본이 '일졈령헌마음이병더러픠리허믈뉘곳칠고'로, 국한문혼용본이 '灵犀한點이라야病의곳알푼거슬醫ᄒ여可ᄒ리로다'로, 활자본이 '영셔일졈이라야、 병이염염ᄒ물、 낫게홀가부다'로 되어 있다. 여기서 '靈犀一點'에 대한 번역이 분분함을 알 수 있다. 김성탄 평점본을 대상텍스트로 삼은 세 계열의 번역본과 달리, 왕실보의 ≪西廂記≫에는 이 부분이 '若得靈犀一點'으로 되어 있다.17) '若得靈犀一點'은 두 가지 뜻을 내포하고 있다. 첫째 '靈犀'는 무소의 뿔인데 한약재로 쓰이므로 '좋은 약재를 좀 얻어야만'이라는 뜻이다. 둘째 의미는 무소의 뿔에는 한 줄기 흰 무늬가 양쪽 끝을 관통하는 것에서 유래하였다. 중국인들은 이를 특이하게 보아 사람들의 마음이 상통하는 것을 비유하게 되었다. 특히 남녀 간에 이심전심으로 사랑하는 마음이 서로 통하는 것을 형용할 때 자주 쓰인다.18) 이에 대해서 세 계열의 번역본 모두 주석을 달았는데, 한글본은 '靈犀心能照物曰犀照'로, 국한문혼용본은

---

16) 王實甫 原著, 金聖嘆 批點, 張建一 校注, ≪第六才子書西廂記≫, 台北: 三民書局, 1999, 193쪽. 뒷글에서도 김성탄 평점본은 이 판본을 사용하지만 따로 주를 달지 않는다.
17) 王實甫 著, 張燕瑾 校注, ≪西廂記≫, 北京: 人民文學出版社, 1998, 123쪽.
18) 왕실보 지음, 양회석 옮김, ≪서상기≫, 진원·三聯書店, 1996, 172쪽.

'靈犀謂心之相照如犀角之通天也'로, 활자본은 '靈犀一點卽張生一片心'으로 되어 있다. 한글본은 비교적 두 번째 의미에 맞게 번역되었고, 국한문혼용본은 첫 번째 의미로 번역한 듯하며, 활자본은 의미가 모호하다. 국한문혼용본의 주석은 ≪西廂記≫의 語錄인 ≪艶夢諺釋≫의 뜻풀이와 같은데, 그 뜻을 전혀 살리지 못하였다. 활자본은 '靈犀一點'을 '張生一片心'이라고 하였는데 그 뜻풀이조차 잘못되어 있고, 번역조차 한자독음을 달고 어미를 붙여놓은 데 지나지 않는다.

이어서 그 다음 부분인 '醫可病懕〃'을 보면, '懕懕'은 병으로 지치거나 쇠약한 모양을 형용한다. 한글본은 이런 의미에 맞게 '병더러픠리허믈'이라고 번역하였고, 국한문혼용본이 '病의곳알푼거슬'이라고 하였는데 의미가 모호하며, 활자본은 '병이염염ᄒ물'이라 하여 한자독음에 어미를 붙여놓는 식으로 번역하였다. '醫可'는 치료하다는 뜻인데 중국어는 목적어를 동사 뒤에 취하기 때문에 세 계열의 번역 모두 우리말 어순에 맞게 목적어를 앞에 두고 동사를 뒤에 해석하였다. 그런데 한글본은 이를 '뉘곳칠고'로 행위의 주체를 넣어 의역하였고, 국한문혼용본은 '醫ᄒ여可ᄒ리로다'라고 하였는데 한문에 현토하는 방식으로 부자연스럽게 번역하였으며, 활자본은 '낫게ᄒᆞᆯ가부다'로 제 뜻에 맞게 번역하였다.

위에 제시한 예문들을 보면, 세 계열들 사이의 차이점이 비교적 현저하다. 번역된 곡문을 모두 비교할 수는 없으므로, 가장 마지막 부분의 번역을 비교하고 나서 각각의 전반적인 특징에 대해 살펴보고자 한다.

【鴛鴦煞】柳絲長咫尺情牽惹，水聲幽彷彿人嗚咽。斜月殘燈，半明不滅。暢道是舊恨連綿，新愁鬱結。

버들실이기니지쳑의졍이ᄭᅳ을니는듯허고믈쇼리그윽허니방불이ᄉᆞ람이오열ᄒᆞ는듯헌지라빗긴달과쇠잔헌등불이반만붉고ᄢᅥ지도아니허니옛셔름과ᄉᆡ근심이연면ᄒᆞ고울결허는도다(안동대본)

버들실이긴거슨咫尺의情을ᄭᅳ을어다리음이오믈쇠리그윽ᄒᆞᆷ은彷彿타사람의嗚咽ᄒᆞᆷ이라빗긴달과쇠잔ᄒᆞᆫ등잔이半은붉아써지〃도아니ᄒᆞ니옛恨과ᄉᆡ근심이연니허얼크러ᄆᆡ치ᄂᆞᆫ도다(단국대본)

버들실이기니지쳑의졍을ᄭᅥ러내고믈소리가그윽ᄒᆞ니방불이사ᄅᆞᆷ의목이ᄆᆡ치도다지년달과반한등잔이반쯤밝고ᄢᅥ지지아니ᄒᆞᆫ데이견시름과ᄉᆡ근심이ᄭᅳ니다셔울결ᄒᆞ넌구나(활자본)

別恨離愁，滿肺腑難淘瀉。除紙筆代喉舌，千種相思對誰說。

리별헌서름과써나는근심이피부의가득허여헷쳐ᄶᅩᆺ기어려우니지필노후셜을ᄃᆡ신허지아니면

천가지상ㅅ를뉘를ㄷㅎ여옴길고(안동대본)

　別ㅎ는恨과離ㅎ는근심이肺腑의가득ㅎ여거눌쏫기어려워셔紙筆의옴겨셔喉舌을ㄷ신ㅎ거니와千種이나相思홈을뉘을ㄷㅎ야말ㅎ고(단국대본)

　니별한써는근심이폐부의그득ㅎ여눌쏫기어려운지라지필말고후셜노ㄷ신홀진ㄷ일천가지상ㅅ를누를ㄷㅎ여말을ㅎ고(활자본)

앞서 언급하였듯이 세 계열 모두 속편을 수록하지 않았기 때문에 예문의 【鴛鴦煞】이 가장 마지막에 나오는 曲이다. 이 곡은 본래 하나의 곡인데 세 계열 모두 위와 같이 둘로 나누어 원문을 옮겨 적고 번역을 하였다. ≪第六才子書西廂記≫에서 김성탄은 앞서 나온 곡들에 이어 이 곡의 앞부분을 第十九節 뒷부분을 第二十節로 나누고 중간에 평어를 삽입하였기 때문에[19], 세 계열의 번역본들 모두 이런 영향을 받아 하나의 곡을 둘로 나누어 번역한 것으로 보인다. 앞의 예문에서 '활자본'은 표점부호를 사용하였는데 〈賴簡〉의 중간부분인 【得勝令】부터 끝까지 표점부호를 전혀 사용하지 않았다.[20] 그래서 위의 예문은 표점부호가 없는 활자본의 원문을 그대로 따랐다.

이 곡의 번역은 앞의 예문과 다르게 세 계열이 모두 비슷하다. 앞부분은 국한문혼용본이 한자를 섞어 쓴 것을 제외하고는 전반적으로 세 계열의 번역이 거의 일치하고, 한글본과 활자본은 같은 번역에서 나온 것 같다. 국한문혼용본은 첫 구절과 다음 구절의 '柳絲長(버들실이긴거슨)'과 '水聲幽(물쇠릭그윽흠은)'를 전체 문장의 주어로 삼았는데, '버들실이기니'·'물쇼릭그윽허니'라고 한 한글본과 '버들실이기니'·'물소리가그윽ㅎ니'라고 한 활자본과는 다르다. 한글본과 활자본은 약간의 차이가 있는데, 한글본은 '오열ㅎ는'·'연면ㅎ고'처럼 원문의 한자어인 '嗚咽'·'連綿'을 그대로 쓴 반면에 활자본은 이것들을 '목이미치도다'·'쓰니다셔'인 순 한글로 번역하였다.

곡문의 뒷부분 번역 방식도 대체로 앞부분 번역의 특징을 가지고 있다. 국한문혼용본은 첫 구절을 '別ㅎ는恨과離ㅎ는근심(別恨離愁)'이라고 번역하였고, 넷째 구절을 '千種이나相思홈(千種相思)'이라고 번역함으로써 한문을 그대로 옮긴 어색함을 피할 수 없다. 이에 비해 같은 부분의 한글본과 활자본의 번역은 거의 유사하다. 그런데 활자본의

19) 王實甫 原著, 金聖嘆 批點, 張建一 校注, ≪第六才子書西廂記≫, 台北: 三民書局, 1999, 344~345쪽.
20) 丁九燮 역주, ≪註解西廂記≫, 博文社, 光武 10年(1906), 144~211쪽.

첫 구절 번역은 '니벌한셔는근심'이라고 하여 '니벌(니별)'이란 오자가 보이고 그 뒤에 한(恨)이란 단어가 빠진 듯하다. 이것은 번역 상의 오류라기보다는 조판할 때 실수한 것으로 보인다.

　위의 예문만으로 전체적인 번역의 특징을 논하기에는 부족하지만 그래도 전체적인 번역의 특징은 반영하고 있다. 한글본은 번역 자체가 순 한글로 되어 있을 뿐만 아니라 고유명사를 비롯한 명사들 이외에는 거의 모두 우리말로 번역하였다. 간혹 한자어를 그대로 쓰기도 하였지만, 오열(嗚咽)이나 연면(連綿) 같이 현재에도 우리가 사용하는 단어들이다. 세 계열을 비교하였을 때, 한글본은 가독성이 가장 높은 판본이며 중국어에 능통한 사람 아마도 역관의 번역일 가능성이 높다. 이에 대한 논거는 뒷글에서 제시하기로 한다. 국한문혼용본은 원문의 한자어는 번역하지 않고 대체로 그대로 썼으며 어떤 부분은 원문에 조사와 어미만 덧붙이는 형식으로 된 것도 있다. 번역이 이루어진 곳들도 한문을 그대로 번역하는 형식으로 되어 있기도 하다. 현대 독자들이 봤을 때는 가독성이 떨어지는 계열이기는 하지만, 한문에 능통하였던 조선의 지식인들이 봤을 때는 그런대로 쉽게 읽었을 수도 있다. 이 번역의 주체는 한문에는 능통하였지만 중국 입말인 백화에는 능통하지 못하였던 문인으로 보인다. 활자본은 비록 한글로만 번역하였지만, 한자 독음을 적고 거기에 조사나 어미를 현토하는 형식으로 되어 있는 부분들이 있다. 이런 부분들은 국한문혼용본과 별 차이가 없어서 가독성이 현저히 떨어진다. 그런데 뒤로 갈수록 번역은 한글본과 유사해지며 가독성이 높아진다. 丁九爕이 역주자로 되어 있는데, 자신이 직접 주를 달고 새로 번역하였다기보다는 여러 번역본들을 대상으로 편집한 것 같다. 이에 대해서도 활자본의 성격과 관련하여 뒷글에서 논의하기로 한다.

3. 각종 ≪西廂記≫ 필사본과 곡문 번역본 출현의 문화적 배경

≪西廂記≫ 필사본은 첫째 원문 전사본이 있는데, 원문만 그대로 옮겨 적은 것이 있는가 하면 또한 원문을 옮겨 적으면서 현토를 단 필사본도 있다. 둘째 원문을 옮겨 적고 한문으로 주해를 단 한문주해 필사본이 있다. 셋째 원문을 모두 번역한 완역본이 있는데, 이 역시 원문을 옮겨 적고 번역하였으며 현토를 달고 주해를 덧붙인 것들도 있다. 넷째 소설체 개역본이 있는데, 희곡적 형식을 거의 제거하고 한글로만 개역이 이루어졌다. 그리고 다섯째 곡문만 번역한 곡문 번역본이 있는데, 원문은 모두 전사하고 곡문에 대한 번역만 이루어져 있다. 이중 본 논문의 앞부분에서는 곡문 번역본을 중심으로 논의를 전개하였지만, 그것의 문화적 의의는 다른 필사본들과의 관계 속에서 찾을 수 있을 것이다. 그러므로 다른 필사본들의 수용과 유통 등에 대해 전반적으로 살펴보면서 곡문 번역본의 특수성에 대해 논의를 진행하고자 한다.

위의 ≪西廂記≫ 필사본들이 어떻게 유통되었는지를 구체적으로 알 수 있는 기록들은 지금까지는 거의 없다. 그런데 19세기 말에 조선을 다녀간 일본인의 글에서 그 당시에 ≪西廂記≫의 한글 번역본이 세책점에 존재하였음을 확인할 수 있다.

> 조선에서는 貰冊家라고 하는 우리나라의 貸本屋과 비슷한 것이 있으며 거기에는 대개 언문으로 씌어진 이야기책이 있다. 단지 조선인이 창작한 작품뿐만 아니라 ≪西遊記≫, ≪水滸傳≫, ≪西廂記≫ 등 중국의 소설을 언문으로 번역한 것도 많이 있다.[21]

이 기록 이외에도 실제로 남아 있는 세책 대출 장부를 통해서도 ≪西廂記≫가 세책본으로 유통되었음은 확인할 수 있다. '현재 확인되는 세책 대출 장부는 모두 세책 고소설의 배접지로 재활용된 낱장 장부인데, 일본 동양문고본, 이화여대본, 연세대본, 고려대본 세책 고소설에서 대출 장부를 확인할 수 있다.'[22] 이중 동양문고본 대출 장부에서는 廟洞 黃知事와 奉常寺前(毛橋 炭商) 崔相(尙)玉이 ≪西廂記≫를 대출하였음을 확인할 수 있다.[23] 그런데 이 세책 장부는 '결코 1905년 이후의 시점으로는 내려올 수

---

21) 岡倉由三郎, 〈朝鮮の文學〉, ≪哲學雜誌≫제7권 74호, 1893, 85쪽. 大谷森繁, 〈朝鮮 後期의 貰冊 再論〉, ≪한국 고소설사의 시각≫, 국학자료원, 1996, 155쪽에서 재인용.
22) 전상욱, 〈세책 총 목록에 대한 연구〉, ≪洌上古典研究≫제30집, 2009, 166쪽.

없다.'[24] 그러므로 동양문고본 대출 장부에서 대출되었다는 ≪西廂記≫의 세책본은 1905년 이전의 것이다. 또한 연대본 ≪현씨양웅쌍린긔≫의 대출 장부에서는 嚴復潤이 ≪서상긔≫제六권을 대출하였다는 기록이 남아 있다.[25] 이를 보면 ≪西廂記≫가 세책본으로 유통되었음이 확실한데, 하지만 그것이라고 특정할 만한 실제 판본은 아직 발견되지 않았다. '세책으로 유통된 고전소설은 방각본이나 활판본 형태로도 존재하지만 대부분은 한글 필사본의 형식을 지니기 때문에'[26] 세책본 ≪西廂記≫도 한글 필사본일 가능성이 높다. 왜냐하면 ≪西廂記≫가 조선에서 방각본으로 출판된 적이 없고, 활자본 ≪西廂記≫는 1906년에야 초판이 발행되었는데, 이미 1905년 이전에 세책본이 있었기 때문이다. 또한 날짜별 대출 장부인 연대본 세책 장부에서는 제명을 ≪서샹긔≫라고 하였는데, 한글 필사본이 아니라면 굳이 한글 제명을 사용하였을 가능성이 없기 때문이다. 그렇다면 세책본 ≪西廂記≫는 한글 필사본임이 거의 분명해 보이는데, 원문을 병기한 대역 형식의 완역본이 아니라 소설체 개역본일 가능성이 더욱 높다.

김효민은 ≪西廂記≫의 소설체 개역본에 대한 일련의 연구를 통해, '넓은 독자층을 염두에 두고 가독성 높은 독본을 만들기 위해 의욕적으로 시도하였던 일종의 대중화 작업'[27]이었으며, '개역을 거치면서 한층 더 매끄러운 독본의 모습을 갖추게 되었다'[28]고 하였다. 이들 개역본의 특징은 순한글로 이루어져 있으며, 서발문, 원문, 주해 등이 수록되지 않았다. '넓은 독자층을 염두에 둔 대중화 작업'은 그 텍스트가 상업적 이윤을 추구할 때 필요한 작업이다. 조선시대에 상업적 이윤을 추구하는 영업 방식을 택한 사람들이 바로 세책업자들이다. 그리고 희곡이라는 장르적 특징을 제거하였던 이유는 조선의 일반 독자들에게 가독성 높은 텍스트를 제공하기 위한 것이었을 가능성이 높다. 또한 소설체 개역본인 '존경각본 1·2책 끝에는 각각 "차간 하문 분히하라(且看下文分

23) 정명기, 〈세책본소설의 유통양상〉, ≪古小說硏究≫제16집, 2003, 91쪽.

24) 정명기, 〈세책본소설의 유통양상〉, ≪古小說硏究≫제16집, 2003, 79쪽. 이렇게 하한선을 정한 것에 대한 자세한 내용은 이 논문의 75~79쪽을 참조.

25) 정명기, 〈세책본소설에 대한 새 자료의 성격 연구〉, ≪古小說硏究≫제19집, 2005, 234쪽.

26) 전상욱, 〈세책 총 목록에 대한 연구〉, ≪洌上古典硏究≫제30집, 2009, 164쪽.

27) 김효민, 〈구한말 ≪西廂記≫ 국문 改譯本의 개역 양상 및 특징 - "존경각본"과 "규장각본"을 중심으로〉, ≪인문학연구≫통권84호, 2011, 174쪽.

28) 김효민, 〈'이가원본'을 통해 본 조선후기 ≪西廂記≫한글번역의 수용과 변용〉, ≪中國語文學誌≫제54집, 2012, 155쪽.

解)"와 "챠뎡 하문 분히ᄒ라"(且聽下文分解)라는 결어사가, 규장각본 1책 끝과 2책 〈拷艶〉끝에는 또 각각 "ᄎ간 ᄒ회 분히ᄒ라"(且看下文分解)라는 어구가 적혀 있다.'[29] 이 역시 세책본 고소설의 특징 중 하나인데, '각 권의 끝 부분에는 …… 뒷이야기의 내 용을 듣거나 또는 보라는 용어가 다양한 형태로 출현한다.'[30] 그러나 이는 ≪西廂記≫ 의 원문이나 기타 번역본들에는 전혀 보이지 않는 세책본만의 특징적인 용어이다. 이를 종합해 보면, 소설체 개역본은 세책본과 거의 유사한 형태였을 것으로 추정된다.

≪西廂記≫의 소설체 개역본이 바로 세책본은 아니라고 할지라도 세책본을 전사한 필사본일 가능성이 있다. 규장각본 ≪서샹긔≫는 필사기가 '大韓隆熙三年二月一日'로 되어 있는데, 필사를 완료한 시기가 1909년임을 알 수 있다. 이 필사본은 세책본 ≪셔 샹긔≫와 제명이 유사한데, 1905년 이후에 필사한 것이므로 세책본을 전사하였을 가능 성이 있다. 세책본 ≪西廂記≫는 대체로 6책으로 되어 있는데, 이는 더 많은 대여료를 받기 위해 책의 수를 늘이던 세책업자들의 영업 수단과 관련이 있는 것 같다. 세책본의 '글자수는 일반 필사본이나 방각본의 반도 안 되는 분량이다.'[31] 그리고 세책본 독자의 불만 가득한 낙서를 통해서도 이를 확인할 수 있다. '책 주인 들어보소, 이 책이 단권인 책을 네 권으로 만들고 남의 재물만 탐하니 그런 잡놈이 또 어디 있느냐?'[32] 우선 세책 본을 원전으로 삼아 전사하는 데는 책 빌릴 돈만 있다면 별 문제될 일은 없었을 것이다.

규장각본 ≪서샹긔≫는 2권 2책으로 되어 있으므로 이 필사본이 바로 세책본이라고 단정 지을 수는 없지만, 세책본과 상당히 유사한 형태의 것으로 보인다. 또한 '순한글의 소설체로 개역한 4종의 개역본에 모두 김성탄의 서문이 실려 있지 않은 점'으로 볼 때, 소설체 개역본은 기본적으로 한글만 아는 독자를 위한 판본이었을 것이다. 소설체 개역 본의 모든 특징들이 세책본 고소설과 유사함을 볼 때, 이것이 바로 ≪西廂記≫의 세책 본이었을 가능성이 높다. 세책업은 우선 많은 작품들을 보유하고 있어야 하고, 새로운

---

29) 김효민, 〈구한말 ≪西廂記≫ 국문 改譯本의 개역 양상 및 특징 - "존경각본"과 "규장각본"을 중 심으로〉, ≪인문학연구≫통권84호, 2011, 151쪽과 157쪽.

30) 정명기, 〈'세책 필사본 고소설'에 대한 서설적 이해 - 總量·刊所(刊記)·流通樣相을 중심으로〉, ≪古小說研究≫제12집, 2001, 449쪽.

31) 이윤석·정명기 공저, ≪구활자본 야담의 변이양상 연구(구활자본 고소설의 변이양상과 비교하 여)≫, 보고사, 2001, 112쪽.

32) 이민희, ≪조선의 베스트셀러≫, 프로네시스, 2007, 65쪽.

작품들을 계속 독자들에게 공급하지 않고서는 영업을 지속할 수 없었기 때문에 소설의 대량 창작을 자극하게 되었다. 세책업자들은 더 많은 이윤을 얻기 위해 당대 대중들의 취향에 적합한 작품을 찾아 변형시켜 제작하려고 노력하였을 것이다. 세책본이란 유통 매체는 장르, 문체의 변화를 요구하였을 것이다. 줄거리를 살리면서 자국의 언어와 전통적 문학관습에 낯설지 않도록 변개시킬 수밖에 없었다. 이런 상황 속에서 ≪西廂記≫의 소설체 개역본이 탄생하였을 개연성이 높다.

그런데 '현재 우리가 볼 수 있는 "세책본"들은 대략 19세기 말부터 20세기 초엽까지 유통되던 작품들이 대부분을 차지하고 있다.'33) 그러므로 위의 논의는 19세기 후반 이후에만 적용할 수 있을 것이다. '한글소설체 개역류는 선행 완역본류의 성과를 바탕으로 한글 독자들이 받아들이기 쉬운 형태로 과감하게 풀어쓰려고 한 노력이 두드러진다.'34) 세책본 소설들은 대체로 선행하는 판본을 베껴 썼기 때문에 ≪西廂記≫ 세책본도 선행하는 판본들을 대상으로 개작하였을 것이다. 이 선행 판본들이 김효민이 지적한대로 완역본 계열이었을 것으로 보인다. 이런 완역본 계열이 최초로 언제 번역되었는지 확인할 수 있는 기록들을 필자는 아직까지 찾지 못하였다.

> 竹史主人은 자못 史書 모으기를 좋아하여 ≪水滸傳≫·≪漢演≫·≪三國志≫·≪西廂記≫에 흥미가 있었다. 諺書 중에 볼 만한 것이 있으면 비록 서책이 규방의 은밀한 곳에 있어서 빌릴 수 없는 것이라도 어떠한 인연과 연고를 만들어 내어 그것을 빌려 왔다. 그런데 한 번 그것을 讀破한 然後 오류를 바로잡기로 결심을 하였다.35)

韓栗山은 생졸년이 미상이지만 조선 高宗 때의 문인으로 光緒二年인 1876에 이 글을 썼다(光緒二年丙子冬下澣上黨後學韓栗山序). 예문에서 '諺書'라고 한 것은 한글 번역본을 말하는데, 이 당시에 ≪水滸傳≫·≪漢演≫(≪西漢演義≫를 가리키는 것

---

33) 정명기, 〈'세책 필사본 고소설'에 대한 서설적 이해 - 總量·刊所(刊記)·流通樣相을 중심으로〉, ≪古小說研究≫제12집, 2001, 454쪽.

34) 김효민, 〈朝鮮讀本 ≪西廂記≫의 異本 실태 및 유통 양상〉, ≪中國語文論叢≫제46집, 2010, 464쪽.

35) 韓栗山, 〈壬辰錄序文〉. 민관동·김명신 편저, ≪中國古典小說 批評資料叢考 - 國內 資料≫, 學古房, 2003, 156~157쪽에서 재인용. 원문의 표점부호는 필자가 달았으며, 번역은 약간 수정하였다. 竹史主人, 頗好集史水滸、漢演、三國志、西廂記、無不味翫。而以至諺冊中有可觀文, 則雖閨門之秘而不借者, 因緣貫來。然會一通, 然後以爲決心肇錫。

같음)·《三國志》는 한글 번역본이 이미 있었고 방각본으로도 출판되었다. 그렇다면 《西廂記》의 한글 번역본도 있었을 것인데, 이것이 어떤 형태의 번역본인지는 알 수 없다. 그런데 이 글을 쓴 것이 19세기 후반이기 때문에 완역본이거나 소설체 개역본일 가능성이 높다. 예문을 보면, 竹史主人은 어렵더라도 언서를 빌렸다고 하였는데 단 하나의 번역본만이 아니라 빌릴 수 있을 만큼을 구해서 본 것 같다. 또한 예문에서 주목할 점은 '한 번 그것을 讀破한 然後 오류를 바로잡기로 결심을 하였다'는 것이다. 이 결심을 실행으로 옮겼는지는 모르지만, 여러 계열의 번역본을 빌려 읽고 그것을 기초로 자신이 직접 완정한 번역본을 만들려고 하였던 것 같다. 《西廂記》의 번역본도 역시 이런 과정을 통해서 점점 완정한 번역으로 발전해나갔을 것이다.

지금까지는 세책본에서 시작하여 완역본으로 시대를 거슬러 올라오며 《西廂記》 번역본에 대해 논술하였는데, 이제는 유입 초기로 되돌아가 논의를 진행하고자 한다.

《西廂記》는 조선시대에 많은 판본들이 중국으로부터 유입되었으며, 조선인들에게 상당히 인기가 있었다. 《西廂記》는 조선에서 방각본이 출판되지 않았으므로 우선 그 원문의 독서는 중국에서의 수입에 의존해야 하였다. 조선시대 문인들이 《西廂記》 독서 관련 기록들을 많이 남기고 있는데,[36] 중국에서 수입된 판본들은 상당히 많았다. 먼저 중국 판본이 유입되고 나서는 필사에 의해 복제하는 방법이 생겨나게 되었는데, 《西廂記》도 다수의 원문 필사본이 남아 있다. 조선에서 유행한 《西廂記》는 방각본이 없는데, 이렇기 때문에 조선에서는 원문 전사본이 필요하였을 것이며 실제로도 상당히 많이 남아 있다.

필자는 토대연구를 수행하면서 여러 차례 경상도 지방 출장을 가서 《西廂記》 필사본들을 열람하였었는데, 번역본은 거의 없었으며 대부분이 원문 전사본이었다. 지방에서는 서울에 비해 《西廂記》의 중국 印本을 구하기가 용이하지 않아 원문 전사본이 많이 남아 있는 것으로 보인다. 그런데 조선에서 상당히 유행하였으며 어록이 남아 있는 《三國演義》·《水滸傳》·《西遊記》 중에는 원문을 모두 옮겨 적은 필사본은 없는 듯하다.[37] 이에 비해 《西廂記》는 이런 여타의 중국 장편소설에 비해 편폭이 짧

---

36) 민관동·유승현, 《韓國 所藏 中國古典戲曲(彈詞·鼓詞) 版本과 解題》, 학고방, 2012, 59~69 쪽 참조.

37) 민관동·장수연·김명신, 《韓國 所藏 中國通俗小說의 版本目錄과 解題》, 학고방, 2013,

기 때문에 필사로 원문 전체를 복제하는 것이 용이하였을 것이다.

원문 전사본 이외에 '조선 독본' ≪西廂記≫의 초기 형태가 어떠하였는지 살펴보기 위해 ≪嬌紅記≫로부터 논의를 진행하고자 한다.

> (연산군이) 전교하기를, "≪剪燈新話≫·≪剪燈餘話≫·≪效顰集≫·≪嬌紅記≫·≪西廂記≫ 등을 謝恩使로 하여금 사오게 하라."하였다.(≪燕山君日記≫62권, 연산군 12년 (1506) 4월 13일)
>
> 일찍이 ≪重增剪燈新話≫를 乙覽 하였었는데 …… 또 '魏生이 항상 내실에 있으면서 侍姬 蘭苕를 거느리고 있었는데, ≪嬌紅記≫ 한 권을 보았다 하였으므로 ≪嬌紅記≫가 있는 줄 알았는데, 지금 내린 책이 바로 그 책이다. 앞서 下敎에 '으슥한 집 죽창이 아직도 예와 같네(竹窗幽戶尙如初)'란 글귀도 역시 여기에 실려 있는데, 다만 漢語가 있어 해석할 수 없는 데가 많으므로 文字로 注를 달아 간행하였었다.(≪燕山君日記≫63권, 연산군 12년(1506) 8월 7일)[38]

연산군은 사신을 통해 ≪嬌紅記≫를 중국에서 사오게 하였을 뿐만 아니라(첫 번째 예문) 이렇게 구해온 책을 소장하고 있었음(두 번째 예문)을 확인할 수 있다. ≪嬌紅記≫는 소설과 희곡 두 장르의 작품이 있으며 희곡으로는 다른 두 가지 작품이 있다. 소설 ≪嬌紅記≫는 편폭이 길지 않은 단편으로, '≪百川書志≫外史類에 2卷이 기재되어 있으며, 현재 통용되고 있는 소설 ≪嬌紅記≫는 ≪艶異編≫·≪國色天香≫·≪繡谷春容≫·≪情史類略≫·≪風流十使≫·≪燕居筆記≫와 같은 소설총집에 두루 실려 있다.'[39] 희곡으로는 明初 宣德年間(1426~1435)에 간행된 劉東生이 지은 ≪金童玉女嬌紅記≫가 있고, 明末 崇禎11年(1638)에 孟稱舜이 지은 ≪節義鴛鴦塚嬌紅記≫가 있다.[40]

그런데 위의 예문만 가지고는 연산군이 구입을 명하고 나서 소장하였던 ≪嬌紅記≫는 소설인지 희곡인지 확정하기가 쉽지 않다. 그래서 소설연구가들은 소설로 희곡연구가들은 희곡으로 보는 경향이 있는데, 필자가 참고한 연구들에서는 그에 대한 구체적인

27~163쪽 참조. 필자는 이 책에 실린 목록 중 필사본의 형태를 분석해 봤는데, 원문 전사본은 없는 것 같다.

38) 조선왕조실록 홈페이지. http://sillok.history.go.kr/.

39) 이시찬, 〈원대 ≪교홍기≫문체와 인물에 관한 소고〉, ≪중국어문학논총≫제67호, 2011, 398쪽.

40) 李修生 主編, ≪古本戲曲劇目提要≫, 北京: 文化藝術出版社, 1997, 150~151쪽과 336쪽.

근거는 제시하지 않았다. 이전까지 필자는 유보적인 입장에 있었는데, 최근 소설 ≪嬌紅記≫는 중국에서 단행본으로 출판된 적이 없음을 확인하였다.[41] 그런데 위의 인용문을 보면, 연산군이 소장하였던 ≪嬌紅記≫는 단행본이었을 것이 거의 확실하다. 왜냐하면 단행본으로 출판된 적이 없는 작품을 사오라고 할 수는 없기 때문이다. 또한 소설 총집에 실려 있는 많은 작품 중 한 작품만을 따로 떼어내서 새로 제본하고 그 책을 신하에게 '내리지는' 않았을 것이기 때문이다. 그렇다면 이 단행본은 明初인 宣德年間(1426~1435)에 ≪金童玉女嬌紅記≫라는 서명으로 출판된 판본이었을 것이다. 희곡의 다른 작품인 ≪節義鴛鴦塚嬌紅記≫는 연산군 사후에 창작되어 출판된 것이므로 연산군이 아예 구입을 명할 수조차 없는 작품이기 때문이다. 또한 '漢語가 있어 해석할 수 없는 데가 많다'라고 하였는데, 이것은 단편 문언소설의 특징이 아니라 백화로 이루어진 희곡의 특징이기 때문이다.

　≪嬌紅記≫에 대한 얘기가 길어졌는데, 필자가 주목하는 것은 '漢語가 있어 해석할 수 없는 데가 많으므로 文字로 注를 달아 간행하였었다'[42]라는 대목이다. 여기서 漢語는 백화를 뜻하는 것이고, 특히 백화로 이루어진 곡문은 해석하기 어렵기 때문에 위와 같이 명하였을 것이다. ≪西廂記≫도 역시 백화가 많은 희곡 장르이기 때문에 조선인들이 해독하기 위해서는 주석본이 필요하였을 것이다. 중국에서 수입된 ≪西廂記≫의 초기 독자들은 그것을 중국에서 구해온 사신이나 역관 그리고 조선에서는 임금이나 관료들이었고, 그런 후에야 독자층이 점점 더 확대되었을 것이다. 이들은 모두 문언에 능통하였을 테지만, 역관을 제외하고는 ≪西廂記≫ 해독에 있어서 백화라는 언어적 한계에 부딪혔을 것이다. 이를 극복하기 위해 백화에 대한 주석이나 뜻풀이가 필요하였을 것이고, 유입 초기의 ≪西廂記≫ 조선독본은 이런 형태였을 가능성이 높다.

　지금 남아 있는 ≪西廂記≫ 필사본들은 대부분이 19세기의 것들이므로,[43] 이른 시기의 주석본이 구체적으로 어떤 형태였는지 단정할 수는 없다. 중국 출판본은 거의 모

41) 劉葉秋·朱一玄·張守謙·姜東賦 主編, ≪中國古典小說大辭典≫, 石家莊: 河北人民出版社, 1998, 462쪽.
42) 이런 명령이 있은 다음 한 달 정도 후(1506년 9월)에 연산군이 폐위되었기 때문에 왕명이 시행되었는지는 알 수 없다. 민관동·정영호, ≪中國古典小說의 國內 出版本 整理 및 解題≫, 학고방, 2012, 94쪽 참조.
43) 성호경, 〈한국문학의 중국희곡 수용 양상 연구〉, ≪中國戲曲≫제9집, 2004, 160쪽.

두 본문 밖에 공란이 있었으므로 그곳에 직접 주석을 달았을 수도 있으며, 원문을 그대로 옮겨 적은 필사본의 공란에다 주석을 달았을 수도 있다. 또 다른 형태는 '西廂記語錄'처럼 아예 주해만을 모아 책을 만드는 것이다. 〈西廂記語錄〉은 1919년에 翰南書林에서 목판본으로 다른 어록들과 합본하여 ≪註解語錄總覽≫이란 서명으로 출판되었는데, 이전에 유통되던 여러 필사본의 내용을 집대성한 것이다. 그런데다 이 판본은 이전 필사본에 비해 주석의 분량이나 상세함이 떨어지기 때문에 초기 주석본의 형태를 논하기에 이 판본은 적절하지 않다. 이 판본 이전의 '西廂記語錄'은 모두 필사본인데, 대체로 ≪艶夢謾釋≫이란 서명으로 되어 있어서 '艶夢謾釋'類로 통칭할 수 있다. 이 주석서들은 첫머리에 희곡 관련 용어와 곡조 이름을 설명하였으며, 내용면에서는 단순한 사전 성격이라기보다 ≪西廂記≫를 위한 참고서의 성격을 띤다.[44] '艶夢謾釋'類는 ≪西廂記≫의 주석서이기는 하지만 그 원문이 없으면 무용지물이다. 그렇다면 '艶夢謾釋'類는 ≪西廂記≫의 원문이 비교적 많이 유통되었을 때 만들어진 주석서일 것이다. ≪西廂記≫ 원문에 주석을 단 것과 '艶夢謾釋'類의 선후 관계는 확정하기 힘들지만, 전자가 후자에 앞섰다고 보는 것이 비교적 논리적인 것 같다.

물론 '艶夢謾釋'類를 참고하고 원문을 전사하여 만든 주석서가 있기도 한데, 대표적인 것이 ≪後欵先生訂正註解西廂記≫이다. 이 판본은 文漢命이라는 사람이 1885년에 쓴 서문이 실려 있고, 원문은 그대로 옮겨 적고 한글로 吐를 달아 놓았으며, 등장인물의 대사나 창이 끝나는 부분마다 '集註'라 하여 주석을 달아 놓고 있다. 필자가 일독한 바로는 주석자는 중국 詩歌나 경전에 대해서는 어느 정도 지식을 갖고 있는 것 같지만, 백화에 대한 주석들은 '程·朱'나 '≪三國演義≫·≪水滸傳≫·≪西遊記≫' 語類에서 나왔다고 한 것이 많다.[45] 이를 보면, ≪註解語錄總覽≫ 같은 책을 참고하였음을 알 수 있는데, 이런 어록에 나와 있지 않은 백화에 대한 주석은 대부분 적절하지 못하다.[46] 이 책은 '이전에 나온 서상기 주해서를 총망라하여 참고한 것'[47] 같지만, 희곡에

44) 윤지양, 〈筆寫本 〈西廂記語錄〉의 分類 및 각 筆寫本의 特徵 考察〉, ≪中語中文學≫ 제50집, 2011, 105쪽.

45) 문한명 주해, 정용수 역주, ≪後欵先生訂正註解西廂記≫, 새미(국학자료원), 2006.

46) 김학주, 〈조선 간 ≪西廂記≫의 주석과 언해〉, ≪조선시대 간행 중국문학 관계서 연구≫, 서울대학교출판부, 2002, 288~289쪽.

47) 문한명 주해, 정용수 역주, 〈해제: 서상기 비평의 흐름과 조선 후기 서상기 주해〉, ≪後欵先生

대한 장르적 이해가 떨어지며,[48] 백화에 능통한 인물의 주석서는 아닌 것 같다. ≪後歎先生訂正註解西廂記≫는 어록을 참고하여 만들어진 주석서이지만, 19세기 후반의 것으로 초기 주석본의 형태와는 거리가 있을 것이다. 다만 백화에 능통하지 않은 지식인이 ≪西廂記≫ 주석본을 만들었다는 것을 지적해두며, 이를 뒷글에서 다시 한 번 상기하기로 한다.

≪西廂記≫의 유입 초기 주석본은 실물이 없기 때문에 어떤 형태였는지 확정할 수는 없지만, 가장 근접한 형태의 것이 곡문 번역본으로 보인다. 윗글에서 살펴보았듯이 세 계열의 곡문 번역본은 모두 원문을 옮겨 적은 주석본이다. 또한 활자본은 서명이 ≪註解西廂記≫로 되어 있고, 필사본들 중에도 서명에 '註解'라는 단어를 첨가한 판본들이 많기 때문이다. 그 주석은 대체로 '艶夢謾釋類'와 일치하는 부분이 많으며 비교적 충실한 편인데, 하나의 원류에서 나온 듯하다. '艶夢謾釋類'도 속편에 대한 주석이 없으며, 세 계열의 곡문 번역본도 모두 속편을 수록하지 않았다.

세 계열의 곡문 번역본 중에 한글본은 번역이 상당히 적절하며 또한 번역자의 희곡 장르에 대한 이해도도 높은 편이다. 국립중앙도서관과 안동대 소장본 모두 본문이 끝나고 '後序' 형식의 〈集句〉가 필사되어 있다. 필자는 이 〈集句〉를 보고 번역자가 백화에 상당히 능통한 인물일 것이라고 생각하였다.

我往常見〈借廂〉詩書經傳〈驚艶〉十餘年〈上仝〉這般〈上仝〉一天星斗煥文章〈寺驚〉罕曾見〈驚艶〉不但字兒真不但句兒匀〈寺驚〉意惹情牽〈驚艶〉正要手掌兒上奇擎〈借廂〉眼皮兒上供養〈上仝〉這筆尖兒〈寺驚〉分明錦囊佳句〈上仝〉休教淫詞〈前候〉我便〈寺驚〉院宇深枕簟涼〈借廂〉更長漏永〈琴心〉一燈孤影搖書幌〈借廂〉睡不能〈酬韻〉難消遣〈驚艶〉要看個十分飽〈鬧齋〉[49](국립중앙도서관 소장본)

訂正註解西廂記≫, 새미(국학자료원), 2006, 783쪽.

48) 김학주, 〈조선 간 ≪西廂記≫의 주석과 언해〉, ≪조선시대 간행 중국문학 관계서 연구≫, 서울대학교출판부, 2002, 298쪽.

49) 편명은 편의를 위해 '〈〉'을 사용하여 표기하였으나, 원문에는 작은 글자로 되어 있다. 인용문은 원문의 문체를 알아보기 위해 제시한 것이므로 위에서는 번역을 병기하지 않았다. 이에 대한 번역은 다음과 같으며, 번역은 필자가 하였다. '내가 전에 자주 십여 년 간 詩書經傳을 보았는데, 이렇게 하루는 별이 문장을 밝혔다. 전에는 글자와 구절이 모두 감정을 이끄는 것을 드물게만 보았다. 마침 손에 들고 눈꺼풀 위에 공양하려고 하였다. 이런 붓끝은 비단 주머니의 아름다운 구절을 분명히 할 수 있으니 음란한 말이라고 하지마라. 내가 안뜰에서 깊이 자려고 하나 더욱 길

예문에서 안동대 소장본이 '上소'과 '上同'을 섞어서 썼을 뿐이고 나머지 내용은 국립
중앙도서관 소장본과 완전히 일치한다. 위의 문장은 전체적으로 백화를 사용해서 썼으
며, '字兒'·'句兒'·'手掌兒'·'眼皮兒'·'筆尖兒'에서 보듯이 '兒化'를 사용하였다. 한문에
만 능통한 지식인이라면 위와 같은 문체로 글을 짓지는 못하였을 것이고, 더욱이 '兒化'
를 사용하였을 리는 없다. 또한 원문에 현토를 달지 않았으므로 한문을 읽듯이 원문을
읽었다기보다는 중국어로 직접 읽을 수 있었을 것이다. 이를 보면 한글본의 번역자는
백화에 능통하였음을 알 수 있는데, 그는 역관이었을 가능성이 높다. 윗글에서 연산군
은 ≪嬌紅記≫에 '漢語가 있어 해석할 수 없는 데가 많으므로 文字로 注를 달아 간행
하였다'고 하였다. 물론 이것은 ≪嬌紅記≫에 대한 이야기이고 ≪西廂記≫의 번역에
대해서는 언급하고 있지 않지만, 임금의 명령에 의해 이것을 할 수 있는 관료들은 역관
이었을 것이다.

또 한 가지는 李相璜 같은 인물과 관련해서 생각해 볼 수도 있다. 그는 1829년 문안
사로 淸나라에 다시 다녀왔고, 1833년 영의정에 올랐던 인물이다. 李相璜은 司譯院의
도제조였기 때문에, 중국 패설의 수집에 있어서 그의 '눈에 들기 위한 역관들의 자발적
진상도 있었을 것은 분명하다.'[50] 그는 패설이면 장르를 가리지 않고 새로운 판본을 즐
겨 보았다고 하였는데, 희곡인 ≪西廂記≫도 아주 좋아하였다고 한다.[51] 이를 보면 역
관들은 자신들의 상관이나 고위관료들을 위해 자발적으로나 혹은 명령에 의해 백화로
이루어진 곡문을 번역하였을 가능성도 있다.

이에 비해 국한문혼용본은 원문의 한자어는 번역하지 않고 대체로 그대로 썼으며 어
떤 부분은 원문에 조사와 어미만 덧붙이는 형식으로 된 것도 있다. 번역이 이루어진 곳
들도 한문을 그대로 번역하는 형식으로 되어 있기도 하다. 또한 현토 역시 한문을 읽는
데 도움이 되도록 달아 놓은 것이므로, 번역의 주체는 한문에는 능통하였지만 백화에는
능통하지 못하였던 문인으로 보인다. 중인 池圭植(1851~?)의 ≪荷齋日記≫에는 '저녁

　　게 빠져나간다. 등불 하나의 외로운 그림자가 책을 흔들어 잠들지 못하고 마음을 달래기도 어려
　　워서 충분히 보려고 한다.'

50) 신상필, 〈서리·역관 계층 소설 관련 양상의 현실적 근거와 그 실제〉, ≪韓國漢文學研究≫제38
　　집, 2006, 194쪽.

51) 유승현·민관동, 〈朝鮮時代 中國戲曲의 受容 樣相 -≪西廂記≫를 제외한 작품들을 중심으
　　로〉, ≪中國語文學誌≫제43집, 2013, 89~90쪽 참조.

밥을 먹은 뒤 尹 소년이 ≪西廂記≫를 가져와 語錄讀法을 물어서 등잔을 밀어 놓고 읽는 것을 가르쳤다.(夕飯後, 尹少年持西廂記來, 問語錄讀法, 因排燈敎讀。)'[52]고 하였다. 백화를 모르는 사람들도 이렇게 '語錄'을 통해 ≪西廂記≫를 향유하였음을 알 수 있는데, 이런 독서는 '語錄'에 없는 백화를 이해하기 힘들다는 한계를 가지고 있다. 그러므로 국한문혼용본은 ≪後歎先生訂正註解西廂記≫의 주석자처럼 백화에는 능통하지 못하였지만 ≪西廂記≫를 애호하던 지식인의 번역일 가능성이 높다.

활자본인 ≪註解西廂記≫는 윗글에서 언급한대로 7개 서관이 참여하여 발행하였는데, '初版에 그친 것이 아니라 4판까지 간행하는 모습을 보인다.'[53] 이 책은 丁九燮이 1904년에 序를 쓴 필사본을 토대로 吳台煥이 발행한 것이다. 이 역주자인 丁九燮은 正三品의 벼슬을 하다가 1906년에 '內部參書官'에 임명되었는데,[54] 대한제국 시기의 고위 관료였다. 그가 쓴 서문은 보면 ≪西廂記≫의 곡문을 번역한 이유를 알 수 있다.

> ≪西廂記≫16회가 …… 뜻이 통하지 않음에 이른 것은 당연한 것이다. 같은 시대 한 나라 안에서도 발음과 뜻이 같지 않은데, 하물며 천년 이상 인문이 변하였으며, 演義의 구절은 그 당시의 방언이 아님이 없다. …… 마침내 약간의 보고 들은 바를 기록하여, 언문으로 번역하고 주를 달았다. 속어·일상적인 구어·희롱하는 말 그리고 부연하는 말은 처음 읽는 사람들이 구절의 뜻을 알기 쉽게 하였다.[55]

丁九燮은 ≪西廂記≫를 번역한 인물들 중 유일하게 신분이 확실한 사람인데, 관료 출신이므로 한문에 능통하였음을 짐작할 수 있다. 그런데 丁九燮은 ≪西廂記≫가 구어체로 되어 있기 때문에 해독하기 힘들다고 하였다. 이는 조선 시대 한문에 능통한 지

---

52) 池圭植, ≪荷齋日記≫5 정유년(1897) 1월 10일, 한국고전종합DB. ≪荷齋日記≫는 경기도 陽根의 分院貢所의 貢人 池圭植이 1891년부터 1911년까지 약 20년 7개월 동안 쓴 일기이다.

53) 이기현, 〈舊活字本 ≪西廂記≫ 研究〉, ≪우리文學研究≫제26집, 2009, 44쪽.

54) '正三品 丁九燮을 內部參書官에 임명하고, 學部參書官 鄭喬를 漢城師範學校長을 겸임케 하다.'≪日省錄≫(光武 10年 1月 16日), ≪承政院日記≫(光武 10年 1月 16日), 〈官報〉(光武10年 2月 13日). 국사편찬위원회 한국사데이터베이스에서 재인용.

55) 西廂十六回 …… 至若不通辭意則固宜矣。夫同時一國之內, 語音字義, 或有不同, 況上下千百載人文屢變, 且續辭演義之句節, 無非其時方言也。…… 遂記若干所聞所見, 諺繙而註增之, 其俚語、常談、戲調而衍補者, 為初讀者, 易識句趣。원문의 표점부호와 번역은 대체로 다음 논문을 따랐으며, 필자가 약간의 수정을 가하였다. 이기현, 〈舊活字本 ≪西廂記≫ 研究〉, ≪우리文學研究≫제26집, 2009, 49쪽.

식인들이 ≪西廂記≫를 읽는 데 있어서 공통적인 어려움이었을 것이다. 그런데 ≪註解西廂記≫는 이런 이들에게 가장 필요한 번역본이 바로 원문에 현토하고 주석이 달린 곡문 번역본임을 보여준다. 그러므로 ≪註解西廂記≫는 '한문을 알지 못하는 독자층을 위해 주해한 것이 아니라, 한문적 소양을 지니고 있지만 시대가 많이 흘러 사용하는 어휘가 달라짐에 따라 이해하기 어려운 단어들을 풀이한 것임을 알 수 있다.'[56] 이는 국한문혼용본의 효용과 같은데, ≪註解西廂記≫의 체제도 역시 이것과 일치한다. 그런데 丁九燮은 '보고 들은 바를 기록하여 언문으로 번역하고 주를 달았다'고 하였다. 이를 보면 그가 이전의 여러 가지 번역본이나 어록 등을 참고하여 번역하고 주를 달았음을 알 수 있다. 또한 앞글에서 분석한 것처럼 앞부분과 뒷부분의 번역 양상이 다른 것도 여러 다른 번역본을 참고하였을 가능성을 높여준다.

그런데 丁九燮은 ≪註解西廂記≫의 상업적 출판에는 관여하지 않은 것으로 보인다. ≪註解西廂記≫가 '원래는 상업적 목적으로 편찬한 책이 아니지만, 오태환이 그 책에서 대중성과 상업성을 발견하고 이를 신식 인쇄법으로 발행한 것이다.'[57] 또한 오태환은 대한제국의 고위 관료인 정구섭의 이름을 내걸고 텍스트의 권위를 부여하여 상업성을 높이고자 하였을 것이다.

≪註解西廂記≫가 상업적 출판물이라는 데에 초점을 맞추어보면 출판업자 오태환이 예상하였을 구매자들을 상정할 수 있다. 물론 한문을 아는 독자들이었음은 분명하고, 당시 이들은 일반 민중보다 사회적 지위가 높았을 뿐만 아니라 책을 구매할 경제력을 갖추고 있었을 것이다. ≪註解西廂記≫의 판권지에는 가격이 나와 있지 않아 판매가를 알 수 없다. 그런데 '1913년 춘향전 계열의 구활자본 이본들의 가격은 30~45전'[58]이었으므로 ≪註解西廂記≫의 가격은 대략 이보다 조금 낮았을 것이지만 가치는 비슷했을 것이다. '1920년대 노동자 하루 임금이 40~90전에 지나지 않았으니'[59] 물가상승률을 고려한다면 ≪註解西廂記≫의 가격은 노동자 하루 임금에 맞먹는 수준이었을 것이다. 게다가 최초의 활자본 소설이 1912년에 출판되었는데,[60] ≪註解西廂記≫는 이보다 6

---

56) 이기현, 〈舊活字本 ≪西廂記≫ 硏究〉, ≪우리文學硏究≫제26집, 2009, 50쪽.

57) 이기현, 〈舊活字本 ≪西廂記≫ 硏究〉, ≪우리文學硏究≫제26집, 2009, 51쪽. 吳台煥에 대한 자세한 정보는 이 논문을 참조.

58) 이주영, ≪舊活字本 古典小說 硏究≫, 월인, 1998, 58쪽.

59) 간호윤, ≪아름다운 우리 고소설≫, 김영사, 2010, 100쪽.

년이나 이른 1906년에 출판되었다. 이때는 소설 같은 대중적 서적이 출판되기 이전이었으며, 활자본의 주종은 교과서이었던 때이다.[61] 이런 상황에서 ≪註解西廂記≫가 출판된 것을 보면, 어느 정도 경제력을 갖추고 있으며 한문을 아는 독자를 구매자로 예상하였음을 알 수 있다.

≪註解西廂記≫의 문화적 의의는 주석과 번역을 떠나 조선에서는 최초로 ≪西廂記≫의 원문을 독자들에게 제공하였다는 것에서 찾을 수 있다. 이전까지 ≪西廂記≫의 원문은 중국에서 수입한 판본과 필사본을 통해서만 볼 수 있었다. 중국에서 출판된 ≪西廂記≫가 조선에 많이 유입된 것은 사실이지만 독자들의 수요를 만족시키기에는 한계가 있었을 것이다. 그렇기 때문에 원문을 그대로 옮겨 적은 필사본들이 필요하였는데, ≪註解西廂記≫는 필사하는 수고를 덜어줄 수 있었다.

≪註解西廂記≫ 꽤나 인기가 있었는지 4판까지 출판되었는데, 그 수요가 상당하였음을 알 수 있다. 그래서 이전까지는 주로 대여에 의지하던 유통 방식을 바꾸어, ≪西廂記≫의 전파를 전국적으로 확대하는 계기가 되었을 것이다. ≪註解西廂記≫는 이렇게 독자층을 확대함으로써 또 다른 ≪西廂記≫ 주해본이나 번역본의 생산도 자극하였다. 宋致興의 ≪西廂記諺抄≫가 그것인데, 김효민은 '최초로 간행된 활자본 ≪서상기≫와의 만남이 역자의 개역 작업에 일정한 동기를 부여하였을 가능성'[62]을 열어 두고 있다. 어쨌든 ≪註解西廂記≫가 ≪西廂記諺抄≫의 탄생을 자극하였는지는 단정할 수 없지만, 宋致興이 ≪註解西廂記≫를 주요한 참고 텍스트로 활용하였음은 분명하다. 그러므로 ≪註解西廂記≫는 주석이나 번역의 정확성에 대한 문제는 뒤로 하고, 원문과 주석을 제공하여 ≪西廂記≫ 전파를 확대하였으며 다른 번역본의 탄생에도 참고 텍스트로서의 활용되었다는 데서 출판의 의의를 찾을 수 있다.

이상의 논점을 정리하여 요약하면 다음과 같다.

조선 시대에는 중국 고전소설을 한글로 번역하면서 줄거리와 관계없는 시나 사를 빼

---

60) 이것은 이해조가 ≪춘향전≫을 개작한 ≪옥중화≫로 1912년 8월 27일에 출판되었다고 한다. 최운식, ≪한국 고소설 연구≫, 계명문화사, 1995, 120쪽.

61) 류준경, 〈독서층의 새로운 지평, 방각본과 신활자본〉, ≪漢文古典硏究≫제13집, 2006, 290~292쪽 참조.

62) 김효민, 〈고려대 소장 ≪西廂記諺抄≫의 번역 양상과 특징〉, ≪中國語文論叢≫제54집, 2012, 207쪽. ≪註解西廂記≫와의 관계에 대한 구체적인 논술은 이 논문의 207~211쪽 참조.

버리고 번역한 경우도 많다. 그러나 중국 희곡은 역대로 노래인 曲이 위주였고, ≪西廂記≫도 曲이 중심이 되며 또한 스토리를 전개하는 중요한 역할을 한다. 그래서 ≪西廂記≫를 해독하기 위해서는 희곡 장르의 특징과 曲文을 이해하는 것이 필수였지만, 이것이 쉽지 않음을 ≪西廂雙文傳≫의 번역자는 밝히고 있다.

　　科白과 牌詞는 사람들 대부분이 이해하지 못하고 있으니, 그 글을 알지 못하는데 어찌 그 뜻을 터득할 수 있겠는가? 나는 일찍이 이것을 걱정하여 이를 주석한 여러 판본들을 널리 모아가지고, 그 번거로운 것은 깎아내고 그 요점만을 가려내어 훈민정음으로써 번역한 것이다.[63]

　　위의 예문은 ≪西廂記≫를 읽는 데 있어 한문만 아는 조선 지식인들이 공통적으로 가지고 있던 어려움을 대변한다. 그것은 구체적으로 희곡 장르에 대한 이해 부족과 구어체로 써진 곡문 해독의 어려움이다. 이런 어려움을 극복하기 위해서 희곡 용어나 백화에 대한 주석과 곡문의 번역이 필요하였을 것이다. 본 논문에서 살펴본 곡문 번역본들이 바로 이런 필요에 실제적으로 부합하는 주해번역본이다. 이런 곡문 번역본 연구의 의의는 그것이 ≪西廂記≫ 유입 초기의 번역본일 가능성이 높다는 데 있다. 그래서 필자는 곡문 번역본을 세 가지 계열로 나누고 판본들의 구체적인 특징들과 번역 양상에 대해 논술하였다.

　　이글의 후반부에서는 각종 ≪西廂記≫ 필사본이 생겨난 문화적 배경과 의미에 대해 논의를 진행하였다. 실체에 쉽게 접근할 수 있는 필사본부터 논술하다보니 시대적 순서대로 되어 있지는 않다. 여기서는 필자가 상정하고 있는 시대 순으로 필사본들을 정리해보고자 한다.

　　첫째 원문만 그대로 옮겨 적거나 또는 원문을 옮겨 적으면서 현토를 단 원문 전사본이 있다. 조선에서 ≪西廂記≫가 무척 유행하였지만 방각본으로 출판된 적이 없어서, 원문을 보려면 중국에서 수입된 인쇄본에 의존할 수밖에 없었다. 그런데 ≪西廂記≫에 대한 수요가 공급을 웃돌았던 것 같고, 그래서 자국의 출판본이 없는 상황에서 가장 쉽게 복제할 수 있는 원문 전사본이 출현하였을 것이다.

---

63) 김학주, 〈조선 간 ≪西廂記≫의 주석과 언해〉, ≪조선시대 간행 중국문학 관계서 연구≫, 서울대학교출판부, 2002, 283쪽에서 인용.

둘째 원문을 옮겨 적고 한문으로 주해를 단 한문주해 필사본이 있다. ≪西廂記≫의 유입 초기 독자들은 임금 이하 관료들 그리고 한문을 아는 지식인들이었을 것이다. 이들은 기본적으로 한문에 대한 소양을 갖추고 있었으므로 백화문에 대한 주석본이 필요하였을 것이고 그래서 이 두 번째 형태의 필사본이 출현하였을 것이다.

셋째는 원문은 모두 전사하고 주석을 달았으며 곡문에 대한 번역만 이루어져 있는 곡문 번역본이다. 이는 주석본에서 발전한 형태인데, 주석만으로는 구어체로 되어 있어 이해하기 힘든 곡문을 번역하여 독자들의 이해를 도왔다. 이 곡문 번역본은 완역본 탄생의 계기가 되었고 또한 참고 텍스트로서의 역할을 담당하였을 것이다.

넷째는 완역본인데 여러 형식이 혼재한다. 원문을 옮겨 적고 번역하였거나 현토를 달고 주해를 덧붙인 것들도 있다. 완역본의 초기 형태는 한문을 아는 독자들을 위한 것도 있고, 한글만 아는 독자를 위한 것도 있었다. 이런 완역본들은 대체로 ≪西廂記≫가 가진 희곡의 특징을 보유하고 있는데, 이후 소설체 개역본의 탄생에 저본이 되었을 것이다.

마지막 다섯째로는 소설체 개역본이 있는데, 희곡적 형식을 제거하고 한글로만 개역이 이루어졌다. 물론 한문을 아는 독자들도 읽었겠지만, 기본적으로는 한글만을 아는 독자들을 대상으로 삼았을 것이다. 소설체 개역본은 세책본 고소설의 형식을 가지고 있는데, 실제로 ≪西廂記≫는 세책본이 존재하였으니 이것이 소설체 개역본일 가능성이 매우 높다.

3. 국회도서관 소장 筆寫本 ≪會眞演義≫에 관한 小考*

　　≪西廂記≫는 주지하듯이 元代 王實甫가 지은 대표적인 희곡으로 唐代 元稹의 ≪鶯鶯傳≫을 모태로 생성된 것이다. 중국에서는 무려 100여종의 판본이 만들어 진 것을 보면 중국인들의 ≪西廂記≫에 대한 애정을 짐작 할 수 있다.

　　≪西廂記≫가 국내에 유입되기 전 조선사회의 식자층에게 사실상 희곡이라는 장르는 익숙지 않은 것이었고 ≪西廂記≫의 유입에 의해 비로소 그 형식이 전해진 것이라 해도 과언이 아니다.

　　유입시기에 대해서는 ≪조선왕조실록≫의 기록에 의하면 1506년 연산군 기사에 사신에게 ≪西廂記≫를 사오라고 명하는 기록을 볼 수 있어 대체로 이 시기에 유입되었을 것으로 추정한다.[1] 지금까지 알려진 바에 의하면 현존하는 가장 이른 판본은 明 成化(1465~1487)년간에 판각한 것으로 추정하는 ≪新編校正西廂記≫로 보는 견해와 1498년 弘治本 ≪奇妙全 相注釋西廂記≫로 보는 견해 등이 있다.[2] 조선사회에는 1500년대에 왕실보의 판본이 유입되고 1700년대 중기이후에 김성탄의 批注本이 유입되었을 것으로 보고 있다.[3] 당시 조선의 지식인들 사이에서 얼마나 유행하였는지를 보여주는

---

　* 이 글은 ≪中國語文學≫제61집(중국어문학회 2012. 12)에 발표한 논문을 일부 수정・보완하였다. 이 논문은 2010년 한국연구재단의 정부재원(교육과학기술부 인문사회연구 역량강화사업비)의 지원을 받은 연구이다.(NRF-2010-322-A00128)

　** 주저자 : 장수연(慶熙大學校 比較文化硏究所 학연 토대연구 學術硏究教授)
　　　교신저자 : 민관동(慶熙大學校 中國語科 教授)

1) 燕山 62卷, 12年(1506 丙寅 明 正德 1年) 4月 13日(壬戌):傳曰: "≪剪燈新話≫・≪剪燈餘話≫・≪效顰集≫・≪嬌紅記≫・≪西廂記≫等, 令謝恩使貿來."(전교하기를, "≪剪燈新話≫・≪剪燈餘話≫・≪效顰集≫・≪嬌紅記≫・≪西廂記≫ 등을 사은사에게 구해 오게 하라." 하였다. (≪조선왕조실록≫DB참조.)
2) 李昌淑, 〈西廂記의 조선 유입에 관한 소고〉, ≪大東文化硏究≫제73집, 8쪽 참조. ≪西廂記≫, 선문대학교 중한 번역연구소, 2001년 해제 참조.

문헌 기록들을 쉽게 찾아 볼 수 있는데 정약용의 ≪陶山私淑錄≫에도 다음과 같은 내용이 있어 당시 식자들 사이에 얼마나 유행하였는지를 미루어 짐작 할 수 있다.

"近世才士秀儒, 率未免拔跡於水滸傳西廂記等書."(근래에 재자와 지식인들은 대개 ≪수호전≫·≪西廂記≫ 등의 책에서 헤어 나오지 못하는 경향이 있다.)⁴⁾

위 문장을 보면 수호전과 같은 사대기서와 같은 반열에서 서상기가 사랑받고 있음을 알 수 있다. ≪西廂記≫가 조선사회에 유입된 이래 ≪西廂記≫의 아름다운 曲文, 앵앵과 장생이 주고받은 詩 등에 감동한 조선의 지식인들은 ≪西廂記≫를 인용한 詩들을 많이 창작하기에 이른다. 이외에도 1700년대와 1800년대의 ≪西廂記≫에 관한 기록들은 여러 문헌에서 찾아 볼 수 있는데 이덕무의 ≪靑莊館全書≫에서도 "足下知病之崇乎金人瑞災人也 ≪西廂記≫災書也.(족하는 병의 근원을 아시는지요? 김인서는 재앙을 부르는 자이고 서상기 또한 재앙을 부르는 책입니다.)"⁵⁾ 라고 하였다. 이처럼 ≪西廂記≫로 인해 심신이 어지러워져 병이 날 지경에 이름을 경계하는 것을 볼 수 있다. 그 당시 얼마나 ≪西廂記≫를 즐기는 현상이 심하였는지를 보여주는 사례라 보여진다. 또 ≪熱河日記≫에서 ≪西廂記≫에 관해 언급한 부분이 있다. 수호전의 한 회목을 읽는다고 하는데 사실 내용은 ≪西廂記≫라고 하는 것을 보면 박지원이 이미 ≪西廂記≫의 내용을 알고 있다는 것을 짐작 할 수 있다.⁶⁾ 조선사회에서는 사대부 지식인뿐 아니라 규방의 여인들도 ≪西廂記≫를 애독한 것으로 보인다.⁷⁾

---

3) 閔寬東, 〈西廂記의 국내 유입과 판본 연구〉, 한국중국소설학회, ≪中國小說論叢≫제31집, 2010. 3, 141쪽 참조.

4) ≪與猶堂全書≫, 韓國文集叢刊 281, 471면 李昌淑, 〈西廂記의 조선 유입에 관한 소고〉, ≪大東文化硏究≫제73집 참조, 17쪽.

5) 4卷 二十, 朴在先齊家書一, 刊本雅亭遺稿, 205쪽 참조.

6) "有坐讀〈水滸傳〉者, 衆人環坐聽之. 擺頭掀鼻, 旁若無人. 看其讀處則火燒瓦官寺, 而所誦者乃〈西廂記〉也.(≪熱河日記≫, 渡江錄, 關帝廟記) 한국고전 종합 DB 참조.

7) "竹史主人 頗好集史水滸 漢演 三國志 西廂記 無不味翫. 而以至諺冊中 有可觀文 則雖閨門之秘 而不借者 因緣貰來. 然會一通 然後以爲決心 肇錫竹下之史 號因其宜矣. 竹史主人은 자못 사서 모으기를 좋아하여 ≪水滸傳≫·≪漢演≫·≪三國志≫·≪西廂記≫에 흥미가 있었다. 諺書 중에 볼 만한 것이 있으면 비록 서책이 규방의 은밀한 곳에 있어서 빌릴 수 없는 것이라도 어떠한 인연과 연고를 만들어 내어 그것을 빌려 왔다. 그리고 한 번 그것을 讀破한 然後 오류를 바로잡기로 결심을 하였기에 竹下之史라는 호는 그 취지에 적당하다."(민관동, ≪中

　　조선의 독자들에게 소설과 희곡의 장르적 구분이 없었고 희곡 작품이라 해도 공연 양식으로 접하는 것이 아니라 독본용 서사물로 인식되었다. 국회도서관에 소장된 《會眞演義》는 그 표제에서 보이듯이 바로 《西廂記》를 演義類로 즉 소설로 인식하였다는 것을 보여주는 또 하나의 증거라 할 수 있다. 본고에서는 우선 국회 도서관에 소장된 《會眞演義》에 대해 고찰해보는 과정을 통해서 조선시대에 《西廂記》수용의 형태를 이해하고자 한다.

1. 국회소장본 《會眞演義》 필사본 서지사항

　　국내에 소장된 《西廂記》관련 판본은 출판본, 필사본, 연활자본 등 다양한 형태로, 지금까지 조사된 바에 의하면 중국 간본 《西廂記》는 80여 종, 필사본은 90여 종, 국내 출판 연활자본은 17종이나 된다. 거기다가 《西廂記》어휘에 관한 사전류라 할 수 있는 語錄類 들도 무려 17종이나 된다.[8]

　　국회도서관 소장 《會眞演義》는 天・地・人 3冊으로 되어 있는 30.5x19.3cm 크기의 필사본이다. 《會眞演義》는 《西廂記》의 원문만을 필사한 것이 아니라 한마디로 《西廂記》에 관한 종합편이라 할 수 있다. 또한 《西廂記》원문은 續篇이라 할 수 있는 제5본까지 수록한 완정본이다.

　　우선 天冊에는 金聖嘆의 序가 있고 이어서 일러두기에 해당하는 凡例가 나온다. 전체목록에 이어서 "第六才子書西廂文目錄"이 나오는데 "吳門唐伯虎先生 編次"라 되어 있고 약 25페이지 분량으로 《西廂記》의 내용을 회목에 해당하는 제목을 붙이고 20단락으로 나누어 적고 있다. "第六才子書西廂文目錄"은 다음과 같다.

　　怎當他臨去秋波那一轉

　　國古典小說批評資料叢考》, 학고방, 2003, 144쪽 참조)

8) 《西廂記》국내 소장본에 관한 목록 자료는 유승현 선생님의 자료를 제공받았음을 밝혀 둔다. 필사본에는 원문필사본과 한글 번역 필사본을 모두 포함 하였고, 국내에서 출판한 연활자본은 1912년 이전의 것으로 범위를 한정하였다.

待颺下教人怎颺

隔牆兒酬和到天明

我是多愁多病身怎當他傾國城貌

筆尖兒橫掃五千人

我從來心硬一見了也留情

他誰道月底西廂變故夢裏南柯

中間一層紅紙機眼疎櫺不是雲山幾萬重

這叫做才子佳人信有之

晚粧樓上杏花殘

金蓮蹴損牧丹芽

親不親盡在您

難道是昨夜夢中來

立蒼苔祇將繡鞋兒永透

昨宵今日清滅了小腰圍

慘難情半林黃葉

一寸眉心怎容得許多顰皺

治相思無藥餌

偷韓壽下頭香

願天下有情的都成了眷屬

西廂文은 《西廂記》의 내용을 기본으로 하지만 서사라기보다는 서정적인 관점으로 묘사를 하고 있다. 예를 들어 제 1折 怎當他臨去秋波那一轉의 원문의 일부를 살펴보면 다음과 같다.

　　美目盼芳情傳之矣. 夫秋波最是幽情者也. 況轉於臨去時乎. 當之者, 將奚以爲情耶. 若曰人之以情相感者乎, 亦不自知其何心也. 第情不可見, 有顯然直露其裏者, 而其情淺矣. 乃情不可見有隱然微見其意者而其情轉深何也. 當猝然邂逅之餘, 而凝盼偶囑若欲傳, 若不欲傳覽有往復流連者, 令人一望而神馳也. 已如子令之所見其人不旣去哉. 方其未也. 未嘗先我去以心, 而有不欲邐去者不啻傾心以相告傍觀,有所不知而身其際

者已黙爲喩矣. 及其將去也, 亦未明言其意而有不忍俱去者, 一若寓意於目中, 傳間猶多艶羨而歷其境者盖難自持矣. (아름다운 눈을 흘기며 향기로운 정을 전하는구나. 무릇 촉촉한 눈매는 그윽한 정을 지닌 자이네. 하물며 떠나야 할 때에 이르러서 장차 정을 어찌 하리오. 만약 사람이 정을 서로 느낀다면 또한 그 마음이 어떠한지 스스로도 알지 못하네. 그 정이 현연히 직접 드러나는 것을 볼 수 없으니, 그 안에 그 정이 얕은 것인가. 또한 정이 은밀하여 그 뜻이 모호하고 그 정이 얼마나 깊은지 볼 수 없네. 갑작스러운 해후를 한 여운이 서로를 응시하니 만약 전하고자 한다면 서둘러야 할 것이고, 만약 전하지 않을 뜻이면 다시 흘러가야하네, 바라보니 신이 내려온 듯하구나. 이미 내가 본 바가 그 사람이 가지 않은 것이라. 먼저 내가 마음으로써 가니 이어지고자 하지 않네, 가는 자 뿐 아니라 마음이 기울어 서로 고하고 곁에서 보니 알 수 없는 바가 있고 그 몸을 살피니 조용히 깨우치는 바가 있더라. 급히 가려하니 또한 그 뜻을 말로 밝히지 못하고, 가고자 하니 견디기가 어렵네. 아름다운 눈 속에 그 뜻을 기탁하여 전하니 얼마나 사모하는지 그 것을 경험한자는 대저 스스로 주체하기가 어렵구나…)

이처럼 심금을 울리는 西廂文은 서상기의 내용을 아는 독자들이 그 감흥을 즐기는 또 다른 방식이었던 것으로 생각된다.[9]

西廂文에 이어서 西廂記考實, 讀西廂記法, 聖歎讀法四十三則摘要가 나온다. 그리고 會眞記를 수록하고서야 비로소 ≪西廂記≫원문이 나오는데 한 페이지의 上欄 삼분의 일에는 吳吳山三婦의 評語를 쓰고 있고 下欄에는 ≪西廂記≫원문을 필사하였다.

地冊은 ≪西廂記≫卷5에서 卷6을 필사하고 있다. 人冊에서는 ≪西廂記≫를 필사하고 이어서 ≪西廂記≫ 관련 詩들을 수록하고 있다.[10]   마지막 부분에는 元晚進王生名未詳의 ≪圍棋鬪局≫이 下欄 삼분의 이를 차지하고, 上欄에는 "第六才子西廂摘句骰譜"가 있다.

≪會眞演義≫의 筆寫者, 筆寫時期에 관한 단서를 발견 할 수 없었다. 다만 필사의

---

9) 국립중앙도서관 필사본을 보면 西廂文과 같은 형식의 것을 볼 수 있는데 "雲林別墅繪像妥註第六才子制藝醉心篇"이라고 되어 있다. 일종의 팔고문 형식으로 쓰여진 것은 西廂文과 같다. 그러나 회목에 해당하는 제목도 조금 다르고 西廂文은 20회로 되어 있는 반면 16회만 있다. 다시 말해서 16折까지만을 묘사한 것으로 볼 수 있다. 또한 같은 판본을 필사한 동국대 필사본에서는 생략되어 있어서 이 西廂文에 대해서는 앞으로 별도의 연구를 진행하고자 한다.

10) 會眞詩, 附古艶詩二首 (元積), 思詩五首, (元積) 古決絶詞 (元積) 贈雙文 (元積), 感事詩 (元積), 憶事詩 (元積), 夢遊春詞 (元積), 和微之夢遊春詩百韻(白居易), 題會眞詩五十韻 (杜牧), 春詞酬元微之 (沈亞之) 등 이다.

원본이 된 것으로 보이는 간본을 찾을 수 있었는데 바로 ≪增註第六才子書釋解≫이다.[11] 이 간본은 金聖嘆 批点本에다 淸代 吳吳山의 세 부인이 評語를 달았다는 合評本이다. 吳吳山三婦 즉 오오산의 세부인의 生平에 관해서는 자세히 알 길이 없지만 ≪牡丹亭≫을 批點하고 評點 하였고 ≪牡丹亭≫에 심취해서 唱을 하다 죽었다고 전한다.[12] 이 간본에 대해서 文漢命이 ≪三婦合評西廂記≫가 있다고 하는데 보지 못해서 안타깝다고 한 바로 그 간본인 것으로 보인다.[13] 그렇다면 문한명의 주해본이 쓰여진 1882년까지 국내에 合評三婦 간본이 유입되지 않았는지 아니면 문한명이 보지 못한 것인지 명확한 근거는 알 수 없다. 필사자는 ≪增註第六才子書釋解≫를 원본으로 하여 필사하면서 삽화는 빼버렸고 반면에 ≪西廂記≫원문에는 諺解, 注釋, 評語 등을 달았다. 마지막 부분의 骰譜는 오히려 원전보다 더 정성스럽게 그리고 파란색으로 채색을 한 것을 볼 수 있다.

2. 諺解 · 註解와 評語의 特徵

현존하는 필사본 중에서 같은 원전을 필사한 것으로 보이는 동국대 필사본의 원래 목차를 살펴보면 西廂文은 빠져 있고 骰譜까지도 필사하고 있다. 그러나 현재는 완질본이 아니라 단지 4권 2책만 남아 있다. 또한 三婦女合評本을 원전으로 필사하면서 삼부녀의 평어부분은 생략하고 원문만 필사하고 있는 점에서도 ≪會眞演義≫와 다르다. 또한 어휘에 대한 풀이도 원문 윗부분에 적는 형태를 따르고 있다. 동국대 필사본은 단지 4折까지만 남아 있는데 註解를 보면 역시 ≪會眞演義≫에 보이는 평어나 구절풀이는 거의 찾아 볼 수 없다.[14]

---

11) 국내에는 서울대 중앙도서관, 고려대학교, 전남대학교, 부산대학교 도서관등에 소장되어 있는데 서울대 판본은 善美堂藏 판본이다.

12) 문한명 註解, 정용수 譯註, ≪후탄선생정정주해 ≪西廂記≫≫, 국학자료원, 2006, 793쪽 참조.

13) "三婦合評西廂記, 世或有之云, 而遐土薄分, 尙未得見, 未知此三婦, 是誰家才女而能註此文耶.(≪三婦合評西廂記≫가 세상에 있다고 전하나 멀고 처지가 여의치 않아 여태 보지 못하였다. 이 세 부인이 누구인지 알지 못하고 뉘 집의 재녀가 이런 문장에 주를 달 수 있었을까." 문한명 註解, 정용수 譯註, ≪후탄선생정정주해 ≪西廂記≫≫, 국학자료원, 2006, 34쪽 참조.

14) 동국대 소장본 ≪西廂記≫ 참조.

동국대 필사본이 4折까지만 남아 있어서 그중에서 2折만을 가지고 동국대필사본 ≪西廂記≫·≪會眞演義≫·≪艷夢漫釋≫·≪西廂記語錄≫을 비교해서 표로 만들어 보았다. 본래 2절은 ≪會眞演義≫에서는 총 130개 ≪艷夢漫釋≫에서는 총 108개에 관해서 註解를 달고 있다. 그중에서 공통으로 주해를 단 것이 46개이다. 다시 말해서 나머지 부분은 두 텍스트 중에 한 곳에서만 註解를 달았다는 것인데 그 비율을 보면 거의 50%를 넘는 것을 알 수 있다. 표는 아래와 같다.

		會眞演義	동국대필사본 西廂記	艷夢漫釋	西廂記語錄
1	可憎才	이것져것 可喜之反辭	愛極之反辭	不曰可愛而曰可憎猶冤家之意盖愛極之反辭也才猶物件也如秀才奴才이것져것之類	可憎:愛極語可喜에엿부다
2	藕玉	親肌之意(친히 살핀다는 의미)		楊妃外傳唐明皇兄弟同處貴妃藕寧王紫玉笛吹之忤旨放出宮中妃泣曰衣服之外皆聖恩所賜惟髮膚父母所生當就冤無以謝上引刀截髮以獻上見之驚悅遽使召回益嬖焉張佑詩梨花淨院無人見間把寧王玉笛吹	
3	行雲眼睛	以吾嗜女之眼或脚打黙載時相當		言眼睛流轉如行雲也	
4	打當	눈에 틔이다	相猶之意 눈의 씌니다	打點停當相值之意눈에씌이다	撞見也조캣다
5	在先	如前之人羞謊	猶在前	猶在前	
6	撩撥	戰戰兩頭		桃弄也韓愈詩無心思嶺北猿鳥莫相撩撥般大聲又히트러져	
7	輪轉	一旦撐結	古詩云心思不能言腸中車	古詩心思不能言腸中車輪轉又속이뒤석긴의ㅅ	
8	內養	養生之術		莊子達生篇軍豹巖居而水飲行年七十猶有嬰兒之色養其內也	
9	圓光	佛頭放光	佛頭上彗光	佛像肩背上神光所謂佛華也	
10	僧伽	大師		僧伽大師何氏西域人嘗濯足人飲其水痼疾皆愈後端坐而終建塔薦福寺中宗問萬迴禪師曰僧伽大師何如人耶迴曰觀音化身	
11	空囊	淸白之名	虛名	虛名也又청념흔일홈詩話玩孕持一皂弗遊會稽客問囊中何物曰但有一錢看囊恐其羞澁古詩空囊羞澁甚溜得一錢看	

		會眞演義	동국대필사본 西廂記	艷夢漫釋	西廂記語錄
12	和光	道德經		道德經和光同塵○渾俗和光與衆無異之意風淸月朗與衆有異之稱句法是讚字法是嘲	
13	七靑八黃	七靑銀八黃金		格物論金成色七靑八黃九紫十赤鍊愈精而色愈白	金品也아무분별모른단말
14	彀	足也		滿也弓矢持滿曰彀	
15	香積廚	寺廚名		人稱僧舍廚曰香積	
16	枯木堂	禪房		釋迦如來偶至一所有枯木橫道匠者不顧佛令弟子界其木爲梁建寺其處經年不朽爲名	
17	靠	負也		依也	
18	大人家	大人之家	猶言士大夫家	讚辭猶言士大夫家	어른의 집
19	(大師)行	前也	郎前也	行卽前也行者必前進故訓前	
20	浹浹拜了	납여시		恭謹貌납여시	
21	麗兒	민도리 態度윈 이 全體	面也又態度 민도리	形容又態度也민도리又全體也윈舍이又윈통이	
22	一套	一襲	何一襲一樣	一例猶一襲也	
23	鶻伶淥老	鶻伶俐也淥老眼也송골이갓다眼如鷹目精彩分明	鶻鷹屬 淥老眼也言眼之明澄如鶻眼之伶俐也	鶻鷹屬水綠色而淸曰淥眼之淸澈似之故名眼爲淥老令敎坊中猶然言娘眼之明澄如鶻眼之伶俐也俗稱女兒伶俐者必曰송골미又다	眼光伶俐如鶻
24	撒上	녀올이다	演撒上속마음의먹다	敎坊市語놀녀올이다	撒:音殺擦俗字散之
25	老潔郎	老僧	老僧謂法本늙고조홀흔낭군이라	北人謂僧爲潔郎俗謂老和(占)늙고조츌흔낭군	言老 僧也
26	睃	贈眼		睃邪視也趁追逐也放豪光言眼光注射放明亮也눈ㅆ一ㅅ又기웃거리고눈쥬고흘시一ㅅ보다	睃趁:눔쥬어후리단말 音拔
27	趁	追逐也			
28	打扮	裝束미미시	裝束	裝束也미미시	쉬미단말
29	(特來)晃	朝影얼은거리다	어른거리다	晃眩耀人貌어른거리다又부러와후리다	
30	好模好樣	조흔모양		友辭죠흔모양에	체면
31	(忒)莽戇	甚爲癡愚미우뫼꽃다		魯莽愚直也미우뫼쏘다	
32	煩惱(那)	답답		갑갑흐다那語助	
33	唐三藏	有道之僧		玄(裝)法師姓陳往西域取佛經三藏經一藏律一藏論一藏共三十五音五千四十八卷因號曰三藏法師	唐三藏法師陳玄장

		會眞演義	동국대필사본 西廂記	艶夢漫釋	西廂記語錄
34	兒郎	男奴		奴稱也	男奴也
35	梅香	女婢		婢稱也	侍婢也
36	口强	能爲壯談	看强難言	不言也	말잘허단말이라
37	硬着頭皮上	頭堅不畏暴栗也 打張生不如裡面 坎 쑥밤	硬着:栗暴也言商若 口强不說出本事來 我於頭上 쑥밤쥬리라	言你在我前不言則我硬着爆栗於你頭 上一雲頭皮能硬乎此盖牴觸長老使之 激怒說出本事來卽嶽仙明攻棧道暗取 陳倉法	硬着:堅也쥐어박 어왕밤쥬다
38	怎生	어지면〈라져 何也某條也	何也아못조로	怎何也엇지면〈라서	
39	偎傍	親近착딕이다	偎:親近也	昵近依倚也착딕이다	
40	殼	當也 솟치다		넉넉히	
41	索	只也	未也法也	求也	꼭
42	害(殺)	病也	病也	害病也殺쇄살 二音義皆通	害死也
43	待颺下	音揚쎌어바리고 져ᄒᆞ다 颺以風飛物也我 之所懷欲 颺棄也	待:欲也 颺下:猶掉下也쎌어 바리고지ᄒᆞ다	待欲也風飛物曰颺言欲丢開也쎌어ᄇ 리고져ᄒᆞ다又날니다	待:欲也 颺下:쑥드러간단 말
44	赤緊	바드득 赤膚也 살들게	赤心緊束 들게又 진득言殷勤兒	赤心緊束也ᄇ드득又졍단지一雲殷勤	바드득참으로
45	剛	풀풀ᄒᆞ다		不柔順也풀풀ᄒᆞ다	
46	(慢慢地)想	솜솜싱각ᄒᆞ다 又실업시싱각ᄒᆞ다		솜솜싱각ᄒᆞ다 又실업시싱각ᄒᆞ다	

위의 표를 살펴보면 ≪艶夢漫釋≫의 풀이는 주로 단어에 대한 해석을 하면서 단어의 내원이 있는 경우 자세히 밝히고 있는 것을 알 수 있다. 예를 들면 표에서 번호 2, 6, 7, 8, 12 등이다. 典故를 설명하거나 ≪詩經≫, ≪莊子≫, ≪道德經≫ 등 근원을 밝히고 있어 그야말로 ≪西廂記≫어휘 사전적 성격을 명확히 보여준다. 표에서 번호 2번에 해당하는 것을 보면 ≪會眞演義≫에서는 친히 살핀다는 속뜻에 대한 의미를 적고 있는 반면에 ≪艶夢漫釋≫은 典故 내원을 자세히 설명하고 있다. 이에 비하면 ≪西廂記語錄≫의 풀이는 간단한 단어 풀이에 그치고 있는데 동국대 필사본의 경우도 2折 전체에 풀이한 어휘가 총 72개로 ≪會眞演義≫의 130개에 비해 60%정도에 불과하다.

　전체적으로 보면 동국대 필사본은 완질본이 아니라 제외하면 《會眞演義》는 945개의 주해가 달려 있고, 《艶夢漫釋》은 1178개, 《西廂記語錄》은 538개의 어휘와 구절을 풀이하고 있다. 숫자상으로 보면 《會眞演義》는 《西廂記語錄》보다는 많지만 《艶夢漫釋》에 비해서는 부족해 보인다. 그러나 그 내용을 들여다보면 《會眞演義》의 필사자는 《艶夢漫釋》과는 다른 관점을 가지고 주해를 달았음을 알 수 있다. 세부적으로 보면 한글풀이에 있어서는 《會眞演義》가 159개, 《艶夢漫釋》이 91개로 많은 것을 알 수 있다. 또한 《會眞演義》에서는 단어뿐 아니라 구절에 대한 해석도 보이고 評語의 형태도 보인다. 어려운 한자에 대해서는 音을 표기해주기도 하였다. 《會眞演義》주해의 특징에 대해서는 크게 두 가지로 나누어 살펴보고자 한다.

1) 어휘 해석 형태의 다양성

　《會眞演義》는 《西廂記》에 대한 한글번역본은 아니지만 原文에 대한 諺解와 註解를 달고 있다. 《西廂記》어휘사전류인 《西廂記語錄》[15]과 《艶夢漫釋》[16]의 해석과의 비교를 통해서 필사자의 견해나 관점 등을 살펴볼 수 있다.

　독자의 수준을 고려한 듯 단어에 대한 諺解를 달고 있는데 형태는 주로 한글로 하거나 혹은 한글과 漢文을 혼용해서 풀이하고 있다. 예를 들면 다음과 같다.

　　　예1.　合方　흡족이
　　　예2.　打當　눈에 틔이다
　　　예3.　待颺下　⇨　言揚　썰어바리고져ᄒ다
　　　예4.　赤緊的⇨　바드득　赤膚也　살들계
　　　예5.　慢慢地想　⇨　舍舍싱각ᄒ다, 실업시 싱각ᄒ다
　　　예6.　小二哥　⇨　즁놈이
　　　예7.　立地　⇨　셔서
　　　예8.　冤　⇨　원슈
　　　예9.　慢俄延移　⇨　찬찬이 ᄒ거러가, 徐而延拖也

---

15) 국립 중앙도서관 소장 筆寫本《西廂記語錄》을 참조로 하였다.
16) 하버드대 옌칭 연구소(Harvard - yenching library) 소장 필사본을 참조로 하였다.

예10. 剛張 ⇨ 풀풀ᄒ다
예11. 煩惱 ⇨ 답답
예12. 好模好樣 ⇨ 조흔모양
예13. 怎生 ⇨ 어지면 ᄉ라셔

위의 예에서 볼 수 있듯이 ≪會眞演義≫의 풀이를 보면 ≪西廂記語錄≫과 ≪艷夢漫釋≫과는 다른 단어를 사용해서 풀이하거나 다른 의미로 해석하는 경우를 종종 볼수 있다. 예를 들면 예2. "打當"의 풀이를 ≪西廂記語錄≫에서는 "撞見也 조켓다"라고 설명하고 있고 ≪艷夢漫釋≫에서는 "打點停當相値之意 눈에씌이다"라고 풀이하고 있다. 예3, 예4, 예9 등에서 보이듯이 諺解를 다는 경우에 어떤 경우는 漢字로도 뜻을 다시 풀어서 설명하는 것을 볼 수 있다. 언해를 다는 경우는 일반적으로 단어 자체의 뜻을 설명하기 위해서다. 그러나 단어의 의미를 설명하고자 할 때 언해를 다는 것이 아니라 독자가 의미를 이해하기 쉬운 漢字로 바꾸어 설명하는 경우도 보인다. 예를 들면 다음과 같다.

예1. 剃刀的和尙 ⇨ 剃髮度牒爲僧也
예2. 拈 ⇨ 撫也
예3. 壁 ⇨ 邊也
예4. 脚 ⇨ 足也
예5. 隨喜 ⇨ 遊玩
예6. 梵王 ⇨ 佛王
예7. 可憎 ⇨ 可喜之反辭
예8. 可正是 ⇨ 眞也承上文言

예1 부분에 대해서 ≪艷夢漫釋≫에서는 "千里相衆曰和, 父母反拜曰尙"이라고 한 것을 볼 수 있다. 이는 위 예문 1의 해석에서는 "和尙"을 "僧"이라 하였는데 ≪艷夢漫釋≫에서는 "천리에서 서로 모이니 和이고, 부모에게 물러나 절을 하는 것을 尙이다."라고 하였다. 이 역시 의미를 다르게 풀이하는 예이다. 또 예2는 ≪艷夢漫釋≫에서는 "取也以指取物"이라 하였다. 의미는 거의 같지만 다른 단어를 써서 풀이하고 있는 것이다. 예5에 대해서는 ≪西廂記語錄≫에서는 "卽聞耍 구경"이라 하였고 ≪艷夢漫釋≫에서는 "玩寺之稱 구경ᄒ다"라 적고 있다. 예8의 "可正是"에 대해 ≪艷夢漫釋≫에서는 "恰好也"라 하였는데 《會眞演義》필사자는 "眞也"라고 하면서 "위의 문장을 받는 말이다"는 설명을 덧붙이고 있다.

이처럼 《會眞演義》의 필사자가 《西廂記》어휘사전류에 해당하는 《西廂記語錄》나 《艶夢漫釋》을 참고하였는지 아닌지를 단언 할 수 없으나 분명한 것은 그대로 답습하기 보다는 자기 나름의 註釋을 한 것으로 보여 진다는 것이다. 이러한 현상은 필사자가 단어 자체가 어렵지는 않으나 문맥상 그 구절의 의미를 설명하고자 한 경우에도 注解를 달고 있는 경우를 보면 더욱 명확해 보인다.

예를 들면 "我共你"에 대해서 "此是 紅娘" 즉 여기서 "你"라는 것은 "紅娘"을 의미한다는 것을 친절하게 알려주고 있다. 다시 말해서 문자의 뜻 자체가 어려워서가 아니라 문맥 속에서의 의미를 독자가 정확하게 이해하도록 注를 단 것이라 할 수 있다. "上"과 "下"과 같은 단어에 대해서도 "上"은 "上上戲場也中國人倣此事爲遊戲也以下倣此"라 하고 "下"는 "下下戲場也以下倣此" 라 해석을 달고 있다. 또한 "哥哥"에 대해서는 "其人也"라고 문맥상의 의미를 알려주고 있다. 《艶夢漫釋》에서는 "上"에 대해 "上升也餘倣此"라 풀이 한 것을 볼 수 있고, "哥哥"를 단지 사전적 의미인 "兄也"라고 적고 있는 것을 볼 수 있다. 이처럼 《會眞演義》의 필사자는 《艶夢漫釋》의 해석에 비해 더욱 문맥상의 의미를 찾아 좀 더 이해하기 쉽게 설명하고자 한 것을 알 수 있다.

또 기본적으로 어려운 어휘는 아니지만 조선의 독자층에게 익숙지 않은 백화투의 언어나 방언인 경우 조선 지식인들에게 익숙한 漢字로 바꾸어서 설명해 주고 있다. 예를 들면 아래와 같은 경우이다.

예1. 這 ⇨ 此也
예2. 小妮子 ⇨ 童婢
예3. 厮 ⇨ 漢也
예4. 好 ⇨ 最也
예5. 俺 ⇨ 我也

2) 句節 解釋과 評語

필사자는 단어 뿐 아니라 句節에 대한 의미를 자세히 설명하기도 하는 것을 볼 수 있는데 일종의 小註形態라고 볼 수 있다.

예를 들면 "難道我前世燒了斷頭香"에 대해서 "鶯非張愛則張之前世焚香祝願實難提說矣(앵앵이 장생을 사랑하지 않는 즉 전생에 향을 사르고 축원하니 실로 말을 건네기 어렵구나)" 라 하였다. "敎人怎颺" 에 대해서는 "使人何以棄之(사람으로 하여금 어찌 그것을 버리겠는가?)"라 풀이하고 있다. "你着槐殘紅芳徑軟步香塵底印兒戔"에 대해서도 "言殘紅所着之遙曾是軟軟而女兒輕踏之步痕深急着也.(떨어진 꽃을 밟고 가는데 여인의 발걸음은 본시 가벼워서 발자국이 희미한데 발자국이 깊다는 것은 급하게 발길을 재촉하였다는 것을 말한다)" 라고 적고 있다. 이처럼 단순한 단어 풀이가 아닌 구절 전체의 의미에 대해 매우 자세히 설명하는 것을 볼 수 있다. "脚跟無線如轉"에 대해서도 "言足暫停而行矣猶恨長安之未速到也(발을 잠시 멈추고 가니 장안에 빨리 도착하지 못함을 한스러워 한 것과 같다는 의미이다.)"라 풀이하고 있다. 이러한 구절 풀이의 예는 많이 찾아 볼 수 있다. "也合敎俺夫妻每共卓而食"라는 구절에는 "卓牢也 上聲即牛挂也婚禮婦至婿揖而入共卓而食(탁자를 둘러 싸다는 것은 즉 혼례를 치룬 부부가 함께 탁자에 앉아 식사를 한다는 것이다)" 이라고 풀이하고 있다.

지금까지 살펴보았듯이 ≪會眞演義≫의 필사자는 어려운 단어에 대한 언해나 주해, 혹은 단어 자체는 어렵지 않지만 문맥에서의 의미가 무엇인지를 설명하고자 할 때도 注를 한글 또는 한문으로 달았다. 이외에도 단순한 필사자의 입장이 아니라 評者의 시각에서 註釋을 한 評語라 볼 수 있는 예들도 보인다.

評語는 자신의 생각을 드러내는 것과 감상을 적은 경우를 볼 수 있다. 예를 들면 "疑是銀河落九天高源雲外懸(은하가 구천고원의 구름밖에 걸려있다는 의미이다)" 이란 구절에 대해서 "文源甚高(문장의 근원이 심오하다)"이라고 적고 있는 것을 볼 수 있는데 이 부분에 대한 ≪艶夢漫釋≫의 주석을 보면 "銀河"와 "九天"의 단어 뜻에 대해서만 적고 있다. 다시 말해서 '銀河'는 "天河也色白如銀(天河가 은처럼 하얗다는 의미이다)"이고 "九天"은 "中央鈞天東方蒼天東北昊天北方玄天西北幽天西方皓天西南朱天南方炎天東南陽天(중앙은 鈞天, 동방은 蒼天, 동북은 昊天, 북방은 玄天, 서북은 幽天, 서방은 皓天, 서남은 朱天, 남방은 炎天, 동남은 陽天)"이라고 풀이하고 있다. 반면에 ≪會眞演義≫의 필사자는 "문장의 근원이 매우 심오하다." 라고 하여 이 구절에 대한 감상을 적고 있다.

또 "乖性儿何必有情木遂皆似此他自恁抹媚我却没三思一納頭只去憔悴死"이라는 구절에 대해서 "忽然說到自家身上妙甚趣甚"이라 하였다. 갑자기 자신의 이야기를 하니 문장이 매우 오묘하고 절묘하다고 감탄하고 있다. ≪艶夢漫釋≫에서는 乖性儿, 抹媚, 三思, 一納頭 각 어휘에 대한 해석만 보인다. 또 "我便安浮槎到日月邊"에 대해서는 ≪艶夢漫釋≫에서는 이 구절의 연원에 관한 구체적인 故事에 대해서 설명 하고 있는 반면에 ≪會眞演義≫에서는 "言文章旣如是則必爲登科矣"라고 하였다. 이는 이 구절에 대해서 필사자가 주인공이 반드시 과거 급제 할 것을 의미한다고 보고 있는 것이다. 이 역시 단순한 단어 풀이가 아닌 자신의 생각을 적고 있는 것이다.

또한 "見五百年風流業冤"에 대해서 필사자는 "前世業冤也前生配匹也"라 적고 있는데 "전생의 원수고 전생의 배필이다"라는 의미로 해석하고 있다. 이 부분 역시 ≪艶夢漫釋≫에서는 "猶言俏冤家樂極之反辭又원슈"라고 단어의 의미에 치중해서 설명하는 것을 볼 수 있다. "奈先相國在日張主云夫人却請住者"에는 "語未卒張生連先語也."이라 하였는데 여기서는 말을 마치지 않았는데 장생이 먼저 말한다고 상황을 설명하고 있다. "小姐呵你若知我害相思我甘心呢爲你死死(당신이 만약 내가 상사병이 난 것을 알아준다면 당신을 위해서 기꺼이 죽을 수 있다)"라는 구절에 대해서 "感思知己碍徒作情緣会也真(자신의 헛된 연정이 진짜라고 생각한다)"이라 풀이하고 있다.

"你知道是英傑覷覷着你化爲醯醬, 指指教你變做醬血, 骑着匹白馬來也."이라는 구절에 대해서는 "以下叱卒子(이하는 하인을 질타하는 것이다)"라고 하면서 단어 해석이 아니라 전체적인 내용에 대해 개괄하는 풀이를 적고 있다. "言今日之事皆在於我欲其放心速過去也"라는 구절에는 "紅言我擔著部署中不周山樣重大之事(홍랑이 관아가 산처럼 중대한 일을 잘 처리하지 못한다고 내게 말한다.)"라고 풀이하고 있다. 이 역시 구절이 지닌 속뜻을 설명하는 것이라 볼 수 있다. 또한 필사자가 불교적 시각으로 작품을 보려한 경향이 있는 것을 여러 군데서 찾아 볼 수 있다.

예를 들면 "梵王"을 "佛王"이라고 풀이하고 있는 데 이는 ≪艶夢漫釋≫이나 ≪西廂記語錄≫에서는 볼 수 없는 풀이이다. "聖賢"에 대해서도 "佛像"이라 풀이 하였는데 ≪艶夢漫釋≫에서는 "北人稱神爲聖賢"이라 적고 있고 ≪西廂記語錄≫에서도 역시 "北人神稱"이라 풀이하고 있다. 두 책에서 모두 北人들이 神을 일컬어 聖賢이라 한다고 하였는데 필사자만 佛像이라고 풀이하고 있다. 또 "瞻仰"을 "拜佛"이라고 注을 단 것 역시 ≪艶夢漫釋≫이나 ≪西廂記語錄≫에서는 볼 수 없는 풀이이다. 다시 말해서 ≪會 眞演義≫의 필사자는 ≪艶夢漫釋≫이나 ≪西廂記語錄≫의 풀이와는 다르게 단어를 풀이하거나 더 세밀하게 한 구절에 대한 의미를 쉽게 풀어 설명하는 것을 볼 수 있다. 나아가서 어휘 풀이를 넘어 필사자의 감상이나 생각이 들어간 評語를 달고 있다.

3) 骰譜 필사의 의미

骰譜는 酒令遊戱의 일종으로 骰子라고하는 주사위를 던져서 승패를 정하고 패자에 겐 벌칙이 주어지는 놀이이다.[17] 특이한 점은 원래는 유명한 시인들의 詩를 암송하거나 韻을 맞추어 詩를 짓는 놀이였는데 희곡의 曲辭를 詩대신 사용하였다는 것이다. 이러 한 현상은 자연스럽게 놀이를 통한 희곡 전파의 효과를 가져왔다.[18]

≪西廂記≫와 관련한 酒令이 여러 형태로 행해졌음을 여러 문헌 기록들을 통해서 확인 할 수 있다. 淸代에 兪敦培의 ≪酒令叢鈔≫ 卷2의 기록에 의하면 "西廂曲貫衙 門令"이라는 것이 있는데 西廂記의 曲文을 한 구절 읊고 이어서 官衙名을 대는데 上 下 句가 반듯이 의미가 통해야 하는 것이다. 또 "月令貫西廂令"이라는 것은 먼저 ≪禮 記·月令≫중의 한 구절을 읊고 이어서 ≪西廂記≫의 曲文중에서 한 구절을 읊는데 역시 의미가 통해야 하는 것이다.[19]

이러한 遊戱가 있었다는 것은 ≪西廂記≫의 曲文이 얼마나 유행하였는가를 증명하 는 한 예라 할 수 있다. ≪會眞演義≫필사자가 ≪西廂記≫의 原文이 아닌 骰譜까지 도 아주 정성스럽게 필사한 것은 어느 정도 의미를 지닌다고 생각된다. 이는 당시 조선 사회에도 酒令이 士大夫 사이에서 유행하고 있었고 中國의 酒令에 대해서도 관심을 가졌다는 것을 보여준다. ≪승정원일기≫高宗 15년 무인(1878) 3월 12일 기사를 보면

---

17) 劉初棠著, ≪中國古代酒令≫, 上海人民出版社, 1993, 109~129쪽, 136~146쪽 참조.

18) 牡丹亭의 곡사를 酒令으로 만들어 연회에서 놀이로 즐겼고 당시 여성들의 오락놀이로써 즐겼다 고 한다. (王省民, 皺紅梅, 〈牡丹亭在民俗文化中的傳播〉, ≪民族藝術≫제1집, 2008)

19) 麻國鈞·麻淑云編著,≪中國酒令大觀≫, 北京出版社, 1993, 114~115쪽 참조.

縣令이 酒令에 빠져서 잘못을 저지르는 것을 상소하는 것을 볼 수 있다.

> 전 시흥 현령(始興縣令) 이기석(李起錫)은 상정(觴政)을 너무 지나치게 해 번번이 형장(刑杖)을 절도 없이 하였으며, 山麓을 강제로 빼앗아 책객(冊客)이 남의 땅을 차지하여 장사지내게 하였으니, 잘못을 저지른 일이 많고 쓰임새도 분수에 지나쳐 유리(由吏)와 주색(廚色)에게 가하(加下)한 것이 1300냥 정도나 됩니다.[20]

이외에도 ≪續東文選≫에 의하면 산가지에 벌칙을 표시한 것을 알 수 있다. 내용은 다음과 같다.

> 절이 폐한지 아마 오래라, 부서진 기왓장과 무너진 담장 밖에 아무것도 남은 것이 없다. 서로 더불어 개천가 돌 위에 앉아서 회롱삼아 酒令을 만들어 벌을 표시한 산가지가 수북하도록 실컷 마시고 돌아왔다. 이날에는 인희(仁希)와 구공(具公)은 따라가지 아니하였다.[21]

酒令의 놀이 방법 중에 일종의 제비뽑기 방식으로 기다란 막대기 모양의 나무나 혹은 뼈를 이용하기도 하였다. 앞면에는 詩句나 曲辭의 한 구절을 적고 뒷면에는 벌칙을 적었다. 술을 마시면서 걸린 사람은 먼저 詩句를 읽고 그 뒷면에 있는 벌칙을 행해야 하였다.[22] 위에서 말하는 산가지가 바로 酒令을 하기 위한 도구인 것을 알 수 있다. ≪西廂記≫를 이용한 酒令중에 "西廂記酒籌令"이 있었는데 이는 백 개의 산가지를 준비하고 ≪西廂記≫ 曲文 중에 백 구절을 뽑아서 한 구절씩 새기고 曲文의 의미에 맞추어 술을 마시는 규칙을 정하였다.[23] 예를 들면 만약 "將沒作有"라는 曲文이 쓰여 진 산가지를 뽑으면 "空杯者飮"이란 규칙에 의해서 빈 술잔을 가진 자가 술을 마시게 된다. ≪會眞演義≫의 필사자가 필사한 骰譜는 아래와 같은 형태이다.

---

20) 상정(觴政)은 酒令의 일종으로 상정이란 용어는 漢代 劉向의 ≪說苑≫에서 이미 보인다고 한다. 麻國鈞, 麻淑云 編著, ≪中國酒令大觀≫, 北京出版社, 1993년, 4쪽 참조, 전 양주 목사 신태운 등의 상벌을 청한 경기 암행어사 이헌영의 서계에 대해 회계하는 이조의 계목, (한국 고전 번역원 자료 참조)

21) 제21권, 녹(錄), 유송도록(遊松都錄), 채수(蔡壽) (한국 고전 번역원 자료 참조)

22) 麻國鈞 · 麻淑云 編著, ≪中國酒令大觀≫, 北京出版社, 1993, 452~453쪽 참조.

23) 麻國鈞 · 麻淑云 編著, ≪中國酒令大觀≫, 北京出版社, 1993, 558~608쪽 참조.

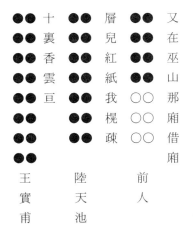

위의 형태는 바로 주사위를 이용한 酒令을 위한 骰譜이다. 여러 개의 주사위를 같이 접시 위에 놓고 흔들어서 나오는 면을 그리거나 주사위를 여러 번 던지는 방식으로 행해졌다. 백색 원은 주사위 중에 홍색으로 표시한 것인데 그 면이 나오면 백색 원으로 표시한 것이다. 그리고 그 숫자에 해당하는 ≪西廂記≫의 구절을 읊고 그 구절에 해당하는 벌칙을 행하는 유희이다. 조선시대에도 이런 주사위를 이용한 酒令이 행해졌던 것으로 보인다.

이유원은 ≪林下筆記≫에서 중국의 骰子(주사위)의 연원과 놀이 방식에 대해서 설명하면서 우리나라에도 小骰戱가 있는데 중국에서의 놀이와 비슷하다고 하였다.[24] 또

---

24) 李裕元, ≪林下筆記≫제34권, 화동옥삼편(華東玉糝編) 주사위는 본래 위(魏)의 진사왕(陳思王 조식(曹植))이 만든 것인데, 사기를 구워서 만든 것이다. ≪설부(說郛)≫에 이르기를, "박투(博骰)는 본래 질박하게 만들었는데, 당나라 때에 와서 뼈를 파서 구멍을 내고 거기에 주묵(朱墨)을 섞어서 칠한 다음 다시 붉은 상사자(相思子)를 취하여 구멍 속에 넣었다. 지금 주사위는 네 개의 구멍 위에 붉은색이 가해졌는데, 역시 본받은 바가 있는 것이다." 하였다.
≪언청(言鯖)≫에는 이르기를, "당나라 때의 투경(投瓊)은 한 점만 붉은색을 칠하고 나머지 다섯 점은 모두 검은색을 칠하였다. 이동(李洞)의 시구에 '여섯 개의 붉은색은 도장을 던져 놓은 듯(六赤重新投印成)'이라는 말이 있다. 또 혈격(穴骼)이라 이름하고, 혹은 명경(明瓊)이라고도 하며, 혹은 투자(投子)라고도 하는데, 대개 투척(投擲)의 뜻을 취한 것이다. 남당(南唐) 때 의조(義祖) 앞에서 박희(博戱)를 하면서 여섯 개의 주사위를 손에 거머쥐고는, '정말 지지 않으시려거든 공은 한 번 던져서 모두 붉은 면이 나오게 하시오.' 하였는데, 주사위를 던지자 과연 여섯 개의 주사위가 모두 붉은 면이 나왔으니, 이른바 육홍(六紅)이다." 하였다. 우리나라에는 소투희(小骰戱)가 있으니 12조각에 2·4·7은 붉은색으로 만들고 상격(上格)이라 칭하는데, 위의 놀이에 가깝다.(한국고전 DB 참조)

한 조선시대 궁중에서도 주사위 놀이를 했던 기록을 볼 수 있다. 成宗18年(1487)의 기사에 의하면 “上以便服, 御昌慶宮仁陽殿觀儺, 宗宰入侍. 出馬粧, 角弓, 理馬諸緣毛坐子等物, 命侍臣擲大獵圖骰子以賭之.”(왕이 편복차림으로 창경궁 인양전에 나가 나희를 구경하는데 종재가 입시하였다. 마장, 각궁, 말 안장 등 물건을 내오고 신하에게 명하여 대렵도에 주사위를 던져 내기를 하였다.)라고 하였다.[25] 또 주사위를 가지고 하는 박희나 저포라고 하는 놀이가 있었다. 저포는 주사위 다섯 개를 가지고 다섯 투자를 한 번 던져서 모두 백색이 나오면 이기는 것이었다.[26] 서거정의 ≪四佳詩集≫卷之二十二○第十五. 에서도 “供閑有棋博. 骰子手長拈”이라는 구절을 볼 수 있다. 한가할 때에 주사위를 가지고 내기 놀이를 하면서 주사위를 한참동안 손에 쥐고 있는 모습을 묘사하고 있다. 또 성현의 ≪虛白堂詩集≫에 “乾鷄骰子徐徐擲。秋露磁杯細細斟”라 하여 주사위를 던지고 술을 마시는 정경을 묘사하고 있다. 이와 같이 여러 문헌들을 통해서 조선의 사대부 지식인이나 궁중에서도 주사위를 이용한 酒令을 즐긴 것을 알 수 있다.

필사자가 骰譜까지 필사한 것은 당시 조선의 ≪西廂記≫독자층이 酒令이라는 놀이를 즐긴 것을 시사하는 것은 아닌가 생각된다. 이것이 무엇인지 몰랐다면 이 부분은 삽화처럼 생략하고 필사하지 않을 수 있었을 것이다. 다시 말해서 조선의 독자층이 ≪西廂記≫의 曲文을 가지고 놀이를 즐겼을 가능성을 짐작해 볼 수 있다고 생각된다.

이상의 논지를 요약하면 다음과 같다. 조선시대 ≪西廂記≫는 희곡의 텍스트가 아닌 독본용으로 수용되고 통용되었다. 한글 번역본에도 보면 유명한 부분의 詩는 漢文을 병기한 것을 볼 수 있다.

≪西廂記≫의 대중성 확보는 曲文의 아름다움에 기인하였고 조선의 ≪西廂記≫독자층은 텍스트를 더 잘 이해하기 위하여 어휘를 연구하고 풀이한 사전을 만들기도 한

---

25) ≪조선왕조실록≫, 成宗 210卷, 18年(1487 丁未 / 명 성화(成化) 23年) 12月 29日(甲午) 1번째기사.

26) “弟姪携樽酒。開筵慰老夫。脫巾露蓬頂。擲骰叫樗蒲。非伏三尸票。聊爲一夜娛。隣鷄亂喎喔。缺月掛墻隅” 성현(成俔)의 ≪虛白堂詩集≫卷之八 男世昌編集. 또 ≪艮齋先生續集≫卷之四, 古文前集質疑에 보면 “骰子五者皆白則勝。故擲者呼而祝之。梟盧。必五白之一。而梟其勝名也。”라 하였다.(한국고전 DB 참조)

것이다. 이러한 현상은 ≪西廂記≫텍스트의 유행을 더욱 독려하였을 것이라 생각된다.

국회도서관 소장 필사본 ≪會眞演義≫는 우선 제목에서 보이듯이 조선시대 독자들의 ≪西廂記≫에 대한 이해가 소설적 인식으로의 접근임을 보여주는 증거가 될 것이다. 또한 필사의 과정에서 단순히 刊本을 그대로 筆寫한 것이 아니라 筆寫者가 나름대로의 관점을 가지고 단어를 풀이하거나 구절에 대한 설명을 하는 것을 볼 수 있다. 다시 말해 어휘 사전이라 할 수 있는 ≪艶夢漫釋≫이나 ≪西廂記語錄≫의 풀이와는 다른 단어를 사용하여 해석하거나 다른 의미로 풀이하는 예들을 볼 수 있다. 더 나아가 필사자가 자신의 생각이나 감상을 적은 評語의 형태도 보인다. 거기다가 骰譜까지 빠짐없이 정성스럽게 필사한 것은 당시의 ≪西廂記≫독자들이 ≪西廂記≫를 읽는데 그친 것이 아니라 중국에서처럼 하나의 놀이 문화로써 수용했을 가능성을 배제 할 수 없음을 보여준다.

필사시기에 대해서는 대체로 필사가 유행한 1890년 이후일 것으로 생각된다.[27] 또한 과연 누가 필사를 하였는가에 대해서는 영리를 위한 필사라기보다는 ≪西廂記≫를 너무나 사랑했던 사대부집안의 여인이 아니었을까 조심스럽게 추측해본다. 일반적으로 영리를 목적으로 한 세책본의 경우는 필사에 관련된 정보가 남아 있을 것이다. 동국대 필사본의 경우에도 "光武三年十二月日製錦堂畢書 完山後人李明夏 弄筆"이라하여 필사시기가 1899년이고 完山後人李明夏라는 사람이 필사하였음을 알 수 있다. 다시 말해 ≪會眞演義≫는 조선 사회 ≪西廂記≫독자층의 인식과 해석, 수용형태를 보여 주고 있다고 생각된다.

---

27) 이민희 지음, ≪조선의 베스트셀러≫, 프로네시스, 2007년, 49쪽 참조.

4. ≪珍珠塔≫의 서지·서사와 번역양상
−한국학중앙연구원 소장 56회본을 중심으로*

　　필자는 한국연구재단의 '한국에 소장된 중국고전소설 및 희곡 판본의 수집정리와 해제'라는 과제를 수행하면서 彈詞의 판본들도 병행하여 조사하였다. 中華民國元年(1912) 이전에 간행된 판본과 간행연도 미상의 판본을 주요 대상으로 삼았는데, 그 결과 彈詞 22종[1]이 유입되었음을 확인할 수 있었다. 이중 우리말로 번역된 작품 2종이 남아 있는데, 이것이 곧 ≪再生緣≫의 번역인 ≪지싱연젼≫과 ≪珍珠塔≫의 번역인 ≪진쥬탑≫이 그것이다.

　　우리나라의 중국문학 연구자들에게 彈詞라는 장르와 ≪珍珠塔≫이란 작품 모두 낯설 것이다. 그러나 彈詞는 淸代 들어서 중국 江南에서는 민간문예의 중요한 분야였다. 방언으로 쓰인 彈詞(土音彈詞) 중에는 吳音(吳지역 즉 지금의 江蘇省 南部 太湖 주변지역과 浙江省 北部 그리고 安徽省 東部의 일부 지역의 방언)彈詞가 가장 유행하였는데, ≪珍珠塔≫·≪玉蜻蜓≫·≪義妖傳≫이 제일 유명하다.[2] 이중 ≪珍珠塔≫은 가장 훌륭한 작품으로 최고의 위치를 점하고 있다는 평가를 받는다.[3] ≪珍珠塔≫은 淸代에 30여종의 판본이 간행되었는데 彈詞 중에서는 가장 많은 수량을 자랑한다.

---

* 이 글은 ≪中國小說論叢≫제42집(한국중국소설학회, 2014. 4)에 발표한 논문을 일부 수정·보완하였다. 이 논문은 2010년 한국연구재단의 정부재원(교육과학기술부 인문사회연구 역량강화사업비)의 지원을 받은 연구이다.(NRF-2010-322-A00128)
　　주저자 : 유승현(慶熙大學校 비교문화연구소 연구원).　교신저자 : 민관동(慶熙大學校 중국어과 교수)
1) 그 작품들을 다음과 같다. ≪義妖傳≫·≪玉鴛鴦≫·≪玉堂春≫·≪玉釧緣≫·≪再生緣≫·≪玉連環≫·≪珍珠塔≫·≪一箭緣≫·≪雙珠鳳≫·≪錦上花≫·≪三笑新編≫·≪八美圖≫·≪碧玉獅≫·≪水晶球≫·≪芙蓉洞≫·≪麒麟豹≫·≪八仙緣≫·≪天寶圖≫·≪筆生花≫·≪雙珠球≫·≪十粒金丹≫·≪金如意≫.
2) 鄭振鐸, ≪中國俗文學史≫(北京 : 東方出版社, 1996), 530쪽.
3) 鄭大雄, 〈彈詞·鼓詞 比較硏究〉(韓國外大 碩士論文, 1989), 64쪽. 薛寶琨, ≪中國的曲藝≫(北京 : 中國國際廣播出版社, 2010), 33쪽.

또한 ≪珍珠塔≫의 주인공인 方卿의 아들들 이야기로 구성된 ≪麒麟豹≫까지 여러 차례 간행되었다.[4] 후속편은 전편의 성공을 바탕으로 만들어지는데, ≪珍珠塔≫은 彈詞 장르에서는 거의 유일하게 후속편이 만들어진 작품이다. 이를 보면 ≪珍珠塔≫이 淸代에 널리 유행하였음을 알 수 있다.

≪珍珠塔≫은 彈詞 이외에도 錫劇·越劇·潮劇·淮劇 등의 많은 지방연극들과 곡예의 각종 다른 장르들로도 개편되었다.[5] 1998년에는 ≪珍珠塔新傳≫(일명 ≪珍珠塔傳說≫)이란 19集의 TV연속극이 제작되었는데,[6] ≪珍珠塔≫이야기가 현대 들어와서도 여전히 환영받고 있음을 확인할 수 있다. 그런데 국내에서는 ≪珍珠塔≫을 대상으로 삼은 논문은 아직 발표되지 않았다. 이에 필자는 한글번역본뿐만 아니라 그 대상텍스트인 56회본 ≪珍珠塔≫에 대한 연구를 함께 진행하고자 한다.

彈詞는 최초 중국의 예인들이 민간에서 공연하던 강창이었는데, 여러 차례 개편을 거쳐 문자텍스트로 간행된 후에 조선에 유입되었다. 이것은 조선인들에게 상당히 새롭고 낯선 장르였을 것이며, 직접 수용하기는 쉽지 않았을 것이다. 조선에서는 중국문학의 직접적인 수용이 가능한 문인들을 제외하면, 우리말로 번역된 후에야 비로소 그 전파범위를 확대할 수 있었다. ≪珍珠塔≫도 우리말로 번역되어 중국어를 모르는 사람들에게도 수용과 전파가 가능해졌는데, ≪진쥬탑≫은 궁중소장본이라서 그 전파범위는 궁중에 한정되었을 가능성이 높다. 어쨌든 문자텍스트인 ≪珍珠塔≫은 공연 彈詞의 특

---

4) ≪麒麟豹≫의 주요 판본은 다음과 같다. (1) ≪繡像說唱麒麟豹全傳≫, 10권 10책 60회, 駕湖逸史 撰, 道光2年(1822) 廢閑主人 序, 觀志閣 木版本. (2) ≪繡像說唱麒麟豹全傳≫, 10권 16책 60회, 廢閑主人 撰, 道光4年(1824) 飛春閣 木版本. (3) ≪繡像說唱麒麟豹全傳≫, 10권 8책 60회, 陸士珍 撰, 道光4年(1824) 飛春閣 木版本. (4) ≪麒麟豹≫, 10권 10책 60회, 陸士珍 原著, 廢閑主人 編, 道光2年(1822) 廢閑主人 序, 光緒元年(1875) 玉積山房 木版本. (5) ≪新增全圖珍珠塔後傳麒麟豹≫, 30권 4책 60회, 廢閑主人 撰, 光緒17年(1891) 上海書局 石印本. (6) ≪繡像珍珠塔後傳麒麟豹全本≫, 30권 8책 60회, 道光2年(1822) 駕湖逸史 序, 光緒21年(1895) 四明顧曲散人 重校, 같은 해 上海書局 石印本. (7) ≪繪圖馬調珍珠塔(繡像珍珠塔後傳麒麟豹全本)≫, 30권 10책 60회, 光緒28年(1902) 福記海書局 石印本. 위의 판본들 이외에도 民國年間에 石印本으로 출판된 여러 판본들이 있다. 국내에 유입된 ≪麒麟豹≫의 판본은 3종이 있는데, 동아대에는 ≪繡像說唱麒麟豹全傳≫(道光 4年(1824) 飛春閣)이, 부산대에는 ≪繡像說唱麒麟豹全傳≫(출판사항 불명)이, 경북대에는 소장본인 ≪新增全圖珍珠塔後傳麒麟豹≫(출판사항 불명)가 소장되어 있다.

5) 李修生 主編, ≪古本戲曲劇目提要≫(北京 : 文化藝術出版社, 1997), 632~633쪽.

6) 百度百科 http://baike.baidu.com/

징을 그대로 간직하고 있다. 본 논문에서는 ≪珍珠塔≫의 강창 장르적 특징이 ≪진쥬탑≫에서 어떻게 번역되었는지에 초점을 맞출 것이다.

1) ≪珍珠塔≫과 ≪진쥬탑≫의 서지

≪珍珠塔≫은 一名 ≪九松亭≫이라고도 하며 淸代에 매우 유행하였던 '公演 彈詞'[7]이다. 이는 讀書 彈詞에 대립되는 개념으로 사용되었으며, 독서 彈詞는 작자에 의해 창작되어 문자로 고정된 형식을 갖는다. '공연 彈詞 작품은 우선 최초의 원작자가 불분명한 경우가 많고, 작자가 알려져 있다 하더라도 문인보다는 예인에 가까운 사람들이 대부분이며 그마저 현장에서의 공연과 전승을 거치는 동안 다양한 변이형이 지속적으로 등장하여 최초의 "원작"과는 상당히 달라진 이본들이 많다는 점에서 적층문학적 양상을 띤다.'[8] ≪珍珠塔≫은 明代에 이미 唱本이 있었다고 하지만, 현재 실물은 남아 있지 않다. 그런데 대개 연행하던 彈詞는 예인 스스로 엮은 것이며 여기에는 자신의 이름을 기록하지 않았다. 출판업자들이 이것을 근거로 坊刻本을 찍어낼 때는 대체로 유명한 예인들의 이름을 빌려 간행하였다.[9] 공연 彈詞인 ≪珍珠塔≫도 이런 전승과정을 거쳤는데, 민간에서 유행한 공연 彈詞로 여러 차례 강창예인들에 의해 개편이 이루어졌다. ≪珍珠塔≫의 원작자는 알 수 없으나, 馬春帆이 개편하여 연출하였다고 전해지기도 한다.[10] ≪珍珠塔≫이 공연될 때는 다양한 변이형이 지속적 출현하였겠지만, 문자로 고정되어 출판된 이후에는 독서의 대상이 되어 애독되었을 것으로 추정된다. 즉 문자를 해독할 수 없는 사람들은 ≪珍珠塔≫ 공연을 보았고, 문자 해독이 가능한 사람들은 공연도 보고 책으로 읽기도 하였을 것이다. ≪珍珠塔≫의 이런 두 가지 향유 방식은 동시에 존재하였는데, 본 논문에서는 문자텍스트로서의 ≪珍珠塔≫만을 대상으로

---

7) 이외에도 彈詞를 분류하는 방식은 여러 가지가 있는데, 이정재는 이하의 논문에서 중국학자들이 제시한 다양한 개념들을 검토하였다. 이정재, 〈彈詞 認識의 問題點과 彈詞 槪念의 再定立〉(≪中國文學≫第57輯, 2008.11), 245~267쪽 참고.

8) 이정재, 〈淸代 彈詞의 敍事的 性格과 劇的 性格〉(≪中國文學≫第60輯, 2009.8), 148쪽.

9) 朴在淵, 〈진쥬탑해제〉, ≪진쥬탑≫(학고방, 1995), 4쪽.

10) 車錫倫・周良, ≪寶卷・彈詞≫(瀋陽 : 春風文藝出版社, 1999), 63쪽.

삼는다.

≪珍珠塔≫은 여러 가지 판본이 있는데, 주로 세 계통으로 나뉜다.

현존하는 최초의 판본은 서명이 ≪孝義眞蹟珍珠塔全傳≫으로 되어 있으며 乾隆46
年(1781)에 周殊士가 개편한 것이다. 그는 서문에서 方元音이 18회까지 개정하다가
완성하지 못하고 죽자 자신이 24회로 증보하였다고 썼다.11) 이 판본은 '周殊士補本'이
라고 불리는데, 이하에서 필자는 '24회본'으로 지칭한다.

그다음 판본은 서명이 ≪新刻東調珍珠塔≫으로 되어 있으며 嘉慶14年(1809)에 吟
餘珏에서 간행하였다. 이 판본에는 20회본으로 兪正峰이 편찬하였으며 嘉慶元年
(1796)에 玉泉老人이 쓴 발문이 있다. 이 발문에서는 兪正峰이 근래 彈詞 네 편을 편
찬하였으며 그중 ≪珍珠塔≫이 가장 주옥같다고 하였다.12) 판본 목록을 보았을 때13)
이 판본은 단 한 차례만 출판된 것으로 보인다.

세 번째 판본은 서명이 ≪珍珠塔彈詞≫로 되어 있으며 道光2年(1822)에 蘇州 經
義堂에서 간행하였다. 이 판본은 4권 56회 8책으로 되어 있으며, 周殊士와 陸士珍 두
사람의 編評과 鴛水主人이 嘉慶19年(1814)에 쓴 서문이 있다. 이 판본은 '周·陸編評
本'이라고 불리는데, 이하에서 필자는 '56회본'으로 지칭한다. 이외의 56회본은 ≪繡像
珍珠塔≫인데 飛春閣에서 간행되었다. 이 판본도 앞의 판본과 같이 4권 56회로 구성
되었는데, 12책으로 출판된 것만이 다르다. 또한 陸士珍 '撰'하였으며 앞의 판본과 동일
한 嘉慶19年(1814)의 序가 있으므로 이 둘은 같은 계열일 것이다. 그런데 전자는 서명
만 보면 삽화의 존재 여부를 알 수 없으나, 후자는 서명에 '繡像'이란 말이 붙어 있는
것으로 보아 삽화가 들어 있을 것이다. 박재연이 '이 책은 중국에서도 보기 드물다.'14)
라고 하였는데, 필자도 판본 목록을 확인하였을 때 56회본은 이 둘 이외에는 없는 것으
로 보인다.

이상의 세 가지 판본은 각각 24회·20회·56회로 구성되어 있는데, 주요 등장인물의
이름도 약간씩 다르며 또한 내용에도 차이가 있다. 그런데 道光13年(1833)에 24회본인

---

11) 鄭振鐸, ≪中國俗文學史≫(北京 : 東方出版社, 1996), 530쪽.

12) 盛志梅, ≪淸代彈詞硏究≫(濟南 : 齊魯書社, 2008), 462쪽.

13) 필자는 다음 책에서 판본 목록을 참고하였는데, 거기서는 모두 50종의 판본을 제시하였다. 盛志
梅, ≪淸代彈詞硏究≫(濟南 : 齊魯書社, 2008), 461~467쪽.

14) 朴在淵, 〈진쥬탑해제〉, ≪진쥬탑≫(서울 : 학고방, 1995), 5쪽.

≪繡像珍珠塔≫이 無錫 方來堂에서 출판된 이후에는 20회과 56회본은 자취를 감춘다. 그리고 현재까지 유통되고 있는 ≪珍珠塔≫은 바로 '周殊士補本'인 24회본뿐이다. 그런데 ≪진쥬탑≫의 한글번역 대상텍스트는 흔히 유통되던 24회본이 아니라 바로 희귀한 56회본이다.

　≪진쥬탑≫의 존재는 번역의 대상텍스트인 56회본 ≪珍珠塔≫의 조선 유입을 전제로 한다. 이에 대해 살펴보기 전에 먼저 국내에 유입된 중국 판본의 목록을 제시한다.

書 名	出 版 事 項	版 式 狀 況	一 般 事 項	所藏處
繡像珍珠塔	編著者未詳, 刊寫地未詳, 刊寫者未詳, 刊寫年未詳	1册(缺帙, 61張), 中國木活字本, 18.6×11.3cm, 四周單邊, 半郭:15.8×8.8cm, 無絲欄, 11行21字, 無魚尾, 紙質:竹紙	板心書名：珍珠塔	韓國學中央研究院
繡像珍珠塔	編者未詳, 清朝年間	4卷5册(卷1～4), 中國木版本, 18.6×11.2cm, 四周單邊, 半郭: 15.5×8.5cm, 有界, 11行21字	表題：珍珠塔, 內容：8回～49回, 連續本落秩未詳, 唱劇小說	韓國學中央研究院
繡像孝義眞蹟珍珠塔	無錫, 方來堂, 己巳(1869?)	24回6卷6册1函, 木版本	標題：繡像珍珠塔, 版心題：繡像九松亭, 目錄題：繡像孝義眞蹟珍珠塔全傳, 引：…世云山陰周殊士作 毘陵青宵居鵬程校閱 己巳孟夏無錫方來堂重刊	서울대 중앙도서관

　한국학중앙연구원 소장본에 대한 논의는 잠시 뒤로 미루고, 우선 서울대 중앙도서관의 소장본을 살펴본다. 서울대 소장본 ≪繡像孝義眞蹟珍珠塔≫은 無錫의 方來堂에서 己巳年(1869)에 6권 6책 '24회'로 구성된 木版本이다. 그런데 소장처의 목록에서는 己巳年이란 간행년도를 1869년으로 추정하고 있다. 無錫의 方來堂에서는 ≪珍珠塔≫을 5차례 간행하였는데,15) 同治8年(1869)의 重刊本 ≪繡像孝義眞蹟珍珠塔≫(6권 6책 24회, 陸士珍 撰)이 있다. 그런데 1809년의 己巳年에는 이와 같은 판본이 간행되지 않았으므로 己巳年이 1869일 것이라는 추정은 거의 확실하다.

---

15) (1)≪繡像珍珠塔≫, 6책 24회, 道光13年(1833) 無錫 方來堂 刻本. (2) ≪繡像孝義眞蹟珍珠塔≫, 6권 6책 24회, 陸士珍 撰, 同治8年(1869) 無錫 方來堂 重刊本. (3) ≪繡像孝義眞蹟珍珠塔≫, 6권 6책, 周殊士 撰, 光緒8年(1882) 方來堂 刊本. (4) ≪珍珠塔≫, 光緒13年(1887) 無錫 方來堂 刊本. (5) ≪繡像孝義眞蹟珍珠塔≫, 6권 6책, 周殊士 重編, 方來堂 刻本.

이 판본은 24회로 구성된 周殊土補本이므로 한글 번역본의 대상텍스트가 된 56회로 구성된 周·陸編評本이 아니다. 서울대 소장본의 유입 시기는 1869년 이후로 확정할 수 있지만, 정확히 언제 유입되었는지는 관련 정보가 없어서 확정할 수 없다.

한국학중앙연구원에서 제공한 소장정보에 따르면 ≪珍珠塔≫의 중국 판본이 2종이나 있는 것으로 되어 있다. 필자가 확인한 바로는 이 소장정보는 오류가 있는 것으로 보인다. 목록의 첫 번째 판본은 1책의 낙질본으로 63장만 남아 있는 것으로 되어 있다. 실제로 이 판본은 〈15회〉에서 〈21회〉까지 남아 있고, 중간의 〈22회〉부터 〈49회〉까지는 없으며, 이어서 〈50회〉에서 〈54회〉까지 남아 있고 〈55회〉와 〈56회〉는 없다. 그러니까 중간부분이 빠져 있으며 〈15회〉～〈21회〉와 〈50회〉～〈54회〉가 함께 묶여 있는 판본이다. 그런데 〈15회〉와 〈50회〉의 앞부분과 〈54회〉의 뒷부분과 나머지 2회가 없다. 그래서 표지와 본문의 앞부분이 떨어져나간 〈15회〉와 〈50회〉를 함께 묶어 장정한 것으로 보인다. 이런 판단은 목록의 두 번째 판본을 통해 확정할 수 있는데, 한국학중앙연구원에서는 이 판본을 '열람불가'로 해놓았기 때문에 필자는 마이크로필름을 통해 확인하였다. 그런데 이 판본은 〈8회〉～〈14회〉 그리고 〈22회〉～〈49회〉로 이루어진 판본이다. 중간에 빠져 있는 〈15회〉～〈21회〉와 〈49회〉 이후의 나머지 회가 목록의 첫 번째 판본에 들어 있다. 두 번째 판본의 〈8회〉～〈14회〉의 표지를 보면 제2책으로 되어 있고, 〈22회〉～〈28회〉가 제4책, 〈29회〉～〈35회〉가 제5책, 〈36회〉～〈42회〉 제6책, 〈43회〉～〈49회〉가 제7책으로 되어 있다. 그렇다면 첫 번째 판본의 〈15회〉～〈21회〉회가 제3책이고, 〈50회〉～〈56회〉가 제8책일 것이다. 그런데 앞에서 지적하였듯이 〈15회〉와 〈50회〉의 표지와 본문의 앞부분이 없기 때문에 몇 책인지 확인할 수 없어서 둘을 같이 장정하였던 것 같다. 게다가 두 판본은 모두 內題가 ≪繡像珍珠塔≫으로 되어 있고, 또한 11行 21字로 행자수가 같으며 글자체도 같다. 그렇다면 첫 번째와 두 번째를 합쳐서 〈8회〉～〈54회〉가 남아 있는 하나의 판본이며, 제1책인 〈1회〉～〈7회〉 그리고 〈55회〉와 〈56회〉가 결질인 56회본 ≪珍珠塔≫의 판본이다. 이 판본은 제1책이 빠져 있어서 출판사항이 모두 미상이지만, 56회 8책의 周·陸編評本으로 확정할 수 있다. 그러므로 이 판본은 한글 번역본 ≪진쥬탑≫의 대상텍스트로 볼 수 있다. 실제로 원문과 번역을 비교해보면 이것은 확실한데, 이는 뒷글에 살펴볼 번역양상을 통해 확인할 수 있을 것이다.

藏書閣에 소장된 또 다른 彈詞 ≪玉釧緣≫에는 印記가 '李王家圖書之章'로 되어
있다. 그런데 같은 藏書閣 소장 ≪珍珠塔≫은 제1책이 결질이고 〈54회〉의 뒷부분 이
후의 2회가 없으므로 아쉽게도 所藏印을 확인할 수 없다. 하지만 56회본 ≪珍珠塔≫
은 중국에서도 희귀한 판본이고 우리나라에는 藏書閣의 판본이 유일하다. 그러므로 이
판본은 조선왕실의 소장본이었을 가능성이 높으며, 실제로 한글 번역의 직접적인 대상
텍스트일 수도 있다. 이 판본은 국내에 유입된 기록이 없으나, 56회본의 '序'가 쓰인
1814년 이후에서 한글로 번역되기 전인 1884년 이전에는 유입되었을 것이다.

그러면 56회본 ≪珍珠塔≫을 대상으로 번역한 한글번역본의 판본을 살펴보자.

書名	出版事項	版式狀況	一般事項	所藏處
진쥬탑 (珍珠塔)	作者未詳, 寫年未詳	10卷10, 한글筆寫本, 28.1×19.9m, 無郭, 無絲欄, 9行19字, 註雙行, 無版心, 紙質:楮紙	表題：珍珠塔, 印記：藏書閣印	韓國學中央 研究院
珍珠塔	編者未詳, 刊地未詳, 刊者未詳, 19世紀末	13卷5册, 宮體筆寫本	한글本	奎章閣

≪진쥬탑≫은 위에 소개한 56회본 ≪珍珠塔≫ 周·陸編評本을 대상으로 삼은 번역
본이다. 그러면 이 작품에 대한 번역이 언제 누구에 의해 이루어졌는가하는 문제를 살
펴보자.

　　高宗二十一年을 전후하여 文士 李鍾泰라는 이가 皇帝의 命을 받아 문사 수십명을 동
　원하여 오랫동안 中國小說을 번역한 것이 近百種에 가까웠고, 또 昌德宮 안에 있는 樂善
　齋(王妃의 圖書室)에는 한글로 된 書籍이 지금 四千餘冊이나 있는바 그 중에는 飜譯小
　說이 대부분이고 더러는 國文學의 귀중본도 끼어 있었다.[16]

이 인용문은 연구자들이 중국소설의 한글번역본의 번역 주체와 시기를 연구할 때 가
장 많이 사용하는 근거이다. 어쨌든 '이종태(1850~1908)가 실제로 중국소설 번역작업
에 종사하였다는 사실과 그가 번역한 소설들에 관한 구체적 증거자료들이 아직까지 확

---

16) 이병기·백철 공저, ≪국문학전사≫, (신구문화사, 1957), 182쪽. 류준경, 〈樂善齋본 중국번역소
　　설과 장편소설사〉, ≪한국문학논총≫(제26집, 2000), 110쪽에서 재인용.

인되지 않고 있어, 현재로서는 이를 단정적으로 말할 수는 없다. 그렇지만 그가 1874년 譯科 출신이라는 점, 그리고 학부참서관겸 시종, 한성사범학교장, 학부편집국장, 외국어학교장 등을 지낸 그의 이력으로 볼 때, 당시 왕실의 요구에 의해 가람이 언급하였던 바의 중국소설 번역작업에 나섰을 개연성은 매우 크다.'[17] 위 인용문의 내용을 사실로 단정할 수는 없지만 그럴 개연성이 크다는 이 주장에 필자는 동의하면서 아래의 논의를 진행한다.

≪珍珠塔≫은 奎章閣과 韓國學中央研究院에 각각 번역본이 있는데, 전자를 奎章閣本이라고 하고 후자를 樂善齋本이라 한다. '奎章閣本은 군데군데 먹칠로 지운 부분과 수정한 부분이 있어 번역 초고본임을 알 수 있으며 樂善齋本은 이 奎章閣本을 다시 깨끗하게 정사한 것이다. …… 고어나 고문체가 거의 보이지 않는 것으로 미루어 高宗21年(1884) 경에 李鍾泰 등 문사 수십 인을 동원하여 번역할 때 이루어진 것으로 추정된다.'[18]

류준경은 奎章閣과 樂善齋 두 곳에 소장된 중국소설 번역본인 ≪슈상요화전≫·≪츙렬소오의≫와 ≪진쥬탑≫의 비교 연구하였다. 그러면서 '樂善齋本이 갈수록 책 수가 2배 이상 늘어난다는' 세 번역본의 공통점을 들어, 박재연의 ≪진쥬탑≫ 번역 시기에 대한 주장에 동의하였다.[19] 그외 이지영은 〈진쥬탑 어학해제〉에서 '언어학적 사실로 미루어 볼 때, 19세기 말에 필사된 것으로 보인다.'[20]라고 하였다.

17) 최길용, 〈한글필사본 ≪瑤華傳≫의 번역 및 변이 양상〉, ≪한중 고전소설 연구자료의 새 지평≫ (채륜, 2008), 287쪽.
18) 朴在淵, 〈진쥬탑해제〉, ≪진쥬탑≫(학고방, 1995), 1쪽과 5쪽.
19) 류준경, 〈樂善齋本 중국번역소설과 장편소설사〉, ≪한국문학논총≫(제26집, 2000), 120~122쪽.
20) '된소리 표기를 보면, 'ㄱ, ㅂ'의 된소리는 'ㅅ'계 병서만이 나타나지만 (쑤러 5: 3b, 쌧쌧ᄒᆞ며 3: 12a, 쎠가지 3: 12a) 그 외의 경우는 'ㅂ'계 병서와 'ㅅ'계 병서가 함께 나타난다. 구개음화와 원순모음화를 보이는 예도 간혹 보인다. 또한 연결어미 '-으니'나 의문형 종결어미 '-냐 / 뇨'등이 결합될 때 'ㄴ'이 첨가되는 현상이 많이 나타난다(아니ᄒᆞ던니, 일우런니, 만류ᄒᆞ민냐, 계신ᄂᆞ뇨).현재시제 선어말어미 '-ᄂᆞ-'가 포함된 'ᄒᆞᄂᆞ다'는 16세기부터 내포문에서 'ᄒᆞᆫ다'로 바뀌게 되는데, 상위문의 종결형에서 'ᄒᆞᆫ다'가 나타나는 것은 17세기부터의 일이다. 이 책에서는 내포문의 '-ᄂᆞ-'는 항상 'ᄒᆞᆫ다'와 같은 형태로 나타나지만(긔이지 못ᄒᆞᆫ다 ᄒᆞ나, 짓는다 ᄒᆞ고), 상위문의 종결형에서는 'ᄒᆞᆫ다'와 같은 형태는 나타나지 않는다.과거 사실에 대한 반사실적 가정을 표현하는 '-더면'은 17세기부터 나타나고, '-엇더면'은 18세기 중엽을 전후하여 나타나는데, 이 책에서는 이와 같은 '-더면'과 '-엇더면'의 어형이 모두 나타난다(아니ᄒᆞ더면 3: 21b, 동수ᄒᆞ엿더면 4: 13b). 이러한 '-더면', '-엇더면'의 후행절의 종결형에는 선어말어미 '-리-'나 '-리러-'가 나타나는 것이 일반적인데, 19

≪진쥬탑≫은 편폭이 긴 장편의 彈詞인데 기본적으로 전문을 직역하여 번역하였다고 할 수 있다. 그렇다면 이 작업에는 적지 않은 인력과 재력 그리고 시간이 투여되었을 것이다. ≪珍珠塔≫은 ≪三國演義≫처럼 조선에서 널리 유행한 작품도 아니고 '梁祝이야기'처럼 이전에 알려졌던 이야기도 아니다. 상업적 이익을 전혀 예측할 수 없는 상황에서 개인이 이런 번역 사업을 벌이기는 쉽지 않았을 것이다. 그래서 ≪진쥬탑≫은 왕실의 여러 가지 뒷받침이 있었기 때문에 비로소 완성될 수 있었던 번역 사업으로 보인다.

2) ≪진쥬탑≫의 내용과 서사적 구성

(1) 56회본 회별 줄거리와 24회본과의 차이

≪진쥬탑≫의 대략적인 줄거리는 박재연이 정리하여 소개한 적이 있다.[21] 필자는 24회본과 56회본 ≪珍珠塔≫의 차이와 또한 ≪진쥬탑≫의 서사적 구성의 특징을 논의하기 위해 회별의 줄거리를 소개하고자 한다. ≪진쥬탑≫의 회목은 한자를 병기하지 않고 한자음만 그대로 옮겨 적었으며 바로 아래 작은 글씨 두 줄로 뜻을 풀어놓았다. 그런데 한글 회목만 보고는 그 내용을 짐작하기 힘들기 때문에 필자는 아래의 줄거리 소개에서 한자를 병기한다.

〈1회〉 잠경(賺卿) 방경을 능멸ㅎ미라

주인공 方卿은 河南 開封府 祥符縣 사람이다. 할아버지는 재상을 지냈으며, 아버지는 이부상서를 지낸 명문가였다. 그러나 간신의 모함으로 멸문지화를 당하였으나 겨우 方卿과 어머니 揚氏는 살아남아 가난한 생활을 한다. 方卿은 생원이 되었으나 貢稅

세기에는 이에 상응하는 표현으로 '-ㄹ 번ㅎ-'와 같은 표현이 쓰일 수 있었다. 이 책에서는 'ㅎ마 ㅎ더면 믈츅지변을 당홀 번ㅎ 두가(5: 18a)'와 같은 표현을 볼 수 있다. 이 예에서 현대어 '하마터면'의 어원이 'ㅎ마'와 'ㅎ더면'의 결합임을 알게 한다. 19세기말에 선어말어미 '-시-'는 과거시제 선어말어미 '-엇-'에 선행하여 통합하게 되는데, 이러한 사실이 '가셧ᄂ이다(2: 20b)'와 같은 예에서 확인된다.

이지영, 〈진쥬탑 문학해제〉, 奎章閣 한국학연구원, http://kyujanggak.snu.ac.kr/

21) 朴在淵, 〈진쥬탑해제〉, ≪진쥬탑≫(학고방, 1995), 3~4쪽.

50냥을 체납하고, 관아에서는 그가 출두하지 않을까봐 아전으로 하여금 '方卿을 청하여 글을 강론한다'고 속여서 관아로 데리고 간다.

〈2회〉 핍부(逼賦) 부셰를 핍박ᄒ미라

성질이 급하고 수모를 참지 못하는 方卿은 知縣 馮謙(풍겸)이 생원을 취소하려고하자 말다툼을 벌인다. 결국 지현의 노여움을 사지만 학관의 중재로 겨우 몇 달의 말미를 얻게 된다.

〈3회〉 별모(別母) 모친을 니별ᄒ미라

집으로 돌아온 方卿은 어머께 사정을 말하고 상의한다. 양씨는 돈을 구할 별다른 방법이 없자 결국 襄陽에서 살고 있는 고모에게 돈을 빌리러 가라고 한다.

〈4회〉 상노(上路) 발ᄒ미라

方卿의 고모부는 陳璉인데 '都御史'라는 벼슬을 하고 있었다. 그는 전에 방씨 집안에서 처가살이를 한 적이 있었다. 그런데 方卿이 陳璉의 생일이 다가왔음을 모르고 그를 찾아간다.

〈5회〉 경슈(慶壽) 슈신을 경축ᄒ미라

陳璉은 전에 陳宣(진선)이란 노복을 方卿에게 두 번이나 보냈는데 사정이 있어 못 갔다고 한다. 陳璉은 부인에게 方卿을 데려다가 공부를 시키는 게 어떠냐고 묻지만, 그녀는 냉담한 반응을 보인다. 이어 陳璉의 생일잔치가 벌어지고 많은 이들이 찾아와 예물을 바친다.

〈6회〉 견고(見姑) 고모를 보미라

方卿은 陳璉의 집으로 찾아갔지만 문지기가 걸인 행색의 그를 박대하고, 이때 陳宣이 方卿을 알아보고 집안으로 들인다. 그리고 陳璉을 찾아가 方卿을 먼저 陳부인(고모)에게 보내 옷을 갈아입힌 후에 정식으로 방문하는 것으로 하자고 제안한다. 陳璉이 허락하자 陳宣은 方卿을 데리고 들어가고, 이때 집안의 노비들은 걸인을 데리고 왔다고 비웃는다.

〈7회〉 슈경(羞卿) 방경을 붓그럽게 흔단 말이라

陳부인은 方卿이 고모부의 생일을 기억하고 예물을 갖추고 찾아왔다고 착각한다. 그러다 그녀는 남루한 옷차림의 方卿을 만나자 냉대하며 꾸짖는다. 이에 발끈한 방생은 고모에게 대들다 말다툼을 벌이고 자리를 박차고 나온다. 陳노파는 밖에서 둘의 말다툼을 듣다가 陳璉의 외동딸 翠娥(취ㅇ)에게 알린다.

〈8회〉 원회(園會) 원중의 모드미라

翠娥는 陳노파를 보내 方卿을 만류하게 하고, 陳노파는 그를 綠秋亭(녹츄뎡)에서 기다리라고 한다. 翠娥는 몇 달 늦게 태어난 사촌 동생 方卿을 만나 위로하면서 도움을 주려고 하지만 자존심 강한 方卿은 이를 거절하고 떠나겠다고 한다.

〈9회〉 증탑(贈塔) 탑을 쥬미라

翠娥는 方卿의 고집 센 태도를 보고 그가 은자를 받지 않을까봐 자신의 진주탑을 떡 속에 넣어 요깃거리라며 전해준다. 方卿은 이것을 받아 고모의 집을 떠난다.

〈10회〉 츄송(追松) 구숑뎡으로 싸라가미라

方卿은 九松亭(구숑뎡)에 이르러 요기를 하려다가 찬합 속에서 진주탑을 발견하고 나중에 보답하기로 결심한다. 한편 陳宣은 陳璉에게 方卿이 소년 혈기를 참지 못해 떠났다고 하자 九松亭까지 쫓아가 方卿에게 함께 돌아가기를 종용한다. 方卿이 이를 거절하자 陳璉은 翠娥와의 약혼을 청한다. 方卿은 마지못해 이를 수락하고, 노자는 받지 않고 헤어진다.

〈11회〉 고비(拷婢) 비즈를 치죄ᄒ미라

陳璉은 집으로 돌아와 여종들을 모아놓고 方卿을 조소하였다는 이유로 매를 친다. 이때 陳부인이 나와서 方卿을 욕하며 陳璉과 말다툼을 벌이고, 翠娥는 부모를 화해시킨다. 이 자리에서 陳璉은 方卿과 약혼한 사실을 말한다.

〈12회〉 질설(跌雪) 눈의 구러지미라

方卿은 자신의 신세를 한탄하며 진주탑을 전당잡히고 노자를 변통하려고 한다. 갑자기 내린 폭설에 지친 方卿은 눈 속에 쓰러지고 만다.

〈13회〉 구경(救卿) 방경을 구ᄒ미라

高平역참의 역졸이 눈 속에 쓰러진 方卿을 구해 역참으로 데리고 온다. 驛丞 姚國棟(뇨국동)은 方卿을 구하려고 젖은 옷을 벗기다가 진주탑을 발견한다. 그는 方卿의 출신을 알게되고, 자신이 아버지와 동료였으나 지금은 강직 당했음을 밝히며 方卿을 도우려 한다.

〈14회〉 병역(病驛) 역의서 와병ᄒ미라

姚國棟은 의원을 청해 方卿을 치료하는데, 이때 강서순무 畢雲顯의 노비 畢永이 陳璉에게 생일 선물을 바치러 가다가 역참에 찾아온다. 원래 畢雲顯이 姚國棟의 빈궁함을 알고 畢永을 통해 은자를 보낸 것이다. 姚國棟은 方卿의 어머니에게 은자를 보내 체납한 공세를 갚게 하라는 편지를 써서 畢永을 시켜 陳璉에게 전해주라고 한다.

〈15회〉 숑례(送禮) 녜믈을 보ᄂᆡ미라

畢永은 陳璉에게 문하생인 畢雲顯의 선물을 바치고 姚國棟의 편지도 전한다. 陳璉은 姚國棟이 편지에서 方卿의 소식을 어떻게 알았는지 명백히 밝히지 않자 궁금해 한다. 그는 姚國棟의 편지대로 方부인에게 은자 삼백 냥을 노비 陳祥을 시켜 가져다주라고 한다.

〈16회〉 로겁(路劫) 노상의서 겁박을 당ᄒ미라

陳祥은 주인의 명을 받아 祥符縣으로 가는 길에 圓通寺라는 절에 유숙하게 된다. 주지 海惠(히혜)는 살인을 저지르고 도망치다가 중이 되었는데, 陳祥을 죽이고 재물을 빼앗는다.

〈17회〉 천방(薦方) 方卿을 천거ᄒ미라

姚國棟은 方卿을 畢雲顯에게 추천하여 그곳에서 과거 공부를 하도록 주선한다. 方

卿은 陳璉이 이미 어머니에게 돈을 보낸 것을 알고 이를 받아들여 畢永을 따라 길을 떠난다.

〈18회〉 정서(庭敍) 가정의셔 셔회ᄒ미라
畢雲顯은 方卿이 마음 놓고 공부하도록 성심껏 배려한다.

〈19회〉 허친(許親) 혼스를 허락ᄒ미라
畢雲顯의 어머니는 용모가 수려하고 전도가 있어 보이는 方卿에게 자신의 딸을 시집보내려고 한다. 方卿은 이미 翠娥와 약혼하였기 때문에 안 된다며 거절한다. 그녀는 남자가 처를 둘 거느리는 게 무슨 문제냐며 강요하자, 方卿은 어쩔 수 없어 이 혼사를 받아들인다.

〈20회〉 별분(別墳) 분묘를 니별ᄒ미라
方卿의 어머니는 方卿이 연락이 끊겨 돌아오지 않자 아들을 찾아 길을 떠난다. 그러나 노자가 없어서 구걸을 하며 襄陽을 향해 간다.

〈21회〉 셜당(雪塘) 눈길이라
한편 九江 知府 韓貞忠(한정튱)은 처에게 고향에 돌아가서 집안을 돌보게 한다. 韓부인은 폭설로 뱃길이 막혀 晉江亭(진강뎡)에 머무르다 方부인을 만나고, 그녀의 출신과 집 떠난 이유를 알게 된다. 韓부인은 그녀를 머물게 하다가 나중에는 襄陽으로 가도록 도와준다.

〈22회〉 견금(遣琴) 畢琴을 보닉미라
畢雲顯은 方卿에게 생원이 취소되었다고 알리자 그는 공부를 포기하려고 한다. 畢雲顯은 그에게 이름을 方定(방정)으로 고쳐 응시하도록 권한다. 方卿은 생원이 취소되었다면 陳祥이 고향에 가지 못하였을 것이라며 어머니를 그리워한다. 畢雲顯은 畢琴에게 은 삼백 냥을 方부인에게 가져다주게 하고, 方卿은 진주탑을 주며 어머니가 간수하도록 전해달라고 한다.

〈23회〉 멱기(覓妓) 기녀를 차즈미라

畢琴은 은자와 진주탑을 가지고 九江府로 달아나고, 거기에서 기생을 찾아 나선다.

〈24회〉 표원(嫖院) 오입ᄒᆞᄂᆞᆫ 집이라

畢琴은 자신이 方卿이라고 사칭하고 다니면서, 기생집에서 훔친 돈을 탕진한다.

〈25회〉 반금(盤琴) 畢琴을 힐문ᄒᆞ미라

畢琴은 진주탑을 팔아 돈을 마련하려다가 실패하자 道童 복장을 하고 유랑하다가 시찰을 나온 韓貞忠을 만난다. 그는 진주탑을 내보이며 자신은 方卿인데 노자가 없어 고향에 돌아가지 못한다고 韓貞忠을 속인다. 韓貞忠은 진주탑을 자신에게 맡겨놓으라고 하면서 대신 노자를 마련해준다. 畢琴은 이 돈을 다시 기생집에서 탕진한다.

〈26회〉 견송(遣送) 발송ᄒᆞ미라

方부인은 韓부인의 주선으로 노비 韓龍(한농)과 함께 襄陽으로 가게 된다.

〈27회〉 류쥬(留主) 쥬인을 머믈미라

襄陽에 도착한 方부인은 陳宣을 만나게 되고, 그는 전에 河南 方씨 집안에서 일하였기 때문에 그녀를 알아본다. 陳宣은 陳부인이 박대할까봐 우선 그녀를 자신의 집에 모신다.

〈28회〉 규병(閨病) 규중의 병이라

翠娥는 方卿에게 소식이 없자 상사병에 걸린다. 陳宣은 陳璉에게 方부인 이야기를 하려다가 翠娥의 병 때문에 이를 미룬다.

〈29회〉 청의(請醫) 의원을 청ᄒᆞ미라

陳璉은 유명하다는 의원을 청해오지만 병의 원인조차 모르고 고치지 못한다. 그러다 呂鳳昭(녀봉쇼)란 의원의 약을 먹고 겨우 일어난다.

〈30회〉 잠취(賺翠) 취ㅇ를 속이미라

陳璉은 翠娥의 시비 采屛(치병)에게 딸의 심사를 듣고, 편지를 위조하여 方卿이 장
원급제하였다고 집안사람들을 속인다.

〈31회〉 긔쥬(寄主) 쥬모를 암즈의 우거케 ㅎ미라

翠娥는 병이 낫자 집에서 후원하는 암자에 가서 기도를 드리려한다. 陳宣은 方부인
에게 佛婆로 가장하고 암자에 가 있다가 翠娥를 만나보라고 한다. 方부인은 陳宣의 주
선으로 암자에 기거하게 된다.

〈32회〉 암회(菴會) 암즈의 모히미라

翠娥는 암자에서 차를 대접하는 佛婆를 만나고, 비구니에게 그녀의 내력을 묻는다.

〈33회〉 뎡인(亭認) 뎡즈의셔 아른 체ㅎ미라

翠娥는 佛婆가 숙모임을 확인하고, 그녀에게 方卿이 과거에 급제하였다는 편지가 왔
다고 알리지만 그녀는 이를 의심한다. 翠娥는 숙모가 자신의 어머니 때문에 집에 못 오
고 있음을 알고, 그녀를 위로하며 돕겠다고 한다.

〈34회〉 로신(露信) 서신이 드러나미라

陳부인은 위조 편지의 초고를 발견하고, 남편이 자신과 딸을 속인 것을 알게 된다.

〈35회〉 반복(盤僕) 종을 힐문ㅎ미라

陳부인 예초에 편지를 받았다는 陳宣을 잡아다 문초한다. 陳宣이 한사코 발뺌을 할
때 陳璉이 나타나 그를 구하고, 부부는 말다툼을 벌인다. 결국 陳璉은 딸의 병을 고치
기 위해 벌인 일임을 시인한다.

〈36회〉 안구(安舅) 구모를 편히 ㅎ미라

翠娥는 암자에서 돌아와 아버지에게 절에서 숙모를 만났다고 한다. 翠娥도 편지를 의심
하자 陳璉은 모자가 길이 어긋났을 것이라며 끝까지 잡아뗀다. 陳璉은 하인을 河南에

보내 方卿의 행방을 알아보도록 하였으나, 그는 돌아와 행방을 알 수 없다고 알린다.

〈37회〉 게참(揭參) 논박ᄒ여 치죄ᄒ미라

陳璉은 편지를 姚國棟에게 보내 方卿의 소식을 알아보려고 하는데, 姚國棟은 그를 속이고 方卿의 행방을 모르겠다고 답장한다. 한편 韓貞忠은 물난리를 겪은 백성들을 국고의 은을 풀어 구제하지만, 도리어 국고를 허비하였다는 죄목으로 옥에 갇힌다. 그는 韓龍에게 진주탑을 주며 고향에 있는 韓부인에게 가져다주고, 方卿이 찾아오면 돌려주라고 한다.

〈38회〉 츈시(春試) 회시를 보미라

方定으로 이름을 바꾼 方卿은 장원급제하여 七省巡察都御史에 제수된다. 그는 姚國棟을 천거하여 어사로 복직하게 하고, 자신은 고향으로 돌아가 어머니를 찾아뵙겠다는 재가를 받는다. 畢雲顯의 어머니는 고향으로 떠나는 方卿에게 자신은 襄陽으로 가서 기다리다 翠娥와의 성혼을 돕겠다고 한다.

〈39회〉 욕니(辱吏) 지현을 욕뵈미라

方定이란 이름으로 어사가 된 方卿은 고향으로 돌아와 지현 馮謙이 탐학하였다며 꾸짖는다. 또한 사람을 보내 어머니는 찾아보았으나 그녀의 행방을 알지 못한다.

〈40회〉 곡친(哭親) 어버이를 위ᄒ여 곡ᄒ미라

方卿은 전에 陳祥과 畢琴을 보냈는데도 어머니가 사라지자 대성통곡한다.

〈41회〉 복ᄌ(卜字) 글ᄌ로 뎜치미라

方卿은 점쟁이 柳惠(뉴혜)에게 어머니의 행방에 대해 글자로 점을 치도록 한다. 점괘에 따르면 그녀가 襄陽에 있을 것이라고 하자 그는 그곳으로 찾아갈 결심을 한다.

〈42회〉 제묘(祭墓) 분묘의 제ᄒ미라

畢雲顯이 여동생과 함께 方卿을 찾아오자 그는 이들과 함께 方씨 가묘에 제사를 지낸다. 한편 姚國棟은 관보를 받아보고 이름도 모르는 '方定'이 왜 자신을 추천하였는지 궁금해 한다. 그러면서 심임 관리가 올 때까지 기다리기로 한다.

〈43회〉 역서(驛敍) 역의셔 셔회ᄒ미라

方卿은 高平역에 찾아와 姚國棟을 만나서 그간의 일들을 얘기한다. 그는 姚國棟의 소개로 玄壇廟에서 어머니의 안녕을 축원한다.

〈44회〉 유복(誘僕) 죵을 유인ᄒ미라

方卿은 현단묘에서 노래를 파는 도동을 만나는데 그가 畢琴과 닮았다고 여긴다. 姚國棟은 도동을 유인하여 자신의 거처로 오게 하고, 方卿에게는 병풍 뒤에 숨어 있으라고 한다. 畢琴은 姚國棟 앞에서 자신이 方卿이라고 사칭하자, 姚國棟은 그의 문장을 시험하려고 한다.

〈45회〉 구복(究僕) 죵을 힐문ᄒ미라

畢琴은 배가 아프다며 도망치려고 할 때 方卿이 병풍 뒤에서 나타나 욕을 한다. 畢琴은 도중에 강도를 만나 재물을 빼앗기고 떠돌게 되었다고 거짓말을 하며 눈물을 흘린다. 方卿은 도리어 그를 불쌍히 여겨 용서하고, 그의 도동 옷을 빌려 입고 고모를 만나보려고 한다.

〈46회〉 알환(謁宦) 관인긔 뵈오미라

韓부인은 어사 方定의 내력을 듣고 전에 方부인이 말한 方卿일 것이라고 여긴다. 남편 韓貞忠을 구하는 것을 청탁하기 위해 陳璉의 집을 찾아가 陳부인을 만난다. 그녀는 진주탑을 내밀며 方부인이 여기에 머물고 있을 것이라며 만나게 해달라고 한다.

〈47회〉 고복(拷僕) 죵을 치죄ᄒ미라

陳부인은 陳宣이 자신을 속였음을 눈치 채고 곤장을 치려고 할 때 陳璉이 나타나 말린다. 그녀는 포기하고 딸을 찾아가 진주탑을 주자 翠娥는 곡절을 모르고 놀란다. 陳璉은 陳宣에게 韓부인을 암자로 모시고 가서 方부인을 만나보라고 한다.

〈48회〉 경방(驚方) 방부인이 놀나미라

韓부인은 方부인에게 남편이 도동 행색을 하고 노래를 파는 方卿을 만나보았다고 전한다. 方부인이 아들이 賤人이 되었다며 탄식하자 韓부인은 그녀를 위로한다.

〈49회〉 셜친(說親) 혼수를 말ᄒᆞ미라

姚國棟은 方卿의 혼사에 대해 陳璉의 마음이 어떤지 알아보기 위해 그를 찾아간다. 姚國棟은 方卿이 도동 행색으로 유랑한다고 거짓말을 하는데, 陳璉은 끝까지 혼사를 변개할 수 없다고 한다. 姚國棟은 끝내 진실을 알리지 않고 高平역으로 돌아간다.

〈50회〉 ᄉᆞ힝(私行) ᄉᆞ복으로 힝ᄒᆞ미라

方卿는 도동 행색으로 陳璉의 집을 찾아와 陳璉과 고모를 만난다. 그는 고모와 서로 헐뜯으며 말싸움을 벌인다.

〈51회〉 시셔(試婿) 녀셔를 시험ᄒᆞ미라

陳璉은 方卿이 고향에서 어머니를 만났다고 하자 거짓말임을 눈치 채고 그를 시험하기 위해 道情(중국 民間曲藝의 한 장르)을 불러보라고 한다. 方卿은 노래를 부르며 가난한 친척을 돌보지 않고 업신여기는 陳부인을 풍자한다. 나중에 方卿은 陳宣에게 어머니가 암자에 있다는 말을 듣고 함께 찾아간다.

〈52회〉 규원(閨怨) 규즁 원망이라

翠娥는 方卿이 노래 파는 賤人으로 전락하였다는 얘기를 듣고, 진주탑을 바라보며 한탄하다가 자살을 시도한다.

〈53회〉 구취(救翠) 취ᄋᆞ를 구ᄒᆞ미라

여종 秀屛(슈병)은 翠娥의 방문이 잠겨 있고 대답도 없자, 采屛과 함께 문은 밀치고 들어가 翠娥를 구한다. 이 일로 陳璉 부부가 말다툼을 벌일 때 畢雲顯의 어머니가 찾아온다. 그녀는 方定이 方卿임을 밝히지만 부부는 이를 믿지 못한다.

〈54회〉 견랑(見娘) 모친을 보미라

方卿은 암자에서 어머니를 만나 그간의 행적을 애기하고, 모자는 韓부인과 함께 陳璉의 집을 방문한다. 方부인은 陳부인이 어릴 적 자신이 키워준 은혜조차 모른다고 꾸짖는다. 그러나 陳璉과 翠娥의 정의 때문에 화해를 요청하자 陳부인은 부끄러워하며 받아들인다.

〈55회〉 의구(議救) 구제ᄒᆞ믈 의논ᄒᆞ미라

이때 畢雲顯은 여동생의 혼사를 위해 그녀와 함께 陳璉의 집을 찾아온다. 方卿은 姚國棟을 모셔다가 입경하면 韓貞忠을 구해달라고 주달하길 부탁한다. 그리고 陳璉은 자신의 재산을 털어 韓貞忠이 국고를 메우도록 돕는다.

〈56회〉 단원(團圓) 단원이 모히미라

方卿은 翠娥와 畢雲顯의 여동생과 동시에 성혼하고, 翠娥를 찾아가 그간의 오해를 푼다. 또한 翠娥는 采屏을 方卿의 첩으로 삼게 한다. 姚國棟은 황제를 만나 韓貞忠을 변호하여 구한다. 畢琴은 나쁜 짓만 하다가 붙잡혀 변방으로 쫓겨나 充軍하게 된다.

56회본은 24회본에 비해 한 배가 훨씬 넘는 32회나 많은데, 줄거리도 복잡하고 등장인물도 많다. 둘은 주요 등장인물들의 이름이 다르기도 한데, 56회본의 고모부 陳璉은 24회본에서는 陳廉으로, 노비 陳宣은 王本으로, 陳翠娥의 시비 采屏은 采蘋으로 되어 있다. 또 둘의 기본 줄거리는 거의 일치하지만, 56회본은 많은 곁가지 이야기들이 삽입되어 있어 여러 가지 곡절이 만들어진다.

24회본에서는 생활이 곤궁해서 方卿이 어머니의 명으로 襄陽에 친척을 방문하는 것으로 되어 있다. 56회본은 方卿이 貢稅를 내지 못해 생원이 취소될 위기에 처해 襄陽으로 가게 된다. 이후에는 方卿은 결국 공세를 내지 못해 생원을 취소당하고 方定으로 이름을 바꿔 장원급제 한다. 또한 이 바뀐 이름 때문에 인물들 간에 오해가 생기고 이에 따른 재미있는 이야기들이 생겨난다.

24회본에서는 方卿이 눈 속에 쓰러졌을 때 畢雲顯에 의해 구출되는 것으로 되어 있다. 56회본에서는 이때 驛丞 姚國棟이 그를 구출해서 畢雲顯에게 천거하여 보낸다.

24회본에는 姚國棟이란 인물이 등장하지 않는데 비해, 56회본에서는 해학적인 역할을 하는 인물로 등장하여 여러 사건을 재미있게 끌고 간다.

24회본에서는 邱六橋가 진주탑을 빼앗아 달아나서는 陳璉을 찾아가 전당잡히려고 하다가 도리어 잡힌다. 혹은 누나에게 팔아주길 부탁하는데, 그녀는 陳璉에게 팔려다가 잡힌다. 56회본에서 畢雲顯이 畢琴을 시켜 河南의 方부인에게 은자를 가져다주라고 하는데, 이때 方卿이 진주탑을 주며 어머니가 간수하도록 전해달라고 한다. 그런데 畢琴이 이것을 가지고 도망침으로써 사건은 복잡하게 얽힌다. 이후의 진주탑은 韓貞忠이 畢琴으로부터 맡아 보관하다가 옥에 갇히자 처에게 준다. 韓부인은 남편을 구하기 위해 陳璉의 집을 찾아갔다가 陳부인에게 진주탑을 준다. 陳부인은 딸에게 진주탑을 보여 달라고 하여 곤란하게 만든 후에야 딸에게 건네준다. 나중에 陳翠娥는 진주탑을 보며 자신과 方卿의 신세를 한탄하다가 자살을 시도한다. 이렇게 여러 사람의 손을 거치게 되는 진주탑의 행방은 흥미진진하게 이야기를 끌고 가는 원동력이 된다.

24회본에서는 方부인이 아들을 찾아 襄陽으로 가는 도중에 方卿이 강도를 당하였다는 소식을 듣고 자결하려다 '白雲庵'의 비구니에게 구출된다. 56회에도 方부인이 襄陽으로 찾아가는데, 구걸하며 다니던 그녀는 韓부인을 만나서 도움을 받고, 襄陽에서는 陳宣의 주선으로 암자에 기거하게 된다. 方부인과 韓부인과의 만남은 韓貞忠이 보관하고 있던 진주탑으로 연결되고, 나중에 어사가 된 方卿이 투옥된 韓貞忠을 구하는 계기가 된다.

24회본이나 56회본 모두 몰락한 재상 가문에서 태어난 方卿이 고모에게 도움을 받으러 갔다가 박대를 당하고 발분 독서하여 어사가 되어 고모를 부끄럽게 하고 陳翠娥와 결혼한다는 이야기이다. 이런 간단한 내용이지만 56회본은 인물들 간의 관계가 서로 얽히고 각종 장애 때문에 이야기가 복잡하게 흘러간다. 그러나 전체적인 구성은 치밀하고, 서로 얽힌 이야기들 간의 짜임새가 긴밀하다.

(2) 서사적 구성과 인물 형상화

애초에 문자로 창작된 소설은 시간상 나중에 발생한 사건을 먼저 이야기하는 시간의 역행이 일어나기도 하는데, 56회본의 사건들은 모두 시간의 순차적 흐름에 따르고 있다. 이것은 언제든 앞으로 돌아가 다시 볼 수 있는 텍스트가 존재하는 소설과는 달리 무질서한 서술에 저항하는 청중들을 고려한 민간강창의 특징이다. 우리가 장편 소설 읽기를 마쳤을 때 간혹 앞부분의 잊어버리는 경우가 있는데, 이때 우리는 텍스트로 다시 돌아갈 수 있다. 56회본의 강창 장르의 특징은 앞의 줄거리를 다음 회의 시작부분에서 길게 요약하는 경우가 많은 것에서도 찾을 수 있는데, 이것 역시 청중들의 기억 능력을 고려한 것이다.

또한 사건의 전개는 인물들을 따라서 순차적으로 이루어지는데, 한 인물이 다른 인물을 만나면서 이야기가 전환되는 형식이다. 56회본은 순차적으로 서술되지만 각각의 사건들이 긴밀하게 맞물려 상당한 긴장감을 자아낸다. 필요한 정보를 독자들에게 숨김으로써 긴장감을 만들어내는 소설과는 달리, ≪珍珠塔≫의 독자들은 이미 발생한 사건들에 대해 모든 정보를 가지고 있다. 그래서 독자들은 모든 상황을 파악하고 있지만, 인물들은 독자보다 적은 정보만을 가지고 있기 때문에 긴장감이 발생한다.

예를 들면 독자들은 方卿의 행방과 陳祥·畢琴이 오지 못한 이유를 모두 알고 있지만, 方부인은 이를 모르고 아들을 찾아 길을 떠난다. 또한 方卿은 어머니가 河南에 계신 줄 알고 고향으로 돌아간다. 독자들은 이미 그가 어머니를 찾지 못할 것이라는 결과는 이미 알지만, 襄陽에 있는 어머니를 어떻게 찾을 것인가에 흥미를 느낀다. 또한 方卿이 이름을 바꿔 장원급제하였다는 사실을 독자들은 모두 알지만, 대부분의 인물들은 이를 모르고 행동함으로써 독자들은 긴장감을 느낀다. 方卿이 도동으로 가장하고 고모를 찾아가는 것도 마찬가지인데, 천인으로 전락하였다고 오해한 고모가 方卿을 욕하는 재미있는 장면도 생겨나고, 陳翠娥의 자살 시도라는 극적인 사건까지 발생한다. 독자들은 실수하거나 좌절하는 인물들을 동정하기도 하고, 진실을 오해한 인물들의 행동에 안타까움을 느끼거나 혹은 비웃을 수도 있다. 이는 실제 공연에서 예인과 청중들은 긴밀한 소통관계를 유지하는 데서 비롯된다. 예인은 인물이나 사건에 대해 모든 정보를 제공하고 공유함으로써 청중들과 함께 인물들이 어떻게 행동할까 바라보는 것이다.

≪珍珠塔≫은 실제로 공연되는 강창 장르가 문자로 정착된 것이다. 예인들은 보다 많은 청중을 끌어들이기 위해서 이야기를 재미있게 꾸미고 익살맞은 대화를 사용한다. 실제 공연과 문자텍스트는 다르지만, 56회본은 공연 彈詞의 이런 특징들을 많이 보유하고 있다. 그래서 중심 줄거리와 더불어 곁가지로 덧붙은 이야기들이 갖가지 재미를 자아낸다. 예를 들면, 方卿에게 글을 강론한다고 청해서 관아로 끌고 가는 이야기, 姚國

棟의 方卿 구출, 陳璉이 方卿을 비웃은 하녀들 매질하기, 河南으로 가던 陳祥이 살해당하는 이야기, 陳璉이 청해온 의원이 허세를 부리는 장면, 편지의 위조와 탄로, 어사가 된 方卿의 지현 꾸짖기, 글자 점치기, 陳翠娥의 자살 등이다. 이런 이야기는 줄거리 전개에 많은 영향을 끼치지 않지만, 그 자체가 재미있는 에피소드로서 홍미를 끌기에 충분하다.

≪珍珠塔≫은 주요 인물의 성격이 생동감 있게 묘사하였으며, 주인공이라고 하더라도 선남선녀로 미화하지 않았다. 方卿은 작은 창피도 참지 못하는 조급한 성격으로 묘사되는데, 여러 사람들과 말다툼을 벌이는 장면을 통해 이런 성격이 드러난다. 方卿은 공세를 독촉하는 지현에게 대든다.

"졍히 나를 업슈히 너겨 싱원을 틱거하려 ᄒᆞᄂᆞᆫ냐?" ᄒᆞ며 노긔둥둥ᄒᆞ여 공당 우흐로 오르려 ᄒᆞ거늘 풍지현이 틱로ᄒᆞ여 니르틱, "졍희 일기 멸법ᄒᆞᄂᆞᆫ 싱원이로다. 안하의 무인ᄒᆞ여 감히 발악ᄒᆞᄂᆞᆫ냐?"(〈2회〉, 5쪽)[22]

方卿은 陳璉의 집에 찾아가 문지기가 들어가지 못하게 하자 몸싸움까지 벌인다.

"져 긔ᄌᆞᆺᄐᆞᆫ 놈이 감히 방ᄌᆞᄒᆞ여 날로 ᄒᆞ여금 지쳑의 길을 통치 못ᄒᆞ게 ᄒᆞᄂᆞᆫ도다. 제 만일 즐겨 통치 아닐진틱 그만 두지 못ᄒᆞ리니 틱 스ᄉᆞ로 드러가리라." 하고 셔셔히 거러 안흐로 향ᄒᆞ여 드러가니 陳祥이 노긔 츙뎐ᄒᆞ여 方卿을 쯰어 밧그로 밀치미 方卿이 거의 구러질 번 ᄒᆞ지라. 方卿이 분긔를 이긔지 못ᄒᆞ여 니르틱, "엇지 니런 리치 이시리오. 방ᄌᆞᄒᆞᆫ 놈아 나를 이ᄀᆞᆺ치 능욕ᄒᆞ니 심히 가통ᄒᆞ도다." 하고 주머괴를 드러 치려 ᄒᆞ며 냥인이 졍히 징집(爭執)ᄒᆞ더니……(〈6회〉, 19쪽)

方卿은 냉대하는 고모와 말싸움을 벌인다.

"고뫼 임의 질ᄋᆞ의 빈궁ᄒᆞ믈 혐의ᄒᆞ여 고부로 ᄒᆞ여곰 사름의 치쇼를 당ᄒᆞ다 ᄒᆞ실진틱 당일 고뷔 맛당히 우리집의 와셔 쳐가ᄉᆞ리를 아니ᄒᆞ시리이다." ᄒᆞ니 이는 方卿이 분긔 웅울ᄒᆞ여 졍히 쵹범ᄒᆞᆫ 말을 ᄒᆞ미라. 부인이 듯고 더욱 틱로ᄒᆞ여 니르틱, "인야 즘싱아! 네 년긔

---

22) 필자는 ≪진쥬탑≫의 판본으로 朴在淵의 교주본(서울 : 학고방, 1995)을 이용하였고, 樂善齋本을 참고하였다. 이하에서 ≪진쥬탑≫의 본문을 인용할 때는 해당 회와 교주본의 쪽수만을 밝히고 주석은 따로 달지 않는다.

적거늘 무슨 쳐가스리를 아느뇨? …… 네 지금 고모 앏히셔 셩픔을 부리니 타일의 영달ᄒ
면 엇더ᄒ리오. 너ᄂᆞᆫ 다만 늙도록 일긔 궁슈직 되리라."(〈7회〉, 25쪽)

이 대화를 보면 고모의 악담도 심하지만 方卿의 막말도 만만치 않다. 성질을 부리는
方卿을 꾸짖는 고모가 오히려 정당해 보인다. 또한 方卿이 마지막에 도동으로 가장하
고 고모를 희롱하는 것을 보면 받은 대로 갚아주려는 천박한 성격도 드러난다. 方卿은
완벽한 인품을 가진 才子가 아니라 결점이 있는 실존 인물을 닮아 있다. 《珍珠塔》의
서술자는 이것을 직접 말해주는 것이 아니라 方卿의 행동과 대화로써 보여준다. 이외의
인물들도 생동감이 넘치는데, 이런 인물형상화의 성취는 《珍珠塔》의 높은 예술적 수
준을 보여준다.

또한 56회본에는 민간문학의 특징을 잘 반영한 인물들이 등장하는데, 姚國棟과 畢琴
이 대표적이다. 姚國棟은 方卿을 돕는 중요한 조력자로서 등장하는데, 치밀한 성격과
장난스러운 성격을 동시에 갖고 있다. 그는 方卿이 陳翠娥에게 진주탑을 받은 이유를
알고서도 팔아서 여비를 마련하라고 한다. 方卿이 안 된다고 하자 "너ᄂᆞᆫ 고식식ᄒᆞᆫ 사
ᄅᆞᆷ이니 도로혀 아슈ᄒᆞᄆᆞᆯ 면키 어려오리로다."(〈14회〉, 50쪽)라며 비웃는다. 方卿을 畢
雲顯에게 보낸 후에 陳璉에게 사실을 알리지 않아 여러 곡절을 만든다. 게다가 方卿이
도동 차림으로 陳璉에게 가자 그보다 먼저 陳璉을 찾아가서 方卿이 천인이 되었다는
거짓 소식을 전한다. 이때 陳璉과의 대화는 마치 만담을 보는 듯한데, 한 대목만 간단
히 소개한다. 陳璉이 요즘 먹는 것은 어떠냐고 묻자 姚國棟이 대답한다.

"진형을 쇽이지 아니ᄒᆞᄂᆞ니 식냥은 도로혀 죠흔지라 한 근 구은 고기를 다만 슈일의 먹
고 살믄 싱션과 져린 고기ᄂᆞᆫ 다란 사름의게 만히 먹기를 ᄉᆞ양치 아니ᄒᆞ노라." 진공이 니ᄅᆞ
딕, "년형의 식냥이 ᄌᆞ못 죠흐니 도로혀 홍취 이시리로다." 뇨공이 니ᄅᆞ딕, "년형아 쇼뎨의
말은 다만 이ᄀᆞᆺ치 먹을 듯ᄒᆞ단 말이오 먹지ᄂᆞᆫ 못ᄒᆞ엿노라."(〈49회〉, 186쪽)

뒤에서도 이런 만담 같은 대화가 길게 이어진다. 姚國棟은 方卿의 조력자이긴 하지
만 陳璉에게 있어서는 사건이 꼬이도록 만드는 방해자의 역할을 동시에 수행한다. 姚
國棟은 그자체로 해학적인 인물일 뿐만 아니라 사건 전개를 해학적으로 만드는 역할도
한다.

畢琴은 사건이 꼬이도록 만드는 방해자인데, 민간문학에 등장하는 전형적인 트릭스터의 역할을 한다. 畢琴이 方부인에게 보내는 돈과 진주탑을 가지고 도망치는 이야기는 〈22회〉에서 〈25회〉까지 4회에 걸쳐 나온다. 이 부분은 조연에게 할당된 분량 치고는 상당한데, 진주탑에서 가장 해학적인 부분의 하나이다. 畢琴이 훔친 돈으로 紅梅館이란 기생집을 찾아가는데, 실수로 근처의 서당을 찾아간다.

> 그릇 홍믜관으로 알고 바로 드러가니 다만 보믜 칠팔긔 ᄋᆞ동이 그곳의서 글시를 쓰거늘 畢琴이 니ᄂᆞᄃᆡ "젹은 죠방군23)이 도로혀 만토다." ᄒᆞ며 ᄯᅩ 보믜 즁간의 일긔 빅슈노인이 안ᄌᆞ 글을 보거늘 畢琴이 니ᄅᆞᄃᆡ, "늙은 죠방군이 도로혀 거만ᄒᆞ니 오입ᄒᆞᄂᆞ 긔을 보고 ᄯᅩ한 긔신치 아니ᄒᆞᄂᆞ도다." ᄒᆞ고 즁어리며 드러가니 모든 ᄋᆞ동이 보고 모다 의심ᄒᆞ며 션ᄉᆡᆼ이 듯고 분긔되발ᄒᆞ여 너러나 ᄭᅮ지져 니ᄅᆞᄃᆡ, "너ᄂᆞ 엇던 사룸이완ᄃᆡ 이ᄀᆞ치 방ᄌᆞᄒᆞ뇨?" 畢琴이 니ᄅᆞᄃᆡ, "늙은 죠방군은 체면 잇ᄂᆞ 죠혼 긔을 보면 셜니 냥긔 녀낭(女娘)을 블너 노닐게 ᄒᆞ라." 션ᄉᆡᆼ이 니ᄅᆞᄃᆡ, "긔 ᄀᆞ튼 놈아 필연 네가 혜 것슬 보도다. 모든 문ᄉᆡᆼ은 져를 ᄯᅳ어 업지ᄅᆞ고 두다리라. 이 긔 ᄀᆞ튼 놈을 관가의 보ᄂᆡ여 엄치ᄒᆞ리라." 畢琴이 니ᄅᆞᄃᆡ, "셩악ᄒᆞᆫ 죠방군아 오입ᄒᆞᄂᆞ 긔을 치면 죄가 잇ᄂᆞ니라."(〈23회〉, 89쪽)

畢琴은 기생집으로 오인하고 찾아간 서당에서 훈장선생과 말다툼을 벌이는데 오히려 그에게 욕을 하며 큰소리를 친다. 畢琴은 고결한 훈장을 비천한 기생집 심부름꾼으로 끌어내리는데, 이는 고귀한 것을 격하시키는 민간문학의 특징을 잘 보여준다. 또한 귀한 것과 천한 것이 뒤섞이면서 웃음을 만들어낸다.

이후 畢琴이 돈을 탕진하고 韓貞忠을 만나 方卿을 사칭하고 속이는 장면에서 해학적인 사기꾼의 모습을 보여준다. 나중에 姚國棟을 만나서도 方卿이라고 사칭하다가 그가 글을 지어보라고 할 때도 해학적인 모습을 보여준다.

> 畢琴이 엇지홀 길 업셔 억지로 붓슬 줍고 글을 ᄉᆡᆼ각ᄒᆞᄂᆞ 모양을 ᄒᆞ다가 졸디의 손으로 빅를 줍고 니ᄅᆞᄃᆡ, "복통이 심ᄒᆞ니 ᄂᆡ 나가 뒤를 보고 와셔 지으리이다."(〈44회〉, 167쪽)

畢琴은 이렇게 배가 아프다는 핑계를 대고 도망치려할 때, 方卿이 등장하여 진짜 신분

---

23) 助幇군 : 오입판에서 여러 가지 일을 마련하여 심부름하여 주거나 여자를 소개하는 사람. 朴在淵, ≪진쥬탑≫(서울 : 학고방, 1995), 89쪽의 주석.

이 밝혀진다. 그러자 강도를 당해서 어쩔 수 없었다며 눈물을 흘리면서 方卿을 속이고서 용서를 받는다. 이는 畢琴의 사기꾼 본색을 보여주는 장면이다. 畢琴의 역할은 여기서 끝나지만, 方卿에게 자신이 입었던 도동의 옷을 변장의 중요한 소품으로 제공한다.

≪珍珠塔≫은 다양한 계층의 인물들을 등장시켜, 그들의 말과 행동을 통해 인물들의 모습을 세밀하게 묘사해서 당시의 사회상을 잘 보여준다. 또한 당시 대중의 구어와 속 담을 잘 구사하였는데, 이를 통해 당시의 생활 습관과 풍속을 이해할 수 있다. ≪珍珠 塔≫은 재미있는 줄거리와 선명한 인물 성격, 익살맞은 언어 등을 통해 민중들에게 널 리 환영을 받은 작품이다.[24] 많은 彈詞들이 남녀 간의 애정이야기를 제재로 삼았는데, ≪珍珠塔≫은 권력과 돈을 중시하는 사회를 비판하는 내용이 주를 이룬다. 이를 보면 ≪珍珠塔≫은 민중들의 실제 생활을 바탕으로 구성된 민간 강창의 특징을 잘 보여준다 고 할 수 있다.

3) ≪진쥬탑≫의 번역 양상

彈詞는 소설과는 다르며 조선인들에게는 생소한 장르였고 번역가들에게도 마찬가지 였을 것이다. 기존의 중국소설 번역의 연구에서 번역양상의 연구는 언어의 대조를 통해 직역·축역·오역·어휘·첨삭이나 변개 같은 양상을 밝히는 것이 주요내용이었다. 그 런데 彈詞는 장르 자체의 독특한 특징들이 소설과는 다르다. 그러므로 필자는 彈詞의 장르적 특징들이 어떻게 번역되었는지를 논의의 중심으로 삼는다. 우선은 본문의 번역 양상을 살펴보기 전에 먼저 回目과 回末의 번역부터 보기로 한다.

(1) 回目 풀이와 回末 번역

중국장편소설이 대부분 對句로 회목을 붙이고 그것이 그 회의 중심내용을 드러낸다. 24회본 ≪珍珠塔≫도 회목의 글자수는 일정하지 않으나 한 회의 내용을 요약한 회목을 썼다. 이에 비해 56회본의 회목은 모두 두 글자로 되어 있다. 물론 한 회의 내용을 요약

---

24) 朴在淵,〈진쥬탑해제〉, ≪진쥬탑≫(학고방, 1995), 6~7쪽.

한 회목이지만 그것만 보고는 무슨 내용인지 알 수 없는 경우가 많다.

≪진쥬탑≫의 회목은 본문보다 한 칸을 들여 썼으며 글자 크기 본문의 것과 같다. 또한 회목은 한자를 병기하지 않고 한자음만 그대로 옮겨 적었으며 바로 아래 작은 글씨 두 줄로 뜻을 풀어놓았다. 예를 들면 제1회의 회목은 '잠경'으로 되어 있는데, '賺卿'이란 한자를 병기하지 않아서 중국어 해독이 가능한 사람이라도 무슨 뜻인지 전혀 알 수 없다. 게다가 '경'은 주인공 '方卿'을 가리키는데, 내용을 읽지 않고서는 '잠경'이란 회목을 이해할 수 없다. 또한 '잠(賺)'은 '속이다'라는 뜻인데, '잠'이란 한글만 보고 그 뜻을 알기 힘들다. 그리고 중국어는 우리말과 달리 동사 다음에 목적어를 취하기 때문에 '잠경'이란 회목만 보고 이것을 '方卿을 속이다'라는 의미로 이해할 수는 없을 것이다. 그래서 번역자가 한글 회목 아래에 '방경을 능멸ᄒᆞ미라'라는 풀이를 달아놓은 듯하다.

윗글의 줄거리 소개에서 회목을 모두 제시하였는데, 풀이는 모두 '~이라'라는 해설하는 어투의 종결어미를 사용하였다. 우리말에 쓰이는 한자어의 회목은 〈52회〉의 '閨怨'과 〈56회〉의 '團圓' 단 둘뿐인데, 이것도 각각 '규중 원망이라'와 '단원이 모히미라'로 해설하듯이 번역하였다. 물론 후자의 번역은 동어반복으로 번역이 어색하지만 여기서는 논외로 한다. 유독 〈7회〉의 '羞卿'은 '방경을 붓그럽게 ᄒᆞᆫ단 말이라'라고 풀이하여 해설의 어투가 더욱 두드러진다. 다른 회목과 같은 형식을 사용한다면 '방경을 붓그럽게 ᄒᆞ미라'라고 번역하였을 것이다. 어쨌든 이런 풀이가 없으면 회목을 이해할 수 없기 때문에 번역자가 해설하여주는 어투로 풀이하였을 것이다.

회목의 공통점은 거의 모두 하나의 '행위'가 포함되어 있다는 것인데, 이는 회목에 동사가 쓰인다는 말이다. 중국어는 동사 뒤에 목적어를 취하므로 대체로 '동사+목적어'로 이루어지거나, 부사어는 동사 앞에 쓰기 때문에 '부사어+동사'의 구조를 취한다. 우선 후자부터 살펴보면 〈16회〉의 '로겁(路劫)-노상의셔 겁박을 당ᄒᆞ미라', 〈18회〉의 '졍셔(庭敍)-가졍의셔 셔회ᄒᆞ미라', 〈32회〉의 '암회(菴會)-암즈의 모히미라', 〈33회〉의 '뎡인(亭認)-뎡즈의셔 아른 쳬ᄒᆞ미라', 〈43회〉의 '역셔(驛敍)-역의셔 셔회ᄒᆞ미라'이다. 앞의 부사어는 모두 장소를 가리키는 것으로 모두 정확히 번역되어 있다.

나머지 회목들은 거의 전자의 '동사+목적어' 형태를 취한다. 〈3회〉의 '별모(別母)'나 〈9회〉의 '증탑(贈塔)'처럼 한문이나 중국어를 알면 그 뜻을 헤아릴 수 있는 경우도 있다. 그러나 〈10회〉의 '츄송(追松)-구숑뎡으로 짜라가미라' 같은 경우는 '송'이 '九松亭'

임을 알지 못하면 그 뜻을 파악하기 힘들다. 또한 위에서 살펴본 〈1회〉의 '잠경(賺卿)' 처럼 목적어가 인물일 경우에는 그 인물을 구체적으로 파악하고 있어야 한다. 이런 번역의 예는 〈13회〉의 '구경(救卿)-방경을 구ᄒ미라', 〈17회〉의 '천방(薦方)-방경을 천거ᄒ미라', 〈22회〉의 '견금(遣琴)-필금을 보니미라', 〈30회〉의 '잠취(賺翠) 취ᄋᆞ를 속이미라', 〈48회〉의 '경방(驚方)-방부인이 놀나미라', 〈53회〉의 '구취(救翠)-취ᄋᆞ를 구ᄒ미라 이다'이다. 이때 목적어로 쓰인 '琴'은 '畢琴'을, '翠'는 '陳翠娥'를 가리킨다. 그런데 '方'의 경우에는 한 번은 '方卿'을 가리키고, 다른 한 번은 그의 어머니 '方夫人'을 가리킨다. 이런 회목의 풀이를 보면, 번역자가 각 회의 내용을 정확하게 파악하고 회목을 풀이하였음을 알 수 있다.

　중국장편소설의 매 회 끝부분은 거의 '且看下回(下文)分解'이나 '且聽下回(下文)分解'라는 상투적 표현을 쓴다. 한글번역에서는 '다음 회를 보시오'와 같이 번역하지 않고, '차간하회(하문)분히하라' 혹은 '챠뎡하회(하문)분히 ᄒᆞ라'로 회를 끝낸다. 번역마다 맞춤법에서는 다소의 차이가 있지만 대체로 중국소설의 상투적 표현을 그대로 쓴다. 그런데 ≪珍珠塔≫의 끝부분은 뒷이야기의 내용을 들어보라는 다양한 용어가 나타난다. 예를 들면 '下集詞中再敍明 慢表列公聽'(〈8회〉), '在下集聽'(〈10회〉), '列公且聽下回文'(〈12회〉), '下回細細表端詳'(〈13회〉), '下卷書中細唱明'(〈22회〉), '下集彈詞慢慢言'(〈31회〉), '情由下集言'(〈34회〉), '細細表分明 唱與列公聽'(〈41회〉), '下卷唱分明'(〈47회〉) 등이다. 대체로 비슷한 표현이기는 하지만 중국장편소설처럼 일률적이지 않다.

　또한 '列公(여러분들)'이란 말이 자주 등장하며 소설에서 자주 쓰는 독자를 지칭하는 '看官'이란 표현은 쓰지 않는다. 이것에서 한 명의 독자가 아닌 여러 관중들을 대상으로 공연하던 彈詞의 특징이 드러난다. 또 한 가지는 '말하다'·'듣다'·'노래하다' 등과 같은 표현에서도 실제 공연의 특징들이 드러난다. 물론 '列公且看下回分解'(〈43회〉)와 '且將下集閱根由'(〈52회〉)처럼 '보다'·'읽다'라는 동사도 쓰였지만, 실제 공연의 특징을 드러내는 표현들이 압도적으로 많다. 그런데 ≪진쥬탑≫은 매 회마다 다른 ≪珍珠塔≫의 이런 다양한 표현들을 그대로 번역하지 않았다. 단지 'ᄎᆞ간하회ᄒᆞ라', 'ᄎᆞ쳥하회ᄒᆞ라', 'ᄎᆞ간하회분히ᄒᆞ라', 'ᄎᆞ쳥하회분히ᄒᆞ라'의 네 가지로만 번역하였다. 이를 보면 回末의 다양한 표현은 彈詞 고유의 형식이 아니라 소설체로 번역되었음을 알 수 있다.

(2) 강창 특징의 번역 양상

≪珍珠塔≫은 공연 彈詞가 문자로 정착된 텍스트이기 때문에 예인이 실제로 공연하던 형식이 반영되어 있다. 彈詞는 강창장르라서 말과 노래가 뒤섞여 있는데, 문자텍스트인 ≪珍珠塔≫에서는 '白'과 '唱'으로 구분해서 밝히고 있다. 이때 노래는 중국소설에 삽입된 시가처럼 선택적인 것이 아니라 필수적인 것이며, 청중들을 잡아끄는 원동력이 된다. 대부분의 강창이 그렇듯이 ≪珍珠塔≫ 역시 이야기 자체는 잘 알려진 것이다. 그렇다면 청중들은 잘 알고 있는 이야기의 공연을 왜 보고 듣게 되는 것일까? 이는 아는 이야기 내용을 듣기 위한 것이 아니라 예인들의 연기를 보려는 것이다. 그래서 그들은 예인들의 재미있는 대화 그리고 노래에 기꺼이 돈까지 지불한다. 이는 현대의 우리들이 판소리 ≪춘향전≫ 공연에 돈을 지불하고 보려는 이유와 같다. 어쨌든 ≪진쥬탑≫의 번역양상을 살펴보기 전에 ≪珍珠塔≫의 형식적 특징을 먼저 간략히 소개한다.

彈詞도 소설과 마찬가지로 서술자의 언어와 인물의 언어가 공존한다. 彈詞에서 소설의 서술자와 같은 역할을 하는 것은 실제로 공연하는 예인이다. 彈詞의 문자텍스트에서는 이를 '表'라고 표시한다.[25] 그런데 彈詞에 관한 논저들에서는 마치 '表'·'白'·'唱' 세 가지 성분으로 구성된다고 하였다. 혹은 '表'는 서술자의 언어이고 '白'은 인물의 언어라고 하기도 한다.[26] 그러나 이런 관점은 문제가 있는데, 왜냐하면 '表'도 역시 '白'과 '唱' 즉 '表白'과 '表唱'이 존재하기 때문이다. 등장인물의 경우는 먼저 인물의 역할을 표시하고 나서 '白'과 '唱'을 표기하는데, 예를 들면 '外白'·'外唱'이나 '小生白'·'小生唱'과 같은 방식이다. 그러므로 '表'는 등장인물이 아닌 서술자를 표시할 뿐이지 이것을 '白'·'唱'과는 다른 하나의 구성성분으로 볼 수는 없다. ≪珍珠塔≫도 이런 식으로 구성되어 있는데 우선 등장인물의 역할부터 살펴보기로 한다.

彈詞의 등장인물의 역할은 희곡에서 기원하는데 중국희곡 용어로는 '脚色行當'이라고 부른다. ≪珍珠塔≫의 등장하는 주요 인물의 역할은 小生-方卿, 正生-畢雲顯, 老生-韓貞忠, 外-陳璉, 末-陳宣·筆永·陳祥·韓龍, 貼旦-陳翠娥, 正旦-陳부인·韓부인, 老旦-方부인·畢부인, 花旦-采屏, 淨-姚國棟, 丑-畢琴, 老丑-陳노파 등이다.

生은 남자 인물의 통칭이다. 小生은 청년남성으로 분장하며 ≪珍珠塔≫에서는 주인

---

25) 鮑震培, ≪淸代女作家彈詞硏究≫(天津 : 南開大學出版社, 2008), 80쪽.
26) 周良, ≪蘇州評彈≫(蘇州 : 蘇州大學出版社, 2000), 73쪽.

공 方卿만이 이 역할을 한다. 正生은 그 함의가 다양한데 畢雲顯만이 이 역할을 한다. 老生은 주로 중년의 성격이 정직한 긍정적 인물로 분장하는데 韓貞忠만이 이 역할을 한다. 外는 生 이외의 生이나 末 이외의 末을 의미하며 용어 자체에서는 정확한 성격 특징이 드러나지 않는다. 주요인물인 陳璉이 주로 이 역할을 하며 이외의 外로는 지현 馮謙·서당훈장·점쟁이가 있다. 末도 함의가 다양하며 ≪珍珠塔≫에서는 사회적 지위가 낮은 조연 인물들의 역할이다. 陳璉의 가인인 陳宣과 陳祥, 韓貞忠의 가인인 韓龍, 畢雲顯의 가인인 筆永이 이 역할을 맡았다. 그런데 〈15회〉에서는 末 역할의 筆永과 陳祥이 함께 등장하는데, 이때 筆永을 '末'로 陳祥을 '又末'로 구분해서 표기하였다. 또한 〈27회〉에서도 末 역할의 陳宣과 韓龍이 동시에 등장하는데, 이때는 陳宣을 '老末'로 韓龍을 '末'로 구분해서 표기하였다. 陳宣의 경우는 다른 末과 함께 등장하지 않더라도 '老末'로 표기하기도 하였다. 淨은 성격 기질이 호매하거나 거친 인물형상을 표현하며 희극적인 역할을 하기도 하는데, ≪珍珠塔≫에서는 淨을 '爭'이란 글자와 혼용하였다. 淨의 대표적인 인물로는 姚國棟이 있으며, 이외에도 圓通寺 주지·뱃사공 등이 있다.

旦은 여자 인물들의 통칭이다. 희곡의 경우 貼旦은 일반적으로 조연 역할을 하는데 ≪珍珠塔≫에서는 여주인공인 陳翠娥가 이 역할을 한다. 正旦은 성격이 강렬하고 행동거지가 단정하고 엄숙한 중년여성의 역할로 陳璉의 처인 陳부인(方卿의 고모)과 韓貞忠의 처인 韓부인이 맡았다. 그런데 〈46회〉에서는 陳부인과 韓부인이 동시에 등장하는데, 韓부인을 '正旦'으로 陳부인을 '又正'으로 구분해서 표기하였다. 老旦은 늙은 부녀의 역할을 하는데 方卿의 어머니인 方부인과 畢雲顯의 어머니인 畢부인이 맡았다. 花旦은 성격이 활발하거나 영리한 여성의 역할로 陳翠娥의 시비인 采屛이 맡았다. 作旦은 乾隆 이래로 생긴 명칭인데 조연 여성의 역할로 ≪珍珠塔≫에서는 비구니가 맡았다.

丑은 일반적으로 희극적 인물이거나 조연의 역할을 하는데, 전자의 대표적인 인물로는 畢雲顯의 노비인 畢琴이다. 이외에도 高平역참의 驛屬·돌팔이의사·옥졸·지방관리·정부파견관리 등이 丑의 역할을 하는데 조연으로서 해학적인 인물들이다. 陳宣의 처인 陳노파는 '老丑'으로 등장하는데 해학적인 인물이 아니라 주요 조연의 하나이다. 또 다른 '老丑'으로는 紅梅館의 기생어미가 있다. 해학적인 인물이 아니라 조연 역할만

하는 丑으로는 여종·노복·행인 등이 있다. 이외에 '付'는 역할 비중이 낮은 인물들이 맡는데, 일반적으로 丑과 함께 등장할 때 이와 구별하기 위해서 사용한다. 〈13회〉에서는 역속과 姚國棟의 노복이 동시에 등장하는데, 역속은 '丑'으로 노복은 '付'로 구분하였다. 丑의 역할을 하는 여종이나 노복 등이 '付'의 역할을 하며 점주·문지기 등이 이를 맡았다. 이외에도 '雜'이나 '衆'이란 역할도 있는데, 이는 다수의 인물들을 묶어서 부르는 명칭이다. 衆은 陳璉의 여종들과 서당 아이들이 맡았고, 雜은 여종들과 점집 손님들 등이 맡았다.[27]

한국학중앙연구원 소장본의 남아 있는〈8회〉에서 〈54회〉까지 매 회의 시작 부분을 먼저 도표로 꾸며보면 다음과 같다.

회	시작부분	등장인물	회	시작부분	등장인물	회	시작부분	등장인물
8	貼旦引	陳翠娥	24	老丑白	기생어미	40	丑引	祝望遠-지방관리
9	白	陳翠娥	25	丑白	畢琴			
10	外引	陳璉	26	老旦白	方부인	41	外白	점쟁이
11	外引	陳璉	27	老末引	陳宣	42	正生引	畢雲顯
12	小生白	方卿	28	貼旦引	陳翠娥	43	丑白	역속
13	小淨白	姚國棟	29	丑引	돌팔이의사	44	丑白	畢琴
14	丑引	역속	30	外引	陳璉	45	小丑引	畢琴
15	낙장	불명	31	花旦白	采屛	46	正旦引	韓부인
16	表白	무	32	外引	陳璉	47	外白	陳璉
17	淨白	姚國棟	33	表白	무	48	老末引	陳宣
18	正生引	畢雲顯	34	正旦引	陳부인	49	爭引	姚國棟
19	表白	무	35	正旦白	陳부인	50	낙장	불명
20	老旦引	方부인	36	貼旦引	陳翠娥	51	外引	陳璉
21	正旦引	韓부인	37	淨引	姚國棟	52	花旦白	采屛
22	小生引	方卿	38	表白	무	53	丑引	수병
23	表白	무	39	小生引	方卿	54	末白	陳宣

위의 표를 보면, 먼저 등장인물의 역할을 밝히고 '引'을 덧붙인 형태가 많이 출현한다. 이것은 인물이 등장할 때 '引'·'白'·'唱'의 3단으로 구성된 일종의 '자기소개'의 표

---

27) 이상의 등장인물의 역할에 대해서는 다음 책을 참고하였으며 일일이 주를 달지 않았다. 양회석, ≪중국회곡≫(민음사, 1994), 391~415쪽. 陸澹安 編著, ≪中國戲曲曲藝辭典≫, (上海古籍出版社, 1981), 21~45쪽.

지이다. 乾隆年間에는 공연 彈詞가 많이 간행되었는데, 이런 자기소개는 실제로 공연되는 강창의 특징을 반영하고 있다. 인물이 직접 자신을 소개함으로써 친밀감이 느껴지고 청중과의 심리적 거리감을 줄일 수 있다.[28] ≪珍珠塔≫에서 이런 '引'·'白'·'唱'의 구성은 새로운 인물이 등장할 때마다 나오는 것이 아니라 매 회의 시작부분에만 나타난다. 또한 대체적으로 앞에 등장하였던 인물이 일단 퇴장하였다가 나중에 다시 등장하는 경우에도 '引'·'白'·'唱'의 형식을 취하기도 한다. '引'이 아닌 '白'으로 시작되는 경우는 이전 회와 이어지는 내용일 경우가 많다. 어떤 회는 '表白'으로 시작되는데 뒤에 '唱'이 뒤따르며 2단으로만 구성된다. '表'는 등장인물이 아니라 서술자이기 때문에 '表引'이란 경우는 없다. 이에 대해 차례로 ≪珍珠塔≫의 본문과 ≪진쥬탑≫의 번역문을 대조하면서 살펴보기로 한다.

　　[外引] 紅日歸西 怒沖沖 急急歸家里 [外白] 下官陳璉可恨我家夫人不念同枝連契竟將骨肉欺凌可愛方家賢侄年紀雖輕血性最大委實是烈烈煥煥的男子故此我把翠娥許配與他一來消釋不賢之隙二來也得防身有望哈哈哈到也有興 [唱] 陳爺勒馬轉回家 早已山崖起霧霞 臨門幾把？[29]鞍下 自有童兒即便拉 御史登堂心大怒 開言便喚這老人家 [外白] 陳宣過來 [末白] 老爺有何吩咐 [外白] 你與我速備家法陳德陳芳進來一面把這賊婢們喚來 [末白] 是曉得 [外白] 轉來 [末白] 老爺還有什麼 [外白] 那小姐房中的不要驚動 [末白] 是老奴理會 [唱] 那蒼頭奉命外邊行先那家法喚家人 回身暗暗心頭想 [末白] 我想那些賊姐嫌貧愛富 [唱] 猖狂輕慢小書生 [末白] 也罷待我要他們一耍有何不可啊裡邊姐姐們大家出來 [眾白] 伯伯舍事務 [末白] 老爺吩咐領賞 〈第十一回 拷婢〉

　　진공이 싱각ᄒᆡᆼ "나의 부인이 젼일 은덕을 싱각지 아니코 졍히 골육을 능멸ᄒᆞ미 심히 가탄ᄒᆞ거니와 다만 방가 현질이 년긔 비록 젹으나 혈셩이 가쟝 견강ᄒᆞ니 실노 널널쾌쾌한 남ᄌᆞ라 니러므로 ᄂᆡ가 취ᄋᆞ를 져의게 허혼ᄒᆞ미니 쳣ᄌᆡ는 불인ᄒᆞᆫ 부인의 혼극을 플미오 둘ᄌᆡ는 ᄯᅩ한 나의 신후ᄉᆞ를 부탁ᄒᆞ미니 ᄯᅩ한 흥취 잇다" ᄒᆞ며 말을 모라 집으로 도라오니 임의 셔산의 일모ᄒᆞᆫ지라 문견의 니르러 말을 나리미 스ᄉᆞ로 쇼ᄌᆞ 등이 말을 ᄯᅴ어가며 진공이 당샹의 안ᄌᆞ 되로ᄒᆞ여 노가인을 부르거늘 진션이 드러와 니르ᄃᆡ "노야는 무슨 분뷔 잇ᄂᆞ니잇가" 진공이 니르ᄃᆡ "너는 나를 위ᄒᆞ여 섈니 틔를 예비ᄒᆞ고 진덕과 진방을 브르며 일면으로 모든 비ᄌᆞ 등을 블너오라" 진션이 답응ᄒᆞ고 나가거늘 진공이 ᄯᅩ 다시 진션을 블너 니르

---

28) 盛志梅, ≪淸代彈詞硏究≫(濟南：齊魯書社, 2008), 52~53쪽.

29) 한국학중앙연구원 소장본은 원래 인쇄상태가 좋지 않거나 혹은 보관상태가 나빠서 훼손된 부분들이 있기 때문에 글자를 판독할 수 없는 경우가 있다. 이런 부분들의 글자는 '?'로 표시하였다.

딕 "쇼져의 방즁 챠환은 경동케 말라" 진션이 슈명ᄒ고 외변의 나가 몬져 틱를 예비ᄒ고 가인을 부른 후의 몸을 두루혀 오며 가마니 싱각ᄒ딕 "나ᄂᆫ 싱각건딕 여러 비즈 등이 혐빈이 부ᄒ여 방즈히 방상공을 능멸ᄒ여시니 ᄯᅩᄒᆫ 치죄ᄒ미 무방ᄒ나 딕 져의를 한번 회롱ᄒ미 무어시 블가ᄒ리오" ᄒ고 딕간의 드러가 져져 등은 모다 나오라 ᄒ니 챠환 등이 니ᄅᆞ딕 "빅빅아 무슨 일이 잇ᄂᆞ뇨" 진션이 니ᄅᆞ딕 "노애 분부ᄒ여 샹뎐을 바드라 ᄒ여 계시니라"

원문에 밑줄 친 부분은 번역된 부분을 표시하는 것인데 거의 모든 부분이 번역되었음을 알 수 있다. 원문의 '引'·'白'·'唱'은 인용문처럼 테두리로 표시하였으며, '唱'은 항상 '白' 뒤에 나오기 때문에 인물의 역할을 따로 표시하지 않았다. 예를 들면, 시작부분만 '外引 … 外白 … 唱'으로 표시하고, 이후에는 '引'이란 표지는 나오지 않는다. '引' 뒤에는 원문처럼 항상 '노래' 즉 '운문"이 나오는데, 번역문을 보면 이를 번역하지 않았다. 이것은 인용문인 〈11회〉만의 특징이 아니라 ≪진쥬탑≫ 번역의 전체적인 특징이다. ≪진쥬탑≫은 '引' 뒤에 나오는 '노래'는 모두 번역하지 않은 양상을 보인다.

'引'의 노래 뒤에는 항상 '白'과 '唱'이 차례로 뒤따른다. 인용문은 '外引'으로 시작되며 '外'는 陳璉이 맡은 역할을 가리킨다. '外引'에 이어서 外白 下官陳璉可恨……'이란 부분이 나온다. '白'은 등장인물이 말하는 것인데 여기서는 자신을 지칭하는 '下官陳璉'으로 시작한다. '下官'은 자신을 낮춰 부르는 말로 실제 청중을 대상으로 한 공연의 특징을 담고 있다. 그런데 外白 下官陳璉의 번역은 '진공이 싱각ᄒ딕'로 되어 있어서 공연의 특징을 제거하고 소설체로 번역하였음을 알 수 있다. 실제 공연이었다면 陳璉이 청중만을 대상으로 방백을 하는 것인데, ≪珍珠塔≫의 문자텍스트는 이런 특징을 살렸지만 ≪진쥬탑≫의 번역은 이런 특징들을 제거하였다. 이것 역시 ≪진쥬탑≫의 번역양상 중의 하나인데 彈詞장르의 공연 표지들을 제거한 것이다. 이는 번역자들이 중국 강창장르에 대해 거의 모르는 조선의 독자들을 위한 배려에서 나왔을 것이다. 陳璉이 말하는 것을 생각하는 것으로 바꾸어놓았지만, 이것은 공연의 방백에 해당하기 때문에 소설의 인물심리묘사처럼 변형한 것은 상당히 타당하다고 할 수 있다. '白' 이하의 부분은 직역의 형태로 모든 부분을 번역하였는데, 단지 중간의 '하하하(哈哈哈)'라는 웃음소리만이 빠져 있다. ≪진쥬탑≫에서는 이 부분이 인물의 심리묘사이기 때문에 웃음소리를 삽입한다는 것이 어울리지 않아 빼버린 것으로 보인다.

그다음에 이어서 唱 陳爺勒馬轉回家……'라는 대목이 나오는데, ≪珍珠塔≫의 원문에서도 인용문처럼 '唱' 부분은 구절마다 한 칸씩을 띄어 썼다. 이때 '唱'은 실제로 '外唱'인데 위에서 언급한 것처럼 인물의 역할을 따로 표기하지 않았다. 이 부분이 공연에서는 인물이 부르는 노래이지만 실제 내용은 서술자가 서술하는 것이다. ≪珍珠塔≫에서 인물들 간의 실제 대화가 아닌 '唱' 부분은 인물의 언어와 서술자의 언어가 뒤섞여 있다. 바꿔 말하면 인물의 노래이지만, 그 내용은 소설화자의 서술과 같다는 것이다. ≪진쥬탑≫에서는 이 부분을 서술자의 서술처럼 번역하였고 그 내용도 모두 직역하였다. 그런데 '白'과 '唱'의 연결부분은 '……흥취 잇다 ᄒ며 말을 모라……'로 번역하였다. 인물의 심리묘사가 끝난 후에 '하며'를 넣고 나서 '唱' 부분을 번역한 형태로 소설처럼 연결되었음을 알 수 있다. 노래가 끝난 후에는 인물들의 실제 대화가 이어지는데, 원문과 번역문을 동시에 제시한다.

> 外白 陳宣過來 末白 (노가인을 부ᄅ거늘 진션이 드러와 니르되) 老爺有何吩咐 外白 (진공이 니르되) 你與我速備家法陳德陳芳進來一面把這賊婢們喚來 末白 是曉得 (진션이 답응ᄒ고 나가거늘) 外白 轉來 末白 老爺還有什麼 外白 (진공이 ᄯ 다시 진션을 블너 니르되) 那小姐房中的不要驚動 末白 是老奴理會(진션이 슈명ᄒ고)

이 인용문의 밑줄 친 부분은 직역하지 않은 부분인데, 언뜻 보면 여러 부분이 번역에서 빠져 있는 것처럼 보인다. 그러나 사실은 직역이 아닐 뿐 대체로 번역한 형태이다. 이 부분은 인물들 간의 대화로 이루어져 있는데, 대화의 중심이 되는 내용은 직역하였다. 그리고 '陳宣아 오너라(陳宣過來)', '알겠습니다(是曉得)', '돌아와라(轉來)', '나리 또 뭐가 있습니까(老爺還有什麼)', '좋은 알았습니다(是老奴理會)'와 같이 간단한 대화는 적절하게 서술하는 방식으로 바꾸어 번역하였다. 彈詞에서 인물들의 대화는 희곡과 같은 방식으로 이루어져 있는데, 너무 간단한 대화들은 일일이 번역하는 방식을 취하지 않고 소설처럼 번역하였음을 알 수 있다.

이 대화 이후에는 '末(陳宣)'의 '唱'이 나오는데, 먼저 자신의 행동을 설명하고 속으로 생각하려는 내용이다. 그다음에는 '白'과 '唱'이 이어지는데 모두 심리를 묘사하는 내용이고, 이어지는 '白'은 앞부분(待我要他們一耍有何不可啊)이 심리묘사이며 뒷부분(裡邊姐姐們大家出來)은 실제 대화이다. 번역에서는 뒷부분을 대화가 아니라 서술로 대체해서 '닉간의 드러가 져져 등은 모다 나오라 ᄒ니'라고 번역하였다. 실제로는 '안쪽 누나들은 모두 나오시오'라는 말인데, 인물의 말을 서술로 바꿈으로써 좀 더 매끄럽게 번역하였다. 이상을 종합하면, 인물의 대화 부분의 번역에서 간단한 대답이나 물음은 서술로 바꾸었으며, 대화로 직역하는 것이 어색할 때도 서술로 바꾸어 번역하였다. 비록 이렇게 변개가 이루어졌지만 모든 내용은 거의 번역하였으며, 전체적으로는 彈詞의 특징을 살려서 직역하는 것보다 소설처럼 오히려 매끄러운 느낌이 들기도 한다.

이외에도 '白'으로 시작하는 회도 상당히 많은데, 실제로는 대부분 위에서 살펴본 '引'과 같다. 이러한 예가 많으므로 몇 가지만 인용해본다.

> [小生白] 萬般事業憑天判 不是人能可定基 我方卿…… [唱] ……〈十二回 跌雪〉
> [小淨白] 爲人莫爲老 做官莫做小 人老人憎厭 官小官嘲笑 …… 下官姚國棟…… [唱] ……〈第十三回 救卿〉
> [老旦白] 母子分離最慘傷 抛鄕背井受凄涼 得遇任人施大德 身心總是掛襄陽 老身揚氏…… [唱] ……〈第二十六回 遣送〉

인용문들은 보면, 비록 '白'으로 시작하였지만 노래가 먼저 나오고 인물이 자신을 지칭하며 이야기를 해나간다. 실제로 '白'이 시작되는 부분은 노래가 끝나고 나서이다. 이런 구성은 모두 '引'처럼 먼저 노래가 나오고 '白'과 '唱'이 차례로 뒤따르는 형식과 같다. 이렇게 '白'으로 시작하는 회에서도 '引'으로 시작할 때와 마찬가지로 노래는 번역하지 않았다. 노래가 끝나고 인물들이 이야기를 시작할 때 '저 方卿은' · '미관인 저 姚國棟은' · '늙은이 저 양씨(方卿의 어머니)는'처럼 자신을 지칭하는 용어를 썼다. 이는 인물이 청중을 대상으로 이야기하는 것 같은 어투인데 彈詞의 특징 중 하나이다. 이를 그대로 번역한다면 1인칭시점에서 취해야 하는데, 《진쥬탑》에서는 일관되게 3인칭시점의 취해 서술자가 서술하는 것처럼 번역하였다.

'白'으로 시작하는 회에서 위의 예와는 다른 방식으로 구성된 예가 두 곳이 있다. 차례로 살펴볼 것인데, 우선 〈35회〉를 먼저 보기로 한다.

> [正旦白] 伶俐枉稱空道俊 聰明徒論卻成呆 丫環喚這老狗才進來 [丑白] 吠 [正旦白] 轉來 [丑白] 舍个 [正旦白] 此事不可說破 [丑白] 曉得哉 [唱] 丫環奉命去喚蒼頭 總管聞呼急急兜 忙忙步進書房內 呼腰旁立問根由 [老末白] 夫人呼喚老奴有何吩咐 [正旦白] 嗄我

要問你 老末白 夫人問老奴什麼 正旦白 唔就是那 唱 姑爺目下扳新桂 為什麼並無捷
報到門授 〈第三十五回　盤僕〉
　　陳부인이 챠환의게 분부ㅎ되 "진션을 블너오되 이 일을 모름즉이 셜파치 말나" 챠환이
답응ㅎ고 가셔 부르니 진션이 둣고 련망히 셔지로 드러와 겻히 허리를 굽히고 셔셔 무르되
"부인이 노로를 부르시믄 무슴 분뷔 잇느니잇가" 부인이 니르되 "고애 임의 향시 쟝원을 ㅎ
여실진되 엇지ㅎ여 아오로 문견의 희보를 젼ㅎ는 사름이 업느뇨?

　〈35회〉도 '白'으로 시작하는데 앞의 예들과는 달리 노래가 나온 다음에 자기소개가
아니라 바로 인물들 간의 대화가 나온다. 이번에도 역시 노래는 번역하지 않았다. 원문
에서는 陳부인과 여종이 실제로 대화를 하는데, 陳부인의 '轉來(돌아와라)'와 여종의
'吷(예)'와 '舍个(뭐요)'는 번역하지 않았다. 그러면서 두 번에 걸친 명령을 하나의 문장
인 "진션을 블너오되 이 일을 모름즉이 셜파치 말나"로 번역하였다. 그리고 '這老狗才
(이 개 같은 놈)'은 욕설로 표현하지 않고 인물의 이름인 '진션'으로 번역하였다. 陳부인
이 방경과 싸울 때 그녀는 '狗才'라는 말을 하였고 '기 ᄀᆞ튼 놈'으로 번역하였기 때문에,
여기서는 욕설이라 번역하지 않은 것으로는 볼 수 없다. 둘의 대화에서 여종의 말은 남
방사투리를 사용하였는데, 이것은 공연 彈詞의 특징이다. '주요인물인 生ㆍ旦ㆍ淨ㆍ外
등의 角色들이 말하는 것은 모두 官話를 사용하였고, 貼ㆍ丑ㆍ末ㆍ付처럼 신분이 낮
고 직업이 비천하거나 품행이 불량한 角色들이 말하는 것은 방언사투리를 사용하였으
며 대부분이 蘇州方言으로 인물의 신분과 부합한다.'[30]
　필자가 ≪珍珠塔≫을 일람하면서 사투리로 말하는 부차인물들의 언어를 이해할 수
없는 부분이 많았다. 남방방언에 무지한 필자는 아쉽게도 이것에 대한 번역양상에 대해
살펴볼 수가 없다. 하지만 이에 대한 연구는 조선 역관의 중국어 수준을 가늠할 수 있
는 또 다른 계기가 될 것이다. 어쨌든 둘의 대화가 끝나고 여종의 '唱'이 이어지는데, 행
동을 묘사하는 서술자의 언어로 번역하였다. 그리고 나서 陳宣과 方부인의 대화가 나
오는데, 여기서도 일상적인 내용은 생략하고 중요한 내용만 번역하였다.
　'白'으로 시작하지만 '引'과는 다른 구성으로 이루어진 두 회 중에서 나머지 하나를 살
펴본다.

---

30) 盛志梅, ≪清代彈詞研究≫(濟南 : 齊魯書社, 2008), 53쪽.

外白 阿约不好了 詩白 一朝？？机関事 難免蔓菲有一場 外白 這纔韓夫人到來把送來舅嫂之事說與夫人又將珠塔？還這珍珠塔他也曉得是女兒之物難免一場費氣 唱 那使爺心內到就憂 此事如何到小計謀 回歸書館心煩悶 且說夫人大怒遺了頭 正旦白 紅梅快喚陳宣見我 丑白 呎 正旦白 一面請老爺進來 丑白 曉得哉 〈第四十七回 拷僕〉

진공이 심중의 싱각ᄒ되 "방ᄌ 韓부인이 와서 구슈 보닌 말을 부인긔 ᄒ고 또 진쥬탑은 졔 쏘흔 녀ᄋ의 플건인 줄 아ᄂ지라 일장 열요ᄒᆞ믈 면치 못ᄒ리로다" ᄒ며 셔직로 도라와 심ᄉ이 번민ᄒᆞ더라 챠셜 陳부인이 디로ᄒᆞ여 챠환 홍미의게 분부ᄒᆞ여 "ᄲᆯ니 진션을 블너 와서 나를 보게 ᄒ고 일면으로 노야를 쳥ᄒᆞ여 드로오시게 ᄒ라"

〈47회〉는 陳璉의 '白'으로 시작되는데, '아야, 안 좋게 되었어(阿约不好了)'라는 인물의 독백이 곧바로 나온다. 이어서 '詩白'이라고 표기한 노래가 나오고 나서 다시 인물의 말이 나온다. 여기서는 인물의 독백과 노래를 모두 번역하지 않았다. 두 번째의 '外白'은 희곡으로 따지자면 傍白인데, ≪진쥬탑≫에서는 소설의 심리묘사처럼 '심중의 싱각ᄒ되'로 번역하고 나서 그 내용은 거의 모두 직역하였다. 뒤이어 나오는 노래는 앞부분을 생략하고 뒷부분만 서술자의 서술처럼 번역하였다. 특이한 것은 소설처럼 '且說'이란 용어가 등장하는데, ≪珍珠塔≫에서는 가끔 장면을 전환할 때 사용한다. ≪진쥬탑≫에서는 '且說'을 '챠셜'이라고 한자어를 그대로 썼는데, 전체가 소설체로 개역되었기 때문에 어색함은 없다. 이후에 장면이 전환되고 陳부인과 여종 홍매의 대화가 나온다. 이 부분은 위의 〈35회〉의 인용문과 마찬가지로 여종의 '呎(예)'와 '曉得哉(알았습니다)'라는 대답은 번역하지 않았다.

다음으로는 '表白'으로 시작하는 회들을 살펴보기로 한다.

表白 上一回書中曾說到畢雲顯…… 唱 …… 末白 …… 〈第十六回 路劫〉
表白 上一回書中曾說姚驛丞…… 正生白 …… 〈第十九回 許親〉
表白 畢軍門呢因爲方大爺…… 唱 …… 白 …… 唱 …… 正生白 …… 〈第二十三回 覓妓〉
表白 上卷書中曾說到陳翠娥…… 唱 …… 白 …… 唱 …… 白 …… 唱 ……花旦白……〈第三十三回 亭認〉
表白 九江府韓太爺生心測隱…… 唱 …… 白 …… 唱 …… 白 …… 唱 …… 白 …… 唱 …… 白 …… 唱 …… 老旦白 …… 〈第三十八回 春試〉

'表白'으로 시작 되는 회에서는 등장인물이 아닌 서술자가 바로 前回의 내용을 요약해서 서술한다. 서술자인 '表'는 '白'만 나오기도 하고, '白'과 '唱'이 연이어 나오기도 하는데 한 번으로 끝나기도 하고 여러 번 교차 반복되기도 한다. 유일하게 〈9회〉의 경우는 인물의 역할이 없이 그냥 '白'으로만 되어 있는데, 실제로는 '表白'에 해당한다. '表白'의 특징은 '전회에서 이미 말하였는데(上一回書中曾說)'라는 상투어가 사용하기도 하고, 이것 없이 그냥 전회를 요약하기도 한다. 그런데 〈16회〉와 〈19회〉는 앞부분의 내용을 일부 생략하고 번역하였으며, 나머지 회에서는 모든 내용을 그대로 번역하였다. 실제 공연에서 '表白'은 등장인물이 아닌 예인의 언어이다. 그래서 '畢雲顯은요? 왜냐하면(畢軍門呢因爲)'과 같은 청중에게 말을 거는 어투를 사용하기도 하였다. 그런데 ≪진쥬탑≫에서는 상투어와 청중에게 말을 거는 어투를 모두 제거하고 소설 서술자의 서술처럼 번역하였다.

이상의 번역양상에 대한 논의는 彈詞의 특징이 어떻게 번역되었는가를 중심으로 이루어졌다. 이에 대한 특징은 아래에서 종합정리하기로 한다.

≪珍珠塔≫은 淸代에 가장 많이 간행되었으며 彈詞 장르에서는 거의 유일하게 ≪麒麟豹≫라는 후속편이 만들어진 작품이다. 이외에도 각종 지방연극들과 곡예의 다른 장르들로도 개편되었는데, ≪珍珠塔≫은 淸代에 가장 유행한 彈詞로 손꼽을 수 있을 것이다. 현대에 들어서도 TV연속극이 제작될 정도로 여전히 환영받고 있다.

≪珍珠塔≫은 여러 가지 판본은 주로 24회본인 周殊土補本, 20회본인 兪正峰本, 56회본인 周·陸編評本의 세 계통으로 나뉜다. 淸代부터 현재까지 유통되고 있는 판본은 24회본 '周殊土補本'인 뿐인데, ≪진쥬탑≫은 희귀본인 56회본을 번역하였다. 이 56회본은 우리나라에는 한국학중앙연구원의 藏書閣 판본이 유일하다. 이 책은 〈8회〉~〈54회〉가 남아 있으며 제1책인 〈1회〉~〈7회〉 그리고 〈55회〉와 〈56회〉가 결질이다. 이 판본은 조선왕실의 소장본이었을 가능성이 높으며, 실제로 한글 번역의 직접적인 대상텍스트일 수도 있다. ≪珍珠塔≫은 奎章閣과 韓國學中央研究院에 각각 번역본이 있는데, 전자를 奎章閣本이라고 하고 후자를 樂善齋本이라 한다. 奎章閣本은 번역 초고본이고 樂善齋本은 이 奎章閣本을 다시 깨끗하게 정사한 것이다. 高宗21年(1884)경에 李鍾泰 등 문사 수십 인을 동원하여 번역할 때 이루어진 것으로 추정된다.

56회본 ≪珍珠塔≫에서는 다양한 계층의 인물들을 등장시켜, 그들의 말과 행동을 통해 인물들의 모습을 세밀하게 묘사하고 있어서 당시의 사회상을 잘 반영하고 있다. 또 ≪珍珠塔≫은 재미있는 줄거리와 선명한 인물 성격, 익살맞은 언어 등을 통해 민중들에게 널리 환영을 받았던 작품이다.

≪진쥬탑≫의 회목은 한자를 병기하지 않고 한자음만 그대로 옮겨 적었으며 바로 아래 작은 글씨 두 줄로 뜻을 풀어놓았다. 이런 풀이가 없으면 회목을 이해할 수 없기 때문에 번역자가 해설하여주는 어투로 풀이하였을 것이다. ≪珍珠塔≫의 끝부분은 뒷이야기의 내용을 들어보라는 다양한 용어가 나타나는데, 여러 관중들을 대상으로 공연하던 彈詞의 특징이 드러난다. 그런데 ≪진쥬탑≫은 매 회마다 다른 ≪珍珠塔≫의 이런 다양한 표현들을 그대로 번역하지 않았다. 소설체로 단지 '츠간하회ㅎ라'라는 형식으로만 번역하였다. 이를 보면 回末의 다양한 표현은 彈詞 고유의 형식이 아니라 소설처럼 번역되었음을 알 수 있다.

먼저 등장인물의 역할을 밝히고 '引'을 덧붙인 형태가 많이 출현한다. 이것은 인물이 등장할 때 '引'·'白'·'唱'의 3단으로 구성된 일종의 '자기소개'의 표지이다. '引'이 아닌 '白'으로 시작되는 경우에도 대체로 노래가 먼저 나오고 '白'과 '唱'이 이어진다. 이런 구성은 '引'이 나오는 경우와 같은 형식인데, 두 가지 경우 모두 '노래' 즉 '운문"은 번역하지 않았다. 이 두 가지 경우 인물들이 이야기를 시작할 때는 자신을 지칭하는 용어를 썼다. 그런데 이것을 1인칭시점을 취해 번역하지 않고 일관되게 3인칭시점의 취해 서술자가 서술하는 것처럼 번역하였다. '表白'으로 시작되는 회는 뒤에 '唱'이 뒤따르며 2단으로만 구성되는데, 이때 '表'는 등장인물이 아니라 서술자이다. 表白'의 특징은 '전회에서 이미 말하였는데'라는 상투어가 사용하며, 공연하는 예인 특유의 청중에게 말을 거는 어투를 사용하기도 하였다. 그런데 ≪진쥬탑≫에서는 상투어와 청중에게 말을 거는 어투를 모두 제거하고 소설 서술자의 서술처럼 번역하였다.

또한 彈詞에서 인물들의 대화는 희곡과 같은 방식으로 이루어져 있는데, 너무 간단한 대화들은 일일이 번역하는 방식을 취하지 않고 문맥이 통하도록 유연하게 번역하였다. 인물의 대화 부분의 번역에서 간단한 대답이나 물음은 서술로 바꾸었으며, 대화로 직역하는 것이 어색할 때도 서술로 바꾸어 번역하였다. 이렇게 변개가 이루어졌지만 모든 내용은 거의 번역하였으며, 전체적으로 ≪진쥬탑≫은 彈詞의 특징을 살려서 직역하지 않고 소설체로 개역하였다고 규정할 수 있다. 이는 조선 독자들의 기대지평에 기인한 것인데, 번역자가 중국의 낯선 장르를 받아들이기 힘들었을 독자의 수용을 고려한 번역이다.

5. 梁祝이야기의 국내 수용과 《양산백전》의 번안 가능성*

梁山伯과 祝英臺의 이야기(이하에서는 '양축이야기'라 한다)는 전설, 민담, 장편 가요, 지방연극, 각종 강창 등 다양한 갈래로 중국 전역에서 유행하였다. 또 양축이야기는 '견우직녀(牛郞織女)'·'맹강녀(孟姜女)'·'백사전(白蛇傳)'과 더불어 중국의 4대 民間故事로 지금까지 중국인들의 사랑을 받고 있다.

우리나라에서도 양축이야기는 설화, 서사민요, 서사무가, 소설 《양산백전》 등으로 다양하게 수용되었으며, 이에 대한 연구도 국문학자를 중심으로 양축이야기의 수용과 장르간의 비교 연구가 활발하게 진행되어왔다.

필자는 우선 국문학자들이 지적한 중국 문헌들이 국내에 실제로 유입되었는지에 살펴보고도 어떻게 영향을 미쳤는지 검토해 보고자 한다. 또 필자는 우리나라에서 수용된 양축이야기와 《양산백전》은 근원이 다를 수도 있다고 본다. 왜냐하면 설화, 서사민요, 서사무가는 민간문학으로 구전을 통해 유전되어 왔고, 《양산백전》은 출판물로 읽는 행위를 통해 유전되었기 때문이다. 양축이야기는 시대와 지역 그리고 갈래를 초월하여 중국인들에게 유행하였다. 국문학자들이 근원 설화로 지목했던 《宣室志》·《四明圖經》·《情史》·《喩世明言》(일명 《古今小說》) 등의 중국의 단편적인 문헌 기록뿐만 아니라 다양한 양축이야기가 중국에 있었다. 明淸代에는 설화 수준의 양축이야기가 아닌 직업 예인들의 양축강창도 유행하였다. 《양산백전》의 경우 중국의 초기 양축이야기와는 다르며, 여러 갈래의 강창들과 유사점이 많아 보인다. 필자는 이러한

* 이 글은 《中語中文學》제51집(한국중어중문학회, 2012. 4)에 발표한 논문을 일부 수정·보완하였다. 이 논문은 2010년 한국연구재단의 정부재원(교육과학기술부 인문사회연구 역량강화사업비)의 지원을 받은 연구이다.(NRF-2010-322-A00128)
** 주저자 : 유승현(慶熙大學校 비교문화연구소 학연 토대연구 학술연구교수)
　　교신저자 : 민관동(慶熙大學校 중국어과 교수)

유사점을 토대로 ≪양산백전≫의 번안 가능성을 검토하고자 한다.

1. 양축이야기의 국내 유입과 수용

이하의 논술은 중국 문헌 자체의 時代 先後에 관계없이 국문학자들의 研究 先後에 따라 진행한다. 먼저 ≪양산백전≫에 대한 최초의 연구는 김태준에 의해 이루어졌으며, 그는 ≪양산백전≫이 '≪情史≫와 ≪寧波志≫에 전하는 전설 원형을 퍽 변개하고 있다'[1]고 하였다. 정규복은 ≪情史≫를 ≪古今情史≫의 착오로 보았고 ≪寧波志≫가 현존하지 않는다고 했는데,[2] 그러나 ≪情史≫라는 책에는 양축이야기가 있으며 몇 종의 '寧波' 地方志에도 양축이야기가 있다. 이중 ≪情史≫에 대한 논술은 뒤로 미루고 먼저 寧波의 지방지에 대해 살펴본다.

宋代 張津의 ≪四明圖經≫은 중국 학자들이 양축이야기의 기원을 설명할 때 하나로 꼽는 문헌인데, 국문학자들도 이 문헌을 양축이야기의 근원 설화로 지목하였다.

> 의부총은 양산백과 축영대가 함께 묻힌 곳이다. 현 서쪽으로 10리 떨어진 곳의 접대원 뒤쪽에 사당이 남아있다. 옛 기록에 의하면 두 사람은 어려서 함께 공부하며 3년 가까이 지냈으나 양산백은 처음에는 축영대가 여자인지 몰랐었다. 그 질박함이 이와 같았다. ≪十道四蕃志≫에서 '의부 축영대가 양산백과 함께 묻히다'라고 한 것은 바로 이 일을 두고 한 말이다.[3]
>
> (義婦冢, 即梁山伯祝英臺同葬之地也。 在縣西十里接待院之後, 有廟存焉。 舊記謂二人少嘗同學, 比及三年, 而山伯初不知英臺之爲女也, 其樸質如此。 按≪十道四蕃志≫云, 義婦祝英臺與梁山伯同冢, 即其事也。)[4]

宋代 張津의 '≪四明圖經≫은 현재의 寧波 지역에 해당되는 明州의 地方志로 현

---

1) 金台俊撰, 丁海廉 편역, ≪金台俊 文學史論選集≫, 現代實學社, 1997의 〈增補 朝鮮小說史〉, 181쪽.
2) 丁奎福, 〈≪梁山伯傳≫考〉, ≪中國研究≫제4집, 1979, 34쪽.
3) 이 번역은 다음 논문을 따랐다. 김우석, 〈梁祝 이야기에 대한 연구1 - 전설과 역사의 사이에서〉 (≪中國文學≫ 제52집, 2007), 131쪽.
4) 路工編, ≪梁祝故事說唱集≫, 上海 : 上海古籍出版社, 1985, 4~5쪽.

재 남아있는 것이므로 이 시기에 양축이야기가 존재했음은 의심할 여지가 없다.'5) ≪十道四蕃志≫는 唐代 梁載言(생졸년 미상, 唐 高宗 上元2년(675)에 진사 급제)이 지은 것인데, ≪四明圖經≫의 기록이 사실이라면 양축이야기의 기원은 최소한 양재언이 생존한 시대까지 올라갈 수 있다. 그래서 중국 학자들은 이 기록을 양축이야기의 기원을 밝히고자 할 때 이용하는데, ≪十道四蕃志≫의 존재 여부에 대한 논술은 잠시 뒤로 미룬다.

≪四明圖經≫의 기록은 간단하여 양산백과 축영대가 함께 묻힌 이유도 없고 둘이 나비로 변하였다는 화소도 들어있지 않다. 전설은 특정한 개별적 증거물을 갖는데, ≪四明圖經≫은 지방지로서 전설 자체보다는 '의부총'이나 '사당'이라는 사적에 중점을 두고 서술한 듯하다. 明代 黃潤玉의 ≪寧波府簡要志≫·明代 張時徹의 ≪嘉靖寧波府志≫·淸代 聞性道의 ≪康熙鄞縣志≫·淸代 徐時棟의 ≪光緖鄞縣志≫ 등에는 공통적으로 양산백과 축영대 관련 사적이 등장한다. 이 문헌들을 보면 영파에 이런 사적이 계속 존재했으며, 후대로 갈수록 영파의 지방지들은 사적이라는 증거물을 대상으로 전설을 부풀려 나간 것을 알 수 있다.

'鄞縣'은 영파의 교외지역으로 영파에 속한 지역이다. 명대의 ≪寧波府簡要志≫와 ≪嘉靖寧波府志≫에는 의부총이 있다고 했고, 청대의 ≪康熙鄞縣志≫에는 양산백의 묘와 '의충왕의 사당(義忠王廟)'이 있다고 했으며, 또 청대의 ≪光緖鄞縣志≫에는 양산백과 축영대의 무덤과 사당이 있다고 하였다. 그외 聞性道의 ≪康熙鄞縣志≫는 李茂誠의 〈義忠王廟記〉를 인용하였다고 하는데, 〈義忠王廟記〉에는 양산백이 東晋 352년에 태어나 373년에 죽었다고 기록되어 있다.6) 이 '양축이야기의 발생연도는 대략 4세기 후반으로, 그 저자인 李茂誠이 살았던 송 휘종 연간(1107년 이후)과 무려 700년이 넘는 시차가 존재한다. 이 기간 동안 일체의 다른 자료가 남아있지 않은 상태에서 돌출적으로 구체적이고 자세한 기록이 나올 수 있다는 가능성에 대해 상식적으로는 부정적인 입장을 취할 수밖에 없다.'7) ≪康熙鄞縣志≫는 양축이야기의 기원을 東晋으로 올

5) 김우석, 〈梁祝 이야기에 대한 연구1 - 전설과 역사의 사이에서〉, ≪中國文學≫ 제52집, 2007, 134쪽.

6) 周靜書主編, ≪梁祝文化大觀(故事歌謠卷)≫(北京 : 中華書局, 2000), 286~291쪽.

7) 김우석, 〈梁祝 이야기에 대한 연구1 - 전설과 역사의 사이에서〉, ≪中國文學≫제52집, 2007, 134쪽.

려 잡기 위해 이용하는 문헌인데, 그다지 신빙성은 없어 보이고 양축 관련 사적에서 출발하여 거꾸로 그 유래나 특징을 꾸며낸 것으로 보인다.

위의 지방지들은 국내에 유입되었는지 확인할 수 없고,[8] 중국 전국을 대상으로 한 지리지가 아니라 지역적인 지방지임을 고려한다면 그 전파 범위가 한계가 있으므로, 그것들을 양축이야기의 국내 유입 경로의 하나로 보기는 어렵다. 필자는 영파 지역을 방문했던 고려인이나 조선인들이 지방지라는 문헌을 통해서가 아니라 구전을 통해 유입했을 수도 있다고 여긴다. 이에 대해서는 뒤에 자세히 논술하도록 하고, 잠시 미루어두었던 ≪情史≫에 대해 살펴보고자 한다.

> 양산백과 축영대는 모두 동진인으로 양은 회계인이고 축은 상우인이다. 양산백과 축영대는 일찍이 함께 공부하다가 축영대가 먼저 고향으로 돌아갔다. 양산백은 후에 상우를 지나다가 축영대를 찾아 비로소 여자인줄 알게 되고, 돌아가 부모에게 고하여 장가들고자 하였으나 축영대는 이미 마씨의 아들과 정혼하였다. 양산백은 悵然하여 어찌 할 바를 모르다가 삼년 후에 은령이 되었으나 그만 병으로 죽으면서 청도산 아래에 장사지내달라고 유언하였다. 이듬해에 축영대는 마씨에게 시집을 가다가 청도산 아래를 지날 때 바람과 파도가 크게 일어 배가 더 나아가지 못하였다. 축영대는 양산백의 무덤에 이르러 실성통곡하다가 무덤이 홀연히 갈라지자 뛰어들어 죽었다. 마씨가 그 사실을 조정에 알리고, 승상 사안이 의부로 봉할 것을 청하여 축영대는 義婦가 되고 화제 때에 양산백이 다시 나타나 靈異한 공로를 발휘하여 義忠에 봉해지고 유사가 은현에 사당을 세웠다. ≪영파지≫에 보인다.[9]
> (梁山伯祝英台, 皆東晉人。梁家會稽, 祝家上虞。嘗同學, 祝先歸, 梁後過上虞尋訪之, 始知為女。歸乃告父母欲娶之, 而祝以許馬氏子矣。梁悵然若有所失。後三年, 梁為鄮令, 病且死, 遺言葬清道山下。又明年, 祝適馬氏, 過其處, 風濤大作, 舟不能進。祝乃造梁塚, 失聲哀慟, 忽地裂祝投而死。馬氏聞其事于朝, 丞相謝安請封為義婦。和帝時, 梁復顯靈異效勞, 封為義忠, 有司立廟于鄮云。見寧波志。)[10]

≪情史≫의 말미에 '≪寧波志≫에 보인다(見≪寧波志≫)'라고 했는데, ≪情史≫는

---

8) 필자는 '한국고전적종합목록시스템(htt://www.nl.go.kr/korcis/)'을 검색했으나, 현재 위의 지방지들을 소장하고 있는 곳은 없다.

9) 이 번역은 아래의 ≪嘉靖寧波府志≫의 번역은 모두 다음 논문을 따랐다. 김경희, 〈중국〈梁·祝〉故事의 한국적 수용 양상〉, 서울대학교 석사학위논문, 2003, 13쪽.

10) 馮夢龍編, 〈祝英臺〉, ≪情史(二)≫卷十〈情靈類〉, 上海 : 上海古籍出版社, 발행년불명, 778~779쪽. 이 책은 古本小說集成 編輯委員會가 발행한 책으로 모두 4책으로 되어 있는데, 인용한 부분의 쪽수는 4책을 모두 포함한 쪽수이다.

≪寧波志≫의 기록을 옮겨놓은 것으로 보인다. ≪情史≫의 기록은 위에서 인용하지는 않고 논술한 영파의 각종 지방지들의 내용과 상당히 유사한데, 청대 기록들에 비해 ≪情史≫가 시대적으로 앞서므로 그것을 그대로 옮겨놓았다고 할 수는 없다. 김태준이 ≪情史≫와 ≪寧波志≫를 동시에 거론한 것은 ≪情史≫의 내용을 근거로 ≪寧波志≫를 언급한 것으로 보인다.

≪情史≫는 明代 문언소설집으로 24권으로 되어있으며, 일명 ≪情史類略≫ 혹은 ≪情天寶鑑≫이라고도 한다. 馮夢龍이 역대소설, 필기, 사적, 기타 문학작품 중에서 남녀 간의 애정이야기를 모아 가공하여 편찬한 책이다. 최초의 간본은 明末 東溪堂의 각본으로 내용이 완정하고 오류가 적다. 이외에도 淸 嘉慶14년(1809) 간본, 淸初의 芥子園 간본, 淸 道光28년(1848) 三讓堂과 經國堂 간본, 光緒20년(1894) 上海 石印本, 淸 平妖堂 간본, 중화민국 연간의 上海 會文堂書局의 排印本 등이 있다. 이런 각종 판본들은 현재까지의 조사의 의하면 모두 15종이 우리나라에 유입되었음을 알 수 있다.[11] 또한 ≪情史≫의 국내 유입에 대해서는 池圭植의 ≪荷齋日記≫에 보인다. ≪荷齋日記≫는 궁궐과 관청에 각종 그릇을 납품하는 貢人이었던 지규식이 고종 28년(1891)부터 1911년까지 20여 년 간에 걸쳐 쓴 일기로, 〈癸巳甲午(1893년 10월 15일)〉에 지규식이 ≪情史≫중에서 볼만한 것을 직접 한글로 필사하였다는 대목이 나온다.

아침에 비가 오고 저녁에 갬.
助哀稧에서 18냥 4전씩 각각 거두어 변주국에게 齋를 치러 주었다. 여주 도곡 林敬海가 水土船 편에 正租 1석을 내려 보내고 편지하였다. 뱃삯 5냥을 주었다. 밤에 춘헌에 가서 정담을 나누고 돌아왔다. ≪情史≫ 중에서 볼 만한 것을 한글로 베꼈다.

이 기록에 의하면 1800년대 중반에 국내에 ≪情史≫가 유입이 되었을 것이고, 비록 현재까지는 발견되지 않았지만 지규식이 필사한 한글본이 어디엔가 남아있을 것이다.[12] 이것으로 볼 때, ≪情史≫는 조선시대 유입되어 문인들과 심지어는 중인들에게 읽혔고

11) 우리나라에 유입된 ≪情史≫의 목록과 수유입에 관련된 논술은 경희대 비교문화연구소 학연 토대연구 학술연구교수 유희준의 조사에 근거한 것이다.
12) 이 책의 국역 대본인 '하재일기'는 서울대학교 규장각에 소장되어 있으며, 도서번호는 '고 4655~44'임, 전 9책 가운데 제4책(1895, 1월~1896. 8월)을 번역·탈초하여 원문과 함께 수록되어 있다. ≪情史≫의 유입기록에 대한 내용은 모두 유희준이 제공한 것이다.

또한 한글로 번역되었으므로, 이 책은 양축이야기가 국내로 유입된 경로 중 하나로 볼 수 있다.

중국학자들은 ≪宣室志≫를 양축이야기의 기원을 밝히는 문헌 중 하나로 삼고 있다. 정규복은 이를 의심하기는 했지만 국내에 양축이야기가 유입된 문헌의 하나로 보기도 했으며,13) 이후 국문학자들은 대체로 이 견해를 받아들이고 있다. ≪宣室志≫는 唐代 張讀(834 혹 835~886?)이 지었다는 필기소설집으로 ≪新唐書≫를 비롯한 여러 문헌에 그 이름이 보인다. 그러나 원본은 이미 실전되었고, 지금 전하는 것은 明代 필사본(北京대학 소장)과 ≪稗海≫라는 소설총서에 실린 것이다. ≪稗海≫는 晋·唐·宋代의 지괴·지인·필기소설 70여 종을 모아서 간행한 소설총서이며, 이 책에 수록된 ≪宣室志≫는 명대 필사본과 같다.14) ≪稗海≫의 판본은 明 萬曆 때 會稽 商氏 半野堂 간본이 있고, 淸 康熙 때 振鷺堂이 앞의 商氏 간본을 토대로 새로 편집하고 보충한 간본과 淸 乾隆 때 李孝源이 앞의 振鷺堂을 토대로 수정·보충한 重訂本이 있다.

≪稗海≫는 조선시대에 유입되었고, 이 책에 대해 조선의 여러 문인들은 16세기와 17세기 초부터 기록은 남긴다. 許筠(1569~1518), 金昌協(1651~1708), 朴泰輔(1654~1689), 李瀷(1681~1763), 朴思浩(19세기), 李圭景(1788~1856) 등이 ≪稗海≫를 접했던 경험을 기록으로 남겨두었다.15) ≪稗海≫에 ≪宣室志≫라는 소설이 실려 있으므로 ≪宣室志≫에 양축이야기가 실려 있다면, ≪稗海≫를 조선시대 양축이야기가 유입된 경로의 하나로 확정할 수 있다.

그러나 필자가 찾아본 ≪稗海≫를 저본으로 한 ≪宣室志≫의 어디에도 양축이야기가 없다.16) ≪宣室志≫에 실려 있다는 양축이야기는 淸代 翟灝의 ≪通俗編≫ 卷37의

13) 丁奎福, 〈≪梁山伯傳≫考〉, ≪中國硏究≫ 제4집, 1979, 36쪽. '현재 臺灣 新興書局에서 출간된 張讀의 ≪宣室志≫에는 이 梁祝說話가 전연 보이지 않는다.'

14) 李劍國, ≪唐五代志怪傳奇敍錄(下)≫, 天津: 南開大學出版社, 1998, 810쪽.

15) ≪稗海≫에 대한 문인들의 기록의 구체적인 내용과 출처는 다음 논문을 참고할 수 있다. 김수연, 〈양축설화의 국내유입과 양산백전에 나타난 소설화 양상〉, ≪古小說硏究≫ 제29집, 2010, 410~412쪽.

16) 필자가 찾아본 ≪宣室志≫는 두 가지로 모두 ≪稗海≫본을 저본으로 하고 있다. 上海古籍出版社 編, 丁如明·李宗爲·李學穎 等 校點, ≪唐五代筆記小說大觀(下)≫, 上海: 上海古籍出版社, 2000, 985~1081쪽. 王汝濤 編校, ≪全唐小說(二)≫, 濟南: 山東文藝出版社, 1993, 1257~1381쪽.

〈梁山伯訪友〉에서 인용한 기록이다. 이 기록은 錢南揚이 발굴해서 보고한 것인데, 그조차 이런 기록이 ≪宣室志≫에 없으니 翟灝의 잘못인지 아니면 현존하는 ≪宣室志≫가 완전하지 않은지 의심하였다.[17] 필자가 일람한 ≪宣室志≫의 이야기들은 거의 모두가 唐代의 이야기인데, 翟灝가 ≪通俗編≫에서 인용한 ≪宣室志≫의 양축이야기는 시대가 晉代로 되어있어서 翟灝의 언급 자체도 의심스럽다. 또한 '실제로 ≪宣室志≫의 기록이라며 옮겨놓은 내용은 명대 이후 지금의 寧波 지역의 지방지들에서 기록해놓은 양축이야기의 내용과 일치한다.'[18] 李劍國은 中華書局 교주본 ≪宣室志≫에는 淸代 梁章鉅의 ≪浪蹟續談≫卷6 〈祝英臺〉에서 ≪宣室志≫를 인용하였다는 양축이야기가 실려 있다고 하였다. 하지만 이검국은 이것을 편집자들의 오류로 보고 있으며, ≪宣室志≫에 양축이야기가 실려 있었다는 것을 부정하였다.[19]

위의 내용을 종합하면, 唐代의 이야기만을 모아놓은 ≪宣室志≫의 원본에 晉代의 양축이야기가 있었을 가능성은 거의 없다. 원본이 실전된 ≪宣室志≫가 실려 있는 ≪稗海≫본에는 양축이야기가 아예 없다. 그렇다면, ≪宣室志≫나 ≪稗海≫가 조선시대 유입되었다고 해도, 이 문헌들을 통해 양축이야기가 유입되었을 가능성은 거의 없다.

李明九는 위의 김태준의 설을 부정하고, ≪양산백전≫의 근원설화를 ≪喩世明言≫ 소재의 〈李秀卿義結黃貞女〉로 대치하였다.[20] 이후 국문학자들은 양축이야기의 또 다른 경로의 하나로 ≪喩世明言≫ 혹은 ≪古今小說≫을 지적하였다. ≪喩世明言≫卷28은 〈李秀卿義結黃貞女〉인데, 이 이야기의 앞에 '入話'의 형식으로 짧은 양축이야기가 첨부되어 있다. ≪喩世明言≫은 일명 ≪古今小說≫이라고도 하는데, 馮夢龍이 편찬하였다고 하며 화본소설 형식의 소설집이다. 풍몽룡이 편찬한 ≪喩世明言≫·≪警世通言≫·≪醒世恒言≫을 합쳐 '三言'이라고 하는데, 이 '三言'의 원래의 각본은 중국에 남아있지 않았고 불완전한 殘本들만 있었다. '三言'의 완정본은 일본의 '公私文庫'에 남아 있었고, 이것은 1950년대가 되어서야 중국과 대만에서 출판되었다.[21]

---

17) 錢南揚, 〈關於收集祝英臺故材料的報告和徵求〉, ≪漢上宧文存·梁祝戲劇輯存≫, 北京: 中華書局, 2009, 248쪽.
18) 김우석, 〈梁祝 이야기에 대한 연구1 - 전설과 역사의 사이에서〉, ≪中國文學≫제52집, 2007, 134쪽.
19) 李劍國, ≪唐五代志怪傳奇敍錄(下)≫, 天津: 南開大學出版社, 1998, 832쪽.
20) 李明九, 〈李朝小說의 比較文學的 硏究〉, ≪大東文化硏究≫제5집, 1971, 20쪽.

≪喩世明言≫은 현재까지 조선시대에 유입된 판본이 없는 것으로 보이고,[22] ≪喩世明言≫이나 ≪古今小說≫에 대한 조선시대의 기록도 찾을 수 없는 것 같다.[23] 이것으로 볼 때, 중국에서조차 희귀본이었던 ≪喩世明言≫이 조선시대에 우리나라에 유입되어 '널리 읽혔다'고는 볼 수 없다. 그렇다면 ≪喩世明言≫과 그 다른 이름의 ≪古今小說≫을 조선에 유입된 양축이야기의 경로로 보기에는 무리가 따른다.

김수연은 ≪留靑日札≫이란 필기소설집을 조선시대 양축이야기가 유입된 경로의 하나로 지적하였다. ≪留靑日札≫은 명대 田藝衡이 편찬한 것으로 권21의 〈祝英臺〉에 양축이야기가 있다. ≪留靑日札≫은 명대 隆慶 각본과 萬曆 각본이 있으며, 허균과 이덕무도 이 책에 대해 기록을 남기고 있다.[24] 그렇다면 ≪留靑日札≫은 ≪稗海≫와는 달리, 조선시대 양축이야기가 유입된 경로의 하나로 볼 수 있다.

국문학자 대부분은 ≪宣室志≫·≪情史≫·≪喩世明言≫을 조선시대 양축이야기가 유입된 경로로 보았다. 이후 김수연은 ≪宣室志≫가 실린 ≪稗海≫와 ≪留靑日札≫의 소설총서도 유입 경로로 보았다. 김우석은 양축이야기의 기원을 밝히는 논문에서 새로운 자료를 소개했는데, 김수연과 李珠魯[25] 역시 같은 자료를 소개하였다. 이 의미 있는 자료는 ≪夾注名賢十抄詩≫의 羅鄴의 〈蛺蝶〉이란 시에 달린 注이다.

大唐異事多祚瑞,　대당 왕조에 기이한 일도 상서로운 복조도 많았지
有一賢才身姓梁。　한 현재가 있었는데 성은 양씨였네
常聞博學身榮貴,　박학하면 신세가 부귀영화를 누린단 말 늘 들었고
每見書生赴選場。　서생들이 과거시험에 나서는 걸 보아왔지
在家散袒終無益,　집에서 웃통 벗고 있어봐야 끝내 유익할 게 없으니
正好尋師入學堂。　스승을 찾아 학당에 들어가 봐야겠다
云云。　　　　　　운운

---

21) '三言'에 대한 내용은 다음 책의 徐文助의 〈引言〉을 참고하였다. 馮夢龍 編撰, 徐文助 校注, ≪喩世明言≫, 台北 : 三民書局, 2003, 1쪽.

22) 우리나라에 유입된 ≪喩世明言≫이나 ≪古今小說≫의 목록은 경희대 비교문화연구소 학연 토대연구 학술연구교수 장수연의 조사에 근거한 것이다.

23) '한국고전종합DB'의 검색 결과를 근거로 하였다.

24) 김수연, 〈양축설화의 국내유입과 양산백전에 나타난 소설화 양상〉, ≪古小說硏究≫제29집, 2010, 412~413쪽.

25) 李珠魯, 〈梁祝故事의 한국적 수용에 관한 小考〉, ≪中國文學≫제68집, 2011, 92~94쪽.

一自獨行無伴侶,　　혼자서 가노라니 짝이 없어
孤村荒野意恛惶。　　외로운 마을 황량한 들판에서 마음은 갈팡질팡
又遇未來時稍暖,　　게다가 마침 날씨도 조금 따뜻해지려 하는데
婆娑樹下雨風涼。　　바스락 나무 아래 비바람이 서늘하다
忽見一人隨後至,　　갑자기 한 사람이 뒤에서 따라오는 것이 보였는데
唇紅齒白好兒郎。　　입술 붉고 이 하얀 잘생긴 남자더라
云云。　　　　　　　운운
便道英臺身姓祝,　　말하길 성은 축이요 이름은 영대라
山伯稱名僕姓梁。　　산백도 말하다 제 성은 양씨요
各言抛捨離鄕井,　　각기 고향 우물을 버리고
尋師願到孔丘堂。　　스승을 찾아 학당에 가려한다고 말하네
二人結義爲兄弟,　　두 사람은 의형제를 맺고
死生終始不想忘。　　죽든 살든 서로 잊지 말기로 하였다네
不經旬日參夫子,　　며칠 지나지 않아 스승을 참배하고
一覽詩書數百張。　　시서 수백 장을 열람하였네
山伯有才過二陸,　　산백은 재능 있어 이륙을 뛰어넘고
英臺明德勝三張。　　영대의 밝은 덕은 삼장보다 훌륭하다
山伯不知它是女,　　산백은 그가 여인임을 알지 못하고
英臺不怕丈夫郎。　　영대는 사내 장부도 두려워하지 않네
一夜英臺魂夢散,　　어느 날 영대는 꿈에 혼비백산하니
分明夢裡見爺娘。　　분명 꿈에서 부모를 본 것이다
驚覺起來情悄悄,　　깜짝 놀라 깨어 일어나니 마음에선 근심이 일고
欲從先歸睹父娘。　　먼저 돌아가 부모를 뵈려 하여
英臺說向梁兄道,　　영대는 입 열어 양형에게 말한다
兒家住處有林塘。　　제 집에 숲과 연못이 있는데
兄若後歸回玉步,　　형이 뒷날 귀한 발걸음 돌리실 때
莫嫌情舊到兒莊。　　옛 정을 버리지 말고 제 집을 찾아줘요
云云。　　　　　　　운운
歸舍未逾三五日,　　집에 돌아온 뒤 보름이 지나기 전에
其時山伯也思鄕。　　그때 산백 또한 고향을 그리워하게 되어
拜辭夫子登歧路,　　부자를 사직하고 기로에 올라
渡水穿山到祝莊。　　물 넘고 산 넘어 축씨 집에 도달하네
云云。　　　　　　　운운
英臺緩步徐行出,　　영대는 느릿느릿 천천히 걸어나오니
一對羅襦繡鳳凰。　　비단 저고리엔 봉황이 수 놓여 있고
蘭麝滿身香馥郁,　　난향사향 온 몸에 향이 자욱하며

千嬌萬態世無雙。　천교만태가 세상에 짝이 없으니
山伯見之情似□26),　산백이 그를 보고는 마음이 □
□辨英臺是女郎。　□ 영대가 여자인 줄 알아본다
帶病偶題詩一絶,　병이 나 절구 한 수를 지으니
黃泉共汝作夫妻。　황천에서 그대와 부부가 되고프네
云云。　　　　　운운
因茲□□相思病,　이로 인해 □□ 상사병을 얻어
當時身死五魂颺。　당장 죽고 혼백이 날아오르네
葬在越州東大路,　월주 동로에 장사지내니
托夢英臺到寢堂。　영대의 침소에 꿈으로 나타난다
英臺跪拜哀哀哭,　영대는 무릎 꿇고 서글피 울더니
殷勤酹酒像墳堂。　정성스레 술 따라 무덤에 붓는다
祭曰:　　　　　제문에 말하길
君旣爲奴身已死,　그대는 저를 위해 돌아가셨으니
妾今相憶到墳傍。　첩이 이제 그리워 무덤가로 왔어요
君若無靈敎妾退,　그대가 만약 영혼이 없다면 첩을 물리치시고
有靈須遣塚開張。　영혼이 있다면 무덤이 열리게 하세요
言訖塚堂面破裂,　말을 마치자 무덤이 갈라지고
英臺透入也身亡。　영대가 뛰어 들어가 함께 죽는다
鄕人驚動紛又散,　마을 사람들은 깜짝 놀라 분분히 흩어지고
親情隨後援衣裳。　부모형제가 뒤 따라가 옷을 붙잡으나
片片化爲蝴蝶子,　조각조각 변하여 나비가 되고
身變塵滅事可傷。　몸이 죽어 먼지가 되니 참으로 슬프도다
云云。　　　　　운운27)
《十道志》〈明州有梁山伯塚〉注:〈義婦竺英臺同塚。〉28)
《十道志》: '명주에 양산백의 무덤이 있다' 주: '의부 축영대가 함께 묻혔다.'

---

26) □은 글자를 확인할 수 없는 것이 아니라 아예 공란으로 아무 글자도 없이 생략되어 있으며, 이하의 것도 마찬가지이다. 《夾注名賢十抄詩》(한국학중앙연구원, 2009), 258~259(下卷 19b~20a).

27) 이 번역은 다음 논문을 따랐다. 김우석, 〈梁祝 이야기에 대한 연구1 - 전설과 역사의 사이에서〉, 《中國文學》제52집, 2007, 139~140쪽.

28) 《夾注名賢十抄詩》, 한국학중앙연구원, 2009, 258~259쪽(下卷 19b~20a). 이 책은 임형택이 해제를 단 영인본인데, 표점과 글자의 교감은 다음 책을 따랐다. (高麗) 釋子山 夾注, 査屛球 整理, 《夾注名賢十抄詩》, 上海古籍出版社, 2005, 176~177쪽.

≪夾注名賢十抄詩≫의 이 양축이야기는 그 기원을 밝히는 중요한 자료이고, 또한 우리나라에 전래된 양축이야기의 원천을 밝히는 데에도 중요한 자료이다. 위의 인용문은 ≪夾注名賢十抄詩≫에 실려 있으나, ≪全唐詩≫에는 수록되지 않은 羅鄴의 〈蛺蝶〉[29]이란 시에 달린 주이다. ≪夾注名賢十抄詩≫는 ≪十抄詩≫에 협주를 첨가한 책으로 1452년 밀양府使 李伯常이 주관하고 權擥이 교정하여 밀양부에서 중간하였다. ≪夾注名賢十抄詩≫는 唐代 말기의 시인 26명과 신라의 시인 4명의 칠언율시를 각각 10수씩 모두 300수를 뽑아 수록한 시선집이다.

≪夾注名賢十抄詩≫의 주석자는 해동의 승려(東僧)라고만 되어있는데, 고려의 승려가 편찬한 책이란 것은 확실하다. 경주 손씨 가문에 수장되어 있는 완질의 목판본 ≪夾注名賢十抄詩≫에는 夾注를 단 사람을 '神印宗老僧子山'이라고 적어놓아 그가 자산이라는 승려였음을 밝혀주고 있기 때문이다. 그가 ≪夾注名賢十抄詩≫를 집필한 시기는 대략 1200년대로 보고 있는데,[30] 그렇다면 양축이야기는 이미 고려시대에 우리나라에 유입되었다고 볼 수 있다.

≪夾注名賢十抄詩≫는 양축이야기의 국내 유입에 대해서 뿐만 아니라 국내에서 출판됨으로써 전파에 있어서도 중요한 역할을 한다. 1452년에 간행된 ≪夾注名賢十抄詩≫의 저본은 초간인지 중간인지는 알 수 없으나 이미 1337년 안동에서 간행된 것이다. 權擥은 跋에서 저본이 된 책을 고려 말 은사로 이름난 權思復이 그에게 선사하였다고 밝히고 있다.[31]

임진왜란(1592~1598) 이전의 간행된 모든 책판목록을 수록하고 있는 ≪攷事撮要≫를 보면, ≪夾注名賢十抄詩≫는 경주와 宜寧에서도 출판되었음을 알 수 있다.[32] ≪夾

---

29) 扈承喜, 〈≪十抄詩≫一考 - ≪全唐詩≫ 미수록 작품을 중심으로〉, ≪季刊書誌學報≫제15호, 1995, 33쪽. 姜晳中, 〈≪十抄詩≫의 中國詩 選詩 樣相 一考〉, ≪韓國漢詩研究≫제11집, 2003, 17쪽.

30) 扈承喜, 〈≪十抄詩≫一考 - ≪全唐詩≫ 미수록 작품을 중심으로〉, ≪季刊書誌學報≫제15호, 1995, 21~25쪽.

31) (高麗) 釋子山 夾注, 査屏球 整理, ≪夾注名賢十抄詩≫, 上海古籍出版社, 2005, 210~211쪽. 연호에 대한 서기연도와 발문에 대한 번역은 다음 논문을 참고하였다. 扈承喜, 〈≪十抄詩≫一考 - ≪全唐詩≫ 미수록 작품을 중심으로〉, ≪季刊書誌學報≫제15호, 1995, 19~20쪽. 姜晳中, 〈≪十抄詩≫의 中國詩 選詩 樣相 一考〉, ≪韓國漢詩研究≫제11집, 2003, 8~10쪽.

32) 김치우, ≪고사촬요 책판목록과 그 수록 간본 연구≫, 아세아문화사, 2008, 111쪽과 130쪽.

注名賢十抄詩≫는 고려에 이어 조선에서도 출판되어 문인들에게 읽히면서 양축이야기 가 전파되었음은 확실하다. 또한 이 책은 국내에서 여러 차례 출판되었음이 확실하기 때문에 필사본만 있는 서적이나 중국에서 유입된 양축이야기가 실린 서적들보다 그 전 파범위 훨씬 넓었음을 짐작할 수 있다.

또한 ≪夾注名賢十抄詩≫에서 인용한 서적 중 일부는 이미 중국에서도 실전된 책 들인데, 그중 하나가 양축이야기와 관련된 ≪十道志≫란 지리책이다. 앞에서 ≪十道 四蕃志≫에 '의부 축영대가 양산백과 함께 묻히다(義婦祝英臺與梁山伯同冢。)'라는 기록이 宋代 張津의 ≪四明圖經≫에 있다고 하였다. ≪十道四蕃志≫가 ≪十道志≫ 인데, 이 책은 실전되었지만 ≪舊唐書≫와 ≪新唐書≫를 비롯한 중국의 여러 문헌에 그 목록이 보인다.[33] ≪四明圖經≫이 현재의 寧波 지역에 해당되는 明州의 地方志인 데, ≪夾注名賢十抄詩≫는 ≪十道志≫에 '명주에 양산백의 무덤이 있다(明州有梁山 伯塚)'고 했으므로, ≪四明圖經≫은 자신의 지방과 관련이 있는 부분을 ≪十道志≫에 서 인용했을 것이다. 그러나 ≪十道志≫가 양산백의 무덤이 명주에 있다는 것만을 기 록했는지 그와 얽힌 양축전설도 함께 기록했는지는 알 수 없다. 지리지라는 성격을 고 려하면 전자일 가능성이 높아 보이는데, 어쨌든 고려의 사신이나 상인들이 송나라에 들 어갈 때 이용했던 경로인 寧波 지역[34]에는 이미 양축이야기가 있었음이 확실하다.

11세기부터 고려는 송나라와 활발한 무역활동을 벌였고, 중국 강남 지역의 상인들은 고려 정부가 필요로 하던 서적들을 구입해서 바쳤다. 12세기가 되면서 고려는 송나라 사람들도 경탄할 수준으로 서적들을 소장하게 되고, 송나라로부터 이본이나 실전된 서 적을 요구받을 정도가 된다.[35] 아마도 ≪夾注名賢十抄詩≫에서 인용한 양축이야기는 이때 유입된 어떤 중국 문헌을 참고했을 것으로 보인다. 그런데 이런 문헌의 전파뿐만 아니라 구전의 가능성도 존재하는데, 중국학자인 顧希佳는 다음과 같은 의견을 제시하 였다. '양축 전설의 발원지 영파는 고대에 명주라고 하였는데, 역사적으로 행상 실크로

---

33) 그 구체적인 문헌들은 다음 책의 주를 참고할 수 있다. (宋)晁公武, 孫猛 校證, ≪郡齋讀書志 校證(上)≫, 上海 : 上海古籍出版社, 2005, 341쪽.

34) 다음 책 앞에 붙은 查屛球의 〈說明〉에서 참고하였다. (高麗) 釋子山 夾注, 查屛球 整理, ≪夾注 名賢十抄詩≫, 上海 : 上海古籍出版社, 2005, 10쪽.

35) 扈承喜, 〈≪十抄詩≫一考 - ≪全唐詩≫ 미수록 작품을 중심으로〉, ≪季刊書誌學報≫제15호, 1995, 35~38쪽.

드를 이루는데 큰 공헌을 하였다. 당송 이래, 명주를 출발한 선박들은 차례로 대량의 화물을 한국, 일본, 동남아 등지로 운반하였다. 당시 한반도의 사람들은 이렇게 빈번하고 밀접한 교류 속에서 여러 가지 구비 서사도 오가게 되었을 것이며, 양축 전설도 구두 방식으로 직접 한반도에 전해졌음은 필연적인 일이었을 것이다.'36) 양축이야기의 구전에 대한 논의를 확대하기 위해 먼저 〈蛺蝶〉이란 시에 달린 注의 이야기 줄거리를 정리해 본다.

1) 양산백이 유학을 결심한다.
2) 양산백이 도중에 축영대를 만나 의형제를 맺고 함께 공부한다.
3) 축영대는 고향으로 돌아가면서 양산백에게 자신을 찾아오라고 한다.
4) 양산백은 축영대를 찾아가서야 그녀가 여자였음을 안다.
5) 양산백은 상사병으로 죽고 후에 축영대의 꿈에 나타난다.
6) 축영대는 양산백의 무덤을 찾아가 제사를 지낸다.
7) 양산백의 무덤이 열리고 축영대가 따라 들어간다.
8) 가족이 붙잡아 찢어진 축영대의 옷이 나비로 변한다.

이 이야기는 기본적인 양축이야기의 화소들을 갖추고 있다. 이렇게 간단한 이야기는 중국어라 하더라도 상인, 역관, 사신 등의 사람들이 중개를 한다면 우리말의 구전은 가능하다. 宋代의 '詞'에는 '祝英臺近'이라 詞牌도 보이는데, 송대에 이미 양축이야기가 가요로 불렸음도 알 수 있다.37) 그래서 고려와 南宋의 교류 과정에서 고려인들이 송나라에 구전되던 양축이야기를 접하고 국내로 유입했을 가능성이 있다.

≪夾注名賢十抄詩≫의 양축이야기는 7언의 운문으로 되어있는데, 敦煌에서 발굴된 강창문학인 7언의 〈董永變文〉이나 〈捉季布傳文〉과 상당히 유사하다. 내용이 통속적이고 쉬운 언어를 사용했으며, 서사갈래이기 때문에 인물들 간에 대화가 자주 등장한다. 서사갈래라고 하더라도 문인들의 시들은 대체로 삼인칭의 서술자가 사건을 서술하는 형

36) 고희가, 〈한·중 〈양산백(梁山伯)과 축영대(祝英臺)〉 전설 비교 연구〉, ≪한·중 민간설화 비교 연구≫, 보고사, 2006, 449쪽.
37) 路工編, ≪梁祝故事說唱集≫, 上海古籍出版社, 1985, 6쪽.

식으로 되어있다. 이에 비해 〈董永變文〉과 〈捉季布傳文〉의 시구 중에는 인물들 간의 대화가 빈번하게 출현하는데, 이것은 운문으로 이루어진 강창의 특징이고, ≪夾注名賢十抄詩≫의 양축이야기에서도 이런 특징을 볼 수 있다. '또한 중간과 말미에 "云云"이라 구절이 여섯 번 나오는데 이는 실제 편폭이 현재 남아있는 것보다 더 길기 때문에 梁祝 이야기의 주요 줄거리만 전달하기 위해서 불필요하다고 생각한 부분을 생략한 것이 아닐까 추측할 수 있다.'[38] 강창문학의 또 다른 특징은 세부 장면을 길게 부연하는 것인데, 생략된 부분은 그것을 반영하는 것으로 보인다.

그렇다면 ≪夾注名賢十抄詩≫의 양축이야기는 강창갈래로 분류할 수 있는데, 宋代 실제로 구연되었을 가능성이 높다. 그래서 고려에서 송나라에 간 사신이나 상인들이 중국어를 알아들을 수 있었다면, 실제 구연된 양축이야기를 청취를 통해 접했을 수도 있다. ≪夾注名賢十抄詩≫의 양축이야기의 줄거리는 간단한데, 고려인이 이것을 중국어로 들었더라도 고려로 돌아와서는 동포들에게 우리말로 이야기했을 수도 있기 때문에, 구전이라는 경로를 통해 고려에 유입되었을 가능성도 배제할 수 없다. 또한 문헌기록을 접한 고려인들도 우리말로 다른 고려인들에게 이야기했을 가능성 역시 배제할 수 없다. 단지 구전은 기록을 남기지 못할 뿐이다. 중국의 4대 전설 중 하나인 '견우와 직녀' 이야기는 이미 우리의 전통설화로 인식될 만큼 조상대대로 그들의 입을 거쳐 지금까지 전승되어왔고, 읽는 문학인 ≪三國演義≫도 1592년인 '임진(壬辰) 이후 우리나라에서 널리 읽혀 부녀자나 어린애들까지 다 같이 외워 말할 수 있을 정도였다.'[39]라고 하니, 구전 설화나 읽는 소설이나 모두 구전을 통해 유전되었음을 확인할 수 있으며, 양축이야기도 구전과 문헌의 두 가지 전파 경로를 모두 공유하고 있었을 수도 있다.

김경희는 양축이야기와 관련된 우리나라의 설화 12종, 서사민요 3종, 서사무가 3종을 소개하고 줄거리를 제시했는데 이중 주인공이 양산백이나 축영대가 아닌 것들도 있다. 설화〈나비의 유래〉·〈죽어서 나비가 된 처녀 총각〉·〈자청비〉·〈ᄌ청비와 문국성문도령〉, 서사무가 〈세경본풀이〉, 서사민요 3종 모두가 그렇다. 이런 텍스트는 주인공을 그냥 처녀총각이나 남자여자 등으로 지칭하기도 하고, 자청비처럼 이름이 완전히 바뀌기

38) 김우석, 〈梁祝 이야기에 대한 연구1 - 전설과 역사의 사이에서〉, ≪中國文學≫제52집, 2007, 141쪽.

39) 김만중 · 전규태 주역, ≪사씨남정기 · 서포만필≫, 범우사, 1995, 248쪽.

도 했는데, 이는 양축이야기가 오랜 구전을 통해 이미 한국적으로 변했음을 보여준다. 또한 양산백은 양산복, 남선봉, 양산박, 장사복 등으로, 축영대는 수영대, 채금대, 수양대, 수양재, 치원대 등으로 불렸다. 이는 이야기가 문자 텍스트를 통해서 전파된 것이 아니라 구두로 전파된 흔적을 잘 보여준다. 어떤 갈래든지 우리나라의 양축이야기의 공간적 배경은 모두 한국으로 되어 있는 것도 자국화의 양상을 보여준다고 할 수 있다.

위의 작품들은 대부분 현대에 채록된 것인데,[40] 19세기 말(1898) 조선에서 러시아를 거쳐 중국으로 들어간 우리나라의 양축이야기가 있다. 러시아의 미하일로프스키는 조선에 있을 때 기록한 민담들을 《朝鮮民間故事集》을 출판했는데, 이 책에 〈맹세(誓約)〉이란 이름의 양축이야기가 있다. 후에 중국인 劉小惠가 번역한 《朝鮮民間故事》에 이 이야기가 있는데, 남녀 주인공의 이름은 張福과 王禮로 되어 있다.[41] 趙景深은 번역 과정의 와전이라고 보았고,[42] 王志沖은 구전 과정에서 이름이 바뀌었을 가능성을 배제하지 않았다.[43] 위에서 우리나라 설화 중에 '장사복'이란 이름이 보인다고 했는데, '張福'이란 이름과 유사하다. 어쨌든 이 작품의 채록 이전인 19세기 말에는 양축이야기가 조선에서 구전으로 존재했음은 확실하다. 이런 구전 이야기들이 앞에서 검토한 문헌들에 의해 형성되었다기보다는 우리나라의 독자적인 구전 전통 속에서 따로 존재했을 가능성이 있고, 또한 그것은 고려시대부터일 수도 있다.

2. 《양산백전》의 번안 가능성

《양산백전》의 필사본은 그 실물을 확인할 수 없으나 일본의 동양문고에 소장되어 貰冊 대출장부에 목록이 보인다.[44] 전상욱이 한글 필사본을 대상으로 작성한 '세책 총

---

40) 이 작품들의 구체적인 채록 연도는 다음 논문을 참고할 수 있다. 李珠魯, 〈梁祝故事의 한국적 수용에 관한 小考〉, 《中國文學》제68집, 2011, 100쪽.

41) 王志沖, 〈略論朝鮮梁山伯與祝英台故事〉, 《梁祝文化大觀(學術論文卷)》, 北京 : 中華書局, 2000, 239쪽.

42) 趙景深, 〈牯岭祝英台山歌〉, 《梁祝文化大觀(學術論文卷)》, 北京 : 中華書局, 2000, 233~234쪽.

43) 王志沖, 〈略論朝鮮梁山伯與祝英台故事〉, 《梁祝文化大觀(學術論文卷)》, 北京 : 中華書局, 2000, 239쪽.

목록'에도 ≪양산백전≫이 들어있다.[45] 실물이 발견되지 않은 ≪양산백전≫이 목록에 있는 것으로 보아 필사본도 존재했을 것이다.[46] 세책으로 유통된 소설들이 대부분 한글 필사본의 형식을 지니고 있기 때문이다. 동양문고의 세책본 소설 뒷면에 세책장부가 발견되었는데, 이는 세책장부를 이면지로 재활용하여 소설을 다시 필사한 것으로 볼 수 있다. 정명기는 이를 바탕으로 비교분석하여 세책장부의 작성 시기를 1905년 이후로 내려올 수는 없으며, 19세기 말에서 20세기 초에 이루어졌다고 하였다.[47] 이렇다면 한글 필사본 ≪양산백전≫은 1905년 이전에는 필사되어 유통되었다고 할 수 있다.

≪양산백전≫의 방각본은 京板으로 출판되었는데, 전체는 24장 48쪽이며, 1면은 14행이고 1행은 25자 내외로 되어있다. 李珠魯는 모리스 꾸랑이 편찬한 ≪한국서지≫에 실린 ≪양산백전≫(출판연도 미상)을 가장 이른 것으로 보고 있으며, 이 책은 이하의 翰南書林의 판본과 자구는 물론 조판 형태까지 똑같다고 하였다.[48] 국립중앙도서관이 소장한 ≪양산백전≫에는 大正9년(1920)에 경성 翰南書林에서 발행하였다는 판권지가 붙어있고,[49] 한국학중앙연구원 소장본에는 1921년에 역시 한남서림에서 발행하였다는 판권지가 붙어있다. 뒤의 것은 '내용은 물론 처음과 끝의 字句까지도 완전히 일치한다. 이것은 ≪양산백전≫이 독자의 인기를 끌자 1년 뒤인 1921년에 같은 발행처인 한남서림에서 1920년의 24장본의 내용을 그대로 다시 찍어 발행한 것 같다.'[50]

≪양산백전≫은 방각소가 어느 곳인지 알 수 없는데, '중간에서 판식이 바뀌어 있는 모습을 보인다. 이는 선행하는 판본이 있어서 이를 활용하여 후행본을 판각하는 경우에 나타나는 일반적인 현상이라는 점을 고려한다면 현전하는 ≪양산백전≫은 이에 선행하고 있었던 것으로 추정되는 ≪양산백전≫의 제1장부터 제10장까지를 번각하고 선행본

---

44) 정명기, 〈세책본소설의 유통양상 - 동양문고 소장 세책본소설에 나타난 세책장부를 중심으로〉, ≪古小說研究≫제16집, 2003, 81쪽.
45) 전상욱, 〈세책 총 목록에 대한 연구〉, ≪洌上古典研究≫제30집, 2009, 170쪽.
46) 조희웅은 연세대에 ≪양산빅전≫이 있고, 서울대의 1956년 전시목록에 ≪양산백전≫이 있다고 했는데, 필자가 조사한 바로는 이 책들을 찾을 수 없었다. 조희웅, ≪고전소설이본목록≫, 집문당, 1999, 372쪽.
47) 정명기, 〈세책본소설의 유통양상-동양문고 소장 세책본소설에 나타난 세책장부를 중심으로〉, ≪古小說研究≫제16집, 2003, 74~80쪽.
48) 李珠魯, 〈梁祝故事의 한국적 수용에 관한 小考〉, ≪中國文學≫제68집, 2011, 95쪽.
49) 국립중앙도서관이 소장한 ≪양산백전≫은 해당 사이트에서 원문 전체를 볼 수 있다.
50) 김영선, 〈≪梁山伯傳≫ 연구〉, ≪청람어문학≫제4권, 1991, 11쪽.

의 제11장 이하에 수록되었던 行文을 대상으로 삼아 版下本을 새롭게 고쳐 쓴 뒤에 판각한 것으로 추정된다. …판목은 이미 "출판법"이 시행되기 이전에 판각되어 방각소설을 출판하는데 사용하고 있었던 것이다. 한남서림은 이들 기존의 판목을 가져다가 방각소설을 출판하였던 것인데, 이는 한남서림에서 이들 판목을 직접 판각하지 아니하였다는 것을 말한다.'51) 번각과 보각의 방식은 '방각본 사업이 점점 영세한 단계로 전환할 때 일어나는 현상이다.'52) 방각소설의 출판은 20세기에 들어와 이미 사양화의 길을 걷고 있었기 때문에 ≪양산백전≫방각본은 20세기 이전에 출판되었다고 볼 수 있다. 또 이창헌은 ≪양산백전≫이 1850년경에 선행 방각본이 있었고, 1875년경에 후행본이 판각된 것으로 보았다.53) 그렇다면 현전하는 ≪양산백전≫은 이때의 판목을 한남서림에서 구매해 1920년과 1921년에 다시 찍어낸 것으로 추정된다.

≪양산백전≫은 활자본도 출판되었는데, 1915년과 1916년(앞의 것과 내용은 같으나 그것에 비해 전체 쪽수는 줄어듦)에 漢城書館, 1917년 博文書館, 1925년 德興書林, 1928년 韓興書林(德興書林과 동일본), 간기가 없는 世昌書館 간본이 있다. 이상의 6종은 출판사가 달라 조판에서만 차이가 있을 뿐 내용은 거의 비슷하다. 이것들은 판각본에 비해 전체 분량은 2배가 넘게 늘어났지만 전체 줄거리는 비슷하다.54)

≪양산백전≫의 한글 필사본은 1905년 이전에 세책본으로 존재했는데, '많은 필사본이 방각본을 저본으로 베껴 쓴 것'55)이라고 하니, ≪양산백전≫의 한글 필사본과 방각본의 선후 관계는 판단하기 힘들다. 활자본 ≪양산백전≫은 판권지만 봤을 때는 현존하는 방각본보다 출판 시기가 빠르지만, 방각본이 활자본보다 선행했음이 거의 확실하다. 그리고 활자본 ≪양산백전≫이 유행함을 확인한 한남서림에서는 활자본으로 다시 조판하지 않고, 이전 방각본의 판목을 사들여 출판한 것으로 보인다. 그렇다면 활자본은 방

51) 이창헌, 〈한남서림 간행 경판방각소설 연구〉, ≪韓國文化≫제21집, 1998, 90~91쪽. 이창헌은 91쪽의 주17)에서 '경우에 따라서는 판목 자체를 그대로 차용하여 사용할 수도 있었을 것이나 전체 분량을 고려한다면 번각으로 추정하는 것이 타당해 보인다.'라고 하였다.

52) 주형예, 〈매체와 서사의 연관성으로 본 19세기 대중소설 시장의 성격〉, ≪古小說硏究≫제27집, 2009, 206쪽.

53) 이창헌, ≪경판방각소설 판본 연구≫, 태학사, 2000, 558쪽.

54) 이들 판본에 대한 자세한 내용은 다음 논문을 참고할 수 있다. 김영선, 〈≪梁山伯傳≫ 연구〉, ≪청람어문학≫제4권, 1991, 11~16쪽.

55) 류준경, 〈독서층의 새로운 지평, 방각본과 신활자본〉, ≪漢文古典硏究≫제13집, 2006, 283쪽.

각본을 저본으로 삼았을 것이므로, ≪양산백전≫의 번안 여부를 논의하기 위해서 방각
본만을 그 대상으로 한다.

최초의 ≪양산백전≫ 방각본이 1850년경에 출판되었다는 설을 받아들이면, 이 당시
의 방각업자들은 어느 정도 ≪양산백전≫의 사업성을 확신하였다고 할 수 있다. 방각본
은 상업출판물이고 출판업자들은 이윤 획득을 목표로 출판 대상물을 고른다. 이런 상황
에서 어떤 출판업자가 ≪양산백전≫을 출판하기로 결심하였다면, 이미 이 작품은 수지
타산이 맞을 정도는 되었다는 것이다. ≪양산백전≫의 어떤 면이 조선의 출판업자들로
하여금 이런 판단을 하게 했을까? 이것을 논의하다보면 번안 여부를 확정할 수는 없어
도 최소한 그것에 대한 실마리는 잡을 수 있을 것이다.

앞에서 살펴본 중국문헌들의 양축이야기는 전설이나 설화의 범주에 속하는 것이다.
그것은 할머니가 들려주시는 옛날이야기처럼 흥미진진하지만 상업성 강한 소설로 출판
되기에는 부족해 보인다. ≪양산백전≫에는 양산백과 축영대가 죽은 이후에 환생하여
결합하는 것으로 양축이야기의 후속편이 들어있다. 그런데 이 '환생'이란 화소는 설화로
서의 양축이야기와 기타 통속 갈래의 양축강창을 나누는 기준으로 삼을 수 있다.

정규복은 이런 재생설화의 문제를 들어 ≪양산백전≫이 한국적 재생담을 삽입시켜서
한국적으로 개작한 것이라고 주장하였다.[56] 이는 결국 양축이야기에는 없는 재생의 화
소가 우리나라에서 독자적 창작되었다는 것이다. 양축이야기가 들어있지 않아 그 유입
경로로 인정할 수 없는 ≪宣室志≫를 제외하고, ≪情史≫나 ≪喩世明言≫을 근원 설
화로 상정할 경우 위의 주장은 타당하다. 하지만 우리나라의 조선시대에 중국에서는 明
淸代를 걸쳐 다양한 양축이야기가 생산되었으므로 몇 가지 문헌만을 ≪양산백전≫의
근원 설화로 지목할 수는 없다. 이 당시 중국에서 생산된 강창 갈래 양축이야기의 가장
큰 특징은 환생 화소가 추가되어 있는 것이다. 이후 국문학자들은 이런 강창 갈래에 환
생 화소가 있음을 지적했는데, 주로 〈英臺寶卷〉과의 비교 연구가 이루어졌을 뿐이
다.[57] 다양한 강창 작품들 중 하나인 보권만을 대상으로 할 수는 없다. 이럴 경우 양축
강창의 영향의 범위가 축소될 수밖에 없기 때문이다.

---

56) 丁奎福, 〈≪梁山伯傳≫考〉, ≪中國研究≫제4집, 1979, 50~51쪽.
57) 김영선, 〈≪梁山伯傳≫ 연구〉, ≪청람어문학≫제4권, 1991, 27~31쪽. 김명은, 〈≪梁山伯傳≫
    의 연구〉, 한양대 국문과 석사학위논문, 1995, 9~16쪽.

중국의 문헌 자료와 구전 자료에 대한 다각적인 검토는 김경희에 의해 이루어졌다.[58] 양축이야기의 구전 자료를 검토해 보면, 《양산백전》에만 있는 화소들이 거의 모두 들어있다. 그중 謫降 화소는 浙江의 上海에서 유전되던 〈梁祝情深上天庭〉과 宜興에서 유전되던 〈觀音寺結緣〉에 보인다. 〈觀音寺結緣〉의 맨 처음에서는 '관음보살과 함께 있던 선동과 선녀가 자주 농을 주고받다가 관음이 그들을 인간세상으로 내려 보내 혼인하지 못하게 벌한다.'[59]라고 하였다. 또한 〈梁祝情深上天庭〉에서는 '양산백과 축영대가 원래는 천상의 선동과 선녀였는데, "蟠桃聖會"에서 만나 사랑이 싹텄다. 후에 보물 유리잔을 깨뜨려 옥황상제가 인간세상으로 내려 보내고 부부가 만나지 못하게 벌한다.' 또한 이 이야기에는 양산백과 축영대가 다시 천상으로 올라가는 대목도 있다.[60] 〈尼山姻緣來世成〉은 浙江의 河南에서 유전되던 이야기로 그 편폭은 짧다. 하지만 적강 화소도 있고, 전쟁에서 무공을 세우고 나라를 구하는 이야기도 있고, 황제로부터 그 공로를 인정받아 벼슬을 하사받는 이야기도 있다.[61] 《양산백전》의 독창적인 화소로 여겨지던 적강 화소는 중국의 민담에서 빈번하게 나타난다.[62] 하지만 위의 구전 자료는 현대에 들어 채록한 것이므로 《양산백전》에 동일한 화소가 있다고 해서 그것을 중국의 영향으로 단정하기는 쉽지 않다. 그렇다고 구전에 의한 유입 자체를 전면적으로 부정할 수도 없다.

대부분 현대에 채록된 구전 자료에 대한 논술은 확대하지 않고, 명청대의 여러 강창 갈래의 작품들을 살펴보고자 한다. 먼저 寶卷이 있는데, 이것은 唐代의 變文과 밀접한 연관이 있다. 변문은 강창의 형식으로 불경을 해설하는 텍스트였으며, 또한 비슷한 강창 형식으로 민간의 이야기들을 연출하는 경우도 있었는데 이것도 광범위하게 변문이라 부른다. 보권 역시 강창 갈래에 속하며 초기에는 불교이야기를 강창 형식으로 연행하다가 후에는 민간의 이야기들도 그 대상이 되었다. 국문학자들은 〈英臺寶卷〉과 《양산백

---

58) 김경희, 〈중국 梁·祝故事의 한국적 수용 양상〉, 서울대 국문과 석사학위논문, 2003.

59) 〈觀音寺結緣〉, 《梁祝文化大觀(故事歌謠卷)》, 北京 : 中華書局, 2000), 49쪽.

60) 〈梁祝情深上天庭〉, 《梁祝文化大觀(學術論文卷)》, 北京 : 中華書局, 2000, 39쪽과 42쪽.

61) 〈尼山姻緣來世成〉, 《梁祝文化大觀(學術論文卷)》, 北京 : 中華書局, 2000, 68~71쪽.

62) 중국의 구전 자료에 대한 전반적인 검토는 다음 논문에서 이루어졌다. 이주노, 〈梁祝故事의 傳說 연구〉, 《中國文學》제53집, 2007. 또한 중국의 구전 자료와 국내의 양축 설화·서사무가·《양산백전》과의 비교는 다음 논문을 참고할 수 있다. 김경희, 〈중국 〈梁·祝〉故事의 한국적 수용 양상〉, 서울대 국문과 석사학위논문, 2003.

전≫을 비교하여 둘 사이의 화소들의 차이를 지적하였다. 이 논문들 대부분은 일본 학자 澤田瑞穗의 책을 이용했는데, 일본어로 번역된 보권을 참고한 듯하다. 중국에서는 〈雙仙寶卷〉이라는 양축보권을 볼 수 있는데,[63] 여기에서는 양산백과 축영대가 환생하여 결혼한 후에 양산백이 장원급제하지만 관직을 포기하고 불교에 귀의한다. 둘은 장수하다가 백학을 타고 하늘로 올랐는데, 원래 이들은 선동과 선녀로 인간세상을 그리워하여 속세에 잠시 내려온 것이라 하였다. ≪양산백전≫에서 양산백이 문무과거에 장원급제해 외적을 물리치고 부귀를 누리는 것과는 달리, 〈雙仙寶卷〉은 그가 장원급제 후에 불교에 귀의한다. 보권이 불교적 색채가 강하다면 ≪양산백전≫은 현세적이지만, 환생 후의 내용은 서로 유사한 측면이 있다.

'보권이 각 지역의 주요 예술 활동으로 뿌리박고 성행하면서, 보권의 연행이 갖는 종교 제의적 성격은 점차 희석되고 보권의 소재가 확장되어 彈詞 등의 비종교적 오락 연행물과 소재를 공유하기 시작한다. …中略… 종교적 배경에서 비극이란 존재하지 않는다. 연극은 인물 간의 갈등, 작중 인물과 작중 인물을 둘러싼 세계와의 대결을 반영하고 있어 종종 등장인물의 비극에서 비장미를 느낄 수도 있지만 보권의 영역에서 이러한 비극적 결말은 용납되지 않는다. 작중 인물은 그 자체로 제도되어야 할 대상이므로 종교적 신격의 개입에 의해 작중 인물의 몰락은 방지되도록 되어있다. 이를 위해 보권에서 흔히 사용하는 방법이 "地獄遊"와 "환생"이란 장치다.'[64] 양축이야기에는 없던 환생 화소는 보권에서 생겨났으며, 이것이 강창 갈래의 彈詞나 鼓詞에 영향을 준 듯하다.[65] 그런데 이런 강창 갈래의 양축이야기는 출판되었기 때문에 국내에 문헌으로 유입되었을 수 있다.

≪新編東調大雙蝴蝶≫淸 杏橋主人 著, 道光3年(1823) 文會堂 刻本

≪柳蔭記≫淸 四川 桂馨堂 刻本

≪新刻梁山伯祝英台夫婦攻書還魂記≫淸 河南 刻本

≪新刻梁祝奇緣全部≫淸 浙江 溫嶺 修竹山房 刻本

63) 〈雙仙寶卷〉, ≪梁祝文化大觀(曲藝小說卷)≫, 北京 : 中華書局, 2000, 297~328쪽.

64) 김우석, 〈梁祝 고사 연구 서설〉, ≪中國學報≫제52집, 2005, 167쪽.

65) 이주노·임지영, 〈梁祝故事의 변용 양상 연구〉, ≪中國文學≫제50집, 2007, 120쪽.

≪新造山伯英台全歌≫清 廣東 潮洲 刻本

≪山伯英台遊十八地獄全歌≫清 廣東 潮洲 萬書堂 刻本

≪英台回鄕≫清 廣州 成文堂 刻本

≪梁婆求媳≫清 廣州 五桂堂 刻本

≪英台問覡≫清 廣州 五桂堂 刻本

≪全本梁山伯即係牡丹記南音≫清 廣州 芹香閣 刻本

≪新刻同窗梁山伯還魂重整姻緣傳≫清 福州 日新堂 刻本

≪最新梁山伯祝英台新歌≫清 南安 江湖客西庭禾火光 編, 廈門 會文堂 刻本

이상은 路工의 ≪梁祝故事說唱集≫에 실린 목록으로 1900년대 이후의 판본은 제외하였다. 그것으로는 ≪新刻祝英台全本≫(清 光緖34年(1908) 平樂 唐仁義堂 刻本)과 ≪祝英台勸酒≫(清 宣統3年(1911) 浙江 寧波 老鳳英齋 刻本)가 있고, '機器版'이라고 하는 ≪白沙訪友≫·≪山伯訪友≫·≪英台拜月≫이 있다.[66]

위의 텍스트들은 모두 환생이라는 화소를 가지고 있는데, 이는 '죽은 남녀를 되살려내어 결혼시킴으로써 고전소설에 흔히 나타나는 大團圓의 구조를 완성한다.'[67] 이를 통해 중국 양축강창의 공통되는 특징은 환생이란 화소를 가지고 있다는 것을 알 수 있다.

彈詞인 ≪新編東調大雙蝴蝶≫은 양산백과 축영대가 혼인하여 가정을 이루는 데서 끝나고, ≪新編金蝴蝶傳≫(清 乾隆34年(1769) 江蘇 蘇州 民間藝人 필사본)은 양산백이 장원급제하고 축영대는 관료의 부인이 된다. 또한 양산백과 축영대가 환생하여 결혼한 후에 겪는 일들을 이야기한 텍스트들도 있다.

木魚書인 ≪全本梁山伯即係牡丹記南音≫과 ≪新刻同窗梁山伯還魂重整姻緣傳≫에서는 장원급제한 양산백이 사윗감을 고르던 승상의 요구를 거절해서 중상모략을 당하여 변방으로 군사용말을 사러갔다가 갖은 고생을 겪고 결국 남편을 찾아 나선 축영대를 만나고 황제의 사면을 받아 부귀영화를 누린다.

鼓詞인 ≪柳蔭記≫의 후속편은 분량도 상당하고 황당하지만 흥미 있는 내용들도 많다. 두 주인공이 죽은 후, 양산백은 도교의 여덟 신선(八仙) 중 하나인 呂洞賓에 의해,

---

66) 路工 編, ≪梁祝故事說唱集≫, 上海古籍出版社, 1985, 7~8쪽.
67) 이주노·임지영, 〈梁祝故事의 변용 양상 연구〉, ≪中國文學≫제50집, 2007, 121쪽.

축영대는 신선인 梨山老母 의해 구원을 받고, 각각 무예를 배운다. 이때 산적두목 熊
文通과 李子眞은 양산백의 숙부를 죽이고 민중들을 약탈한다. 축영대는 梨山老母와
작별하고 하산하여 熊文通·李子眞과 그 일당을 처치하고, 살아남은 양산백의 숙모를
구출하며, 이후 사병들을 모아 義俠으로 활약한다. 양산백도 呂洞賓과 작별하고 하산
하여 路鳳鳴을 만나고, 그는 양산백의 글재주를 높이 사 자신의 딸과 혼인하라고 요구
하지만, 양산백은 축영대와 이미 혼인하였다는 이유를 들어 이를 거절한다. 이후 양산
백은 서울에 가서 장원급제하고, 이때 간신 馬力이 자신의 딸을 양산백에게 시집보내려
다 거절당하자 변경의 北平王이 반란을 일으켰음을 황제에게 고하여 양산백을 전장으
로 보내게 한다. 출정한 양산백은 축영대와 만나 싸우려다가 서로를 확인하고 놀라는데,
양산백은 숙모에게 그간 경과의 설명을 듣고 대단원을 이룬다. 결국 둘은 협력하며 외
적을 물리치고 간신 馬力을 처단한 후에 이 공로로 황제로부터 관작을 하사받는다. ≪양
산백전≫의 군담은 양산백만을 주인공으로 삼았는데, ≪柳蔭記≫에서는 축영대도 많
은 활약을 한다. 하지만 양산백이 과거에 급제하여 출정하고 외적을 물리쳐 관작을 하
사받는 것은 공통적이다.

강창의 갈래의 탄사·고사·목어서 등은 대체로 민간의 예인들이 실제로 연행하다가
글을 아는 예인들이 남긴 필사본을 바탕으로 출판업자들이 문인들을 고용해 수정하여
출판해냈다. 강창 예인들은 전문 이야기꾼으로 연행을 생계의 수단으로 삼으며, 청중들
을 끌어 모으기 위해 오락성을 살리고자 한다. 직업 예인들은 오락성을 중시하여 세밀
한 묘사나 대량의 삽화를 첨가하여 편폭을 늘이기도 한다.

앞 장에서 살펴본 양축이야기는 구전설화로 중국 각지에 널리 유행했는데, 이는 어릴
적 할머니께 들었던 옛날이야기의 수준이다. 그렇다면 직업 예인들은 이미 유행하던 구
전설화로는 청중들의 관심을 끌기에 부족함을 느꼈을 것이다. 하지만 청중들이 알고 있
는 이야기에 새로운 후속편을 첨가해 변형한다면 사람들의 관심은 더욱 증가할 것이라
고 예상할 수 있다. 이는 현대의 상업영화의 제작자들이 전편의 성공을 토대로 후속편
을 만든 것과 같다. 그리고 어떤 상업영화나 통속소설들은 후속편을 만들기 위해 전편
에서 이미 죽은 인기 있는 주인공을 살려내기도 한다. 주인공은 부활은 후속편의 시작
이며, 부활한 주인공은 새로운 이야기를 만들어낸다. 우리는 그 비현실성에 비난을 퍼
붓겠지만 반대로 전편이 재미있었다면 주인공이 후속편에서는 어떤 이야기를 만들어낼

지 관심을 갖기도 한다.

조선의 방각업자들이 ≪양산백전≫을 찍어내면서 고려한 것은 상업성이고, 또한 그 상업적 성공을 예상하게 한 것은 주인공의 환생과 후속편의 존재일 것이다. 이미 양축 이야기를 들었던 조선인들에게 양산백과 축영대가 환생하여 펼치는 이야기는 관심을 끌기에 부족함이 없었을 것이다. 필자는 ≪양산백전≫과 중국의 양축강창과의 영향 관계는 주인공 환생 이후 후속편의 존재에서 찾아볼 수 있다고 생각한다. 이 둘의 공통된 목표는 직업 강창과 상업 소설이 추구하는 상업성에 근거를 두고 있다.

위에 열거한 중국 강창 갈래의 텍스트들은 모두 방각본으로 출판된 것들이다. 지금 우리나라에는 탄사와 고사를 합쳐 50여 편이 중국에서 유입되어 남아있지만, 양축강창과 관련된 문헌들의 유입 여부는 지금까지 확인할 수 없다.[68] 그렇지만 다른 탄사나 고사들이 국내로 유입된 것을 보면 양축강창의 문헌 전파도 배제할 수는 없다. 또한 이런 강창들은 중국에서 실제로 연행되던 것이므로 역관이나 중국어를 아는 상인들을 통한 구전 유입도 배제할 수는 없다. 실제로 燕行錄에서는 외교사절들이 중국에서 희곡을 보았다는 기록이 다수 남아있고,[69] 희곡뿐만 아니라 박지원은 중국 이야기꾼의 연행을 보았음을 기록하였다.

> 한 군데는 ≪수호전≫을 앉아서 내리읽는데 여럿이들 빙 둘러싸고는 듣고 있었다. 글 읽는 군은 머리를 툭툭 치면서 코를 쳐들고 아주 신이 나서 가관이다. 방금 읽고 있는 대목은 와관사(瓦官寺)에 불을 질러 태우는 대목인데 손에 쥐고 있는 책을 가만히 보니 ≪서상기(西廂記)≫다. 눈으로는 고무래 정 자도 못 알아보면서 입으로는 청산유수다.[70]

물론 이 인용문은 양축강창을 들었다고는 하지 않았지만, 조선의 외교사절들은 중국에서 강창과 접할 기회가 있었음은 확인할 수 있다. 국내에 양축강창 텍스트가 유입되어 그 판본을 확인할 수 있다면, 그것을 대상으로 인물들의 이름과 지명 그리고 각종 화소들을 대조하여 ≪양산백전≫의 번안 여부를 확인할 수 있을 것이다. 하지만 아직까지

---

68) 필자는 학연 토대연구를 수행하면서 국내에 유입된 탄사와 고사를 조사하여 목록을 만들었으나, 그 중 양축강창과 관련된 판본은 찾을 수 없었다.
69) 이창숙, 〈燕行錄 중 中國戲曲 관련 記事의 내용과 가치〉, ≪中國學報≫제15집, 2000.
70) 박지원·리상호 옮김, ≪열하일기(상)≫, 보리, 2004, 127쪽.

국내에 유입된 판본은 찾을 수 없다. 그래서 ≪양산백전≫의 후반부가 중국 강창 갈래의 영향이 없이 우리나라에서 창작되었다는 주장도 있고 이를 '한국적 개작'이라 부르기도 한다. 필자 역시 이런 가능성을 완전히 부정할 수는 없지만, 그것이 중국 강창의 영향으로 이루어졌을 가능성이 높다는 입장이다. 또한 필자는 개작과 번안의 경계도 모호함을 인정하지만, 일단은 '개작'이라는 용어는 중국 강창의 영향이 없이 이루어진 것이라고 보는 의견을 가리키고, '번안'이라는 용어는 중국 강창의 영향으로 이루어진 것을 가리키는 것으로 사용하고자 한다.

'번안은 의역을 한 발 더 밀고 나가 좀 더 자유롭게 옮기는 번역을 말한다. 원전 텍스트의 큰 줄거리를 그대로 빌려오되 세부 사항을 목표 언어의 문화에 맞게 바꾸어 옮기는 번역 방법이다. 번안에서는 원작의 내용이나 줄거리는 그대로 두고 풍속, 인명, 지명 따위를 시대나 문화에 맞게 바꾸어 옮긴다. 또 실제로 어디까지가 원천 텍스트를 목표 언어로 옮긴 번역이고, 어디까지가 원천 텍스트를 자유롭게 재창조한 작품인지 그 경계선을 구분하기란 무척 어렵다.'71) 현대에 와서는 번역이 하나의 학문으로 자리 잡았으나, 여전히 번안의 경계를 구분하기란 어렵다고 인정하고 있다. 그렇다면 필자는 판권이란 개념이 희미하고 원천 텍스트를 소중히 여기지 않던 조선시대에 대해서는 번안이란 개념을 넓게 사용할 필요가 있다고 본다.

중국의 양축강창의 환생과 그 후의 후속편의 존재 여부를 포함하여 번안의 범위를 넓게 잡는다면 ≪양산백전≫은 번안의 범주에 들 수 있을 것이다. 저작권에 제약이 없던 조선시대에, '소설 번역에서는 원문을 소중하게 여기지 않았다. 원작이 무엇이라고 밝히지 않아 독자는 번역서임을 알 수 없게 하는 것이 상례였다.'72) '번역과 번안은 경계가 모호하고, 개작의 정도가 달라 상대적으로 구분될 수 있을 따름이었다. 외국의 배경, 인물, 사건 등을 자국의 것으로 바꾸어놓는 작업이 번안의 요건은 아니다. 당시로서는 그렇게 해야 할 이유가 없었다. 중국을 배경으로 하고 중국인을 등장시켜야 작품의 품격이 높아지고 사건 설정이 자유로울 수 있었다. 중국소설을 옮기면서 그런 작품의 하나로 보이게 만드는 것이 번안의 방법이었다.'73)

---

71) 김욱동, ≪번역의 미로≫, 글항아리, 2011, 200~201쪽 참고.
72) 조동일, ≪하나이면서 여럿인 동아시아문학≫, 지식산업사, 1999, 437쪽.
73) 조동일, ≪한국문학통사3(제4판)≫, 지식산업사, 2011, 117쪽.

≪양산백전≫도 이런 번안의 방법을 취한 듯하며, 후속편의 군담은 한국적으로 개작되었다. 필자가 읽어본 우리의 방각본 영웅소설들은 비슷한 줄거리를 공유하고 있는데, ≪양산백전≫도 그렇다. '고소설에서 유사한 모티프가 빈번하게 출현하는 혼성모방 현상도 이미 독자의 반응이 확인된 모티프를 활용하여 손쉽게 다수 독자의 구미를 만족시키는 시정의 소설 제작~창작 방식으로 설명될 수 있다.'74) 중국의 양축강창은 후속편을 만들어 대중들의 흥미를 끌고자 했으며, 그것으로 인해 상업적 수익을 보장받을 수 있었다. 중국에서 양축강창은 실제로 연행되었으며, 다양한 강창들이 수익성을 우선으로 삼는 방각본으로 출판되기도 하였다.

≪양산백전≫을 출판한 방각업자들이 후속편에서 상업적 수익성을 확인할 수 있었으며, 그래서 환생 이후 후속편이 존재하는 중국 양축강창의 구조를 취한 듯하다. '문학은 수출해서 이익을 얻는 상품이 아니고 수입을 하면 더욱 풍부해지는 창조물이다.'75) 필자는 ≪양산백전≫의 한국적 개작을 부정하려는 것이 아니라 넓은 의미에서 번안일 수도 있다는 것이다.

중국에서 양축이야기는 唐代에 그 원형이 보이고, 宋代에 와서는 문헌뿐만 아니라 가요나 강창으로 유행했으며, 明淸代에는 환생이라는 후속편이 첨가된 강창갈래의 작품들이 성행하였다. 필자는 우선 설화나 전설 수준의 양축이야기와 상업성이 강한 통속 갈래의 양축강창을 분리하여 논의를 진행하였다.

먼저 양축이야기의 국내 유입과 수용에 대해 논의했는데, 본문의 논의를 시대 순으로 정리해보면 다음과 같다. 唐代 지리지인 ≪十道志≫는 ≪夾注名賢十抄詩≫의 주석자가 이 책을 보았음이 확실하기 때문에 고려에 유입되었다고 볼 수 있다. 이 책을 통해 양산백과 축영대의 무덤이 明州(지금의 寧波 지역)에 있다는 기록도 유입되었을 것이다. 唐代 필기소설집인 ≪宣室志≫는 언제 우리나라에 유입되었는지도 확인할 수 없고, 그 기록의 사실 여부도 불확실하기 때문에 국내 유입의 경로로 볼 수 없다. 또한 ≪宣室志≫가 실린 ≪稗海≫는 조선시대에 유입되었지만 여기에는 양축이야기가 없

74) 주형예, 〈매체와 서사의 연관성으로 본 19세기 대중소설 시장의 성격〉, ≪古小說研究≫제27집, 2009, 204쪽.
75) 조동일, ≪한국문학통사3(제4판)≫, 지식산업사, 2011, 118쪽.

으므로, ≪稗海≫ 또한 양축이야기의 국내 유입 경로로 볼 수 없다.

고려시대의 ≪夾注名賢十抄詩≫의 주석을 보면 어떤 문헌을 통해서인지는 알 수 없지만 양축이야기가 국내에 유입되었음은 확실하다. 이는 국내 최초의 문헌기록이고, 아마도 宋代에 국내에 유입되었을 것이며, 이와 유사한 양축이야기의 구전도 배제할 수 없다. ≪夾注名賢十抄詩≫는 고려에 이어 조선에서도 출판되어 양축이야기 전파의 범위를 확대한다. 조선에서는 ≪留靑日札≫이나 ≪情史≫가 유입되었으므로 이 두 문헌은 조선시대의 양축이야기 전파에 한 축을 담당했을 것이다. ≪喩世明言≫(일명 ≪古今小說≫)은 조선시대에 유입되었음을 확인할 수 없고 중국에서조차 殘本만 남아있던 희귀본이기 때문에 설사 국내에 유입되었더라도 양축이야기의 전파에는 큰 역할을 하지 못했을 것이다.

설화나 전설 수준의 양축이야기가 둘의 죽음으로 끝나는 반면, 明淸代 성행한 양축 강창은 환생이란 화소가 첨가되고 또한 그에 따른 후속편이 존재한다. 강창의 갈래의 彈詞·鼓詞·木魚書 등은 대체로 민간의 예인들이 실제로 연행하다가 글을 아는 예인들이 남긴 필사본을 바탕으로 출판업자들이 문인들을 고용해 수정하여 출판해냈다. 강창 예인들은 전문 이야기꾼으로 연행을 생계의 수단으로 삼으며, 청중들을 끌어 모으기 위해 오락성을 살리고자 한다. 이런 다양한 양축강창들은 중국에서 출판되어 유통되었기에 국내로 유입되었을 가능성을 배제할 수 없어 보인다.

조선의 방각업자들이 ≪양산백전≫을 찍어내면서 고려한 것은 상업성이고, 또한 그 상업적 성공을 예상하게 한 것은 주인공의 환생과 후속편의 존재일 것이다. 이미 양축이야기를 들었던 조선인들에게 양산백과 축영대가 환생하여 펼치는 이야기는 관심을 끌기에 부족함이 없었을 것이다. ≪양산백전≫과 중국의 양축강창과의 영향 관계는 주인공 환생 이후 후속편의 존재에서 찾아볼 수 있다. 이 둘의 공통된 목표는 직업 강창과 상업 소설이 추구하는 상업성에 근거를 두고 있다. ≪양산백전≫을 출판한 방각업자들이 후속편에서 상업적 수익성을 확인할 수 있었으며, 그래서 환생 이후 후속편이 존재하는 중국 양축강창의 구조를 취한 듯하다. 그래서 번안이란 개념을 조금 넓게 사용하면 ≪양산백전≫은 중국 양축강창의 번안의 범주에 들어간다고 볼 수 있다.

第三部

부록 (발굴자료 소개)

1. 서상기 곡문 번역본 (안동대 소장)

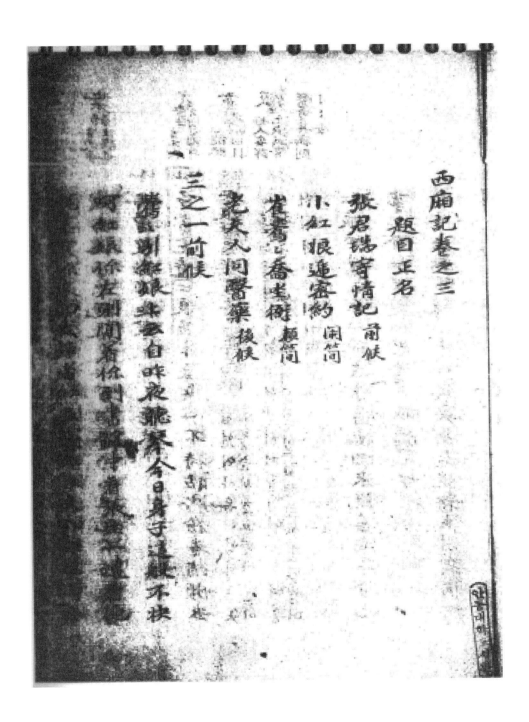

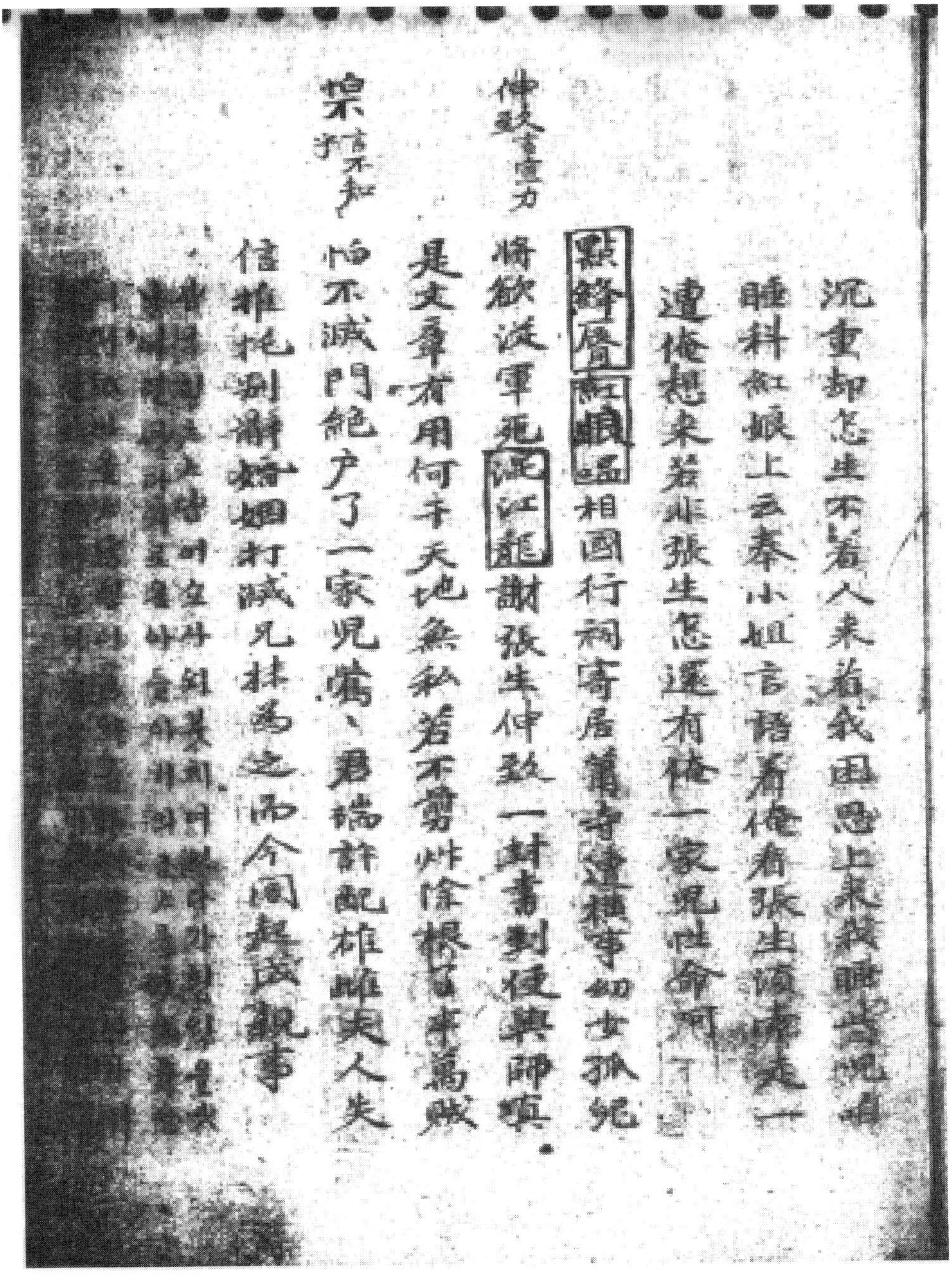

沉重却怎生不着人来道我因恩止累殺睡當睡哪

睡科紅娘上云奉小姐言語有俺有張生哪一

連俺想来若非孫生怎還有俺一家児性命阿

仲歆畫畫力

惧欲涎軍死泥江龍 相國行祠寄居龍寺遠棋等幼女孤兒

[顆字賢紅眼區]

謝張生仲致一封書劉便與師旗

是文章有用何羊天地無私若不為炸涂根棺身平萬賊

怕不滅門絶戸了一家児嶌、君猲許配雄雖與人失

棠情不知

信雖托劉謝婦姻打滅凡抹為之而今開超函觀事

（左側 한글 번역 부분 판독 불가）

一個糊塗了腦中錦繡一個澹濾了瞼上胭脂兩個都瘦了一個

眼晴溜卻覺有緣一個杜舉派不似舊時帶圍寬過了

瘦腰肢一個睡奢不待觀經史一個念懣懶去拈

針綉一個縱桐上融褒出齟限講一個元暖上删排誠

斷腸詩筆下的心事一樣是相思　天下樂

這叫做才子佳人信有之

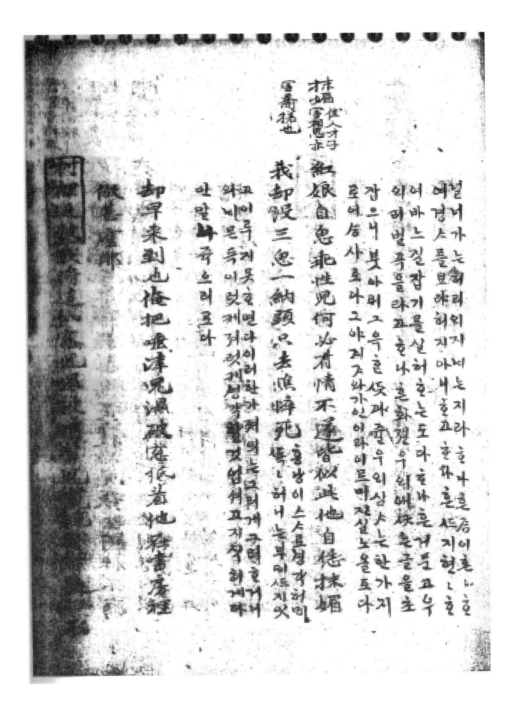

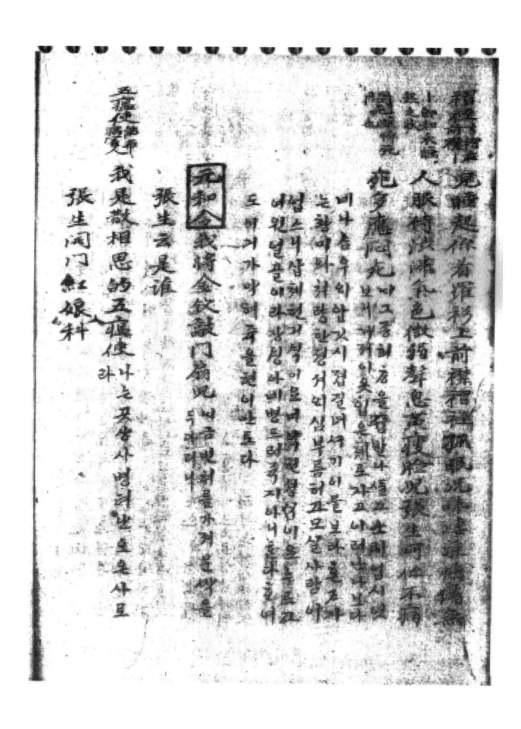

張生云夜來多謝紅娘姐指教小生魂心存也處

不知小姐可曾有甚言語紅梅口笑雨撞州起應偃

可要誑與稱

他昨夜風淸月朗夜深時使紅娘兼捧着仙姐函冷膈彩

來嘗施念到有一千番張殿試立

喜방가러녀를보라호려더니게게글써지연지본
도바로지아니히려자일쳔번이나댱건시만뫼오나내라

張生丟小姐飢有見情之怒雖姐小集有一簡可

敢寄得裏意便歎頓紅娘情

挽字張宇弘

勝詞篇

你個挽字酸債涙竟兒貴弄作有家私我圖謀

俅東西來到此把你做先生的錢舊與紅眼爲償賜我

果愛俅金寶俅者人似桃李春風墻外枝賣笑倚門

紀我醉是女孩兒有氣志俅以合道可惜逃小守童身

獨自我運咻個尊思

너 혼가 호임생이가 닷넘시 비게 강이
시를 자랑한다마는 내게 하나 무서살쌔라

法小生多以金帛排酬紅眼如

群雲云小姐夾不如此只是紅粉振捉不肯與小姓將

溫風守思敢朋許溢扯做好孤保兒

地城凡起而處道

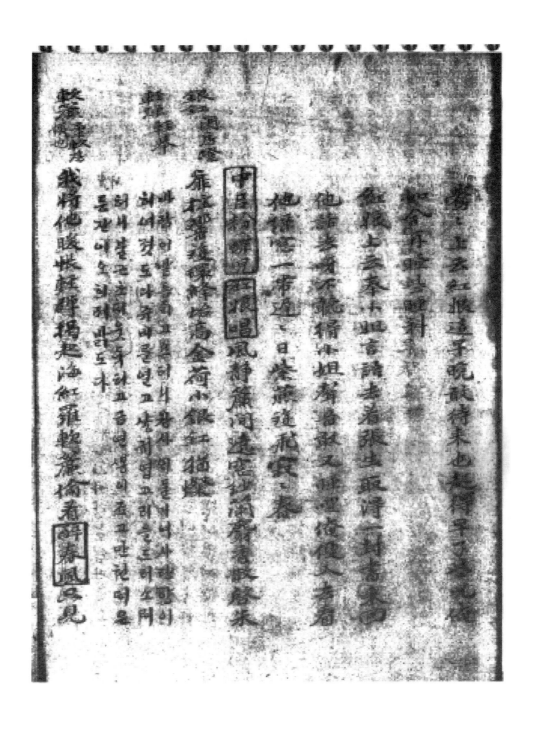

晚粧殘 忿

尋笑懶晚粧殘矯雲鬢鬆了粉臉亂抹了雲鬢鬆

帖兒粘把紙金兒揪斯開封起收，看師朱倒去不管

不害痛大不

心慌淚見他藏的挖鬆了窄眉怒的低垂了粉霜的

忽懣 忽懣

改瘦了朱顏

매러이에바가간쳠을집어들고경제를눌너덥고
중녀질즘녀는머게리쳐고머리치노러긴지
믄눈썹을쌀가포흘연에휜목을슈이고불근썰
칠거
볼뒤노도나

微恼 言恼也

紅做意科云呼決撒了也

決撒 言侯腸也

惫、妮科云紅狼過來紅云有惫、去紅狼捷東西

那里兒的我是相國的小姐誰敢惜遠簡帖兒來戲

弄我我羞常慣着這樣東西來我舊過夫人打下你

個小賊人下截来紅云小姐使我去他着我将来小

如不使我去我政閣他討来我又怕誰害知他寫的

是些甚麼

興活道 分明是你過犯浸来由把我揪我将剝人顛倒

惡心煩係不慣誰害常慣

분명이네가갈못훈미어늘공
이나를잡아모라세비와람

이도료혀나를심즁니께뉘
非날고

孫姐休開此友你對夫人說科我将達簡帖兒先到

美人行業看去

鶯鶯恐怕判妾人行卸出首耶末

我是曉夜將佳期明歷寢忘餐黃昏淸早望東墻海淚

證候他自家說來

鶯〻云請一個好太醫看他證候唯紅玄他也無甚

朝天子 道間面顏瘦得實難着 不思量茶飯動輝

요사이 어떤골이 여위여실호노보기실 호졔라마탄도

힘빳기어내리고쩌작허개도 音허여놀더라

說鶯〻休便說帕

鶯〻云我正不曾問你張廷病體如何紅玄我只不

不特下地下載來

鶯〻撒嬌玄紅振山罷且繳他道一次紅云不撒嬌

帕且云我出首張生

眼我這病患要安只除是甦點風流汗

먹는이밤벗지로가거만과이른아롤는지라장도호며
눈이먹고앗고어쓰름과이른도떠동영쁜라라보
눈물을먹으며오며홀텬아만한
졈글몸삼을너이기긔위되는범노라호더라

舊云紅娘早是你口穩來惹別人知道呵咸何家

法令後他道般的言語你再也休題戴和張生只是

兄妹之情有何別事紅云是好話也呵

謔把言不穩也

西邊辭

柏人家謔把早晚怕夫人行破綻只是你我何

攛掇勸言也
糊虛實

安又問甚他危難你只攛掇上等板了糊呪着

嬌口口雖是我家鬟他他去得如此你將紙筆過來

我鶯將去回他下次休得這般紅云小姐你

甚的那何苦如此鶯云紅娘你不知道寫料

鶯、去紅娘你將去對他說小姐遣着先生乃兄妹

之禮非有他意再一遭兒是這般何必怪俺夫人知

道紅娘和你小賊人都有話說也紅云小姐你又來

這帖兒我不將去你何苦如此鶯、擲書地下云這

姐子好沒分曉鶯、下

紅娘拾書噴玉暖小姐你將這個性兒那里使也

是這㼋桐柔絹吟

脼布衫 小孩兒口没處攔一味的將音語摧殘把似你

你休思量秀才做多少好家人飯甑

我為你萎裡成疾怕憔悴軍廝窩忌養羅衾不奈

五更寒嬌無那寂寞淚闌干揉頭似著辰勾空把佳期

[小梁州]

眼我將危阁闪兒更不守揀頭依微去妻無花難依約

庙頭玉體粉我微個遮了的撮合山

狂鴉也

北鴉石

時露重月明開爲甚而晚香薷

其間蓬萊胡顔爲池不酸不醋風魔漢隔慾呪論化做

望犬山해려면옷사야므로를겹으며

石榴花

鬪鷄鷘

籬笆檏自己狂爲又待覔別人破綻受丈燒栽樌時怨

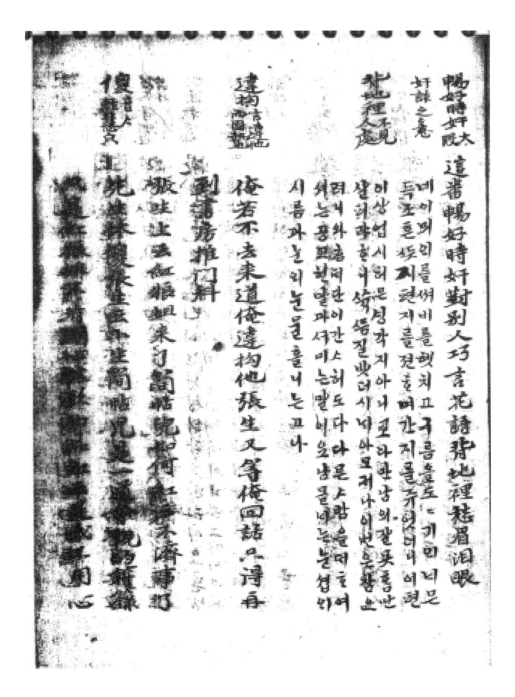

只此足下再也　不勞仲衍肺腑稻夫人尋戟ㄴ回去

也

宅升沈倫精也

張生云紅娘姐空料

良久張生哭云紅娘姐你一玉呵更望誰其小生分割

張生跪云紅娘姐紅娘姐你是怎做簡道理方可救

得小生一命

先姓你是讀書君子宣未知此意

撒奸方誰謂
撒奸無脚処
撒楔也

【滿庭芳】徐休采裡撒奸你待恩情美滿苦我骨肉雎殘

他只少手搖榥呪摩婆着我覔廉線怎過陣閙要我桂

萬滿讃候人叙

看搖鞚閙雖慵慵合口逢暖偸寒⋯吳喘滿拖

題目正名

熱趙勒也

等不起呀哩

張生跳不起笑云小生更無別路一條性命都在

紅娘身上　紅娘

我又幫不起俫謝話兄熱趙好教我左右做人難

네가 네 왓고 흔 말로 쟉고 써오를 것이네

흔 말로 노쟉고 써오 를 것네 기씨오를 못을 노

씨오를 거기때지 못올 게때오 숯는 고 十

科張生拚書讀畢起立笑云呀紅娘姐又讀畢云紅

我沒來由只管分說小姐回俫的書俫自看著遍書

娘姐今日有這場喜事又讀畢云早知小姐書至理

合應撲々待不及切勿見罪紅娘姐和你也歡喜紅

云却是怎麼張生笑云小姐罵我都是假書中之意

裡栽波哩也囉哩紅云怎麼張生云書中豈我今夜

花園裡去紅云你花園裡去怎麼張生云你約我後

花園裡去相會紅云約你花園裡去怎麼張生云紅娘姐你

道相會怎麼哩紅相會怎麼張生笑云紅娘姐你

云你試讀與我聽張生云是這絕詩四句哩麼地待

湖西廂下迎風戶半開拂牆花影動疑是人來紅

眼紅姍姍信紅涯試是怎麼哩難解張生云得是應計

眼栽真個不解張生云

待月上 石未迎風户半開 仙仙同門每戍哪福花悲勣
清微跳過喻来是走全来通向没有解莫就經
宠紅多其個如此解張生元不是通羅解張娘作
未解不散做紅娘妞小生乃情詞起的杜家莫流随
阿浪子是賣不是達報解呈解紅云真個如此雷張
坐云現在紅賓科良久
張生又話斜紅云此萬張生莫云紅振過好
笑此如今現在紅懸云條看親小姐原未枉莫行便

泰道咒

〔要孩兒〕張常見寄壽的顛倒瞌睡焦鳫沐則沐怒福咒

居漢浴祖花
浣在沅南椅麻
侭柱區行争参
薔薇十二蒶目

新語

轉闡教條跳東墻女字遶干泰來五言包得三更束四
句裡將九里山係赤緊將人慢條要會雲雨開中取靜
却教裁寄音書紙裡偸閑

그이들을 보았느냐 객기 눈에 번젓거니 바삐 보게 네하 빗체는 사람이
부례히 동양을 떠라 허여하게 쳔호 눈썹 양을
안자 로 다 뒷처오던의 춘경 호를 쏫고 네 썅의 구허
분 들뒤두든 거라네 뎨 이쓰람 을 엄슈이 녁이는 도
도라니는 은우를 모희라 하더 분요 련졍 정응을 한 글
헛을 어듯 모듯 나 를씩녀 음셰를 붓쳐 뻐본 증의 괘가 허

룰도 겨를 눈도다

四煞

紙光明玉版字香濱麝蘭行況邊涅透非嬌評是
他心識情誼無椐涅滿紙春榕墨未乾緘遽休起難放

金帶氈灌

首帕武堂學生條運條金莊滿慕

歌者唱破二作

三煞　將他來別樣親把俺來取次着是羨時孟光接丁

等看待也

為顧看苓之

月寒令日為顧看你個嬌魂儒女怎生的獅果蟠安

雅魂情…

길샹은 별 양친이곳고 날남은 지ㅅ로히 쳡히라 면

겨릿광이 량홍의 밤상을 드려돌가 견남은 조초할

노서랑호 기를 후동이라 독캐흘 고 날낭은

또진말노셔짓기를 육원마라도 침게히는 저 과오ㅣ

붓러볼게시 내녀 혼나간 천녀가 언덧게 반 난거리

실머 볼더지지 는 고보리라

生○要捨順順爲
婚復さ志衛州
諸雄未肯親

張生云只是小生讀書人怎生跳得花園墻過

情女守月明下
聞玉生情景
玉生辭擧去
鳳凰簫之西
師不悟如現
隨玉生卦京
情玉生郎高現
及玉生敗露
施威拾

【二煞】掃墻花又低連風戶半操偷香手段今畵拔偉怕
墻高怎把龍門跳鯉花逕雞將命桂攀折去休辭憚
他望穿了眼秋水處損了淚 春山

바가지게를 반과하얏는데랑도젹 호는슈만 을이번린보
지구나매랑놉호물 걸후진 덴 멧지룡문 을쐬여냇것죄즈
옥러물헝게활진던 셕게를 셕기어러온지라 빈비가
고 눈뎡 호며귀라지지졀나려여 병눈현쥐슈 눈바라기를
석러지게 허고금 〃눈물산을뜨기녀 우목러 젓스딸다

張生云小生曾見花園已經兩道

【煞】雖是去兩連衹 不如道藩徐當初隔墻唱和鄰切
비룩두번셔예와 은물지 심러 벗쵸리라 딸혀예당쵸옴
비룩두 번셔예와 은물지심러 벗쵸리라 딸혀예당쵸옴

【棹角兒】果是他今朝道一簡
열숭셰과예셔닙 오 셧기어려너라

【紅娘】果是他今朝道一簡
열숭셰과예셔닙 오 셧기어려너라

紅娘下

張生云嘆萬事自有分定過德紅娘來伴不藏□萬

歡喜誰想不如有此一場好事不生賣是猜詩謎

的杜家風流隨何派子陸賈此四句詩不是遠廝群

又怎解待月西廂下是必須待得月上迎風戶半開

門方掩打捱拂牆花影疑是玉人來墙上有花影小生

方好去今日這頹廢倘百般的難得晚天邪你有萬

物於人何苦爭此一日症下去波也書洪友來談論

不覺開西立又帝今日碧桃花看竹鰾膠黏了文生

一根呀繞向午也再等一等又看咱今日百破的難得

下去呵空青萬里無雲怎肚扇作徹雲何處縮天有

衛便教遲日西沉呀初倒西也再等一等咱誰將三

是傍来向天上闖安得后昇乎射此一輪澄謝天謝

地中光又著進你也有下去之日呀却早煙也呀却

早擡擡也呀却早擡鐘也搬上書房門到得那里手

搣蒲童楊滷溜撲碌跳過礄去抱住小姐嗉小姐裁

你替你慈哩三十顆珠藏簡帖三千年果在後園張

生下

三之三頗簡

紅娘杜三令日中姐蕭俺齊峰興長生簡為假

嬌鸞三十年
開夫三千年

三千年果集上天

三足寫春林

試日中有三

嬈鸞春精

三足寫元命

意兒特內卸暗仙署仙來小姐旣不對佻龍也环

妻說謊仙又講仙燒者看仙到其圖志重瞬倦

紅狼請去小姐俺燒香去未舊一上云花着重盞院

風伽道院깊은院早月明

龍伽新水金｜紅硯塢｜晩咸寒哨透窓紙揷金鉤佩籠床

掛門關깊곤燏樓幽林殘霞恰對覺花糕止晩稐罷

첫밤 바람이산듯 / 추리개 달린지유럭을 / 쓸지강아 흐아램 / 이는듯과에 이술 / 나에령 비잠 / 가람마개론 올지놈 / 여에 옴밤잔결재다

難馬龍｜不遂邇嬾慷嫌池塘嚴睡獨自遊幽雅浹黃楊

柳灣樓鴉金蓮芘損牡冊芧玉簪兒抓住茶簾架早菩

凌波詩云 〔李者〕

徑滑露珠兒溫透凌波襪

溫透水弟可
越可惜凌波

…발셔…

…바섯고옥곳이라미가고외걸녀는지라넘엇기길
이밋거러오너미슬발을네놈과만데스못젓도다

〔言猶得到晩哩〕

偺者我小姐和張生已不擱到晩哩

自逃那日和時想月華罷一剗似一夏見柳精

斜日遲〰下道好教聖賢打
…룸갓지를거러버러들가지…

〔喬牌兒〕

〔攪箏琵〕

打粉褪身子兒卞准儲朱雲雨會正映滿那簾

他水来不沾牙越下的閉月羞花真俊達其面姓況語

吳듬혈가니끄러끔면이러뚤쓰도다

拔搶我下他拿

如로되記李

小姐這澗山下로地我閉了甬門兒帕有人聽伯說

契李　□李栖之人

諸紅娘睜門外科

張生上로此時正好過去也張生睜門內科

況醉未鳳

是秕影風楹基鶴是玉人帽倒喬紗

沐且渾身申樞遶他衾뿔豆澗山下

에ᄂ때니룩그림가쉬즈는가마귀를돌돌인가에

욱반위소떠오른율가우리미로다

금일가삼아리도라읎나더

네야즉롬롤규면업반밋히감五와산라페죽

那裏叙寒暄打話 니리셔인ㅅ뒤며 쥬쟉ㅎ깃느냐

張生攙紅娘云我的小姐紅亚是俺也早堤羞到俺

若羞到夫人怎了也

아모리얀기까밋부
말해더굿기가클어거눈
눈이들크럿나부다

寮觀嗜 便做道攙得慌也 ㅁㅁ得俺寶鞘眼花

我且問你真個著你來麼

張生云小生是猜詩謎的杜家風流隨何浪子陸賈

誰慌扡ㄴ鄆便倒地

鄆都休漫門裡裏只道載你來麼跳過遠牆來

一壳西ㅁ
之視 飛且偺見面今夜ㅁ羞記鼠是ㅁ問艸ㅁ涓ㅁ趀也

我也不去愛惜搖鶴我也不圖浪酒閑茶

나는 가서 뭇를 바드며 늘어를 담지 안치아니코 또 바라 제 에구 러 노라

是伊央被見時憂僑發搭頭兒告子沽金杜壁起嗟呀

何是怯呀

畢羅何麻掛捵拾過夏悲准檀蕭將逢

擇連擇子進

以狀與夫盆也
言紅娘爲狀
生狀喜流此
准偹着報手

跳墻跳墻科

張生跳墻科

云是誰張生云是小生〔衆云 一圖〕黃生

紅娘云紅娘不應科

恩尊姊張生徐揖何尊送之意道〔軍揖揖〕

張生徐揖何尊

錦上花〔인〕嬌人心無驚怕是峻天盡不還

我辮是踏跡去怕他捺他一個着怕一個怕愛後一個

無虑言一個愛守卦一個悄守寫守一個寫守答守

向前呵滿判官司怕荅守你係

紅腋遂立他呵云張生休恨他呵呷砂隨里送守

爲甚送定隨何禁住潘實文字縮時如禪如運〔淸江引〕

你無人處且會閑嬉牙認裡空好諜怎粗湖山邊不似

嗑牙多書也

西廂下 본뎨 온잡고 유혹도 하고 육마도 병도 병어고

러포깃트노의 사람 법논 히셔 는 썽면이 말 잘허논

치혼더 내고 그즁의 힛건 가시 혹 고 나 호 산엽 히

쳐샹 아리 와 것 지 아닐 줄 미 야 넜 지 샹 뺘 룸 멋 스 러 요

鶯、云 紅娘有賊 紅云 小姐是誰

張生云 紅娘是小生

紅云 張生這是誰 着你未 你此有甚麽的句當張

生不語科

鶯、云 決枇法夫人那裏張生不語科

紅云 枇壞夫人那裏便壞了他行止我與小姐凌汾

罷張址徙過來跪着你旣讀孔聖之書忸公之

禮你賓客豈來此何幹

李夫人獎　看美娘遠不說木瓜
한어듭고이에의왼하쥐에눈화힝의쥴

顧兒漈不是一家兒喬坐衙雲乱一句絕妻賜諸道

你文灣海採深誰道你色膳天兼大　得勝金　你養夜入
紅言小姐假坐宜案色膳間

童衙帳此論

柴大娘

人家栽非奸做盜拿你折桂客做了偷花漢不去跳離
아니코봐게겹동구리기간녜호느다

門味學騙馬
학바라쥐홈김훈가죵몃의네뇌가베쟉람이호별
나곰죤쥴을아라스레오비밤믈라남의집이되엇

非奸做盜
非奸夫劂迄挺之也

騙馬賊心上
騙媚謂之騙
高謊정탄됴

스님네간부토치지아니면토져으로잡으려하
게기꾼굴놈이쏏도겨놈이되여가쉬옴을흐밴쉐지

小姐且着紅娘面銃過這生者嵒云先生活命之

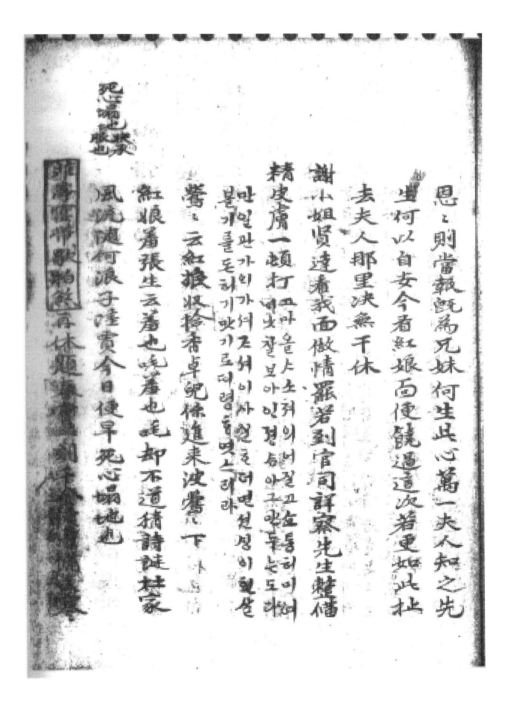

恩恩則當報旣爲兄妹何生此心萬一夫人知之先

噹何以自安今看紅娘面便饒過這次着更如此拙

去夫人那里決無干休

謝小姐賢達看義面做情罷着到官司許寀先生整備

精皮膚一頓打四十

붓마일판가비가쳐조쳐이쇼되임어질고監둥허이鞭

보아이젼皂아구쌋두눈도라

마일어린가비가쳐조쳐이쇼되잠시젼홀이鞭笞

더면텬졍이鞭笞

鷩鷩云紅娘將拾看卓兒徐進來波鷩下

紅娘蕭張生云蕭也晩蕭也㤪却不道猜詩謎着家

風嬌懶何沠子淫貴今日便早死心蝙地兒

抵害惺怕歇拍然再休題憐纏衣兒繫人腸

慇重守十年家

精詩誕的杜家荷柏可迎風∥開山牌∥幅牆花別
把張織眉未盡强風情緒大晴乾丁尤雲瘴雨心懺悔
勸靈擧丁待月西廂下 一任候持何卽∥畵捧他心自
了窮至偸蒲腸塗株討倚翠侠紙語∥詞∥碑則休簡
帖兜∥今羅猶古自添不透風流∥法

봄밤한각의 긴굴이 나룻배에르게
말고 깁픠 화로새에 심긴 불씨에러
다

∥∥에러다

精詩∥∥ 승日∥∥∥∥ 其∥

∥∥∥∥이에러

너위 법서고 욕을훔치고 향을도 격워는마음을 뉘
최호는 졸띄나야 구름의 벙들여비
미
눈이머 장쟝의 눈씹을그랄지라 녁자로쥼졍잇는
이카리온지라녀는하랑외 붓들을 가셔슬 전반ᄅ라뢰
거고 격장화 영동온산이막히고 혜월셔 숌훈는 구름
클슈지 겨지 아라나ᄂ 드까요 영룡도반기 흐틀여셰여

馮馬相如
患病瀉痢

小姐傷息怒噴逵辜文君張生俺遼學畫波瀉國馬

옷고롬은거실의자훈
뎌쌔ᄂᆞᆫ거설것지믈ᄆᆞᆯ흐묘
뎌쌔러라옴ᄉᆞᄂᆞᆫᄲᆞᆯ뎌쉐엇고간겹도쌔쳐붓더그만
머라ᄯᅩ히려며ᄖᅦ붓러스ᄂᆞ도
ᄖᅥᆸ을투녈의ᄆᆞᆯ벗도다

ᄯᅩ겨야ᄂᆞᆫ녕미여셔짓기를ᆨ치라라묜ᆫ간이여
당장ᄭᆡ아ᄂᆞᆫ공부ᄂᆞ훌러갈지어다ᄒᆞ갈돌ᄂᆞ마여

三之四後候

夫人上云早間長老使人來說張生病重俺濟人去
請太醫一歷令付紅娘者去問太醫져將灑濯是何
輕候脈息如何使東四話者夫人下

紅娘上云夫人使我去看張注夫添阿彌色知張注
瀉重那知他咋夜使這痛氣阿

娘下

墻兒上坐張生病重俺唤一箇恩情遠方看紅

將去與他做箇道理唤科紅庭云小姐紅娘来也罷

駕云張生病重我有一箇好藥方兒與我將去咱

紅云小姐呵你又来也也罷夫人正使我去我就與

你將去波駕々云我將着你回話者駕々下紅娘下

張生上云咋夜花園中我喫遠暢氣趯着病證候眼

見得休丁迎夫人着長老請太醫来看我這悪證

候非逛太醫所治除非小姐有甚好藥方兒這病便

可丁

熱劫之殷勤

檢句聽面也

冷句言他辭

【越調鬪鵪鶉】紅娘唱

紅娘上去俺小姐實得人一下痛即漸如今又著俺送

甚藥方兒俺去只恐越著他沉嚏也異鄉最有

雜悲病妙藥難醫斷腸火

人卧挑著床怎忘譽癢寢復到如今驀似悲潘腰似病沈恨

先是你彩筆題詩迴文織錦刻得

巴漯病已沱多謝你熱劫兒對西檢自冷句兒特人癋

後呵

니지며겁을써머리인누으며써비다을

미쳐는람을돌려머리인누으며써비다를

짐흔는빗빛아빗가지며한이

심의기쳣고병에증을셋기는고마도혜에

진틀료허면흐에희잔유효새힘소람을깐혼히노나에

【紫花兒序】俺將著紅綃가兒村月伏覽兒斷에

耳聽兒龍琴 네 귀문을 여려 글을 듯다가 들의 답호며 체를 라 여려 답
둣다가

雕花怨鵝振假儲多說張生武興你兄妹邊禮甚虜

怨把個書坐來趺窖 호되 이에 글을 굿다가 굴히여 빌

今日又是紅娘義有個好舞方児你將表得丁他

又將我情蓋來通凌難森圖教悴似傺脚睨瞰艘勤不

推丁鹹 니셔 시셤 을 뉴 지고 래 나 긘 데지 못 게 그러 면 셔도로 실 하리라

從今凌由他一徃 내 이후 븟 되 의 거 풀 는 떼로 썻겨 둘러

甚廏義海恩山無非遠水遙岑 목 은 어 리와 은 산 이 릭호 므리 왼 가와 오 좀 이 니라

見張生問云先生可瘦呵你今日病體差何張生云

害殺小生也我若是死呵紅娘姐閻羅王嚴前少不

得你是干連人紅云善天下害相思不相你害得杀

害也小姐你那里知道呵

【天净沙】你心不掉掉海文林夢不推柳影花陰只去窮

玉倫者上用心又不曾有甚我見你海棠閑想到如今

네마음은화히와문렴위두지아니하고고쯥을

화흠위여서내지어니아여세쪽을글로지괴

허는데마음을쓰느니라글마

눗내보면마음음쓰니지마닌일즉면슈일셔넙거

버내쟤들니매헤말힐녀부러쟐라쟤鬟호야

你因甚便害列這般了張生云你行我敢說謊我以

囙小姐華興花回書為一念一囙謊來敢了余瓜施

其害吉云癡心女子負心漢今日反其事了罷
了通

個渾他弊手

迺笑金 你自審這邪淫著尸骨嵓嵓是鬼痼儚儚道旁

才们洟来低似這般單相思姅敫撒吞功名旱刱不達
에셔휘병이됨적허인가하믜보뎌거기서
그려온다핀들겨려온색흠은노는

心婚姻又反吟休吟 싱즁이까히얼을안샹을둘보뎌
아힝명을일즉이므로회인이사

夫人著倚来者先生嵔甚虧陽粲遠另是一個甚虛
개가를너무로해리만가

好粲方兒逄来与先生

張生云在邪里紅授简云在這里張生閞讀亞起笑

云我好事也是一首詩輯云早知小姐詩清楚禮合說

接紅娘姐小生賤體不覺頓好也紅云你又來也不

要又羞了[小]兒張生云那有這的事前日你不

得些溻失亦未之偶些耳紅云我不憎你念与我龍

呵張生云係欲聞好語必須數誡斂袵和商張生懂

冠帶進手執簡科

念詩云休將閒事苦縈懷取次摧殘天賦才不意當

時完妻行堂滿今日作君家仰酬李德難諧禮難奉

新詩可當娉寄塘高堂休緣賦今宵幽與同連床紅

張姐以詩又排勸日之地無非倫圃況公未紅有之誠

知之矢小姐你真個扭捏桑方兒也

令往憧之
裡審最排奇一服兩服令人愁恨的是却不成病的

小粧柱石孫影夜深沈酸醋腦怀院間出那陰

橄柔柔惱之

是紅雁微忿遠共間使君子一星兒參

께화 그림거곤 듣 밤사이 줄 히리송 의 뎡 지를

一星兒
당 맛 나니 셜 가산을 쥭 의지 헌 숨 별 잃 가

엄 그럿도다 호 면 여 쓰 이 따 살 쓰 딸 를 더 곰

參人藝也

味善訊替也

어렷 도마 둔 번 며 며 우 람 으 돌 졀 더 러 메 머

끄룃앗 롤 챱거 셔아 이 긔 나 의 긔 러아 내 레 네

粧修似嘩也

꼽 계엠 체 나 도든 비 야 셔 다 꼭 편 바 의 가 러예해 의 의

兒三怠品
是你其實妹妹粧晒真是鳳魔翰林無殿處

소예 체 넴 엣 심 흐 방 의 며 몸 바 내 와 쏘 팀 더 가 그 러 회

고 놈 체 도 나 튌 넘 흔 즐 즠 흔 뱃 됴맛

間佳音尙简帖上計東得了個經係蛇德般錦裡鐵若

優貝忿其人

見可玉天仙怎生軟麻榮俺小姐正合忘恩優大負心

西廂記坤

金家起居
俞家峰

禿廝児　你身卧一條布衾頭枕三尺隆琴他未怎生一
處霞凍得他戰兢兢

知音　聖藥　你有心他有迎眼夜歡龍院字夜沉
沉疵有滔便該春宵一刻抵千金何須又詩對

遠愛心懷 東施樂 我有禍爐桃翡翼余便逶從人心是如何償
賢也

네왼앙첩쌔취금이이잇노네 믄득ㅅ람미ㄹ과뎻ㅅ툴마
매ㄴ과ㅁㅃ엇지계ㅁㅕㄹ어오ㄹ고

你便不脫和衣更待甚不搔如揾頭兒德你成親巳火

福薩 네믄득믈벗지만꼬옷입은계로하려지나시엿ᄌ 혈꼬꼬마ㄴᄌ
떠오로그레호느니만아나무흘라셩진위미임의ᄀᆮ보 에인니라

先生不瞞你說俺的小姐阿你道蒼麻來

鄉擂譽 他眉是遠山浮翠眼是秋水無塵膚是凝酥腰
蘇瀬廠偉成
 虛也酥牛
 平乳也虛真
  虛巳如酥偽

是弱柳懷是龐兒俏是心兒體態是溫柔性格是沈存

他不用法炙神鍼他是一箇救苦觀世音
歲也

계ᄂ녑으로이면산의ᅌᅮ로거시 ᄯᅥ러오ᄂ논은이가믐들
비뗴열이힘시대오알은의녕간타약미묘허러ᄂᆫ이약훈

難把如此我惜是不敢信來

後 我還況吟你再思尋 네또다시어짐을곰곰노너뻐라하시셩

張生云 紅娘姐今日不此 目 紅 云呀先生不妨

你還事已沉哉只言目前 네게번일은함게게닛거니와 노는다만목금만말솜노너

不信小姐今夜卻來

今夜三更他來德 효네밤삼경의게가바셔그리헌다 말가

張生云 紅娘姐小生分付 來 不來你不要管絕

之其間壁休用心

減死罪報
減死罪報 我是不曾不用心 怎說白璧黃金滿頭花枝地錦 [印] 龍尾

夫人雖是將酬報 早為(晚)識水福二...

네혈죽마을을씨가이네마나무로비밝음
오부인이만일을은 혈때까지도 이르랴느지라네능
뫼혼며줌때를위킈옛게하여쥬려랴

先生我也妻分付你總之其間你自用心 來與不來

我都不管

來時卸肯不肯您由他見時卸親不親盡在你
을격민길겨을때아니질거허매마외지금허랴는되료
엇짓느나불겨이친호을떠몬친호은떠리잇나니라

西廂記卷之四

題目正名

小紅娘成好事　酬簡

老夫人問由情　拷艷

短長亭酬別酒　哭宴

草橋店夢鶯鶯　鶯鶯夢

四之一　酬簡

鶯鶯上云紅娘傳簡帖兒去約張生今夕与他相會

等紅娘來做個商量

紅娘上云俺姐姐著俺送簡帖兒與張生道簡帖兒兒賀張生病

會悔怕又疼卦送了他性命不是要悔親小姐去者

他說着的醬 云紅娘與捨卧房我去睡紅云不爭

你賴呵那里發付那人醬 云甚麼鄉人紅無小姐

你又來也送了人性命不是要你若又翻悔我出者

與夫人小姐着我將簡帖兒勾下張生來醬 云道

小妮子倒會放刁紅云不是紅娘放刁我實小姐切

不可又如此醬 云只是着人答 的紅云誰見來

除卻紅娘並無茅三個人紅娘催云去來去來醬

不語科

紅娘催云小姐没奈何去來去來醬 不語做意科

紅娘催云小姐我們去来去来罷、不語行又佳科

紅娘催云小姐是來怎麼去来去来罷、不語行科

紅娘云我小姐語言雖是强脚步兒早己行也

正宫端正好 紅娘唱 因小姐玉精神花模樣無倒斷曉

夜思量今夜出個志誠心改抹晴晴天讌出画閣向書

房難彗出赴高唐學密玉誠偷香巫峡女彗簑玉彗簑

王歡先在陽臺上

소겨의 옥개튼 졍신과 꼿갓튼 모양
으로 인호여 어시롬마시 벽으로 실홍허
미간드눈여 잠시됴 잇지 못호더니 오날 밤의 야기 졍현
마음의 나서 날을 혼늘 풀고 만헌 거짓말 노샤 여쪽 이고 화각
을나 셔셔 방스로 향허고 죠슈를 떠나셔 고당으로 가
내옥을 품쳐 기를 배호여 향을 또 핥어 기를 제협훈후 미
무협녀와 쵸양황이료 쵸냐쵸 양황이 광 히를 쵀 양디
셩이에 술가

鶯鶯隨紅娘下

猿生上云 小姐着紅娘將簡帖兒約 小生今夕相會

遠阜晚初更畫 呵您不見來人間良夜 靜不靜天上

美人來不來

仙呂點絳唇 隔生唱 行立聞墻 빗셤들의 우두허니엿

夜深書窗橫金界滿洒書齋報讀書客
밤이깁흐에 향아즈광이금 긔의빗기엿 는지라
쇠현셔졔에 글넘노촌 의닙 해도다

混江龍 彩雲何在 쳐쳑구름이 쉬여떠잇는노

月明如水浸樓臺僧居禪室鵲噪庭槐
달이 밝가물 갓치록 데를잡바노데 경은 판두방이
잇고가치는 쓸노되나 무두의지져 기는도다

風弄竹聲只道金佩響月移花影疑是玉人來

바람이 대소리를 희롱허메 금회소리만 허고 달이
쏫그림졀을 옴기메 이 옥인이 오는가 의심호는도다

倚定門兒待 뜨지젼 ᄒ는 법원
어린디시 문을 지ᄒᆞ여 기다리노라

意懸懸業眼急攘攘情懷身心一片無處安排來打ᄒᆞᄂᆞᆫ
온헌ᄒᆞᆫ 희롱이라 몽파ᄒᆞᆷ한ᄆᆞ음 한조각 둘ᄒᆞ념겨뒤

越~的青霧信杳黃犬音乖油調載情思음~眼倦
더욱더 쵸비즈식이

閑ᄒᆞᆫ側夢魂繞入楚陽臺

禪知懆無明業火因他ᄒᆞ想出和不知不覺懊惱色人

有通ᄒᆞᆫ自責易悸ᄒᆞ

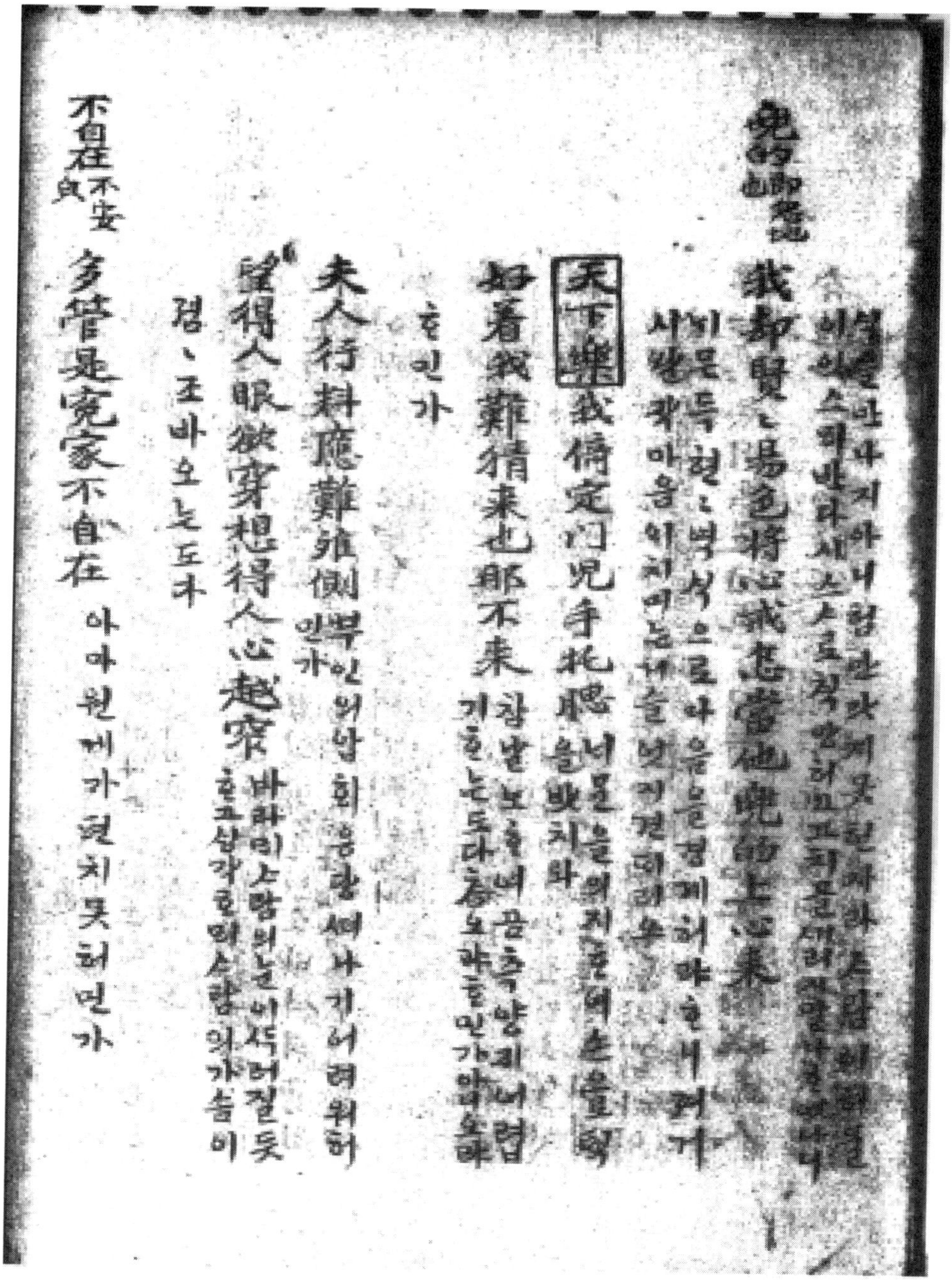

那吿念 他若是肯来旱身擁壹窥

他若是到来便春生嚴齋

他若是不来似石沈大海

數著他脚步児行靠着遠憲櫺児待

寄語多才騔躇挂怎的般惡搶白盖不曾記心懐博得

箇意轉心回許我夜去明来

諧眼色已經申掀車載道問鑾

寄□軍 安排着雲淮幃 着裡想 君遠異鄉身 旅把茶湯 下

擺佈了孫 可惜才貌 心腸耐煩一托 至誠 心留得形

骸在誠教 同天堂打算半年 悲喜的 太平車載有十餘

젯병을기울한엇고 弓이나가대광풍이 태평거에드러실려오면 능히백여슬에다다르리라

여분이외도궁여심장을춤아쥔디여좐묘각기셩비와마음을내여텅겨두뒷거긔와쇠험골녀士텅대료반

넌근심을헴노와보면란젹히티텽거긔위려셔라둔

紅娘上云 小姐 我過去 你只在這裡 敲門科 張生云

小姐 來也 紅云 小姐 來也 你操了琴枕者 張生掉云

紅娘 姐你 生此時 一言難盡 惟天可表 紅云 你敖桂

者休謊了 他 你只在這裡 我迎 他去 紅娘 捱着 上

云小姐俺進去我在您兒俳等你張生見慶跪抱

云張珙有多少福該勞小生下降

村裏迅鼓 猛見了可憎模樣早醫可九分不快

스스로 켜 버렷는데 밤 즐보니 발셔 구쳔 데야 거복
을때오는도다

先前見責誰承望今宵相對
너본은더지름을보왓더니오늘밤의셔로 날을밤의셔로앗날즐을

벗지바라스리오

教小姐遠般用心不才琭合跪拜小生無宋玉般情懣

妻般貌子建般才小姐你只可情我爲人權客

소러로 흔녀금겨쥐료마음흘씨기호내부졔료쯤
어셰레젼러예맛뎡헌지쟈마초쵸
모뫼의쵤롤흘갓헐졀라반일
뫼불밋겟졀라지료초
셔뫼힐쟬롸롸쟤흘거가헐
헐뫼부뫼흘료쥐밋달볘야볘뫼쟌나예

一 稿也

歪 흠외

元 和金 ...

正 눈찡긔

齋不良會把人禁害怎不回過臉兒來

雪髮彷彿隆金釵偏宜鬌鬡兒歪

顇稚丞將鷲桃槿水態 ...

將徐細知兒鬆歛將徐羅帶兒解蘭麝散幽

鳴笑声

劇院滅劉晨
阮院隊人

張生抱鶯〻鶯〻不語科

勝胡蘆　軟玉溫香抱滿懷　呀劉阮到天台

天台山食盡
見桃花食之
연들독 빠뎌 쑛도 향을 흠쎄 여프럿고나

身難漢迎一
女子劉阮二
郎來何處回
　春至人間花弄色　인간의 봄이 드니 坎치 빗츨 희롱혼다

　却家蟲畫冠
避家蟲畫冠
切逢桐逆捕

夫婦之禮依
作業日春行
　柳腰款擺花心輕折露滴牡丹開圖蓋着些見麻上來
버들 허리을 조곰 조곰 음작여...

（이하 판독 불가）

投至得見你個多情小妹〜 徐着憔悴形懵瘦似麻稭
너다 정헌 아기씨를 녀어보기미이로 노라호니 네보라
호되 헌 형회여 위여 기름 덕 갓도다

思着畫甘未寿歌兒 或乾打今寫殺魔說飛走雪雲
外자명의 오즘으로 지령으로 미아내 몃 쳬눈
히거상사가 고진 강희 후를 어드리오 훈이 나락 구소구홈 빗긔이엇
도다 번드럿 내니만일 쎰과 소랑호룰

我忘餐廢寢者不寘心別離 却把身己這相
柳葉兒 我把你做心肝般看待精點诗打小旦淸白
너를 심간쳐로 아끼되 아니 너 소겨의 정박히를 더려잇
노아

檀口揾香腮 噫다
너녀를 밥으로 향거로 소뵉 을 근잘 던

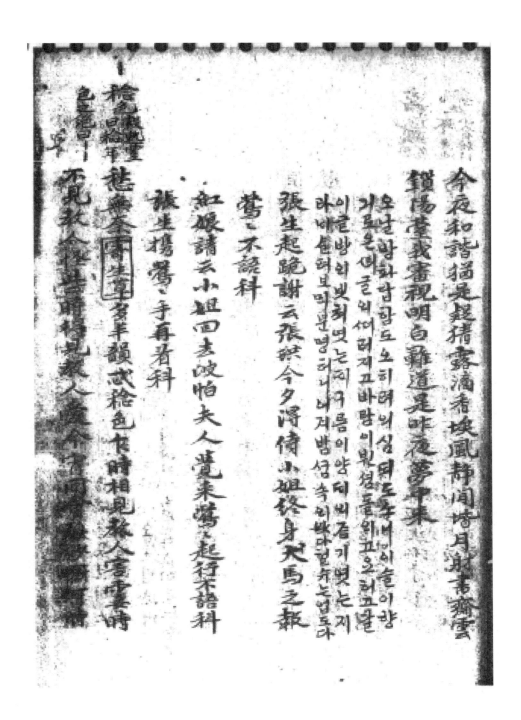

重幃香羅帶 …

紅娘催云小姐快回去波怕夫人覺來尋 不講行

下階科張生覷鶯鶯再看科

[賺煞尾]春意透酥胸春色橫眉黛戰卻那人間玉臺杏
臉桃腮來月色嬌滴滴越顯紅白

下香階懶步蒼苔繡鞋鳳頭寶嵌飯生不才謝多

元征鳳頭鞋　　鈿生尖食科二

嬌鞛嘆 …

四之二拷艷

夫人別歡卻上云違義日見㿗之語言恍惚神思加

倍膝肢體態剝又不同心中湛是委實不兩歡云高

日晚夕夫人睡了我見小姐和紅娘書流囘裡恍着

半夜雪不得囘來夫人云你去噴紅娘来藏噴紅娘

料紅玉哥兒嗅氣憕復報云夫人知道你知小姐花

園裡云如今妻同徐囲紅鸞怪呀小姐徐連果未通

鷓鴣知

越調閙鷓鴣䦏唱 正若是夜去明來側有個天長地

火不爭你攜雨携雲帶雨我提起在合休分金帶摘枝

星誰誹稃停眠整宿

간만한밤이면가고낫이면곳와서겻헤잇고그들

토요의거에잇슬거슬네게비롤...들토로...하며...취

갈못훌여랑송남...노흘여곰매음을못치못하여낙을

...이의게취온느떼...나...단...불...떼...버...봉입오...에

우...눈비넉구러미물너보...그러공집히... 물하...들모

情傭少事 夫人他以敬多情怯懶還烝巧...花...首将派作有

부산는...희의신이라...픈공성홍이라...못...여...또...

...고훤...마...더...히에는...할노님노...

寶殿慘望之

...이...他宫釀做了新婚情你小媈做了嬌...妻...

연두...

我紅娘做了舟頭䑽你這春山䬱譯...說吠...婭都休心

把你裙帶兒拴細門兒扣此蒿時肥瘦去得精神剝

撞的風流

我算將來我到夫人那里夫人若問道兀那小賤人

逶迤 音맛두 키니

剗蹉莒 我着你恒去處行監坐守誰教你逶迤他胡行

亂走這般何如訴休

我便只道夫沐在止紅娘自如紊敢挟

健身箇新開鋪當

吳見戲圖滿州慶東

【調笑令】他那裏放細繚倒鳳顛鸞書有我獨在窓兒

外樣常散難呆遠蒼苫祖把緺鞋兒氷透

연지강희간가홈이나흘여혜일볼만젹시멋나니

如今嫩浸清去受麗程兒抽我達通殷勤的着甚東由

저금원이헨흔살가족으로까헤멀은디로지물바들지니

噯小姐我過臺呵說得遍修休歡喜諚不通係休煩

惜俫只在這里打聽波

紅娘見夫人科夫人云小賤人怎麼不跪下俫知罪

慶紅云姐姐你不知罪夫人云你還自口强哩若實說

阿饒你若不實說阿我只打死你個小賤水誰着你

和小姐半夜花園裡去紅云不曾去誰兒末夫人云

歡郎見來嗔兒自推哩打料

紅云夫人不要閃了貴乎且聽息怒龍紅娘說

恩旦云

夜坐時停于鐵備和小姐聞窘寃說哥兒疼久

唔兩個背着夫人曰書房問候

　　져 서방님이 편지를 긋치고 소거
　　들너 부러실 법시 싱각혼후 혈닉 일이에오
　　헌나 히여너 부텬두려 인을 호 노여말 호
　　놀너

末朱云問你阿他說甚麽

　　혼나 이아아이둘근 무른후

他說夫人這康恩做懶教小生事連喜歡愛

他說祖雄偕五先行他說小姐挑時　　　　　家着催促慈慮

夫人　小賤人他是個妻孩說家着催促慈慮

兎而兒 定逛是神鐵法炎難道還進佰駕碑

他而個雖今月餘只是一邊窩

何須係一　楼緣由 寶蓮王 他們不識憂不識替一頭

心臺而相授夫人你得好休便好休其間何為苦追求

엇지므로 미것ᄎᆞ 치면 유를 끼려오거의 돌이어 겨졍
격졍닙줄 도 포르고 군살 헌호 도 또트고 한 삼 마음 쓰지
쉬토마진 지리라 부뫼아네 조토 록 그관들러이 너던
색조ᄭᅡ 그만두지 요롱갇을 어미빌 을 궁구리 료조가 빼 알
녀효시는 잇고

夫人云這事都是你個小賊人　紅云非干張生小姐

紅娘之事乃夫人之過也

夫人云這小賤人倒拖下我來怎麼是我之過紅云

信者人之根本人而無信大不可也當日軍圍普救

夫人許退得軍者以女妻之張珪非賴親退何

散無千達某夫人無退身妻悔却前言豈不為失信

儻餒朱兀得觀事便當調兵

不合留教書院相逢恐久被女鷗夫各相窺伺個

而有此一端夫人若不遠髮此事一朱婿從相圖家

語二朱張生施恩於人反受其廯二朱婿到官司夫

人先有治家不嚴之罪依紅痕恐見竊着怒其所過

完其大事實為長便

常言道女大不中留 麻御妃 又是一個文章魁首一個

任女班首 一個通徹三教九流 一個曉畵描鸞刺繡後

世有便休罷手 상딸이라이르기를 딸에게즈라거게드두띠

九流 一棄子 二醫家 눈믈장미흘러오늘나흘일내워못습애라흥나흘屠

三地理四流 괴手奇흘을능둘히고가다가빠눈규넛지를조왜

推盆丹青次相

七僧八道九 ㄴ너니례屠띠 그밧는ㅣ고 딸나아밧ㄴ노릿가

琴棋

殺僧傳佛仙

羅拜山信捷棄

大恩人怎做敝頭獻白馬將軍故友斬飛虎公廢草冠

큰은인을엇지지워보잘하압스며오말삼군에맹친子
물잡운한뎌비호를쓰꼬마른홀구씌로써죗사이라

緋絹娘 不爭和張解元參辰卯酉便是羹崔相國共來

는최샹국긔과을내며줘졸를을삐이이까

羹麗到處干連著自己史雨梅國共來

미려을쳐로써더부허이쎗셔
메쇽지마니흔기톡특이

夫人休睡寬 부인이마깁히졈갯구을메보쇼셔

遠小賤人倒也說得是我不合養了這個禾肖之女

經官呵其實辱誤家門罷 俺家無犯法之男再婚
之女便與可憲翁尅罷紅娘也與夫良謀那賤虛過棄
紅娘着不四那桃好兒他邊民謀須得去却卩轉

喔戲垃說過可如今夫人請你過逼些鷄蛋來答

答的怎着鷄蛋毋視紅云叫小姐你不來嵌前

看些庶康上時体做

我腦背後將牙兒揪着衫兒袖怎漁時只見你鞋底尖

山桃紅一條個月明絕上柳梢頭卸早人結夢霧着得

兜痕一個怨情的不休一個哑聲兒麻腐稱那時不曾審

네타셔갈빗치게유번를가지셔쉰칠년지라닉가
고엇지빠표보러오다만네보쳔셔한걸맛보더니췌
넌긔를여허리옵뒤워셔한솝찍테로입을맛
음흔며감할쇼리를여놈춤허니굿셔는반겸붓
흘나흔마음헌춰지아녜혹불어러와도용
그러옴토라지아니터구나

鶯、見夫人科夫人云我的孩兒夫人哭科鶯、哭

科紅娘哭科

夫人云我的孩兒你今日被人擄頁做下這等之事

都是我的業障待怨誰來

我待經官呵厮没了你父親這等事不是俺相國人

家做出來的蒿、大哭科夫人云紅娘你扶住小姐

罷、都是俺養女兒不長進你去書房裡嗅那禽獸來

紅娘嗅張生科張生云誰嗅小生紅云你的事發了

也夫人嗅你哩張生云紅娘姐姐没奈何你与我遮盖

些不知誰造文人行説来⋯⋯

参詳檢飯　條株侔小巡老著臉兒狀盃逼去

千休 고군

捫也言成乾也

[後]甁瓶鮮泄遍怎千休 열어 밋쳐 끄지를 엿노라

是我先投首 네 몬져 끄지를 엿노라

他如今賜酒賜茶倒撊乾條反撊慶
제게곰 읙술을 우언지며 초를 우언쥐도 됴됴
됴히라 홀거늘

何須定約通媒婚載撊著個部署不周
엇지모로매 언약을 호여 즁매를 보니 바히 혜리오거

侔元來番而不秀哇一個銀樣[鑞]鑞鎗頭
네 본 쇠 덜된 거시니 되 혼갓 은빗갓튼 납으로된 든
슈의시도다

張生見夫人科夫人云好秀才貧不聞非先王之德

行不敢行我便待送你到官府法瓮辱没丁我家門

我没奈何把藥、便配與你休為妻、是俺家三輩不

拾為浚女婿徐明日便上朝最應去便与你養着媳

婦児得官呵来見我剗落呵林来見我張生無語跪

拜科

紅云謝天謝地謝我夫人

怜動顫総也府

東原樂 相思事一筆勾早則展放湿前眉児徽蜜愛幽

歡怡動顫 그래도일을파랏ㅅ로ᄒ리오너 그만이뎐 눈썹

誰義誰報 誰報教 내음이켜러ᄒ렬고

元這報的

誰嚴這樣的 元朝服可言雄虎児也 要人講愛 께라 됫씨ᄂ 아기씨

夫末云紅娘你今村汲拾行家業排酒看果金明日

遂張生到十里長亭餞行且看詩正河棧耶柳婆

排青眼選行人

夫末云鶯鶯下

紅云張生侏還是喜也還是悶也

汎尾 直要到歸朱時無堂冨毂唱春晝方是一對鴛鴦

交頤友如今還不受你說雄紅蚆侏離視酒

꼿도라올 써화ᄀᆞ 튬소 북이 봄별 나제를 날졋히
가셔야 하흐로 숑별 외쇄과 봄의 버지라 죽굼은 도
묘혜에 니기 때흠이 한말을 드르며 네가 ᄎ친 흐는 즐을
역지 아니너 흐라 흐노라

四之三哭宴

夫人上云今日送張生赴京　紅娘快催小姐同去十
里長亭我已分付人安排下遒席一面去請張生想
亦必收拾了也

鶯鶯紅娘上云夫人今日送行早則離人多感況値暮秋
時候好煩惱人也呵

張生上云夫人夜來逼我上朝取應得官回來方把
小姐配我浸奈何只得去走一遭我今先注十里長
亭等候小姐与他作別呵張生先行科

云悲歡離合一盃酒南北東西四馬歸悲科

正宮端正好唱碧雲天黃花地西風緊北雁南飛

曉來誰染霜林醉摠是離人淚

滾繡毬　恨成就得遲分去得疾柳絲長玉驄難繋

情疎林休与我挂恒斜暉

馬兒慢慢行車兒快快隨恰苦丁相思回避破題沱又

猛聽得一聲去也鬆了金釧遙望見十里長亭減丁玉

金剜髻嫁

肥生生로외한소릭 관다 허물을 드르시며 금쳘써녹구러지
쑈뎔너십러장졍을빠라보내 목꼿툰틀이여위는도거

紅丟小姐你今日竟不曾梳裹裹呵鶯鶯云紅娘你那

知裁的心來

此恨誰知 [叫 金] 見妾排車兒馬兒不由不熱~煎~　玉蓮

的氣 어한을늬알ㄴ내오가마와딸의홀이홀이몰보너오~

甚心情花兒靨兒打扮的嬌~滴~的媚眼着着金鈒

枕兒只索要愁~池~的睡誰管他衫兒袖兒濕透了

晝~置~的淚兀的不悶殺人也麽哥悶殺人也麽哥

誰思量書兒信兒還嘡他懷~擅~的寄

목춤마음으로쐿치여면게를叩~젹~재빠려셥
ㅎㅣ셔매려오놀으로이블쌔뻬위로보때빤튼호~쳘

挣扎圖強也

（칠포ᄋᆞ만씨묵ᄂᆡ거 의한ᄉᆞᆷ과 上헤ᄇᆡᄎᆞᆷ、굘ᄂᆞ베
눌걸ᅵ호ᄃᆞ거ᄀᆞ무ᄂᆡ베헤하려오ᄒᆞ하려고ᄒᆞ랑
ᄂᆡ거막ᄒᆡᄶᆞ오ᄂᆞ거ᄀᆞ막ᄭᆞ슈지ᄂᆡ나쳇ᄂᆞ나ᄏᆘ씨와
ᄎᆞ릴럼을풀ᄐᆞ래게가셔ᄒᆞᄆᆞᆼᄌᆡ치물ᄲᅢ뤗윤이아ᄂᆡ심
마를어스ᄌᆞᄆᆡ오）

夫以驚、紅娘你到科張生斛見夫人科驚、背轉

科夫人云張生你徐過前來自家骨肉不須迴避後兒

稱過來見了哥張生驚、相見科

夫人云張生這壁坐老身這壁坐孩兒這壁坐紅娘

斛酒來張生你過飲此盃盞令飢把驚、許配於你

休到京師休厭沒了我孩兒你挣扎個狀元迴來者

張生云張珙才疎學淺愚往先相國及老夫人恩蔭

好夕要會期

好夕要奪個壯元回來封拝小姐驀ノ呼科

針鋒着坐的

簽著坐的

디흘자려우의오흐도바스롬이안젓노아

眼布衫下西風黃葉紛飛煉寒烟衰艸凄迷酒庫上科

셔풍의셔러지는누론닙흔어지러비날고찬녜배쟝가진쇠련흘은위량허고쇠미흔

死臨侵地寃

我見他慶悲眉死臨侵地 凉州闖涙汪ノ不歌重恐

怕人知猛然見了把頭低長吁氣撺整素羅衣

너보너꾀시롬을뜰멘기고똑죽을듯혼네
눈눈재라눈물을머금어그렁그렁호묘금회드러오

後羅袿文後成親配遠時卻恁不悲啼

제못흘여놈아알가껴허훈더니혈죽시보묘고믜
룰슈이메훈쑴을연셔휜김옷슬넘의눈쎄호눈도다

여뽀리쟝여눈빠롬다온쪽이휜다훤들이싸졀이
여뺏제텰위재짜나두声호라

意似痴心如醉只是昨宵今日靖藏了小膽圓上小種

我只爲合歡未已雍愁相逅爾慕私情暗夜分明今日

別雍我恰知那幾日相思滋味誰想那別雍情重燔十

倍 또진머린듯ㅎ고마음의취헌듯ㅎ니라만어져방

오날희로서 겨근ㅎ려ㅎ여위여셧ㅈ라ㅎㄴ다만압

환을다뜻호여ㄸ나ㄴ근심이셔료이어거번젼녀

ㅅ졍이어져ㄴ방ㅇ분 영혼ㅎ며오날은타벌어되ㄴ

ㄴ다ㅅ배게우멋칠상ㄴ굴ㄴ자머ㄹ아���더ㄴ내 그리

별ㅎㄴ졍은심ㅅ매나라시ㄷ러ㄹ흔즘이마늬졍각ㅎ얀ㅂ스렁오

夫人云紅娘派侍小姐把盞者鸞鸞把盞科張生云

科鸞鸞低云你向我手裡嗄一盃酒著

[覆]你輕遠別便相揶全不想腿兒相壓臉兒相偎手兒

相持 네멀니써나믈쉬히녁여우ㄷ럭서로바려거니와

ㅅㅕㄱ도누르며덥다히며ㅂ숟을셔ㄹ

좀돈 일을 젼혀 셩각지 아니는야

你與崔相國做女壻妻榮夫貴這般並頭蓮不強如壯
元及第
네혜상국의 사회되면 만히 명화롭고져 어비
귀을지녀 여러헌 배필삭아 쌍원굽게 디셔아니
나으랴

重入席科 呌科

減庭䇳 供食太怱俰眼見湏吏對面頒刻別離
흠셕드려오믈 내또 곱긔허는도아 내는으로보려
무사장 산뜻의 혓과본경각의 별려들밋구나

若不是席間子母當迴避有心待舉業齊眉雖是廝守

得一時半刻也合敎俺夫妻每早而食眼底空留意

舜惹艽裡隂化懺唾夫石

면흘마음이 잇는지라 비록 얼시략각을 쎄 쓰지여
효독히 내외세러 며계 허미 늘 게 냇 는 암 리 무 절 법 시
여뿐만 머그므로 속을 셩갓 들 면 거뮈 화 흘 녀 망 부 녀
이뢰되 껫구나

夫人云紅娘把盞者紅把張姓盞畢把鶯〻盞玉小

姐你今朝不曾用早飯隨意飲一口兒湯波

[順活三] 將来的酒共食著似土和泥假若便是土和

泥也有些土氣息泥滋味 가져오는 술과 음식을 맛보
매 흙과 진흙갓튼 거라 가령쟘
으로 흙과 진흙이 여량메 면 박간 흙 님시마 진흙 맛시나
잇서면마는

[朝天子] 燒爍〻玉醅白冷〻似水多半是相思淚

더위잡고 죠흔 술이 희괴닝〻 흘여 물갓트니 반 타마 이
샹스혜눈 눈눌 미로여

面前茶飯不待覰恨塞滿愁腸胃 눈 압희 츄반을 먹고
시독지 아나흐니 셔름

이 곳 심 허 눈 쟝 위 씌 믹 혀 가 득 허 며 로 다

只為蝸角虛名蠅頭微利折鵁鶊坐兩下里一個連壁

一個那壁一逕一聲長呼氣 다 반 달 킥 이 쌀 맛 훈 빈 닐 리 료 훈 더 런 방을 갈 나 두 편 의 만 귀 노 틀 니 허 나 훈 이 편 의 잇 끌 훈 룰 지 쳐 편 의 잇 셔 눌 나 히 훈 마 다 싹 가 라

가 여 긴 이 혼 숨 허 눈 다

四邊靜 雲時間杯盤浪籍還要車兒投東馬兒向西

虛徘徊大家是落日山横翠知他今宵宿在那里有夢 쟝 산 노 이 위 반 이 냥 거 혀 니 잠 초 가 나 눈 딜 을 셔 으 로 가 고 말 을 셔 향 힐 지 라 두 곳 의

也難尋覓 동 으 로 가 고 셔 메 못 써 러 허 내 도 도 지 지 눈 히 위 빗 꺼 푹 를 별 이 로 우 별 과 겨 오 살 밤 의 여 디 혈 갈 표 성 어 잇 셔 도 못 가 니

러 우 려 허 로 다

夫人云紅娘分付軸起車兒請張生上馬我和小姐

回去各起身科張生拝夫人科夫人云別無他囑咐

以功名為念疾早回来者張生謝云謹遵夫人嚴命

張生鶯鶯拝科鶯鶯云此一行得官不得官疾便回

来者張生云小姐放心壮元不是小姐家的是誰家

的小生就此告別鶯鶯云君行別無所贈口占

一絶為君送行棄撇今何遽當時且自親遭將舊来

意憶取眼前人張生云小姐羞矣張珙更敢悋誰此

詩一来小生此時方寸已乱二来小姐心中到底不

信且等卿日壮元及第四来那時嶽和小姐

「順涉要孩兒」淋漓紅袖搵情渡知係的青衫更濕伯勞
東去燕西飛未登程先問歸期令明眼底人千里已過
稱前酒一盃羲未飲心先醉眼中流血心內成灰

림리의 붉은 소매로 경눈물을 쩌르 노비 네 잭 른졀
춤이다 거르 스믈 발니 됴카 빅노는 동으룩가고 젹비
논셔르로바네 길을써나 지어내몬 거뎌도라올
거북을 못눈지 라려본 명이 노든 밤의 스말이 궈려나한
기시니 어의 츈밥히 한혼 빈를 지닌 자라 네 마시지
아니호 여뎌 마음이 몬졔 췌 흐니 눈쇽 빅노외 흐르고
다음안으지 되도다

「五煞」
到京師服水土趁程進節飲食順時自保千金軆
荒村而露眼宜早野店風霜起霎逞鞍馬秋風裡無人
軸禮自素秋持

경ᄉ의 혜르러 슈토를 지켸여셔 힐을 ᄯ여
ᄂ야의 음삭을 조심ᄒᆞ여 쳔금 군體를

몸

四

憂愁訴與誰相思只自知老天不管人憔悴淚添

九曲黃河滾恨壓三峰聳恨低到晚西樓倚著那夕陽

古道裏柳長堤

三

方繞還是一處未如今竟是獨自憶設家怕着羅

幃裡昨宵是偏金哥燬留春佳今日是驛程生寒有夢

紅留㤦應無計一個㯢鞍上馬兩個淚眼愁眉

앗가는오히려화더됴토라가눈지라집벽도라가믜갑쟝반불흐

너어지밤은슈노혼어불즈긔썻듯훈여봄을

머믈녀두엇더니오놀은주록내불이산셧듯훈긔운이셩

이바잇서날지라류텬궁나힐경혈슈업스니굿나

혼안장올려우잠아말셰오고둘은눈물녀눈과

사룸훈눈눈셥이로다

【二煞】不憂文齊福不齊只憂停妻再娶妻河魚天鴈多

消息我遠里青鸞有信頻須寄傷切莫金榜無名誓不

婦君須記着見些異鄉花草再休似此處栖遲

글은쥭훈나복이쥭지못갈가녁경허미마나러라

안간혈룰두고따서안희룰어룰가렴녀호노녀호슈뫼에

어와뭇충의까력이소식어만글지라네여미셔청반

뭬신혼어엇거듯조조건나희붓치리니백부여품뽕뺴날

흥셩과고방셔로은불거둔...접을보라

張生云小姐金玉之言小生一~銘之肺腑相見不

遠不須過悲小生去也忍淚佯低而會情假放眉鶯

鶯不知塊已斷那有夢相隨張生下鶯~呼科

[一熙] 青山隔送行疎林不做美淡烟暮靄相遮蔽夕陽

古道無人語禾黍秋風馬嘶懶上車兒内来時甚急

去後何遲

침샹은 힘인보비를 맛고 쇼렴은 조흔빌을

바내 꼿 담변 따히의 또녀로 막으여가 래오 논지

오화렴 말은 무눈 도다 강앙글 여가가 안의 오르니 울격

오 그해도 득션 뜨더새 갓후논 넛지미려 더던고

夫人云紅娘扶小姐上車天色已晚快回去渡倦歇

宛轉從嬌去篋起端嚴做老娘夫人下

紅娘云蒲筆夫人已遠　小姐叫索快四書波鸞乙云

紅娘你看他在那里

收尾

四圍山色中一鞭殘照裡將遍人間煩惱塡胸臆

量這般大小車兒如何載得起

뎡을 모도 가져과가 슈릭에 싯고 지느 관슈어로와신간 겨
고 마한 가마의 엇지 실고어러 날고

四之四驚夢

張生引琴童上云 淹了漏東畔三十里也兀的前面

是草橋店宿一宵明日早行

這馬百般的不肯走呵

喬調新水令張生唱 望滿東薔苻蘇靈靂慘離情半林

黃葉馬遲人倦懶風急鴈行斜悲眼重瞳題兒第一

시더래 스랑에 쓰지 심난 허고 바람이 급허여 기러기
줄의 빗겨 려 군졀과 셜우 눈을 이 둥첨 허여 뉘엿 첫날 밤이로다

夜 료 ᄯᅩ런 결을 바라 써 보면 구름 여가 데 웻ᄂᆞᆫ지

的初生月 여긔 밤의 ᄂᆞᆫ비 취 이 ᄇᆞᆯ의 향의 목 둥 붉게 난

兒懪捏者仔細端詳可憐得別靈鬈玉梳斜幡似半吐

머셤을 쎠로 문 거르 고 ᄌᆞ셰 이 보녀 어엿 쁨도 셜 즉 할

步步嬌 眠宵個翠被香濃薰蘭麝歇把身軀兒趄贏

ᄂᆞ구름 살 적 이 옥 빗 최기 ᄲᅢ뜨롬 허여 흠별 반 토 ᄒᆞᆫ 초 성

달 벗더머라

早至也店小二哥那里店小二云官人俺這里有名

的草橋店官人頭房裡下者張生云琴童撒和了馬

薄又惱言簿西無
糊刀也

者點上燈來我諸般不要喫只要睡些兒琴童亦小

人也辜負顯恩也就在床前打鋪琴童先睡着科

張生云今夜甚睡魔到得我眼裡來

落梅風

孤眠被兒薄又惱冷清：羨時溫熱

旅館歌單枕亂蛩鳴四野助人悲紙窓風裂下

려관의 쳐쇠로 온 벼기를 의지허여 내 어려온 버러
제 손 스 년들 위여 을고 소람의 사름을 돕노라고 죠
희창은 브랑의 씨여지는지라
네어불이 말고 쏘들쭉은지라 치위슬낭셜비허미
언제 누어더불꼬

張生瞳科覆睡不着科又眠科睡甄科入夢科自

問科不這起來姐的聲音呀喊如今却在那裡待戯

立起身来聽咱

内唱張生聽科

喬木查 是荒郊曠野把不住心嬌喘呀～難撐兩氣
搖痩狀趕上者 활판과 광바요 오노라 흘내 마음이 마음이
헐～호여 두번 놀이여 힝슈업시 짯비應存오노라

張生云呀遠明～是我小姐的聲音他待趕上誰来

待小生再聽咱

他打草驚蛇 撺掇 把俺心膓撺図此不避路途餘膈
過夹人穩性待妻 장을 쌔기 웟는지라 어려호고 룡갇어

撺裂開也

哩嘛令庙中見

陳何啼西曰
瘞辛運云憲

張生云分明是小姐也再聽咱

見他臨上馬痛傷嗟哭得纔似瘦其不是心邪自別離己

辱裙三四摺我曾經達徧麼滅
허물라기를땀을녀을보고

後剗西曰初斜慈得啼峻瘦得啼嘛半個日頭平搖過

계알타기를땀을녀을
히이락셕을노앙을보고
더리애르히히온심도생샥스럽
어만나잘등싼리발셔주른치
여만나잘등쌀미혤여겁어더겁허
지나가너네일즉그런쉬톱을지녀여보는가

科一

張生云娘也我的小姐只是你如今在那里呵又聽

莭眼姐緣方便寺貼...

軍到秫懷 剗愁樣哈 偬轍達稈不下思量如今又也

憹惱軫心 言

病雖那之慈

倦羞㥘也

撑柔不忍量

如今又也 却言

之不衰之忍

如今又束也

均折歷亂

楚側也

呌科再聽科

張生五小姐的心分明便是我的心好不傷感人呵

俴清霜浄碧波白露下黃葉下 高 道路均折四野

風棄左右亂楚俺這里奔馳徐何處妻歇

張生云小姐我在這里也你迟来波

您醒云哎呀這里却是那里着科哎原来却是炕橋

店唤琴童乃睡熟不應科仍復睡科睡不着反覆科

再着科想科

浦江引 張生唱呆打孩诸房裡減語說向對如葦夜

버헌거시 슐턱방안쉬불 네도도 넙스니답는 히닐

竟不知此時是甚時候了

년화런밤을뎌흐멋도다

是幕两催寒蛩是曉風吹殘月真個今宵酒醒何處也

이젼녁비가흐
제눈물이부눈가春으로흐로밤을
지에에인가

睡酒科童入夢科

을제흑허벤가어서벽바람이

一

鶯ㄴ上獻門云閑門張生云誰獻門哩是一個

女子聲音作惽也我不要閑門呵

버ㅅ람이여든어뎌빗비불뎐을벼더이르고
어게든셜ᄭ비낼ᄭ쎌ㅣㅂ쎌ㅣㅎ리라

乖覺也言不惧

喬押兒

慶宣和 是人呵疾北喉令説是觅呵連滅

鶯ㄴ云是我被閑門咱張生閑門科摟鶯ㄴ入科

龍説罷看羅袖覔挼元來是小姐小姐

딸듯기를다혀며향뎌료옷김ㅅ때를ᄭ으나읜ᄢ
이효껴됴ᄭ냐됴껴됴ᄭ냐

鶯ㄴ云我想你去了呵我怎得過日子持來和你同

去波張生云難得小姐的心腸也

喬押兒 你爲人真為徹將衣袂不藉傭鞋兒波露水泥

混江龍心兒管踏破也 네 노람을 위허리 춤도 겨이
지 아니 꼿유 혜 외 흐르는 위 혼는 도라 옷人에 를 도 하 보
스니 발방 여 아셔 마부르 터 허 여져스 러 토라 졋

甜水令 你當初慶賞志養香淸玉減此花凋謝
네 당쵸 뫼 죵 을 더 혼 머 떡 가 를 잇 고 꼬 향 이 소 라 지 며
옥 의 셔 위 鬱 과 가 倦 치 졔 떠 慢 치 혀 러 질 둥 싼 마 는

較筆怎蜀勝
猶

猶自較爭些又便挑冷金寒鳳隻月圓臺遮尋思
怎不傷嗟 오히려 좀 나 울 너 내 돈 듯 버 지 츠 며 이 불
에 랸 허 고 봉 이 홀 노 되 여 난 이 뙤 로 와 달 이 둥
오
국의 구름이 가 리 오 니 셩 각 허 머 엇 지 슬 프 지 아 니리

新桂令 想人生最苦是離別係懷栽千里關山獨自跋
정각 건 댄 인 싱 이 가 장 셔 루 때 에 리 별 이 라 네 써 의

跋涉山行日跋
跋涉水行涉

涉似這般掛肚牽腸倒不如義斷恩絶
천리 關산을 홀 노 스 소 若 리 일 을 불 댱 이 혁 여 혀 계

撅眞撅同

這一番花殘月缺怕使是飄零辭折你不應豪慄不羕

驕奢稔要生則同衾死則同穴

이흔번싯치비늘며달이마스라쟈물아죠뼝이쎄라이

좀도아니오꾜느를부러넘도아니라마쇼라뼈느

지며띤혜부러질가꺼려호느바내느호걸또못이

이불을깟치허고쥭어버는무넝어를깟치허고쟈

허노라

卒子上張生驚科卒子云方纔是一女子渡河不知

那里去了打起火把者走入這店裏去了將出来將

出来張生云却怎生了也小姐你靠後些我自与他

說詁鶯鶯下

水仙子 你硬圍著善救下鍬撅張當佳我咽嗾仗釘鏇

彊着佳殺咽喉

言横遶胸前
路也

賊心賊膽天生劣 네 보구를 못 게 뒤 워 가리 ᄀᆞ로를 드
를 갑ᄒᆞ니 도젹 ᄇᆞᆯ삼ᄉᆞ와 도젹의 안 ᄇᆞᆯ이 ᄒᆡᆫ 셩 몹 씰
놈이 료ᄂᆞ

醬脂膏也

靠着二此也

之䚡言迷云
也

卒云他是誰家女子你敢蔵着

林言語靠後與杜將軍你知道是英傑觀ㄴ着你化爲

醞醞指ㆍ敎你褒憿醬血騎着白馬来也

간말ᄂ고 계 만치 믈너스라 두 장군은 녀도병 걸인
줄 아녀 눌으로 보기만 허여도 녀뇌뇨 흘 녀곰 화ᄒᆞᆯ녀
육장이 되게 헐거시오 손 가락 으로 가라치 기 만흘
해도 녀료 흐며 곰 변ᄒᆞ여 리고 곰 아 되게 헐 거시니

한 혈 박마를 타고 오시ᄂᆞᆫ이라

卒守帕科卒子下

小生忙拳童云ㆍ小姐 你愛驚血ㄴ童言曾人愈廬張生

科做意科

恰元来是一場大夢且將門兒推開着只見一天露

氣滿地霜華曉星初上殘月猶明

無端燕雀高枝上一枕鴉鵲夢不成

鴈兒落　緑依々墻高柳半遮靜情々門掩清秋夜踈刺

刺林梢落葉風條難々雲際穿窓月　得勝令　額籤々竹

影走龍蛇虛飄々莊生夢蝴蝶繞叫々促織兒無休歇

韻怨々砧聲兒不斷絶痛熱々傷別意前々好夢兒應

難捨冷清々空嗟嬌滴々玉人兒何處也

구불러버는 히각은 놈들의 바만바 가러엿스너

꼬오러여 초는 아른 물가을밤의 라도지라 형게에리드는

打火早飯也

童云天明也早行一程見前面村火去

[宿鶯然] 柳綠長怨尺情牽惹水聲幽彷彿人鳴咽斜月

殘燈半明不減舊恨新愁連解詞結

別恨惟悲滿肺腑難滴寫除銀箋就喉舌千種相思對

허믈 뉴믈낫히 업지우는 바람 아오 쳐량ᄒᆞ여 러려
허본 쿠름가 믠흥 셜는 살의로다 흔들녀뇌 그
림 즈ᄂᆞᆫ 룡소 닷 듯ᄒᆞ는 뒤 벗어 호ᄂᆞ 이쟝셩이 효졉
을 셤셔 눗지라 ᄭᅩᆯ 거려도ᄂᆞ 에ᄲᅵ셩 어ᄂᆞ 쉬지 아니
코믈 ᄯᅥ유ᄂᆞ ᄒᆞ다드비 소희ᄂᆞ ᄉᆞᆫ이쟈 아니ᄒᆞᄂᆞᆫ 도다마
과ᄡᅥᄂᆞ 이러 별을 슬혀 흔 군 ᄒᆞ여견ᄂᆞ 흰 조흔 ᄯᆞᆷ을
ᄯᅡ와 격ᄂᆞᆫ 헌 흑 빈이 어되 딘고
ᄯᅡ롱 롯 지ᄭᅥ 여러 울지라 ᄒᆞ기 쳘ᄂᆞ 에관관 허ᄂᆡ 아려

버들실ᄒᆡ기ᄂᆡ 지쳐비 졍이ᄉᆞ을 내ᄂᆞᆫ 듯ᄒᆡ코 믈쇼
리ᄂᆞᆫ 그윽ᄒᆞ여 내 방 불어 ᄉᆞ람이 오열ᄒᆞᄂᆞᆫ 듯 쳔지라 빗긴
달과 쇠잔헌 등블이 반 밝 ᄭᅵ 도아ᄂᆡ려 ᄒᆡ ᄭᅥᆼ
틈과 서 군싱의 연민 흔끄을 결 허ᄂᆞᆫ 도아

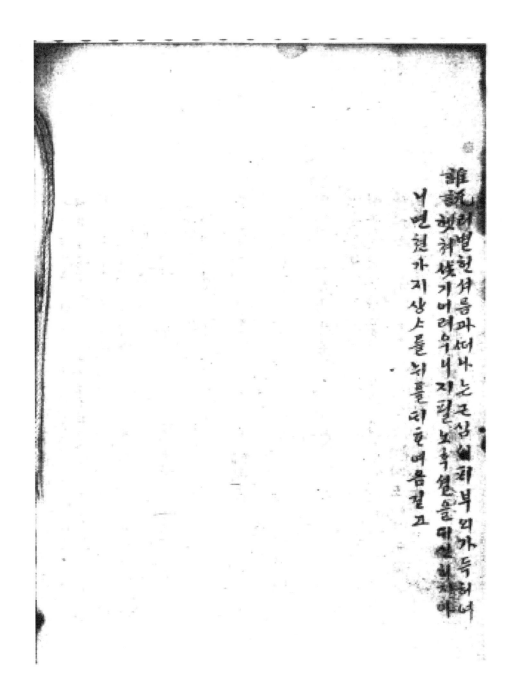

誰說 러별헌 셔룸파 셔어나 는 군심에 쾌 부뫼가 득 하뤼

헷 쳐 썩기 어려워 내 자 칠 노혹 웬을 대 셜 히 쳐 하녀

내민 혠 가 지 상소를 뇌를 뫼 하여 뭄 걸고

集句

我往常見惜廂詩書經傳鶯艷十餘年上同 這般 上仝

一天星斗寺鶯煥文章寺鶯罕曾見鶯艷不但字兒真不但

句兒寺鶯意慈情摔鶯艷正要手掌兒上奇學惜廂

眼皮兒上儘養上仝這筆尖兒寺鶯分明錦囊佳句上

同休教滋詞前候我便寺鶯院守源桃筆涼惜廂更長

滿永琴心一燈孤影搖書幌惜廂睡不能 酬韻難誰遣

鶯艷要著個十分飽閑齋

2. 서상기 어록

1) 염몽만석 (국립중앙도서관 소장)

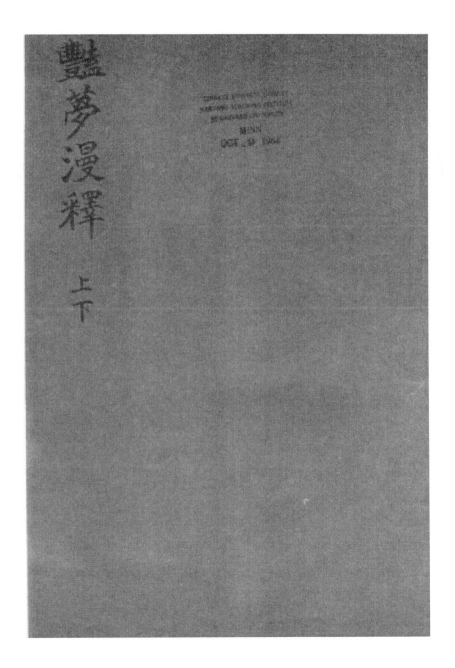

豔夢漫釋說

夫豔者春之情也夢者情之發也故冶容誨淫春夢
多亂丑幽暗中隱微之私杜席間宴安之毒人所易
忽而難撿者故恐懼而豫陽此夫子所以不刪
淫詩教人懲戒者也歲庚戌冬余客遊成都有懷山
人以西廂記示余曰與稗書中妙辭也文者謂之文
淫者謂之淫所見各殊然語錄多難解處覽者病之
略有所役兩欲註之者久矣今字避疵於巫山已水
仙樓之上朝雲暮雨陽臺之下於此境有此書耙空
詼作活畵亦不害爲強風流消遣法盡爲我圖之余

近一呵呵聽其荒而支以釋之或誘以解之姑其音

束篇且頻近日豔夢提輝得無有繪豔讀者之嘲敬

第觀其詞以翰墨之戲摸寫豪濃之音而艷夢上必

著一嬌字其命篇之義亦微且婉矣蓋嬌艷焰艷未

有不亂人家國正夢靈夢此明其假托也又

從迷覺二義始迷眞艷終覺虛夢可驗其思慮所在而驚字

含迷覺二義含敬馴意焉之意此或其胡息也此所謂

見各殊者耶噫古有阿蘭尊者宿媚家而心不動人

釋生佛叟釋者感於眞娘破其十年工夫烏世所唶

此非意焉之馴不馴者乎男子剛腸者我人能不焉

艷夢所驚玆爲證釋以自警山人亦一呵呵請歸而
書諸卷足歲至月之晦守實過客題

4

艷夢殼釋 上

守實先生註釋
懷山主人參校
塤箎舊漁考訂

西廂記
元人王實甫所著此
十六篇覽之
者以演元
撰會真
記曰科白

明日批評朝

科白
之科條
也雅也
出白云玉
紅娘云
見之科
類是
手科

牌
粉蝶兒
紀等之
郎號
曲也
名恬呂
中莒
律曲
娥島
曰牌
名見也
油賣舌
痕時

詞
石君
鴛鴦
而有
篤除
下鶯
大夢
題雨
則文
鶯之
支下
屬起
上舞
曲

5

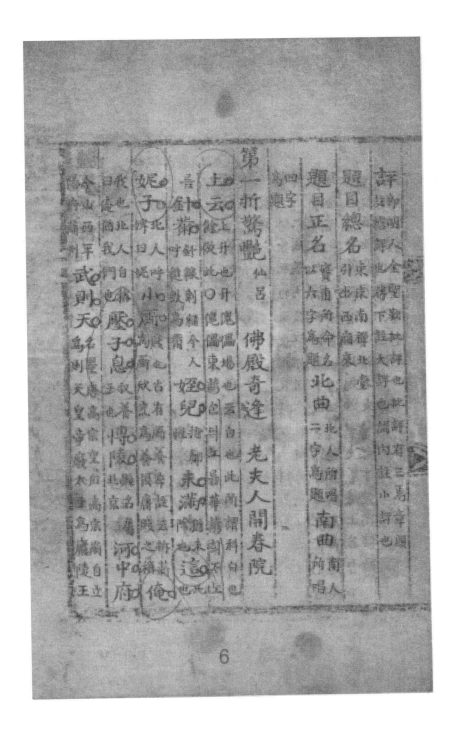

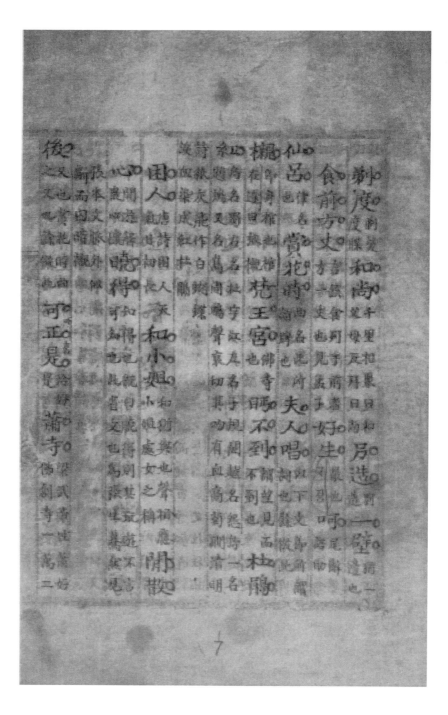

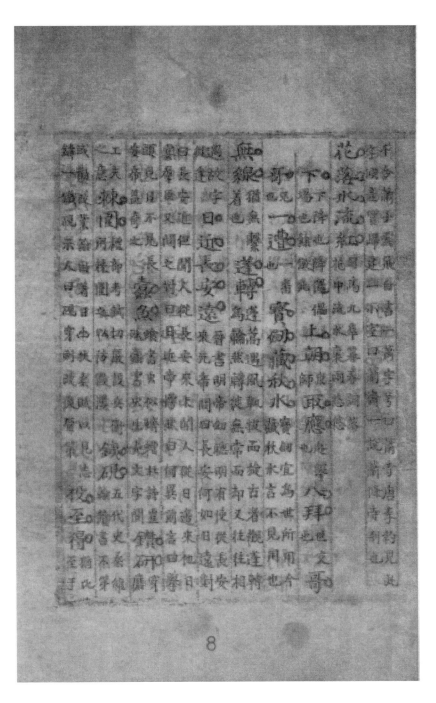

9

10

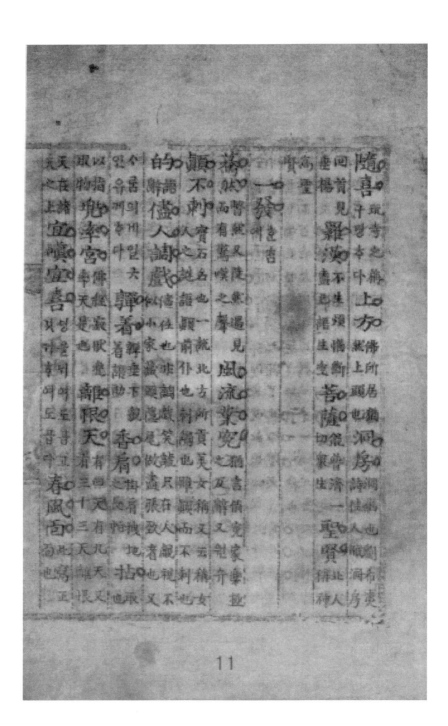

11

12

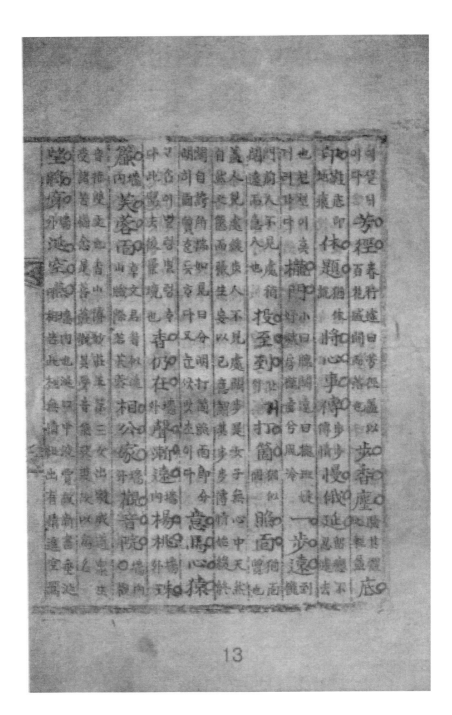

13

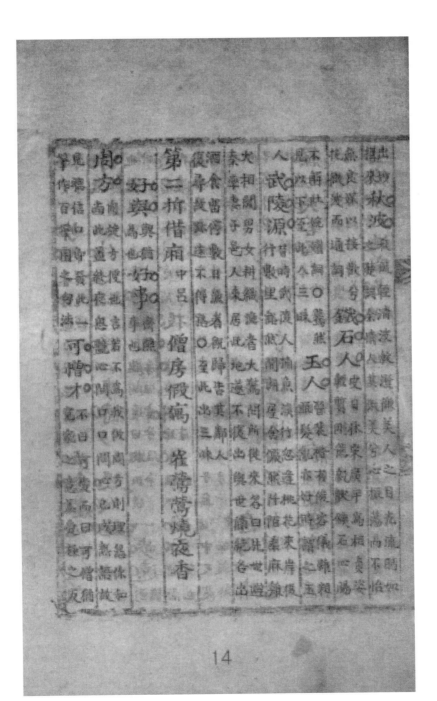

14

15

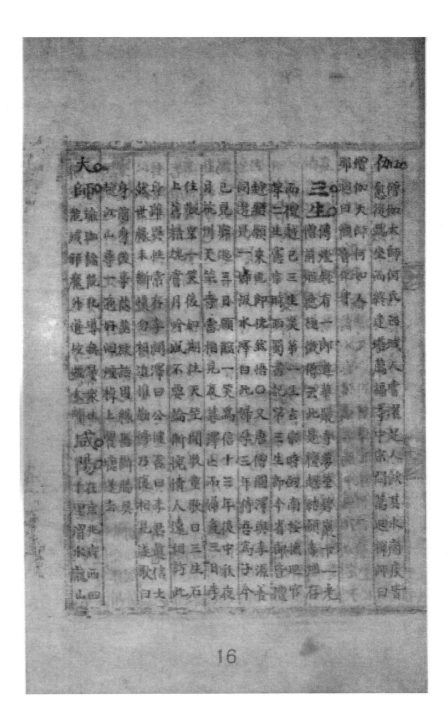

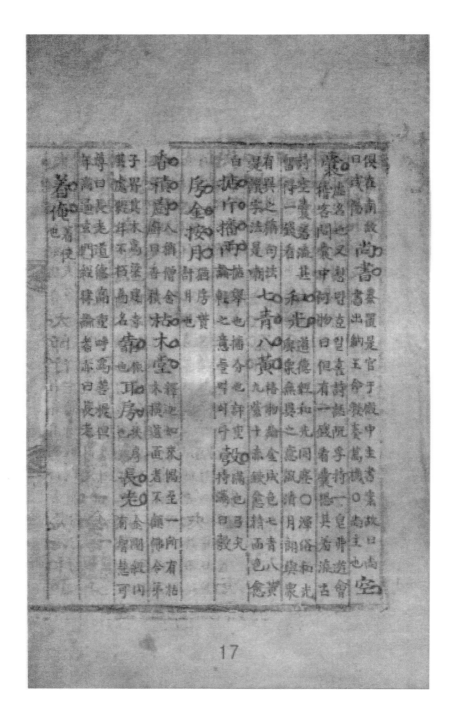

17

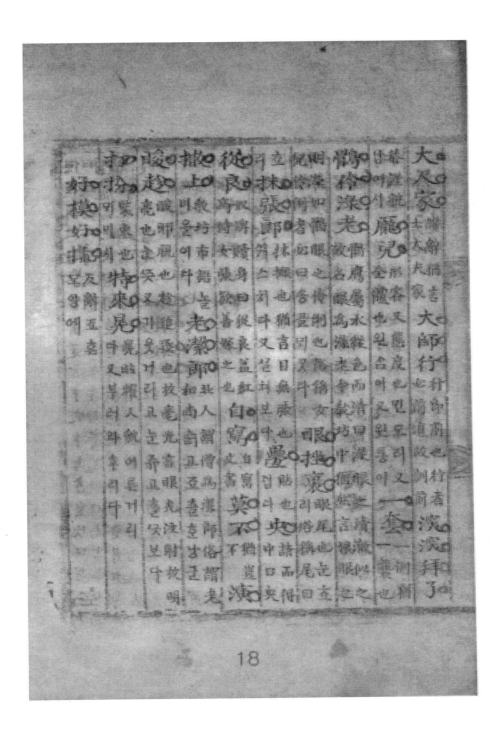

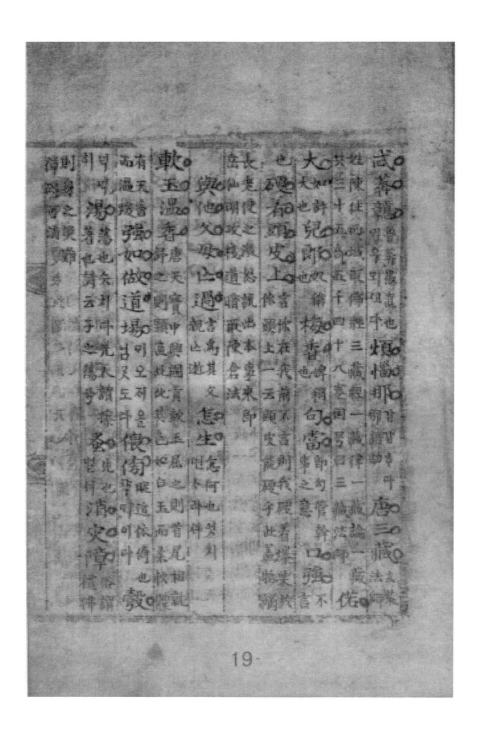

19

20

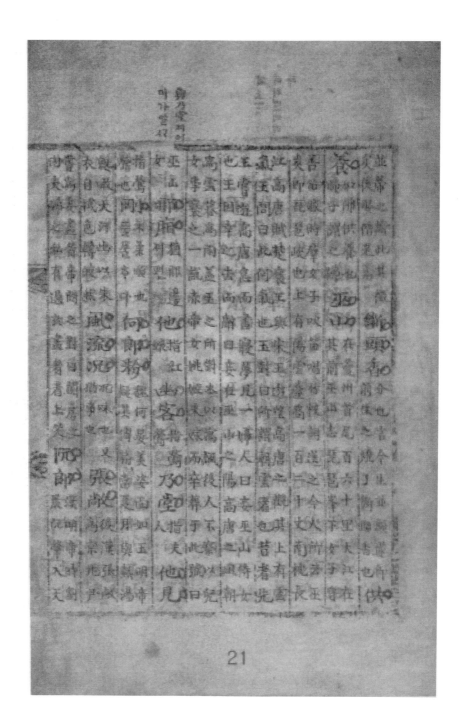

21

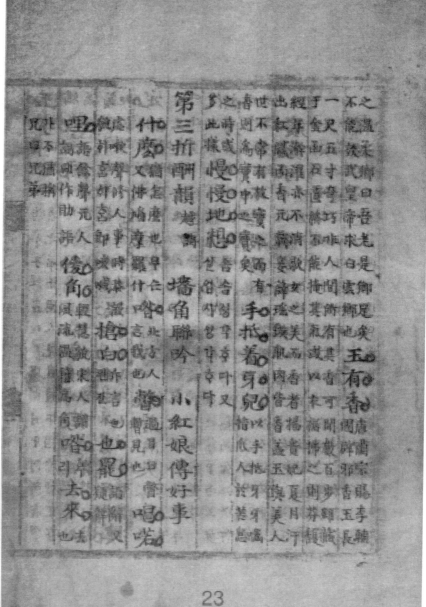

23

玉○宇曰置扡橋扡代橋
與之弟子江岸人玩月歲閣
月中霓何捷所玉○○曰

滿馬○也動蹋䠄가가叱也
聲○也動蹋踢p娘○婷美妤
萬○籟百風賦欬次日蕭○籟笛

福○稠福風管鈴高之天學稿水人蕭島徑○拔的
的㴒迩的逸○徑的○此○

定○也他越○야精整옹옳大正
도也猛○撲體也뿣呀○匹억띡
喁呀○匹이역

後顏官官高遠林扡眼未朧全通明一○婷
婷○婷好

行心悄公遠日扡凩月日宮月日也見女大熾減百萬素顏鍊日廣寒表情白
廬○其顏末○

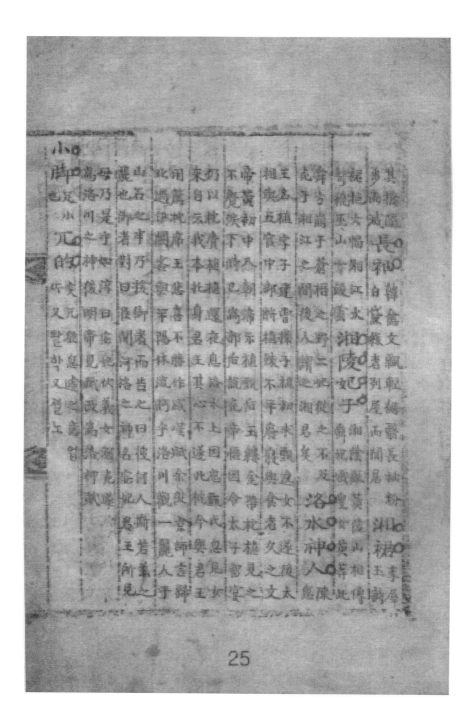

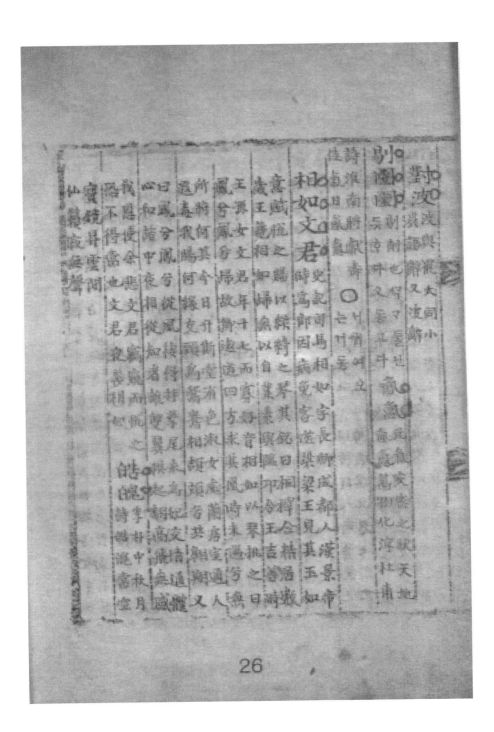

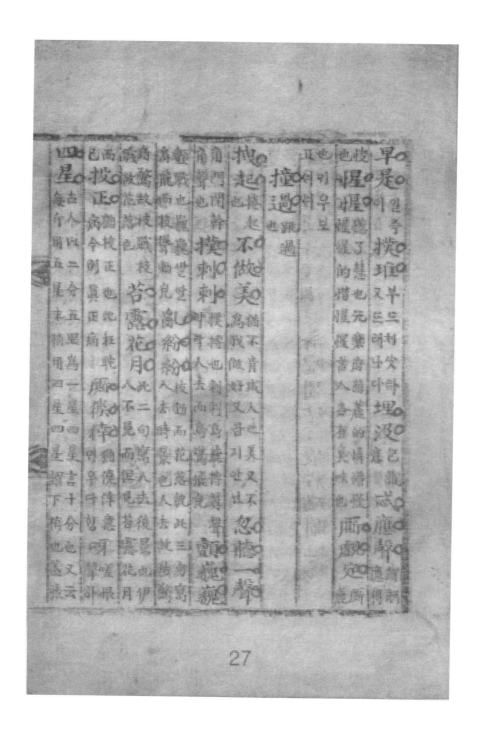

27

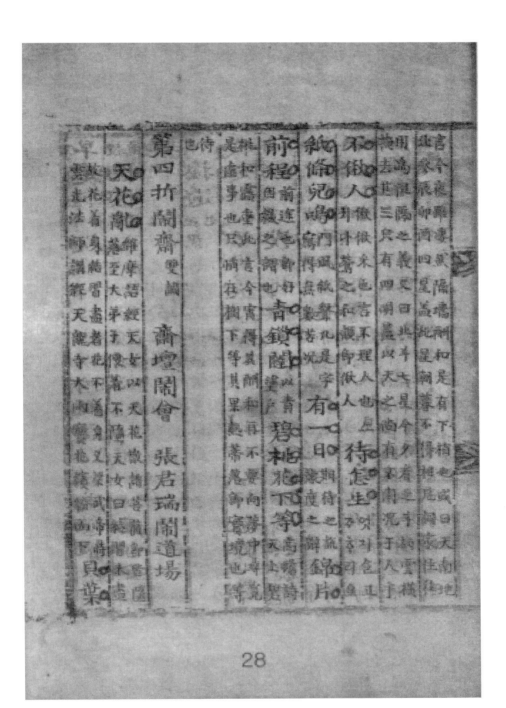

第四折閙齋

聖圖

齋壇閙會　張君瑞閙道場

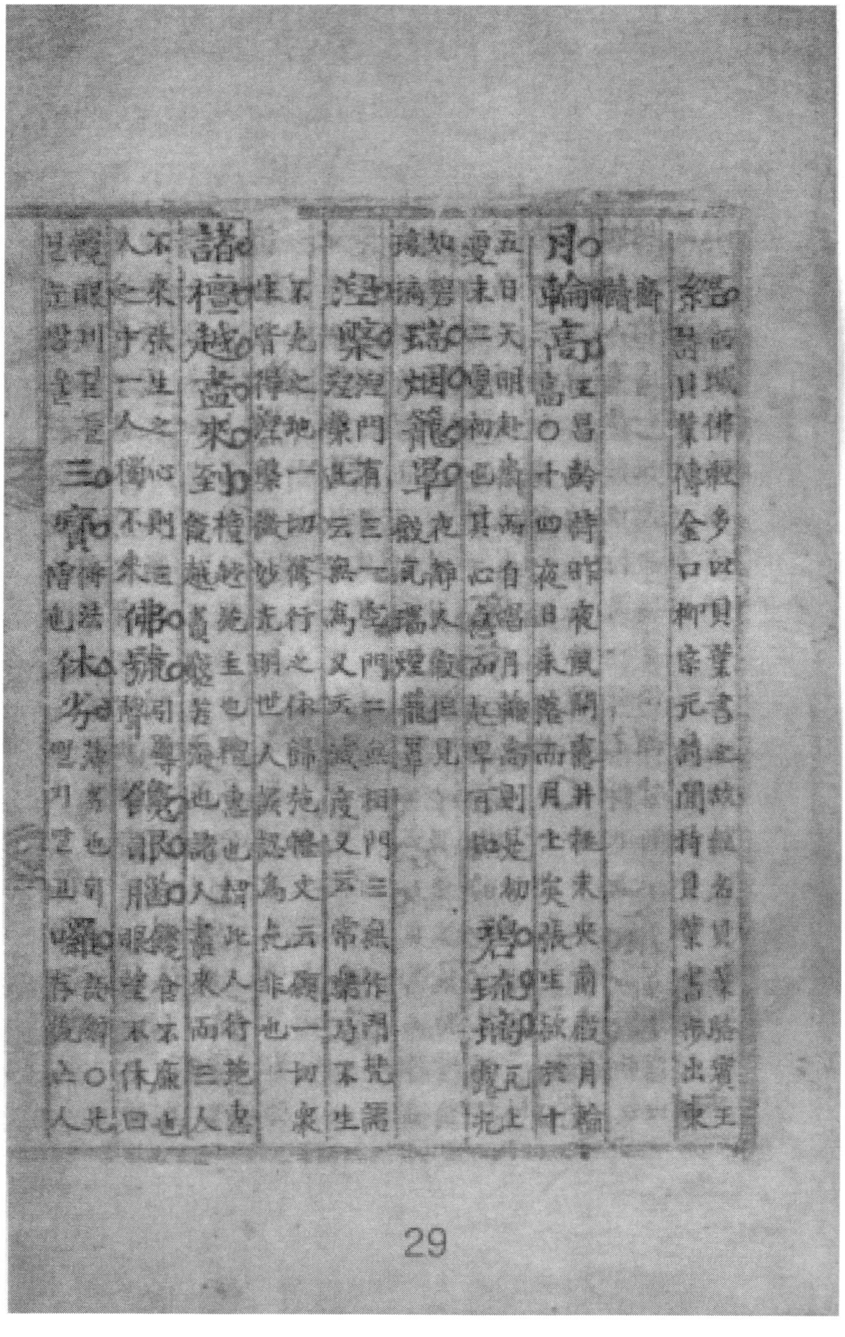

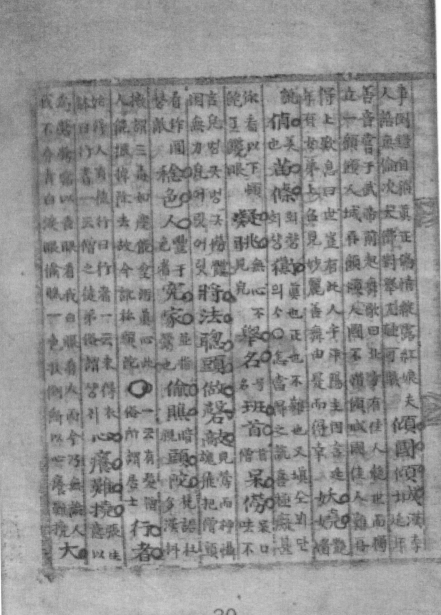

30

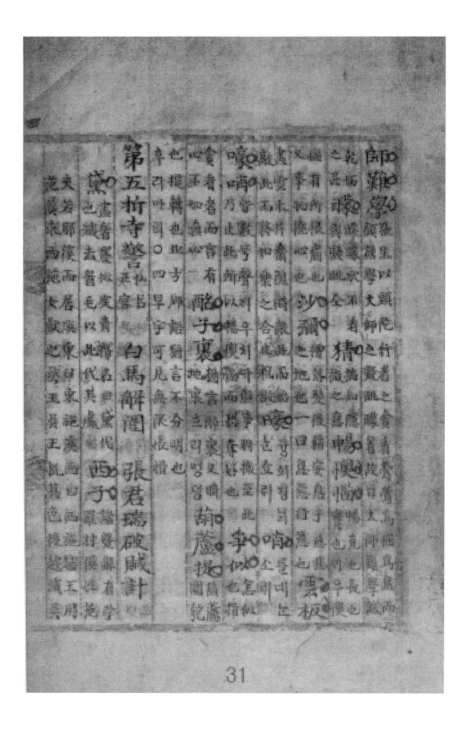

31

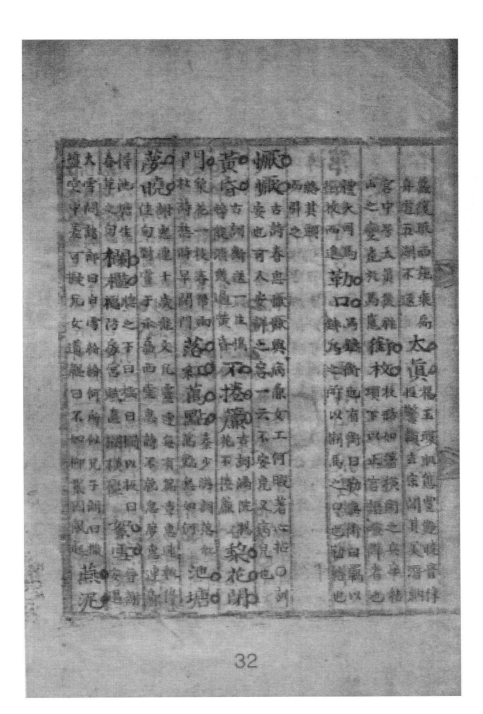

32

33

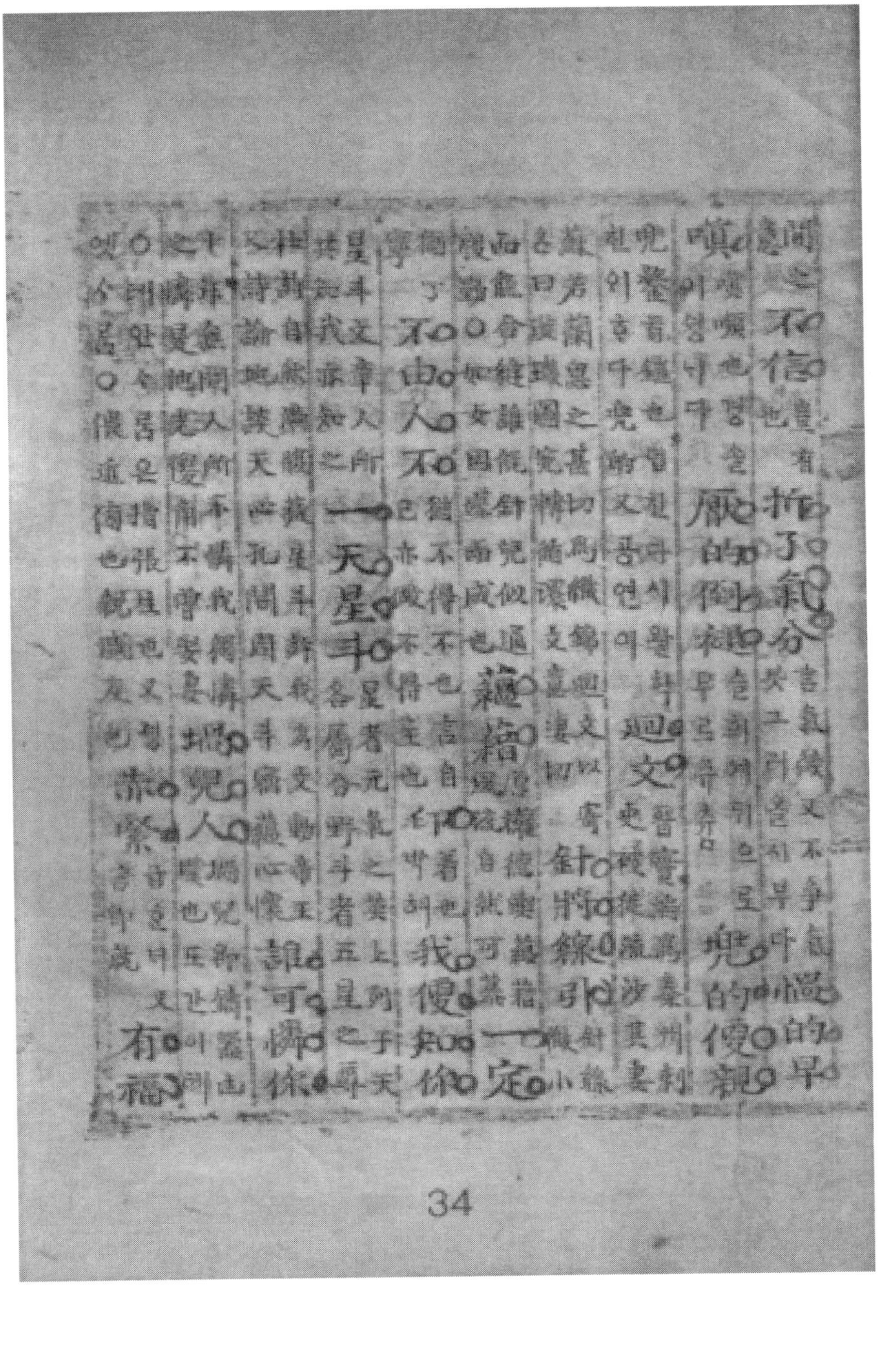
34

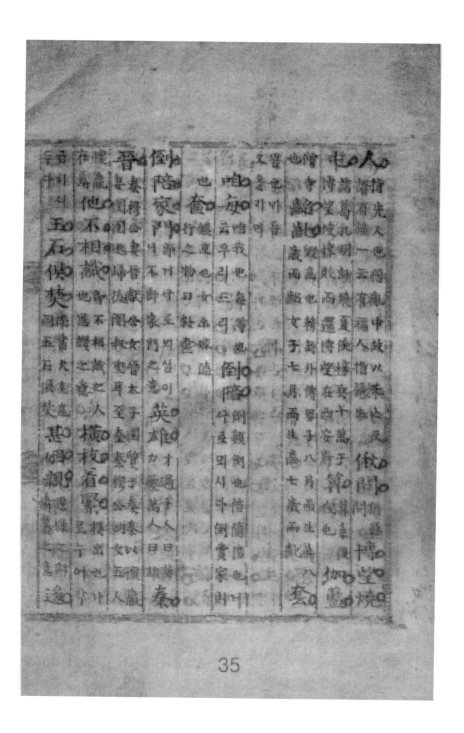

35

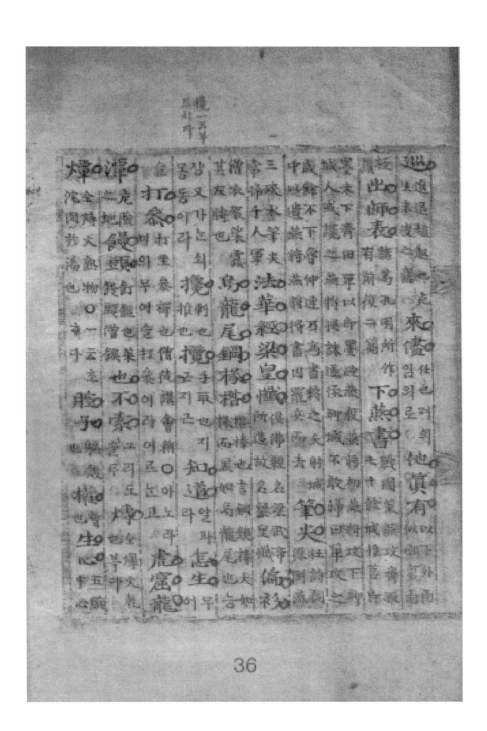

36

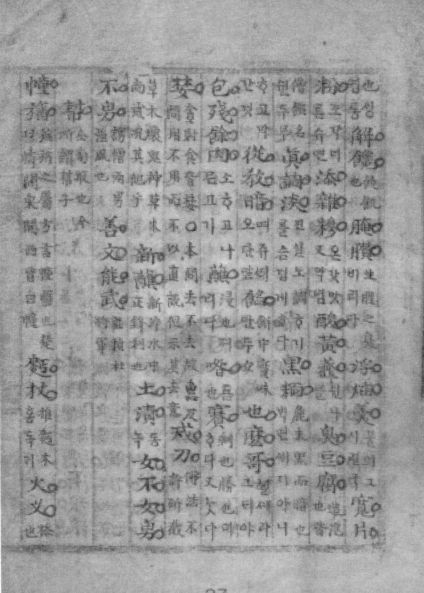

37

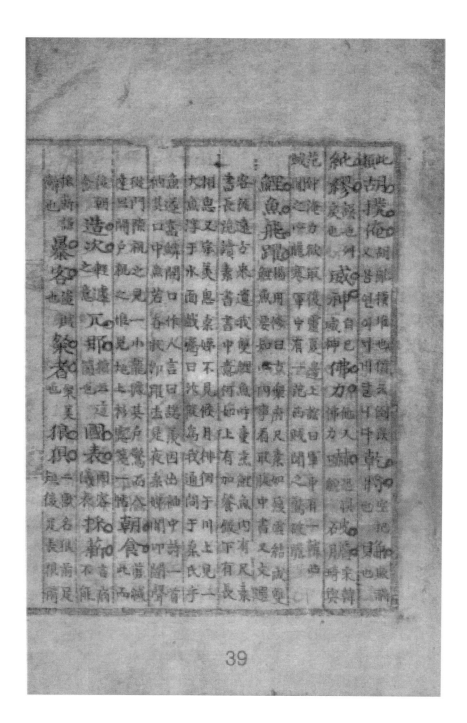

39

40

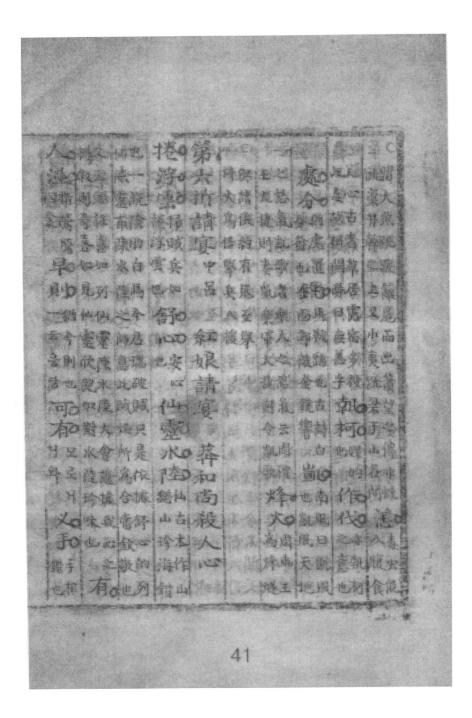

41

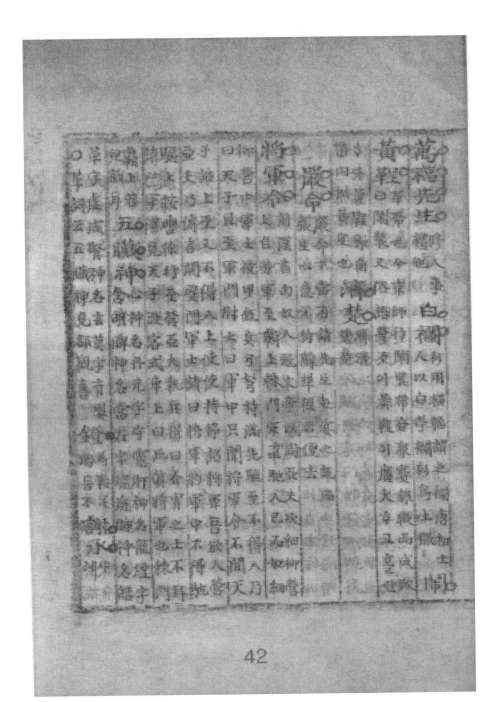

42

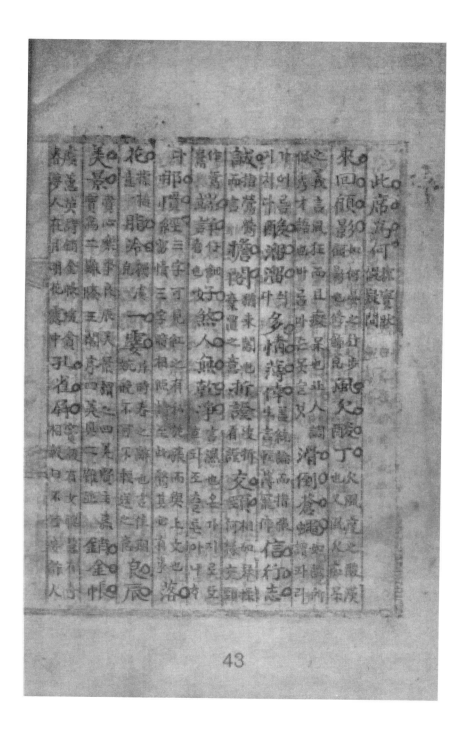

43

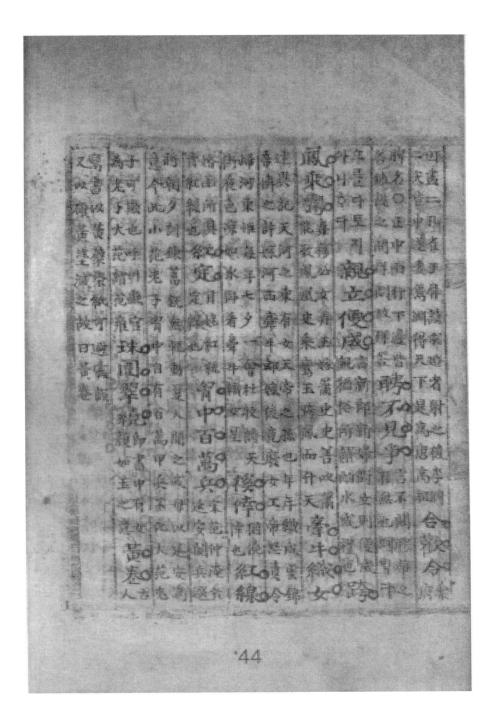

'44

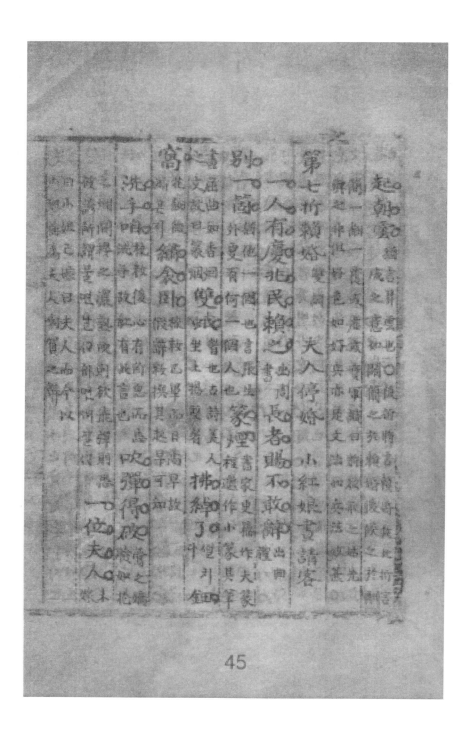

45

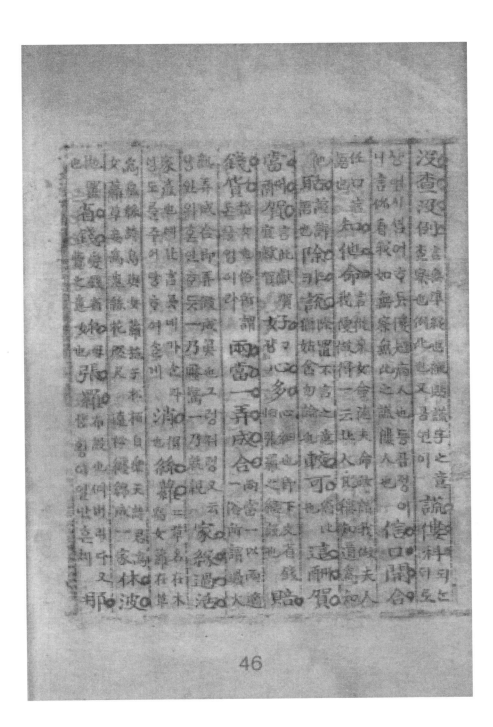

46

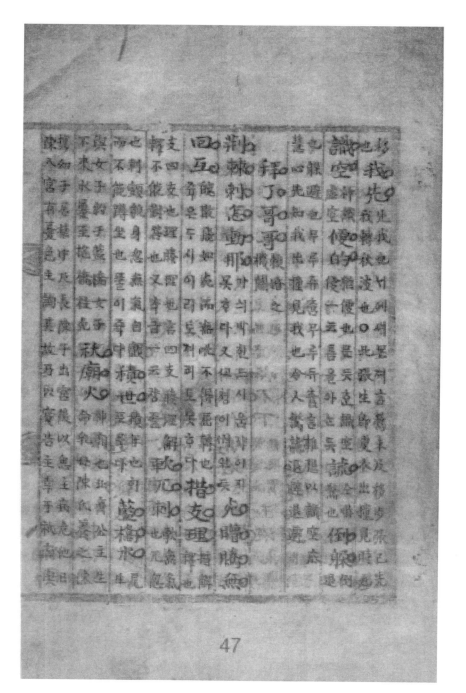

47

兒 時所及嚮五院遠入其廟禮而觀去陳龍待之大不諳門玉笑以此目

魚鑑雖未知來方春夏化眼鳥兩黑肯此合不乃得名曰扢拾地目

又忙臺府時也樹而也合之合也訟倅就仁即是替冤念是乃行喫得名成정成경기鏡

을다引吾訟合雙者鎖納合雙者鎖合一見云强산은鳥동송ㅣ問ㅁㅎ이綱

다의無利又信無可려喜허멕喊喫두시여바中莫捽鳥不知奪奮書い이츠ㅎ呂鎬

竟ㄸ不顧杓之不過意口咳命罵두中爲島合島合倉氣載家高旅호도卞

急此也非臺之得以合 旋之變且島名 塩不下憮恨胃東南柯渡海閒于科

菊鳥島巴蔵得曰夫寃蘆漵金波 名白色如金改勝東南柯濱海閒于科

廃新屯高守及二挑朴年使魯送北秋等蘇惺悖舜番邊제列州河下卽

有中謂名龍安國楢上一高穴追部上樓兩塵取也亦南利城邸象也沖渝海

48

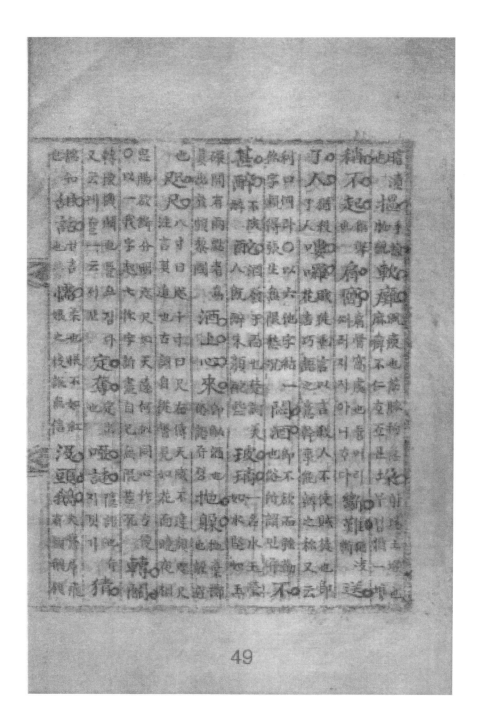

49

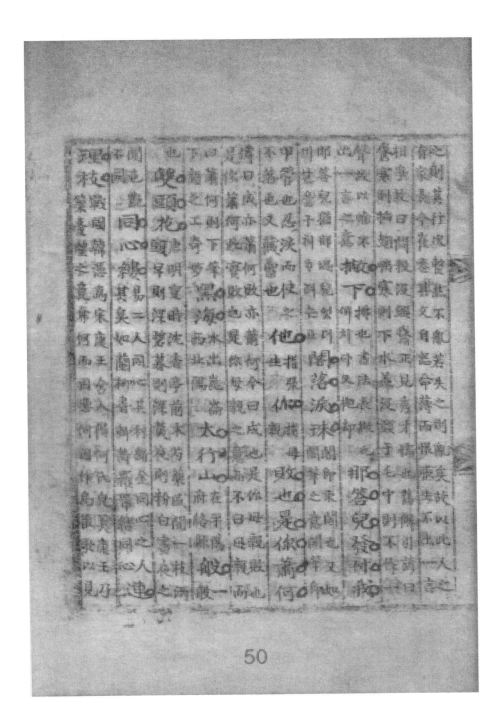

50

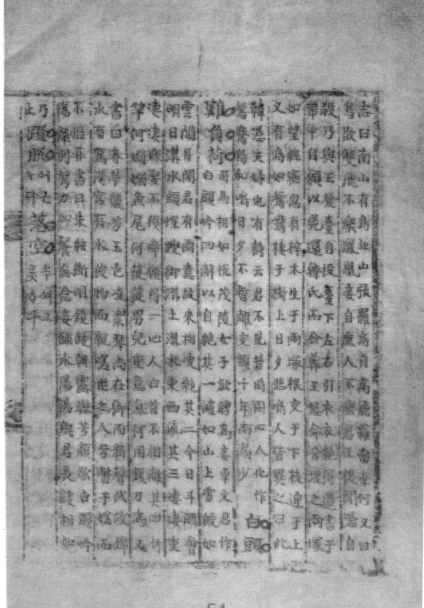

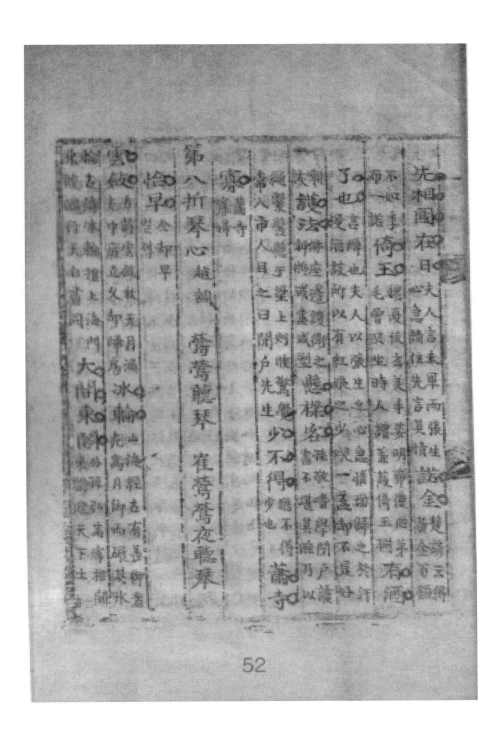

53

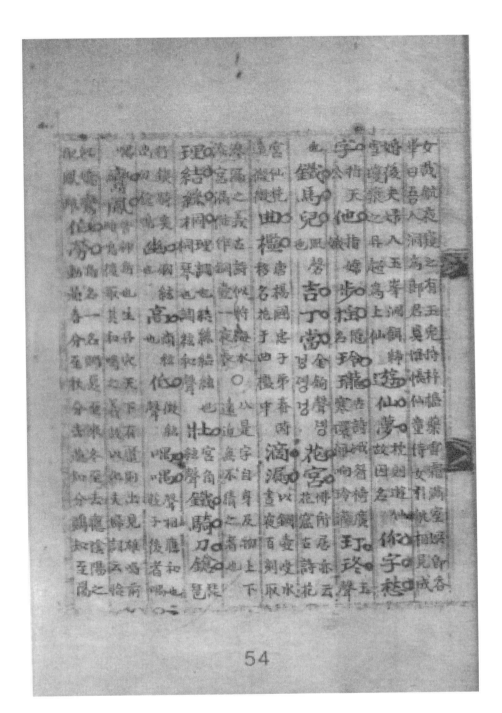

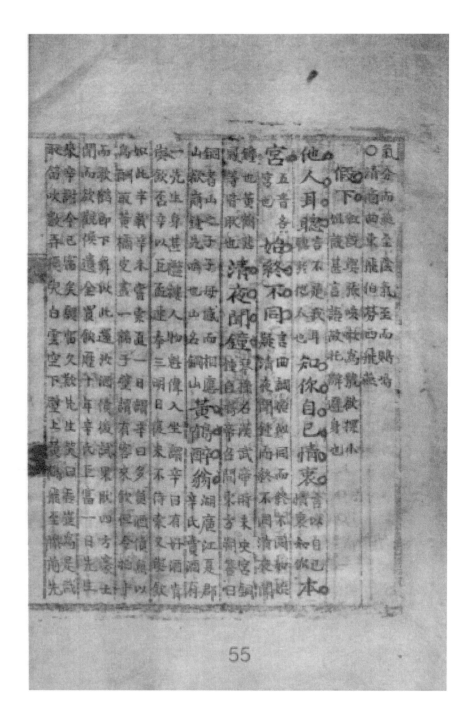

55

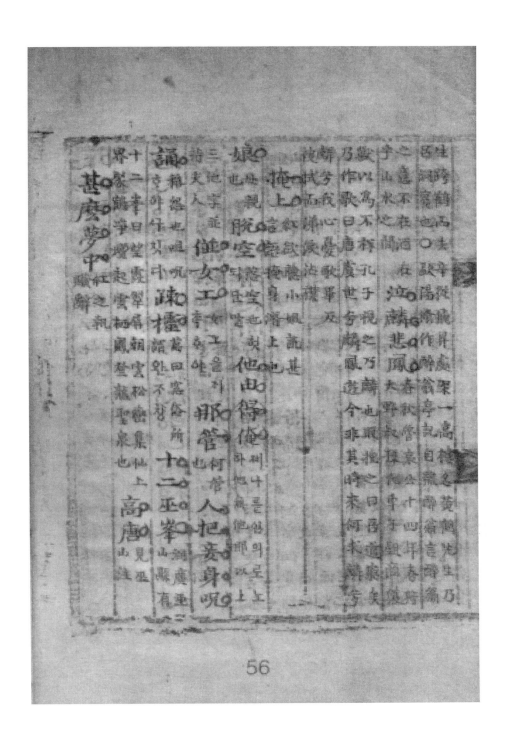

56

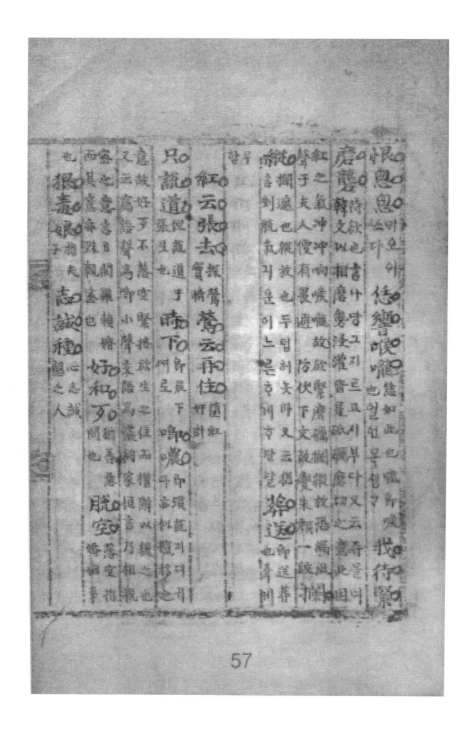

57

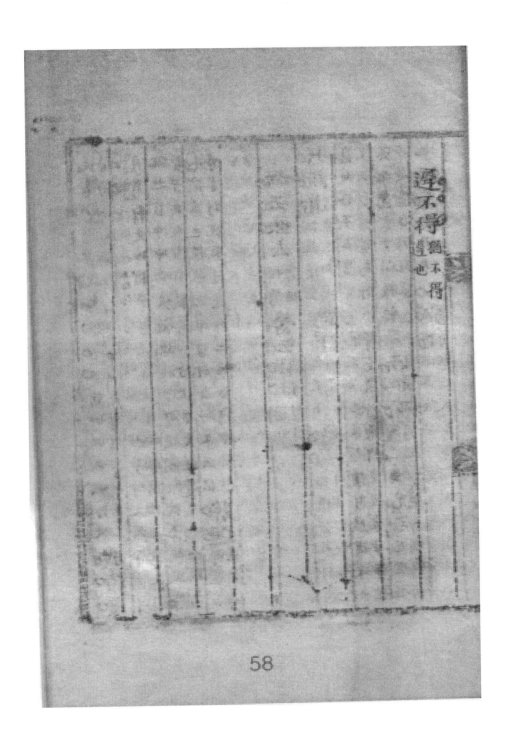

58

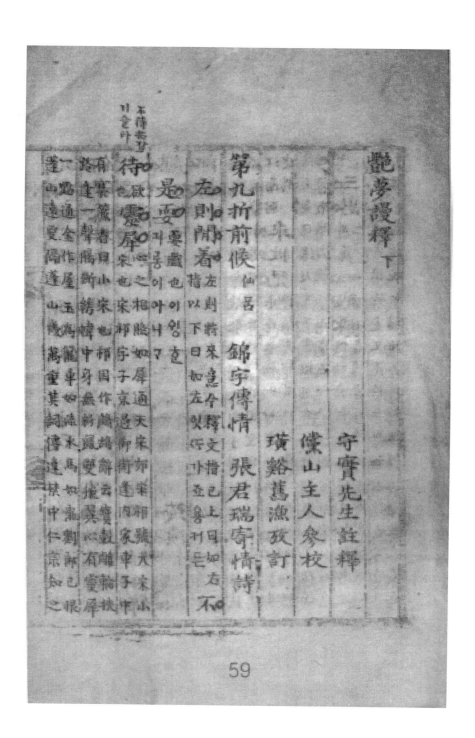

艶夢諺釋 下

守實先生註釋

儻山主人參校

璜谿蔦漁致訂

第九折前候(仙呂)

錦字傳情 張君瑞寄情詩

左則開着指以下將日如左叉더니

是要지를흐긔

待也欲지룽지호

一路宋帥祁因身無的鴉雙蜨以蓺有憂屛桃

一山露通金傷作蓬山玉燼羅車其鍋傳進楔中仁宗如之眼

59

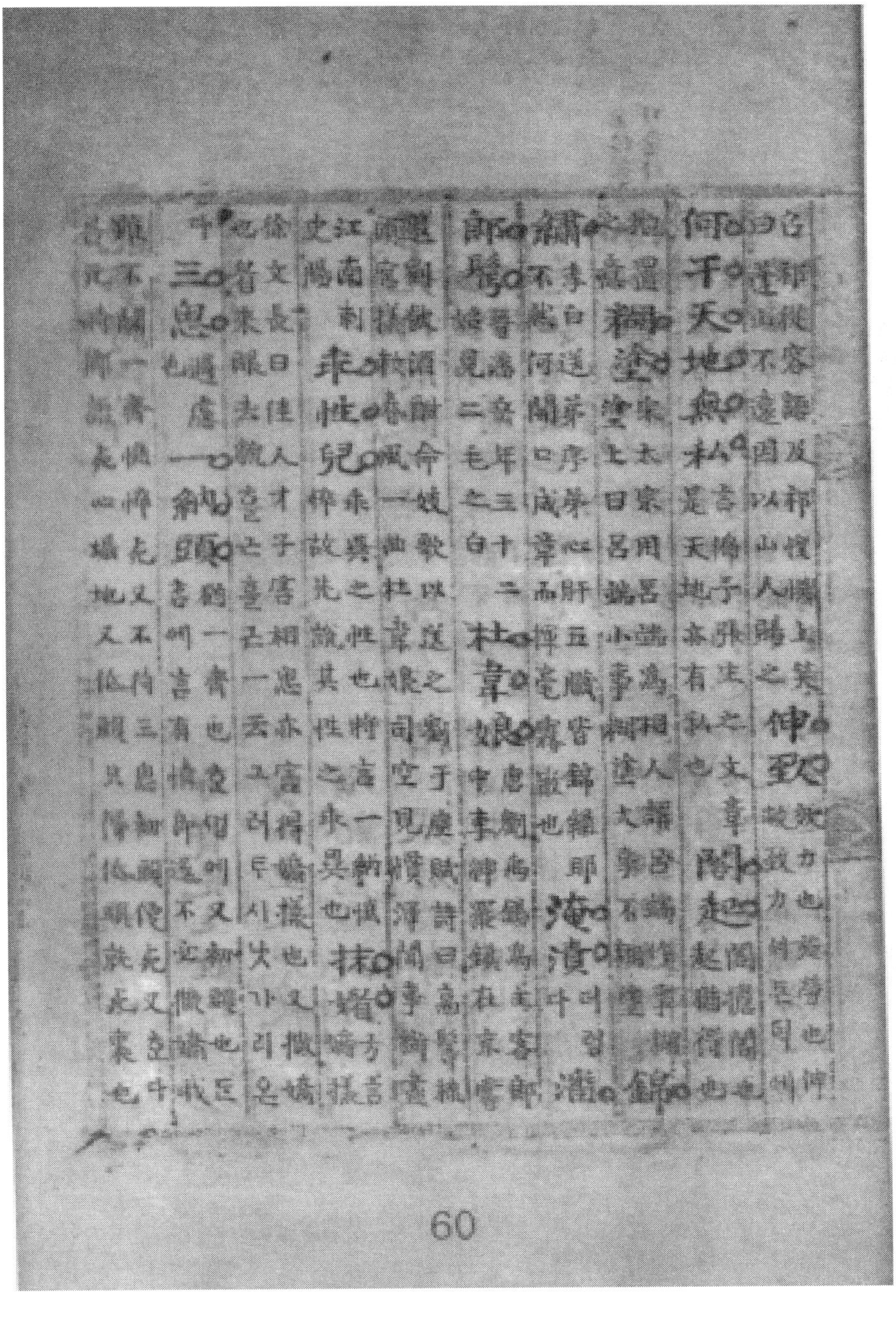

何○幹 繡橋○不 盧置 何○幹 日○達 何○代
天○地 事惑白 商○福 千天○地 代○客
與○私 河送 塗丸 與○私 遠海
是○吾 開茅 塗宗 是○吾 因及
天○梅 口序 上太 天○梅 郡山
地于 成舉 日粲 地于 人○陽

（본문은 필사 초서체로 판독이 어려움）

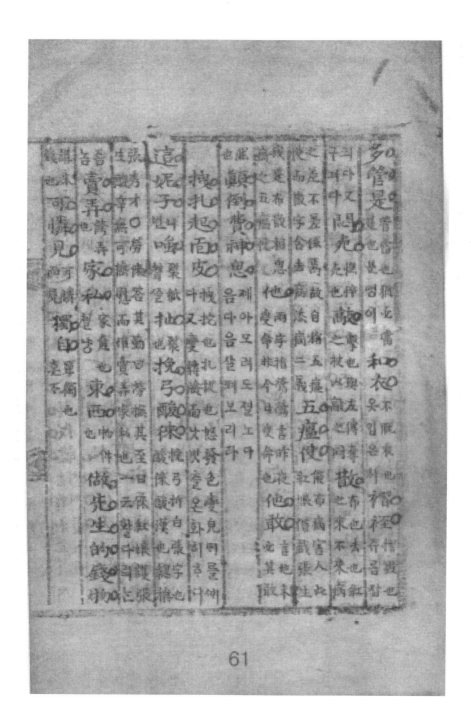

61

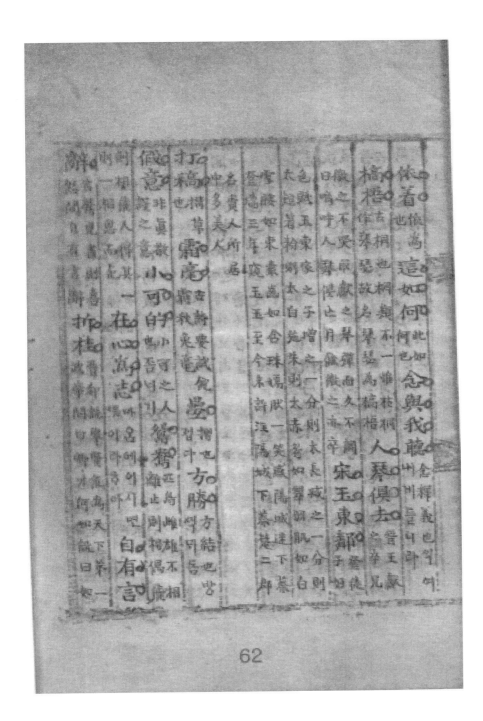

63

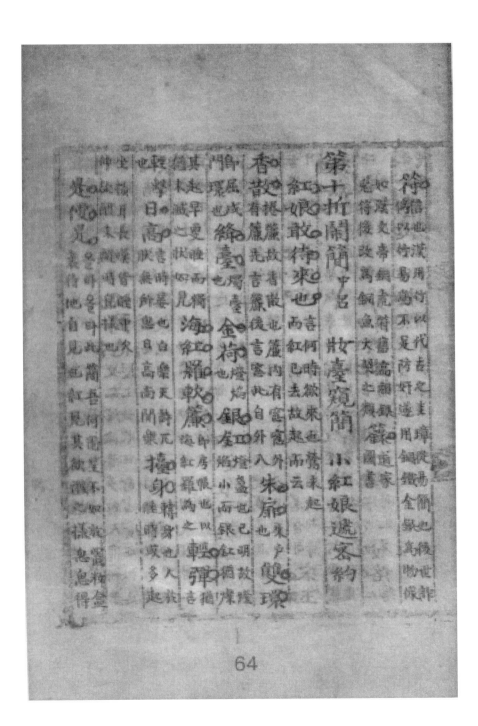

第十折鬧簡　中呂　妝臺窩簡　小紅娘遞客韻

64

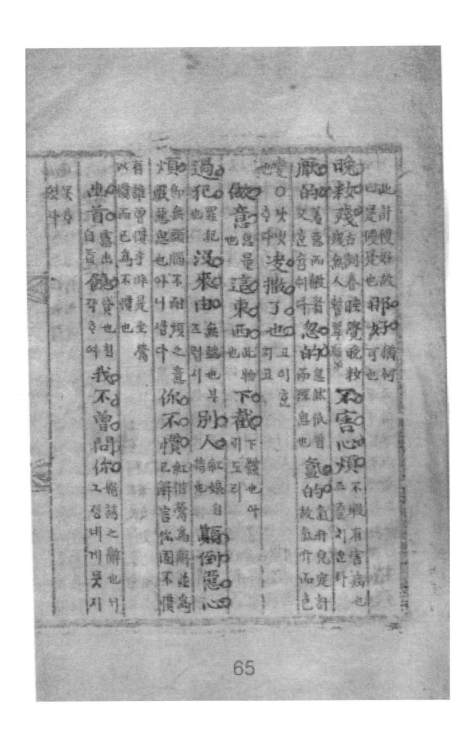

65

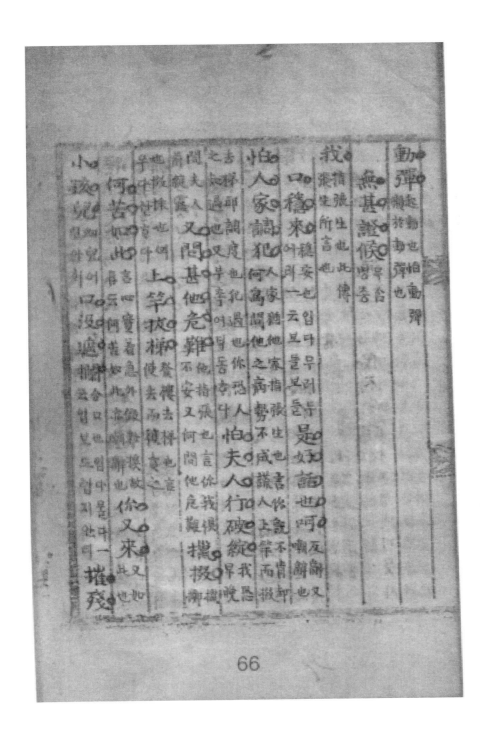

66

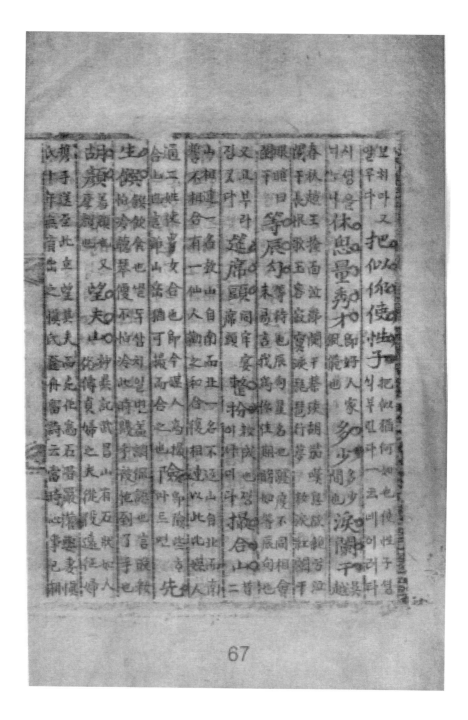

67

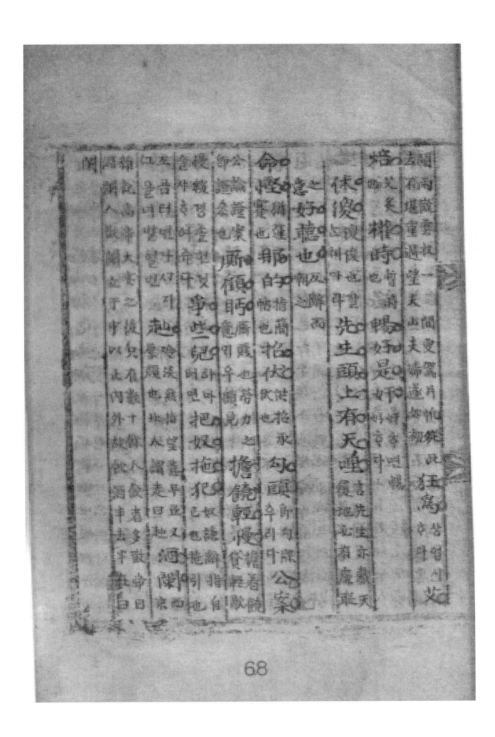

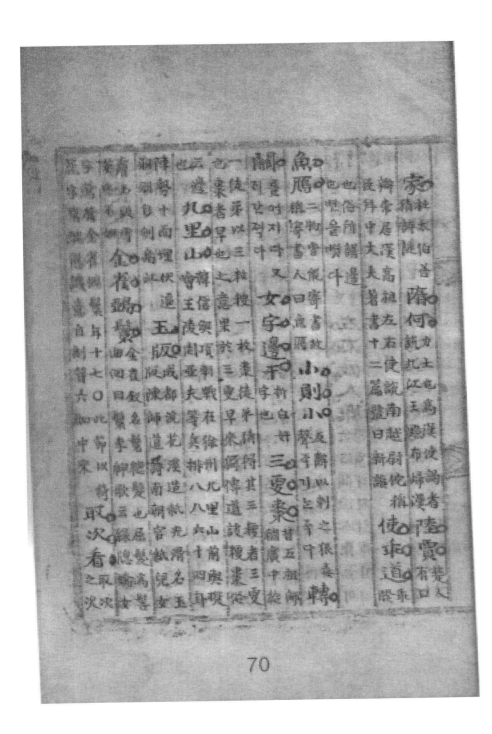

70

71

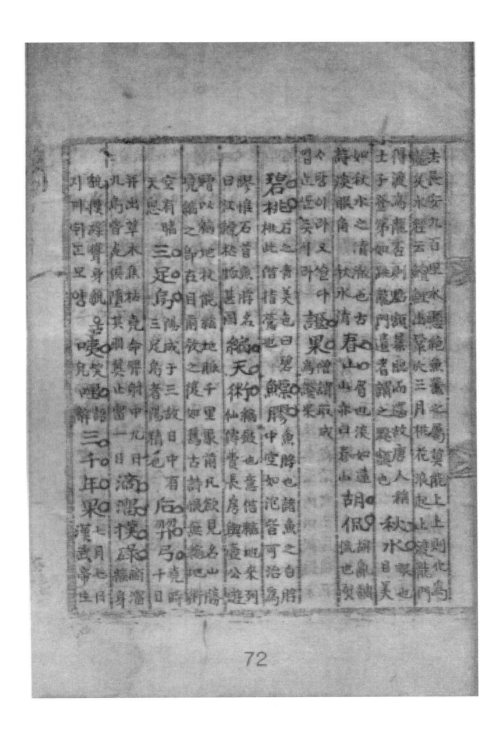

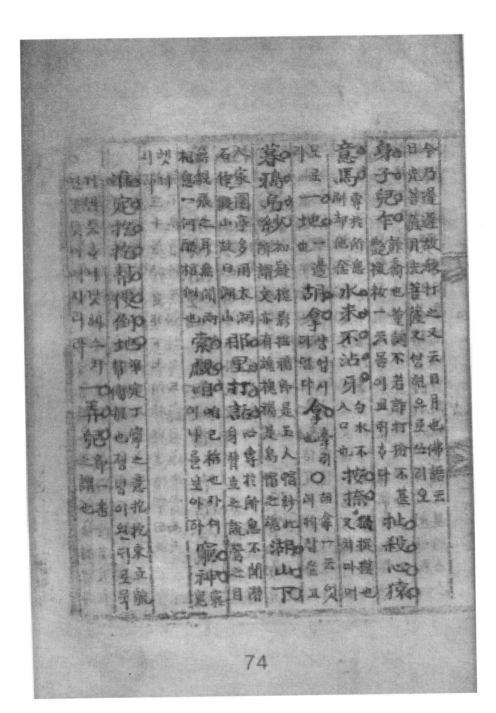

74

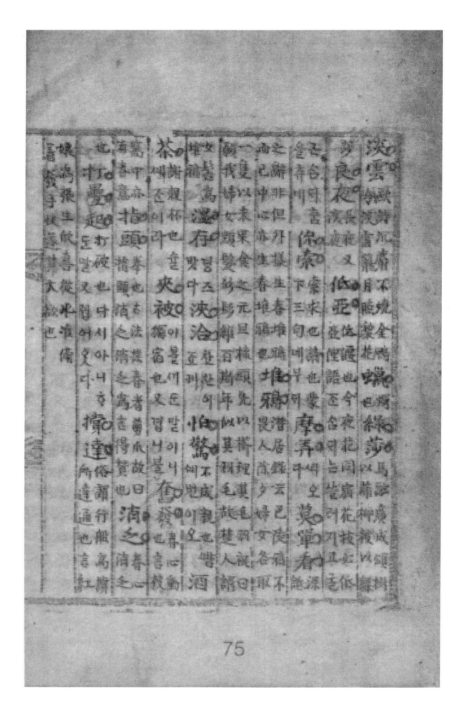

75

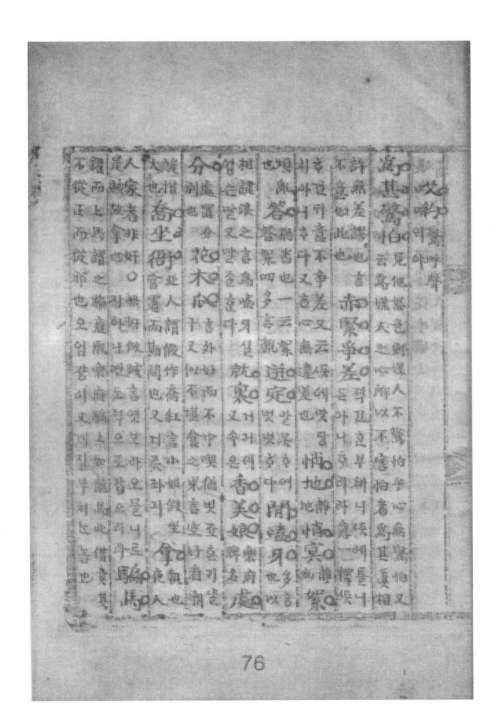

76

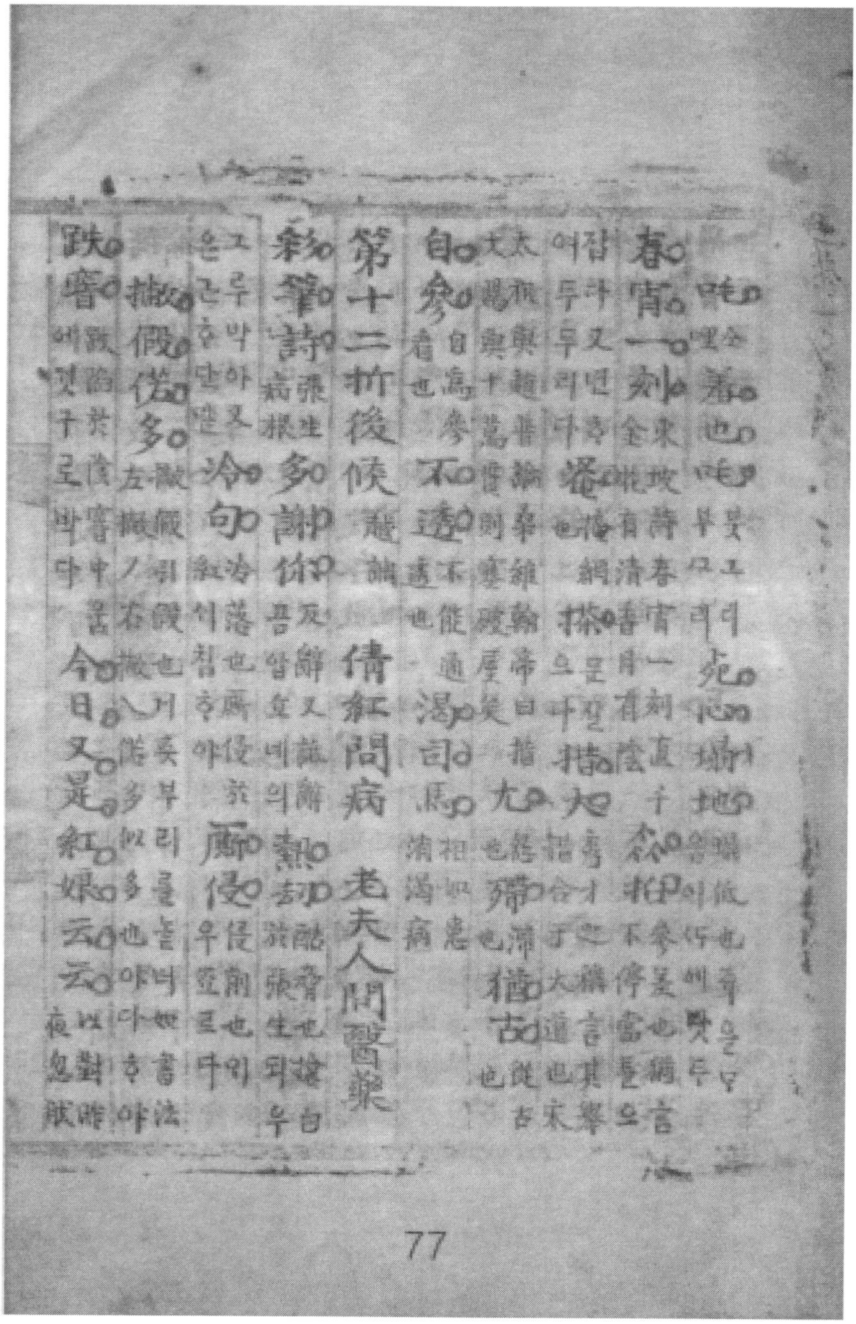
第十二折後候

倩紅問病 老夫人問醫藥

77

摘假之○相輕遍凌殺勤相○反之極情而○旣如佳箇又來如時此

獨報○之義○辭難禁○又不○曾有甚○尸骨○如

單日疫也何云飯○單云相撤心

參○僧作參○歸桂侵抱○當裏○最難紅處○一種便○軟○綿○

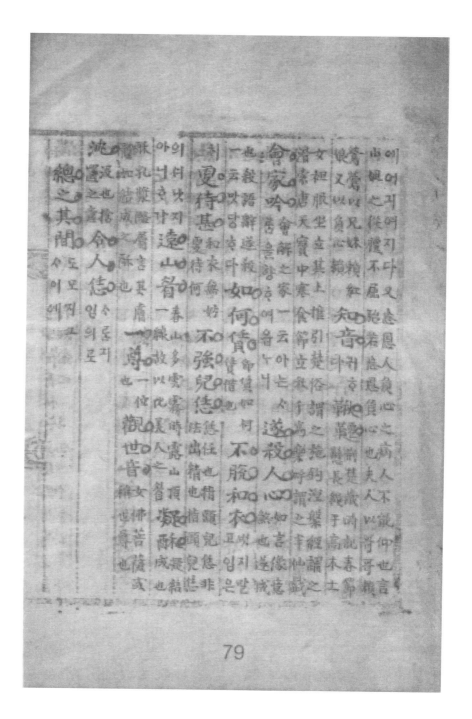

79

第十三折酬簡仙呂宮正宮

月下佳期　小紅娘成好事

滿頭花○錦○他衣也○黃也娥拖地錦○也長枫共○也隱與他○音捲也指驚也이言

아엿스지게려오데○他也所保야...

放刁○츼다迩다又云可被也○改○抹○天○諳○을하호리스워기고줄리거코즛改말에言已雨人也

絶○倒○劉○不絶○無間地斷言也○故○抹○天○諳○無三個人金界○

者藏○欲茂因白金太子太住子眼有日戲他以詩月明水繪震疏州種也如邦寶家俱退林長達

退去小我詩之多玉攝精細花也親故今女因也他故今栽我我心性開窺草也須如須室室家俱與項林

日天昏房晝居之所也○弄竹○誥古來詩旅風水引軸月滿

逸遠成放金滿界又日一室金精含也月○明月○移花○古○來詩○誥用○如○排○室○家○

于移花影弄事監詩微瓜驚駕壁影堂攏誦德眨字個月叢風花影竹鬷闌月滿

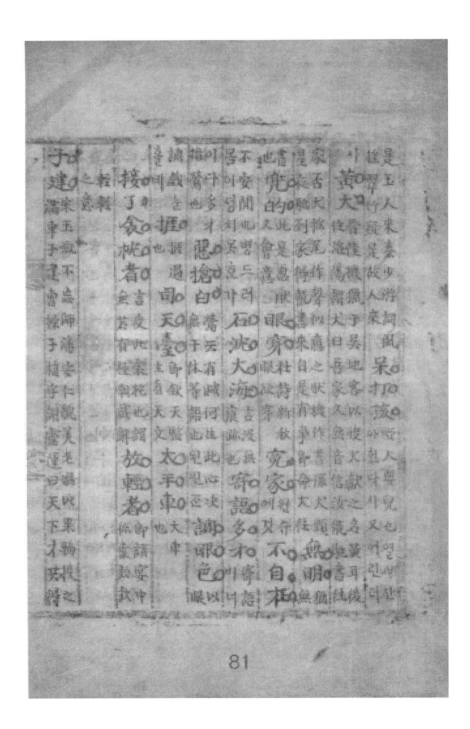

81

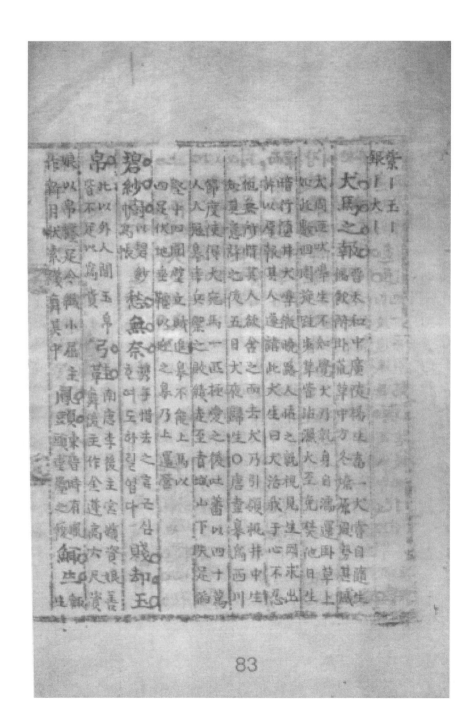

83

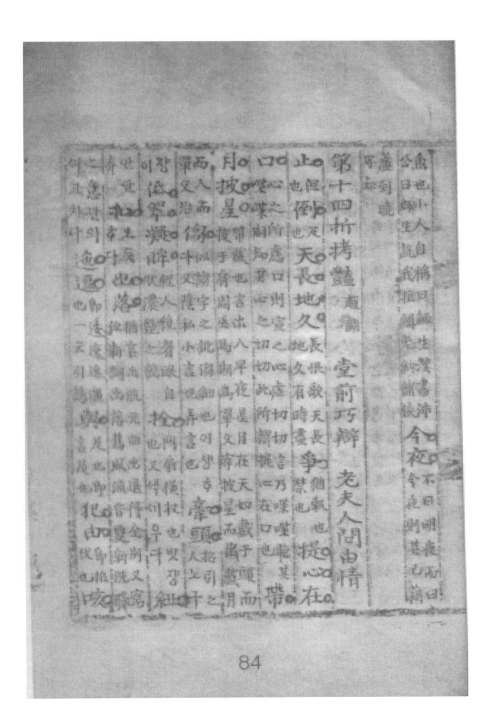

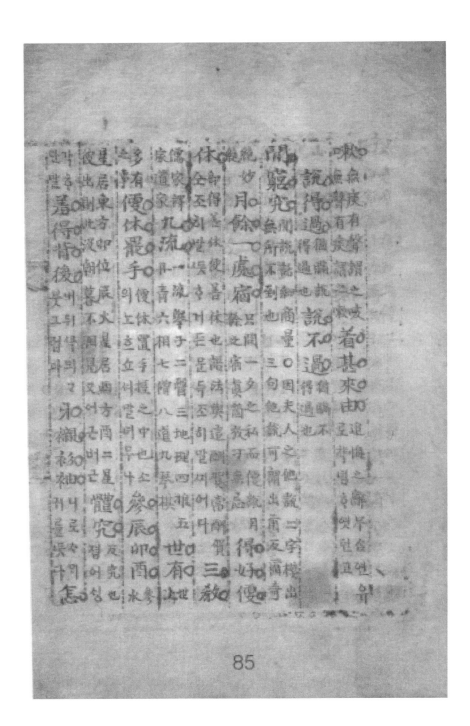

85

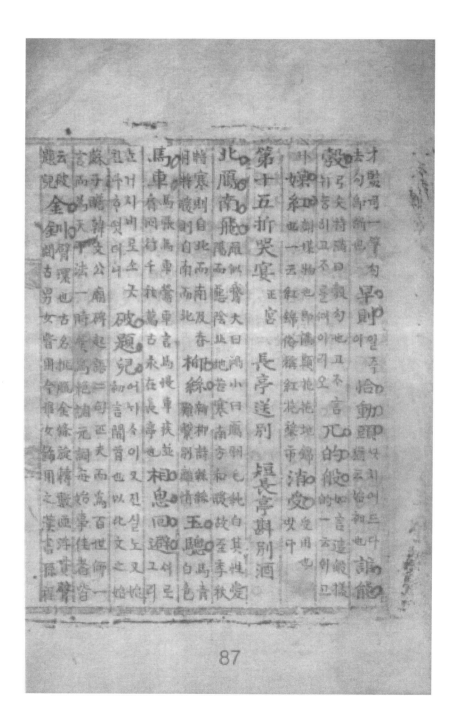

87

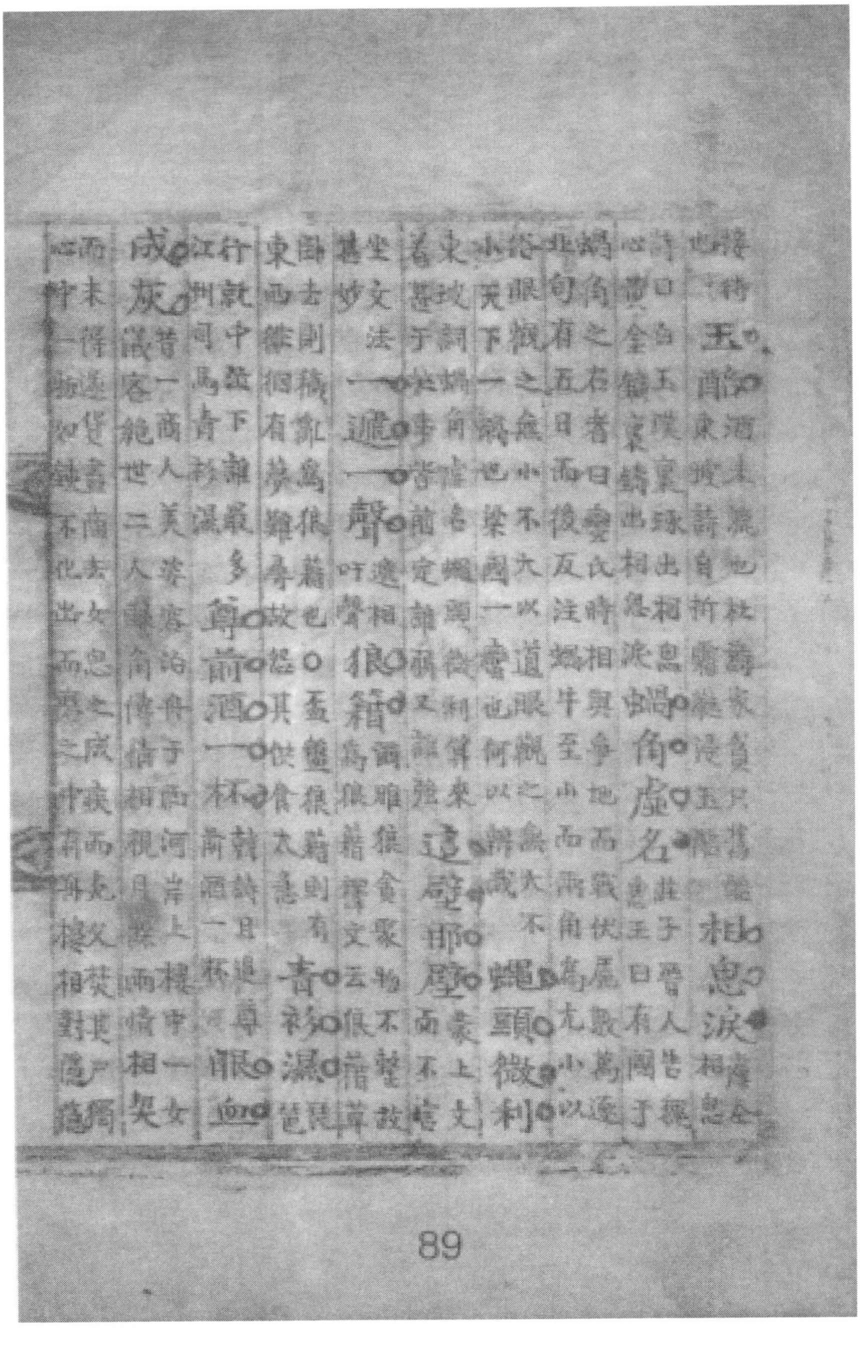

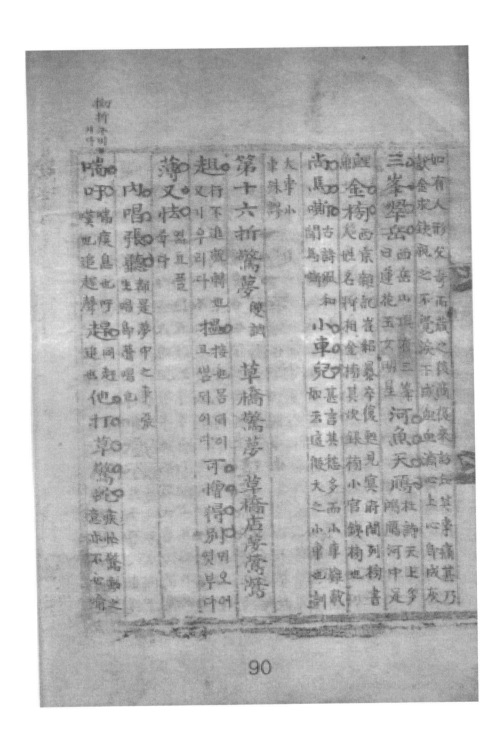

第十六折驚夢便詞　草橋驚夢　草橋店家驚夢

尚馬嘶○聞古馬嘶知小車○妃

趁○又行下追○撼也○

薄○又悮○唱○

內○唱張驚　生唱鳥蕾唱

喘○呼嘆鳴度趁也靜呼起他○草驚蛇○

三峯翠岳○曰西店山後玉張女明三峰河魚○天○鳽杜詩天上

金橋○世韓記相金橋其次銀橋小官鑰橋物書

如有求人鐵形疯之孝而覺美之下俊河魚天鳽河中上其心草橋成其灰乃

90

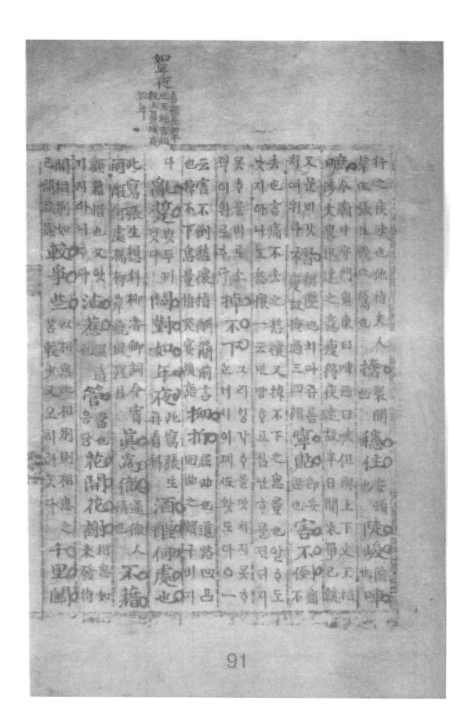

91

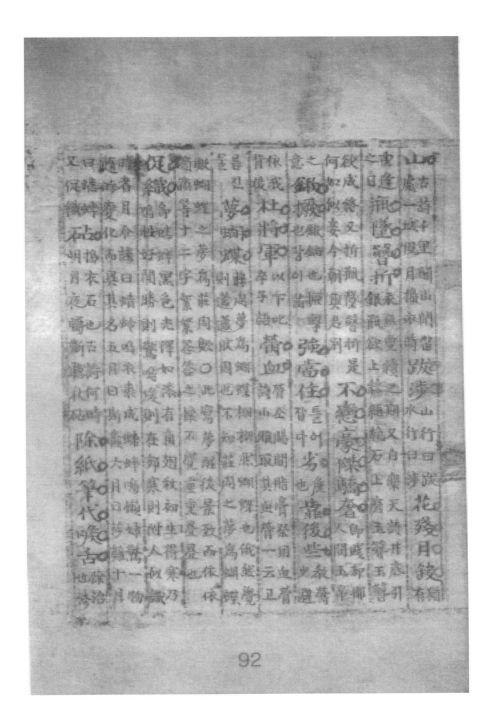

92

也除此篤四字代吾之意而後吾之悅
若有爲而發者無亦慨世之怒也然
淘潭 다뼋

93

(2) 서상기어록

解註
語錄總覽凡例

一語錄이字數ㅣ多寡不同故로舊本에從其字數야分編之야自一

字二字로至五六字而止야以便考閱니今從之라노

一舊釋이或有未備고且未分曉處則未免僭附新注而加圈以別之
라ᄒ고

一註下에所謂漢訓者ᄂ即退溪先正臣李滉號也오眉訓者ᄂ即眉

嚴所訓이니故儒臣柳希春號也오其無標識者ᄂ李滉門人의所記

오或後人所增云라에

一語錄中에或有字義音義之可考者則亦可證定니如便字要字之

類ㅣ是也라

一舊本所載ㅣ雖不屬於語錄而其意義關重고或艱澁難曉者則并

收錄而注解之니如形而上形而下와及色載目整之類ㅣ是也라

一水滸誌西遊記西廂記三國誌語錄을亦爲添付며一

一吏文語錄을並附야以便閱覽라

2

解註語錄總覽

心賣白斗鏞 編基
鶴巢李昌鉉 增訂

一字類

箇　語辭有一箇二箇之意

却　語辭又도로혀又恒眉訓　須　待意又必也又有

閱　노다又又실힐더업　解　皆輸到即下之意也　恰　맞지適當之辭

遠　멀다也眉訓　貼　붓치다又平聲及去聲要會也歐以上平聲又

要　求也又旦되고려又홈也以上平聲

如　다必曰다又假借今哪人有所應擧則

貼　붓치다又俗稱付紙不스러오다

教　하여금　是　此也即然也又然也近

遷　시굼又잡다又탈　他　더남의又諸人也

底　當語根也又辰也又與疏소런又諸辭　得　語辭有得意

也　訓語亦也又循也眉　自　有써져言自著多又載也

和　舊言互以別物合也和다로다正水

那　彼也又엇지되眉訓

較　相角也又翻直也而色而不等其

自　有써져言自著多又載也

得　語辭有得意

那　彼也又엇지되眉訓

西廂記語錄

一字類

眆 音應唱字之誤 바라본단말

行 前也

儘 十分也 쓰단말

咱 我音齰也 녀

咸 盖無字 단말

㑒 제저

仿 갓

邘 뎌

唗 音酷也

剔 出音也 尺洗

衒 對真字 단말

撒 音稅㯶搭

拈 音占摘也

抹 壁鬪시본다단말

侍 어흠

逍 면이

搦 音齧接

傲 止단밋只為只

掊 獨真字為一呎呢

顱 自指語

偌 側一立字也

央 商喚就綜央也乞

湯 근스치리가만이마스써도

怎 지엇

跳 興颶同

踏 踏也

俏 의말 엄台부단말

撺 撺出

攤　搦　趑　毃　攉　踿　波　夰　趣　鬆　輕　攬
搦　搦　趑　毃　攉　麻　波　夰　趣　鬆　輕　覽

淹　綢　榒　輿　麻　貧　窅　拍　捱　謔　挣　暗
綢　綢　榒　輿　麻　貧　窅　拍　捱　謔　挣　暗

汚　漫　管　剮　偈　窨　蓼　逴　打　隃　扶　聰
汚　漫　管　剮　偈　窨　蓼　逴　打　隃　扶　聰

二字類

題目已傳來 二三字

上 劇場의오로단말　他 제

的 之音也哉　哩 엇것다語辭　了 ㅅ上

俺 也我　得 辭語

帕 마아　旈 곳　你 이

呵 語辭음　強 웃지흘수 음단말　巴 코결

和 고 다리　羅 라녀　科

下 劇揚아뢰 노 거간단말　越 욱더 거믜게　待 소앗단말 호歎

羞 宣你村你　夯 音勞動氣動 거믜게　包 건호데

嚢揣 네녁부란말　東君 日神名揣　覷圖 허고져허빠리고져 단말

東風 當儜東君로　相女 相國之女配夫聲謝 紫後可也 標花ㄷ　蹩着 자박ㄷ이란말

暢好 조컷츠로　過門 혼인호　抵着 여단말

颱下 잔뜩 단두 말려

呼的 聲門也

授正 단비끄고 들지마난말

休勞 술을지말심 于色者식에 소움

穩色 色교숨에 넌소움

打恭 謂恭 釋家熟顯

土漬 홍독

伽藍 塑像坤 梵語

駮繆 不馬純色 差失

純繆 差失

可有 北方 且有

鶯聲 如撒嬌聲 以 噢呿聲

難道 마아

憗報 알이려 라게 말

四星 爲十分半一星

苗條 화방 단말

金粉 屛也

膌膌 비럼 단말

別的 立謂也 他

藜杖 리홍 독

勞口 不馬純 出

舒心 心意 安

萬福 起婦 居人也

諕僗 說人也

火呵 도적어

厮覷 단서로 보

檀越 他施主

杲儚 音奴 단말어 리다

倒陪 도로 작만 단말

黑頰 어조

胡掩 謂胡壺掩惲 어심哥못시닷고

火义 뒤부지

水陸 味食也

仙靈 訊息也

端詳 分明 也

知他 道語也 北人知

202

胡云 웃지	害也 단뎌말ᄒᆞ	懂드신눔
消受 다아	猜破 잔짐	懡㦬ᄒᆞ거마희
只除 ᄒᆞ제고잡담	如此 그소릿	依舊 녜ᄀᆞᆺ투
颼了 리버서버	猜著 ᄏᆡ소릿	不穀 안보이릴것도란말
毆了 리고서버	便索 ᄏᆞ단정	猶燦 다ᄒᆞᆨ박란말
偏衫 삼쟝	哎呀 ᄋᆡ란말	出首 고ᄇᆞᆯ말
偏生 섇아비	糊突 이란말치난	鷹獷
新嬲 섯것단로당	天邦 심아	淫透 죽단말
兀納 다만로온것	月關 ᄃᆞᆯ	阜此 ᄒᆞ옷ᄆᆞᆫ
多敏 여못서	伯勞 ᄇᆞᆨ누	奮發 삭지가린단말벌때
可早 서발	說謊 거즛말	遣次 의뒤
乾淨 졸뵈	死誦 못송ᄒᆡᆷ단말	焚藜 어라ᄆᆞᆫ두
虂破 서	狼毒藥	只索 코졀

西用韻言録

欽攬 네미난ㄷ

鮋生 小人

迤逗

九流 陰陽家法家名家墨家縱家兵家醫家之九流

厮趲 此人相

廻避 退也

陡峻 險也

唾嗽 吾已甚立南中寺日啤西日嗽

紅葉事 于祐

橫死 놈이란죽을말

蕞村 읍지란말

偸香 在下風家可知矣最雋者

麻楷 콩섥되기

蕪薈 먹ㄴ말어

牽頭 놈이구짇ㅎㄴ말

多嬌 指女 女也

三教 儒佛道也

攔就 爲攔

斜簽 비기

乱趄 엇두거게

自從 宜作

問肯 宜肯

耡筋 놈이긴말

魍老 老之老也守也

傅粉 在左壁家可知矣雋者

卸署 署置之分

淸滅 誤陶

不籍 顧猶也不

顛倒 之橫陶誤陶

出家 僧狀之家本出者爲

吶喊 遠聲也

喝咪 藥死爲呵喝嗽瘵

使數 數使人用也

張羅 張施羅也

撅嘗 입맛다시며 단말

喈喈 賦辛 州口也

撇罘 저희한단말 琴調

磨軟 쥬무루 단말

本宮 琴調

好歹 評惡也

醞徠 후리단말

因而 方語句

顛倒 反字

破綻 터재나 단말

辰句 狀墨見 名

自目己語録 二字

納合 之也 納而合

無那 也 無奈

軟難 서올이 호노 단말

落空 단말 속이

裝航 唐人名 被戯云

脫空 빗된말 단말

欄絙 단 두른 말

褶裡 구긔단말

家私 家貲

蹉落 也 做結

人家 家他

擻接 뻐여 단말

胡顏 顏犯也

吉丁 단말

紅魦 紅魦也

嘲唱 開阻也

挽弓 활용가지고 被字有方故云

方勝 단단말

銀缸 蟹也

調犯 단샤휴기

把似 也何如

狂為 망상업단

一

艾焙 뜸질 할기
針閞 바늘귀

揭伏 供紹
挂揚 懷之而
玉版 脓名張宣紙口名
熱趨 笑능也
爲頭 面也胡馬也
胡掌 손벽치는것
非嬌 沔反
撞連 遇顙相
消之 比詞謂
摩実 成佛以圓果
邦佩 震也何
撒沁 撒清意
猶之 尚古詞謂
騙馬 與攜賓同긴구
趺雪 뢰에바단말
搶白 撲란말벅어
鞋哒 리란딱벽어
計槀 란計較
傻人 唉僡이다
遂報 也合當
金界 寺也因名
倉人 靜會之家如音家
肩窩 엇게단
黃犬 陸機以舊繫犬頭傳家
细押 초
不快 병드란말
多管 많란코
不良 란會兒何人會語

句頭 今롬잡아오는편

隨喜 卽觀覽 구경
聖賢 北方神祿
蕎然 音[illegible]奄然 별안간

業冤 冤家冤孽及語 인연이란말
不彀 보텀것도아니찬 말만뮈알단말
腼腆 猶靦覥事 羞也

周方 周旋 方便
可憎 愛極稱可憎 에엿부다
打當 猶見 也조킷다

往常 猶已前與 在先同
圓光 佛華嚴和光同圓 滿光明智흔말
朦朧 시원치 안케

眼挫 눈추리
演撒 속마음이 후리다
瞅趁 눈쥬어후리 단말音擻

毫光 佛看聞 放光
打扮 뮤미 단얄
借大 이가치큰 이리큰

兒郞 男奴 也
梅香 侍婢 也
句當 事也猶云區處 料定也

口強 말잘하단 말이라
硬着 堅也쥐어박어 왈발쥬다
強如 이낫단말 이라

赤緊 바드득 장으로
乃堂 母親 也
金蓮 步也

玉筍 手 也
慢ㄷ 솜ㄷ곰ㄷ 처ㄷ
撲定 붓드러정흔 단말붓들고

許下 허락
長老 주장 중
和尚 중

安下 편이잇 슬만
一壁 흔편으 로는
好生 가장

西廂記語錄 二字 [illegible]二

右所言者

仙宮名

一遭 번ᄒᆞ　　方便 도죠리　　頭佗 즁　偌的 장싱지

便要 눈언제　委實 찬　　可惱 슬머호　朦着 시도

這里 거긔　雁兒 양오　行者 즁

接了 아ᄅᆞ보ᄉᆞ잠　一定 ᄯᅥ　精着 자짐

要下 유흐실지ᄃᆡ　赤的 로　堪任 는슬듯ᄒᆞ

頭房 방안　早是 놈체　沙彌 즁

甚麼 무ᄉᆞ　惺怛 놈써ᄃᆞ호　宣疏 문죽원

立地 더셔　被寵 의통　搭伏 젼ᄅᆞᆨ단녑댤

一乘 는첫졔　休惡 말짓지　拘繫 죡단

一發 번효　凝眺 여여본진말흐　村的 사ᄅᆞᆷ싱지

誰想 그럴줄눈야아　村的 사ᄅᆞᆷ싱진　地的 당과

208

舊恩 舊事也

心數 宜作事為窄地教心

剗地 宜作窄地

仕女 即仕宦時有仕女圖仕女也

無徒 言無賴之徒

硬擣 일이나 녹밥

木驢 與言別

暁得 오그리다게 할

三字類

頗不剌 어 方言 頁羨女 뢰

賠錢貨 方言 孫女子之 쓰서 耙也

尻印兒 발 죡

慢俄延 싯코느즌 넙섯단말

死臨侵 부직겁 단말

老孃即 僧言老也

特來晃 뵈단말

大人家 외론 집

沒搭撒 犹言晴地어둔

碧琉璃 瓦也

唐三藏 唐三蔵 佛法 師陳

酩子裡 춤ㄷ호뎌

葫盧提 犹言糊塗 어셔

舉名的 이거안 란말잇는

八椒圖 大族門墻以 椒圖八字撰

柚稍兒 어그러지이

不爭差 어니단말

怕你不 녜마너홀가보 아마도

風魔 犹言風隄

待怎生 엇제호는고

也不索 망고리도

浮烟愛 그을녜오린 술

寬中紛 조각녀란말 介

潑襤糝 잡앗

禍事到 닷큰소일　　下工夫 달　　和衣兒 넙을옷은슬

來句引 연가지단고단　　嫩蕊 다아운리　　指頭兒 체용닫두말집

烏龍尾 이몸용　　長攙 다치더렴　　冷句兒 겻그

知道他 아던즈말면눈　　我分上 둔너이몸　　又來也 눈伍그누려

恰一搦 짐한줌　　啞弊兒 린흥닫거말　　將扎個 지득그다너가

村驢厮 놈촌　　小梁州 曲名　　常居一 단쳐지말잔

的喚做 단쪄　　理會得 오리회호그러내다　　赤緊的 참로말홀

小厮兒 반죠고　　勝葫蘆 曲名　　記不真 수음단억말홀다긔

因此上 리일암노아말　　做好事 단저올닌　　理漫着 시진작호려여

賞花時 詞名　　埋怨殺 단맛ㅎ마　　莫淺情 론사정단단말모

天下樂 曲名　　敢是說 라단노아헛말　　闊角門 는험문을맛단

店小二 쟈미막　　捏望的 둔주몰녀란말　　摸剌 둑푸두

210

邦塢兒　德言邦塢里 숨는　　撞釭子 다못박　沒搭三 段크롬의다만지 반호게다만말

撫乾凈 好揩擦或不了　如紅定 紅定放人言規定 紅定用　剃棘剌 剃虜剌破

死瞌睡 承揩時日不動或　揸支哩 被剃肌也或　軟兀剌 日軟癱不安也藏

挖搭地 剔剗時也藏　轉閘兒 속이김퍼　啞謎兒 슈口잡기말

沒頭鵝 則一雙為頭鵝失岸哭無　我他人 我為他人我則

佴自己 自裁視人之情輕隔　五蘊使 兒神婚姻

一納頭 元時郷語高게이비룰더리고　倔抹媚 시간嬌稚이러트 시간호다

打稿兒 붓맘나엿　小可的 不大端之辭며ᄭᅡᆫᄯᅳ　

歇的拖 한숨　氤的改 호연바다말변　浸遮攔 더러갈성각은遮蓋 아니두고言無

撮合山 讓人者一名救山一名通山 仙人動之細連　先生樣 言笑為人　紫不起 져리되지못遮蓋

三更棗 六相　争些兒 ᄭᅥ위말　一炅兒 也言一番　間嗑牙 단말

武技□□□

花不似 好看不辛 말
香坐術 어단손체
熱蜀兒 면이나거단말

綿裡針 詩有心 罪
軟廝禁 捎言也不捧
更待甚 食椒也特

滿頭花 艙也 罪
拖地錦 之輪 艙人也
瞞天誑 큰말 也

呆打孩 듯허단허리 打助辭이라
不自在 謂止人不自辣在病
司天坮 象觀

太平車 牛車也
剛半折 리딴단말반맴
舒心窩 마음에그치제게병도다

止若是 亦餘猪 是之意
倒有個 之反의셔덕
恰動頭 伕치나

不爭你 그러면
出落得 목이제의의란말
謝親酒 증긔디딥럴잡술

兀的搬 잡으럿토시
說媒紅 긍믜꾜는것
預當住 단딸러잡

害不倒 뎐의말지못
較爭些 火져다기
折白道 파졋허단잡헌여이로단

梅花使 꼿범嘥
洗了塵 細言로到其
治百姓 各當作傳得姓

有何順 正無何順도
治百姓 句當作傳得姓
少不得 고젼단

硬打奪 魯字當作攎 奪打攎字打攎之類是

212

顫鞭巴 깨놉다락 結緣桐 거온

厮模悖 호새로시과 憔悴死 단말녀죽

膩條兒 지문픙 靑瞳淚 아쪘담

賽庇娘 거놀뉘 悄蓬兒 가이만

他知道 이누가알 破一步 호의거름

多管是 리아께무

四字類

厭的倒槐 피효단말 壓寨夫人 울믿든단말

揭椀起床 버기롤뙤비크뒤젼눈단말 却待如何 엇지호랴

紫曰擰定 둘곳 睡些則個 조홀듯

道不得個 만이치못 使得着也 미로쓰라

必便千休 두리오지그되로

風淸明朗 장시 好摸好樣 면체

誰問你來 누가뎌려눈나

八拜之交 의형 顚不剌的 어엿분기

閒的當了 보되무러

打個照面 다보단말 七靑八黃 네모른단말

搭扒擂兩 먹여본단말 暢伶濛光 眼光怜俐

祈了氣分 그려울가혀 不爭氣分

213

西廂卷之

忐忑 忐音坦 威懼 心故 上聲 下一音 忑音脫 或慌 여 마음을 졎 心有가옵 단

参辰卯酉 参出於東而居卯 酉二里一則

打草驚蛇 之速也

這小妮子 아이집

撒假偌多 將脚尖撞 扶弱 老着臉兒 大쏠을메

把骷髏砍 欺硬怕軟 文魔秀士 진소년

休說引動 구고두 却請佳者 잇가만 開報花名 다뎡둔

敢待來也 웃지기달닐 頹朱倒去 위로본단알고아 兌頭一盞 들서씨

決撒了也 씨저바린 滴溜撲碌 시솔며 早是羞道 못간단말

窮釀餓駒 訕筋發村 동이에뭇기 愛了捃安 엇더단말

人樣碏駒 杜將軍嗚 不知分寸 아모럭도단말

宜嗔宜喜 爲人做人 宜做人微字 惡業業意 朱意不

撒和了馬 말몰네물러겨주라단 數量論黃

214

惹草粘花 게집 후리

吹彈得破 盡면

不恁般撑 녜우당말갓초단말이리취되ㄴ

聘不見爭 叫비잇사믈보

風欠酸丁 바룸마즌못싯긴것

女孩兒家 어린이체되한

勒馬停驂 言傳也

沒查浸倒 졸음연이

承裡撒奸 어린말

不害心頻 言不以費心烏苦

女孩兒家 게집종

身子兒乍 입담시말잇게라

輠開鑽懶 둠단

女子邊干 好字 好字

承裡撒奸 속질치는

好教撒曬 말방겨갓튼

反吟伏吟 어근버근

楷頭兒憶 용슨두시질치는게라

攪心在口 言驚慌之意

自裡出身 以門

五字類

要人消受 서름으로바다뇨

半晌恰方言 우말흐다

却早來到也 발셔와

討來厭子息 주넘마돌

橫枝兒着緊 의외의쇗다단일

擅口摑香腮 咨搖捉女而言推捉之際恐口在頰非生之指也

五五六字

西廂記書筵

銀樣蠟鎗頭 謂撈是銀而案則中看不中用 重彌難聖王 西河本作聖唐帝作 好王

俊俏耳朵裡 마리ᄯᅡ운 要㩆將去呵 구ᄒᆞ다가ᄀᆞ시랴노

打熬成不厭 ᄯᅡᆯ는걸이라도 드러간단말 惹摻得心慌 마음이흥숭숭

與你成抛躚 너ᄀᆞ라고더러ᄒᆞ여ᄲᅮ녀 되엿다단말 摸摇着可惛 보앗ᄯᅩ녀

窨老大疾瘤 제자흘소남을 흔히흘단말 兀的不是也 아니지러ᄒᆞ

六字類

祇生這個女兒 다만이ᄯᆞᆯᄒᆞᆫ단말 到那里走一遍 뎌긔오다가

不曉七青八黃 아모분변모ᄅᆞᆫ날 早與人消災障 졈녕의죤일안흐릇ᄒᆞᄂᆞᆫ거시니

不爭便送來呵 ᄯᅮᆺ지못ᄭᅥᄂᆞ리 也乾將風月擔 흥녁이ᄯᅩ라ᄒᆞᆯ록

甞言笑語非遲 젼의잘못되엿ᄉᆞᆯ지안들 不遶風流調法 쳔치못ᄒᆞᆯ단말

下次休得道幌 담이뒤남의늦그서지배로 못ᄒᆞ계ᄒᆞᆫ단말

七字類

開散心立一回去 다시호맛탕곤실ᄂᆞ로 ᄃᆞ오맛녀라

任憑人說短論長 ᄂᆞᆫ대로 나도호펴 ᄂᆞᆷ을녀불고뎌

怎生帶得一分兒 뮛지혼면 ᄂᆞᆯ서지 불을여

你不擔白他也羞 마ᄂᆞ가핀잔줄거시나 ᄂᆞᆫ내

上竿拔了梯兒著 ᄂᆞ부의오ᄅᆞ라 ᄒᆞᆫ든말

柚不送了性命也 마마쥭지안ᄒᆞ게소 여

蕪著些兒蔴上來 ᄌᆞ자지가ᄆᆡᆨ여 불녀ᄃᆞ

八字類

他將這天宮般盖造 지음껏지말흔음 에깟쳐집은음

小生有句話敢說麽 ᄂᆞᆫ데라말이잇 ᄒᆞᆯ말이여ᄂᆞᆫ 袖稍見搵不住啼痕 순물을뻐쳐호 로지못ᄒᆞ마소

酸溜口整得人牙疼 ᄂᆞᆫᄒᆞ제산두머리지든지 드맛도이가혼들ᄂᆞᆫ말

弄一遣兒是遠假呵 ᄂᆞᆫ일만일터미면 더 흘만이ᄒᆞ홀터미에 러

哩也波哩也囉哩 조와셔흥ᄃᆞ 거린단말ᄂᆞ

此如引弓至蒲快 ᄂᆞᆫ견약이ᄂᆞᆫ 문ᄉᆞᆷ단말

爭些兒把奴把犯 거위나로ᄒᆞ여ᄀᆞᆷ 간성이 이될번ᄒᆞᆫ호 ᄃᆞ옛ᄃᆞᆷ

不酸不醋風魔漢 지도맛이ᄒᆞ고 지도아니ᄒᆞᄇᆞ 저만마ᄃᆞᆷ

非是我挕不是我挕 이가일때 나 본잇도 발이 오너가 눈 것도 발이 러라

光油口糧花人眼睛 의 눈물 부신 단말

九字類

教我邢塢兒人急侵親 내 를 홍거 을 소 람이 음 단 말

你休只因親事胡撲俺 데 가 다만 혼인 일 노 만 나 를

教我翠袖殷勤捧玉鍾 가 나 더 러 친 주 놀 라 고

喬嘴臉腌臢老死身分 네 상 바 닥 이 글 보 니 러 게 놀 거 죽 을 놈

十字類

不由人不口兒作念心兒即 시 람 으로 하 여 금 입 으 로 성 라 를 안 미 도 럼 로 마 음 이 써 미 친 난 말

二十九字類

你們㑀泙煇爽寬片粉添雜捧噯黃養臭豆腐真調凌我萬斛黑穧捴敎 녀 회 들 어 장 국 을 시 려 고 가 루 를 가 려 반 죽 흐 고 파 두 부 를 뜩 러 내 어 마 침 작 만 홍 거 노 아 두 면 暗 고 악 췬 을 고 것 저 여 쥬 둘 터 내 어 다 듬

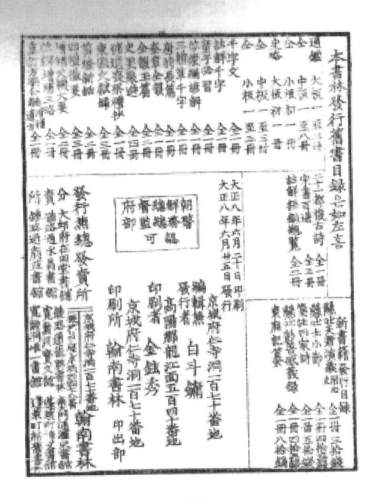

229

저자소개

민관동(閔寬東, kdmin@khu.ac.kr)
- 忠南 天安 出生.
- 慶熙大 중국어학과 졸업.
- 대만 文化大學 文學博士.
- 現 慶熙大 중국어학과 教授.
- 前 韓國中國小說學會 會長.

著作
- ≪中國古典小說在韓國之傳播≫, 中國 上海學林出版社, 1998年.
- ≪中國古典小說史料叢考≫, 亞細亞文化社, 2001年.
- ≪中國古典小說批評資料叢考≫(共著), 學古房, 2003年.
- ≪中國古典小說의 傳播와 受容≫, 亞細亞文化社, 2007年 10月.
- ≪中國古典小說의 出版과 研究資料 集成≫, 亞細亞文化社, 2008年 4月.
- ≪中國古典小說在韓國的研究≫, 中國 上海學林出版社, 2010年 9月.
- ≪韓國所見中國古代小說史料≫(共著), 中國 武漢大學校出版社, 2011年 6月.
- ≪中國古典小說 및 戲曲研究資料總集≫(共著), 학고방, 2011年 12月.
- ≪中國古典小說의 國內出版本 整理 및 解題≫(共著), 학고방, 2012年 4月.
- ≪韓國 所藏 中國古典戲曲(彈詞·鼓詞) 版本과 解題≫(共著), 학고방, 2013年 12月.
- ≪韓國 所藏 中國文言小說 版本과 解題≫(共著), 학고방, 2013年 2月.
- ≪韓國 所藏 中國通俗小說 版本과 解題≫(共著), 학고방, 2013年 4月.
- ≪韓國 所藏 中國古典小說 版本目錄≫(共著), 학고방, 2013年 6月.
- ≪朝鮮時代 中國古典小說 出版本과 飜譯本 研究≫(共著), 학고방, 2013年 7月.
  외 다수.

翻譯
- ≪中國通俗小說總目提要≫(第4卷-第5卷) (共譯), 蔚山大出版部, 1999年.

論文
- 〈在韓國的中國古典小說翻譯情況研究〉, ≪明淸小說研究≫ (中國) 2009年 4期, 總第94期.
- 〈在韓國的中國古典小說翻譯情況研究〉, ≪明淸小說研究≫(中國) 2009年 4期, 總第94期.
- 〈朝鮮出版本 新序와 說苑 연구〉, ≪中國語文論譯叢刊≫第29輯, 2011.7.
- 〈中國古典小說의 出版文化 研究〉, ≪中國語文論譯叢刊≫第30輯, 2012.1.
- 〈朝鮮出版本 中國古典小說의 서지학적 考察〉, ≪中國小說論叢≫第39輯, 2013.4
  외 다수

유승현(劉承炫, xuan71@hanmail.net)
- 서울 출생.
- 檀國大學校 중문학과 졸업.
- 台灣 中國文化大學 문학박사.
- 慶熙大學校 비교문화연구소 학진토대연구팀 전임연구원.

著作
- ≪小說理論與作品評析≫(공저), 台北 問津出版社, 2003.
- ≪中國古典小說戲曲硏究資料總集≫(공저), 學古房, 2011.
- ≪韓國 所藏 中國古典戲曲(彈詞・鼓詞) 版本과 解題≫(공저), 學古房, 2012.

論文
- 〈朝鮮의 中國古典小說 수용과 전파의 주체들〉≪中國小說論叢≫제33집, 2011.4.
- 〈≪西廂記≫ 곡문 번역본 고찰과 각종 필사본 출현의 문화적 배경 연구〉, ≪中國學論叢≫ 제42집, 2013. 11. 외 다수.

경희대학교 비교문화연구소 비교문화총서 13

中國戲曲(彈詞・鼓詞)의 유입과 수용

초판 인쇄   2014년 11월 11일
초판 발행   2014년 11월 17일

공   저 | 민관동・유승현
펴 낸 이 | 하운근
펴 낸 곳 | 學古房

주   소 | 서울시 은평구 대조동 213-5 우편번호 122-843
전   화 | (02)353-9907 편집부(02)353-9908
팩   스 | (02)386-8308
전자우편 | hakgobang@naver.com, hakgobang@chol.com
홈페이지 | http://hakgobang.co.kr
등록번호 | 제311-1994-000001호

ISBN   978-89-6071-449-6   93820

값 : 37,000원

    이 도서의 국립중앙도서관 출판시도서목록(CIP)은 서지정보유통지원시스템 홈페이지
(http://seoji.nl.go.kr)와 국가자료공동목록시스템(http://www.nl.go.kr/kolisnet)에서 이용
하실 수 있습니다.(CIP제어번호 : CIP2014033011)

※ 파본은 교환해 드립니다.